Arthur Conan Doyle

PROFESSEUR CHALLENGER

Traduit par Louis Labat, Jeanne de Polignac
& Adrien de Jassaud

Édition intégrale des cinq romans

LE MONDE PERDU
LA CEINTURE EMPOISONNÉE
AU PAYS DES BRUMES
LA MACHINE À DÉSINTÉGRER
QUAND LA TERRE HURLA

Table des matières

LE MONDE PERDU 4
CHAPITRE I Tout autour de nous, des héroïsmes 5
CHAPITRE II Tentez votre chance avec le Pr Challenger ! 10
CHAPITRE III Un personnage parfaitement impossible 16
CHAPITRE IV La chose la plus formidable du monde 23
CHAPITRE V Au fait ! 36
CHAPITRE VI J'étais le fléau du Seigneur 46
CHAPITRE VII Demain, nous disparaissons dans l'inconnu 53
CHAPITRE VIII Aux frontières du monde nouveau 60
CHAPITRE IX Qui aurait pu prévoir ? 69
CHAPITRE X Au pays des merveilles 85
CHAPITRE XI Pour une fois je fus le héros 95
CHAPITRE XII C'était épouvantable dans la forêt ! 106
CHAPITRE XIII Un spectacle que je n'oublierai jamais 116
CHAPITRE IV Ces conquêtes-là valaient la peine ! 127
CHAPITRE V Nos yeux ont vu de grandes merveilles 137
CHAPITRE XVI En cortège ! En cortège ! 148

LA CEINTURE EMPOISONNÉE 162
CHAPITRE I Des lignes qui se brouillent 163
CHAPITRE II La marée de la mort 176
CHAPITRE III En plongée 188
CHAPITRE IV Journal d'une agonie 200
CHAPITRE V Le monde est mort 209
CHAPITRE VI Le grand réveil 220

AU PAYS DES BRUMES **228**

CHAPITRE I Nos envoyés spéciaux prennent le départ 229

CHAPITRE II Une soirée en bizarre compagnie 235

CHAPITRE III Le Pr Challenger donne son avis 248

CHAPITRE IV Dans Hammersmith, il s'en passe de drôles ! 252

CHAPITRE V Nos envoyés spéciaux font une expérience remarquable 272

CHAPITRE VI Dévoilons les mœurs d'un criminel notoire ! 285

CHAPITRE VII Le criminel notoire reçoit le châtiment qu'il mérite, ... 297

CHAPITRE VIII Trois enquêteurs tombent sur une âme en peine 307

CHAPITRE IX Et voici des phénomènes très physiques ! 322

CHAPITRE X De profundis 329

CHAPITRE XI Silas Linden touche son dû 341

CHAPITRE XII Cimes et abîmes 350

CHAPITRE XIII Le Pr Challenger part en guerre 359

CHAPITRE XIV Challenger rencontre un étrange collègue 369

CHAPITRE V Où l'on tend des pièges pour un gros gibier 378

CHAPITRE XVI Challenger fait l'expérience de sa vie 387

CHAPITRE XVII Les brumes se dissipent 398

APPENDICE 402

ANNOTATIONS 407

LA MACHINE À DÉSINTÉGRER **408**

QUAND LA TERRE HURLA **420**

ARTHUR CONAN DOYLE 445

LE MONDE PERDU

Professeur Challenger : roman 1

CHAPITRE I
Tout autour de nous, des héroïsmes

M. Hungerton, son père, n'avait pas de rival sur la terre pour le manque de tact. Imaginez un cacatoès duveteux, plumeux, malpropre, aimable certes, mais qui aurait centré le monde sur sa sotte personne. Si quelque chose avait pu m'éloigner de Gladys, ç'aurait été la perspective d'un pareil beau-père. Trois jours par semaine je venais aux Chesnuts, et il croyait dans le fond de son cœur que j'y étais attiré uniquement par le plaisir de sa société, surtout pour l'entendre discourir sur le bimétallisme ; il traitait ce sujet avec une autorité croissante.

Un soir, j'écoutais depuis plus d'une heure son ramage monotone : la mauvaise monnaie qui chasse la bonne, la valeur symbolique de l'argent, la dépréciation de la roupie, ce qu'il appelait le vrai taux des changes, tout y passait.

— Supposez, s'écria-t-il soudain avec une véhémence contenue, que l'on batte partout le rappel simultané de toutes les dettes, et que soit exigé leur remboursement immédiat. Étant donné notre situation présente, que se produirait-il ?

J'eus le malheur de lui répondre par une vérité d'évidence : à savoir que je serais ruiné. Sur quoi il bondit de son fauteuil et me reprocha ma perpétuelle légèreté qui, dit-il, « rendait impossible toute discussion sérieuse ». Claquant la porte, il quitta la pièce ; d'ailleurs il avait à s'habiller pour une réunion maçonnique.

Enfin je me trouvais seul avec Gladys. Le moment fatal était arrivé ! Toute cette soirée j'avais éprouvé les sentiments alternés d'espoir et d'horreur du soldat qui attend le signal de l'attaque.

Elle était assise : son profil, fier, délicat, se détachait avec noblesse sur le rideau rouge. Qu'elle était belle ! Belle, mais inaccessible aussi, hélas ! Nous étions amis, très bons amis ; toutefois, je n'avais pu me hasarder avec elle au-delà d'une camaraderie comparable à celle qui m'aurait lié tout aussi bien avec l'un de mes confrères reporters à la Daily Gazette : une camaraderie parfaitement sincère, parfaitement amicale, parfaitement asexuée... Il est exact que tous mes instincts se hérissent devant les femmes qui se montrent trop sincères, trop aimables : de tels excès ne plaident jamais en faveur de l'homme qui en est l'objet. Lorsque s'ébauche d'un sexe à l'autre un vrai sentiment, la timidité et la réserve lui font cortège, par réaction contre la perverse Antiquité où l'amour allait trop souvent de pair avec la violence. Une tête baissée, le regard qui se détourne, la voix qui se meurt, des tressaillements, voilà les signes évidents d'une passion ! Et non des yeux hardis, ou un bavardage impudent. Je n'avais pas encore beaucoup vécu, mais cela je l'avais appris... à moins que je ne l'eusse hérité de cette mémoire de la race que nous appelons instinct.

Toutes les qualités de la femme s'épanouissaient en Gladys. Certains la jugeaient froide et dure, mais c'était trahison pure. Cette peau délicatement bronzée au teint presque oriental, ces cheveux noirs et brillants, ces grands yeux humides, ces lèvres charnues mais raffinées réunissaient tous les signes extérieurs d'un tempérament passionné. Pourtant, jusqu'ici j'avais été incapable de l'émouvoir. N'importe, quoi qu'il pût advenir, ce soir même j'irais jusqu'au bout ! Finies les hésitations ! Après tout, elle ne pourrait faire pis que de refuser ; et mieux valait être un amoureux éconduit qu'un frère agréé.

Mes pensées m'avaient conduit jusque-là, et j'allais rompre un silence long et pénible quand deux yeux noirs sévères me fixèrent, je vis alors le fier visage que j'aimais se contracter sous l'effet d'une réprobation souriante.

— Je crois deviner ce que vous êtes sur le point de me proposer, Ned, me dit-elle. Je souhaite que vous n'en fassiez rien, car l'actuel état de choses me plaît davantage.

J'approchai ma chaise.

— Voyons, comment savez-vous ce que j'étais sur le point de vous proposer ? demandai-je avec une admiration naïve.

— Comme si les femmes ne savaient pas toujours ! Une femme se laisse-t-elle jamais prendre au dépourvu ? Mais, Ned, notre amitié a été si bonne et si agréable ! Ce serait tellement dommage de la gâcher ! Ne trouvez-vous pas merveilleux qu'un jeune homme et une jeune fille puissent se parler aussi librement que nous l'avons fait ?

— Peut-être, Gladys. Mais, vous comprenez, je peux parler très librement aussi avec... avec un chef de gare !

Je me demande encore pourquoi cet honorable fonctionnaire s'introduisit dans notre débat, mais son immixtion provoqua un double éclat de rire.

— Et cela ne me satisfait pas le moins du monde, repris-je. Je veux mes bras autour de vous, votre tête sur ma poitrine et, Gladys, je veux...

Comme elle vit que j'allais passer à la démonstration de quelques-uns de mes vœux, elle se leva de sa chaise.

— Vous avez tout gâché, Ned ! me dit-elle. Tant que cette sorte de chose n'intervient pas, tout est si beau, si normal !... Quel malheur ! Pourquoi ne pouvez-vous pas garder votre sang-froid ?

— Cette sorte de chose, ce n'est pas moi qui l'ai inventée ! argumentai-je. C'est la nature. C'est l'amour.

— Hé bien ! si nous nous aimions tous deux, ce serait différent. Mais je n'ai jamais aimé !

— Mais vous devez aimer ! Vous, avec votre beauté, avec votre âme !... Gladys, vous êtes faite pour l'amour ! Vous devez aimer !

— Encore faut-il attendre que l'amour vienne...

– Mais pourquoi ne pouvez-vous pas m'aimer, Gladys ? Est-ce ma figure qui vous déplaît, ou quoi ?

Elle se contracta un peu. Elle étendit la main (dans quel gracieux mouvement !...) et l'appuya sur ma nuque pour contempler avec un sourire pensif le visage que je levais anxieusement vers elle.

– Non, ce n'est pas cela, dit-elle enfin. Vous n'êtes pas naturellement vaniteux : aussi puis-je vous certifier en toute sécurité que ce n'est pas cela. C'est... plus profond !

– Alors, mon caractère ?

Elle secoua la tête sévèrement, affirmativement.

– Que puis-je faire, repris-je, pour le corriger ? Asseyez-vous, et parlons. Non, réellement, je me tiendrai tranquille si seulement vous vous asseyez.

Elle me regarda avec une surprenante défiance qui me transperça le cœur. Ah ! plût au Ciel qu'elle fût restée sur le ton de la confidence ! (Que tout cela paraît grossier, bestial même, quand on l'écrit noir sur blanc ! Mais peut-être est-ce là un sentiment qui m'est personnel ?...). Finalement, elle s'assit.

– Maintenant, dites-moi ce qui ne vous plaît pas en moi.

– Je suis amoureuse de quelqu'un d'autre, me répondit-elle.

À mon tour, je sautai de ma chaise.

– De personne en particulier, m'expliqua-t-elle en riant du désarroi qu'elle lut sur ma physionomie. Seulement d'un idéal. Je n'ai jamais rencontré l'homme qui pourrait personnifier cet idéal.

– Dites-moi à qui il ressemble. Parlez-moi de lui.

– Oh ! il pourrait très bien vous ressembler !

– Je vous chéris pour cette parole ! Bon, que fait-il que je ne fasse pas ? Prononcez hardiment le mot ; serait-il antialcoolique, végétarien, aéronaute, théosophe, surhomme ? Si vous consentiez à me donner une idée de ce qui pourrait vous plaire, Gladys, je vous jure que je m'efforcerais de la réaliser !

L'élasticité de mon tempérament la fit sourire :

– D'abord je ne pense pas que mon idéal s'exprimerait comme vous. Il serait un homme plus dur, plus ferme, qui ne se déclarerait pas si vite prêt à se conformer au caprice d'une jeune fille. Mais par-dessus tout il serait un homme d'action, capable de regarder la mort en face et de ne pas en avoir peur, un homme qui accomplirait de grandes choses à travers des expériences peu banales. Jamais je n'aimerais un homme en tant qu'homme, mais toujours j'aimerais les gloires qu'il ceindrait comme des lauriers autour de sa tête, car ces gloires se réfléchiraient sur moi. Pensez à Richard Burton ! Quand je lis la vie de sa femme, comme je comprends qu'elle l'ait aimé ! Et lady Stanley ! Avez-vous lu le dernier et magnifique chapitre de ce livre sur son mari ? Voilà le genre d'homme qu'une femme peut adorer de toute son âme, puisqu'elle est honorée par l'humanité entière comme une inspiratrice d'actes nobles.

Son enthousiasme l'embellissait ! Pour un rien j'aurais mis un terme à notre discussion... Mais je me contins et me bornai à répliquer :

— Nous ne pouvons pas être tous des Stanley ni des Burton ! En outre, nous n'avons pas la chance de pouvoir le devenir... Du moins, à moi, l'occasion ne s'est jamais présentée : si elle se présentait un jour, j'essaierais de la saisir au vol.

— Mais tout autour de vous il y a des occasions ! Et je reconnaîtrais justement l'homme dont je vous parle au fait que c'est lui qui saisit sa propre chance ! Personne ne pourrait l'en empêcher... Jamais je ne l'ai rencontré, et cependant il me semble que je le connais si bien ! Tout autour de nous, des héroïsmes nous invitent. Aux hommes il appartient d'accomplir des actes héroïques, aux femmes de leur réserver l'amour pour les en récompenser. Rappelez-vous ce jeune Français qui est monté en ballon la semaine dernière. Le vent soufflait en tempête, mais comme son envol était annoncé, il a voulu partir quand même. En vingt-quatre heures le vent l'a poussé sur deux mille cinq cents kilomètres ; savez-vous où il est tombé ? En Russie, en plein milieu de la Russie ! Voilà le type d'homme dont je rêve. Songez à la femme qu'il aime, songez comme cette femme a dû être enviée par combien d'autres femmes ! Voilà ce qui me plairait : qu'on m'envie mon mari !

— J'en aurais fait autant, pour vous plaire !

— Mais vous n'auriez pas dû le faire tout bonnement pour me plaire ! Vous auriez dû le faire... parce que vous n'auriez pas pu vous en empêcher, parce que ç'aurait été de votre part un acte naturel, parce que la virilité qui est en vous aurait exigé de s'exprimer par l'héroïsme... Tenez, quand vous avez fait le reportage sur l'explosion dans les mines de Wigan, vous auriez dû descendre et aider les sauveteurs malgré la mofette.

— Je suis descendu.

— Vous ne l'avez pas raconté !

— Ça ne valait pas la peine d'en parler.

— Je ne le savais pas...

Elle me gratifia d'un regard intéressé, et murmura :

— De votre part, c'était courageux.

— J'y étais obligé. Quand un journaliste veut faire de la bonne copie, il faut bien qu'il se trouve à l'endroit où se passent les événements.

— Quel prosaïsme ! Nous voilà loin évidemment du romanesque, de l'esprit d'aventure... Cependant, quel qu'ait été le mobile qui vous a inspiré, je suis heureuse que vous soyez descendu dans cette mine.

Elle me donna sa main, mais avec une telle douceur et une telle dignité que je ne sus que m'incliner vers elle et la baiser délicatement.

« J'avoue, reprit-elle, que je suis une femme un peu folle, avec des caprices de jeune fille. Et pourtant ces caprices sont si réels, font tellement partie de mon moi que ma vie s'y conformera ; si je me marie, j'épouserai un homme célèbre !

— Et pourquoi pas ? m'écriai-je. Ce sont des femmes comme vous qui exaltent les hommes. Donnez-moi une chance, et vous verrez si je ne la saisis pas ! D'ailleurs, comme vous l'avez souligné, les hommes doivent susciter leurs propres chances, sans attendre qu'elles leur soient offertes. Considérez Clive, un petit secrétaire, et il a conquis les Indes. Par Jupiter ! je ferai quelque chose dans ce monde, moi aussi !

Le bouillonnement de mon sang irlandais la fit rire.

– Et pourquoi pas ? dit-elle. Vous possédez tout ce qu'un homme peut souhaiter : la jeunesse, la santé, la force, l'instruction, l'énergie. J'étais désolée que vous parliez... Mais à présent je me réjouis que vous ayez parlé... Oui, j'en suis très heureuse... Si notre entretien a éveillé en vous une volonté...

– Et si je...

Comme un velours tiède, sa main se posa sur mes lèvres.

– Plus un mot, monsieur ! Vous devriez être à votre bureau depuis une demi-heure déjà pour votre travail du soir ; mais je n'avais pas le cœur de vous le rappeler. Un jour peut-être, si vous vous êtes taillé une place dans le monde, nous reprendrons cette conversation.

Voilà les paroles sur lesquelles, par une brumeuse soirée de novembre, je courus à la poursuite du tram de Camberwell, j'avais la tête en feu, le cœur en fête ; je pris la décision que vingt-quatre heures ne s'écouleraient pas sans que j'eusse inventé l'occasion de réaliser un exploit digne de ma dame. Mais qui aurait imaginé la forme incroyable que cet exploit allait revêtir, ainsi que les invraisemblables péripéties auxquelles j'allais être mêlé ?

Oui ! Il se peut que ce premier chapitre donne l'impression qu'il n'a rien à voir avec mon récit. Pourtant, sans lui, il n'y aurait pas de récit. Quand un homme s'en va de par le monde avec la conviction que tout autour de lui des actes héroïques l'invitent, quand il est possédé du désir forcené de réaliser le premier qui se présentera, c'est alors qu'il rompt (comme je l'ai fait) avec la vie quotidienne, et qu'il s'aventure dans le merveilleux pays des crépuscules mystiques où le guettent les grands exploits et les plus hautes récompenses.

Me voyez-vous dans mon bureau de la Daily Gazette (dont je n'étais qu'un rédacteur insignifiant), tout animé de ma fraîche résolution ? Cette nuit, cette nuit même je trouverais l'idée d'une enquête digne de ma Gladys ! Bien sûr, vous vous demandez si ce n'était pas par dureté de cœur, par égoïsme, qu'elle me poussait à risquer ma vie pour sa seule gloire ! De telles suppositions peuvent ébranler un homme mûr, mais pas un instant elles n'effleurèrent un garçon de vingt-trois ans enfiévré par son premier amour.

CHAPITRE II
Tentez votre chance avec le Pr Challenger !

J'ai toujours aimé McArdle, notre vieux rédacteur en chef grognon, voûté, rouquin. J'avais l'espoir qu'il m'aimait aussi. Bien sûr, Beaumont était le vrai patron, mais il vivait dans l'atmosphère raréfiée d'un olympe particulier d'où il ne distinguait rien en dehors d'une crise internationale ou d'une dislocation ministérielle. Parfois nous le voyions passer, dans sa majesté solitaire, pour se rendre à son sanctuaire privé : il avait les yeux vagues, car son esprit errait dans les Balkans ou au-dessus du golfe Persique. Il nous dominait de très haut ; de si haut qu'il était à part. Mais McArdle était son premier lieutenant, et c'était lui que nous connaissions. Lorsque je pénétrai dans son bureau, le vieil homme me fit un signe de tête et remonta ses lunettes sur son front dégarni.

— Monsieur Malone, me dit-il avec son fort accent écossais, il me semble que, d'après tout ce qui m'est rapporté à votre sujet, vous travaillez très bien.

Je le remerciai.

« L'explosion dans les mines, c'était excellent. Excellent aussi l'incendie à Southwark. Vous êtes doué pour la description. Pourquoi désirez-vous me voir ?

— Pour vous demander une faveur.

Il parut inquiet ; ses yeux se détournèrent des miens.

— Tut, tut, tut ! De quoi s'agit-il ?

— Pensez-vous, monsieur, que vous pourriez m'envoyer sur une grande enquête, me confier une mission pour le journal ? Je ferais de mon mieux pour la réussir et vous rapporter de la bonne copie.

— Quel genre de mission avez-vous en tête, monsieur Malone ?

— Mon Dieu, monsieur, n'importe quoi qui cumule l'aventure et le danger. Réellement, je ferais de mon mieux. Plus ce serait difficile, mieux cela me conviendrait.

— On dirait que vous avez très envie de risquer votre vie.

— De la justifier, monsieur !

— Oh ! oh ! Voici qui est, monsieur Malone, très… très excessif. J'ai peur que l'époque pour ce genre de travail ne soit révolue. Les frais que nous engageons pour un envoyé spécial sont généralement supérieurs au bénéfice qu'en tire le journal… Et puis, naturellement, de telles missions sont uniquement octroyées à des hommes expérimentés, dont le nom représente une garantie pour le public qui nous fait confiance. Regardez la carte : les grands espaces blancs qui y figurent sont en train de se remplir, et nulle part il ne reste de place pour le romanesque... Attendez, pourtant !...

Un sourire imprévu éclaira son visage. Il réfléchit, puis : « En vous parlant de ces espaces blancs sur la carte, une idée m'est venue. Pourquoi ne démasquerions-nous pas un fraudeur... un Münchhausen moderne... et n'exposerions-nous pas ses ridicules ? Vous pourriez le présenter au public pour ce qu'il est : c'est-à-dire un menteur ! Eh ! eh ! ça ne serait pas mal ! Qu'est-ce que vous en pensez ?

– N'importe quoi. N'importe où. Ça m'est égal.

McArdle se plongea dans une longue méditation, d'où il sortit pour murmurer :

– Je me demande si vous pourriez avoir des rapports amicaux... ou même des rapports tout court avec ce phénomène. Il est vrai que vous paraissez posséder un vague génie pour vous mettre bien avec les gens : appelons cela de la sympathie, ou un magnétisme animal, ou la vitalité de la jeunesse, ou je ne sais quoi... Moi-même je m'en rends compte.

– Vous êtes très aimable, monsieur !

– Dans ces conditions, pourquoi ne tenteriez-vous pas votre chance auprès du Pr Challenger, de Enmore Park ?

Je conviens que je fus momentanément désarçonné.

– Challenger ! m'écriai-je. Le Pr Challenger, le zoologiste célèbre ? Celui qui fracassa le crâne de Blundell, du Telegraph ?

Mon rédacteur en chef me dédia son plus large sourire.

– Et après ? Ne m'avez-vous pas dit que vous cherchiez des aventures ?

Je m'empressai de rectifier :

– En rapport avec mon travail, monsieur !

– Que vous dis-je d'autre ? Je ne suppose pas qu'il soit toujours aussi violent... Il est probable que Blundell l'a pris au mauvais moment, ou maladroitement. Peut-être aurez-vous plus de chance, ou plus de tact, en le maniant. Je discerne là quelque chose qui vous irait comme un gant, et dont la Gazette pourrait profiter.

– Je ne sais rien du tout sur lui. Je me rappelle son nom parce qu'il a comparu devant le tribunal pour avoir frappé Blundell...

– J'ai quelques renseignements pour votre information, monsieur Malone.

« J'ai tenu le professeur à l'œil pendant quelque temps, ajouta-t-il en tirant un papier d'un tiroir. Voici un résumé biographique ; je vais vous en donner rapidement connaissance : Challenger George Edward, né à Largs en 1863, a fait ses études à l'académie de Largs et à l'université d'Édimbourg. Assistant au British Museum en 1892. Conservateur adjoint de la section d'anthropologie comparée en 1893. Démissionné la même année à la suite d'une correspondance acerbe. Lauréat de la médaille Crayston pour recherches zoologiques. Membre étranger de... bah ! de toutes sortes de sociétés, il y en a plusieurs lignes imprimées en petit !... Société belge, Académie américaine des sciences, La Plata, etc. Ex-président de la Société de paléontologie. Section H. British Association... et j'en passe !... Publications : Quelques observations sur une collection de crânes kalmouks ; Grandes Lignes de l'évolution des vertébrés ; et de nombreux articles de revues, parmi lesquels : L'Erreur de base de la théorie de Weissmann, qui a suscité de chaudes discussions au congrès zoologique de Vienne. Distractions favorites : la marche à pied, l'alpinisme. Adresse : Enmore Park, Kensington, West. Prenez ce papier avec vous. Ce soir, je n'ai rien d'autre à vous offrir.

Je mis le papier dans ma poche.

– Une minute, monsieur ! dis-je en réalisant soudain que j'avais encore en face de moi une tête rose et non un dangereux sanguin. Je ne vois pas très bien pourquoi j'interviewerais ce professeur. Qu'a-t-il fait ?

– Il est allé en Amérique du Sud. Une expédition solitaire. Il y a deux ans. Rentré l'année dernière. Indiscutablement s'est bien rendu en Amérique du Sud, mais a refusé de dire où exactement. A commencé à raconter ses aventures d'une manière imprécise... Mais quelqu'un s'est mis à lui chercher des poux dans la tête, et il s'est refermé comme une huître. Il a trouvé je ne sais quoi de merveilleux... à moins qu'il ne soit le champion du monde des menteurs, ce qui est l'hypothèse la plus probable. A produit quelques photographies en mauvais état, qu'on suppose truquées.

Est devenu si susceptible qu'il boxe le premier venu qui l'interroge, et balance les journalistes dans l'escalier. Selon moi, c'est un mégalomane qui a d'égales dispositions pour le meurtre et pour la science. Tel est votre homme, monsieur Malone ! Maintenant filez, et voyez ce que vous pouvez en tirer. Vous êtes assez grand pour vous défendre. De toute façon, vous n'avez rien à craindre : il y a une loi sur les accidents du travail, n'est-ce pas ?

Il ne me restait plus qu'à me retirer.

Je sortis donc, et je me dirigeai vers le club des Sauvages : mais, au lieu d'y pénétrer, je m'accoudai sur la balustrade d'Aldelphi Terrace, où je demeurai un long moment à regarder couler l'eau brune, huileuse. À ciel ouvert, je pense toujours plus sainement, et mes idées sont plus claires. Je sortis de ma poche la notice sur le Pr Challenger, et je la relus à la lumière du lampadaire. C'est alors que j'eus une inspiration (je ne peux pas trouver un autre mot). D'après ce que je venais d'entendre, j'étais certain que je ne pourrais jamais approcher le hargneux professeur en me présentant comme journaliste. Mais les manifestations de sa mauvaise humeur, deux fois mentionnées dans sa biographie, pouvaient simplement signifier qu'il était un fanatique de la science. Par ce biais, ne me serait-il pas possible d'entrer en contact avec lui ? J'essaierais.

J'entrai dans le club. Il était onze heures passées, la grande salle était presque pleine, mais on ne s'y bousculait pas encore. Je remarquai au coin du feu un homme grand, mince, anguleux, assis dans un fauteuil. Lorsque j'approchai une chaise, il se retourna. C'était exactement l'homme qu'il me fallait. Il s'appelait Tarp Henry, il appartenait à l'équipe de Nature ; sous son aspect desséché, parcheminé, il témoignait aux gens qu'il connaissait une gentille compréhension. Immédiatement, j'entamai le sujet qui me tenait à cœur.

– Qu'est-ce que vous savez du Pr Challenger ?

– Challenger ? répéta-t-il en rassemblant ses sourcils en signe de désaccord scientifique. Challenger est l'homme qui est rentré d'Amérique du Sud avec une histoire jaillie de sa seule imagination.

– Quelle histoire ?

– Oh ! une grossière absurdité à propos de quelques animaux bizarres qu'il aurait découverts. Je crois que depuis il s'est rétracté. En tout cas, il n'en parle plus. Il a donné une interview à l'agence Reuter, et ses déclarations ont soulevé un tel tollé qu'il a compris que les gens ne marcheraient pas. Ce fut une affaire plutôt déshonorante. Il y eut deux ou trois personnes qui paraissaient disposées à le prendre au sérieux, mais il n'a pas tardé à les en dissuader.

– Comment cela ?

– Hé bien ! il les a rebutées par son insupportable grossièreté, par des manières impossibles. Tenez : le pauvre vieux Wadley, de l'Institut de zoologie ! Wadley lui envoie ce message : « Le président de l'Institut de zoologie présente ses compliments au Pr Challenger et considérerait comme une faveur particulière s'il consentait à lui faire l'honneur de participer à sa prochaine réunion ». La réponse a été... impubliable !

– Dites-la-moi !

– Voici une version expurgée : Le Pr Challenger présente ses compliments au président de l'Institut de zoologie et considérerait comme une faveur particulière s'il allait se faire...

– Mon Dieu !

– Oui, je crois que c'est ainsi que le vieux Wadley traduisit sa réponse. Je me rappelle ses lamentations à la réunion : « En cinquante années d'expérience de relations scientifiques... » Ça l'a pratiquement achevé !

– Rien de plus sur Challenger ?

– Vous savez moi, je suis un bactériologiste : je vis penché sur un microscope qui grossit neuf cents fois, et il me serait difficile de dire que je tiens compte sérieusement de ce que je vois à l'œil nu. Je suis un frontalier qui vagabonde sur l'extrême bord du connaissable ; alors je me sens tout à fait mal à l'aise quand je quitte mon microscope et que j'entre en rapport avec vous autres, créatures de grande taille, rudes et pataudes. Je suis trop détaché du monde pour parler de choses à scandales ; cependant, au cours de réunions scientifiques, j'ai entendu discuter de Challenger, car il fait partie des célébrités que nul n'a le droit d'ignorer. Il est aussi intelligent qu'on le dit : imaginez une batterie chargée de force et de vitalité ; mais c'est un querelleur, un maniaque mal équilibré, un homme peu scrupuleux. Il est allé jusqu'à truquer quelques photographies relatives à son histoire d'Amérique du Sud.

– Un maniaque, dites-vous ? Quelle manie particulière ?

– Il en a des milliers, mais la dernière en date a trait à Weissmann et à l'évolution. Elle a déclenché un beau vacarme à Vienne, je crois.

— Vous ne pouvez pas me donner des détails précis ?

— Pas maintenant, mais une traduction des débats existe. Nous l'avons au bureau. Si vous voulez y passer...

— Oui, c'est justement ce que je désirerais. Il faut que j'interviewe ce type, et j'ai besoin d'un fil conducteur. Ce serait vraiment chic de votre part si vous me le procuriez. En admettant qu'il ne soit pas trop tard, j'irais bien tout de suite à votre bureau avec vous.

Une demi-heure plus tard, j'étais assis dans le bureau de Tarp Henry, avec devant moi un gros volume ouvert à l'article : « Weissmann contre Darwin. » En sous-titre : « Fougueuse protestation à Vienne. Débats animés. » Mon éducation scientifique ayant été quelque peu négligée, j'étais évidemment incapable de suivre de près toute la discussion ; mais il m'apparut bientôt que le professeur anglais avait traité son sujet d'une façon très agressive et avait profondément choqué ses collègues du continent. « Protestations », « Rumeurs », « Adresses générales au président », telles furent les trois premières parenthèses qui me sautèrent aux yeux. Mais le reste me semble aussi intelligible que du chinois.

— Pourriez-vous me le traduire ? demandai-je sur un ton pathétique à mon collaborateur occasionnel.

— C'est déjà une traduction, voyons !

— Alors j'aurais peut-être plus de chance avec l'original...

— Dame, pour un profane, c'est assez calé !

— Si seulement je pouvais découvrir une bonne phrase, pleine de suc, qui me communiquerait quelque chose ressemblant à une idée précise, cela me serait utile... Ah ! tenez ! Celle-là fera l'affaire. Je crois vaguement la comprendre. Je la recopie. Elle me servira à accrocher ce terrible professeur.

— Je ne peux rien de plus pour vous ?

— Si, ma foi ! Je me propose de lui écrire. Si vous m'autorisez à écrire ma lettre d'ici et à donner votre adresse, l'atmosphère serait créée.

— Pour que ce phénomène vienne ici, fasse un scandale, et casse le mobilier !

— Non, pas du tout ! Vous allez voir la lettre : elle ne suscitera aucune bagarre, je vous le promets !

— Bien. Prenez mon bureau et mon fauteuil. Vous trouverez là du papier, je préfère vous censurer avant que vous n'alliez à la poste.

Elle me donna du mal, cette lettre, mais je peux certifier sans me flatter qu'elle était joliment bien tournée ! Je la lus fièrement à mon censeur :

Cher professeur Challenger,

L'humble étudiant en histoire naturelle que je suis a toujours éprouvé le plus profond intérêt pour vos spéculations touchant les différences qui séparent Darwin de Weissmann. J'ai eu récemment l'occasion de me rafraîchir la mémoire en relisant...

– Infernal menteur ! murmura Tarp Henry.

… en relisant votre magistrale communication à Vienne. Cette déclaration lucide et en tous points admirable me paraît clore le débat. Elle contient cependant une phrase que je cite : « Je proteste vigoureusement contre l'assertion intolérable et purement dogmatique que chaque élément séparé est un microcosme en possession d'une architecture historique élaborée lentement à travers des séries de générations. » Ne désireriez-vous pas, en vue de recherches ultérieures, modifier cette déclaration ? Ne croyez-vous pas qu'elle est trop catégorique ? Avec votre permission, je vous demanderais la faveur d'un entretien, car il s'agit d'un sujet que je sens très vivement, et j'aurais certaines suggestions à vous faire, que je pourrais seulement présenter dans une conversation privée. Avec votre consentement, j'espère avoir l'honneur d'être reçu chez vous à onze heures du matin, après-demain mercredi.

Avec l'assurance de mon profond respect, je reste, Monsieur, votre très sincère

Edward D. Malone.

– Comment trouvez-vous cela ? demandai-je triomphalement.

– Si votre conscience ne vous fait pas de reproches…

– Dans ces cas-là, jamais !

– Mais qu'est-ce que vous avez l'intention de faire ?

– Me rendre là-bas. Une fois que je serai chez lui, je trouverai bien une ouverture. Je peux aller jusqu'à une confession complète. Si c'est un sportif, ça ne lui déplaira pas.

– Ah ! vous croyez ça ? Revêtez alors une cotte de mailles, ou un équipement pour le rugby américain ! ça vaudra mieux… Eh bien ! mon cher, bonsoir ! J'aurai mercredi matin la réponse que vous espérez… s'il daigne vous répondre. C'est un tempérament violent, dangereux, hargneux, détesté par tous ceux qui ont eu affaire à lui ; la tête de turc des étudiants, pour autant qu'ils osent prendre une liberté avec lui. Peut-être aurait-il été préférable pour vous que vous n'ayez jamais entendu prononcer son nom !

CHAPITRE III
Un personnage parfaitement impossible

L'espoir ou la crainte de mon ami ne devaient pas se réaliser. Quand je passai le voir mercredi, il y avait une lettre timbrée de West Kensington ; sur l'enveloppe mon nom était griffonné par une écriture qui ressemblait à un réseau de fils de fer barbelés. Je l'ouvris pour la lire à haute voix à Tarp Henry.

Monsieur,

J'ai bien reçu votre billet, par lequel vous affirmez souscrire à mes vues. Apprenez d'abord qu'elles ne dépendent pas d'une approbation quelconque, de vous ou de n'importe qui. Vous avez aventuré le mot « spéculation » pour qualifier ma déclaration sur le darwinisme, et je voudrais attirer votre attention sur le fait qu'un tel mot dans une telle affaire est offensant jusqu'à un certain point. Toutefois, le contexte me convainc que vous avez péché plutôt par ignorance et manque de tact que par malice, aussi je ne me formaliserai pas. Vous citez une phrase isolée de ma conférence, et il apparaît que vous éprouvez de la difficulté à la comprendre. J'aurais cru que seule une intelligence au-dessous de la moyenne pouvait avoir du mal à en saisir le sens ; mais si réellement elle nécessite un développement, je consentirai à vous recevoir à l'heure indiquée, bien que je déteste cordialement les visites et les visiteurs de toute espèce. Quant à votre hypothèse que je pourrais modifier mon opinion, sachez que je n'ai pas l'habitude de le faire une fois que j'ai exprimé délibérément des idées mûries. Vous voudrez bien montrer cette enveloppe à mon domestique Austin quand vous viendrez, car il a pour mission de me protéger contre ces canailles indiscrètes qui s'appellent « journalistes ».

Votre dévoué

George Edward Challenger.

Le commentaire qui tomba des lèvres de Tarp Henry fut bref :

– Il y a un nouveau produit, la cuticura, ou quelque chose comme ça, qui est plus efficace que l'arnica.

Les journalistes ont vraiment un sens extraordinaire de l'humour !

Il était près de dix heures et demie quand le message me fut remis, mais un taxi me fit arriver en temps voulu pour mon rendez-vous. Il me déposa devant une imposante maison à portique ; aux fenêtres, de lourds rideaux défendaient le professeur contre la curiosité publique ; tout l'extérieur indiquait une opulence certaine.

La porte me fut ouverte par un étrange personnage au teint basané, sans âge ; il portait une veste noire de pilote et des guêtres de cuir fauve. Je découvris plus tard qu'il servait de chauffeur, mais qu'également il comblait les trous dans la succession de maîtres d'hôtel très éphémères. Son œil bleu clair, inquisiteur en diable, me dévisagea.

– Convoqué ? me demanda-t-il.

– Un rendez-vous.

– Avez-vous votre lettre ?

Je lui montrai l'enveloppe.

– Ça va !

Il semblait avare de paroles. Je le suivis dans le corridor, mais je fus assailli au passage par une petite bonne femme qui jaillit de la porte de la salle à manger. Elle était vive et pétillante, elle avait les yeux noirs, elle inclinait davantage vers le type français que vers le type anglais.

– Un instant ! dit-elle. Attendez, Austin. Rentrez par ici, monsieur. Puis-je vous demander si vous avez déjà rencontré mon mari ?

– Non, madame, je n'ai pas eu cet honneur.

– Alors d'avance je vous présente des excuses. Je dois vous prévenir qu'il est un personnage parfaitement impossible… absolument impossible ! Vous voilà averti : tenez-en compte !

– C'est très aimable à vous, madame.

– Quittez rapidement la pièce s'il paraît disposé à la violence. Ne perdez pas votre temps à vouloir discuter avec lui.

Plusieurs visiteurs ont couru ce risque : ils ont été abîmés plus ou moins gravement ; il s'ensuit toujours un scandale public qui nous éclabousse tous, et moi en particulier.

« Je suppose que ce n'est pas à propos de l'Amérique du Sud que vous désirez le voir ?

Comment mentir à une dame ?

– Mon Dieu ! C'est le sujet le plus dangereux ! Vous ne croirez pas un mot de ce qu'il vous dira… J'en suis sûre ! Je n'en serais pas surprise !… Mais ne le lui faites pas voir, car sa violence atteindrait son paroxysme. Faites semblant de le croire : peut-être alors tout se passera-t-il bien. Rappelez-vous qu'il y croit lui-même. Je m'en porte garante. Il n'y a pas plus honnête que lui ! Mais je vous quitte, autrement ses soupçons pourraient s'éveiller… Si vous sentez qu'il devient dangereux… réellement dangereux, alors sonnez la cloche et échappez-lui jusqu'à ce que j'arrive. Généralement, même dans ses pires moments, je parviens à l'apaiser.

Ce fut sur ces propos très encourageants que la dame me remit aux mains du taciturne Austin qui, comme la discrétion statufiée en bronze, avait attendu la fin de notre entretien. Il me conduisit au bout du corridor. Là, il y eut d'abord un petit coup à la porte ; ensuite, émis de l'intérieur, un beuglement de taureau ; enfin, seul à seul, le Pr Challenger et votre serviteur.

Il était assis sur un fauteuil tournant, derrière une large table couverte de livres, de cartes, de schémas. Il fit virer de cent quatre-vingts degrés son siège lorsque j'entrai : le choc de son apparition me cloua sur place. Je m'étais préparé à un spectacle étrange, certes ; mais cette personnalité formidable, accablante, irrésistible ! Son volume vous coupait le souffle : son volume et sa stature imposante. Il avait une tête énorme ; je n'en avais jamais vu d'aussi grosse qui couronnât un être humain ; je suis sûr que son haut-de-forme, si je m'étais hasardé à m'en coiffer, me serait tombé sur les épaules. Tout de suite j'associai son visage et sa barbe à l'image d'un taureau d'Assyrie ; sur le visage rubicond, la barbe était si noire qu'elle avait des reflets bleus ; mais elle était taillée en forme de bêche et elle descendait jusqu'au milieu du buste. Sur son front massif les cheveux retombaient, bien cosmétiqués en un long accroche-cœur. Les yeux gris-bleu s'abritaient sous de grandes touffes noires : ils étaient très clairs, très dédaigneux, très dominateurs. Au-dessus de sa table émergeaient encore des épaules immensément larges et un torse comme une barrique... Ah ! j'oublie les mains : énormes, velues ! Cette image, associée à une voix beuglante, rugissante, grondante, constitua la première impression que je reçus du réputé Pr Challenger.

— Alors ? dit-il en me couvrant d'un regard insolent. Qu'est-ce que vous me voulez, vous ?

Il fallait bien que je persévérasse un moment dans ma supercherie ; sinon j'étais proprement éjecté.

— Vous avez été assez bon, monsieur, pour m'accorder un rendez-vous, dis-je de mon air le plus humble en présentant mon enveloppe.

Il s'en empara, déplia la lettre et l'étira sur sa table.

— Oh ? Vous êtes ce jeune homme incapable de comprendre votre langue maternelle, n'est-ce pas ? et cependant assez bon pour approuver mes conclusions générales, d'après ce que j'ai compris ?

— C'est cela, monsieur ! Tout à fait cela !

J'étais très positif.

— Hé bien ! Voilà qui consolide grandement ma position, hein ? Votre âge et votre mine confirment doublement la validité de votre appui... Tout de même, vous valez mieux que ce troupeau de porcs viennois dont le grognement grégaire n'est pas plus désobligeant, en fin de compte, que la hargne solitaire du pourceau britannique.

Il me lança un regard qui me fit comprendre qu'il me tenait pour le représentant actuel de cette espèce.

— Leur conduite me semble avoir été abominable ! hasardai-je.

– Je vous assure que je suis capable de me battre tout seul, et que votre sympathie m'indiffère totalement. Laissez-moi seul, monsieur, seul le dos au mur. C'est alors que G. E. C. est l'homme le plus heureux du monde... Bien, monsieur ! Faisons ce que nous pouvons l'un et l'autre pour écourter cette visite : elle ne vous offrira pas grand-chose d'agréable, et pour moi elle m'ennuie au-delà de toute expression. Vous aviez, à vous en croire, des commentaires à ajouter à la proposition que j'ai formulée dans ma thèse ?

Ses méthodes étaient empreintes d'une brutalité directe qui rendait difficile toute échappatoire. Pourtant je devais continuer à jouer le jeu, jusqu'à ce que j'entrevisse une ouverture. De loin, cela m'avait semblé facile... Esprits de l'Irlande, qu'attendiez-vous pour m'aider ? J'avais si grand besoin d'être secouru !

Il me transperça de ses deux yeux aigus, durs comme de l'acier.

« Allons, allons ! gronda-t-il.

– Bien sûr, je ne suis qu'un simple étudiant, dis-je avec un sourire imbécile. À peine mieux qu'un curieux. Pourtant il m'est apparu que vous avez été un peu sévère à propos de Weissmann dans cette affaire. Est-ce que depuis cette date la position de Weissmann n'a pas été... renforcée par de nombreux témoignages ?

– Quels témoignages ?

Il parlait avec un calme menaçant.

– Eh bien ! naturellement, je sais qu'il n'y en a aucun à qui vous pourriez attribuer la qualité de preuve définitive. Je faisais simplement allusion à la tendance générale de la pensée moderne et au point de vue de la science prise collectivement, si j'ose ainsi m'exprimer.

Il se pencha en avant avec une grande gravité.

– Je suppose que vous savez, dit-il en comptant sur ses doigts, que l'indice crânien est un facteur constant ?

– Naturellement !

– Et que cette télégonie est encore subjudice ?

– Sans aucun doute.

– Et que le protoplasme du germe est différent de l'œuf parthéno-génétique ?

– Mais voyons, sûrement ! m'écriai-je.

J'étais tout émoustillé par ma propre audace.

– Mais qu'est-ce que cela prouve ? interrogea-t-il d'une voix aimablement persuasive.

– Ah ! en vérité ! murmurai-je. Qu'est-ce que cela prouve ?

– Vous le dirai-je ? roucoula-t-il.

– Je vous en prie !

– Cela prouve, rugit-il dans un subit éclat de fureur, que vous êtes le plus répugnant imposteur de Londres ! Un journaliste de l'espèce la plus vile, la plus rampante, et qui n'a pas plus de science que de décence !

Il s'était dressé sur ses pieds ; une rage folle étincelait dans son regard. Même à ce moment de tension entre tous, je trouvai le temps de m'étonner parce que je découvrais qu'il était de petite taille : sa tête me venait à l'épaule. Le professeur était une sorte d'Hercule rabougri dont la vitalité sensationnelle s'était réfugiée dans la profondeur, dans la largeur, et dans le cerveau.

« Du baragouin ! s'écria-t-il en se penchant toujours plus en avant, avec sa figure et ses doigts projetés vers moi. Voilà ce que je vous ai raconté, monsieur ! Du baragouin scientifique ! Aviez-vous donc cru que vous pourriez rivaliser avec moi en astuce ? Vous qui n'avez qu'une noix à la place du cerveau ? Ah ! vous vous croyez omnipotents, vous, gribouilleurs de l'enfer ! Vous vous imaginez que vos louanges peuvent faire un homme et vos critiques le démolir ? Ah ! nous devrions tous nous incliner devant vous dans l'espoir d'obtenir un mot favorable, n'est-ce pas ? De celui-ci on se paie la tête, et à celui-là on adresse une verte semonce ! Je vous connais, vermine rampante ! Vous outrepassez constamment vos limites ! Il fut un temps où on vous coupait les oreilles. Vous avez perdu le sens des proportions. Sacs bourrés de vent ! Je vous maintiendrai dans vos limites, moi ! Non, monsieur, vous n'avez pas eu G. E. C. ! Il y a encore un homme qui ne se soumet pas. Il vous a avertis, mais par le Seigneur, si vous venez, tant pis, c'est à vos risques et périls. Un gage, mon bon monsieur Malone ! Je réclame un gage ! Vous avez joué un jeu assez dangereux ; et vous avez tout l'air d'avoir perdu.

— Un instant, monsieur ! dis-je, faisant retraite vers la porte et l'entrouvrant. Vous pouvez être aussi grossier que cela vous plaît. Mais il y a tout de même des bornes : vous ne me toucherez pas !

— Ah ! je ne vous toucherai pas ?

Il avançait vers moi d'une façon tout à fait menaçante, mais il s'arrêta brusquement et enfouit ses grosses mains dans les poches latérales d'une courte veste d'enfant. Il poursuivit :

« J'ai déjà jeté à la porte de cette maison plusieurs d'entre vous. Vous seriez le quatrième ou le cinquième. Trois livres quinze shillings chacun, voilà ce qu'ils m'ont coûté en moyenne. Cher, mais indispensable ! Dans ces conditions, monsieur, pourquoi ne subiriez-vous pas le même traitement que vos confrères ? Il me semble au contraire que vous le méritez...

Il repartit sur moi ; il avait une façon de marcher en relevant les orteils qui s'apparentait à celle d'un maître à danser.

J'aurais pu déguerpir et foncer vers la porte du vestibule, mais j'aurais eu honte ! Par ailleurs, une juste colère commençait à s'allumer en moi. Jusqu'ici je m'étais senti dans mon tort ; les menaces de ce Challenger me ramenèrent dans mon droit.

— Je vous recommande de ne pas me toucher, monsieur ! Je ne le supporterais pas...

— Mon Dieu ! s'exclama-t-il en relevant sa moustache qui découvrit un croc blanc prêt à mordre. Vous ne le supporteriez pas, eh ?

— Ne faites pas l'idiot, professeur ! criai-je. Qu'est-ce que vous espérez ? Je pèse cent kilos, et chaque kilo est aussi dur qu'une pierre ; je joue trois-quarts centre tous les samedis chez les Irlandais de Londres, je ne suis pas homme...

Ce fut à cet instant qu'il se rua sur moi. Par chance, j'avais ouvert la porte, sinon nous serions passés à travers. Nous exécutâmes ensemble un magnifique soleil dans le corridor. Je ne me rappelle pas comment nous attrapâmes une chaise au passage dans notre mêlée ni comment nous nous engageâmes avec elle vers la rue.

J'avais de sa barbe plein la bouche, nos bras étaient étroitement liés dans un corps à corps que compliquait encore cette maudite chaise dont les pieds s'acharnaient à nous faire des crocs-en-jambe. L'attentif Austin avait ouvert toute grande la porte du vestibule. Une sorte de saut périlleux nous fit dégringoler les marches ensemble. J'ai vu au cirque deux acrobates s'essayer à une gymnastique semblable, mais il faut sans doute beaucoup d'entraînement pour la pratiquer sans se faire mal ! La chaise se réduisit en allumettes, et nous roulâmes jusque dans le caniveau. Il se remit debout, agita ses poings, il respirait péniblement, comme un asthmatique.

— Ça vous suffit ? haleta-t-il.

— Taureau de l'enfer ! criai-je en me relevant.

Séance tenante, nous aurions repris le combat, tant son humeur batailleuse était effervescente, mais par bonheur je fus sauvé d'une situation odieuse. Un policeman se tenait à côté de nous, son calepin à la main.

— Qu'est-ce que c'est ? Vous devriez avoir honte ! dit l'agent. C'était la remarque la plus sensée que j'eusse entendue dans Enmore Park.

— Alors, insista-t-il en se tournant vers moi, de quoi s'agit-il ?

— Cet homme m'a attaqué ! répondis-je.

— L'avez-vous attaqué ? interrogea le policeman.

Le professeur soufflait comme un forgeron et se tut.

— Ce n'est pas la première fois, dit sévèrement le policeman en secouant la tête. Vous avez eu des ennuis le mois dernier pour les mêmes faits. Et vous avez mis l'œil de ce jeune homme au beurre noir. Portez-vous plainte contre lui, monsieur ?

Je me laissai attendrir.

— Non, dis-je. Je ne porte pas plainte.

— Qu'est-ce que ça veut dire ? demanda le policeman.

— Je suis moi-même à blâmer. Je me suis introduit chez lui. Il m'avait loyalement averti.

Le policeman referma son calepin.

— Ne recommencez plus ! dit-il. Et maintenant, filez. Allons, filez !

Cela s'adressait à un garçon boucher, à une cuisinière, ainsi qu'à deux badauds qui s'étaient rassemblés. Il descendit la rue de son pas lourd, en poussant devant lui ce petit troupeau. Le professeur me lança un coup d'œil ; dans ce regard, je crus discerner un reflet d'humour.

– Rentrez ! me dit-il. Je n'en ai pas encore terminé avec vous.

L'intonation était sinistre, mais je ne l'en suivis pas moins. Le domestique Austin, un vrai visage de bois, referma la porte derrière nous.

CHAPITRE IV
La chose la plus formidable du monde

À peine était-elle refermée que Mme Challenger s'élança de la salle à manger. Cette petite bonne femme était d'humeur furieuse. Elle barra la route à son mari comme l'aurait fait devant un taureau une poulette enragée. De toute évidence, elle avait assisté à ma sortie, mais elle ne m'avait pas vu rentrer.

— Tu n'es qu'une brute, George ! hurla-t-elle. Tu as blessé ce gentil garçon.

Il pointa son pouce derrière lui.

— Regarde-le : il est sain et sauf.

Elle était confuse, mais pas tellement.

— Excusez-moi : je ne vous avais pas vu.

— Je vous assure, madame, que tout va très bien.

— Il a marqué votre pauvre visage ! Oh ! George, quelle brute tu fais ! D'une semaine à l'autre, rien que des scandales ! Tout le monde te déteste et se moque de toi. Ma patience est à bout. Et ceci est la goutte d'eau…

— Le linge sale se lave en famille ! gronda le professeur.

— Mais il n'y a plus de secret ! s'écria-t-elle. Qu'imagines-tu ? Toute la rue, tout Londres… Sortez, Austin, nous n'avons pas besoin de vous ici. Est-ce que tu supposerais par hasard que tous ne brocardent pas sur toi ? Où est ta dignité ? À toi, un homme qui aurait dû être le recteur d'une grande université où mille étudiants t'auraient révéré ? Qu'as-tu fait de ta dignité, George ?

— Et que fais-tu de la tienne, ma chère ?

— Tu me mets à trop rude épreuve. Une brute, une brute braillarde et vulgaire, voilà ce que tu es devenu !

— Sois gentille, Jessie !

— Un taureau furieux, un taureau qui beugle perpétuellement !

— As-tu fini de me dire des choses désagréables ?

À ma grande surprise, il se pencha, la leva à bout de bras, et la fit s'asseoir sur un haut socle en marbre noir dans un angle du vestibule. Ce socle avait au moins deux mètres, et il était si mince qu'elle pouvait à peine se tenir en équilibre. Rien de plus ridicule que le spectacle de sa figure convulsée de rage, de ses pieds qui battaient dans le vide et de son buste pétrifié dans la crainte d'une chute.

— Fais-moi descendre ! gémit-elle.

– Dis « s'il te plaît » !

– Sale brute ! Fais-moi descendre à l'instant même !

– Venez dans mon bureau, monsieur Malone...

– En vérité, monsieur... hasardai-je en lui désignant la dame.

– M. Malone plaide en ta faveur, Jessie. Dis « s'il te plaît », et immédiatement tu te retrouveras en bas.

– Brute ! Brute ! S'il te plaît ! S'il te plaît !

Il la redescendit comme s'il s'était agi d'un canari.

– Il faut bien te tenir, chérie. M. Malone est un journaliste. Il racontera demain tout cela dans sa feuille de chou, et il en vendra une demi-douzaine de plus chez nos voisins : « L'étrange histoire d'une vie en altitude »... Car tu te sentais plutôt en altitude sur ce socle, n'est-ce pas ? Puis un sous-titre : « Quelques aperçus sur un ménage singulier. » Il se nourrit d'immondices, M. Malone ! Il se repaît de charognes, comme tous ceux de son espèce... porcus ex grege diaboli... un cochon du troupeau du diable. N'est-ce pas, Malone ? Hein ?

– Vous êtes réellement invivable !

Il éclata de rire.

– Nous nous coaliserons bientôt, hein ? rugit-il en fixant alternativement sa femme et moi.

Il bomba son énorme torse, puis tout à coup son intonation se transforma :

« Pardonnez-moi ce frivole badinage familial, monsieur Malone. Je vous ai appelé pour des motifs plus sérieux. Vous n'avez pas à vous mêler de ces petites plaisanteries domestiques... File, petite bonne femme, et ne te tracasse pas...

Il posa sur ses épaules une grosse patte, en ajoutant :

« Tout ce que tu dis est la vérité même. Je serais un homme meilleur si je suivais tes conseils ; mais si je les suivais, je ne serais plus tout à fait George Edward Challenger. Il existe quantité d'hommes meilleurs, ma chère, mais il n'existe qu'un G. E. C. Alors arrange-toi pour le mieux...

Il lui décocha un baiser bruyant, qui me gêna encore plus que toute sa violence.

« Maintenant, monsieur Malone, reprit-il avec toute sa dignité retrouvée, par ici s'il vous plaît !

Nous rentrâmes dans la pièce que nous avions si tumultueusement quittée dix minutes plus tôt. Le professeur ferma la porte, me poussa vers un fauteuil, et plaça une boîte de cigares sous mon nez.

« De vrais San Juan Colorado ! dit-il. Les gens émotifs de votre espèce sont les meilleurs experts en narcotiques. Ciel ! Ne mordez pas dedans ! Coupez-le... coupez-le avec respect ! Maintenant, adossez-vous paisiblement et écoutez ce que je vais vous dire. Si vous avez une observation à me faire, réservez-la pour un autre jour

« En premier lieu, pour ce qui est de votre retour chez moi après votre expulsion si justifiée...

Il lança sa barbe en avant et me regarda comme quelqu'un qui défie et invite à la contradiction ; mais je ne bronchai pas.

« ... après, comme je l'ai dit, votre expulsion bien méritée, la raison en est la réponse que vous avez faite à ce policeman ; j'ai cru y discerner un éclair de bon sentiment... meilleur, en tout cas, que ceux que jusqu'ici votre profession m'a témoignés. En admettant que la responsabilité de l'incident vous incombait, vous avez administré la preuve d'un certain détachement de l'esprit et d'une largeur de vues qui m'ont impressionné favorablement. La sous-espèce de la race humaine à laquelle vous appartenez malheureusement s'est toujours maintenue au-dessous de mon horizon mental. Vos paroles vous ont élevé soudain au-dessus de lui : alors je vous ai remarqué. C'est pour cette raison que je vous ai prié de rentrer, afin que je puisse faire plus ample connaissance avec vous. Veuillez déposer votre cendre dans le petit cendrier japonais, sur la table de bambou qui est à votre coude gauche.

Tout ceci, il l'avait proféré sur le ton d'un professeur s'adressant à sa classe. Il avait fait virer sa chaise pivotante de façon à me faire face, et il était assis tout gonflé comme une gigantesque grenouille mugissante. Brusquement, il se tourna de côté, et tout ce que je vis de lui fut une oreille rouge, saillante, sous des cheveux hirsutes. Il fouillait parmi la liasse de papiers qu'il avait sur son bureau. Et bientôt, tenant à la main ce qui me parut être un album de croquis déchiré, il se replaça en face de moi.

« Je vais vous parler de l'Amérique du Sud, commença-t-il. Pas de commentaires s'il vous plaît ! D'abord, je tiens à ce que vous compreniez que rien de ce que je vous dirai n'est destiné à être communiqué d'une façon ou d'une autre au public sans mon autorisation expresse. Cette autorisation, selon toutes les probabilités humaines, je ne vous la donnerai jamais. Est-ce clair ?

– Difficile ! fis-je. Sûrement, un compte rendu judicieux...

Il reposa son album sur le bureau.

– Terminé ! fit-il. Je vous souhaite une bonne journée.

– Non, non ! m'écriai-je. Je me soumets à toutes vos conditions. Au reste, je n'ai pas le choix !

– Non, c'est à prendre ou à laisser !

– Et bien ! alors, je promets...

– Parole d'honneur ?

– Parole d'honneur !

Il me dévisagea : un scepticisme brillait dans ses yeux insolents.

– Après tout, qu'est-ce que je sais de votre honneur ?

– Décidément, monsieur, protestai-je avec une furieuse véhémence, vous prenez avec moi de grandes libertés ! Je n'ai jamais été pareillement offensé dans toute ma vie !

Cette sortie parut l'intéresser davantage que le gêner.

– Tête ronde, marmonna-t-il. Brachycéphale. L'œil gris. Le cheveu noir. Une tendance au négroïde. Celte, je présume ?

– Je suis un Irlandais, monsieur.

– Irlandais irlandais ?

– Oui, monsieur.

– Voilà l'explication. Voyons : vous m'avez promis que vous tiendriez votre langue ? Les confidences que je vais vous faire seront forcément restreintes. Mais je me sens disposé à vous donner quelques indications intéressantes. Premièrement, vous savez sans doute qu'il y a deux ans j'ai fait un voyage en Amérique du Sud : voyage qui sera classique dans l'histoire scientifique du monde. Son objet était de vérifier quelques conclusions de Wallace et de Bâtes, ce qui ne pouvait être fait qu'en observant les faits qu'ils avaient notés, dans les mêmes conditions que celles où ils s'étaient trouvés. Je pensais que si mon expédition n'aboutissait qu'à ce résultat, elle valait néanmoins la peine d'être tentée : mais un incident curieux se produisit pendant que je me trouvais là-bas, et m'orienta vers une enquête tout à fait nouvelle.

« Vous n'ignorez pas – ou probablement, à votre âge de demi-culture, vous ignorez – que le pays qui environne certaines parties de l'Amazone n'est encore que très partiellement exploré : un grand nombre d'affluents, dont quelques-uns n'ont jamais figuré sur une carte, se jettent dans le fleuve. Mon affaire consistait à visiter l'arrière-pays peu connu et à examiner sa faune, afin de rassembler les matériaux de plusieurs chapitres en vue d'un travail monumental sur la zoologie qui sera la justification de ma vie. J'allais revenir, après avoir effectué mes recherches, quand j'eus l'occasion de passer une nuit dans un petit village indien, à l'endroit où un certain affluent – dont je tais le nom et la position géographique – se jette dans le fleuve. Les indigènes étaient des Indiens Cucuma ; c'est une race aimable mais dégénérée, dont l'efficacité mentale ne dépasse pas celle du Londonien moyen. J'avais soigné quelques malades de leur tribu en remontant le fleuve, et ma personnalité les avait considérablement impressionnés ; je ne fus donc pas surpris le moins du monde quand je les revis qui attendaient impatiemment mon retour. À leurs signes, je devinai que l'un d'entre eux avait un besoin urgent de mes soins médicaux ; je suivis le chef dans une hutte ; quand j'entrai, je découvris que le malade auprès duquel j'avais été appelé venait d'expirer. Et je découvris, avec une immense stupéfaction, que cet homme n'était pas un Indien, mais un Blanc... En vérité, je devrais dire un homme très blanc, car il avait des cheveux blond filasse, et il portait quelques-unes des caractéristiques de l'albinos. Il était vêtu de haillons, son visage était très émacié, il en avait certainement vu de dures ! Pour autant que j'eusse compris le récit des indigènes, ils ne le connaissaient pas du tout ; il était arrivé seul dans leur village, à travers les grands bois, dans un état d'extrême fatigue.

« Son sac était posé à côté de sa paillasse ; j'en inspectai le contenu. Son nom était écrit sur une étiquette à l'intérieur : Maple White, Lake Avenue, Detroit, Michigan. C'est un nom devant lequel je tirerai toujours mon chapeau. Il n'est pas excessif de dire qu'il se situera au même plan que le mien quand les mérites de toute la terre seront équitablement répartis.

« D'après ce que contenait le sac, il était clair que cet homme avait été un artiste et un poète en quête d'inspiration. Il y avait des vers ; je ne prétends pas être un bon juge en poésie, mais ils m'apparurent singulièrement dépourvus de valeur. Il y avait aussi quelques tableaux médiocres qui représentaient le fleuve, une boîte de peinture, une boîte de craies de couleur, quelques pinceaux, cet os incurvé que vous voyez sur mon buvard, un volume de Baxter, Phalènes et Papillons, un revolver de modèle courant et quelques balles. Quant à son équipement personnel, il n'en possédait aucun, peut-être l'avait-il perdu au cours de ses pérégrinations. L'inventaire des trésors de cet étrange bohémien d'Amérique fut donc vite fait.

« J'allais me détourner quand j'aperçus un objet qui dépassait de sa veste déchirée : c'était un album à dessins, que je trouvai déjà dans le triste état où vous le voyez aujourd'hui. Cependant, je vous jure qu'un manuscrit de Shakespeare n'aurait pas été plus respectueusement traité que cette relique, depuis qu'elle entra en ma possession. Prenez-le, feuilletez-le page par page afin d'en examiner le contenu.

Il s'offrit un cigare, et se recula dans son fauteuil pour mieux me fixer de ses deux yeux férocement critiques ; il attendait l'effet que son document produirait sur moi.

J'avais ouvert l'album en escomptant une révélation sensationnelle, sans pouvoir d'ailleurs en imaginer par avance la nature. Toutefois, la première page me déçut, car elle ne contenait rien d'autre que le dessin d'un très gros homme en vareuse, avec pour légende : « Jimmy Colver sur le paquebot ». Les quelques pages suivantes étaient consacrées à de petites illustrations des Indiens et de leurs mœurs. Puis vint le portrait d'un ecclésiastique joyeux et corpulent, assis en face d'un mince Européen, et au-dessous était écrit au crayon : « Déjeuner avec Fra Cristofero à Rosario ».

Des études de femmes et d'enfants occupaient d'autres pages, puis j'arrivai à une longue suite de dessins d'animaux avec des explications dans le genre de celle-ci : « Lamantin sur banc de sable, Tortues et leurs œufs, Ajouti noir sous un palmier de Miriti ». Ledit ajouti ressemblait à un porc. Enfin j'ouvris une double page remplie de dessins de sauriens fort déplaisants, à la gueule allongée. Comme je ne parvenais pas à les identifier, je demandai au professeur :

– Ce sont de vulgaires crocodiles, n'est-ce pas ?

– Des alligators ! des alligators ! Il n'y a pratiquement pas de véritables crocodiles en Amérique du Sud. La distinction entre…

– Je voulais dire par là que je ne voyais rien d'extraordinaire, rien dans ce cahier qui justifiât ce que vous avez dit sur son contenu précieux.

Il sourit avec une grande sérénité avant de m'inviter à regarder la page suivante.

Encore une fois, il me fut impossible de m'enthousiasmer. Il s'agissait sur toute la page d'un paysage grossièrement colorié : le genre d'ébauche qui sert à un artiste de guide et de repère pour un travail ultérieur. Un premier plan vert pâle de végétation touffue, en pente ascendante, et qui se terminait par une ligne de falaises rouge foncé, avec de curieuses stries qui leur donnaient l'apparence de formations basaltiques comme j'en avais vu ailleurs. Elles s'étendaient pour constituer une muraille continue à l'arrière-plan. Sur un point, il y avait un piton rocheux pyramidal isolé, couronné par un grand arbre, et qu'un gouffre semblait séparer de l'escarpement principal. Sur tout cela la lumière d'un ciel bleu tropical. Une couche mince de végétation bordait le sommet de l'escarpement rouge.

Sur la page suivante, s'étalait une autre reproduction peinte à l'eau du même paysage, mais prise de beaucoup plus près : les détails se détachaient nettement.

– Alors ? me demanda le professeur.

– C'est indubitablement une curieuse formation, répondis-je. Mais je ne suis pas suffisamment géologue pour m'émerveiller.

– Vous émerveiller ! répéta-t-il. Mais c'est unique. C'est incroyable. Personne sur la terre n'avait jamais imaginé une telle possibilité. Passez à la page suivante...

Je tournai la page, et poussai une exclamation de surprise. Sur toute la hauteur se dressait l'image de l'animal le plus extraordinaire que j'eusse jamais vu. On aurait dit le rêve sauvage d'un fumeur d'opium, une vision de délirant... La tête ressemblait à celle d'un oiseau, le corps à celui d'un lézard bouffi, la queue traînante était garnie de piquants dressés en l'air, et le dos voûté était bordé d'une haute frange en dents de scie analogues à une douzaine de fanons de dindons placés l'un derrière l'autre. Face à cette créature invraisemblable, se tenait un ridicule petit bout d'homme, sorte de nain à forme humaine, qui la regardait.

« Alors, qu'est-ce que vous pensez de ça ? cria le professeur, qui se frotta vigoureusement les mains avec un air triomphant.

– C'est monstrueux... grotesque !

– Mais qu'est-ce qui lui a fait dessiner un animal pareil ?

– L'abus du gin, je pense...

– Oh ! C'est la meilleure explication que vous puissiez fournir, n'est-ce pas ?

– Ma foi, monsieur, quelle est la vôtre ?

– De toute évidence, cet animal existe. Il a été dessiné vivant.

J'aurais éclaté de rire si la perspective d'un autre soleil dans le corridor ne m'avait pas enjoint de conserver mon sérieux.

– Sans doute, sans doute ! dis-je sur le même ton que j'aurais pris pour railler un idiot. Puis-je cependant vous confesser que cette minuscule silhouette humaine m'embarrasse ? S'il s'agissait d'un Indien, nous pourrions en déduire qu'une race de pygmées existe en Amérique ; mais il a plutôt l'air d'un Européen, avec son chapeau de paille...

Le professeur renifla comme un buffle irrité :

– Vous êtes vraiment à la limite ! dit-il. Mais vous élargissez le champ de mes observations. Paresse cérébrale ! Inertie mentale ! Magnifique !

Il aurait été trop absurde que je me misse en colère. Ça aurait été un terrible gaspillage d'énergie, car avec cet homme, il aurait fallu se mettre tout le temps en colère. Je me bornai à esquisser un sourire las :

– J'avais été frappé par le fait qu'il était petit, lui dis-je.

– Regardez ici ! s'écria-t-il en se penchant et en posant sur le dessin un doigt qui ressemblait à une grande saucisse poilue. Voyez-vous cette prolifération arborescente derrière l'animal ? Je suppose que vous vous imaginez que c'est du pissenlit ou des choux de Bruxelles, n'est-ce-pas ? Oui, eh bien ! c'est un palmier d'ivoire végétal, monsieur, qui a près de vingt mètres de haut ! Ne comprenez-vous pas pourquoi un homme a été placé là ? Il a été ajouté, car il n'aurait raisonnablement pas pu se tenir face à cette brute et la dessiner tranquillement. L'artiste s'est représenté lui-même pour fournir une échelle des proportions. Disons qu'il mesurait un mètre quatre-vingts. L'arbre est plus haut que lui, faites le calcul.

– Seigneur ! criai-je. Vous pensez donc que la bête serait... Mais il faudrait un zoo spécial pour un pareil phénomène !

– Toute exagération mise à part, convint le professeur, c'est assurément un spécimen bien développé !

– Mais, protestai-je, ce n'est tout de même pas sur la foi d'un seul dessin que toute l'expérience de la race humaine va vaciller...

J'avais feuilleté les dernières pages de l'album pour vérifier que ce dessin était unique.

« Un dessin exécuté par un Américain vagabond qui pouvait être sous l'influence de hachisch ou de la fièvre, ou qui tout simplement satisfaisait les caprices d'une imagination morbide. Vous, homme de science, vous ne pouvez pas défendre une position semblable !

Pour me répondre, le professeur saisit un livre sur un rayon.

– Voici, me dit-il, une excellente monographie dont l'auteur est mon talentueux ami Ray Lankester. Elle contient une illustration qui vous intéressera... Ah ! la voici ! Elle porte pour légende ces mots : « Aspect probable, lorsqu'il vivait, du stégosaure dinosaure jurassique ; à elle seule, la patte arrière est deux fois plus haute qu'un homme de taille normale. » Hein ! qu'est-ce que vous dites de ça ?

Il me tendit le livre ouvert. Je sursautai quand je vis l'illustration. Dans cet animal reconstitué d'un monde mort, il entrait assurément une grande ressemblance avec le dessin de l'Américain.

– C'est remarquable ! dis-je.

– Mais pas définitif, selon vous ?

– Il peut s'agir d'une coïncidence, à moins que cet Américain n'ait vu autrefois une image semblable et qu'il ne l'ait conservée dans sa mémoire, d'où elle aurait été projetée au cours d'une crise de délire.

– Très bien ! fit avec indulgence le Pr Challenger. Laissons pour l'instant les choses en état. Voudriez-vous considérer à présent cet os ?

Il me fit passer l'os dont il m'avait indiqué qu'il l'avait trouvé dans le sac du mort. Il avait bien quinze centimètres de long, il était plus gros que mon pouce, et il portait à une extrémité quelques traces de cartilage séché.

– À quelle créature connue appartient cet os ? interrogea le professeur.

Je le retournai dans tous les sens, en essayant de me remémorer des connaissances à demi oubliées.

– Une clavicule humaine très épaisse ?

Mon compagnon agita sa main avec une réprobation méprisante.

– La clavicule humaine est courbée. Cet os est droit, et sur sa surface il y a une gouttière qui montre qu'un grand tendon jouait en travers, ce qui ne se produit pas dans le cas de la clavicule.

– Alors je vous avoue que j'ignore de quoi il s'agit.

– Vous n'avez pas à être honteux de votre ignorance, car il n'y a pas beaucoup de savants qui pourraient mettre un nom dessus.

Il sortit d'une boîte à pilules un petit os de la taille d'un haricot.

– Pour autant que j'en puisse juger, cet os humain est l'homologue de celui que vous tenez dans votre main. Voilà qui vous en dit long sur la taille de l'animal en question ! Le cartilage vous enseigne également qu'il ne s'agit pas d'un fossile, mais d'un spécimen récemment vivant. Qu'est-ce que vous dites de cela ?

– Certainement dans un éléphant…

Il poussa un véritable cri de douleur.

– Ah ! non ! Ne parlez pas d'éléphants en Amérique du Sud. Même à la communale…

– Eh bien ! interrompis-je, n'importe quelle grosse bête de l'Amérique du Sud, un tapir, par exemple…

– Apprenez, jeune homme, que les bases élémentaires de la zoologie, ne me sont pas étrangères… Ceci n'est pas un os de tapir, et n'appartient d'ailleurs à aucune autre créature connue. Ceci appartient à un animal très grand, très fort, donc très féroce, qui existe sur la surface de la terre et qui n'est pas encore venu se présenter aux savants. Êtes-vous convaincu ?

– Prodigieusement intéressé, tout au moins.

– Alors votre cas n'est pas désespéré. Je sens que quelque part en vous la raison se dissimule ; nous avancerons donc à tâtons et patiemment pour la déterrer… Quittons maintenant cet Américain mort d'épuisement, et reprenons notre récit. Vous devinez bien que je ne tenais pas à quitter l'Amazone sans avoir approfondi cette histoire. Je cherchai à glaner quelques renseignements sur la direction d'où était venu notre voyageur : des légendes indiennes me servirent de guides ; je découvris en effet que les tribus riveraines évoquaient couramment un étrange pays. Naturellement, vous avez entendu parler de Curupuri ?

– Jamais.

— Curupuri est l'esprit des forêts, quelque chose de terrible, quelque chose de malveillant, quelque chose à éviter… Personne ne peut décrire sa forme ni sa nature, mais c'est un nom qui répand l'effroi sur les bords de l'Amazone. De plus, toutes les tribus s'accordent quant à situer approximativement l'endroit où vit Curupuri. Or de cette direction était justement venu l'Américain. Je soupçonnai donc quelque chose de terrible par là : c'était mon devoir de découvrir ce que c'était.

— Et qu'avez-vous fait ?

Mon irrévérence avait disparu. Cet homme massif forçait mon attention et mon respect.

— Je surmontai l'extrême réserve des indigènes, ils répugnent même à parler de Curupuri ! Mais par des cadeaux, par ma puissance de persuasion, par certaines menaces aussi, je dois le dire, de coercition, je réussis à me faire donner deux guides. Après diverses aventures que je n'ai pas besoin de rappeler, après avoir franchi une distance que je ne préciserai pas, après avoir marché dans une direction que je garde pour moi, nous sommes enfin parvenus dans une vaste étendue qui n'a jamais été décrite ni visitée, sauf par mon infortuné prédécesseur. Voudriez-vous avoir l'obligeance de jeter un coup d'œil ?

Il me tendit une photographie format 12 x 16,5.

« L'aspect non satisfaisant de cette photo provient du fait qu'en descendant une rivière mon bateau se retourna, la malle qui contenait les pellicules non développées se fracassa ; les conséquences de ce naufrage furent désastreuses. Presque tous les négatifs furent détruits : perte irréparable ! Vous voudrez bien accepter cette explication pour les déficiences et les anomalies que vous remarquerez. On a avancé le mot de fraude : je ne suis pas d'humeur à discuter ce point.

La photographie était évidemment très décolorée, et un critique mal disposé aurait pu interpréter tout de travers sa surface incertaine. C'était un paysage gris, terne ; en me penchant sur les détails pour les déchiffrer, je réalisai qu'elle représentait une longue ligne extrêmement haute de falaises : on aurait dit une immense cataracte vue de loin ; et au premier plan une plaine en pente ascendante était parsemée d'arbres.

— Je crois que c'est le même endroit que celui qui a été peint par l'Américain, dis-je.

— Effectivement, c'est bien le même endroit ! répondit le professeur. J'ai trouvé les traces du campement du type. Maintenant, regardez ceci.

C'était une vue, prise de plus près, du même endroit ; mais la photographie était très défectueuse. Pourtant, je pus distinguer le piton rocheux couronné d'un arbre et isolé, qui se détachait devant l'escarpement.

— Pas de doute, c'est la même chose ! déclarai-je.

— Hé bien ! voilà un fait acquis ! dit le professeur. Nous progressons, n'est-il pas vrai ? À présent, voulez-vous regarder au haut de ce piton rocheux ? Y observez-vous quelque chose ?

– Un arbre immense.

– Mais sur l'arbre ?

– Un gros oiseau.

Il me tendit une loupe.

– Oui, dis-je en me penchant avec la loupe. Un gros oiseau est perché sur l'arbre. Il a un bec considérable. Je dirais presque que c'est un pélican.

– Je ne peux guère vous complimenter pour votre bonne vue ! marmonna le professeur. Ce n'est pas un pélican ni même un oiseau. Vous n'apprendrez pas sans intérêt que j'ai réussi à tuer d'un coup de fusil cet échantillon très particulier. J'ai eu là une preuve formelle, la seule que je pouvais ramener en Angleterre.

– Bon. Alors, vous l'avez ?

Enfin il y avait corroboration tangible.

– Je l'avais. Elle a été malheureusement perdue avec quantité d'autres choses dans le même accident de bateau qui a abîmé ou détruit mes photographies. Je me suis cramponné à une aile quand la bête a disparu dans le tourbillon du rapide, et il m'est resté une partie de ladite aile. Quand je fus rejeté sur le rivage, j'étais évanoui, mais le pauvre vestige de mon splendide spécimen était intact. Le voici.

D'un tiroir, il sortit ce qui me parut être la partie supérieure de l'aile d'une grande chauve-souris, elle avait bien soixante centimètres de long ; c'était un os courbé, avec un tissu membraneux au-dessous.

– Une chauve-souris monstrueuse ! suggérai-je.

– Absolument pas ! répliqua sévèrement le professeur. Vivant comme j'en ai l'habitude dans une atmosphère scientifique, je n'aurais pas pu supposer que les principes de base de la zoologie étaient si ignorés ? Est-ce possible que vous ne connaissiez pas ce fait élémentaire en zoologie comparée, à savoir que l'aile d'une chauve-souris consiste en trois doigts étirés reliés entre eux par des membranes ?... Or, dans cet exemple, l'os n'est certainement pas un avant-bras, et vous pouvez voir par vous-même qu'il n'y a qu'une seule membrane pendant sur un os unique, par conséquent, s'il ne peut appartenir à une chauve-souris, de quoi s'agit-il ?

Ma modeste réserve de connaissances techniques était épuisée.

– En vérité, je n'en sais rien ! murmurai-je.

Il ouvrit le livre qu'il m'avait déjà montré.

– Ici, dit-il en me désignant l'image d'un extraordinaire monstre volant, il y a une excellente reproduction du dimorphodon, ou ptérodactyle, reptile volant de la période jurassique. À la page suivante, vous trouverez un schéma sur le mécanisme de son aile. Comparez-le donc, s'il vous plaît, avec l'échantillon que vous tenez dans votre main.

Je fus submergé par une vague d'ahurissement. J'étais convaincu. Il n'y avait pas moyen de ne pas être convaincu. La preuve cumulative était accablante. Le croquis peint, les photographies, le récit, et maintenant cet échantillon récent... l'évidence sautait aux yeux. Je le dis. Et je le dis avec une grande chaleur de sincérité, car je comprenais à présent que le professeur avait été fort injustement traité. Il m'écouta en se calant le dos dans son fauteuil ; il avait à demi baissé ses paupières, et un sourire tolérant flottait sur ses lèvres ; un rayon de soleil imprévu se posa sur lui.

« C'est la chose la plus sensationnelle dont j'aie jamais entendu parler ! dis-je.

Pour être tout à fait franc, je conviens que mon enthousiasme professionnel de journaliste était plus fort que mon enthousiasme de savant amateur. Je poursuivis :

« C'est colossal ! Vous êtes le Christophe Colomb de la science ! Vous avez découvert un monde perdu ! Réellement, je suis désolé de vous avoir donné l'impression que j'étais sceptique. Mais c'était tellement incroyable ! Tout de même, je suis capable de comprendre une preuve quand je la vois, et je ne dois pas être le seul au monde !

Le professeur ronronna de satisfaction.

« Mais ensuite, monsieur, qu'avez-vous fait ?

— C'était la saison des pluies, monsieur Malone, et mes provisions étaient épuisées. J'ai exploré une partie de cette falaise énorme, mais je n'ai trouvé aucun moyen de l'escalader. Le piton pyramidal sur lequel j'avais vu et abattu le ptérodactyle était absolument inaccessible. Comme j'ai fait beaucoup d'alpinisme, je suis cependant parvenu à mi-hauteur ; de là j'ai eu une vue plus précise du plateau qui s'étend au sommet de l'escarpement ; il m'a paru immense : ni vers l'est ni vers l'ouest je n'ai pu apercevoir la fin de cette ligne coiffée de verdure. Au-dessous, c'est une région marécageuse, une jungle pleine de serpents, d'insectes, de fièvres, une ceinture de protection naturelle pour ce singulier pays.

— Avez-vous discerné d'autres vestiges de vie ?

— Non, monsieur, je n'en ai vu aucun autre. Mais tout au long de la semaine où nous avons campé à la base de ce plateau, nous avons entendu au-dessus de nos têtes des bruits très étranges.

— Mais cette créature dessinée par l'Américain ? Comment l'expliquez-vous ?

— Nous pouvons seulement supposer qu'il a dû arriver au sommet et qu'il l'a vue là-haut. Il doit donc y avoir une route, un moyen d'accès, certainement un accès très difficile, car autrement ces animaux descendraient et envahiraient le pays environnant. Est-ce assez clair ?

— Mais comment seraient-ils parvenus là-haut ?

— Je ne crois pas que ce soit là un problème insoluble, répondit le professeur. Selon moi, l'explication est celle-ci : l'Amérique du Sud est, on vous l'a peut-être appris, un continent de formation granitique. À cet endroit précis, à l'intérieur, il y a eu, autrefois, une grande et soudaine éruption volcanique. Ces escarpements, comme je l'ai observé, sont basaltiques, donc plutoniens. Une surface, peut-être aussi étendue que le Sussex, a été surélevée en bloc avec tout ce qu'elle contenait par des précipices perpendiculaires dont la solidité défie l'érosion. Quel en a été le résultat ? Hé bien ! les lois ordinaires de la nature se sont trouvées suspendues. Les divers freins qui influent sur la lutte pour la vie dans le monde sont là-haut neutralisés ou modifiés. Des créatures survivent, alors qu'ailleurs elles auraient disparu. Vous remarquerez que le ptérodactyle autant que le stégosaure remontent à l'époque jurassique, et sont, par conséquent, fort anciens dans l'ordre de la vie. Ils ont été artificiellement conservés par d'étranges circonstances.

— Mais naturellement ! m'écriai-je. Votre thèse est concluante. Il ne vous reste plus qu'à la soumettre aux autorités compétentes !

— C'est ce que, dans ma simplicité, je m'étais imaginé, soupira, non sans amertume, le professeur. Mais les choses ne tardèrent pas à se gâter : à chaque tournant, j'étais guetté par un scepticisme, dicté par la stupidité, et aussi par la jalousie. Il n'est pas dans ma nature, monsieur, de m'aplatir devant un homme quel qu'il soit ni de chercher à prouver un fait si ma parole est mise en doute. Aussi ai-je dédaigné de faire état des preuves corroboratives que je possède. Le sujet m'est même devenu odieux, je ne voulais plus en parler. Quand des gens de votre espèce, qui représentent la folle curiosité du public, viennent troubler ma discrétion, il m'est impossible de les accueillir avec une réserve digne. Par tempérament je suis, je l'admets, un peu passionné, et toute provocation déchaîne ma violence. Je crains que vous ne vous en soyez aperçu.

Je baissai les yeux et ne dis rien.

« Ma femme m'a souvent querellé à ce sujet, et pourtant je crois que tout homme d'honneur réagirait comme moi. Ce soir, par exemple, je me propose de fournir un exemple de contrôle des émotions par la volonté. Je vous invite à assister à cette démonstration…

Il me tendit une carte.

« Vous verrez que M. Percival Waldron, naturaliste réputé, doit faire une conférence, à huit heures et demie, dans le hall de l'Institut de zoologie, sur le « Dossier du temps ». J'ai été spécialement invité à m'asseoir sur l'estrade et à proposer une motion de remerciements à l'adresse du conférencier. À ce propos, je me fais fort de lancer, avec autant de tact que de délicatesse, quelques remarques de nature à intéresser l'assistance et à donner envie à certains d'approfondir le sujet. Rien qui ait l'air d'une querelle ! J'indiquerai seulement qu'au-delà de ce qui est su, il existe des secrets formidables. Je me tiendrai soigneusement en laisse, et je verrai si une attitude réservée me permettra d'obtenir une audience plus favorable auprès du public.

— Et… je pourrai venir ? demandai-je avec une ardeur non feinte.

— Mais oui, entendu !

Cette énorme masse était douée d'une douceur qui subjuguait autant que sa violence. Son sourire, quand il était empreint de bienveillance, était un spectacle merveilleux, ses joues se groupaient pour former deux pommes bien rouges entre ses yeux mi-clos et sa grande barbe noire. Il reprit :

« Venez ! Ce sera un réconfort pour moi de savoir que j'ai un allié dans la place, quelles que puissent être son insuffisance et son ignorance du sujet… Je pense qu'il y aura du monde, car Waldron, qui n'est qu'un charlatan, attire toujours la foule. Maintenant, monsieur Malone, il se trouve que je vous ai accordé beaucoup plus de temps que je ne l'avais prévu. Or l'individu doit s'effacer devant la société, ne pas monopoliser ce qui est destiné au monde entier. Je serai heureux de vous voir ce soir à la conférence. Entre-temps, comprenez qu'il ne saurait être fait usage des sujets que nous avons abordés ensemble.

– Mais M. McArdle, mon rédacteur en chef, voudra savoir ce que j'ai fait !

– Dites-lui ce que vous voudrez. Entre autres choses, vous pouvez lui dire que s'il m'envoie quelqu'un d'autre, j'irai le trouver avec un fouet de cavalerie. Mais je me fie à vous pour que rien de ceci ne soit imprimé. Parfait ! À ce soir donc, huit heures trente, dans le hall de l'Institut de zoologie.

En quittant la pièce, je jetai un dernier regard sur ses joues rouges, sa barbe presque bleue, et ses yeux d'où toute tolérance avait disparu.

CHAPITRE V
Au fait !

Étant donné les chocs physiques consécutifs à mon premier entretien avec le Pr Challenger, et les chocs mentaux que je subis au cours du second, j'étais plutôt démoralisé – en tant que journaliste naturellement ! – quand je me retrouvai dans Enmore Park. J'avais mal à la tête, mais cette tête-là abritait une idée : dans l'histoire de cet homme il y avait du vrai, du vrai à conséquences formidables, du vrai qui fournirait de la copie sensationnelle pour la Gazette quand je serais autorisé à m'en servir. Au bout de la rue, un taxi attendait ; je sautai dedans et me fis conduire au journal. Comme d'habitude, McArdle était à son poste.

– Alors ? s'écria-t-il très impatient. Comment est-ce que ça se présente ?... M'est avis, jeune homme, que vous avez été à la guerre ! Vous aurait-il boxé ?

– Au début, nous avons eu un petit différend.

– Quel homme ! Qu'avez-vous fait ?

– Hé bien ! il est devenu plus raisonnable, et nous avons causé. Mais je n'ai rien tiré de lui... enfin, rien qui soit publiable.

– Je n'en suis pas aussi sûr que vous ! Il vous a mis un œil au beurre noir, et ce fait divers mérite déjà d'être publié... Nous ne pouvons pas accepter ce règne de la terreur, monsieur Malone ! Il faut ramener notre homme à ses justes proportions. Demain, je vais m'occuper de lui dans un petit éditorial... Donnez-moi simplement quelques indications, et je le marquerai au fer rouge pour le restant de ses jours. Le Pr Münchhausen... pas... mal pour un gros titre, non ? Sir John Mandeville ressuscité... Cagliostro... Tous les imposteurs et les tyrans de l'Histoire. Je révélerai le fraudeur qu'il est !

– À votre place, je ne le ferais pas, monsieur.

– Et pourquoi donc ?

– Parce qu'il n'est pas du tout le fraudeur que vous supposez.

– Quoi ! rugit McArdle. Vous n'allez pas me dire que vous croyez à ses histoires de mammouths, de mastodontes et de grands serpents volants ?

– Je ne vous le dirai pas parce que je n'en sais rien. Je ne crois pas d'ailleurs qu'il émette des théories sur ces points précis. Mais ce que je crois, c'est qu'il a découvert quelque chose de neuf.

– Alors, mon vieux, écrivez-le, pour l'amour de Dieu !

— Je ne demanderais pas mieux, mais tout ce que j'ai appris, il me l'a dit sous le sceau du secret ; à condition que je n'en publie rien...

En quelques phrases, je résumai le récit du professeur. McArdle semblait terriblement incrédule.

— Bon ! dit-il enfin. À propos de cette réunion scientifique de ce soir, vous n'êtes pas tenu au secret, n'est-ce pas ? Je ne pense pas que d'autres journaux s'y intéressent, car Waldron ne fera que répéter ce qu'il a déclaré maintes fois, et nul ne sait que Challenger viendra et parlera. Avec un peu de chance, nous pouvons avoir une belle exclusivité. De toute façon, vous y serez et vous nous rapporterez un compte rendu. Je vous réserverai de la place pour minuit.

J'eus une journée fort occupée. Je dînai de bonne heure au club des Sauvages avec Tarp Henry, à qui je racontai une partie de mes aventures. Il m'écouta avec un sourire indulgent et sceptique, jusqu'au moment où il éclata de rire quand je lui avouai que le professeur m'avait convaincu.

— Mon cher ami, dans la vie réelle, les choses ne se passent pas ainsi. Les gens ne tombent pas sur des découvertes sensationnelles pour égarer après coup leurs preuves. Laissez cela aux romanciers. Le type en question est aussi plein de malice qu'une cage de singes au zoo. Tout ça, c'est de la blague !

— Mais le poète américain ?

— Il n'a jamais existé !

— J'ai vu son album à croquis.

— C'est l'album à croquis de Challenger.

— Vous croyez qu'il a dessiné cet animal ?

— Naturellement ! Qui d'autre l'aurait fait ?

— Tout de même, les photographies...

— Il n'y avait rien sur les photographies. De votre propre aveu, vous n'y avez vu qu'un oiseau.

— Un ptérodactyle !

— À ce qu'il dit ! Il vous a mis un ptérodactyle dans l'idée.

— Alors, les os ?

— Le premier, il l'a tiré d'un ragoût de mouton. Le second, il l'a rafistolé pour l'occasion. Pour peu que vous soyez intelligent et que vous connaissiez votre affaire, vous pouvez truquer un os aussi aisément qu'une photographie.

Je commençais à me sentir mal à l'aise. Après tout, peut-être avais-je donné prématurément mon accord ?

— Venez-vous à la conférence ? demandai-je à brûle-pourpoint à Tarp Henry.

Mon compagnon réfléchit :

— Ce génial Challenger n'est pas trop populaire ! répondit-il. Des tas de gens ont des comptes à régler avec lui. Il est sans doute l'homme le plus détesté de Londres.

Si les étudiants en médecine s'en mêlent, ce sera un chahut infernal. Je n'ai nulle envie de me trouver dans une fosse aux ours !

– Au moins pourriez-vous avoir l'impartialité de l'entendre exposer lui-même son affaire !

– Oui... Ce ne serait que juste, en somme... Très bien ! Je suis votre homme.

Quand nous arrivâmes dans le hall, nous fûmes surpris par la foule qui s'y pressait. Une file de coupés déchargeait sa cargaison de professeurs à barbe blanche. Le flot foncé des humbles piétons qui se précipitaient par la porte ogivale laissait prévoir que la réunion aurait un double succès, populaire autant que scientifique. Dès que nous fûmes installés, il nous apparut que toute une jeunesse s'était emparée du poulailler, et qu'elle débordait jusque dans les derniers rangs du hall. Je regardai derrière nous, je reconnus beaucoup de visages familiers d'étudiants en médecine. Selon toute vraisemblance, les grands hôpitaux avaient délégué chacun une équipe de représentants. La bonne humeur régnait, mais l'espièglerie perçait déjà. Des couplets étaient repris en chœur avec un enthousiasme qui préludait bizarrement à une conférence scientifique. Pour une belle soirée, ce serait sûrement une belle soirée !

Par exemple, lorsque le vieux docteur Meldrum, avec son célèbre chapeau d'opéra aux bords roulés, apparut sur l'estrade, il fut accueilli par une clameur aussi générale qu'irrespectueuse : « Chapeau ! Chapeau ! » Le vieux docteur Meldrum se hâta de se découvrir et dissimula son haut-de-forme sous sa chaise. Quand le Pr Wadley, chancelant sous la goutte, s'avança vers son siège, de toutes parts jaillirent d'affectueuses questions sur l'état de ses pauvres orteils, ce qui ne laissa pas de l'embarrasser. Mais la plus grande démonstration fut réservée cependant à ma nouvelle connaissance, le Pr Challenger, quand il traversa l'assemblée pour prendre place au bout du premier rang sur l'estrade : dès que sa barbe noire apparut, il fut salué par de tels hurlements de bienvenue que je me demandai si Tarp Henry n'avait pas vu juste, et si cette nombreuse assistance ne s'était pas dérangée parce qu'elle avait appris que le fameux professeur interviendrait dans les débats.

À son entrée, il y eut quelques rires de sympathie sur les premiers bancs, où s'entassaient des spectateurs bien habillés : comme si la manifestation des étudiants ne leur déplaisait pas. Cette manifestation fut l'occasion, en vérité, d'un vacarme épouvantable : imaginez la bacchanale qui s'ébauche dans la cage des grands fauves lorsque se fait entendre dans le lointain le pas du gardien chargé de les nourrir. Peut-être y avait-il dans ce bruit de confuses velléités d'offense ? Pourtant je l'assimilai plutôt à une simple turbulence, à la bruyante réception de quelqu'un qui amusait et intéressait, et non d'un personnage détesté ou méprisé. Challenger sourit avec une lassitude dédaigneuse mais indulgente, comme tout homme poli sourit devant les criailleries d'une portée de chiots. Avec une sage lenteur il s'assit, bomba le torse, caressa sa barbe et inspecta entre ses paupières mi-closes la foule qui lui faisait face. Le tumulte qui l'avait accueilli ne s'était pas encore apaisé quand le Pr Ronald Murray, qui présidait, et M. Waldron, le conférencier, s'avancèrent sur l'estrade. La séance commençait.

Le Pr Murray m'excusera, j'en suis sûr, si j'ose écrire qu'il partage avec beaucoup d'Anglais le don de l'inaudibilité. Pourquoi diable des gens qui ont quelque chose de valable à dire ne se soucient-ils pas d'être entendus ? Voilà bien l'un des mystères de la vie moderne ! Leur méthode oratoire est aussi peu raisonnable que celle qui, pour alimenter un réservoir, s'obstinerait à faire passer de l'eau de source à travers un tuyau bouché, alors qu'un effort minuscule le déboucherait. Le Pr Murray adressa quelques remarques profondes à sa cravate blanche et à sa carafe d'eau, puis se livra à un aparté humoristique et même pétillant avec le chandelier d'argent qui était dressé à sa droite. Après quoi il se rassit, et M. Waldron, notre célèbre conférencier, suscita en se levant un murmure d'approbation générale. C'était un homme au visage maigre et austère, à la voix rude, aux manières agressives ; au moins avait-il le mérite de savoir comment assimiler les idées des autres, et les transmettre d'une manière intéressante pour le profane ; il possédait également le don d'être amusant lorsqu'il traitait des sujets aussi rébarbatifs que la précession de l'équinoxe ou la formation d'un vertébré.

Il développa devant nous le panorama de la création, tel du moins que la science l'interprète, dans une langue toujours claire et parfois pittoresque. Il nous parla du globe terrestre, une grosse masse de gaz enflammés tournoyant dans les cieux. Puis il nous représenta la solidification, le refroidissement, l'apparition des rides qui formèrent les montagnes, la vapeur qui tourna en eau, la lente préparation de la scène sur laquelle allait être joué le drame inexplicable de la vie. Sur l'origine de la vie, il se montra discrètement imprécis. Il se déclara presque certain que les germes de la vie auraient difficilement survécu à la cuisson originelle.

Donc elle était survenue ultérieurement. Mais comment ? Avait-elle surgi des éléments inorganiques du globe en cours de refroidissement ? C'était très vraisemblable. Les germes de la vie auraient-ils été apportés du dehors par un météore ? C'était moins vraisemblable. En somme, le sage devait se garder de tout dogmatisme sur ce point, nous ne pouvions pas, ou du moins pas encore, créer de la vie organique en laboratoire à partir d'éléments inorganiques. L'abîme entre le mort et le vivant n'avait pas encore été franchi par la chimie. Mais il y avait une chimie plus haute et plus subtile, la chimie de la nature, qui travaillait avec de grandes forces sur de longues époques : pourquoi ne produirait-elle pas des résultats qu'il nous était impossible d'obtenir ?

Cela amena le conférencier à dresser un tableau de la vie animale. Au bas de l'échelle, les mollusques et les faibles créatures de la mer ; puis, en remontant par les reptiles et les poissons, un rat-kangourou femelle, créature qui porte devant elle ses petits, ancêtre en droite ligne de tous les mammifères et, probablement, de tous les auditeurs de cette conférence.

– Non, non ! protesta un étudiant sceptique dans les derniers rangs.

– Si le jeune gentleman à la cravate rouge qui a crié « non, non ! » et qui a ainsi vraisemblablement revendiqué d'être éclos d'un œuf avait la bonté de l'attendre après la conférence, le conférencier serait heureux de contempler un tel phénomène. [Rires.]

Il était étrange de penser que le plus haut degré de l'antique processus naturel consistait dans la création de ce gentleman à la cravate rouge. Mais est-ce que le processus s'était arrêté ? Est-ce que ce gentleman pouvait être considéré comme le type ultime – l'apogée, la conclusion de l'évolution ? Il espérait qu'il ne froisserait pas les sentiments du gentleman à la cravate rouge s'il soutenait que, quelles que fussent les qualités que pouvait posséder ce gentleman dans sa vie privée, le processus universel ne se trouverait pas entièrement justifié s'il n'aboutissait qu'à cette production. L'évolution n'était pas une force épuisée, mais une force qui travaillait encore, et qui tenait en réserve de bien plus grandes réussites.

Ayant ainsi joué très joliment, sous les petits rires de l'assistance, avec son interrupteur, le conférencier revint à son tableau du passé : l'assèchement des mers, l'émergence des bancs de sable, la vie léthargique et visqueuse qui gisait sur leurs bords, les lagons surpeuplés, la tendance des animaux aquatiques à se réfugier sur les plages de vase, l'abondante nourriture qui les y attendait, et en conséquence leur immense prolifération et leur développement.

« D'où, mesdames et messieurs, s'écria-t-il, cette terrifiante engeance de sauriens qui épouvantent encore notre regard quand nous les voyons dans des reproductions approximatives, mais qui ont heureusement disparu de la surface du globe longtemps avant que l'homme y fût apparu.

– C'est à savoir ! gronda une voix sur l'estrade.

M. Waldron était doué pour l'humour acide, comme le gentleman à la cravate rouge en avait fait l'expérience, et il était dangereux de l'interrompre. Mais cette interjection lui sembla tellement absurde qu'il en resta pantois. Semblable à l'astronome assailli par un fanatique de la terre plate, il s'interrompit, puis répéta lentement :

– Disparu avant l'apparition de l'homme.

– C'est à savoir ! gronda une nouvelle fois la voix.

Waldron, ahuri, passa en revue la rangée de professeurs sur l'estrade, jusqu'à ce que ses yeux se posassent sur Challenger, bien enfoncé sur sa chaise et les yeux clos : il avait une expression heureuse, à croire qu'il souriait en dormant.

– Je vois ! fit Waldron en haussant les épaules. C'est mon ami le Pr Challenger !

Et parmi les rires il reprit le fil de sa conférence, comme s'il avait fourni une explication concluante et qu'il n'avait nul besoin d'en dire davantage.

Mais l'incident était loin d'être vidé. Quel que fût le chemin où s'engageait le conférencier pour nous ramener aux régions inexplorées du passé, il aboutissait invariablement à la conclusion que la vie préhistorique était éteinte ; et, non moins invariablement, cette conclusion provoquait aussitôt le même grondement du professeur. L'assistance se mit à anticiper sur l'événement et à rugir de plaisir quand il se produisait. Les travées d'étudiants se piquèrent au jeu ; chaque fois que la barbe de Challenger s'ouvrait, avant qu'un son n'en sortît, cent voix hurlaient :

– C'est à savoir !

À quoi s'opposaient des voix aussi nombreuses :

– À l'ordre ! C'est une honte !

Waldron avait beau être conférencier endurci et homme robuste, il se laissa démonter. Il hésitait, bafouillait, se répétait, s'embarquait dans de longues phrases où il se perdait... Finalement il se tourna, furieux, vers le responsable de ses ennuis.

— Cela est réellement intolérable ! cria-t-il. Je me vois dans l'obligation de vous demander, professeur Challenger, de mettre un terme à ces interruptions grossières qui suent l'ignorance !

Ce fut un beau chahut ! Les étudiants étaient ravis de voir les grands dieux de leur olympe se quereller entre eux. Challenger souleva de sa chaise sa silhouette massive.

— Et à mon tour je me vois dans l'obligation de vous demander, monsieur Waldron, de mettre un terme à des assertions qui ne sont pas strictement conformes aux faits scientifiques.

Ces paroles déchaînèrent une tempête.

— C'est honteux ! Honteux ! Écoutez-le ! Sortez-le ! Jetez-le à bas de l'estrade ! Soyez beaux joueurs !

Voilà ce qui traduisait l'amusement ou la fureur. Le président, debout, battait des mains et bêlait très excité :

— Professeur Challenger… Des idées… personnelles… plus tard…

Ces mots étaient les pics solides qui émergeaient au-dessus d'un murmure inaudible. L'interrupteur s'inclina, sourit, caressa sa barbe et retomba sur sa chaise. Waldron, très rouge, poursuivit ses observations. De temps à autre, quand il se livrait à une affirmation, il lançait un regard venimeux à son contradicteur, qui semblait sommeiller lourdement, avec le même large sourire béat sur son visage.

Enfin la conférence prit fin. Je suppose que la conclusion fut légèrement précipitée, car la péroraison manqua de tenue et de logique : le fil de l'argumentation avait été brutalement cassé. L'assistance demeura dans l'expectative. Waldron se rassit. Le président émit un gazouillement ; sur quoi le Pr Challenger se leva et s'avança à l'angle de l'estrade. Animé par mon zèle professionnel, je pris son discours en sténo.

— Mesdames et messieurs… commença-t-il. Pardon ! Mesdames, messieurs, mes enfants… Je m'excuse : j'avais oublié par inadvertance une partie considérable de cette assistance. [Tumulte, pendant lequel le professeur demeura une main en l'air et la tête penchée avec sympathie : on aurait dit qu'il allait bénir la foule.] J'ai été désigné pour mettre aux voix une adresse de remerciements à M. Waldron pour le message très imagé et très bien imaginé que vous venez d'entendre.

Sur certains points, je suis en désaccord avec lui, et mon devoir me commandait de le dire au fur et à mesure qu'ils défilaient. Mais néanmoins, M. Waldron a bien atteint son but, ce but étant de nous faire connaître, d'une manière simple et intéressante, sa conception personnelle de l'histoire de notre planète. Les conférences populaires sont ce qu'il y a de plus facile à écouter, mais M. Waldron… [ici il darda un regard pétillant en direction du conférencier] m'excusera si j'affirme que de toute nécessité elles sont à la fois superficielles et fallacieuses, puisqu'elles doivent se placer à la portée d'un auditoire ignorant. [Applaudissements ironiques.] Les conférenciers populaires sont par nature des parasites. [Furieuse dénégation de M. Waldron.] Ils exploitent, pour se faire une renommée ou pour gagner de l'argent, le travail qui a été accompli par leurs frères pauvres et inconnus.

Le plus petit fait nouveau obtenu en laboratoire, une brique supplémentaire apportée pour l'édification du temple de la science a beaucoup plus d'importance que n'importe quel exposé de seconde main, qui fait certes passer une heure, mais qui ne laisse derrière lui aucun résultat utile. J'exprime cette réflexion qui est l'évidence même, pas du tout mû par le désir de dénigrer M. Waldron personnellement, mais afin que vous ne perdiez pas le sens des proportions et que vous ne preniez pas l'enfant de chœur pour le grand prêtre. [À cet endroit, M. Waldron chuchota quelques mots au président, qui se leva à demi et s'adressa avec sévérité à la carafe.] Mais assez là-dessus. [Vifs applaudissements prolongés.]

Abordons un sujet d'un intérêt plus vaste. Quel est le point particulier sur lequel, moi, chercheur depuis toujours, j'ai défié l'habileté de notre conférencier ? Sur la permanence de certains types de la vie animale sur la terre. Je ne parle pas sur ce sujet en amateur, non plus, ajouterai-je, en conférencier populaire. Je parle comme quelqu'un dont la conscience scientifique lui impose de coller aux faits.

En cette qualité, je déclare que M. Waldron commet une grosse erreur lorsqu'il suppose, parce qu'il n'a jamais vu de ses propres yeux ce qu'on appelle un animal préhistorique, que ce genre de créatures n'existe plus. Ils sont en fait, ainsi qu'il l'a dit, nos ancêtres, mais ils sont, si j'ose ainsi m'exprimer, nos ancêtres contemporains, que n'importe qui peut encore rencontrer avec toutes leurs caractéristiques hideuses et formidables, à condition d'avoir l'énergie et la hardiesse de les chercher dans leurs repaires.

Des créatures que l'on suppose être jurassiques, des monstres qui chasseraient et dévoreraient nos plus gros et nos plus féroces mammifères existent encore. [Cris de : « Idiot !… Prouvez-le !… Comment le savez-vous ?… à démontrer ! »] Comment est-ce que je sais ? me demandez-vous. Je le sais parce que j'en ai vu quelques-uns. [Applaudissements, vacarme, et une voix : « Menteur ! »] Suis-je un menteur ? [Chaleureux et bruyant assentiment général.] Ai-je bien entendu quelqu'un me traiter de menteur ? La personne qui m'a traité de menteur aurait-elle l'obligeance de se lever pour que je puisse faire sa connaissance ? [Une voix : « La voici, monsieur ! » et un petit bonhomme inoffensif à lunettes, se débattant désespérément, fut hissé par-dessus un groupe d'étudiants.] C'est vous qui vous êtes aventuré à me traiter de menteur ? [« Non, monsieur, non ! » cria l'accusé, qui disparut comme un diable dans sa boîte.]

Si dans la salle il se trouve quelqu'un qui doute de ma sincérité, je serai très heureux de lui dire deux mots après la conférence. [« Menteur ! »] Qui a dit cela ? [De nouveau le bonhomme inoffensif fut levé à bout de bras alors qu'il tentait de plonger, épouvanté, dans la foule.] Si je descends parmi vous… [Chœur général : « Viens, poupoule ! Viens. » La séance fut interrompue pendant quelques minutes. Le président, debout et agitant ses bras, semblait conduire un orchestre. Le professeur, écarlate, avec ses narines dilatées et sa barbe hérissée, allait visiblement donner libre cours à son humeur de dogue.]

Toutes les grandes découvertes ont été accueillies par la même incrédulité. Quand de grands faits vous sont exposés, vous n'avez pas l'intuition ni l'imagination qui vous aideraient à les comprendre. Vous êtes tout juste bons à jeter de la boue aux hommes qui risquent leur vie pour ouvrir de nouvelles avenues à la science.

Vous persécutez les prophètes ! Galilée, Darwin, et moi... [Acclamations prolongées et interruption complète du débat.]

Tout ceci est tiré des notes prises sur le moment, mais elles rendent compte très imparfaitement du chaos absolu qui régna alors. Le vacarme était si effrayant que plusieurs dames avaient déjà opéré une prudente retraite. Des hommes d'âge, graves et pleins d'onction, criaient plus fort que les étudiants. Je vis des vieillards chenus et à barbe blanche menacer du poing le professeur impavide. L'assistance était en ébullition. Le professeur fit un pas en avant et leva les deux mains. Dans cet homme il y avait quelque chose de si fort, de si imposant, de si viril que les cris s'éteignirent. Son attitude de chef, ses yeux dominateurs imposèrent le silence. Il paraissait avoir une communication précise à faire, ils se turent pour l'écouter.

— Je ne vous retiendrai pas longtemps, dit-il. À quoi bon ? La vérité est la vérité, et rien ne la changera, même pas le chahut de plusieurs jeunes imbéciles, et pas non plus celui de leurs aînés... apparemment aussi stupides ! Je proclame que j'ai ouvert à la science une avenue nouvelle. Vous le contestez. [Acclamations.] Dans ces conditions, je vous mets à l'épreuve. Voulez-vous accréditer l'un de vous, ou deux, ou trois, qui vous représenteront et qui vérifieront en votre nom mes déclarations ?

M. Summerlee, le vieux maître de l'anatomie comparée, se leva : c'était un homme grand, mince, glacial ; il ressemblait à un théologien. Il déclara qu'il voulait demander au professeur si les résultats auxquels il avait fait allusion dans ses observations avaient été obtenus au cours d'un voyage datant de deux ans vers les sources de l'Amazone.

Le Pr Challenger répondit par l'affirmative.

M. Summerlee exprima le désir de savoir comment il se faisait que le Pr Challenger revendiquait des découvertes dans ces régions qui avaient été explorées par Walace, Bates, et bien d'autres dont la réputation scientifique était solidement établie.

Le Pr Challenger répondit que M. Summerlee confondait sans doute l'Amazone avec la Tamise ; que l'Amazone était un fleuve beaucoup plus important ; que M. Summerlee pourrait être intéressé par le fait qu'avec l'Orénoque, qui communique avec l'Amazone, quatre-vingts mille kilomètres carrés s'offraient aux recherches, et que dans un espace aussi vaste, il n'était pas surprenant que quelqu'un eût pu découvrir ce qui avait échappé à d'autres.

Avec un sourire acide, M. Summerlee déclara qu'il appréciait pleinement la différence entre la Tamise et l'Amazone, différence qu'il analysa ainsi : toute affirmation quant à la Tamise peut être vérifiée facilement, ce qui n'est pas le cas pour l'Amazone. Il serait reconnaissant au Pr Challenger de lui communiquer la latitude et la longitude de la région où des animaux préhistoriques pourraient être découverts.

Le Pr Challenger répliqua qu'il avait de bonnes raisons personnelles pour ne pas les divulguer à la légère, mais qu'il serait disposé à les révéler moyennant quelques précautions à un comité choisi dans l'assistance. M. Summerlee accepterait-il de faire partie du comité et de vérifier ses dires en personne ?

M. Summerlee : « Oui, j'accepte ! » [Longues acclamations.]

Le Pr Challenger dit alors :

— Je vous garantis que je vous fournirai tous les moyens pour que vous trouviez votre chemin. Il n'est que juste, cependant, que puisque M. Summerlee va vérifier mes déclarations, d'autres personnes l'accompagnent, ne serait-ce que pour contrôler sa vérification. Je ne vous dissimulerai pas que vous rencontrerez des difficultés et des dangers. M. Summerlee aurait besoin d'un compagnon plus jeune. Puis-je demander s'il y aurait des volontaires parmi vous ?

C'est ainsi que se déclenche dans la vie d'un homme une crise capitale. Aurais-je pu imaginer, en entrant dans cette salle, que j'allais me lancer dans une aventure que mes rêves n'avaient même pas envisagée ? Mais Gladys… n'était-ce pas là l'occasion, la chance dont elle m'avait parlé ? Gladys m'aurait dit de partir. Je me levai. Je me mis à hurler mon nom. Tarp Henry, mon camarade, me tirait par le pan de ma veste, et je l'entendais me chuchoter :

— Asseyez-vous, Malone ! Ne vous conduisez pas publiquement comme un âne !

Mais en même temps je remarquai qu'à quelques rangs devant moi quelqu'un s'était levé, grand, mince, avec des cheveux roux foncé. Il se tourna pour me lancer un regard furieux, mais je ne cédai pas.

— Je suis volontaire, monsieur le président ! Je suis volontaire… Je le répétai jusqu'à ce que je me fisse entendre.

— Le nom ! Le nom ! scanda l'assistance.

— Je m'appelle Edward Dun Malone. Je suis journaliste à la Daily Gazette. Je jure que je serai un témoin absolument impartial.

— Comment vous appelez-vous, monsieur ? demanda le président à mon rival.

— Je suis lord John Roxton. J'ai déjà remonté l'Amazone, je connais le pays. Pour cette enquête, j'ai des titres particuliers.

— La réputation de lord John Roxton en tant que sportif et voyageur est, naturellement, célèbre de par le monde ! dit le président. Mais d'autre part il serait bon qu'un membre de la presse participe à cette expédition.

— Dans ces conditions je propose, dit le Pr Challenger, que ces deux gentlemen soient désignés comme les délégués de l'assistance pour accompagner le Pr Summerlee dans un voyage dont le but est, je le répète, d'enquêter sur la véracité de mes déclarations et de déposer un rapport concluant.

Voilà comment, sous les cris et les ovations, se décida notre destin. Puis je me trouvai projeté dans le flot humain qui se dirigeait vers la porte ; j'étais tout étourdi par les perspectives qui s'ouvraient devant moi. Quand je sortis de la salle, je pris conscience d'une charge d'étudiants hilares dévalant la chaussée, et d'un très lourd parapluie qu'un bras vigoureux abattait sur leurs têtes.

Enfin, salué par des huées et des applaudissements, le landau électrique du Pr Challenger démarra du trottoir. J'arrivai dans Regent Street, le cœur plein de Gladys et le crâne en compote.

Soudain quelqu'un me toucha le bras. Je me retournai : c'était mon futur associé, lord John Roxton.

– Monsieur Malone, je crois ?... Nous allons être des camarades de route, hein ? J'habite de l'autre côté de la rue, à l'Albany. Auriez-vous l'amabilité de me consacrer une demi-heure ? Car il y a une ou deux choses que j'ai grand besoin de vous dire.

CHAPITRE VI
J'étais le fléau du Seigneur

Ensemble, lord John Roxton et moi, nous descendîmes Vigo Street et nous franchîmes les portiques défraîchis qui abritaient une célèbre colonie d'aristocrates. À l'extrémité d'un long couloir, mon futur compagnon ouvrit une porte et tourna un commutateur. Plusieurs lampes, sous des abat-jours colorés, baignèrent d'une lumière rougeâtre la grande pièce dans laquelle il me poussa. Dès le seuil, j'eus une impression extraordinaire de confort, d'élégance, de virilité : c'était l'appartement d'un homme doué d'autant de goût que de fortune, et d'une insouciance de célibataire. De riches fourrures et d'étranges nattes achetées dans des bazars de l'Orient tapissaient le plancher. Des tableaux et des gravures étaient accrochés aux murs ; ma compétence artistique était médiocre, mais je n'eus pas de mal à deviner qu'il s'agissait là d'objets rares et d'un grand prix.

Des croquis de boxeurs, de danseuses, de chevaux de course s'interposaient entre un Fragonard sensuel, un Giraudet martial et un Turner à faire rêver. Mais, répartis un peu partout, de nombreux trophées rappelaient que lord John Roxton était l'un des athlètes complets de notre époque. Une rame bleu foncé croisée avec un aviron rouge évoquait les joutes universitaires. Au-dessus et en dessous, des fleurets et des gants de boxe témoignaient que cet homme avait conquis la suprématie en escrime et dans le noble art. En guise de lambris, autour de la pièce, saillaient des têtes de bêtes sauvages : les plus beaux spécimens du monde ! Les dominant de sa majesté incontestable, le rarissime rhinocéros blanc de l'enclave de Lado laissait pendre une lippe dédaigneuse.

Au centre du chaud tapis rouge, il y avait une table Louis XV noir et or, merveilleusement d'époque, mais – ô sacrilège ! – souillée par des marques de verres et des brûlures de cigarettes. Elle supportait un plateau d'argent garni de délices pour fumeurs ainsi qu'un coffret à liqueurs. Mon hôte commença par remplir deux verres. Puis il m'indiqua un fauteuil, plaça à ma portée le rafraîchissement qu'il m'avait préparé, et me tendit un long havane blond. Il s'assit en face de moi pour me regarder longtemps, fixement, avec des yeux étranges, pétillants, hardis, des yeux dont la froide lumière bleue rappelait l'eau d'un lac de montagne.

À travers la brume fine de ma fumée, j'observai parallèlement les détails d'une physionomie que de nombreuses photographies m'avaient déjà rendue familière : le nez busqué, les joues creuses, les cheveux foncés tirant sur le roux, le sommet de la tête dégarni, les moustaches frisées, et la petite barbiche agressive terminant un menton volontaire. Il y avait en lui du Napoléon III et du Don Quichotte, mais aussi quelque chose de particulier aux gentilshommes campagnards d'Angleterre, cet air ouvert, alerte et vif qu'à l'amoureux des chiens et des chevaux. Sa peau était teintée de tous les hâles du soleil et du vent. Il avait des sourcils très touffus qui lui retombaient sur les yeux, son regard naturellement froid acquérait de ce fait un semblant de férocité que renforçait encore une arcade sourcilière accusée. De silhouette il était sec, mais fortement charpenté ; en réalité, il avait fréquemment administré la preuve que peu d'hommes en Angleterre possédaient son endurance. Sa taille dépassait un mètre quatre-vingts, mais ses épaules curieusement arrondies la rapetissaient. Tel était l'aspect physique du fameux lord John Roxton, qui tirait fort sur son cigare tout en m'observant dans un silence aussi prolongé qu'embarrassant.

— Bon ! dit-il enfin. Les dés sont jetés, n'est-ce pas, jeune bébé ?... Oui, nous avons fait le saut, vous et moi. Je suppose que, avant d'entrer dans cette salle, vous n'en aviez pas la moindre idée, hein ?

— Pas la moindre !

— Moi non plus. Pas la moindre. Et nous voici pourtant engagés jusqu'au cou dans cette affaire... Moi, il n'y a pas plus de trois semaines que je suis rentré de l'Ouganda ; je cherche un coin en Écosse, je signe le bail, et voilà... Ça va vite, hein ! Et vous, qu'est-ce qui vous a pris ?

— Eh bien, c'est dans la droite ligne de mon travail ! Je suis journaliste à la Gazette.

— Oui. Vous l'avez dit dans la salle. Dites, j'ai un petit truc pour vous, si vous voulez m'aider.

— Avec plaisir.

— Un risque, ça vous est égal, hein ?

— De quel risque s'agit-il ?

— De Ballinger. C'est lui le risque. Vous avez entendu parler de lui ?

— Non.

— Ma parole, bébé, où avez-vous vécu ? Sir John Ballinger est le champion des gentlemen-jockeys du Nord. Dans ma meilleure forme, je peux lui tenir tête sur le plat, mais sur les obstacles il est imbattable. Cela dit, tout le monde sait que, lorsqu'il ne s'entraîne pas, il boit sec ; il appelle ça établir une moyenne... Mardi, il a fait une crise de delirium ; depuis il est devenu fou furieux. Il habite la chambre au-dessus de la mienne. Le docteur dit que ce pauvre vieux est perdu s'il ne prend pas un peu de nourriture solide ; mais voilà : il est couché avec un revolver sous sa couverture, et il jure qu'il mettra six balles dans la peau du premier qui l'approchera. Du coup il y a eu un début de grève dans le personnel. Il est tout ce que vous voudrez, mais il est aussi un gagnant du Grand National : on ne peut pas laisser mourir comme cela un gagnant du Grand National, hein ?

— Qu'est-ce que vous avez l'intention de faire ?

— Eh bien, mon idée était que vous et moi nous y allions ! Peut-être sommeille-t-il. Au pis, il en tuera un, mais pas deux. Le survivant le maîtrisera. Si nous pouvions immobiliser ses bras avec le traversin, ou je ne sais quoi, puis actionner une pompe stomacale, nous offririons à ce pauvre vieux le souper de sa vie.

Je ne suis pas spécialement brave. Mon imagination irlandaise s'échauffe facilement devant l'inconnu et le neuf, et elle les rend plus terribles qu'ils ne le sont en réalité. Mais d'autre part j'ai été élevé dans l'horreur de la lâcheté, et dans la terreur d'en révéler le moindre signe. J'ose dire que je pourrais me jeter dans un précipice, comme le Hun des livres d'histoire, si mon courage était mis en doute ; et cependant, ce serait plutôt l'orgueil et la peur que le courage lui-même qui m'inspireraient en l'occurrence. C'est pourquoi, et bien que les nerfs de tout mon corps se fussent rétrécis à la pensée du sauvage ivrogne du dessus, je répondis d'une voix insouciante que j'étais prêt à monter. Une remarque de lord Roxton sur le danger à courir me chatouilla désagréablement.

– Parler n'arrangera rien ! dis-je. Allons-y !

Je me levai de mon fauteuil et lui du sien. Alors, en réprimant un petit gloussement de satisfaction, il me tapa deux ou trois fois sur la poitrine, et finalement me repoussa dans mon siège.

– Ça va, bébé ! Vous ferez l'affaire, me dit-il.

Je le regardai avec étonnement.

– Je me suis occupé moi-même de John Ballinger ce matin. Il a troué une manche de mon kimono, que Dieu lui pardonne ! Mais nous lui avons passé la camisole de force, et dans une semaine il sera rétabli. Dites, bébé, j'espère que vous ne m'en voulez pas, hein ? Comprenez, de vous à moi, je considère cette affaire de l'Amérique du Sud comme une chose formidablement sérieuse, et si j'ai quelqu'un avec moi, je veux qu'il soit homme sur qui je puisse compter. Alors je vous ai tendu un piège : vous vous en êtes admirablement tiré ; bravo ! Vous voyez, nous serons seuls vous et moi, car ce vieux Summerlee aura besoin d'une nourrice sèche dès le départ. Par ailleurs ne seriez-vous pas par hasard le Malone qui a de grandes chances d'être sélectionné dans l'équipe de rugby d'Irlande ?

– Comme remplaçant, peut-être…

– Je me disais que je vous avais déjà vu quelque part. J'y suis : j'étais là quand vous avez marqué cet essai contre Richmond, la plus belle course en crochets que j'aie vue de la saison. Je ne manque jamais un match de rugby quand je suis en Angleterre, car c'est le sport le plus viril. Bien ! Enfin, je ne vous ai pas fait venir ici pour que nous parlions sport. Nous avons à régler notre affaire. Sur la première page du Times, l'horaire des bateaux est publié… En voici un pour Para le mercredi de la semaine prochaine ; si le professeur et vous étiez d'accord, nous embarquerions sur celui-là. Hein ? Bon. Je m'en arrangerai avec lui. Votre équipement, maintenant.

– Mon journal y pourvoira.

– Êtes-vous bon tireur ?

– Comme un territorial moyen.

– Seigneur ! Pas meilleur ? Dire que c'est la dernière chose que vous, jeunes bébés, songez à apprendre ! Vous êtes des abeilles sans aiguillon, tout juste bons à regarder si la ruche ne s'en va pas ; mais vous aurez bonne mine le jour où quelqu'un viendra voler votre miel ! Dans l'Amérique du Sud, vous aurez besoin de bien manier votre fusil car, à moins que notre ami le professeur soit un fou ou un menteur, nous pourrions voir des choses étranges avant de rentrer. Quel fusil connaissez-vous ?

Il se dirigea vers une armoire de chêne, l'ouvrit, et j'aperçus à l'intérieur des canons de fusil étincelants, rangés comme des tuyaux d'orgue.

« Je cherche ce que je pourrais vous confier de ma collection personnelle.

Il sortit les uns après les autres de très beaux fusils ; il en fit jouer la culasse, puis il les replaça sur leur râtelier en les caressant aussi tendrement qu'une mère ses enfants.

« Voici un Bland, me dit-il. C'est avec lui que j'ai descendu le gros type que vous voyez là...

Son doigt me désigna le rhinocéros blanc.

« Dix mètres de plus, et c'était lui qui m'avait dans sa collection.

De cette balle conique dépend sa chance,

Le juste avantage du faible...

« J'espère que vous connaissez votre Gordon, car il est le poète du cheval et du fusil, et il tâte des deux. Maintenant, voici un instrument banal : vue télescopique, double éjecteur, tir sans correction jusqu'à trois cent cinquante mètres. C'est le fusil dont je me suis servi contre les tyrans du Pérou il y a trois ans. J'étais le fléau du Seigneur dans quelques coins, si j'ose dire, et pourtant vous n'en lirez rien dans aucun livre bleu. Certains jours, bébé, on doit se dresser pour le droit et la justice, faute de quoi on ne se sent pas propre, ensuite ! Voilà pourquoi j'ai eu quelques aventures personnelles. Décidées par moi, courues par moi, terminées par moi. Chacune de ces encoches représente un mort, une belle rangée, hein ? Cette grosse-là est pour Pedro Lopez, le roi de tous ; je l'ai tué dans un bras du Putomayo... Voici quelque chose qui est très bien pour vous...

Il s'empara d'un magnifique fusil brun et argent.

« Bonne détente, visée correcte, cinq cartouches dans le chargeur. Vous ferez de vieux os avec lui !

Il me le tendit et referma la porte de l'armoire de chêne.

« Au fait, me demanda-t-il, qu'est-ce que vous savez du Pr Challenger ?

— Je ne l'avais jamais vu avant aujourd'hui.

— Moi non plus. C'est tout de même amusant de penser que nous allons nous embarquer tous les deux sous les ordres, scellés, d'un homme que nous ne connaissons pas. Il me fait l'impression d'un vieil oiseau arrogant. Ses frères de science n'ont pas l'air de l'aimer beaucoup ! Comment en êtes-vous venu à vous intéresser à cette affaire ?

Je lui narrai brièvement mes expériences de la matinée, qu'il écouta avec une intense attention. Puis il sortit une carte de l'Amérique du Sud et l'étala sur la table.

« Je crois que tout ce qu'il vous a dit est vrai, fit-il avec chaleur. Et, ne vous en déplaise, si je parle comme cela, c'est que j'ai de bonnes raisons pour le faire. L'Amérique du Sud, voilà un continent que j'adore ! Si vous la prenez en ligne droite de Darien à Fuego, c'est la terre la plus merveilleuse, la plus grandiose, la plus riche de la planète. Les gens d'ici ne la connaissent pas encore, et ils ne réalisent guère ce qu'elle peut devenir. J'y suis allé, j'en suis revenu ; entre-temps j'y ai passé deux saisons sèches, comme je vous l'ai dit quand j'ai parlé de ma guerre aux marchands d'esclaves. Hé bien, quand j'étais là-bas, j'ai entendu des histoires analogues ! Rabâchages d'Indiens ? Je veux bien ! mais tout de même il y a de quoi les étayer. Plus on avance dans la connaissance de ce pays, bébé, et plus on comprend que tout est possible : tout ! On peut traverser, et on traverse, quelques bras étroits de rivière ; hormis cela, c'est le noir. Maintenant, là, dans le Mato Grosso…

Il promena son cigare sur une région de la carte.

« … ou ici, dans cet angle où trois pays se rejoignent, rien ne me surprendrait. Ce type l'a dit tout à l'heure, il y a des milliers de kilomètres de voies d'eau à travers une forêt à peu près aussi grande que l'Europe. Vous et moi nous pourrions nous trouver aussi éloignés l'un de l'autre que d'Écosse à Constantinople, et cependant nous serions tous deux ensemble dans la même grande forêt brésilienne. Au sein de ce labyrinthe, l'homme a juste fait une piste ici et une fouille là. Pourquoi quelque chose de neuf et de merveilleux ne s'y cacherait-il pas ? Et pourquoi ne serions-nous pas les hommes qui le découvririons ? Et puis…

Une joie illuminait son visage farouche quand il ajouta :

« Chaque kilomètre représente un risque sportif. Je suis comme une vieille balle de golf : il y a longtemps que la peinture blanche s'en est allée. La vie peut m'infliger des coups, ils ne marqueront pas. Mais un risque sportif, bébé, voilà le sel de l'existence. C'est alors qu'il fait bon vivre. Nous sommes tous en train de devenir mous, épais, confits. Donnez-moi de vastes espaces, avec un fusil et l'espoir de découvrir quelque chose qui en vaille la peine ! J'ai tout essayé, la guerre, le steeple-chase, l'avion ; mais cette chasse à des bêtes sauvages qui semblent sorties d'un rêve après un trop bon déjeuner, voilà une sensation nouvelle !

Il jubilait.

Peut-être me suis-je trop étendu sur cette nouvelle amitié, mais quoi ! lord John Roxton n'allait-il pas être mon compagnon pour une longue aventure ? J'ai essayé de le dépeindre tel que je l'ai vu pour la première fois sans altérer sa personnalité pittoresque et sa bizarre façon de penser et de parler.

Ce fut uniquement la nécessité où je me trouvais de faire le compte rendu de la réunion qui m'obligea, vers minuit, à lui fausser compagnie. Je le laissai assis sous sa lumière rougeâtre ; il s'était mis à huiler son fusil préféré tout en continuant de glousser de joie devant les aventures qui nous attendaient. Pour moi, il était en tout cas clair que si des dangers surgissaient sur notre route, je ne trouverais pas dans toute l'Angleterre pour les partager une tête plus froide et un cœur plus brave.

Mais j'avais beau être éreinté par cette journée merveilleuse, il fallait que je visse McArdle, mon rédacteur en chef. Je m'assis en face de lui, et j'entrepris de lui expliquer toute l'affaire. Il eut le bon goût de la juger suffisamment importante pour la transmettre dès le lendemain matin à notre directeur, sir George Beaumont. Il fut convenu que je rendrais compte de mes aventures sous forme de lettres successives à McArdle, et qu'elles seraient publiées par la Gazette dans l'ordre de leur arrivée, ou conservées à des fins de publication ultérieure, selon ce qu'en déciderait le Pr Challenger : car nous ignorions encore les conditions qu'il pourrait insérer dans le pli qui nous guiderait vers cette terre inconnue.

Un coup de téléphone n'amena rien d'autre qu'une fulminante explosion contre la presse, avec toutefois cette conclusion que si nous lui indiquions notre bateau, il nous donnerait toutes indications utiles juste avant le lever de l'ancre. Une deuxième question que nous lui posâmes obtint pour toute réponse un bêlement plaintif de sa femme : le professeur était de très mauvaise humeur, et elle espérait que nous ne ferions rien pour aggraver sa violence. Une troisième tentative, le lendemain, déclencha un fracas épouvantable, plus une communication de la poste qui nous informa que l'appareil téléphonique du Pr Challenger était en miettes. Aussi interrompîmes-nous nos essais d'entrer avec lui en relations plus suivies.

Et maintenant, lecteurs qui m'avez témoigné beaucoup de patience, je ne m'adresserai plus directement à vous. À partir de cet instant solennel et jusqu'à nouvel ordre (en admettant que la suite de ce récit vous parvienne), je vous parlerai par l'intermédiaire du journal que je représente. J'abandonne aux mains de mon rédacteur en chef le compte rendu des événements qui ont précédé l'une des plus remarquables expéditions de tous les temps.

Ainsi, si je ne reviens jamais en Angleterre, il subsistera au moins un témoignage sur l'origine et les tenants de cette affaire. J'écris ces dernières lignes dans le salon du paquebot Francisco, et le bateau-pilote les transmettra aux bons soins de M. McArdle. Avant que je ferme ce cahier, permettez-moi de peindre un ultime tableau : un tableau qui sera le suprême souvenir de la vieille patrie que j'emporte dans mon cœur. La matinée est brumeuse, humide ; une matinée de ce dernier printemps : il tombe une pluie fine et froide. Trois silhouettes vêtues d'imperméables ruisselants descendent le quai et se dirigent vers l'appontement réservé au grand paquebot sur lequel flotte le pavillon de partance. Les précédant, un porteur pousse un chariot où sont empilées des malles, des couvertures, des caisses de fusils.

Le Pr Summerlee, aussi long que mélancolique, traîne les pieds et baisse la tête : il a l'air d'avoir honte de lui. Lord John Roxton marche allègrement ; son profil aigu et ardent se dessine bien entre son manteau de chasse et son chapeau de laine. Quant à moi, je me réjouis que soient à présent derrière nous les journées épuisantes des préparatifs et les angoisses de l'adieu : sans aucun doute tout mon comportement l'exprime. Au moment précis où nous embarquons, nous entendons un cri sur le quai : c'est le Pr Challenger ; il avait promis d'assister à notre départ. Le voici qui court pour nous parler : bouffi, congestionné, irascible.

— Non, merci ! déclare-t-il. Je préfère ne pas monter à bord. J'ai simplement quelques mots à vous dire, et ils peuvent très bien être dits de là où je suis. Je vous prie de ne pas croire que je me sens votre débiteur pour le voyage que vous entreprenez. Je voudrais vous faire comprendre que l'affaire m'indiffère complètement, et que je me refuse à toute reconnaissance personnelle. La vérité est la vérité, et votre rapport ne l'affectera en rien, quelles que soient les émotions et la curiosité qu'il puisse soulever chez des gens sans importance. Mes directives pour votre information et pour votre route sont contenues dans cette enveloppe cachetée. Vous l'ouvrirez lorsque vous aurez atteint sur l'Amazone une ville qui s'appelle Manaus, mais pas avant le jour et l'heure indiqués à l'extérieur de l'enveloppe. Me suis-je exprimé assez clairement ? Je confie à votre honneur le soin d'observer strictement ces conditions.

Non, monsieur Malone, je n'apporte aucune restriction à votre reportage, puisque la publication des faits est l'objet même de votre voyage ; mais je vous demande de garder secret le lieu de votre destination exacte, et de ne rien publier avant votre retour. Bonsoir, monsieur. Vous avez fait quelque chose qui mitige mes sentiments à l'égard de cette profession répugnante dont vous faites malheureusement partie. Bonsoir, lord John. Si je comprends bien, la science est pour vous un livre non coupé ; mais soyez heureux : de merveilleux tableaux de chasse vous attendent. Sans aucun doute, vous aurez l'occasion de décrire dans le Chasseur anglais comment vous avez tiré le dimorphodon plus rapide que l'éclair. Et à vous aussi, bonsoir, professeur Summerlee. Si vous êtes capable de vous perfectionner, ce que très sincèrement je ne crois pas, vous nous reviendrez plus intelligent.

Là-dessus il tourna les talons et, du pont, je pus voir une minute plus tard sa silhouette courte et ramassée s'agitant sur le chemin de la gare. Voilà. À présent, nous descendons le Channel. La cloche sonne une dernière fois pour les lettres ; c'est notre au revoir au bateau-pilote. Que Dieu bénisse tout ce que nous laissons derrière nous, et nous ramène sains et saufs.

CHAPITRE VII
Demain, nous disparaissons dans l'inconnu

Je n'ennuierai pas mes lecteurs éventuels par le récit de notre voyage à bord du luxueux paquebot de la ligne Booth, et je ne dirai rien de notre séjour d'une semaine à Para (sinon que je garde toute ma reconnaissance à la compagnie Pereira da Pinta, qui nous facilita grandement les choses pour notre équipement). Je serai également bref quant à notre randonnée sur le fleuve, que nous avons commencé à remonter dans un bateau à vapeur beaucoup plus petit que celui qui nous avait fait traverser l'Atlantique : l'eau s'étendait à perte de vue, avec un débit lent et une teinte argileuse. Nous finîmes par arriver à la ville de Manaus après avoir traversé les passes des Obidos. Grâce à M. Shortman, représentant de la British and Brazilian Trading Company, nous échappâmes aux attractions réduites de l'hôtel local. Nous séjournâmes chez lui, dans sa fazenda très hospitalière, jusqu'au jour que le Pr Challenger avait fixé pour que nous puissions prendre connaissance de ses instructions. Mais avant de relater les événements surprenants qui eurent lieu à cette date, je désirerais présenter plus clairement mes compagnons et les associés que nous avions déjà réunis dans l'Amérique du Sud. Je vais m'exprimer en toute franchise, et je vous laisse libre d'user de mon matériel comme vous l'entendez, monsieur McArdle, puisque c'est entre vos mains que doit passer ce compte rendu avant qu'il atteigne le public.

Les connaissances scientifiques du Pr Summerlee sont trop connues pour que j'aie à les récapituler ici. Mais il se révèle plus apte à une rude expédition comme celle-ci qu'on ne l'imaginerait à première vue. Grand, sec, tout en fibres, il est imperméable à la fatigue ; d'autre part, la causticité de son esprit et ses manières sarcastiques parfois et souvent déplaisantes ne se laissent pas influencer par la moindre considération extérieure. Bien qu'il soit âgé de soixante-cinq ans, je ne l'ai jamais entendu exprimer du mécontentement quand des privations ou des épreuves inattendues se présentaient. J'avais cru que sa participation à cette expédition représenterait une charge, mais je suis aujourd'hui convaincu que ses facultés d'endurance sont aussi grandes que les miennes. Son tempérament le porte naturellement à l'acidité et au scepticisme. Depuis le premier jour, il n'a jamais dissimulé son sentiment que le Pr Challenger était un truqueur, que nous étions tous embarqués pour une absurde chasse au canard sauvage, et que nous ne rapporterions d'Amérique du Sud rien d'autre que des déceptions et des fièvres, ainsi que du ridicule. Tel fut le point de vue qu'il nous exposa, tout en crispant ses traits fragiles et en secouant son bouc ; nos oreilles en furent rebattues de Southampton à Manaus. Depuis notre débarquement, il s'est quelque peu consolé grâce à la beauté et à la variété des oiseaux et des insectes, car sa dévotion envers la science est d'une générosité absolue. Il passe ses journées dans les bois, armé d'un fusil et d'un filet à papillons, et il consacre toutes ses soirées à inventorier les nombreux spécimens qu'il s'est procuré. Parmi d'autres particularités mineures, notons qu'il est parfaitement indifférent à son aspect extérieur, pas très soigné de sa personne, excessivement distrait dans ses habitudes, et adonné à une courte pipe de bruyère qui sort à peine de sa bouche. Dans sa jeunesse, il a participé à plusieurs expéditions scientifiques – notamment avec Robertson en Papouasie – et la vie de camp, le canoë lui sont choses familières.

Lord John Roxton a quelques points communs avec le Pr Summerlee, mais sur d'autres ils s'opposent autant qu'il est possible. Il a vingt ans de moins que lui, mais possède le même physique sec et décharné. Je ne reviens pas sur son aspect extérieur que j'ai décrit, je crois, dans la partie du récit que j'ai laissée derrière moi à Londres. Il est très élégant, un peu guindé ; il s'habille toujours avec le plus grand soin dans des costumes de coutil blanc ; il porte des bottes brunes légères ; au moins une fois par jour, il se rase. Comme la plupart des hommes d'action, il parle laconiquement et s'enferme souvent dans ses pensées ; mais il est toujours prompt à répondre à une question ou à prendre part à une conversation sur un mode semi-humoristique qui n'appartient qu'à lui. Sa connaissance du monde, et surtout de l'Amérique du Sud, est prodigieuse. Il croit dur comme fer aux possibilités de notre voyage, et sa foi n'est nullement ébranlée par les ricanements du Pr Summerlee. Sa voix est douce ; il se montre paisible, quoique derrière ses yeux bleus pétillants se cachent d'étonnantes capacités de colère furieuse et de volonté implacable (d'autant plus redoutables qu'il les subjugue). Il parle peu de ses propres exploits au Brésil et au Pérou, mais ce fut une véritable révélation pour moi de découvrir l'agitation que provoqua sa présence parmi les indigènes riverains : ceux-ci le considéraient comme leur champion, leur protecteur. Les exploits du Chef Rouge, comme ils l'appelaient, étaient entrés dans leur légende, mais la réalité des faits pour autant que j'aie pu m'en rendre compte, n'était pas moins surprenante.

Les faits étaient ceux-ci : il y a quelques années, lord John Roxton s'était trouvé dans le no man's land situé entre les frontières mal définies du Pérou, du Brésil et de la Colombie. Dans cette vaste région l'arbre à gomme vient bien, et il est devenu, comme au Congo, une malédiction pour les indigènes, contraints à des travaux forcés qui pourraient se comparer avec ceux qu'organisèrent les Espagnols dans les vieilles mines d'argent de Darien. Une poignée de métis infâmes tenait le pays en main, armait les Indiens qui leur étaient dévoués et soumettait le reste de la population à un dur esclavage. Ces métis ne reculaient devant rien, pas même devant les tortures les plus inhumaines, pour obliger les indigènes à ramasser la gomme, qui descendait ensuite le fleuve jusqu'à Para. Lord John Roxton recueillit les plaintes des victimes, dont il se fit le porte-parole : en réponse, il n'obtint que des menaces et des insultes. Ce fut alors qu'il déclara formellement la guerre à Pedro Lopez, le chef des trafiquants d'esclaves ; il enrôla des esclaves qui s'étaient enfuis, les arma, et conduisit toute une série d'opérations qui se termina par la mort de Pedro Lopez qu'il tua de ses propres mains, et par la fin du système que représentait ce scélérat.

Rien d'étonnant par conséquent à ce que cet homme aux cheveux roux, à la voix douce et aux manières simples, suscitât un vif intérêt sur les rives du grand fleuve sud-américain ; les sentiments qu'il inspirait étaient naturellement de deux sortes : la gratitude des indigènes était compensée par le ressentiment de ceux qui désiraient les exploiter. De son expérience il avait tiré au moins un résultat utile : il parlait couramment le lingoa geral, qui est le dialecte (un tiers portugais, deux tiers indien) que l'on entend dans tout le Brésil.

J'ai déjà indiqué que lord John Roxton était un passionné de l'Amérique du Sud. Il était incapable d'en discuter sans ardeur, et cette ardeur s'avérait contagieuse car, ignorant comme je l'étais, mon attention et ma curiosité s'aiguisaient. Comme je voudrais pouvoir reproduire la fascination que dégageaient ses discours ! Il y mêlait la connaissance précise et l'imagination galopante qui m'enchantaient, et il parvenait même à effacer du visage du Pr Summerlee le sourire railleur qui y fleurissait habituellement. Il nous contait l'histoire du fleuve si rapidement exploré (car parmi les premiers conquérants du Pérou, certains avaient traversé le continent sur toute sa largeur en naviguant sur ses eaux) et pourtant si peu connu proportionnellement à tout le pays qui s'étend indéfiniment de chaque côté de ses rives.

– Qu'y a-t-il là ? s'écriait-il en nous montrant le nord. Des bois, des marécages, une jungle impénétrable. Qui sait ce qu'elle peut abriter ? Et là, vers le sud ? Une sauvage étendue de forêts détrempées, où l'homme blanc n'a jamais pénétré. De tous côtés l'inconnu se dresse devant nous. En dehors des étroites passes des fleuves et des rivières, que sait-on du pays ? Qui peut faire la part du possible et de l'impossible ? Pourquoi ce vieux Challenger n'aurait-il pas raison ?

Devant un défi aussi direct, le ricanement du Pr Summerlee réapparaissait ; à l'abri d'un nuage compact de fumée de pipe, on apercevait une tête sardonique secouée par des hochements de dénégation.

En voilà assez, pour l'instant, au sujet de mes deux compagnons blancs ; leurs caractères, leurs ressources s'affirmeront au cours de mon récit, et aussi mon tempérament et mes propres capacités. Mais nous avons enrôlé des gens qui joueront peut-être un grand rôle dans l'avenir. D'abord un gigantesque nègre, appelé Zambo, un Hercule noir, aussi plein de bonne volonté qu'un cheval, et à peu près aussi intelligent. Nous l'engageâmes à Para sur la recommandation de la compagnie maritime : il avait servi sur ses vapeurs où il avait appris un anglais hésitant.

Ce fut également à Para que nous embauchâmes Gomez et Manuel, deux métis originaires du haut du fleuve, et qui venaient de le descendre avec un chargement de bois. C'étaient deux gaillards au teint boucané, barbus et féroces, aussi actifs et nerveux que des panthères. Ils vivaient dans la région supérieure de l'Amazone que nous devions justement explorer, ce qui décida lord John Roxton à les engager. L'un deux, Gomez, présentait cet avantage qu'il parlait un excellent anglais. Ces hommes devaient nous servir de serviteurs personnels : ils rameraient, ils feraient la cuisine, ils nous rendraient tous les services que nous pouvions attendre d'une rémunération mensuelle de quinze dollars. De plus, nous enrôlâmes trois Indiens Mojo de Bolivie, très habiles à la pêche et à la navigation. Leur chef fut baptisé par nous Mojo, d'après sa tribu, et les autres reçurent le nom de José et de Fernando.

Donc trois Blancs, deux métis, un nègre et trois Indiens constituaient le personnel de la petite expédition qui attendait à Manaus de connaître ses instructions, avant de procéder à sa singulière enquête.

Enfin, après une semaine pesante, le jour et l'heure convenus arrivèrent. Je vous prie de vous représenter le salon ombreux de la fazenda Santa Ignacio, à trois kilomètres de Manaus dans l'intérieur des terres. Dehors brille le soleil dans tout son éclat doré : les ombres des palmiers sont aussi noires et nettes que les arbres eux-mêmes. L'air est calme, plein du sempiternel bourdonnement des insectes, chœur tropical qui s'étend sur plusieurs octaves, depuis le profond vrombissement de l'abeille jusqu'au sifflement aigu du moustique. Au-delà de la véranda, il y a un petit jardin défriché, ceinturé par des haies de cactus et décoré de bosquets d'arbustes en fleurs ; tout autour de ceux-ci volent des papillons bleus ; les minuscules oiseaux-mouches battent des ailes et foncent comme des traînées lumineuses. Dans le salon, nous sommes assis devant une table de jonc, ou plutôt devant l'enveloppe cachetée qui y est posée. L'écriture en barbelés du Pr Challenger s'étale avec ces mots :

« Instructions pour lord John Roxton et son groupe.

À ouvrir à Manaus, le 15 juillet, à midi précis. »

Lord John avait placé sa montre sur la table à côté de lui.

— Encore sept minutes ! dit-il. Ce cher vieux aime la précision.

Le Pr Summerlee eut un sourire acidulé. Il prit l'enveloppe.

— Qu'est-ce que cela pourrait faire si nous l'ouvrions maintenant, et non dans sept minutes ? demanda-t-il. Nous nous trouvons en face d'une nouvelle absurdité, du charlatanisme habituel pour lequel son auteur, je regrette de le dire, est réputé.

— Oh ! voyons ! Nous devons jouer le jeu en nous conformant aux règles, répondit lord John. Il s'agit d'une affaire particulière à ce vieux Challenger ; nous sommes ici par un effet de sa bonne volonté ; il serait désobligeant pour lui et pour nous de ne pas suivre ses instructions à la lettre.

— Une jolie affaire, oui ! s'exclama le professeur. À Londres, elle m'avait frappé par son absurdité. Mais plus le temps s'écoule, plus cette absurdité me semble monumentale. J'ignore ce que contient cette enveloppe, mais si je n'y lis rien de précis, je serai fort tenté de prendre le prochain bateau et d'attraper le Bolivia à Para. Après tout, j'ai mieux à faire que de courir le monde pour démentir les élucubrations d'un fou ! Maintenant, Roxton, il est sûrement l'heure.

— C'est l'heure ! répondit lord John. Vous pouvez siffler le coup d'envoi.

Il prit l'enveloppe, et l'ouvrit avec son canif. Il tira une feuille de papier pliée. Avec précaution, il la déplia et l'étala sur la table. C'était une feuille blanche, vierge au recto comme au verso. Nous nous regardâmes en silence, consternés, jusqu'à ce que le Pr Summerlee éclatât d'un rire plein de dérision.

— Voilà un aveu complet ! s'écria-t-il. Qu'est-ce que vous désirez de plus ? Ce bonhomme est un farceur ; il en convient lui-même. Il ne nous reste plus qu'à rentrer chez nous et à dévoiler son imposture !

— Et s'il s'était servi d'une encre invisible ? hasardai-je.

— Je ne le pense pas ! répondit lord Roxton, qui éleva le papier à la lumière. Non, bébé, inutile de vous faire des illusions. Je mettrais ma tête à couper que rien n'a jamais été écrit sur cette feuille.

— Puis-je entrer ? gronda une voix qui venait de la véranda.

Dans un rayon de soleil s'était glissée une silhouette trapue. Cette voix ! Cette monstrueuse largeur d'épaules ! Nous sautâmes sur nos pieds : sous un chapeau de paille d'enfant orné d'un ruban multicolore, Challenger en personne ! Il avait les mains dans les poches de sa veste, et il exhibait d'élégants souliers en toile. Il rejeta la tête en arrière : dans tout l'éclat de l'astre du jour, il apportait le salut de sa barbe assyrienne, l'insolence de ses paupières lourdes, et ses yeux implacables.

— Je crains, dit-il en tirant sa montre, d'avoir quelques minutes de retard. Quand je vous ai remis cette enveloppe, je ne pensais pas, permettez-moi de vous l'avouer, que vous auriez à l'ouvrir. En effet, je voulais à toute force vous avoir rejoints avant l'heure convenue. Mon retard malencontreux est dû à un pilote maladroit et à un banc de sable inopportun. Aurais-je donné à mon collègue, le Pr Summerlee, l'occasion de blasphémer ?

— Je dois vous dire, monsieur, déclara lord John, avec une certaine dureté dans la voix, que votre arrivée nous est un véritable soulagement, car notre mission nous paraissait vouée à une fin prématurée. Même à présent, je ne puis concevoir pourquoi vous avez mené cette affaire d'une manière aussi extraordinaire.

Au lieu de répondre, le Pr Challenger entra dans le salon, serra les mains de lord John et de moi-même, s'inclina avec une insolence relative devant le Pr Summerlee, et sombra dans un fauteuil qui ploya sous son poids en gémissant.

— Est-ce que tout est prêt pour le voyage ? questionna-t-il.

— Nous pouvons partir demain.

— Eh bien ! vous partirez demain. Vous n'avez nul besoin de cartes ni de directives maintenant, puisque vous avez l'inestimable avantage de m'avoir pour guide. Depuis le début, j'étais décidé à présider à votre enquête. Les cartes les plus complètes auraient été, et vous en conviendrez bientôt, de médiocres remplaçants de ma propre intelligence et de mes conseils. Quant à la petite ruse que je vous ai jouée avec l'enveloppe, il est évident que, si je vous avais informés de toutes mes intentions, j'aurais été forcé de résister à vos instances importunes ; car vous m'auriez supplié de voyager avec vous, n'est-ce pas ?

— Oh ! pas moi, monsieur ! s'exclama le Pr Summerlee. Il n'y a pas qu'un bateau qui fait le service de l'Atlantique !

Challenger le balaya d'un revers de sa grande main velue.

— Votre bon sens retiendra, j'en suis persuadé, mon objection, et comprendra qu'il était préférable que je dirige vos propres mouvements et que j'apparaisse juste au moment où ma présence s'avère utile. Ce moment est arrivé. Vous êtes en de bonnes mains. Vous parviendrez au but. À partir de maintenant, c'est moi qui prends le commandement de l'expédition. Dans ces conditions, je vous demande d'achever vos préparatifs ce soir, pour que nous puissions partir de bonne heure demain matin. Mon temps est précieux ; et le vôtre, quoique à un degré moindre, l'est sans doute aussi. Je propose donc que nous poussions en avant aussi rapidement que possible, jusqu'à ce que je vous aie montré ce que vous êtes venus voir.

Lord John Roxton avait frété une grande embarcation à vapeur, la Esmeralda, qui devait nous permettre de remonter le fleuve. Par rapport au climat, l'époque que nous avions choisie importait peu, car la température oscille entre 25 et 32 degrés hiver comme été, il n'y a donc pas de différences extrêmes de chaleur. Mais quant à l'humidité, les choses se présentent différemment : de décembre à mai, c'est la saison des pluies ; pendant cette période, le fleuve grossit lentement jusqu'à ce qu'il atteigne un niveau de douze mètres au-dessus de son point le plus bas ; il inonde les rives, s'étend en grandes lagunes sur une distance formidable, et constitue à lui seul un grand district dont le nom local est le Gapo ; dans sa majeure partie, il est trop marécageux pour la marche à pied, et trop peu profond pour la navigation. Vers juin, les eaux commencent à décroître ; elles sont à leur plus bas vers octobre ou novembre. Notre expédition allait donc s'accomplir dans la saison sèche, lorsque le grand fleuve et ses affluents seraient dans des conditions plus ou moins normales.

Le courant de l'Amazone est maigre ; aucun cours d'eau ne convient mieux à la navigation, puisque le vent prédominant souffle sud-est, et que les bateaux à voiles peuvent progresser sans arrêt vers la frontière du Pérou en s'abandonnant au courant. Dans notre cas personnel, les excellents moteurs de la Esmeralda pouvaient dédaigner le flot lambin du courant, et nous fîmes autant de progrès que si nous naviguions sur un lac stagnant. Pendant trois jours nous remontâmes nord-ouest un fleuve qui, à seize cents kilomètres de son embouchure, était encore si énorme qu'en son milieu les rives n'apparaissaient que comme de simples ombres sur l'horizon lointain. Le quatrième jour après notre départ de Manaus, nous nous engageâmes dans un affluent qui tout d'abord ne parut guère moins imposant que l'Amazone. Pourtant, il se rétrécit bientôt, et au bout de deux autres journées de navigation, nous atteignîmes un village indien.

Le professeur insista pour que nous débarquions et que nous renvoyions la Esmeralda à Manaus. Il expliqua que nous allions arriver à des rapides qui rendraient impossible son utilisation. Il ajouta que nous approchions du seuil du pays inconnu, et que moins nous mettrions d'hommes dans notre confidence, mieux cela vaudrait. Il nous fit tous jurer sur l'honneur que nous ne publierions ni ne dirions rien qui pourrait aider à déterminer les endroits que nous allions visiter ; les serviteurs durent eux aussi prêter serment. Voilà la raison pour laquelle je serai obligé de demeurer plus ou moins dans le vague. J'avertis par conséquent mes lecteurs que, dans les cartes ou plans que je pourrais joindre à ce récit, les distances entre les points indiqués seront exactes, mais les points cardinaux auront été soigneusement maquillés, de telle sorte que rien ne permettra à quiconque de se guider vers le pays de l'inconnu. Que les motifs du Pr Challenger fussent valables ou non, nous ne pouvions faire autrement que nous incliner, car il était disposé à abandonner toute l'expédition plutôt que de modifier les conditions dans lesquelles il avait décidé qu'elle serait accomplie.

Le 2 août, nous rompîmes notre dernier lien avec le monde extérieur en disant adieu à la Esmeralda. Depuis lors, quatre jours se sont écoulés ; nous avons loué aux Indiens deux grands canoës fabriqués dans une substance si légère (des peaux sur un cadre de bambou) que nous devrions leur faire franchir n'importe quel obstacle. Nous les avons chargés de toutes nos affaires, et nous avons embauché deux Indiens supplémentaires pour le travail de la navigation. Je crois que ce sont eux, Ataca et Ipetu, qui ont accompagné le Pr Challenger pendant son voyage précédent. Ils semblaient terrifiés à l'idée de récidiver, mais le chef de leur tribu dispose dans ce pays de pouvoirs patriarcaux, et s'il juge le salaire convenable, ses hommes n'ont plus grand-chose à objecter.

Demain donc, nous disparaissons dans l'inconnu. Je confie ce récit à un canoë qui va descendre la rivière. Peut-être sont-ce là mes derniers mots à ceux qui s'intéressent à notre destin. Conformément à nos conventions, c'est à vous que je les adresse, cher monsieur McArdle, et je laisse à votre discrétion le droit de détruire, modifier, corriger tout ce que vous voudrez.

L'assurance du Pr Challenger est telle, en dépit du scepticisme persistant du Pr Summerlee, que je ne doute guère que notre leader nous prouve bientôt le bien-fondé de ses affirmations... Oui, je crois que nous sommes réellement à la veille d'expériences sensationnelles !

CHAPITRE VIII
Aux frontières du monde nouveau

Que nos amis se réjouissent : nous touchons au but. Et, au moins jusqu'à un certain point, nous avons vérifié les déclarations du Pr. Challenger. Nous n'avons pas, c'est vrai, escaladé le plateau, mais il est devant nous ; du coup l'humeur du Pr. Summerlee s'en est radoucie. Non qu'il admette un seul instant que son rival pourrait avoir raison, mais il a mis un frein à ses objections incessantes et garde le plus souvent un silence attentif. Mais il faut que je revienne en arrière et que je reprenne mon récit là où je l'ai laissé. Nous renvoyons chez lui l'un de nos Indiens, qui s'est blessé, et je lui confie cette lettre, en doutant fortement d'ailleurs qu'elle parvienne un jour à son destinataire.

Lorsque je vous ai écrit la dernière fois, nous étions sur le point de quitter le village indien auprès duquel nous avait déposés la Esmeralda. Mon compte rendu commencera par de fâcheuses nouvelles, car ce soir le premier conflit personnel vient d'éclater (je ne fais pas allusion aux innombrables coups de bec qu'échangent les deux professeurs) et il s'en est fallu de peu qu'il n'eût une issue tragique. J'ai mentionné ce métis parlant anglais, Gomez, bon travailleur, plein de bonne volonté, mais affligé, je suppose, du vice de la curiosité qui n'est pas rare chez ces hommes-là. À la tombée de la nuit, il s'est caché près de la hutte dans laquelle nous étions en train de discuter de nos plans ; il a été surpris par notre grand nègre Zambo, qui est aussi fidèle qu'un chien et qui voue aux métis le mépris et la haine de toute sa race pure pour les sang-mêlé. Zambo l'a tiré de l'ombre et nous l'a amené. Gomez a sorti son couteau et, n'eût été la force extraordinaire du Noir qui le désarma d'une seule main, Zambo aurait été poignardé. L'affaire s'est terminée par une sévère admonestation, et les adversaires ont été invités à se serrer la main. Espérons que tout ira bien.

Quant à nos deux savants, ils sont à couteaux tirés, et leur intimité sent l'aigre. Je conviens volontiers que Challenger est ultra-provocant, mais Summerlee possède une langue dont l'acide envenime tout. Hier soir, Challenger nous dit qu'il ne s'était jamais soucié de marcher sur le quai de la Tamise et de regarder en amont du fleuve, parce qu'il y avait toujours de la tristesse à contempler son propre tombeau. (Il est persuadé qu'il sera enterré à l'abbaye de Westminster.) Summerlee répliqua, avec un sourire sarcastique, que cependant la prison de Millibank avait été abattue. Mais la vanité de Challenger est trop colossale pour qu'il puisse être réellement fâché par autrui. Il se contenta de sourire dans sa barbe et de répéter : « Tiens ! Tiens ! » avec la voix qu'on prend pour s'adresser aux enfants. En vérité, ce sont deux enfants : l'un desséché et acariâtre, l'autre impérieux et formidable. Et pourtant l'un et l'autre ont un cerveau qui les a placés au premier rang de la science moderne. Deux cerveaux, deux caractères, deux âmes, seul celui qui connaît beaucoup de la vie peut comprendre à quel point ils ne se ressemblaient pas.

Au jour de notre vrai départ, toutes nos affaires se casèrent aisément dans nos deux canoës ; nous divisâmes notre personnel, six hommes dans chaque, en n'oubliant pas dans l'intérêt de la paix commune de séparer les deux professeurs. Moi, j'étais avec Challenger, qui affichait une humeur béate, la bienveillance rayonnait sur chacun de ses traits. Comme j'avais quelque expérience de ses sautes d'humeur, je m'attendais à ce que des coups de tonnerre se fissent entendre sur ce ciel serein. Dans sa compagnie, il est impossible de se sentir à l'aise, mais au moins on ne s'ennuie jamais.

Pendant deux jours, nous remontâmes une rivière de bonne taille, large de plusieurs centaines de mètres, avec une eau aussi foncée que transparente qui permettait de voir le fond. Les affluents de l'Amazone sont de deux sortes : ceux dont l'eau est foncée et transparente, et ceux dont l'eau est blanchâtre et opaque ; cette différence provient de la nature du pays qu'ils ont traversé. Le foncé indique du végétal en putréfaction, le blanchâtre du sol argileux. Deux fois nous dûmes franchir des rapides, ou plutôt les contourner en portant nos canoës pendant près d'un kilomètre. De chaque côté de la rivière, les bois en étaient à leur première pousse, et nous éprouvâmes relativement peu de difficultés à y pénétrer avec nos canoës. Comment pourrais-je jamais oublier leur mystère solennel ? La hauteur des arbres et l'épaisseur des troncs dépassaient l'imagination du citadin que je suis ; ils s'élançaient en colonnes magnifiques jusqu'à une distance énorme au-dessus de nos têtes ; nous pouvions à peine distinguer l'endroit où ils répandaient leurs branches latérales en cintres gothiques ; ceux-ci se combinaient pour former un grand toit matelassé de verdure, à travers lequel un éventuel rayon de soleil dardait une ligne étincelante qui perçait ici ou là l'obscurité majestueuse. Tandis que nous avancions sans bruit sur le tapis doux et épais de la végétation pourrissante, le silence tombait sur nos âmes : le même que celui qui nous enveloppe au crépuscule dans une cathédrale. Et, miraculeusement, la voix tonnante du Pr Challenger se mua en un murmure décent.

Si j'avais été un explorateur solitaire, j'aurais ignoré les noms de ces géants monstrueux, mais nos savants étaient là ; ils désignaient les cèdres, les immenses peupliers soyeux, les arbres à gomme, et toute une profusion de plantes diverses qui ont fait de ce continent le principal fournisseur de la race humaine pour les produits du monde végétal, alors qu'il est le plus rétrograde pour les produits de la vie animale. Des orchidées éclatantes et des lianes merveilleusement colorées illuminaient les troncs bistrés ; là où une tache de soleil tombait sur l'allamanda dorée, ou sur le bouquet d'étoiles écarlates du tacsonia, ou sur le bleu profond de l'ipomaea, une féerie de rêves nous ensorcelait. Dans ces grands espaces de forêts, la vie, qui a l'obscurité en horreur, combat pour grimper toujours plus haut vers la lumière. Toutes les plantes, même les plus petites, dessinent des boucles et se contorsionnent au-dessus du sol vert ; elles s'enroulent pour accoupler leurs efforts. Les plantes grimpantes sont luxuriantes et gigantesques.

Mais celles qui n'ont jamais appris à grimper pratiquent pourtant l'art de l'évasion hors de cette ombre triste : la vulgaire ortie, le jasmin, et même des palmes jacitara enlacent les rameaux des cèdres et se développent en extension jusqu'à leurs cimes. Parmi ces nefs majestueuses qui s'étendaient devant nous, nous ne décelâmes aucune manifestation visible de la vie animale ; mais un mouvement perpétuel au-dessus de nos têtes – loin au-dessus – nous suggérait le monde innombrable des serpents et des singes, des oiseaux et des insectes qui se tournent eux aussi vers le soleil et qui devaient regarder avec étonnement nos silhouettes sombres, minuscules, chancelantes, perdues au sein des immenses profondeurs de la forêt vierge. Au lever du jour et au crépuscule, les singes hurleurs gémissent en chœur, et les perruches jacassent ; mais durant les heures chaudes seul le vrombissement des insectes, tel le grondement d'un lointain ressac, remplit l'oreille, sans que cependant rien ne bouge dans ce paysage de troncs se fondant les uns dans les autres dans l'obscurité qui nous domine. Une seule fois une créature aux pattes arquées tituba lourdement parmi des ombres : un ours ou un fourmilier... Ce fut l'unique manifestation de vie au sol que je perçus dans la grande forêt de l'Amazone.

Et pourtant certains signes nous apprirent que des hommes vivaient dans ces recoins mystérieux. Au matin du troisième jour, nous prîmes conscience d'un bizarre ronronnement grave, rythmé et solennel, qui lançait irrégulièrement ses crescendos et ses decrescendos, par à-coups, au fil des heures. Les deux canoës avançaient à quelques mètres l'un de l'autre quand nous le perçûmes pour la première fois ; alors nos Indiens s'arrêtèrent de pagayer, se figèrent dans l'immobilité la plus absolue : ils semblaient s'être changés en statues de bronze ; ils écoutaient intensément ; la terreur était peinte sur leurs visages.

– Qu'est-ce que c'est ? demandai-je.

– Des tambours, me répondit lord John avec insouciance. Des tambours de guerre. Je les ai déjà entendus autrefois.

– Oui, monsieur, des tambours de guerre ! confirma Gomez le métis. Des Indiens sauvages. Ils nous surveillent. Ils nous tueront s'ils le peuvent.

– Comment peuvent-ils nous surveiller ? interrogeai-je en montrant la forêt sombre et immobile.

Le métis haussa les épaules :

– Les Indiens savent. Ils ont leurs méthodes. Ils nous guettent. Ils se parlent par tambours. Ils nous tueront s'ils le peuvent.

Dans l'après-midi de ce même jour, qui était le mardi 18 août, au moins six ou sept tambours battirent simultanément en des endroits différents. Parfois ils battaient rapidement, parfois lentement, parfois sous forme évidente de question et de réponse : l'un démarrait vers l'est par un crépitement saccadé, et il était suivi peu après par un roulement grave vers le nord. Dans cet incessant grondement, qui semblait répéter les mots mêmes du métis : « Nous vous tuerons si nous le pouvons ! Nous vous tuerons si nous le pouvons ! » il y avait quelque chose qui tapait sur les nerfs avec une insistance parfaitement désagréable. Dans les bois silencieux, nous continuions à ne voir personne remuer. Toute la paix et le calme de la nature s'exprimaient dans ce rideau foncé de végétation, mais quelque part derrière lui s'égrenait le message de mort : « Nous vous tuerons si nous le pouvons ! » disait l'homme de l'est. Et l'homme du nord reprenait : « Nous vous tuerons si nous le pouvons ! »

Tout le jour, les tambours grondèrent des menaces qui se reflétaient sur les visages de nos compagnons de couleur. Même notre métis fanfaron et intrépide avait un air de chien battu. J'appris cependant ce jour-là une fois pour toutes que Challenger et Summerlee possédaient tous deux le plus haut type de bravoure : la bravoure de l'esprit scientifique. Ils étaient tout à fait dans l'état d'esprit qui maintint Darwin chez les gauchos de l'Argentine ou Wallace chez les chasseurs de têtes de la Malaisie. Par un décret de la généreuse nature, le cerveau humain ne peut penser à deux choses à la fois : s'il est voué à une curiosité telle que la science, il n'a pas de place à consacrer à des considérations personnelles. Pendant que planait sur nous cette menace irritante et mystérieuse, nos deux professeurs s'occupaient d'oiseaux en vol, d'arbustes sur le rivage ; le ricanement de Summerlee répondait au grognement de Challenger : le tout aussi paisiblement que s'ils étaient assis dans le fumoir du Royal Society's Club de Londres. Une seule fois, ils condescendirent à en discuter.

— Des cannibales Miranha ou Amajuaca ! fit Challenger en tournant son pouce vers le bois qui résonnait du bruit des tambours.

— Certainement, monsieur ! répondit Summerlee. Comme toujours dans ce genre de tribus, je pense qu'ils utilisent le langage polysynthétique et qu'ils sont de type mongolien.

— Polysynthétique assurément ! dit Challenger avec indulgence. Je ne connais nul autre type de langage sur ce continent, et j'en ai dénombré plus d'une centaine. Mais j'avoue mon scepticisme quant à la théorie mongolienne.

— J'aurais cru que même des connaissances limitées en anatomie comparée permettaient de la vérifier, dit avec acidité Summerlee.

Challenger pointa en l'air son menton agressif :

— Sans doute, monsieur, des connaissances limitées peuvent la vérifier. Mais des connaissances approfondies aboutissent à des conclusions différentes.

Ils se dévisagèrent avec défi, pendant que tout autour le même murmure répétait inlassablement : « Nous vous tuerons... Nous vous tuerons si nous le pouvons ! »

Quand la nuit tomba, nous amarrâmes nos canoës avec de lourdes pierres en guise d'ancres au centre de la rivière, et nous nous livrâmes à divers préparatifs en vue d'une attaque éventuelle.

Rien ne se produisit cependant. À l'aube, nous reprîmes notre route, tandis que le roulement des tambours mourait derrière nous. Vers trois heures de l'après-midi, nous rencontrâmes un rapide très profond qui se prolongeait sur près de deux kilomètres : c'était lui qui avait provoqué le désastre du Pr Challenger au cours de son premier voyage. Je confesse que je me sentis réconforté en le voyant, car il m'apportait la première confirmation directe de la véracité de ses dires. Les Indiens portèrent d'abord nos canoës, puis nos provisions à travers les fourrés très épais à cet endroit, pendant que les quatre Blancs, fusil sur l'épaule, s'interposaient entre eux et tout danger pouvant survenir des bois. Avant le soir, nous avions franchi le rapide et nous naviguâmes encore pendant une vingtaine de kilomètres ; après quoi nous mouillâmes l'ancre pour la nuit.

Je calculai que nous n'avions pas franchi moins de cent soixante-dix kilomètres sur cet affluent de l'Amazone.

Ce fut tôt dans la matinée du lendemain que s'effectua notre grand départ. Depuis l'aurore, le Pr Challenger avait paru nerveux : il inspectait continuellement chaque rive de la rivière... Soudain, il poussa une joyeuse exclamation de satisfaction et nous désigna un arbre isolé qui se détachait selon un angle particulier sur l'une des rives.

– Qu'est-ce que c'est que ça, à votre avis ? demanda-t-il.

– C'est sûrement un palmier assai.

– Exact. Et c'était aussi un palmier assai que j'avais choisi comme point de repère. L'ouverture secrète se dissimule à huit cents mètres plus haut, de l'autre côté de la rivière. Il n'y a pas d'éclaircie entre les arbres. Voilà ce qui est à la fois merveilleux et mystérieux. Là où vous voyez des joncs vert clair au lieu de ce sous-bois vert foncé, là, entre les grands bois de peupliers, se trouve mon entrée particulière dans la terre inconnue. Partons, vous allez comprendre !

Il s'agissait bien d'un endroit merveilleux. Ayant atteint le lieu marqué par une rangée de joncs vert clair, nous engageâmes nos deux canoës pendant quelques centaines de mètres, puis nous émergeâmes dans un cours d'eau placide, peu profond, clair, et dont la transparence laissait apercevoir un fond de sable.

Il pouvait avoir dix-huit mètres de large, et ses deux rives étaient bordées par une végétation très luxuriante. Le voyageur qui n'aurait pas remarqué que sur une courte distance des roseaux avaient pris la place des arbustes aurait été incapable de deviner l'existence de ce cours d'eau, comme d'imaginer le paysage féerique qui s'étendait au-delà.

L'épaisse végétation se croisait au-dessus de nos têtes, s'entrelaçait pour former une pergola naturelle, à travers ce tunnel de verdure sous la lumière d'un crépuscule doré coulait la rivière verte, limpide, belle en elle-même, mais rendue plus belle encore par les teintes étranges que projetait l'éclat du jour tamisé dans sa chute vers la terre. Claire comme du cristal, immobile comme une vitre, nuancée de vert comme l'arête d'un iceberg, elle s'étendait devant nous sous une arche de verdure ; chaque coup de nos pagaies créait mille rides sur sa surface étincelante. C'était l'avenue rêvée pour le pays des merveilles. Nous n'entendions plus les signaux des Indiens ; par contre la vie animale devenait plus fréquente ; le doux caractère des animaux montrait qu'ils ignoraient tout de la chasse et des chasseurs. Des petits singes frisottés, noirs comme du velours, avec des dents blanches et des yeux moqueurs, venaient nous raconter des tas d'histoires. De temps à autre, un caïman plongeait du rivage avec un grand bruit d'eau. Un tapir nous regarda à travers un trou dans les buissons, puis repartit vagabonder dans la forêt. Une fois, la silhouette sinueuse d'un puma surgit dans les broussailles, ses yeux verts, sinistres, nous contemplèrent avec haine par-dessus ses épaules jaunies. Les oiseaux étaient particulièrement abondants, surtout les échassiers, la cigogne, le héron, l'ibis errant par petits groupes ; il y en avait des bleus, des rouges, des blancs perchés sur les souches qui faisaient office de jetées sur la rivière.

Pendant trois journées, nous nous taillâmes un chemin sous ce tunnel de verdure qui brillait au soleil. Il était presque impossible de fixer à distance une ligne de démarcation entre l'arche et l'eau : leurs verts se confondaient. La paix de ces lieux n'était troublée par aucune présence humaine.

– Il n'y a pas d'Indiens ici. Ils ont trop peur. Curupuri ! dit Gomez.

– Curupuri est l'esprit des bois, expliqua lord John. C'est sous ce vocable qu'ils désignent les démons de toute espèce. Ces pauvres idiots croient qu'il y a quelque chose à redouter dans cette direction, et ils évitent de la prendre.

Au cours du troisième jour, il devint évident que notre voyage par voie d'eau touchait à sa fin ; la rivière était en effet de moins en moins profonde. Deux fois en une heure, nous heurtâmes le fond. Finalement, nous tirâmes nos canoës sur la berge, dans les broussailles, et nous y passâmes la nuit. Au matin, lord John et moi nous partîmes en expédition à travers la forêt, en nous tenant en parallèle avec la rivière ; comme celle-ci avait de moins en moins de fond, nous revînmes en arrière et fîmes notre rapport.

Le Pr Challenger avait déjà subodoré que nous avions atteint le point extrême où nos canoës pouvaient naviguer. Nous les dissimulâmes donc dans les broussailles et nous coupâmes un arbre à la hache, afin de marquer l'endroit. Puis nous nous répartîmes les diverses charges (fusils, munitions, vivres, une tente, des couvertures, etc.) et, nos épaules ployant sous le faix, nous entamâmes la plus dure étape de notre voyage.

Une malheureuse querelle marqua le début de cette étape. Challenger, depuis qu'il nous avait rejoints, avait distribué ses ordres à tout notre groupe, au grand mécontentement de Summerlee. Quand il assigna une tâche quelconque à son collègue (il ne s'agissait que de porter un baromètre anéroïde), il y eut un éclat.

– Puis-je vous demander, monsieur, dit Summerlee avec un calme méchant, en quelle qualité vous distribuez ces ordres ?

Challenger devint écarlate.

– J'agis, professeur Summerlee, en qualité de chef de cette expédition.

– Me voici obligé de vous dire, monsieur, que je ne vous reconnais pas cette capacité.

– Vraiment ! fit Challenger en le saluant avec une civilité sarcastique. Alors peut-être voudriez-vous définir ma position exacte dans cette aventure ?

– Oui, monsieur. Vous êtes un homme dont la bonne foi est soumise à vérification. Et ce comité est ici pour la vérifier. N'oubliez pas, monsieur, que vous vous trouvez dans la compagnie de vos juges.

– Mon Dieu ! s'exclama Challenger en s'asseyant sur le rebord de l'un des canoës. Dans ce cas vous irez, bien sûr, votre propre chemin, et je suivrai le mien à mon goût. Si je ne suis pas le chef, n'attendez pas que je vous guide plus longtemps.

Grâce au ciel, il y avait là deux hommes sains d'esprit, lord John Roxton et moi. Nous nous employâmes donc à empêcher la vanité et la stupidité de nos deux savants de s'exaspérer au point où nous aurions dû rentrer à Londres les mains vides ! Ah ! comme il fallut plaider, argumenter, expliquer, avant de les amener à composition ! Enfin Summerlee partit en tête avec sa pipe et son ricanement, tandis que Challenger suivait en grognant. Par chance nous découvrîmes que nos deux savants partageaient la même opinion (peu flatteuse !) sur le Dr Illingworth d'Édimbourg : ce fut là notre unique gage de sécurité. Chaque fois que la situation se tendait, l'un de nous jetait en avant le nom du zoologiste écossais ; alors les deux professeurs faisaient équipe pour lancer l'anathème sur leur infortuné collègue.

Nous avancions en file indienne le long du cours d'eau, qui se réduisit bientôt à l'état de filet pour se perdre enfin dans un large marais vert de mousses spongieuses où nous enfonçâmes jusqu'aux genoux. L'endroit était infesté par des nuages de moustiques et toutes sortes de pestes volantes. Aussi retrouvâmes-nous la terre ferme avec soulagement ; pour cela, nous avions contourné les arbres qui flanquaient ce marais, et laissé derrière nous son ronflement d'orgue et sa charge d'insectes.

Deux jours après avoir quitté nos embarcations, nous constatâmes un subit changement dans le caractère du pays. Notre route montait constamment, et au fur et à mesure que nous prenions de la hauteur les bois s'amincissaient et perdaient de leur luxuriance tropicale. Les arbres énormes de la plaine constituée par les alluvions de l'Amazone cédaient la place aux cocotiers et aux phœnix, qui poussaient en bouquets clairsemés, reliés entre eux par des broussailles touffues. Dans les creux plus humides, les palmiers étendaient leurs gracieuses frondaisons. Nous marchions uniquement à la boussole, et il s'ensuivit une ou deux divergences d'appréciation entre Challenger et les deux Indiens ; pour citer les propos indignés du professeur, « tout le groupe était d'accord pour se fier aux instincts trompeurs de sauvages non développés, plutôt qu'au plus haut produit de la culture moderne de l'Europe » ! Mais nous n'avions pas tort d'accorder notre confiance aux Indiens car, le troisième jour, Challenger admit qu'il avait reconnu plusieurs points de repère datant de son premier voyage ; à un endroit, nous retrouvâmes quatre pierres noircies par le feu qui avaient dû faire partie d'un campement.

La route montait toujours. Il nous fallut deux jours pour traverser une pente hérissée de rochers. De nouveau la végétation s'était transformée et il ne subsistait plus que l'arbre d'ivoire végétal ainsi qu'une abondance d'orchidées, parmi lesquelles j'appris à distinguer la rare nuttonia vexillaria, les fleurs roses ou écarlates du cattieya, et l'odontoglossum. Des ruisseaux à fond caillouteux et aux berges drapées de fougères glougloutaient dans les ravins et nous offraient des coins propices à nos campements nocturnes ; des essaims de petits poissons bleu foncé, de la taille des truites anglaises, nous fournissaient un délicieux souper.

Le neuvième jour après avoir abandonné nos canoës, nous avions avancé à peu près de deux cents kilomètres. Nous commençâmes alors à sortir de la zone d'arbres pour rencontrer une immense étendue désertique de bambous, si épaisse que nous devions nous tailler notre chemin avec les machettes et les serpes des Indiens. Cela nous prit tout un long jour, depuis sept heures le matin jusqu'à huit heures du soir, avec seulement deux pauses d'une heure chacune ; enfin nous parvînmes à franchir cet obstacle.

Rien de plus monotone et de plus fatigant, car nous ne pouvions pas voir à plus de dix ou douze mètres devant nous quand une percée avait été effectuée. Ma visibilité était en fait bornée au dos de lord John, qui marchait devant moi, et à une muraille jaune qui m'étouffait à ma droite comme à ma gauche. Du ciel nous venait un rayon de soleil mince comme une lame de couteau ; les roseaux s'élançaient vers la lumière à plus de six mètres au-dessus de nos têtes. J'ignore quelles créatures ont choisi ces fourrés pour habitat, mais à plusieurs reprises nous avons entendu plonger de grosses bêtes lourdes tout près de nous. D'après le bruit, lord John les identifia comme du bétail sauvage. Épuisés par une journée aussi interminable qu'harassante, nous établîmes notre camp dès que nous eûmes gagné la lisière des bambous.

De bonne heure le matin, nous fûmes debout : une fois de plus l'aspect du pays n'était plus le même. Derrière nous se dressait le mur de bambous, aussi parfaitement délimité que s'il indiquait le cours d'une rivière. En face de nous, il y avait une plaine ouverte montant doucement et parsemée de fougères arborescentes, elle formait une courbe qui aboutissait à une crête longue et en dos de baleine. Nous l'atteignîmes vers midi, et nous découvrîmes que s'étendait au-delà une vallée peu profonde, qui s'élevait à nouveau en pente douce vers un horizon bas, arrondi. Ce fut là que se produisit un incident, important ou non, je n'en sais rien.

Le Pr Challenger marchait à l'avant-garde avec les deux Indiens de la région, quand il s'arrêta brusquement et, très excité, nous désigna un point sur la droite. Nous vîmes alors, à quinze cents mètres à peu près, quelque chose qui nous sembla être un gros oiseau gris qui s'envolait lourdement du sol et qui grimpait lentement dans les airs, puis qui se perdit parmi les fougères arborescentes.

— Vous l'avez vu ? hurla Challenger, exultant. Summerlee, vous l'avez vu ?

Son collège regardait l'endroit où cet animal avait disparu.

— Qu'est-ce que vous prétendez que ce soit ? demanda-t-il.

— Selon toute probabilité, un ptérodactyle.

Summerlee éclata d'un rire ironique :

— Un ptéro-turlututu ! dit-il. C'était une cigogne, oui ! ou alors je n'ai jamais vu de cigogne !

Challenger était trop irrité pour parler. Il rejeta sa charge sur l'épaule et repartit en avant. Lord John vint à ma hauteur, et je vis que son visage était plus sérieux que d'habitude. Il avait sa jumelle Zeiss à la main.

— Je l'ai regardé à la jumelle avant qu'il ne disparaisse, dit-il. Je ne me risquerais pas à dire ce que c'était, mais je parie ma réputation de chasseur qu'il s'agit d'un oiseau comme je n'en ai jamais vu dans ma vie !

Tel fut l'incident en question. Sommes-nous vraiment à la frontière de l'inconnu, de ce monde perdu dont parle notre chef ? Je vous livre l'incident tel qu'il s'est passé ; vous en savez autant que moi. Depuis, nous n'avons rien vu de remarquable.

Et maintenant, chers lecteurs (en admettant que j'en aie un jour), je vous ai fait remonter notre grand fleuve, traverser les joncs, franchir le tunnel de verdure, grimper les pentes de palmiers, trouer le mur de bambous, escalader cette plaine de fougères arborescentes... Mais enfin notre but est en vue. Quand nous avons gravi la deuxième crête, une plaine irrégulière, avec des palmiers, nous est apparue, et aussi cette ligne d'escarpements rougeâtres que j'avais vue sur le tableau. Elle est là, aussi vrai que j'écris, et il ne peut pas y avoir de doute : c'est bien la même. Au plus près elle se situe à une dizaine de kilomètres de notre campement, et elle s'incurve au loin, à perte de vue. Challenger se rengorge comme un paon primé ; Summerlee se tait, son scepticisme n'est pas mort. Un autre jour de marche devrait mettre un terme à certains de nos doutes.

Pendant ce temps, José, qui a eu un bras transpercé par un bambou, insiste pour revenir sur ses pas et rentrer. Je lui confie cette lettre. J'espère simplement qu'elle parviendra à son destinataire. J'y joins une carte grossière de notre voyage : peut-être le lecteur nous suivra-t-il plus facilement.

CHAPITRE IX
Qui aurait pu prévoir ?

Il nous est arrivé une chose terrible. Qui aurait pu la prévoir ? Je ne puis plus assigner de terme à nos épreuves. Peut-être sommes-nous condamnés à finir nos jours dans ce lieu étrange, inaccessible ? Je suis encore si troublé que je peux à peine réfléchir aux faits actuels ou aux chances du futur. Mes sens bouleversés jugent les premiers terrifiants, et les deuxièmes aussi sombres que l'enfer.

Personne ne s'est jamais trouvé dans une pire situation ; et à quoi servirait de révéler notre position géographique exacte, ou de demander à nos amis de venir nous aider ! Même si une caravane de secours s'organisait, elle arriverait certainement trop tard en Amérique du Sud : notre destin serait déjà scellé depuis longtemps.

En fait, nous sommes aussi loin de tout sauvetage humain que si nous étions dans la lune. Si nous parvenons à vaincre nos difficultés, nous ne le devrons qu'à nos propres qualités. J'ai comme compagnons trois hommes remarquables, des hommes doués d'un cerveau puissant et d'un courage indomptable. Telle est notre suprême espérance. C'est seulement quand je regarde les visages imperturbables de mes compagnons que j'entrevois une clarté dans notre nuit. Extérieurement, je parais aussi indifférent qu'eux. Intérieurement, je n'éprouve qu'une folle terreur.

Il faut que je vous communique, avec tous les détails possibles » la succession des événements qui ont abouti à cette catastrophe.

Quand j'avais terminé ma dernière lettre, nous nous trouvions à une dizaine de kilomètres d'une ligne interminable d'escarpements rouges qui ceinturaient, sans aucun doute, le plateau dont avait parlé le Pr Challenger. Leur hauteur, tandis que nous en approchions, me sembla par endroits plus importante qu'il ne l'avait dit (trois ou quatre cents mètres), et ils étaient curieusement striés, à la manière qui caractérise, je crois, les soulèvements basaltiques. On peut en voir quelques-uns dans les varappes de Salisbury à Édimbourg. Leur faîte montrait tous les signes d'une végétation luxuriante, avec des arbustes près du rebord, et plus loin de nombreux grands arbres, mais aucune trace de vie animale.

Cette nuit-là, nous campâmes juste sous l'escarpement : un lieu désolé et sauvage. Les parois n'étaient pas exactement perpendiculaires, mais creusées sous le sommet ; il n'était pas question d'en faire l'ascension.

Près de nous s'élevait le piton rocheux que j'ai déjà mentionné dans mon récit. On aurait dit un clocheton rouge, dont la pointe arrivait à la hauteur du plateau, mais entre eux s'étendait un gouffre profond. Sur sa cime se dressait un grand arbre. La hauteur du piton et de l'escarpement était relativement basse : à peu près cent quatre-vingts mètres.

— C'était là, dit le Pr Challenger en désignant l'arbre, qu'était perché mon ptérodactyle. J'avais escaladé la moitié du piton rocheux avant de le tirer. Je pense qu'un bon alpiniste dans mon genre pourrait le gravir jusqu'en haut, mais il n'en serait pas plus avancé pour l'approche du plateau.

Quand Challenger parla de « son » ptérodactyle, je lançai un coup d'œil au Pr Summerlee, et pour la première fois il me sembla refléter un mélange d'acquiescement et de repentir. Ses lèvres minces ne se déformaient plus sous l'habituel ricanement ; son regard exprimait l'excitation et la surprise. Challenger s'en aperçut et fit ses délices de ce premier parfum de victoire.

« Bien sûr, dit-il avec une intonation sarcastique, le professeur Summerlee comprendra que quand je parle d'un ptérodactyle, c'est une cigogne que je veux dire. Seulement, il s'agit d'une cigogne qui n'a pas de plumes, qui a une peau comme du cuir, avec des ailes membraneuses et des dents aux mâchoires.

Il rit à pleine bouche, cligna de l'œil et salua jusqu'à ce que son collègue s'éloignât.

Le matin, après un petit déjeuner frugal de café et de manioc, car il nous fallait économiser nos provisions, nous tînmes un conseil de guerre pour préparer l'ascension du plateau.

Challenger présida notre réunion avec autant de solennité que s'il avait été le garde des sceaux. Représentez-vous cet homme assis sur un rocher, son absurde chapeau de paille repoussé derrière sa tête, ses yeux dédaigneux qui nous dominaient à l'abri des lourdes paupières, et sa grande barbe noire appuyant par une véhémente agitation les arguments qu'il énonçait quant à notre situation présente et à l'avenir immédiat.

Au-dessous de lui, vous pouvez nous imaginer tous les trois : moi-même hâlé, jeune, vigoureux ; Summerlee solennel, encore prêt à la critique, camouflé derrière sa sempiternelle pipe ; lord John, mince comme une lame de rasoir, avec son corps alerte et souple appuyé sur un fusil, et son regard d'aigle tourné vers l'orateur.

Derrière nous, le groupe des deux métis et le petit paquet d'Indiens. Devant nous et au-dessus ces côtes rocheuses rougeâtres qui nous séparaient de notre but.

« Je n'ai pas besoin de vous dire, déclara notre chef, qu'à l'occasion de mon dernier passage ici, j'ai épuisé tous les moyens possibles et imaginables pour gravir les escarpements. Là où j'ai échoué, je ne crois pas que quelqu'un d'autre puisse réussir, car je suis un bon alpiniste. À l'époque, je n'avais pas un attirail de montagnard, mais cette fois j'ai pris mes précautions. J'en ai un. Je suis sûr de moi : avec cordes et crampons j'escaladerai ce piton rocheux et parviendrai à son sommet ; mais avec ce surplomb ce n'est pas la peine d'essayer sur l'escarpement.

La dernière fois, j'avais à me dépêcher parce que la saison des pluies approchait et que mes vivres s'épuisaient ; d'où le temps limité dont je disposais. Tout ce que je peux affirmer, c'est que j'ai inspecté la base de ces escarpements sur une dizaine de kilomètres vers l'est, sans trouver un accès pour grimper. Voilà. Maintenant qu'allons-nous faire ?

— Il me semble qu'il n'y a qu'une seule solution raisonnable, dit le Pr Summerlee. Si vous avez exploré le côté est, nous devrions explorer le côté ouest et chercher s'il existe un accès praticable pour l'ascension.

— C'est cela, intervint lord John. Il est probable que ce plateau n'est pas d'une étendue énorme. Nous n'avons qu'à en faire le tour jusqu'à ce que nous trouvions l'accès le meilleur, ou, au pis, revenir à notre point de départ.

— J'ai déjà expliqué à notre jeune ami, dit Challenger en me traitant avec la même indifférence dédaigneuse que si j'étais un gamin de dix ans, qu'il est tout à fait impossible qu'existe un accès facile, pour la bonne raison que s'il y en avait un le sommet ne se trouverait pas isolé, par conséquent ne réaliserait pas les conditions indispensables pour assurer une survivance à travers les âges. Cependant, j'admets volontiers qu'il peut y avoir très bien un ou plusieurs endroits par où un bon alpiniste peut s'engager pour atteindre le sommet, mais par où il serait impossible à un animal lourd et encombrant de descendre. J'affirme qu'en un point l'ascension est possible.

— Et comment le savez-vous, monsieur ? demanda abruptement Summerlee.

— Parce que mon prédécesseur, l'Américain Maple White, a déjà réalisé cette ascension. Sinon, comment aurait-il vu le monstre qu'il a dessiné sur son album de croquis ?

— Là, vous raisonnez sans tenir compte de faits prouvés, répondit Summerlee l'entêté. J'admets votre plateau, parce que je l'ai vu. Mais jusqu'ici je ne puis assurer qu'il contient les formes de vie dont vous avez fait état.

— Ce que vous admettez ou n'admettez pas, monsieur, est vraiment d'une importance minuscule. Je suis heureux de constater que le plateau lui-même s'est réellement imposé à votre perception...

Il tourna la tête vers le plateau et tout de suite, à notre ahurissement, il sauta de son rocher, prit Summerlee par le cou et le força à regarder en l'air.

« Allons, monsieur ! cria-t-il d'une voix enrouée par l'émotion. Est-ce qu'il faut que je vous aide encore à comprendre que ce plateau contient de la vie animale ?

J'ai dit qu'une épaisse bordure de verdure surplombait en saillie le bord de l'escarpement. Or, de cette frange avait émergé un objet noir et luisant. Comme il s'avançait lentement en plongeant au-dessus du gouffre, nous vîmes à loisir qu'il s'agissait d'un très gros serpent avec une tête plate en forme de bêche. Il ondula et secoua ses anneaux au-dessus de nous pendant une minute ; le soleil du matin brillait sur sa robe lisse. Puis il se replia vers l'intérieur et disparut.

Summerlee avait été tellement captivé par cette apparition qu'il n'avait pas opposé de résistance lorsque Challenger lui avait tourné la tête dans la direction du serpent. Mais il ne tarda pas à se dégager de l'étreinte de son collègue pour récupérer un peu de dignité.

– Je serais heureux, professeur Challenger, dit-il, que vous vous arrangiez pour faire vos remarques, intempestives ou non, sans me prendre par le cou. Même l'apparition d'un très ordinaire python de rocher ne semble pas justifier de telles libertés !

– Mais tout de même la vie existe sur ce plateau ! répliqua son collègue triomphalement. Et maintenant, puisque j'ai démontré cette importante conclusion de façon si évidente qu'elle éclate aux yeux de tous, même des obtus et des malveillants, mon opinion est que nous ne pouvons rien faire de mieux que de lever le camp et de partir vers l'ouest, afin de découvrir un accès possible.

Au pied de l'escarpement, le sol était pavé de rochers et très inégal ; notre marche fut donc lente et pénible. Soudain nous arrivâmes à quelque chose qui, cependant, nous redonna du courage. C'était l'emplacement d'un ancien campement, où gisaient plusieurs boîtes de conserve de viande de Chicago, vides naturellement, une bouteille étiquetée « Brandy », un ouvre-boîte cassé, et toutes sortes de vestiges d'un voyageur. Un journal chiffonné, presque pourri, fut identifié comme étant un numéro du Chicago Democrat, mais la date avait disparu.

« Ce n'est pas mon journal ! fit Challenger. Ce doit être celui de Maple White.

Quant à lord John, il observait avec curiosité une grande fougère arborescente qui abritait sous son ombre le lieu du campement.

– Dites, regardez donc ! murmura-t-il. Je pense que nous nous trouvons devant un poteau indicateur.

Un bout de bois avait été fixé à l'arbre, comme une flèche orientée vers l'ouest.

– Exactement, un poteau indicateur ! dit Challenger. Pourquoi ? Parce que notre explorateur, se trouvant engagé dans une marche aventureuse, a voulu laisser un signe pour que n'importe qui derrière lui pût repérer le chemin qu'il avait pris. En avançant, nous découvrirons peut-être d'autres indications.

Nous reprîmes donc notre route, mais ces indications s'avérèrent aussi terrifiantes qu'imprévues. Juste en dessous de l'escarpement poussaient de hauts bambous dans le genre de ceux que nous avions traversés précédemment. Beaucoup de tiges avaient sept ou huit mètres de hauteur et se terminaient par une tête pointue et dure, on aurait dit une armée de lances formidables. Nous étions en train de la longer quand mes yeux furent attirés par le miroitement de quelque chose de blanc entre les tiges, par terre. Je passai ma tête : c'était un crâne. Un squelette entier était là, mais le crâne s'était détaché et gisait plus près de la bordure.

Quelques coups de la machette de nos Indiens suffirent à dégager la place ; alors nous fûmes à même d'étudier les détails d'une ancienne tragédie. Des lambeaux de vêtements, des restes de souliers sur l'os du pied nous permirent d'établir que ce cadavre était celui d'un blanc. Au milieu des os, il y avait une montre en or qui venait de chez Hudson, à New York, et une chaîne qui était fixée à un stylo. Également un étui à cigarettes en argent, sur le couvercle duquel était gravé : J. C, de A. E. S. L'état du métal paraissait confirmer que ce drame avait eu lieu récemment.

– Qui peut-il être ? demanda lord John. Le pauvre diable ! On dirait qu'il n'y a pas un os qui ne soit rompu.

– Et le bambou s'est développé à travers ses côtes brisées, observa Summerlee. C'est une plante qui pousse très vite, mais il est inconcevable que ce corps ait pu être ici pendant que les tiges s'élevaient jusqu'à huit mètres.

– En ce qui concerne son identité, expliqua le professeur Challenger, je n'ai aucun doute. Lorsque j'ai remonté l'Amazone pour vous rejoindre à la fazenda, je me suis livré à une enquête sérieuse à propos de Maple White. À Para, personne ne savait rien. Par chance, j'avais un indice précis, car dans son album de croquis il y avait un dessin qui le représentait en train de déjeuner avec un ecclésiastique à Rosario. Je réussis à découvrir ce prêtre, et, bien qu'il fût un disputeur né qui prenait en mauvaise part le fait que la science moderne bouleversât ses croyances, il me donna néanmoins quelques renseignements. Maple White passa par Rosario il y a quatre ans, c'est-à-dire deux ans avant que j'aie vu son cadavre. Il n'était pas seul ; il avait avec lui un ami, un Américain du nom de James Colver, qui resta d'ailleurs dans le bateau et que l'ecclésiastique ne rencontra point. Je crois donc qu'il n'y a pas de doute : nous sommes à présent devant les restes de ce James Colver.

– Et, ajouta lord John, il n'y a guère de doute, non plus sur la façon dont il trouva la mort. Il est tombé de là-haut, ou on l'a précipité, et il s'est littéralement empalé sur les bambous. Sinon, pourquoi aurait-il eu les os brisés, et comment se serait-il enfoncé à travers ces tiges si hautes ?

Un silence fut notre seule réponse. Nous méditions sur cette hypothèse de lord John Roxton, et nous en comprenions toute l'horrible vérité. Le sommet en surplomb de l'escarpement s'avançait au-dessus des bambous. Indubitablement l'homme était tombé de là. Tombé par accident ? Ou… ? Déjà cette terre inconnue nous offrait toutes sortes de perspectives sinistres et terribles.

Nous nous éloignâmes sans ajouter un mot, et nous continuâmes à longer la base des escarpements, aussi lisses que certains champs de glace de l'Antarctique dont j'avais vu des photographies écrasantes, leur masse s'élevant bien au-dessus des mâts des vaisseaux des explorateurs. Et puis, tout à coup, nous aperçûmes un signe qui remplit nos cœurs d'un nouvel espoir. Dans une anfractuosité du roc, à l'abri de la pluie, il y avait une flèche dessinée à la craie, et qui pointait encore vers l'ouest.

– Toujours Maple White ! dit le Pr. Challenger. Il pressentait qu'un jour ou l'autre des gens valables suivraient sa piste.

– Il avait donc de la craie ?

– Dans les affaires que j'ai trouvées près de son cadavre, il y avait en effet une boîte de craies de couleur. Je me rappelle que la craie blanche était presque complètement usée.

– Voilà assurément une forte preuve ! dit Summerlee. Acceptons Maple White pour guide, et suivons sa trace vers l'ouest.

Nous avions avancé de sept ou huit kilomètres quand nous aperçûmes une seconde flèche blanche sur les rochers. Pour la première fois, la face de l'escarpement était fendue par une sorte de crevasse. À l'intérieur de cette crevasse, une autre flèche pointait vers la gorge, avec le bout légèrement relevé comme si l'endroit indiqué était au-dessus du niveau du sol.

C'était un site solennel, les murailles rocheuses étaient gigantesques ; la lumière se trouvait obscurcie par une double bordure de verdure, et seule une lueur confuse pénétrait jusqu'au fond. Nous n'avions pris aucune nourriture depuis plusieurs heures, et cette marche difficile nous avait harassés ; mais nos nerfs trop tendus nous interdisaient de nous arrêter. Nous commandâmes aux Indiens de préparer le campement, et tous quatre, accompagnés des deux métis, nous avançâmes dans la gorge resserrée.

Elle avait à peine une douzaine de mètres de large à l'entrée, mais elle alla vite en se rétrécissant pour se terminer par un angle très aigu, avec des parois trop lisses pour une escalade. Ce n'était certainement pas le chemin que notre prédécesseur avait tenté d'indiquer. Nous retournâmes sur nos pas : la gorge n'avait pas plus de quatre cents mètres de profondeur. Par miracle les yeux vifs de lord John se posèrent sur ce que nous cherchions. Au-dessus de nos têtes, cerné par des ombres noires, se dessinait un halo de ténèbres plus profondes : sûrement, ce ne pouvait être que l'ouverture d'une caverne.

À cet endroit, la base de l'escarpement était constituée par des pierres entassées les unes sur les autres. Il ne fut pas difficile de les escalader. Quand nous fûmes en haut, toute hésitation disparut de nos esprits : non seulement il y avait une ouverture dans la roche, mais à côté une nouvelle flèche était dessinée. Le secret était là ; c'était là que Maple White et son infortuné compagnon avaient réussi leur ascension.

Nous étions trop excités pour rentrer au camp. Il nous fallait faire notre première exploration tout de suite ! Lord John avait une torche électrique dans son sac ; il avança, déplaçant son petit cercle de lumière jaune devant lui ; sur ses talons, nous le suivions en file indienne.

La caverne avait subi l'érosion de l'eau, les parois étaient lisses, le sol couvert de pierres arrondies. Elle n'était pas haute : un homme y déployait juste sa taille sous la voûte. Pendant une cinquantaine de mètres, elle s'enfonça en ligne droite dans le roc, puis prit une inclinaison de 45 degrés vers le haut. Plus nous grimpions, plus la pente se faisait raide ; nous nous mîmes bientôt à quatre pattes dans la blocaille qui s'effritait et glissait sous nos corps. Mais une exclamation de lord John Roxton résonna dans la caverne :

– Elle est bloquée !

Groupés derrière lui, nous aperçûmes dans le champ jaune de sa torche un mur de basalte brisé qui s'élevait jusqu'au plafond.

« Le plafond s'est effondré !

En vain nous tirâmes quelques morceaux. Mais de plus grosses pierres se détachèrent et menacèrent de dégringoler la pente et de nous écraser. De toute évidence, l'obstacle était au-dessus de nos moyens. Impossible de le contourner. La route qu'avait empruntée Maple White n'était plus valable.

Trop abattus pour parler, nous descendîmes en titubant le sombre tunnel, et nous rentrâmes au campement.

Cependant, avant de quitter la gorge, il se produisit un incident dont l'importance ne tarda pas à se vérifier.

À la base de la gorge, nous étions rassemblés, à quelque quinze mètres au-dessous de l'entrée de la caverne, quand un énorme rocher se mit soudainement à rouler et passa près de nous avec une force terrible. Nous l'esquivâmes d'extrême justesse : ç'aurait été la mort pour nous tous ! Nous ne pûmes distinguer d'où venait ce rocher, mais nos métis, qui étaient demeurés sur le seuil de la caverne, nous dirent qu'il les avait frôlés eux aussi, et qu'il avait donc dû tomber d'en haut. Nous regardâmes en l'air, mais nous ne décelâmes aucun signe de mouvement parmi la ceinture verte qui surplombait l'escarpement. Tout de même, cette pierre nous avait visés : sur le plateau il devait donc y avoir une humanité, et la plus malveillante qui fût !

Nous quittâmes hâtivement la crevasse, tout en réfléchissant aux nouveaux développements de notre affaire et à leurs incidences sur nos plans. La situation était déjà assez difficile ! Si l'obstruction de la nature avait comme alliée une opposition délibérée de l'homme, l'aventure était désespérée. Toutefois, pas un de nous ne songea à plier bagages pour rentrer à Londres : il nous fallait explorer les mystères de ce plateau, coûte que coûte !

Nous fîmes le point, et nous tombâmes d'accord pour décider que notre meilleure chance consistait à poursuivre notre inspection tout autour du plateau dans l'espoir de trouver un autre accès. La hauteur des escarpements avait considérablement diminué ; leur ligne se dirigeait de l'ouest vers le nord. Dans la pire des hypothèses, nous serions de retour à notre point de départ au bout de quelques jours.

Le lendemain, nous marchâmes pendant près de trente-cinq kilomètres sans rien découvrir. Notre anéroïde (cela, je puis bien le mentionner) nous prouva que, au cours de notre montée continuelle depuis que nous avions abandonné nos embarcations, nous nous trouvions maintenant à plus de mille mètres au-dessus du niveau de la mer. D'où un changement considérable dans la température et la végétation. Nous étions débarrassés presque complètement de l'horrible promiscuité des insectes, ce fléau des tropiques. Quelques palmiers survivaient encore, et beaucoup de fougères arborescentes, mais les arbres de l'Amazone n'étaient plus qu'un souvenir. J'avoue que le spectacle des volubilis, des fleurs de la Passion et des bégonias surgissant parmi les rochers inhospitaliers m'émut parce qu'il me rappela l'Angleterre... J'ai vu un bégonia exactement du même rouge que certain bégonia dans un pot à la fenêtre d'une villa de Streatham... mais les réminiscences personnelles n'ont rien à voir dans ce récit. Une nuit (je parle encore de notre première journée de pérégrination autour du plateau), une grande expérience nous attendait : elle balaya à jamais tous les doutes que nous aurions pu conserver sur les phénomènes extraordinaires qui peuplaient ce lieu.

Quand vous me lirez, cher monsieur McArdle, vous réaliserez sûrement, et peut-être pour la première fois, que notre journal ne m'a pas envoyé si loin pour une vulgaire chasse au canard sauvage, et qu'une copie peu banale émerveillera le monde quand le Pr Challenger m'autorisera à la publier. Je n'oserais pas la publier avant de pouvoir rapporter en Angleterre des preuves à l'appui, sinon je serais salué comme le Münchhausen du journalisme de tous les temps ! Je suis persuadé que vous réagirez comme moi, et que vous ne vous soucierez pas de jouer tout le crédit de la Gazette sur une telle aventure tant que nous serons incapables de faire face au chœur des critiques et des sceptiques que mes articles soulèveront naturellement. C'est pourquoi cet incident merveilleux, qui constituerait à lui seul l'objet d'un titre sensationnel dans ce cher vieux journal, doit demeurer dans votre tiroir jusqu'à nouvel ordre.

Il se produisit dans le temps d'un éclair, et il n'eut d'autre suite que d'imposer irrémédiablement notre conviction.

Voilà ce qui arriva. Lord John avait tué un ajouti – animal qui ressemble à un petit porc – et, après en avoir donné la moitié aux Indiens, nous étions en train de cuire l'autre moitié sur notre feu. Le soir, le froid tombe vite ; nous étions donc tous rassemblés autour de la flamme. La nuit était sans lune, mais il y avait des étoiles qui permettaient de voir à courte distance sur la plaine. Hé bien ! brusquement, de la nuit, fonça quelque chose qui sifflait comme un avion. Tout notre groupe fut recouvert d'un dais de plumes d'ailes. Moi, je conserve la vision subite d'un cou long, comme celui d'un serpent, d'un œil glouton, rouge et féroce, et d'un grand bec qui claquait et qui laissait apercevoir, ô stupeur, des petites dents étincelantes de blancheur. Une seconde plus tard, ce phénomène avait disparu... ainsi que notre dîner. Une très grosse ombre noire, à huit ou dix mètres, planait dans les airs ; des ailes monstrueuses dissimulaient les étoiles, puis elle disparut par-dessus l'escarpement. Quant à nous, nous étions demeurés stupidement assis autour du feu, frappés, terrassés par la surprise, tels les héros de Virgile quand les Harpies descendirent au milieu d'eux. Summerlee fut le premier à rompre le silence.

– Professeur Challenger, dit-il d'une voix grave qui tremblait d'émotion, je vous dois des excuses ! Monsieur, je me suis lourdement trompé, et je vous serais reconnaissant d'oublier le passé.

C'était bien dit ; pour la première fois les deux hommes se serrèrent la main. Nous avions rencontré notre premier ptérodactyle : cela valait bien un souper volé !

Mais si la vie préhistorique subsistait sur le plateau, elle n'était certes pas surabondante, car pendant les trois jours qui suivirent nous n'en perçûmes plus le moindre signe. Nous franchîmes pourtant une région stérile et bien défendue par un désert de pierres et des marais désolés, riches en gibier d'eau, au nord et à l'est des escarpements inaccessibles sur cette face. N'eût été une corniche solide qui courait à la base même du précipice, nous aurions dû revenir sur nos pas. Plus d'une fois nous nous trouvâmes enlisés jusqu'à la taille dans la vase grasse d'un marais semi-tropical. Pour compliquer les choses, ce lieu semblait être l'endroit de prédilection des serpents jararaca, qui sont les plus venimeux et les plus agressifs de l'Amérique du sud. Constamment ces hideuses bêtes apparaissaient à la surface de ce marais putride, et seuls nos fusils nous permirent d'échapper à une mort affreuse. Quel cauchemar ! Les pentes en étaient infestées ; tous ces reptiles se tordaient dans notre direction, car c'est le propre du serpent jararaca d'attaquer l'homme dès qu'il l'aperçoit. Comme ils étaient trop nombreux pour que nous puissions les tirer tous, nous prîmes nos jambes à nos cous et courûmes jusqu'à épuisement. Je me rappellerai toujours que nous nous retournions sans cesse pour mesurer la distance qui nous séparait de ces têtes et de ces cous qui surgissaient des roseaux. Sur la carte que nous dressions au jour le jour, nous baptisâmes cet endroit le marais Jararaca.

De ce côté, les escarpements avaient perdu leur teinte rouge, ils étaient devenus chocolat ; la végétation s'amenuisait sur leur bordure. Ils avaient bien diminué de cent mètres en hauteur. Mais nous ne parvenions toujours pas à trouver un accès. L'ascension présentait partout au moins autant de difficultés qu'à notre point de départ. Une photographie que j'ai prise du désert de pierres en témoignera.

— Tout de même, dis-je tandis que nous discutions de notre situation, la pluie doit bien se frayer un chemin quelque part. Il y a sûrement des canalisations d'écoulement dans ces rochers !

— Notre jeune ami a des éclairs de lucidité, observa le Pr Challenger, en posant sa grosse patte sur mon épaule.

— La pluie doit s'écouler quelque part ! répétai-je.

— Vous ne lâchez pas facilement votre prise… Le seul inconvénient est qu'une démonstration oculaire nous a apporté la preuve qu'il n'y a pas de canalisation pour égoutter l'eau.

— Alors où va cette eau ? m'entêtai-je.

— Je pense que nous pouvons raisonnablement déclarer que si elle ne s'écoule pas vers l'extérieur, elle doit couler à l'intérieur.

— Alors il existe un lac au centre.

— Je le suppose moi aussi.

— Il est plus que vraisemblable que le lac est un vieux cratère, intervint Summerlee. Toute cette formation est volcanique. Mais en tout état de cause, je pense que la surface du plateau est en pente inclinée vers une nappe d'eau considérable au centre, qui peut s'écouler par une canalisation souterraine vers les marécages du marais Jararaca.

— À moins que l'évaporation ne préserve l'équilibre, remarqua Challenger.

Ce qui permit aux deux savants d'entamer une discussion scientifique aussi incompréhensible que du chinois.

Au sixième jour, nous avions achevé de faire le tour du plateau et nous nous retrouvâmes au premier camp, près du piton rocheux isolé. Nous formions un groupe inconsolable ! Avoir procédé aux investigations les plus minutieuses pour ne rien découvrir qui permît à un être humain d'escalader ces escarpements, il y avait de quoi désespérer !

Qu'allions-nous faire ? Nos réserves en vivres, que nos fusils avaient notablement accrues, étaient encore considérables, mais non inépuisables. La saison des pluies débuterait dans deux mois, et notre campement n'y résisterait pas. Le roc était plus dur que du marbre : comment s'y tailler un sentier ? Ce soir-là, nous étions lugubres. Sans plus d'espoir, nous étendîmes nos couvertures pour dormir. Je me rappelle ma dernière image avant de sombrer dans le sommeil : Challenger accroupi, telle une monstrueuse grenouille, auprès du feu, la tête dans les mains, plongé dans une méditation profonde, parfaitement sourd au « bonne nuit ! » que je lui lançai.

Mais le Challenger qui nous salua à notre réveil ne ressemblait en rien au Challenger dont l'image avait assombri nos rêves : la joie, le contentement de soi rayonnaient de toute sa personne. Il nous regarda tandis que nous nous asseyions pour le petit déjeuner ; une fausse modestie brillait dans ses yeux ; il avait l'air de nous dire : « Je sais que je mérite tout ce que vous avez envie de dire, mais je vous demande d'épargner mon humilité et de vous taire. » Sa barbe s'agitait avec exubérance, il bombait le torse, il avait placé une main dans son gilet. Sans doute lui arrivait-il de s'imaginer statufié dans cette pose sur le socle vide de Trafalgar Square, et ajoutant sa contribution aux horreurs qui encombrent les rues de Londres.

– Eurêka ! cria-t-il.

Ses dents perçaient sous sa barbe.

– Messieurs ! poursuivit-il, vous pouvez me féliciter, et nous pouvons tous nous congratuler. Le problème est résolu.

– Vous avez découvert un moyen d'accès ?

– Je le crois.

– Et où ?

Pour toute réponse, il désigna le piton rocheux semblable à un clocheton isolé sur notre droite.

Nos visages, ou du moins le mien, se rembrunirent quand nous l'examinâmes. Pour ce qui était d'en faire l'ascension, nous avions l'assurance donnée par notre compagnon. Mais un abîme vertigineux le séparait du plateau.

– Nous ne pourrons jamais le franchir ! bégayai-je.

– Au moins, nous pouvons atteindre le sommet de ce clocheton, répliqua Challenger. Et quand ce sera fait, j'espère pouvoir vous démontrer que les ressources de mon esprit fertile ne sont pas épuisées.

Après avoir pris des forces, nous déballâmes le paquet qui contenait l'attirail d'alpiniste de notre chef. Il prit un rouleau de corde solide et légère (il y en avait une cinquantaine de mètres), des crampons, des agrafes et divers autres instruments. Lord John était un montagnard plein d'expérience, Summerlee avait autrefois fait quelques ascensions : c'était moi le novice du groupe. Mais je comptais sur ma force et mon agilité pour compenser mon manque d'expérience.

En réalité, ce ne fut pas une tâche trop pénible ; pourtant une ou deux fois mes cheveux se hérissèrent sur ma tête. La première moitié de l'escalade fut très simple, mais le « clocheton » se faisait de plus en plus vertical, et, pour les derniers vingt mètres, nos doigts et nos orteils durent s'aider de chaque aspérité et de chaque fente dans la pierre. Ni Summerlee ni moi n'aurions réussi cet exploit si Challenger, parvenu le premier au sommet, n'avait solidement fixé une corde autour du tronc du gros arbre qui était planté là. Elle nous servit à terminer notre ascension, et nous fûmes bientôt tous les quatre sur la petite plateforme recouverte d'herbe (elle avait bien sept ou huit mètres de côté) qui constituait le sommet.

Ma première impression, une fois que j'eus recouvré mon souffle, fut un émerveillement : nous avions en effet une vue extraordinaire sur la région que nous avions traversée. Toute la plaine du Brésil semblait s'allonger à nos pieds ; elle s'étendait, immense, pour se fondre à l'horizon dans une brume bleue. Au premier plan se trouvait la longue pente que nous avions gravie, parsemée de rochers, damée de fougères arborescentes ; plus loin, à mi-distance, en regardant par-dessus la crête en forme de pommeau de selle, je reconnaissais la masse verte des bambous que nous avions franchie ; à partir de là, la végétation devenait plus dense et finissait par constituer une immense forêt qui se développait jusqu'à trois mille kilomètres.

Je me régalais de cet admirable panorama quand la lourde main du professeur se posa sur mon épaule.

– De ce côté, mon jeune ami, dit-il, vestigia nulla retrorsum. Ne regardez jamais en arrière. Regardez constamment notre but glorieux.

Je me retournai : le plateau était exactement à notre niveau ; la frange de buissons et les arbres rares qui le ceinturaient étaient si proches que j'eus du mal à réaliser comme ils demeuraient inaccessibles. À l'estime, douze mètres nous en séparaient, douze mètres aussi infranchissables que cinquante mille kilomètres. Je m'appuyai contre l'arbre et me penchai au-dessus du gouffre. Tout en bas, j'aperçus les petites silhouettes de nos serviteurs qui nous observaient. La paroi était aussi lisse que celle qui était devant nous.

– Ceci est vraiment curieux ! prononça la voix sèche du Pr Summerlee.

Il était en train d'examiner avec un vif intérêt le tronc de l'arbre que j'avais enlacé pour ne pas tomber. Cette écorce sombre, ces petites feuilles à nervures me furent soudain familières.

– Mais c'est un hêtre ! m'écriai-je.

– Parfaitement, répondit Summerlee. Un arbre de notre pays, un compatriote dans une pareille région !...

– Pas seulement un compatriote, mon bon monsieur ! dit Challenger. Mais aussi, si j'ose poursuivre votre comparaison, un allié de première force. Ce hêtre sera notre sauveur.

– Seigneur ! cria lord John. Un pont !

– Oui, mes amis, un pont ! Ce n'est pas pour rien que j'ai consacré une heure hier au soir à examiner notre situation. J'ai souvenance d'avoir dit un jour à notre jeune ami que G. E. C. était au mieux de sa forme quand il se trouvait le dos au mur. Convenez que la nuit dernière, nous avions tous le dos au mur ! Mais quand la puissance de volonté et l'intelligence vont de pair, il y a toujours une issue. Il fallait trouver un pont-levis qui pût se rabattre au-dessus du gouffre. Le voilà !

C'était certainement une idée de génie. L'arbre avait bien vingt mètres de haut, et s'il tombait du bon côté il comblerait largement le vide entre notre piton et le plateau. Challenger avait emporté la hache, il me la tendit

« Notre jeune ami possède les muscles nécessaires, dit-il. Je crois que cette tâche le concerne. À condition toutefois que vous vous absteniez de penser par vous-même et que vous fassiez exactement ce qui vous sera commandé.

Sous sa direction, je creusai sur les flancs de l'arbre des entailles destinées à le faire tomber du bon côté. Il était déjà légèrement incliné vers le plateau, si bien que ce ne fut pas trop pénible. Lord John me relaya. En moins d'une heure le travail était accompli : il y eut un craquement formidable, l'arbre se balança en avant, puis se fracassa de l'autre côté, enterrant ses hautes branches dans l'herbe verte du plateau. Le tronc roula jusqu'au bord de notre plate-forme, et, pendant une seconde ou deux, nous crûmes qu'il allait glisser dans le gouffre. Heureusement, il s'arrêta à quelques dizaines de centimètres du bord, notre passerelle vers l'inconnu nous attendait.

Tous, sans dire un mot, nous étreignîmes les mains du Pr Challenger qui, en réponse, souleva son chapeau de paille et s'inclina devant chacun de nous.

« Je revendique l'honneur, dit-il, d'être le premier à mettre le pied sur la terre inconnue... Magnifique image, qui inspirera sans doute de grands peintres pour la postérité !

Il s'approchait de la passerelle lorsque lord John l'arrêta, en posant une main sur son bras.

– Mon cher camarade, dit-il, réellement, je ne puis permettre cela !

– Pas permettre cela ? répéta Challenger en pointant sa barbe en avant.

– Quand il s'agit de science, vous savez que je vous suis aveuglément puisque vous êtes homme de science. Mais c'est à vous de me suivre maintenant, car vous pénétrez dans ma spécialité.

– Votre spécialité, monsieur ?

– Nous exerçons tous un métier : le mien, c'est d'être soldat. Or nous nous préparons à envahir un pays nouveau, qui peut regorger d'ennemis de toutes sortes. S'aventurer à la légère prouverait un manque évident de bon sens et de patience, ce n'est pas ainsi que j'entends que soient menées les opérations.

La remontrance était trop raisonnable pour être dédaignée. Challenger secoua la tête et ses lourdes épaules.

– Bien, monsieur. Qu'est-ce que vous proposez donc ?

– Il est fort possible que, tapis derrière ces buissons, des cannibales nous guignent pour une déplaisante collation, répondit lord John en regardant de l'autre côté du pont-levis. Et il vaut mieux apprendre la sagesse avant d'être mis à la marmite ; aussi nous contenterons-nous d'espérer qu'aucun ennemi ne nous attend là-bas, mais en même temps nous agirons comme si des ennemis nous guettaient. Malone et moi, nous allons redescendre, et nous rapporterons avec Gomez et l'autre métis les quatre fusils. Après quoi l'un de nous traversera le pont, les autres le couvriront avec leurs armes jusqu'à ce que nous soyons assurés que tout le monde peut suivre.

Challenger s'assit sur la souche et grogna d'impatience. Mais Summerlee et moi étions tout à fait décidés à accepter lord John comme chef pour de tels détails pratiques. La remontée s'avéra plus facile, puisque nous avions la corde pour nous hisser dans la dernière moitié de l'ascension. En moins d'une heure nous avions rapporté quatre fusils et un fusil de chasse. Les métis nous accompagnaient, lord John leur avait ordonné de monter un ballot de provisions pour le cas où notre première exploration serait longue. Nous avions chacun des cartouches en bandoulière.

« Maintenant, Challenger, si vous insistez réellement pour être le premier homme dans l'inconnu, dit lord John, quand tous nos préparatifs furent terminés.

– Je vous suis très très reconnaissant pour cette gracieuse autorisation, répondit le professeur, en colère. »

Il n'admettait jamais de subir une autre autorité que la sienne.

« Puisque vous êtes assez bon pour me le permettre, je tiens beaucoup à être le pionnier de cette aventure. »

Il s'assit à califourchon sur le tronc ; ses jambes pendaient de chaque côté au-dessus du gouffre ; il avait jeté une hachette sur son épaule. En peu de temps, il parvint au bout du pont, se mit debout et agita ses bras en l'air.

« Enfin ! cria-t-il. Enfin ! »

Je l'observai anxieusement ; je m'attendais vaguement à ce qu'un terrible coup du sort fondît sur lui, mais tout demeura tranquille. Seul un oiseau étrange, bariolé à multiples couleurs, s'envola sous ses pieds et disparut parmi les arbres.

Summerlee fut le deuxième. Sous une apparence très fragile, il possède une énergie extraordinaire. Il voulut à toute force porter deux fusils sur son dos, si bien que les deux professeurs se trouvèrent armés quand il eut franchi le pont. Je traversai ensuite, en essayant de ne pas regarder l'abîme qui s'étalait béant au-dessous de moi. Summerlee me tendit le canon de son fusil, et je sautai sur le plateau. Quant à lord John, il marcha tranquillement sur le tronc couché, en parfait équilibre, sans aide... Cet homme doit avoir des nerfs de lion !

Ainsi, nous étions tous quatre sur le pays de nos rêves, le monde perdu, le plateau découvert par Maple White. Nous eûmes l'impression de vivre l'heure de notre triomphe personnel. Qui aurait pu deviner que nous étions au bord de notre désastre ? Laissez-moi vous dire en peu de mots comment la catastrophe survint.

Nous avions pénétré dans les broussailles jusqu'à une cinquantaine de mètres quand un craquement terrifiant, déchirant, se produisit derrière nous. D'un seul mouvement, nous courûmes vers l'endroit où s'était produit ce bruit : il n'y avait plus de pont !

Loin en bas de l'escarpement, j'aperçus en me penchant une masse de branchages et un tronc en miettes. Oui, c'était notre hêtre ! Est-ce que le rebord de la plate-forme avait cédé sous son poids ? Ce fut d'abord l'explication qui nous vint à l'esprit. Une deuxième ne tarda pas à démentir la première : sur le piton rocheux, une silhouette décharnée, celle de Gomez le métis, se dressa lentement. Oui, c'était bien Gomez, mais plus le Gomez au sourire mielleux et au visage impassible. Ses yeux lançaient des éclairs, ses traits étaient déformés par la haine comme par la joie d'une revanche éclatante.

— Lord Roxton ! appela-t-il. Lord John Roxton !

— Me voici, répondit notre compagnon.

Un éclat de rire sauvage résonna au-dessus du gouffre.

— Ah ! vous voilà, chien anglais ! Hé bien ! puisque vous êtes là, vous y resterez… Ah ! j'ai attendu, attendu ! Maintenant j'ai eu ma chance ; elle est venue. Vous avez trouvé difficile de monter, n'est-ce pas ? Descendre sera encore plus dur ! Fous que vous êtes, vous voilà pris au piège : tous !

Nous étions trop abasourdis pour parler. Nous ne pouvions rien faire d'autre que de regarder, stupéfaits. Une grosse branche cassée sur l'herbe révélait de quel levier il s'était servi pour faire basculer notre pont. Le visage de Gomez plongea, mais reparut bientôt, plus fanatique que tout à l'heure

— Nous avions presque réussi à vous tuer avec un rocher dans la caverne, cria-t-il. Mais ceci est mieux : plus lent, plus terrible. Vos os blanchiront là, et personne ne saura ce que vous êtes devenus, personne ne viendra vous sauver ! Quand vous serez sur le point de mourir, lord Roxton, pensez à Lopez, que vous avez tué il y a cinq ans sur le Putomayo. Je suis son frère et, quoi qu'il arrive, je mourrai content, car j'aurai vengé sa mémoire !

Il nous adressa un furieux signe de la main, puis tout redevint paisible.

Si le métis avait simplement accompli sa vengeance, puis s'était enfui, il lui aurait sans doute survécu ; ce fut la folle et irréversible impulsion latine vers le drame spectaculaire qui le perdit. Roxton, à qui trois pays avaient donné le surnom de Fléau de Dieu, n'était pas homme à accepter qu'on se rît de lui. Le métis descendait de l'autre côté du piton rocheux, mais avant qu'il eût pu atteindre le sol, lord John avait couru le long du plateau jusqu'à ce que Gomez fût à portée de son fusil. Un claquement sec précéda un hurlement, puis la chute d'un corps blessé à mort. Roxton revint vers nous ; son visage avait la dureté du granit

— J'ai été un niais aveugle ! dit-il avec amertume. C'est ma stupidité qui est cause de ceci. J'aurais dû me rappeler que ces gens ont la mémoire longue pour tout ce qui touche aux inimitiés du sang. J'aurais dû me tenir sur mes gardes

— Et l'autre ? Il en a fallu deux pour faire basculer l'arbre dans le gouffre.

— J'aurais pu l'abattre, mais je l'ai laissé aller. Peut-être n'a-t-il pas pris part à ce piège. Peut-être aurait-il mieux valu que je le tue aussi, car il y a mis sans doute la main…

À présent que nous connaissions le secret mobile de tous les actes de Gomez, nous fûmes à même de rafraîchir nos souvenirs et de nous rappeler certains faits dont la concordance aurait dû évidemment nous troubler : son désir constant de connaître nos plans, la façon dont il écoutait à la porte de notre tente quand il fut surpris, cette espèce de haine dans le regard que nous avions tous plus ou moins remarquée… Nous étions encore en train d'en discuter et de nous efforcer d'adapter nos esprits à notre nouvelle situation, quand une scène étrange dans la plaine reporta notre attention vers le bord.

Un homme vêtu de blanc, qui ne pouvait être que le métis à qui lord John avait laissé la vie, courait à toutes jambes comme court quelqu'un quand la mort se lance à ses trousses. Derrière lui, à quelques mètres, émergea l'énorme silhouette d'ébène de Zambo, notre serviteur noir si dévoué, qui fut bientôt sur le fuyard, passa ses bras autour de son cou, et tous deux roulèrent sur le sol. Un instant plus tard, Zambo se releva, jeta un regard à son adversaire à terre, puis, agitant joyeusement une main dans notre direction, courut vers nous. La forme blanche ne bougeait plus au milieu de la grande plaine.

Les deux traîtres avaient été mis hors d'état de nous nuire davantage. Hélas ! leur trahison subsistait, elle ! Nous n'avions plus aucun moyen de revenir sur le piton. Nous avions été les habitants du monde ; maintenant nous étions les indigènes du plateau. Le monde et le plateau formaient deux choses à part, distinctes. Au-dessous de nous s'étendait la plaine qui conduisait à nos embarcations. Plus loin, au-delà de l'horizon nimbé de brume violette, coulait le fleuve qui nous aurait rendus à la civilisation. Mais dans cette chaîne un anneau manquait. Et il n'y avait pas d'ingéniosité humaine qui pût nous suggérer un moyen de franchir le gouffre entre notre passé et notre présent. Une minute de vie, et toute notre existence s'en était trouvée transformée !

Ce fut à ce moment que je compris de quelle matière mes trois camarades étaient faits. Ils étaient graves, c'est vrai, et pensifs, mais leur sérénité était invincible. Tout ce que nous pouvions faire alors était de nous asseoir dans la broussaille et d'attendre Zambo. Bientôt son honnête visage noir surgit sur le piton.

– Qu'est-ce que je fais, maintenant ? cria-t-il. Dites-le, et je le ferai !

C'était le type de question qu'il était plus facile de poser que de résoudre. Une seule chose était claire : Zambo demeurait notre unique lien avec le monde extérieur.

Pour rien au monde il ne devait nous quitter !

– Non, non ! s'écria-t-il. Je ne vous abandonnerai pas ! Quoi qu'il arrive, vous me trouverez toujours ici. Mais je ne peux pas garder les Indiens. Déjà ils disent trop que Curupuri habite là, et qu'ils veulent rentrer chez eux. Je ne pourrai pas les garder.

– Faites-les attendre jusqu'à demain, Zambo ! hurlai-je. Pour que je puisse leur donner une lettre.

– Très bien, monsieur ! Je les ferai attendre jusqu'à demain ; mais pour l'instant que puis-je faire pour vous ?

Il y avait des tas de choses à faire, et ce serviteur dévoué les fit admirablement. D'abord, sous notre direction, il défit la corde qui ceignait encore la souche de l'arbre, et il nous en fit passer une extrémité. Certes, elle n'était pas plus grosse qu'une corde pour faire sécher du linge, et il n'était pas question que nous pussions nous en servir comme d'une passerelle, pourtant nous lui accordâmes une valeur incalculable. Puis il attacha son bout de corde au ballot de vivres que nous avions monté, et nous fûmes assez heureux pour l'amener à nous. Au moins nous avions de quoi manger pendant une bonne semaine, même si nous ne trouvions rien d'autre. Enfin il descendit et nous rapporta deux autres colis, dont l'un contenait des munitions pour nos fusils. La nuit était proche quand il nous quitta sur l'assurance formelle qu'il garderait les Indiens jusqu'au lendemain matin.

C'est ainsi que je passai presque toute ma première nuit sur le plateau à écrire ces aventures à la lueur d'une lanterne.

Nous dînâmes et nous campâmes sur le bord de l'escarpement, en étanchant notre soif grâce à deux bouteilles d'eau gazeuse de l'un de nos colis. Il est vital que nous découvrions de l'eau, mais j'incline à croire que lord John a eu suffisamment d'aventures pour aujourd'hui, et que personne ne se soucie de faire les premiers pas dans ce monde inconnu. Nous n'avons pas osé allumer un feu, et nous évitons tout bruit de nature à signaler notre présence.

Demain, ou plutôt aujourd'hui, car l'aube pointe tandis que j'écris, nous nous risquerons dans cet étrange pays. Quand pourrai-je écrire une nouvelle lettre, en admettant que je le puisse ? Je n'en sais rien. Toujours est-il que les Indiens sont encore à leur poste, et je suis sûr que notre fidèle Zambo fera l'impossible pour leur remettre le message. Ce que je me contente d'espérer, c'est qu'il parviendra un jour à son destinataire.

P. S – Plus je réfléchis, plus notre situation semble désespérée. Je n'entrevois aucune probabilité de retour. S'il y avait près du rebord du plateau un gros arbre, nous pourrions essayer de jeter un nouveau pont-levis, mais je n'en vois pas à moins de cinquante mètres. Nos forces réunies seraient impuissantes à transporter un tronc jusque-là. La corde, bien sûr, est trop courte pour que nous nous en servions pour descendre. Non, notre situation est désespérée... Désespérée !

CHAPITRE X
Au pays des merveilles

Nous sommes en pleines merveilles, les phénomènes les plus merveilleux se succèdent sans arrêt. En guise de papier, je ne possède que cinq vieux carnets avec une petite quantité de feuillets, et je ne dispose que d'un stylo ; mais tant que je pourrai remuer une main, je continuerai à rendre compte de nos expériences et de nos impressions. Nous sommes en effet les seuls représentants de toute l'humanité à voir de telles choses, aussi est-il excessivement important que je les relate tant qu'elles sont fraîches dans ma mémoire et avant que nous surprenne un destin toujours menaçant. Que Zambo puisse faire parvenir ces lettres jusqu'au fleuve, ou que moi-même je sois miraculeusement remis en état de les rapporter, ou encore qu'un explorateur audacieux, suivant nos traces (avec l'avantage, peut-être, d'un avion perfectionné), découvre ce tas de manuscrits, peu importe : l'essentiel consiste à écrire pour l'immortalité le récit véridique de nos aventures.

Au matin qui suivit la trahison du scélérat Gomez, notre nouvelle existence commença. Le premier incident qui se produisit ne me donna pas une très bonne impression de notre prison. Le jour était à peine levé, et je m'éveillais d'un court petit somme quand mes yeux se posèrent sur l'une de mes jambes : mon pantalon était légèrement remonté, si bien qu'au-dessus de ma chaussette quelques centimètres de peau étaient à l'air. Sur cet endroit découvert, je vis un gros grain de raisin tout rouge. Étonné, je voulus l'enlever, mais, à mon profond dégoût, ce grain éclata sous mon pouce et m'éclaboussa de sang. Mon cri de surprise alerta le Pr Summerlee.

– Très intéressant ! fit-il en se penchant au-dessus de mon mollet. Une grosse tique, je crois, qui n'a jamais été répertoriée.

– Voilà qui est de bon augure pour notre travail ! dit Challenger. Nous ne pouvons pas faire moins que de la baptiser ixode Maloni. Vous avez été piqué, mon jeune ami, mais ce léger inconvénient ne peut pas vous faire dédaigner, j'en suis sûr, le glorieux privilège d'avoir votre nom inscrit sur les tablettes de la zoologie éternelle. Ce qui est dommage, c'est que vous ayez écrasé ce joli spécimen quand il était rassasié.

– C'est une immonde vermine ! m'écriai-je.

Le Pr Challenger haussa les sourcils en signe de protestation et posa une patte indulgente sur mon épaule.

– Vous devriez cultiver votre vision scientifique des choses, et développer en conséquence le détachement de l'esprit, me dit-il. Pour un homme doué d'un tempérament philosophique comme le mien, la tique, avec sa trompe qui ressemble à une lancette et son estomac extensible, est une réussite de la nature autant que le paon ou l'aurore boréale. De vous en entendre parler avec une telle légèreté, me voilà peiné ! J'espère bien qu'avec un peu d'application de notre part, nous recueillerons d'autres spécimens.

– Sans aucun doute, fit le Pr Summerlee. Car je viens d'en voir une qui se glissait sous le col de votre chemise.

Challenger sauta en l'air en soufflant comme un taureau ; dans sa hâte, il déchira sa veste et sa chemise. Summerlee et moi-même partîmes d'un éclat de rire qui nous empêcha de l'aider. Enfin son torse monstrueux jaillit à l'air (un mètre trente-sept selon les mesures du tailleur). Il avait du poil noir sur tout le corps, et il nous fallut presque le peigner pour découvrir la tique errante avant qu'elle ne l'ait mordu.

Tout alentour, les broussailles étaient infestées de ces affreuses bestioles ; nous dûmes donc lever le camp pour l'établir ailleurs.

Mais auparavant nous procédâmes à divers arrangements avec notre fidèle Noir, qui apparut bientôt sur le piton rocheux avec des boîtes de cacao et de biscuits qu'il nous fit passer. Quant aux provisions qui restaient en bas, nous lui ordonnâmes d'en garder autant qu'il lui en faudrait pour tenir deux mois. Les Indiens n'auraient qu'à se partager le reste, en guise de gratifications pour leurs services et de rémunérations pour le port des lettres. Quelques heures plus tard, nous les aperçûmes défilant d'un bon pas dans la plaine, chacun portant un ballot sur sa tête ; ils reprenaient le chemin par lequel nous étions venus. Zambo occupa notre petite tente à la base du piton ; il était vraiment, je le répète, notre dernier lien avec le monde extérieur.

Restait maintenant à décider ce que nous allions faire. Nous commençâmes par nous éloigner des tiques, et nous arrivâmes dans une petite clairière bien protégée de tous côtés par des arbres. Au centre, il y avait quelques pierres plates, avec une excellente source toute proche, et nous nous assîmes là fort confortablement en vue d'échafauder des plans. Des oiseaux chantaient dans le feuillage ; l'un d'eux notamment poussait une sorte de toux de coqueluche ; en dehors de ces bruits, nous ne décelions toujours aucun signe de vie animale.

Notre premier soin fut de dresser un inventaire de nos provisions ; nous avions évidemment besoin de savoir sur quoi nous pouvions compter. Avec ce que nous avions monté nous-même, plus ce que Zambo nous avait fait parvenir par notre corde, nous étions bien pourvus. L'important était surtout que nous possédions quatre fusils avec mille trois cents cartouches, un fusil de chasse et cent cinquante plombs moyens. En vivres, nous étions assez riches pour tenir plusieurs semaines. Et nous avions du tabac, ainsi que des instruments scientifiques ; en particulier un télescope et des jumelles. Nous amenâmes tous ces objets dans la clairière et, en guise de précaution élémentaire, nous coupâmes avec notre hachette et nos couteaux un grand nombre de broussailles épineuses afin de les disposer en un cercle de cinquante mètres de diamètre autour de ce qui devait être notre quartier général, notre abri en cas de danger ; nous l'appelâmes le fort Challenger.

Ces préparatifs nous menèrent à midi. La chaleur n'était pas excessive. Sous le double rapport de la température et de la végétation, le plateau était presque tempéré. Le hêtre, le chêne, et même le bouleau étaient largement représentés dans la flore arborescente qui nous entourait. Un immense arbre à épices, dominant tous les autres, épanouissait au-dessus du fort Challenger ses grands rameaux blonds. Sous son ombre, nous continuâmes à discuter, et lord John qui, au moment de l'action, avait pris si rapidement le commandement des opérations, nous donna son point de vue.

— Tant que nous n'aurons pas été vus ni entendus par des hommes ou par des bêtes, nous serons en sécurité ! expliqua-t-il. À partir du moment où notre présence ici sera connue, nos ennuis commenceront. Je ne pense pas qu'elle le soit déjà. Notre jeu consiste donc à nous tapir pour le moment et à espionner ce pays. Il faut que nous puissions observer nos voisins avant d'établir avec eux des rapports mondains.

— Mais nous n'allons pas rester enfermés à l'intérieur de ce camp ! hasardai-je.

— Certes, bébé ! Nous en sortirons. Mais sans folie. Avec bon sens. Par exemple, nous ne devrons jamais avancer si loin que nous ne puissions réintégrer notre base. Et par-dessus tout nous ne devrons jamais, sauf si notre vie est en danger, faire feu.

— Mais hier vous avez tiré ! intervint Summerlee.

— Oui. Mais je ne pouvais pas faire autrement. Et le vent soufflait fort, vers la plaine. Il est peu vraisemblable que la détonation ait été entendue sur une large étendue du plateau. À propos, comment baptiserons-nous cet endroit ? Il me semble que c'est à nous que revient le droit de lui donner un nom.

Plusieurs suggestions furent alors échangées, mais celle de Challenger l'emporta:

— Le seul nom qui convienne, dit-il, est celui du pionnier qui a découvert ce pays ; je propose : « Terre de Maple White. »

Il en fut ainsi décidé, et le nom de Terre de Maple White fut inscrit sur la carte que j'avais pour mission de dessiner. Ce nom figurera, je le pense, sur tous les atlas de demain.

En bref, il s'agissait d'élaborer un plan de pénétration scientifique dans la Terre de Maple White. Nous avions eu la preuve oculaire que ce lieu était habité par quelques créatures inconnues, et l'album de croquis de Maple White témoignait que des monstres beaucoup plus terribles et dangereux pouvaient surgir. Par ailleurs nous étions tentés de croire que des occupants humains xénophobes y séjournaient, étant donné le squelette empalé sur les bambous. Notre situation, puisque nous n'avions aucun moyen de nous évader de ce pays, était donc périlleuse, et notre raison ne pouvait qu'acquiescer à toutes les mesures de sécurité proposées par lord John. Toutefois, il était impensable que nous nous bornerions à demeurer sur le seuil de ce monde de mystères, alors que nous bouillions d'impatience d'en arracher le secret.

Nous bloquâmes donc l'entrée de notre camp à grand renfort de buissons épineux, et nous partîmes lentement, prudemment, vers l'inconnu, en suivant le cours d'un petit ruisseau dont l'eau provenait de notre source et qui pourrait nous guider sur la voie du retour.

À peine avions-nous commencé notre marche que nous rencontrâmes des signes précurseurs des merveilles qui nous attendaient.

Nous progressâmes pendant quelques centaines de mètres dans une forêt épaisse contenant des arbres tout à fait nouveaux pour moi et que le botaniste de notre groupe, Summerlee, identifia comme des conifères et des plantes cycadacéuses depuis longtemps disparus dans l'autre monde. Puis nous pénétrâmes dans une région où le ruisseau se transformait en un grand marécage. De hauts roseaux d'un type spécial formaient un épais rideau devant nous ; j'entendis affirmer qu'il s'agissait d'equisetacea, ou queues de jument ; d'éparses fougères arborescentes y poussaient aussi. Soudain lord John, qui marchait en tête, s'arrêta.

– Regardez ! dit-il. Pas de doute : ce doit être l'ancêtre de tous les oiseaux !

Une énorme empreinte de trois orteils avait creusé la boue. Quel que fût cet animal, il avait traversé le marais et avait poursuivi sa route vers la forêt. Nous stoppâmes pour bien observer cette foulée formidable. Si c'était un oiseau – et quel animal aurait laissé une trace semblable ? – cette patte, comparée à celle d'une autruche, indiquait que sa hauteur totale devait largement dépasser celle d'une autruche. Lord John inspecta promptement les alentours d'un regard vigilant, et mit deux cartouches dans son fusil pour éléphants.

« Je parierais ma réputation, dit-il, qu'il s'agit d'une empreinte fraîche. Il n'y a pas plus de dix minutes que cette bête est passée par ici. Voyez comme l'eau suinte encore dans cette trace plus profonde ! Mon Dieu ! Regardez : voici la trace d'un plus petit !

Non moins certainement, de plus petites empreintes présentant le même aspect général couraient parallèlement aux plus grandes.

– Mais qu'est-ce que vous dites de cela ? cria la Pr Summerlee en désignant triomphalement ce qui ressemblait à la très large empreinte d'une main humaine de cinq doigts, parmi les empreintes des pattes à trois doigts.

– Je le reconnais ! cria Challenger en extase. Je l'ai vu sur des argiles anciennes. C'est un animal qui se tient debout et qui marche sur des pattes à trois doigts ; il lui arrive de poser sur le sol une de ses pattes antérieures à cinq doigts. Ce n'est pas un oiseau, cher Roxton ! Pas un oiseau !

– Un fauve, alors ?

– Non, un reptile : un dinosaure. Aucun autre animal n'aurait pu laisser une telle empreinte. Ce genre de reptiles a étonné voici quatre-vingt-dix ans un docteur très compétent du Sussex. Mais qui au monde aurait espéré... espéré... voir un spectacle pareil ?

Ses paroles moururent sur ses lèvres, tandis que l'étonnement nous clouait au sol. En suivant les empreintes, nous avions quitté le marais et franchi un écran de buissons et d'arbres. Dans une clairière, au-delà, se tenaient cinq créatures extraordinaires que je n'avais jamais vues. Nous nous accroupîmes derrière des buissons pour les observer à loisir.

Ces animaux étaient, je l'ai dit, au nombre de cinq : deux adultes et trois jeunes. Leur taille était énorme. Les « petits » avaient déjà la grosseur d'un éléphant : les adultes dépassaient en masse tout animal vivant dans le monde d'en bas. Ils avaient une peau couleur d'ardoise, couverte d'écailles comme celle d'un lézard ; et ces écailles étincelaient au soleil. Tous les cinq étaient assis, ils se balançaient sur leurs queues larges, puissantes et sur leurs énormes pattes postérieures à trois doigts, tandis qu'avec leurs plus petites pattes antérieures à cinq doigts ils arrachaient les branchages qu'ils broutaient. Je ne saurais mieux vous décrire leur aspect qu'en les comparant à des kangourous monstrueux, qui auraient eu sept mètres de haut et une peau de crocodile noir.

J'ignore combien de temps nous demeurâmes immobiles à les contempler. Un fort vent soufflait vers nous, et nous étions bien dissimulés. De temps à autre les petits jouaient autour de leurs parents et se livraient à des gambades peu gracieuses : leurs grands corps se dressaient en l'air et retombaient sur la terre avec un bruit mat. La force de leurs parents semblait illimitée ; nous vîmes en effet l'un des gros enlacer de ses pattes antérieures le tronc d'un arbre immense et l'arracher du sol comme si ç'avait été un baliveau, afin de goûter au feuillage du faîte. Cet acte témoignait sans doute du grand développement des muscles de l'animal, mais aussi du développement très relatif de sa cervelle, car il s'y prit de telle façon que l'arbre lui retomba sur la tête, et il se mit à pousser des cris aigus... Tout gros qu'il fût, son endurance avait des limites ! Cet incident lui donna vraisemblablement l'idée que ce coin était dangereux ; il déambula lentement pour sortir du bois, suivi par son conjoint et leurs trois monstres d'enfants. Entre les arbres leurs écailles ardoisées brillèrent encore ; leurs têtes ondulaient au-dessus des buissons. Puis ils disparurent.

Je regardai mes compagnons. Lord John était debout, un doigt sur la détente de son fusil à éléphants ; dans son regard fixe, féroce, s'exprimait toute l'ardeur passionnée du chasseur. Que n'aurait-il donné pour avoir une telle pièce (je parle de la tête, seulement !) au-dessus de sa cheminée de l'Albany, entre les paires d'avirons croisés ! Et pourtant il garda son sang-froid, l'exploration du pays des merveilles dépendait de notre habileté à passer inaperçus. Les deux professeurs étaient plongés dans une extase silencieuse. Dans l'excitation du moment, ils s'étaient pris la main et demeuraient comme deux gamins pétrifiés par la vue d'un jouet nouveau. Les joues de Challenger se remontèrent sous l'effet d'un sourire angélique. Provisoirement, le visage sardonique de Summerlee s'adoucit d'émerveillement et de respect.

– Nunc dimittis ! s'écria-t-il. En Angleterre, que diront-ils de cela ?

– Mon cher Summerlee, voici très exactement ce qu'en Angleterre ils diront ! s'exclama Challenger. Ils diront que vous êtes un infernal menteur, un charlatan de savant, et ils vous traiteront de la même manière que j'ai été traité par vous et par d'autres.

– Mais il y aura des photographies !

– Truquées, Summerlee ! Grossièrement truquées !

– Et si nous rapportons des animaux types ?

– Ah ! là, ce sera autre chose ! Malone et sa maudite équipe de journalistes entonneront alors nos louanges... Le 28 août, le jour où nous avons vu cinq iguanodons vivants dans une clairière de la Terre de Maple White... Inscrivez cela sur vos tablettes, mon jeune ami, et faites parvenir la nouvelle à votre feuille de chou !

– Et tenez-vous prêt à recevoir en réponse l'extrémité du pied de votre rédacteur en chef au bas de votre dos ! ajouta lord John. Car sous la latitude londonienne, on ne voit pas les choses du même œil, bébé ! Il y a quantité d'hommes qui ne racontent jamais leurs aventures, car qui les croirait ? Quant à nous, d'ici un mois ou deux, ceci nous semblera un rêve... Comment avez-vous appelé ces charmantes créatures ?

– Des iguanodons, répondit Summerlee. Vous retrouverez leurs empreintes dans les sables de Hastings, du Kent, et dans le Sussex. Le sud de l'Angleterre leur était bon quand il y avait de l'herbe et des arbres pleins de sève. Ces conditions ayant disparu, les animaux moururent. Ici, il apparaît que les conditions n'ont pas changé, et que les animaux ont survécu.

– Si jamais nous en sortons vivants, dit lord John, il faut absolument que je rapporte une tête d'iguanodon. Seigneur ! Je connais toute une faune de la Somalie et de l'Ouganda qui verdirait de jalousie si elle voyait ce genre de monstres ! Je ne sais pas ce que vous en pensez, mes amis, mais j'ai l'impression que nous marchons sur de la glace très mince, qui à chaque pas risque de craquer sous nos pieds...

Moi aussi, j'avais cette impression de mystère et de danger. Chaque arbre semblait receler une menace ; quand nous levions les yeux vers leur feuillage, une terreur vague s'emparait de nos cœurs. Ces monstrueux animaux que nous avions vus étaient certes des brutes lourdaudes, inoffensives, qui ne feraient sans doute nul mal à quiconque, mais dans ce pays des merveilles n'y avait-il pas d'autres survivants plus féroces qui n'attendaient peut-être que l'occasion de sortir de leurs repaires pour nous sauter dessus ? Je connaissais fort peu de choses de la vie préhistorique, mais je me rappelais avoir lu un livre décrivant des animaux qui se repaissaient de lions et de tigres comme un chat se repaît d'une souris. Que se passerait-il alors si des monstres de ce genre habitaient encore les bois de la Terre de Maple White ?

Le destin avait décidé que ce matin-là (le premier matin sur ce pays vierge) nous serions renseignés sur les périls extraordinaires qui nous environnaient. Ce fut une aventure répugnante, l'une de celles qu'on déteste revivre dans sa mémoire. Si, comme l'avait affirmé lord John, la clairière aux iguanodons resterait dans nos souvenirs comme un rêve, à coup sûr le marécage aux ptérodactyles demeurera un cauchemar jusqu'au dernier jour de notre vie. Voici exactement ce qui arriva.

Nous avancions très lentement dans les bois, en partie parce que lord John agissait en éclaireur et qu'il ne nous faisait progresser qu'à pas comptés, et aussi parce qu'à chaque mètre l'un ou l'autre de nos deux professeurs tombait en arrêt avec un cri d'émerveillement devant une fleur ou un insecte qu'il n'avait jamais vus.

Nous avions sans doute franchi une distance de trois ou quatre kilomètres en suivant le ruisseau sur sa rive droite, quand nous aperçûmes une grande éclaircie derrière les arbres. Une ceinture de buissons menait vers un fouillis de roches (tout le plateau était parsemé de gros galets ronds).

Nous nous engagions prudemment vers ces roches, parmi des fourrés qui nous venaient à la taille, quand nous entendîmes un son bizarre ; quelque chose comme un jacassement et un sifflement entremêlés, qui remplit l'air d'un formidable bruit croissant, et qui semblait provenir de devant nous. Lord John leva une main pour nous intimer l'ordre de stopper, et il approcha, en courant à demi courbé, vers le bord des roches. Nous le vîmes se pencher, et reculer d'étonnement. Puis il demeura là à regarder, tellement surpris qu'il nous avait oubliés. Finalement, il nous fit signe de le rejoindre, en agitant sa main pour nous recommander le silence. Toute son attitude me fit comprendre qu'une nouvelle merveille, mais dangereuse celle-là, nous attendait.

Rampant jusqu'à lui, nous plongeâmes nos regards par-dessus les roches. Une carrière qui avait pu être, autrefois, l'un des petits cratères volcaniques du plateau, avait la forme d'une cuvette avec, dans le fond, à quelques centaines de mètres de l'endroit où nous étions, des mares d'eau stagnante verte, bordées de roseaux. Le lieu était sinistre par lui-même, mais ses habitants ajoutaient à l'horreur du spectacle qui nous rappela les sept cercles de Dante. Il s'agissait d'une véritable colonie de ptérodactyles : on en pouvait compter des centaines. Sur le bord de l'eau, le sol marécageux grouillait de jeunes ptérodactyles, dont les mères hideuses couvaient encore des œufs jaunâtres couleur de cuir. De cette masse qui se traînait en battant des ailes émanaient non seulement les cris que nous avions entendus, mais encore une odeur méphitique, horrible, qui nous soulevait le cœur. Au-dessus de ce panorama de l'obscène vie reptilienne, perchés chacun sur une pierre, grands, gris, desséchés, ressemblant plus à des cadavres qu'à des créatures vivantes, se tenaient les mâles ; ils étaient immondes ; ils gardaient une immobilité parfaite, sauf quand ils faisaient rouler leurs yeux rouges ou quand ils claquaient leurs becs semblables à des pièges à rats si une libellule passait à leur portée. Leurs ailes immenses, membraneuses, se repliaient lorsqu'ils croisaient leurs avant-bras. Ils étaient assis comme de gigantesques vieilles femmes enveloppées dans des châles couleur de palme, et dont la tête hideuse aurait émergé au-dessus de ce paquet.

Grandes ou petites, il n'y avait pas beaucoup moins d'un millier de ces créatures dans la cuvette.

Nos professeurs auraient volontiers passé la journée à les regarder, tant ils étaient ravis de cette occasion d'étudier la vie d'un âge préhistorique. Ils observèrent sur les roches quantité de poissons et d'oiseaux morts, ce qui en disait assez sur la nourriture des ptérodactyles. Je les entendis se complimenter mutuellement parce qu'ils avaient éclairci le point de savoir pourquoi on avait trouvé en grand nombre des ossements de ptérodactyles dans des zones bien délimitées (notamment dans le sable vert de Cambridge), tels les pingouins, ces dragons volants vivaient en colonies.

Cependant Challenger, plié en deux pour bavarder avec Summerlee, releva vivement la tête afin de prouver un fait contesté par son interlocuteur, ce geste faillit provoquer notre perte. Au même instant, le mâle le plus proche poussa un cri perçant et déploya des ailes de cuir qui avaient bien huit mètres d'envergure pour s'élever dans les airs. Les femelles et leurs petits se rassemblèrent au bord de l'eau. Tout un cercle de sentinelles prit son vol dans le ciel. Spectacle magnifique s'il en fût ! Une centaine de ces animaux énormes, hideux, filait comme des hirondelles avec de vifs battements d'ailes au-dessus de nos têtes. Mais nous comprîmes vite que ce spectacle-là n'avait rien qui pût nous autoriser à bayer longtemps d'admiration. D'abord ces grosses brutes dessinèrent un large cercle, comme pour mesurer approximativement la nature et l'étendue du danger qui les menaçait. Puis leur vol se ralentit et leur cercle se rétrécit, nous en figurions évidemment le centre. Le fracas de leurs ailes me rappela les meetings d'aviation à Hendon.

– Fonçons vers le bois et restons ensemble ! ordonna lord John en armant son fusil. Ces horribles bêtes nous veulent du mal !

Au moment où nous entamâmes notre retraite, le cercle se referma sur nous ; déjà les extrémités des ailes les plus proches nous frôlaient le visage. Avec les canons de nos fusils, nous leur assenâmes quelques coups, mais où trouver un endroit vulnérable ? Soudain, du rond noir et hurlant, surgit un cou allongé ; un bec féroce pointa vers nous. D'autres becs goulus s'élancèrent. Summerlee poussa un cri et porta une main à sa figure ensanglantée. Sur ma nuque, je sentis un coup d'aiguillon ; sous le choc, je faillis tomber. Challenger s'écroula, et lorsque je me baissai pour le relever, je reçus un nouveau coup ; cette fois, je m'affalai sur le professeur.

Au même instant, j'entendis le claquement d'une arme : lord John avait tiré avec son fusil pour éléphants. Je levai les yeux, l'un des assaillants gisait au sol, avec une aile brisée ; il se débattait, crachait, rotait avec son bec grand ouvert ; ses yeux étaient rouges, à fleur de tête, comme ceux d'un diable dans un tableau du Moyen Age. Au bruit, ses compagnons avaient pris de la hauteur ; mais ils continuaient de dessiner leurs cercles au-dessus de nous.

– Maintenant, cria lord John, c'est notre vie qui se joue !

Nous trébuchions dans les fourrés ; au moment où nous atteignîmes le bois, les harpies fondirent à nouveau sur nous. Summerlee fut projeté à terre, mais nous le relevâmes et le poussâmes parmi les arbres. Une fois là, nous fûmes en sécurité, car les énormes ailes ne pouvaient se déployer entre les branches. Pendant que nous regagnions notre camp, meurtris et déconfits, nous les aperçûmes qui volaient à une grande altitude dans le ciel bleu profond : ils planaient, planaient toujours, guère plus gros que des palombes, et ils suivaient des yeux notre progression. Enfin, quand nous nous fûmes enfoncés au plus épais de la forêt, ils abandonnèrent leur chasse et disparurent.

– Voilà une expérience passionnante et fort instructive ! déclara Challenger, tout en baignant dans le ruisseau son genou abîmé. Nous sommes exceptionnellement bien renseignés, Summerlee, sur les mœurs de ces maudits ptérodactyles !

Summerlee essuyait le sang qui coulait d'une légère entaille sur son front. Moi, je me frictionnais le cou, qui m'élançait douloureusement. Lord John avait une déchirure à l'épaule de sa veste, mais les dents de l'animal n'avaient fait qu'égratigner la chair.

« Il convient de noter, poursuivit Challenger, que notre jeune ami a reçu un véritable coup de poignard dans le dos et que la déchirure de la veste de lord John n'a pu être provoquée que par une morsure. Dans mon propre cas, j'ai été soffleté par une paire d'ailes... En somme, nous avons été régalés d'une magnifique exhibition de leurs méthodes d'assaut !

— Nos vies n'ont tenu qu'à un fil ! dit lord John. Et je ne conçois guère de mort plus affreuse que celle que nous réservaient ces immondes bêtes. Je suis désolé d'avoir eu à tirer, mais, par Jupiter, je n'avais pas le choix !

— Si vous n'aviez pas tiré, nous ne serions pas là ! m'écriai-je avec chaleur.

— Il se peut que cela ne nous nuise pas, réfléchit lord John. Dans ces bois, il doit se produire de lourds craquements, des soi-disant détonations quand les arbres se fendent ou tombent. Mais si voulez connaître mon avis, il me semble que nous avons eu assez d'émotions pour la journée, et que nous devrions chercher au camp un désinfectant. Qui diable peut savoir le venin que sécrètent ces monstres ?

Très certainement aucun être humain depuis le commencement du monde n'avait vécu une telle journée ! Pourtant, une nouvelle surprise nous attendait. Quand, après avoir suivi le cours d'eau, nous arrivâmes dans la clairière, et quand nous aperçûmes la clôture de notre campement, nous étions fondés à croire que nos aventures étaient terminées. Mais avant que nous puissions nous reposer, quelque chose nous donna à réfléchir. La porte du fort Challenger était intacte, et la clôture n'avait pas été abîmée ; cependant, en notre absence, un visiteur géant s'était introduit dans notre retraite. Aucune empreinte de patte ou de pied ne nous révéla de qui il s'agissait ; seule la branche pendante du gigantesque arbre à épices à l'ombre duquel nous nous étions installés indiquait de quelle manière il était venu et reparti. Sur sa force, sur ses mauvaises intentions, nous ne pouvions garder la moindre illusion : le spectacle qu'offraient nos provisions était éloquent. Elles étaient éparpillées sur le sol ; une boîte de conserves de viande avait été fracassée et vidée de son contenu. Une caisse de cartouches avait été réduite en allumettes ; l'un des renforts de cuivre gisait broyé à côté de la caisse. De nouveau une horreur confuse s'empara de nos âmes, et nous interrogeâmes du regard, avec effroi, les ombres noires qui nous environnaient ; quel monstre terrible dissimulaient-elles donc ? Ce fut un vrai réconfort d'entendre la voix de Zambo qui nous appelait du haut de son piton rocheux, et de voir son bon et fidèle sourire !

— Tout va bien, Massa Challenger, tout va bien ! criait-il. Moi, je reste ici. Rien à craindre. Vous me trouverez toujours quand vous aurez besoin de moi !

Son visage ainsi que le panorama immense qui s'étendait jusqu'à mi-distance de l'affluent de l'Amazone nous rappelèrent que nous étions malgré tout des citoyens du XXe siècle, et que nous n'avions pas été transférés par quelque mauvais génie dans une rude planète au début de son évolution. Là-bas, l'horizon violet s'avançait vers le fleuve où naviguaient des vapeurs ; là-bas des gens échangeaient des propos sans importance sur les petites affaires de l'existence... Et nous, nous étions isolés parmi des animaux préhistoriques, et nous ne pouvions rien faire d'autre que nous émerveiller et trembler !

De ce jour fertile en miracles, un autre souvenir me reste en mémoire, et c'est sur lui que je vais achever ma lettre. Les deux professeurs, dont la bonne humeur avait été altérée par les blessures reçues, discutaient avec véhémence pour déterminer si nos assaillants appartenaient au genre ptérodactyle ou dimorphodon ; comme ils commençaient à échanger des propos plutôt vifs, je m'écartai et je m'assis pour fumer une cigarette sur le tronc d'un arbre tombé. Lord John me rejoignit.

– Dites, Malone, vous rappelez-vous l'endroit où était installée cette ménagerie ?

– Très nettement.

– Une sorte de cratère volcanique, n'est-ce pas ?

– Exactement.

– Avez-vous fait attention au sol ?

– Des rochers.

– Mais autour de l'eau, là où il y avait des roseaux ?

– Le sol était bleuâtre. On aurait dit de l'argile.

– Exactement. Un cratère volcanique d'argile bleue.

– Où voulez-vous en venir ? demandai-je.

– Oh ! à rien ! à rien !

Il regagna le coin où les hommes de science poursuivaient leur duo : l'aigu perçant de Summerlee tranchait sur la basse grave de Challenger. Je n'aurais plus pensé à la remarque de lord John si de nouveau, au cours de la nuit, je ne l'avais entendu répéter : « De l'argile bleue... De l'argile bleue dans un cratère volcanique ! »

Tels furent les derniers mots que j'entendis avant d'être capturé par le sommeil de l'épuisement.

CHAPITRE XI
Pour une fois je fus le héros

Lord John Roxton avait raison en supposant que les morsures des horribles bêtes qui nous avaient attaqués pouvaient être venimeuses. Le lendemain matin, Summerlee et moi souffrîmes beaucoup avec de la fièvre, tandis que Challenger avait un genou si meurtri qu'il pouvait à peine marcher. Tout le jour nous demeurâmes au camp. Lord John s'occupa à élever la hauteur et à renforcer l'épaisseur des murailles épineuses qui étaient notre unique protection. Je me rappelle que ce jour-là j'eus constamment l'impression que nous étions épiés ; mais je ne savais ni d'où ni par quel observateur.

Cette impression était cependant si forte que j'en parlai au Pr Challenger, mais celui-ci la porta au crédit d'une excitation cérébrale causée par la fièvre. À chaque instant, je regardais autour de nous, j'étais persuadé que j'allais apercevoir quelque chose ; en fait, je ne distinguais que le bord de notre clôture ou le toit de verdure un peu solennel des arbres au-dessus de nos têtes. Et cependant, de plus en plus, mon sentiment se fortifiait : nous étions guettés par une créature malveillante et guettés de très près. Je méditai sur la superstition des Indiens relative à Curupuri, ce génie terrible errant dans les bois, et je commençai à me dire que sa présence sinistre devait hanter tous ceux qui envahissaient son sanctuaire.

Au soir de notre troisième jour sur la Terre de Maple White, nous fîmes une expérience qui nous laissa un souvenir effroyable, et nous rendîmes grâce à lord John de ce qu'il avait fortifié notre refuge. Tous nous dormions autour de notre feu mourant quand nous fûmes réveillés, ou plutôt arrachés brutalement de notre sommeil, par une succession épouvantable de cris de terreur et de hurlements. Il n'y a pas de sons qui puissent se comparer à ce concert étourdissant qui semblait se jouer à quelques centaines de mètres de nous. C'était aussi déchirant pour le tympan qu'un sifflet de locomotive, mais le sifflet émet un son net, mécanique, aigu ; ce bruit était beaucoup plus grave, avec des vibrations qui évoquaient irrésistiblement les spasmes de l'agonie. Nous plaquâmes nos mains contre les oreilles afin de ne plus entendre cet appel qui nous brisait les nerfs. Une sueur froide coula sur mon corps, et mon cœur se souleva. Tous les malheurs d'une vie torturée, toutes ses souffrances innombrables et ses immenses chagrins semblaient condensés dans ce cri mortel. Et puis un octave plus bas se déclencha et roula par saccades une sorte de rire caverneux, un grondement, un gloussement de gorge qui servit d'accompagnement grotesque au hurlement. Ce duo se prolongea pendant trois ou quatre minutes, pendant que s'agitaient dans les feuillages les oiseaux étonnés. Il se termina aussi brusquement qu'il avait commencé. Nous étions horrifiés, et nous demeurâmes immobiles jusqu'à ce que lord John jetât sur le feu quelques brindilles ; leur lumière crépitante éclaira les visages anxieux de mes compagnons, ainsi que les grosses branches qui nous abritaient.

– Qu'est-ce que c'était ? chuchotai-je.

– Nous le saurons ce matin, répondit lord John. C'était tout près.

– Nous avons eu le privilège d'entendre une tragédie préhistorique, quelque chose d'analogue aux drames qui se déroulaient parmi les roseaux au bord d'un lagon jurassique, lorsqu'un grand dragon par exemple s'abattait sur un plus petit, nous dit Challenger d'une voix beaucoup plus grave qu'à l'accoutumée. Cela a été une bonne chose pour l'homme qu'il vienne plus tard dans l'ordre de la création ! Dans les premiers âges, il existait des puissances telles que ni son intelligence ni aucune technique n'auraient su prévaloir. Qu'auraient pu sa fronde, son gourdin ou ses flèches contre des forces dont nous venons d'entendre le déchaînement ? Même avec un bon fusil, je parierais sur le monstre.

– Je crois que, moi, je parierais sur mon petit camarade, dit lord John en caressant son Express. Mais la bête aurait certainement une bonne chance !

Summerlee leva la main en l'air :

– Chut ! J'entends quelque chose…

Du silence total émergea un tapotement pesant et régulier. C'était le pas d'un animal : le rythme lourd et doux à la fois de pas précautionneux. Il tourna lentement autour de notre campement, s'arrêta près de l'entrée. Nous entendîmes un sifflement sourd qui montait et redescendait, le souffle de la bête. Seule notre faible clôture nous séparait de ce visiteur nocturne. Nous avions tous empoigné un fusil, et lord John avait légèrement écarté un buisson pour se tailler un créneau dans la clôture.

– Mon Dieu ! murmura-t-il. Je crois que je le vois !

Je m'accroupis et rampai jusqu'à lui ; par-dessus son épaule, je regardai par le trou. Oui, moi aussi je le voyais ! Dans l'ombre noire de l'arbre à épices se tenait une ombre plus noire encore, confuse, incomplète, une forme ramassée, pleine d'une vigueur sauvage. Elle n'était pas plus haute qu'un cheval, mais son profil accusait un corps massif, puissant. Cette palpitation sifflante, aussi régulière qu'un moteur, suggérait un organisme monstrueusement développé. Une fois, je pense, je vis la lueur meurtrière, verdâtre, de ses yeux. Il y eut un bruissement de feuillages, comme si l'animal rampait lentement vers nous.

– Je crois qu'il va nous sauter dessus ! dis-je en armant mon fusil.

– Ne tirez pas ! Ne tirez pas ! chuchota lord John. Un coup de feu dans le silence de cette nuit serait entendu à des kilomètres à la ronde. Gardez votre fusil pour la dernière carte.

– S'il saute par-dessus la haie, nous sommes faits ! dit Summerlee, dont la voix mourut dans un rire nerveux.

– Bien sûr, il ne faut pas qu'il saute ! fit lord John. Mais ne tirez pas encore. Je vais peut-être avoir raison de cette brute. En tout cas, je vais essayer.

Il accomplit l'action la plus courageuse que jamais homme risqua devant moi. Il se pencha vers le feu, prit une branche enflammée et se glissa à travers une ouverture de secours qu'il avait aménagée dans la porte. La bête avança avec un grognement terrifiant. Lord John n'hésita pas une seconde, il courut vers elle et lui jeta à la gueule le brandon enflammé. L'espace d'une seconde, j'eus la vision d'un masque horrible, d'une tête de crapaud géant, d'une peau pleine de verrues, d'une bouche dégouttante de sang frais. Aussitôt les fourrés retentirent de craquements, et l'apparition sinistre s'évanouit.

« Je pensais bien qu'il n'affronterait pas le feu ! dit lord John en riant.

– Vous n'auriez jamais dû prendre un tel risque ! nous écriâmes-nous tous d'une même voix.

– Il n'y avait rien d'autre à faire. S'il avait sauté sur nous, ç'aurait été un beau massacre, nous nous serions entretués en essayant de le descendre. D'autre part, si nous avions tiré par-dessus la haie, en le blessant seulement, il nous aurait bondi dessus, et Dieu sait quelle aurait été sa première victime ! Dans le fond, nous ne nous en sommes pas mal tirés. Au fait, qu'est-ce que c'était ?

Nos savants se regardèrent en marquant un temps d'hésitation.

– Personnellement, je suis incapable de classer cet animal avec une certitude scientifique, dit Summerlee en allumant sa pipe à un tison du feu.

– En refusant de vous compromettre, vous témoignez d'un esprit véritablement scientifique ! admit Challenger du haut d'une condescendance massive. Moi-même je ne suis pas non plus disposé à aller au-delà de l'hypothèse suivante : nous nous sommes trouvés en contact cette nuit avec un animal de type dinosaure carnivore. D'ailleurs, j'avais déjà envisagé l'existence sur ce plateau d'animaux semblables.

– Nous devons garder à l'esprit, observa Summerlee, le fait que de nombreux types préhistoriques ne sont jamais parvenus jusqu'à nous. Il serait téméraire de supposer que nous sommes en mesure de donner un nom à tout ce que nous sommes susceptibles de rencontrer ici.

– Parfaitement. Une classification sommaire, voilà ce que nous pouvons faire de mieux pour l'instant. Remarquez que demain de nouvelles indications mèneront peut-être jusqu'à l'identification. En attendant, pourquoi ne reprendrions-nous pas le cours de notre sommeil interrompu ?

– À condition qu'il y ait une sentinelle, répondit lord John. Nous ne devons rien laisser au hasard dans un pays comme celui-là ! À l'avenir, chacun montera une garde de deux heures.

– Alors je prends la première, puisque ma pipe n'est pas terminée ! déclara le Pr Summerlee.

Depuis cet incident, nous acceptâmes de nous plier à cette règle avec discipline.

Au matin, nous ne tardâmes pas à découvrir la cause de l'affreux vacarme qui nous avait réveillés. La clairière aux iguanodons était transformée en boucherie. D'après les mares de sang et les lambeaux de viande éparpillés sur la pelouse verte, nous supposâmes d'abord que plusieurs animaux avaient été massacrés, mais en examinant de près les débris, nous constatâmes qu'ils provenaient tous de l'un de ces monstres, qui avait été littéralement déchiqueté par un autre animal, peut-être pas plus gros mais indubitablement plus féroce.

Nos deux professeurs s'assirent pour en discuter ; ils examinèrent lambeau après lambeau, et cet examen mit en évidence des marques de dents furieuses ainsi que des mâchoires énormes.

— Nous devons encore suspendre notre jugement, déclara le Pr Challenger, qui avait posé sur son genou un gros morceau de viande blanchâtre. Tout suggère la présence d'un tigre aux dents de sabre, tel qu'on en trouve dessiné dans quelques cavernes. Mais l'animal que nous avons aperçu présentait sans aucun doute une forme plus grosse et plus reptilienne. Personnellement, je pencherais pour un allosaure.

— Ou un mégalosaure, dit Summerlee.

— Très juste ! N'importe lequel des grands dinosaures carnivores ferait l'affaire. C'est chez eux que l'on trouve les types les plus dangereux de la vie animale, ceux qui reçoivent la malédiction des hommes et la bénédiction des savants.

Il éclata d'un rire sonore, fort content de sa dernière phrase.

— Un peu moins de bruit, s'il vous plaît ! intervint lord John. Nous ignorons ce qui se tient aux alentours. Si notre assassin revient ici pour chercher son petit déjeuner et si nous excitons son appétit, nous n'aurons pas à rire ! À propos, qu'est-ce que c'est que cette marque sur la peau de l'iguanodon ?

Sur la peau squameuse, couleur d'ardoise, du côté de l'épaule, plutôt au-dessus, lord John désigna une circonférence noire qu'on aurait pu croire dessinée avec du goudron minéral. Personne ne put fournir une explication. Seul Summerlee déclara qu'il croyait bien avoir vu quelque chose de semblable sur l'un des jeunes que nous avions découverts l'avant-veille. Challenger se tut, mais il avait le regard suffisant et provocant, comme il savait l'avoir quand il le voulait. Lord John lui demanda abruptement de formuler un avis.

— Si Votre Seigneurie a la bonté de me permettre d'ouvrir la bouche, je serai heureux d'exprimer mon opinion, prononça Challenger avec un ton volontairement sarcastique. Je ne suis pas habitué à travailler de la façon à laquelle Votre Seigneurie est accoutumée. Je ne savais pas qu'il était nécessaire de vous demander la permission de sourire à une plaisanterie inoffensive.

Il fallut attendre que notre ami lui présentât des excuses pour qu'il se sentît apaisé. Alors, assis sur un tronc d'arbre couché, il consentit à nous faire un cours, avec autant de vanité que s'il s'adressait à un amphithéâtre bourré d'un millier d'élèves.

« En ce qui concerne la marque, dit-il, j'incline à partager l'opinion de mon ami et collègue le professeur Summerlee : elle a été faite à l'aide de goudron minéral. Ce plateau est, par essence, hautement volcanique ; d'autre part, l'asphalte est une substance que l'on associe avec des forces plutoniques ; je ne peux guère hésiter : le goudron minéral, ou asphalte, existe ici à l'état de liquide libre, et cet animal a pu s'en enduire. Un problème beaucoup plus important concerne l'existence du monstre carnivore qui a laissé dans la clairière de telles traces de son passage. Nous savons que ce plateau a la surface approximative d'un comté anglais moyen. À l'intérieur de cet espace restreint, un certain nombre d'animaux, pour la plupart des représentants de races qui ont disparu dans le monde d'en bas, vivent ensemble depuis des siècles innombrables. Au cours d'une aussi longue période, on aurait pu s'attendre à ce que les animaux carnivores, en se multipliant, eussent épuisé leurs moyens de se nourrir, et qu'ils se fussent trouvés dans l'obligation ou de transformer leur mode d'alimentation ou de mourir d'inanition. Nous voyons qu'il n'en a pas été ainsi. Nous pouvons donc imaginer une seule chose : que l'équilibre naturel est conservé par une sorte de contrôle qui limite le nombre de ces animaux féroces. L'un des problèmes les plus intéressants par conséquent, et qui requiert de notre part une solution, consiste à découvrir quel est ce contrôle et comment il opère. Je me hasarderai jusqu'à prévoir que des occasions ultérieures pour une étude plus serrée des dinosaures carnivores ne nous manqueront pas.

– Et je me hasarde, moi, jusqu'à prévoir que nous aurons du mal à faire profiter la science de ces occasions-là ! dis-je.

Le professeur se contenta de lever ses gros sourcils : j'avais déjà vu des maîtres d'école embarrassés réagir de même devant l'observation impertinente d'un mauvais élève.

– Peut-être le Pr Summerlee a-t-il une remarque à présenter ? murmura aimablement le Pr Challenger.

Alors les deux savants se haussèrent ensemble au niveau d'une atmosphère scientifique raréfiée en oxygène, où les possibilités d'une modification du taux des naissances étaient mises en balance avec la déficience croissante des moyens d'existence. Longuement ils débattirent de la lutte pour la vie.

Dans la matinée, nous établîmes la carte d'une petite partie du plateau, en prenant bien soin d'éviter le marais aux ptérodactyles, et en nous tenant à l'est du ruisseau au lieu de l'ouest. De ce côté, le pays était couvert de bois très épais, et les fourrés entravaient considérablement notre marche.

J'ai surtout parlé jusqu'ici des horreurs de la Terre de Maple White. Mais elle ne nous présentait pas que des spectacles hideux. Par exemple, nous nous promenâmes parmi de fort jolies fleurs, la plupart jaunes ou blanches, et nos professeurs nous expliquèrent que le blanc et le jaune étaient les couleurs primitives des fleurs. Dans de nombreux endroits, le sol était vraiment recouvert par leur tapis où nous enfoncions jusqu'aux chevilles. Autour de nous bourdonnaient nos abeilles d'Angleterre. Des arbres sous lesquels nous passions avaient des branches courbées par le poids des fruits qu'elles portaient, certains de ces fruits nous étaient familiers, d'autres inconnus. En observant quels étaient ceux que picoraient les oiseaux, nous évitions tout danger d'empoisonnement, et notre cueillette enrichit nos provisions d'une variété délicieuse. Dans la jungle que nous traversâmes,

il y avait de nombreuses pistes taillées par des bêtes sauvages ; dans les marais, nous relevâmes quantité d'empreintes étranges, y compris celles des iguanodons. Une fois, dans un bosquet, nous eûmes le loisir de contempler plusieurs de ces gros animaux en train de se repaître ; lord John grâce à ses jumelles, nous informa qu'ils étaient aussi tachetés de goudron minéral, mais à un autre endroit. Nous fûmes incapables d'imaginer la signification de ce phénomène.

Nous vîmes de petits animaux, tels que des porcs-épics, un squameux fourmilier, un cochon sauvage de couleur pie, avec des crocs recourbés. À travers une brèche dans les arbres, nous repérâmes le talus verdoyant d'une colline lointaine, sur lequel galopait un animal de bonne taille et brun foncé. Il passa si vite que nous ne pûmes l'identifier. Si c'était un cerf, comme nous l'affirma lord John, il devait être aussi gros que ces énormes élans irlandais dont on retrouve de temps à autre des fossiles dans les fondrières de ma terre natale.

Depuis la mystérieuse visite qu'avait reçue notre campement, nous ne rentrions jamais sans quelques inquiétudes. Pourtant ce soir-là nous ne trouvâmes aucun désordre. Nous entamâmes un grand débat sur notre situation et sur nos projets d'avenir, dont je dois retracer les grandes lignes puisqu'il aboutit à un nouveau départ qui nous permit de parfaire notre information sur la Terre de Maple White en moins de temps qu'il ne nous en aurait fallu si nous avions voulu tout explorer.

Ce fut Summerlee qui parla le premier. Toute la journée il avait manifesté une humeur querelleuse, et je ne sais quelle remarque de lord John quant à notre emploi du temps du lendemain mit le comble à son acidité.

– Tout ce que nous devrions faire aujourd'hui, demain et les jours suivants, commença-t-il, serait de découvrir un moyen de sortir de cette nasse où nous sommes emprisonnés. Vous êtes tous en train d'actionner vos cervelles pour déterminer comment pénétrer dans ce pays. Je dis, moi, que nous devrions les occuper à trouver le moyen d'en sortir !

– Je suis surpris, monsieur, tonna Challenger en agitant sa barbe majestueuse, qu'un homme de science se laisse aller à un sentiment aussi ignoble ! Vous êtes dans un pays qui offre tant d'attraits à un naturaliste... que dis-je ! qui offre plus d'attraits que jamais pays n'en offrit depuis que le monde est monde, et vous suggérez de le quitter avant que nous en ayons acquis une connaissance très superficielle ? Je m'attendais à mieux de votre part, professeur Summerlee !

– Vous devriez vous rappeler, répondit Summerlee, que j'ai à Londres une grande classe qui est à présent à la merci d'un locum tenens d'une médiocrité affligeante. Voilà la différence qui existe entre nous, professeur Challenger, puisque jusqu'ici vous n'avez pas mérité qu'on vous confie une tâche éducative.

– En effet, dit Challenger. J'aurais considéré comme un sacrilège de distraire un cerveau doué pour des recherches absolument originales, et de lui assigner des tâches mineures. Voilà pourquoi je me suis toujours opposé à entreprendre un enseignement scolastique.

– Vraiment ? ricana Summerlee.

Lord John se hâta de faire dévier la conversation.

– Je trouve pour ma part, dit-il, que ce serait bien triste de regagner Londres sans savoir plus de choses sur ce pays.

— Jamais je n'oserais retourner à mon bureau et affronter ce vieux McArdle ! renchéris-je. Vous me pardonnerez la franchise de mon propos, n'est-ce pas, monsieur ?

« Il ne me pardonnerait pas d'avoir négligé une importante partie de la copie qu'il attend de moi. Par ailleurs, je ne vois pas pourquoi nous discutons puisqu'il n'existe aucun moyen de redescendre !

— Notre jeune ami comble certaines déficiences mentales évidentes par une petite dose de bon sens primitif, observa Challenger. Les intérêts de sa profession détestable nous échappent. Mais, comme il l'a fait remarquer, nous ne disposons d'aucun moyen pour redescendre, en discuter représenterait donc un gaspillage d'énergie.

— C'est gaspiller de l'énergie que de vouloir faire quelque chose d'autre ! grogna Summerlee derrière sa pipe. Permettez-moi de vous rafraîchir la mémoire : nous sommes venus ici dans un but bien précis, pour accomplir une mission qui nous avait été confiée par l'Institut de zoologie de Londres. Cette mission consistait à vérifier les dires du Pr Challenger. Ces dires se trouvent, je le certifie, hautement confirmés. Notre travail est donc achevé. Quant aux détails qui méritent d'être approfondis sur la vie du plateau, il s'agit là d'une besogne si considérable que seule une grosse expédition, pourvue d'un équipement spécial, pourrait en venir à bout. Si nous l'entreprenons nous-mêmes, nous avons toutes chances pour que nous ne rentrions jamais, et pour que la science soit privée de l'importante contribution que nous avons déjà en main. Le Pr Challenger a trouvé le moyen de nous amener sur ce plateau réputé inaccessible. Je crois que nous devrions maintenant lui demander d'user de la même ingéniosité pour qu'il nous permette de retourner dans le monde d'où nous sommes venus.

Je confesse que l'opinion de Summerlee me parut raisonnable. Challenger lui-même fut affecté par l'idée que ses ennemis ne s'avoueraient jamais battus si personne ne rentrait pour confirmer ses thèses.

— À première vue, le problème de notre descente constitue une énigme formidable, dit-il. Pourtant je ne doute pas que l'intelligence parvienne à le résoudre. Je suis disposé à me ranger à l'avis de notre collègue, un séjour prolongé sur la Terre de Maple White serait à présent une erreur. Par conséquent, le problème de notre retour doit être tôt ou tard envisagé. Je me refuse toutefois formellement à quitter ce pays sans l'avoir au moins examiné superficiellement, sans que nous soyons à même de ramener avec nous un semblant de carte.

Le Pr Summerlee renifla d'impatience.

— Nous avons passé deux longs jours à explorer, dit-il, et nous ne sommes pas plus avancés dans la description géographique du lieu qu'à notre départ. Il est clair que ces bois sont très épais, et qu'il faudrait des mois pour en pénétrer tous les secrets. S'il y avait ici une sorte de montagne centrale, ce serait différent, mais tout est en pente descendante, d'après ce que nous avons vu. Plus nous avancerons, et moins nous aurons de vue d'ensemble !

Ce fut à cet instant que j'eus ma minute d'inspiration. Mes yeux se posèrent par chance sur l'énorme tronc noueux de l'arbre à épices qui étendait au-dessus de nous ses branchages. Puisque ce tronc était plus gros que les autres, sa hauteur devait dépasser celle des autres également. Si la bordure du plateau était réellement son point culminant, alors pourquoi cet arbre ne pourrait-il pas servir d'observatoire qui commanderait tout le pays ? Depuis mon enfance en Irlande, j'avais toujours été un casse-cou dès qu'il s'agissait de grimper à un arbre. Mes compagnons pouvaient me battre sur les rochers, mais dans les branches je me savais invincible. Si je pouvais seulement prendre pied sur les plus basses de ce géant, je parierais bien n'importe quoi que j'arriverais au faîte ! Mes camarades se déclarèrent enchantés par ma proposition.

– Notre jeune ami, commenta Challenger en gonflant les pommes rouges de ses joues, est capable d'exercices acrobatiques devant lesquels reculerait un homme d'apparence plus robuste, et plus respectueux de sa propre dignité. J'applaudis à son idée.

– Bébé, c'est une idée de génie ! s'écria lord John en me tapant dans le dos avec enthousiasme. Dire que nous n'y avions pas pensé ! Il ne nous reste plus qu'une heure de jour, mais si vous emportez un carnet, vous pourrez dessiner une carte grossière de l'endroit. Empilons ces caisses de munitions, et je parviendrai bien à vous hisser sur la première branche !

Il monta sur les caisses pendant que moi, je faisais face au tronc ; il me souleva doucement, mais Challenger surgit et de sa grande main me poussa si fort qu'il faillit me faire tomber. J'agrippai la branche, et je jouai des pieds jusqu'à ce que j'eusse réussi à faire passer mon buste, puis mes genoux.

Au-dessus de ma tête, il y avait trois excellents rejetons, disposés comme les barreaux d'une échelle, puis une grande quantité de branchages, si bien que je grimpai à toute vitesse ; je ne tardai pas à perdre de vue le sol, dont me séparait un écran de feuillage. Deux ou trois fois je dus surmonter quelques difficultés ; notamment il me fallut grimper pendant trois bons mètres à la force des bras et des jambes ; mais je progressai, et le tonnerre de la voix de Challenger ne me parvenait plus que faiblement. L'arbre était vraiment immense ; j'avais beau regarder en l'air, je n'entrevoyais toujours pas la moindre éclaircie dans le feuillage. Je me trouvai devant une sorte de buisson épais qui me sembla être une plante parasite sur la branche où je m'agitais. Je tournai la tête pour voir ce qui était derrière ce buisson, et, devant ce que j'aperçus, je manquai choir de l'arbre.

À trente ou quarante centimètres de mon visage, une figure me regardait. La créature à qui elle appartenait était accroupie derrière la plante parasite, et avait tourné la tête au même moment que moi. C'était une figure humaine... ou du moins qui ressemblait bien plus à une figure d'homme qu'à n'importe quelle face de singe. Elle était allongée, blanchâtre, parsemée de pustules, avec un nez aplati, une mâchoire inférieure proéminente, et quelque chose comme des favoris autour du menton. Les yeux, sous des sourcils épais et lourds, avaient un regard bestial et féroce. La bouche s'entrouvrit pour un reniflement qui m'avait tout l'air d'une malédiction, et exhiba des canines pointues et recourbées. Pendant un instant, je lus clairement de la haine et une menace dans son regard. Puis, ces sentiments firent place à une peur incontrôlable, folle. La créature plongea désespérément dans la verdure des feuilles, cassa deux ou trois branches... J'aperçus un corps poilu, comme celui d'un cochon rougeâtre, qui disparut.

— Qu'est-ce qui se passe ? cria Roxton d'en dessous. Quelque chose qui ne va pas ?

— Vous l'avez vu ? hurlai-je, cramponné à ma branche et les nerfs à vif.

— Nous avons entendu un bruit, comme si votre pied avait glissé. Qu'est-ce que c'était ?

J'étais si bouleversé par l'apparition de cet homme-singe que j'hésitai : allais-je redescendre pour conter la chose à mes compagnons, ou poursuivrais-je mon ascension ? J'étais déjà parvenu si haut que je reculai devant l'humiliation de redescendre sans avoir mené à bien ma mission.

Après une pause qui me servit à récupérer mon souffle et mon courage, je me remis à grimper. Une fois je dus me rattraper de justesse pas les mains, car une branche pourrie avait cédé, mais dans l'ensemble ce ne fut pas une ascension difficile. Progressivement, les feuillages s'éclaircissaient, et le vent qui me balayait la figure m'avertissait que j'étais presque au faîte du plus haut des arbres de la forêt. Mais j'avais résolu de ne pas inspecter les environs avant d'avoir atteint le point le plus élevé : aussi je fis des pieds et des mains (c'est le cas de le dire !) pour arriver à la dernière branche : elle se courba sous mon poids, mais je repris mon équilibre et, dans une sécurité relative, je pus contempler le merveilleux panorama de cet étrange pays.

Le soleil allait disparaître derrière l'horizon. La soirée était particulièrement claire et lumineuse. De mon observatoire, je dominais toute l'étendue du plateau. Il m'apparut ovale : sa largeur pouvait être approximativement de trente kilomètres, et sa longueur de quarante-cinq. Il avait l'aspect général d'un entonnoir peu profond, dont tous les côtés convergeaient vers un lac central fort étendu. Le tour de ce lac représentait bien quinze kilomètres ; ses eaux vertes se détachaient nettement dans le crépuscule ; elles étaient bordées d'une ceinture de roseaux ; quelques bancs de sable jaune émergeaient, comme pour servir de socle à des objets noirs allongés, trop gros pour être des alligators et trop longs pour des canots. À l'aide de mes jumelles, je pus constater que ces objets étaient des animaux vivants ; mais je fus incapable de les identifier.

Du côté du plateau où nous nous trouvions, des pentes boisées avec quelques éclaircies s'étendaient sur une dizaine de kilomètres jusqu'au lac central. Presque à mes pieds, je voyais la clairière aux iguanodons ; plus loin, une ouverture ronde dans les arbres indiquait le marais aux ptérodactyles. Sur le côté qui me faisait face, le plateau présentait un aspect fort différent ; là les escarpements basaltiques de l'extérieur se prolongeaient à l'intérieur pour former une crête qui dominait de soixante mètres une pente douce boisée. Tout le long de ces escarpements rouges, vers la base et à quelque distance du sol, je distinguais à la jumelle des trous sombres, sans doute des orifices de cavernes. Au bord de l'un d'eux, quelque chose de blanc miroitait, mais je n'en sus pas davantage. Je m'assis le plus confortablement possible pour dresser la carte du pays, mais bientôt, le soleil ayant disparu, il fit trop sombre et les détails s'évanouirent. Alors je redescendis vers mes compagnons, qui m'attendaient impatiemment au bas du grand arbre à épices. Pour une fois, j'étais le héros de l'expédition. C'était moi seul qui avais eu cette idée, moi seul qui l'avais exécutée. Et je ramenais une carte qui nous épargnait un mois d'enquêtes aveugles parmi des dangers inconnus. Tous me serrèrent chaleureusement et sérieusement la main. Mais avant d'entrer dans les détails topographiques, je leur racontai ma rencontre avec l'homme-singe dans les branches.

— Et il y a longtemps qu'il était là ! ajoutai-je.

— Comment le savez-vous ? interrogea lord John.

— J'ai toujours eu le sentiment que quelque chose de malveillant nous épiait. Je vous l'avais dit, professeur Challenger.

— Notre jeune ami m'a effectivement parlé dans ce sens. Et il est également celui d'entre nous qui possède le tempérament du Celte, si ouvert à de telles impressions.

— Toute la théorie de la télépathie... commença Summerlee derrière sa pipe.

— ... est trop vaste pour que nous en discutions maintenant ! interrompit Challenger avec décision. Dites-moi, ajouta-t-il avec le ton d'un évêque qui questionne un enfant du catéchisme, avez-vous pu remarquer si cette créature croisait son pouce par-dessus la paume de ses mains ?

— Ma foi non !

— Avait-elle une queue ?

— Non.

— Le pied était-il prenant ?

— Je ne crois pas qu'il aurait pu disparaître si vite dans les branchages s'il n'avait pas eu des pieds prenants.

— Dans l'Amérique du Sud il y a, si ma mémoire ne me joue pas de tours – vous rectifierez cette observation s'il y a lieu, professeur Summerlee – trente-six espèces de singes, mais le singe anthropoïde y est inconnu. Il est évident, toutefois, qu'il existe dans ce pays, et qu'il n'appartient pas à la variété velue, gorillesque, qui n'a jamais été décelée hors de l'Afrique ou de l'Orient...

Je réprimai une forte envie de faire remarquer que j'avais vu dans le zoo de Kensington le cousin germain du professeur, et je le laissai poursuivre :

« Notre jeune ami a eu affaire avec un spécimen sans couleur définie, et moustachu. Cette imprécision dans la couleur est due au fait qu'il vit dans l'ombre des arbres. Toute la question est de savoir s'il est plus proche de l'homme que du singe, ou inversement. S'il est plus proche de l'homme que du singe, il ressemblerait alors à ce que le vulgaire appelle « l'anneau manquant ». Notre devoir le plus immédiat est de résoudre ce problème.

— Pas du tout ! répliqua Summerlee. À partir du moment où, grâce à l'intelligence et à l'esprit pratique de monsieur Malone (je ne résiste pas au plaisir de citer ses propres termes) nous possédons une carte, notre devoir le plus immédiat consiste à nous tirer de cette aventure sains et saufs, donc à quitter au plus tôt cet affreux pays.

– Un berceau de civilisation ! gémit Challenger.

– Mais nous, nous avons le devoir de relater ce que nous avons vu, et de laisser à d'autres le soin d'explorations ultérieures. Vous étiez tous d'accord, avant que M. Malone nous ramenât la carte !

– Soit ! dit Challenger. Je reconnais que mon esprit sera plus tranquille quand j'aurai l'assurance que le résultat de notre expédition sera communiqué à nos amis. Mais comment sortirons-nous d'ici ? Je n'en ai pas encore la moindre idée. Il est vrai que je n'ai jamais affronté un problème que mon cerveau ait été incapable de résoudre. Je vous promets donc que dès demain je me pencherai bel et bien sur la question de descendre.

La discussion en resta là. Mais ce même soir, à la lumière d'un feu de camp et d'une bougie, la première carte du monde perdu fut dessinée. Tous les détails que j'avais grossièrement notés du haut de mon observatoire furent reportés à leurs emplacements respectifs. Challenger fit errer son crayon au-dessus du grand blanc qui figurait le lac.

« Comment l'appellerons-nous ? demanda-t-il.

– Pourquoi ne sauterions-nous pas sur l'occasion de perpétuer notre nom ? proposa Summerlee avec son acidité habituelle.

– Je crois, monsieur, que mon propre nom revendiquera d'autres créances sur la postérité, répondit sévèrement Challenger. N'importe quel ignorant peut imposer le souvenir inefficace de son nom sur une plaine ou sur un pic. Je n'ai pas besoin d'un tel monument.

Summerlee aiguisait son sourire pour lancer une nouvelle pointe. Mais lord John intervint.

– C'est à vous, bébé, de baptiser ce lac, me dit-il. Vous avez été le premier à le voir et, ma foi, si vous désirez l'appeler lac Malone, personne n'y trouvera à redire !

– Très juste ! s'écria Challenger. À notre jeune ami de lui donner un nom !

– Alors, dis-je en rougissant, appelons-le lac Gladys.

– Vous ne pensez pas, observa Summerlee, que lac Central serait plus évocateur ?

– Je préférerais lac Gladys.

Challenger me lança un coup d'œil de sympathie, et secoua ironiquement sa grosse tête :

– Les enfants seront toujours des enfants ! Allons-y pour le lac Gladys.

CHAPITRE XII
C'était épouvantable dans la forêt !

J'ai raconté, ou peut-être ne l'ai-je pas dit, car ma mémoire n'est pas très fidèle ces jours-ci, que j'avais été extrêmement flatté quand mes trois compagnons m'avaient remercié d'avoir sauvé la situation (ou, du moins, de l'avoir grandement améliorée). J'étais le benjamin de l'équipe : le plus jeune sur les plans non seulement de l'âge mais aussi de l'expérience, du caractère, du savoir, de tout ce qui fait un homme. Aussi avais-je été quelque peu éclipsé au début. Mais maintenant j'entrais en possession de ma personnalité : cette idée me réchauffait le cœur. Hélas ! Ce contentement vaniteux accrut la confiance que je me portais, et il s'ensuivit la plus atroce aventure de ma vie, une commotion qui me soulève encore le cœur quand j'y pense.

Voilà les faits. J'avais été exagérément excité par mes découvertes au faîte de l'arbre, et le sommeil me fuyait. Summerlee était de garde ; il était assis auprès de notre petit feu, voûté, sec, pittoresque avec sa barbiche pointue qui s'agitait au moindre geste de la tête. Lord John, enveloppé dans son poncho sud-américain, était allongé en silence. Challenger alternait le roulement du tonnerre avec une maigre crécelle : ses ronflements se répercutaient dans les bois. La pleine lune brillait ; l'air était frisquet ; quelle nuit idéale pour la marche ! Soudain une pensée me traversa l'esprit. Pourquoi pas ?... Si je sortais furtivement ? Si je descendais jusqu'au lac central ? Si je rentrais à l'heure du petit déjeuner avec un bon rapport sur les lieux ? Ne serais-je pas alors un associé valable ? définitivement valable ? Si Summerlee gagnait la bataille et si un moyen de descendre était trouvé, nous reviendrions à Londres avec une connaissance directe de tous les mystères du centre du plateau où moi seul, parmi tous les hommes, j'aurais pénétré. Je pensais à Gladys, à sa phrase : « Tout autour de nous des héroïsmes nous invitent. » Il me semblait encore l'entendre. Je songeai aussi à McArdle. Quel magnifique trois colonnes dans le journal ! Quel départ pour ma carrière ! Lors de la prochaine guerre, je serais sûrement désigné comme correspondant aux armées ! Je saisis un fusil, et, mes poches pleines de cartouches, j'écartai les buissons épineux à la porte de notre zareba et je me trouvai dehors. Mon dernier regard à l'intérieur me prouva que Summerlee était la plus négligente des sentinelles : mécaniquement, il dodelinait de la tête au-dessus du feu, dans une inconscience totale.

Je n'avais pas franchi une centaine de mètres que je commençai à me repentir de mon audace. Je crois l'avoir déjà dit : je suis trop imaginatif pour être réellement courageux. Mais d'autre part ce que je redoute le plus, c'est de paraître avoir peur. Voilà la force qui me poussa à avancer malgré tout. Je ne pouvais plus rentrer au camp sans résultat. Même si mes camarades ignoraient tout de mes faiblesses, mon âme serait toujours ternie par le souvenir intolérable d'une lâcheté. Réflexions qui ne m'empêchaient pas de frissonner, étant donné la position où je m'étais placé : j'aurais volontiers donné tout ce que je possédais pour m'être acquitté de ma mission.

C'était épouvantable dans la forêt ! Les arbres poussaient si serrés, leurs feuillages s'étendaient sur une telle largeur et si haut que je ne voyais même plus le clair de lune, sauf par endroits où les branches légèrement écartées me permettaient d'apercevoir le ciel en filigrane. Quand les yeux s'habituent à l'obscurité, on apprend qu'il existe différentes formes, divers degrés dans le noir des arbres, certains de ceux-ci étaient confusément visibles ; entre eux je vis des plaques noires comme du charbon, qui pouvaient être des orifices de cavernes, et je m'en écartai avec horreur. Je me rappelai le cri désespéré de l'iguanodon mis à la torture, ce cri de mort dont l'écho avait ameuté les bois. Je pensai aussi à la vision que m'avait offerte la torche enflammée de lord John : un mufle bouffi, pustuleux, bavant le sang. J'arpentais maintenant son terrain de chasse. À tout instant il pouvait surgir de l'ombre et me sauter dessus, ce monstre horrible hors de toute classification zoologique ! Je m'arrêtai, pris une cartouche dans ma poche et ouvris la culasse de mon fusil. En touchant le levier, mon cœur vacilla, c'était le fusil de chasse, et non un fusil d'armes que j'avais emporté !

De nouveau je faillis revenir en arrière. N'avais-je pas là une excellente excuse pour ma défaillance ? Personne ne s'aviserait de me donner tort ! Et pourtant mon fol orgueil l'emporta : je ne pouvais pas, je ne devais pas reculer. Après tout, un vrai fusil ne m'aurait guère été plus utile en face des dangers qui me guettaient ! Si je revenais au camp pour changer d'arme, je ne pourrais pas entrer et sortir sans être vu. Je serais alors obligé de m'expliquer, et c'en serait fini de mes tentatives personnelles. Après une hésitation que chacun comprendra, je repris courage... et ma route, avec mon fusil inutile, sous le bras.

L'obscurité de la forêt avait été épouvantable, mais pire était la blanche et fade lumière de la lune sur la clairière aux iguanodons. Caché derrière un buisson, je la regardai. Aucune des grandes brutes dont nous avions fait connaissance n'était en vue. Peut-être la tragédie qui s'était abattue sur l'un d'eux les avait-il décidés à partir ailleurs ? Dans cette nuit brumeuse et argentée, rien ne donnait signe de vie. Je m'enhardis donc, traversai rapidement la clairière et suivis le ruisseau à travers la jungle. Le joyeux compagnon que j'avais là ! Il glougloutait, chantait, comme cette chère rivière à truites de mon pays où dans mon enfance j'avais si souvent péché la nuit. En le suivant, j'arriverais sûrement au lac. Et en le suivant à mon retour, je retrouverais non moins sûrement le fort Challenger. Souvent je le perdais de vue quand il courait sous les buissons et les fourrés, mais sa chanson cristalline me ramenait invinciblement vers lui.

Au fur et à mesure que je descendais la pente, les bois s'éclaircissaient, et les arbustes entourant occasionnellement de gros arbres avaient remplacé la forêt. Je progressai donc rapidement, car je pouvais voir sans être vu. En passant près du marais aux ptérodactyles, un grand battement d'ailes se fit entendre. L'un de ces grands animaux (son envergure pouvait avoir huit mètres) s'était envolé non loin et planait dans les airs. Il passa entre la lune et moi, la lumière de la lune brillait à travers ses ailes membraneuses ; on aurait dit un squelette volant. Je m'accroupis parmi les buissons, car une expérience récente m'avait appris qu'un simple cri de cette brute rassemblerait une centaine de ses congénères maudits. J'attendis qu'il se fût éloigné pour poursuivre ma marche en avant.

La nuit jusqu'ici avait été extrêmement calme, mais je ne tardai pas à entendre quelque part devant moi un grondement sourd, un murmure continuel. Plus je m'avançais, plus ce bruit augmentait d'intensité. Lorsque je m'arrêtais, il ne cessait pas et demeurait constant, il semblait donc provenir d'une source immobile. J'essayai de lui trouver une comparaison : peut-être une casserole en ébullition… Bientôt je découvris ce dont il s'agissait. Au milieu d'une petite clairière je trouvai un lac, ou plutôt un étang, car il n'était pas plus grand que le bassin de la fontaine de Trafalgar Square, mais la matière qu'il contenait était noire, noire comme de la poix, et sa surface se soulevait, puis retombait sous forme de grosses bulles de gaz qui crevaient. Au-dessus l'air miroitait sous la chaleur, et tout autour la terre était brûlante, je ne pouvais même pas poser ma main dessus. Il était évident que la grande explosion volcanique qui avait soulevé ce singulier plateau il y avait si longtemps n'avait pas tout à fait épuisé ses forces. Des rocs noircis, des monceaux de lave nous étaient souvent apparus au milieu de la végétation luxuriante, mais cette mare de goudron dans la jungle était le premier symptôme que nous possédions de la persistance d'activité sur les pentes de l'ancien cratère. Je n'avais pas le temps de l'examiner plus attentivement, car je devais me hâter pour être dès l'aube de retour au camp.

Ce fut une promenade extraordinaire dont je conserverai le souvenir jusqu'à mon dernier jour. Lorsque je rencontrais des clairières baignées de lune, je les contournais en rampant dans l'ombre. Dans la jungle, je marchais presque à quatre pattes, et stoppais le cœur battant quand j'entendais des bruits de branches cassées que provoquait sans doute le passage de grosses bêtes. De temps à autre, de grandes silhouettes surgissaient indistinctement dans la nuit et disparaissaient : des silhouettes massives, silencieuses, qui rôdaient pour leur chasse sans faire de bruit. Le nombre de fois où je m'arrêtai pour me répéter qu'aller plus avant serait une folie est incalculable. Cependant l'orgueil l'emporta sur la peur, et chaque fois je repartis en avant pour atteindre mon but.

Enfin (à ma montre il était une heure du matin) je vis de l'eau qui brillait à travers le bout de ma jungle ; dix minutes plus tard j'étais devant les roseaux qui ceinturaient le lac central. J'avais très soif ; je me penchai au-dessus de l'eau et j'en bus plusieurs gorgées ; elle était glacée. À l'endroit où je me trouvais, il y avait une sorte de piste large avec toutes sortes de traces et d'empreintes. Sans aucun doute, j'étais devant l'abreuvoir naturel des hôtes terribles et mystérieux de ce plateau. Au bord du lac se dressait un gros bloc de lave isolé ; je l'escaladai et j'eus ainsi une vue très complète des environs.

La première chose que je distinguai me remplit de stupéfaction. Quand j'avais décrit le panorama que j'avais observé du haut de mon grand arbre, j'avais dit que sur l'escarpement j'avais repéré un certain nombre de taches noires que j'avais assimilées à des entrées de cavernes. Maintenant, en regardant vers ces mêmes rochers, je voyais des disques lumineux orientés dans toutes les directions, comme les hublots d'un transatlantique la nuit. Pendant un moment, je crus qu'il s'agissait d'éclats de lave provenant d'une action volcanique quelconque ; mais c'était impossible. Une action volcanique se produirait dans un creux, et non à mi-hauteur de l'escarpement. Alors, quelle hypothèse hasarder ? Une seule, qui était merveilleuse, mais qui devait être vraie : ces tâches rougeâtres devaient être des reflets de feux à l'intérieur des cavernes, de feux que seule pouvait allumer la main de l'homme. Y avait-il donc des êtres humains sur le plateau ? Ah ! comme mon expédition s'en trouvait justifiée ! Que de nouvelles à rapporter à Londres !

Un bon moment je demeurai à contempler ces taches rouges, frissonnantes, de lumière. Je suppose qu'elles devaient se situer à une quinzaine de kilomètres de là. Mais même à cette distance je pouvais remarquer que, par intervalles, elles clignotaient ou s'occultaient comme si quelqu'un passait devant elles.

Que j'aurais donc voulu pouvoir ramper jusque-là, jeter un œil indiscret par l'ouverture de ces cavernes, et faire à mes compagnons un rapport circonstancié sur l'aspect et le caractère de la race qui vivait dans un endroit aussi étrange ! Il n'en était pas question pour l'instant. Mais pouvions-nous quitter le plateau sans avoir éclairci ce point capital ?

Le lac Gladys – mon lac – s'étendait devant moi tel une nappe de mercure ; la lune s'y reflétait paisiblement en son centre. Il était peu profond, car plusieurs bancs de sable émergeaient au-dessus de l'eau. Partout sur sa surface calme des signes de vie apparaissaient, soit des anneaux ou des rides à la surface, soit le saut d'un grand poisson argenté, soit le dos arrondi et ardoisé de quelque monstre en promenade. Sur un banc de sable, j'aperçus un animal que j'apparentai à un cygne géant, avec un corps lourd et un cou long et flexible, qui se traînait sur le bord. Il plongea bientôt ; sa tête, au bout de son long cou, ondulait sous l'eau ; puis il plongea plus profond et je ne le vis plus.

Mon attention dut se porter plus près, sous mes pieds. Deux animaux, de la taille de gros tatous, étaient descendus à l'abreuvoir ; accroupis au bord de l'eau, ils lapaient consciencieusement avec leurs langues rouges. Puis un cerf gigantesque, avec des bois en rameaux, bête splendide qui avait le maintien d'un roi, s'approcha en compagnie de sa biche et de deux faons ; ils burent côte à côte avec les tatous. Je ne connais pas de cerf semblable : l'élan ou l'orignal lui serait venu à l'épaule.

Il poussa un petit bramement d'alerte et s'enfuit parmi les roseaux avec sa famille et les deux tatous, sans doute pour se mettre à l'abri. Car un nouvel arrivant, un animal extraordinaire, descendait à son tour la piste.

Pendant quelques instants, je me demandai où j'avais pu voir cette forme lourde et dégingandée, ce dos voûté avec des franges triangulaires, cette étrange tête d'oiseau près du sol. Puis soudain j'eus un éclair : c'était le stégosaure. C'était l'animal même que Maple White avait dessiné dans son album de croquis, et qui avait tout de suite captivé l'attention de Challenger ! C'était lui ! peut-être le même que l'Américain avait rencontré. Sous son poids formidable le sol tremblait : ses grandes lampées résonnaient dans le silence de la nuit. Pendant cinq minutes il se tint si près de mon roc de lave qu'en allongeant la main j'aurais pu toucher les hideuses plumes de son cou. Puis il s'écarta et se perdit parmi les rochers.

Je regardai ma montre : il était deux heures et demie, largement l'heure, par conséquent, à laquelle il me fallait reprendre ma marche pour réintégrer le camp. Pas de difficultés pour le parcours : j'avais suivi le ruisseau en le gardant sur ma gauche, et il m'avait conduit au lac central ; je savais qu'il était à un jet de pierre du roc de lave où j'étais assis. J'étais euphorique quand je pris le chemin du retour, n'avais-je pas fait du bon travail ? Ne ramenais-je pas un joli lot de nouvelles à mes compagnons ? Avant tout, il y avait ces cavernes avec des feux, donc la certitude qu'elles étaient habitées par une race de troglodytes. Et puis je pourrais parler du lac central par expérience, témoigner qu'il abritait d'étranges créatures ; j'y avais vu plusieurs aspects de la vie primitive que nous n'avions pas encore aperçus. Je réfléchis, tandis que je marchais, que peu d'hommes au monde auraient pu passer une nuit plus passionnante et ajouter à la science humaine, en quelques heures, tant de connaissances nouvelles.

Je remontais la pente en remuant ces pensées dans ma tête, et j'avais atteint un point qui devait se trouver à mi-distance du camp quand un bruit bizarre derrière moi me ramena à ma situation présente. C'était quelque chose qui tenait l'intermédiaire entre un ronflement et un grognement : profond, grave, très menaçant. Il y avait assurément une bête non loin de moi, mais je ne vis rien, et je me hâtai d'avancer. J'avais franchi près d'un kilomètre quand brusquement le bruit se répéta, encore derrière moi, mais plus fort et plus redoutable. Mon cœur s'affola quand je réfléchis que cette bête, quelle qu'elle fût, me suivait. Ma peau se glaça, et mes cheveux se hérissèrent. Certes, j'acceptais volontiers l'hypothèse que ces monstres se déchirassent pour obéir à la dure lutte pour la vie ; mais la perspective qu'ils risquassent de se tourner contre l'homme moderne, de le poursuivre et de le pourchasser était beaucoup moins réconfortante. Je me rappelai de nouveau le mufle bavant le sang qu'avait éclairé la torche de lord John... Mes genoux ployaient sous moi et tremblaient. Je m'arrêtai cependant, et fis face. Mon regard descendit le long du sentier que la lune éclairait, tout était aussi tranquille que dans un paysage de rêve. Des éclaircies argentées, les taches sombres des arbustes... Je ne distinguai rien d'autre. Puis une fois encore retentit ce grognement de gorge, beaucoup plus fort, beaucoup plus proche qu'auparavant. Plus de doute : une bête était sur ma trace, et se rapprochait de moi !

Je demeurai comme un homme paralysé, les yeux fixés sur le terrain que j'avais franchi. Puis, tout à coup, je la vis. À l'extrémité de la clairière que je venais de traverser, les buissons remuaient ; une grande ombre foncée se dégagea pour sautiller à cloche-pied au clair de lune. Je dis « sautiller à cloche-pied » volontairement, car la bête se déplaçait comme un kangourou, sautant sur ses puissantes pattes postérieures et se tenant dressée verticalement, tandis qu'elle recourbait ses pattes antérieures devant elle. Elle était d'une taille énorme, aussi grande qu'un éléphant dressé. Ce qui ne l'empêchait de se mouvoir avec une grande agilité. Pendant un moment, je la pris pour un iguanodon, étant donné son aspect formidable, et je me rassurai car je savais les iguanodons inoffensifs. Mais, tout ignorant que je fusse, je compris vite qu'il s'agissait d'un animal différent. Au lieu de la tête gentille semblable à celle d'un daim, du grand mangeur de feuilles à trois doigts, cette bête possédait une tête large, trapue, qui rappelait le crapaud et la bête qui nous avait alarmés dans notre campement. Son cri féroce et l'acharnement qu'elle avait mis à me suivre m'indiquaient plutôt qu'elle appartenait à l'espèce des grands dinosaures carnivores, les animaux les plus terribles qui aient jamais erré sur cette terre. Ce monstre énorme poursuivait ses bonds, baissait périodiquement ses pattes antérieures et promenait son nez sur le sol tous les vingt mètres à peu près. Elle flairait ma trace. Parfois elle se trompait. Mais elle la retrouvait vite et continuait d'avancer dans ma direction par petits bonds.

Même aujourd'hui, quand je revis cette scène, la sueur perle à mes tempes. Que pouvais-je faire ? J'avais à la main mon arme pour gibier d'eau... Désespérément je cherchai du regard un rocher ou un arbre, mais j'étais dans une jungle broussailleuse, et d'ailleurs je savais que la bête pouvait arracher un arbre aussi facilement qu'un roseau. Ma seule chance résidait dans la fuite. Mais comment courir vite sur ce sol inégal, rude ? J'aperçus juste devant moi une piste bien dessinée, dont la terre était dure. Pendant nos expéditions, nous en avions vu de semblables. C'étaient celles qu'empruntaient les bêtes sauvages. Peut-être là parviendrais-je à m'en tirer, car j'étais un coureur rapide, dans une bonne condition physique. Je me débarrassai de mon fusil de chasse, et je courus le plus beau huit cents mètres de ma vie. Mes muscles étaient douloureux, j'étais à bout de souffle, il me semblait que mon gosier allait se rompre par manque d'air, et pourtant, sachant quelle horreur me pourchassait, je courus, courus, courus... Enfin je m'arrêtai, incapable de faire un pas de plus. Pendant quelques instants, je crus que je l'avais semée. La piste s'étendait derrière moi, et je ne voyais rien. Puis tout à coup, dans un craquement et un déchirement terribles, le bruit sourd des foulées de cette bête géante ainsi que le halètement de poumons monstrueux rompirent le silence. Elle était sur mes talons, elle bondissait de plus en plus vite. J'étais perdu.

Fou que j'avais été de lambiner avant de fuir ! Lorsqu'elle ne m'avait pas encore vu, elle m'avait pisté à l'odeur, et elle s'était déplacée avec une certaine lenteur. Elle m'avait vu quand j'avais commencé de courir ; à partir de ce moment-là elle m'avait chassé à vue, car la piste lui avait indiqué par où j'avais bifurqué... Elle contourna un virage en sautillant avec une vélocité extraordinaire. Ses yeux saillants, immenses, brillaient sous la lumière de la lune ; ses énormes dents bien rangées se détachaient dans la gueule ouverte. Je poussai un cri de terreur et recommençai à dévaler la piste. Derrière moi, le souffle de la bête se rapprochait ; je l'entendais de mieux en mieux. Sa foulée courait maintenant presque dans la mienne. À tout moment je m'attendais à sentir sa poigne s'abattre sur mon dos. Et puis soudain je tombai... Mais je tombai dans le vide ; tout, autour de moi, n'était plus qu'obscurité et silence.

Lorsque j'émergeai de l'inconscience (mon évanouissement n'avait pas duré sans doute plus de quelques minutes), je fus assailli par une odeur aussi pénétrante qu'atroce. J'avançai une main dans le noir, et elle rencontra un gros morceau de chair, tandis que mon autre main se refermait sur un os de bonne taille. Au-dessus de ma tête se dessinait un cercle de ciel plein d'étoiles, dont la lumière obscure me montra que je gisais au fond d'une fosse. Avec lenteur je me mis debout, et je me sentis contusionné de partout : j'avais mal de la tête aux pieds, mais mes membres remuaient, mes jointures fonctionnaient. Les circonstances de ma chute me revinrent confusément en mémoire ; alors je levai les yeux, redoutant avec terreur d'apercevoir la terrible tête de la bête se profiler sous le ciel blafard. Mais je ne vis et n'entendis rien. Je me mis en demeure de faire le tour de ma fosse, pour découvrir ce que pouvait contenir ce lieu où j'avais été précipité si opportunément.

Le fond avait sept ou huit mètres de large ; les parois étaient verticales. De grands lambeaux de chair, ou plutôt de charogne tant leur putréfaction était avancée, recouvraient presque complètement le sol et dégageaient une odeur abominable. Après avoir trébuché contre ces immondices, je heurtai quelque chose de dur : c'était un piquet qui était solidement enfoncé au centre de la fosse. Il était si haut que ma main ne put en atteindre le bout, et il me sembla couvert de graisse.

Je me souvins que j'avais dans ma poche une boîte d'allumettes-bougies. J'en frottai une, et je pus me faire une opinion précise sur l'endroit où j'étais tombé. Je me trouvais bel et bien dans une trappe, et dans une trappe aménagée de main d'homme. Le poteau du milieu, qui avait trois mètres de long, était taillé en pointe à son extrémité supérieure, et noirci par le sang croupi des animaux qui s'y étaient empalés. Les débris éparpillés tout autour étaient des lambeaux des bêtes qui avaient été découpées afin que le pieu fût libéré pour une prochaine prise au piège. Je me rappelai que Challenger avait affirmé que l'homme n'aurait pas survécu sur ce plateau, étant donné les faibles armes dont il disposait contre les monstres qui l'habitaient. Mais maintenant il était évident qu'il avait pu survivre ! Dans leurs cavernes à orifices étroits les indigènes, quels qu'ils fussent, avaient des refuges où les gros sauriens étaient incapables de pénétrer ; et leurs cerveaux évolués avaient eu l'idée d'établir des trappes recouvertes de branchages en plein milieu des pistes fréquentées par les bêtes féroces ; de celles-ci la force et la violence se trouvaient donc vaincues.

La paroi n'était pas en pente si raide qu'un homme agile n'en pût l'escalader. Mais j'hésitai longtemps avant de me risquer : n'allais-je pas retomber dans les pattes de l'ignoble bête qui m'avait poursuivi ? N'était-elle pas tapie derrière quelque fourré, guettant une proie qui ne pouvait manquer de reparaître ? Je repris courage cependant, en me remémorant une discussion entre Challenger et Summerlee sur les habitudes des grands sauriens. Tous deux étaient tombés d'accord pour affirmer qu'ils n'étaient pas intelligents, que dans leurs cervelles minuscules il n'y avait pas de place pour la raison et la logique, et que s'ils avaient disparu du reste du monde, c'était surtout à cause de leur stupidité congénitale qui les avait empêchés de s'adapter à de nouvelles conditions d'existence.

Si la bête me guettait, autant dire qu'elle avait compris ce qui m'était arrivé, et qu'elle était donc capable de faire une liaison entre la cause et l'effet. Il était assez peu vraisemblable qu'une bête sans cervelle, inspirée uniquement par un instinct de férocité, se maintînt à l'affût après ma disparition ; sans doute avait-elle dû être étonnée, puis elle était partie ailleurs en quête d'une autre proie. Je grimpai jusqu'au bord de la fosse pour observer les environs. Les étoiles affadissaient leur éclat, le ciel blêmissait, et le vent froid du matin me souffla agréablement au visage. De mon ennemi je ne décelai aucun signe. Alors lentement j'émergeai de toute ma taille, sortis et m'assis sur le sol, prêt à sauter dans la trappe si un danger quelconque surgissait. Rassuré par le calme absolu et la lumière du jour qui se levait, je pris mon courage à deux mains et redescendis la piste que j'avais empruntée pour m'enfuir. Au passage, je ramassai mon fusil et trouvai bientôt le ruisseau qui m'avait servi de guide. Tout frémissant encore de mon horrible aventure, je repris le chemin du fort Challenger… non sans lancer de temps à autre derrière moi un regard inquiet.

Et soudain un bruit me rappela mes compagnons absents : dans l'air paisible et clair du petit matin, j'entendis au loin le son aigu, brutal, d'un coup de fusil. Je m'arrêtai pour écouter, mais plus rien ne parvint à mes oreilles. Je me demandai si un danger subit n'avait pas fondu sur eux, mais une explication plus simple et plus naturelle me traversa la tête : l'aube était levée, et ils s'étaient imaginé que je m'étais perdu dans les bois ; aussi avaient-ils tiré ce coup de feu pour que je pusse repérer le camp. Certes, nous avions pris la ferme résolution de nous abstenir d'user de nos armes, mais je réfléchis que s'ils m'avaient cru en danger ils n'auraient pas hésité. C'était donc à moi de me hâter pour les rassurer le plus tôt possible.

Comme j'étais fatigué, je n'avançais pas aussi vite que je l'aurais souhaité ; du moins étais-je revenu dans des régions que je connaissais. Je revis le marais aux ptérodactyles, sur ma gauche ; en face, il y avait la clairière aux iguanodons. Maintenant, je me trouvais dans la dernière ceinture boisée qui me séparait du fort Challenger. Je poussai un cri joyeux pour dissiper leurs craintes ; un silence de mauvais augure fut la seule réponse que j'obtins ; mon cœur s'arrêta de battre. Vite je pris le pas de course. La zareba était devant moi, telle que je l'avais laissée, mais la porte était ouverte. Je me précipitai à l'intérieur. Dans la froide lumière matinale, ce fut un terrifiant spectacle qui s'offrit à mes regards. Nos affaires étaient éparpillées sur le sol dans un désordre inexprimable. Mes compagnons avaient disparu. Auprès des cendres fumantes de notre feu, l'herbe était tachée de sang : une mare écarlate me fit dresser les cheveux sur la tête.

Je crois que pendant quelques instants je perdis littéralement la raison. Je me rappelle vaguement, comme on se rappelle un mauvais rêve, avoir couru tout autour du camp et fouillé les bois, en hurlant les noms de mes camarades. L'ombre ne m'apporta aucun écho. Le désespoir m'envahit : ne les reverrais-je jamais ? Étais-je donc abandonné à mon funeste sort sur cette terre maudite ? Puisqu'il n'existait aucun moyen de descendre dans le monde civilisé, allais-je devoir vivre et mourir dans ce pays cauchemardesque ? Ce fut seulement à cet instant que je réalisai combien j'avais pris l'habitude de me reposer sur mes compagnons, sur la sereine confiance en soi de Challenger, sur le sang-froid et l'humour de lord Roxton. Privé d'eux, j'étais comme un enfant dans le noir, impuissant et tremblant. Je ne savais ni quoi faire ni comment agir.

Tout de même je me mis à réfléchir : qu'était-il donc arrivé à mes compagnons ? L'aspect désordonné du camp indiquait qu'une sorte d'attaque s'était produite, et le coup de fusil révélait sans doute l'heure à laquelle elle avait eu lieu. Qu'il n'y en eût qu'un de tiré, voilà qui prouvait que l'attaque avait réussi en quelques secondes. Les armes étaient demeurées sur le sol, et l'une d'elles (le fusil de lord John) avait une cartouche vide dans la culasse. Les couvertures de Summerlee et de Challenger, à côté du feu, suggéraient qu'au moment de l'attaque ils dormaient. Les caisses de munitions et de vivres gisaient éparses dans un fouillis incroyable (ainsi que nos pauvres caméras et leurs plaques), mais aucune ne manquait.

D'autre part, toutes les provisions étalées à l'air (et je me rappelai qu'il y en avait une grande quantité) avaient disparu. Par conséquent, l'attaque avait été déclenchée par des animaux, et non par des indigènes qui auraient tout emporté.

Mais s'il s'agissait d'animaux, ou d'un seul terrible animal, qu'étaient donc devenus mes compagnons ? Une bête féroce les aurait sûrement dévorés et aurait abandonné leurs restes. Je voyais bien une hideuse mare de sang, seul un monstre comme celui qui m'avait poursuivi pendant la nuit aurait été capable de transporter une victime aussi facilement qu'un chat une souris. Et, dans ce cas, les autres l'auraient poursuivi. Mais ils n'auraient évidemment pas oublié de prendre leurs fusils... Plus j'essayais de produire avec mon cerveau épuisé une hypothèse qui concordât avec les faits, moins je trouvais d'explication valable. Et dans la forêt je ne décelai aucune trace qui pût m'aider, je battis même si consciencieusement les environs que je me perdis, et que je ne revins au camp qu'après une heure de marche errante.

Tout à coup, une pensée me vint qui ranima en moi l'espoir. Je n'étais pas absolument seul au monde, en bas de l'escarpement et à portée de voix, le fidèle Zambo devait attendre mes ordres. Je me rendis sur le rebord du plateau et regardai par-dessus le gouffre. Naturellement il était là, accroupi parmi des couvertures, près de son petit camp. Mais à ma stupéfaction un autre homme était assis en face de lui. Mon cœur tressaillit de joie, car je crus d'abord que c'était l'un de mes compagnons. Mais un deuxième coup d'œil dissipa cette erreur. Le soleil levant éclaira le visage rouge de l'homme. C'était un Indien. J'appelai, j'agitai mon mouchoir. Zambo m'entendit, me fit signe de la main, et grimpa sur le piton rocheux. Quelques instants plus tard, il était debout tout près de moi, et il écouta avec un chagrin sincère l'histoire que je lui contai.

— C'est le Diable qui les a emportés, Massa Malone ! Vous avez pénétré dans le pays du Diable, pardi, et c'est le Diable qui s'est vengé. Vous voulez mon avis, Massa Malone ? Descendez vite, sinon il vous aura à votre tour.

— Mais comment pourrais-je descendre, Zambo ?

— Sur les arbres, il y a des lianes, Massa Malone. Jetez-les-moi ; je les lierai bien fort, et ainsi vous aurez un pont pour passer.

— Nous y avions pensé ; le malheur est qu'il n'y a pas de lianes assez solides.

— Il faut envoyer chercher des cordes, Massa Malone.

— Envoyer qui, et où ?

— L'Indien. Les autres l'ont battu et lui ont volé sa paie. Il est revenu vers nous. Il est prêt à prendre une lettre, à aller chercher une corde, n'importe quoi !

Prendre une lettre ! Pourquoi pas ? Peut-être pourrait-il chercher du secours ; en tout cas, il rapporterait l'assurance que nous n'avions pas donné nos vies pour rien ; la nouvelle que nous avions gagné une bataille pour la science parviendrait à nos compatriotes. J'avais déjà deux lettres qui attendaient. Je passerais la journée à en écrire une troisième, et l'Indien les ferait parvenir au monde civilisé. Je donnai donc l'ordre à Zambo de revenir le soir, et j'occupai ma misérable journée à rédiger le récit de mes aventures personnelles de la nuit. J'écrivis également une lettre à remettre à n'importe quel Blanc marchand ou marin ; j'y exposais la nécessité absolue que l'on confiât des cordes à notre porteur puisque nos vies dépendaient de ce secours. Je jetai ces documents à Zambo le soir même, ainsi que ma bourse, qui contenait trois souverains anglais : l'Indien reçut la promesse qu'il en recevrait le double s'il revenait avec des cordes.

Et maintenant, vous voici à même de comprendre, cher monsieur McArdle, comment cette communication a pu vous parvenir. Vous voici également au courant de tout, pour le cas où vous ne reverriez jamais votre infortuné correspondant. Ce soir, je suis trop las et trop déprimé pour dresser des plans. Demain, il faudra pourtant que je me mette sur la piste de mes malheureux compagnons, tout en demeurant en contact avec le fort Challenger : tel est le problème que je dois résoudre absolument.

CHAPITRE XIII
Un spectacle que je n'oublierai jamais

Quand le soleil descendit sous l'horizon, je vis la silhouette solitaire de l'Indien se profiler sur la vaste plaine à mes pieds, et je la suivis longtemps du regard : n'était-elle pas notre suprême espoir de salut ? Elle disparut enfin dans les brumes vaporeuses du soir, qui s'étaient levées entre le plateau et la rivière lointaine.

Il faisait tout à fait nuit lorsque, laissant derrière moi la lueur rouge du feu de Zambo, je revins mélancoliquement à notre campement ; néanmoins, je me sentais satisfait ; au moins le monde saurait ce que nous avions fait, et nos noms ne périraient pas avec nos corps, ils demeureraient au contraire associés pour la postérité au résultat de nos travaux.

Dormir dans ce camp cruellement marqué par le destin était impressionnant ; moins effrayant toutefois que la jungle. Et je n'avais le choix qu'entre ces deux endroits. Par ailleurs, la prudence la plus élémentaire m'imposait de me tenir sur mes gardes ; tandis que la nature d'autre part, vu mon épuisement, réclamait que je me reposasse tout à fait. Je grimpai sur une branche du grand arbre à épices, mais je cherchai en vain un recoin où me percher en sécurité ; je me serais certainement rompu le cou car, en dormant, je serais tombé. Je redescendis donc et refermai la porte de la zareba ; j'allumai trois feux séparés, en triangle, je me préparai un souper confortable, et je m'endormis comme une masse.

Mon réveil fut aussi inattendu qu'heureux. Au petit jour une main se posa sur mon épaule. Je sursautai, empoignai mon fusil » et tous mes nerfs se tendirent. Mais je poussai un cri de joie : lord John était agenouillé à côté de moi.

C'était lui, et ce n'était pas lui. Il avait perdu son calme, la correction de sa personne, son élégance dans le vêtement. Il était pâle, ses yeux élargis avaient le regard d'une bête sauvage, il haletait en respirant comme quelqu'un qui aurait couru vite et longtemps. Son visage maigre était égratigné, ensanglanté, ses habits ressemblaient à des haillons, il n'avait plus de chapeau. Je le contemplais, abasourdi, mais il ne me donna pas le temps de l'interroger. Tout en parlant, il rassemblait nos provisions.

– Vite bébé ! Vite ! cria-t-il. Chaque seconde compte. Prenez les fusils, ces deux-là. J'ai les deux autres. Maintenant, toutes les cartouches que vous pouvez réunir. Remplissez-en vos poches. À présent, quelques vivres. Une demi-douzaine de boîtes de conserve suffiront. Parfait ! Ne perdez pas de temps à m'interroger ni à réfléchir. Filons, ou nous sommes pris !

Encore embrumé de sommeil, et bien incapable d'imaginer ce que tout cela pouvait signifier, je me mis à courir follement derrière lui à travers la forêt, avec un fusil sous chaque bras et des boîtes de conserve dans les mains. Lord John fit quantité de crochets au plus épais des broussailles jusqu'à ce qu'il arrivât devant un fourré. Il s'y précipita sans se soucier des épines, et me jeta par terre à côté de lui.

« Ouf ! souffla-t-il. Je crois qu'ici nous sommes en sécurité. Ils iront au fort Challenger, c'est aussi sûr que deux et deux font quatre. Ce sera leur première idée. Mais je pense que nous les avons déroutés.

– Qu'est-ce qui s'est passé ? demandai-je quand j'eus repris une respiration normale. Où sont les professeurs ? Et qu'est-ce qui nous donne la chasse ?

– Les hommes-singes ! Seigneur, quelles brutes ! Ne parlez pas trop fort, car ils ont de longues oreilles, des yeux perçants, mais guère d'odorat pour autant que j'aie pu en juger ; c'est pourquoi je ne crois pas qu'ils nous dépistent. Où étiez-vous donc, bébé ? Vous vous en êtes bien tiré, hein ?

En quelques phrases, je lui narrai mes aventures.

« Plutôt moche ! fit-il quand je parlai du dinosaure et de la trappe. Ce n'est pas tout à fait le pays rêvé pour une cure de repos, hein ? Je m'en doutais, mais je ne l'ai vraiment compris que lorsque ces démons-là nous ont sauté dessus. Les cannibales Papous m'ont eu une fois, mais par comparaison à cette armée, c'étaient des anges !

– Comment est-ce arrivé ?

– Au petit jour, hier matin, répondit-il. Nos amis savants ouvraient les yeux. Ils n'avaient pas encore commencé à se disputer. Et puis tout à coup il a plu des hommes-singes, exactement comme une pluie de grosses pommes quand vous secouez un pommier. Ils avaient dû se rassembler dans l'obscurité, je pense, jusqu'à ce que le grand arbre à épices en fût complètement garni. J'en ai abattu un d'une balle dans le ventre ; mais avant que nous ayons eu le temps de nous retourner, ils s'étaient jetés sur notre dos. Je les appelle des singes, mais ils avaient aux mains des gourdins et des pierres, ils baragouinaient un langage incompréhensible, et ils nous ligotèrent les mains avec des lianes, ce sont donc des animaux bien au-dessus de tous ceux que j'ai fréquentés dans mes explorations. Des hommes-singes, voilà ce qu'ils sont. L'anneau manquant, comme ils disent... Ma foi, je préférerais qu'il ait continué de manquer ! Ils ont emporté leur camarade que je n'avais que blessé et qui saignait comme un porc, puis ils se sont assis autour de nous.

De vrais visages d'assassins ! Et des costauds, aussi grands qu'un homme, mais plus forts ! Ils ont de curieux yeux gris vitreux sous des touffes rouges. Ils étaient assis, et ils rigolaient, rigolaient ! Challenger n'a pas un cœur de poulet, mais là il arborait une mine lamentable. Il sauta tout de même sur ses pieds et leur cria d'en finir. Je crois qu'il avait un peu perdu la tête, car il entra dans une fureur épouvantable et les injuria... comme s'ils étaient de vulgaires journalistes !

– Et ensuite ? qu'ont-ils fait ?

J'étais captivé par cette histoire extraordinaire que me chuchotait à l'oreille mon compagnon dont les yeux vifs ne cessaient de fouiller les environs. Il avait gardé la main sur son fusil chargé.

– Je croyais que c'était la fin de tout ; mais non ! Ce fut simplement le début d'une nouvelle ambiance. Ils jacassaient tous ensemble, discutaient... Puis l'un d'entre eux alla se placer à côté de Challenger. Vous pouvez sourire, bébé, mais, ma parole, on aurait dit deux cousins germains, si je ne l'avais pas vu, je ne l'aurais pas cru ! Le vieil homme-singe (leur chef) était une sorte de Challenger rouge, à qui ne manquait aucun des signes distinctifs de la beauté de notre distingué camarade : il les avait plutôt plus marqués, voilà tout ! Un corps court, de larges épaules, le buste rond, pas de cou, une grande barbe rouge en fraise, des sourcils hérissés en touffes, dans les yeux le « qu'est-ce que ça peut vous fiche ? allez au diable ! » bref tout le répertoire. Quand l'homme-singe qui était venu se placer à côté de Challenger lui mit la patte sur l'épaule, c'était parfait ! Summerlee se laissa aller à une crise d'hystérie, et il rit aux larmes. Les hommes-singes se mirent à rire eux aussi – ou du moins ils émirent je ne sais quelle friture avec leurs bouches – puis ils se mirent en devoir de nous emmener dans la forêt. Ils ne se hasardèrent pas à toucher nos fusils non plus qu'à toutes les choses qui étaient enfermées, sans doute les jugeaient-ils trop dangereuses. Mais ils emportèrent toutes nos provisions visibles. Summerlee et moi-même fûmes plutôt malmenés en route – ma peau et mes vêtements sont là pour le prouver ! – car ils nous firent passer à travers les ronces à vol d'oiseau, eux s'en moquent, ils ont une peau comme du cuir. Challenger, lui, ne souffrit de rien : quatre hommes-singes le transportèrent sur leurs épaules, et il s'en alla comme un empereur romain. Qu'est-ce que c'est que ça ?

Dans le lointain, nous entendîmes un bruit sec de cliquetis ; on aurait dit des castagnettes.

« Ils sont par là ! murmura mon camarade tout en glissant des cartouches dans le second canon de son Express. Chargez vos fusils, bébé ! Je vous jure que nous ne serons pas pris vivants. Ils font ce chahut-là quand ils sont furieux... Ma foi, nous avons quelque chose qui les rendra encore plus furieux s'ils nous attaquent ! Les entendez-vous à présent ?

– Très loin d'ici.

– Je m'attends à ce qu'ils poursuivent leurs recherches dans toute la forêt... En attendant, écoutez le récit de nos malheurs. Ils nous transférèrent dans leur cité. Imaginez un millier de huttes en branchages dans un grand bouquet d'arbres, près du rebord de l'escarpement. À cinq ou six kilomètres du fort Challenger. Ces animaux répugnants me palpèrent sur tout le corps, j'ai l'impression que je ne pourrai plus jamais redevenir propre. Ils nous attachèrent ; le type qui s'occupa de moi aurait pu ligoter une famille entière ! Et ils nous obligèrent à nous étendre ; les orteils pointant vers le ciel, sous un arbre. Une grande brute, avec un gourdin à la main, montait la garde. Quand je dis « nous », il s'agit seulement de Summerlee et de moi-même. Le cher vieux Challenger avait été hissé sur un arbre, il mangeait des pommes de pin, il vivait la grande heure de sa vie. Je dois dire qu'il s'arrangea pour nous porter des fruits, et que de sa propre main il défit nos liens. Si vous l'aviez vu assis sur son arbre, accouplé avec son frère jumeau, et chantant à pleine voix : «

Sonnez, sonnez, cloches de nos cathédrales », car sa voix de basse roulante avait le don de mettre nos geôliers de bonne humeur, vous auriez bien ri ! Mais nous n'étions guère en humeur de rire, vous le devinez ! Les hommes-singes avaient tendance, sous réserves, à le laisser agir comme bon lui semblait, mais autour de nous ils montaient une garde sévère. Notre seule consolation était de penser que vous n'aviez pas été pris et que vous aviez mis vos archives à l'abri.

« Eh bien ! bébé, je vais maintenant vous dire quelque chose qui vous étonnera ! Vous dites que vous avez vu des traces d'humanité et des feux, des trappes, et bien d'autres choses. Mais nous, nous avons vu des indigènes en personne. Ce sont de pauvres diables, des petits bonshommes rabougris, et rien de plus. Il semble que les hommes occupent un côté de ce plateau, là-bas, où vous avez découvert les cavernes, et que les hommes-singes occupent ce côté-ci. Il semble également qu'ils se livrent les uns aux autres une guerre sanglante. Voilà la situation, jusqu'à nouvel avis. Bien. Hier les hommes-singes se sont emparés d'une douzaine d'hommes et les ont faits prisonniers. Jamais dans votre vie vous n'avez entendu un tel concert ! Les hommes étaient de petits types rouges qui avaient été mordus et griffés au point qu'ils pouvaient à peine marcher. Les hommes-singes en mirent deux à mort pour commencer. À l'une des victimes, ils arrachèrent presque complètement le bras. C'était parfaitement ignoble ! Ces hommes sont de petits guerriers courageux : ils ne poussèrent aucun cri. Mais ce spectacle nous rendit malades. Summerlee s'évanouit, et Challenger en eut plus qu'il ne put en supporter... Je crois qu'ils ont disparu, hein ?

Nous écoutâmes intensément, mais seuls les appels des oiseaux s'égrenaient dans la forêt paisible. Lord John reprit le cours de son récit.

« Je crois que vous avez eu la chance de votre vie, bébé ! C'est parce qu'ils étaient occupés avec ces Indiens qu'ils vous oublièrent. Sinon ils seraient retournés au camp, et ils vous y auraient cueilli. Certainement vous aviez raison quand vous affirmiez qu'ils nous surveillaient depuis le début, et ils savaient très bien qu'un de nous manquait à l'appel. Heureusement, ils ne pensaient plus qu'à leur nouveau coup de filet ; voilà pourquoi ç'a été moi, et non les hommes-singes, qui vous ai mis le grappin dessus ce matin. Car j'aime mieux vous dire que nous avons vécu ensuite un horrible cauchemar ! Seigneur, vous rappelez-vous le champ de bambous pointus où nous avons trouvé le squelette d'un Américain ? Eh bien ! il est situé juste au-dessous de la cité des hommes-singes, et c'est là qu'ils font sauter leurs prisonniers. Je suis sûr que si nous allions y regarder de près, nous découvririons quantité d'ossements. Sur le rebord de l'escarpement, ils se livrent à une sorte de parade, à toute une cérémonie. L'un après l'autre les pauvres diables doivent sauter ; pour le public le jeu consiste à regarder s'ils sont mis en pièces avant ou s'ils sont précipités vivants sur le pal de ces joncs. Ils nous convièrent à ce spectacle. Toute la tribu était rangée sur le rebord. Quatre Indiens sautèrent : les joncs les transpercèrent comme des aiguilles une motte de beurre. Rien d'étonnant que les roseaux aient écartelé notre pauvre Américain ! C'était horrible, mais passionnant ! Nous étions tous fascinés quand ils plongeaient, car nous attendions notre tour.

« Eh bien ! notre tour n'est pas venu. Ils ont conservé six Indiens pour aujourd'hui, du moins à ce que j'ai compris, mais ils nous réservaient la vedette américaine. Challenger pourra peut-être s'en tirer, mais Summerlee et moi figurions sur la liste. Ils s'expriment autant par signes que par paroles, et il n'est pas trop difficile de les comprendre. Alors je me suis dit que c'était le moment d'intervenir. J'avais vaguement échafaudé un plan, et en tout cas j'avais quelques idées fort claires en tête. Tout reposait sur moi, car Summerlee n'était plus bon à rien, et Challenger ne valait guère mieux. La seule fois qu'ils se sont trouvés l'un près de l'autre, ils se sont chamaillés, parce qu'ils ne pouvaient pas tomber d'accord sur la classification de ces démons à tête rouge qui nous tenaient captifs. L'un affirmait qu'ils relevaient du dryopithecus de Java, l'autre soutenait qu'ils appartenaient à la famille des pithécanthropes. Des fous, hein ! Des mabouls ! Mais moi, comme je vous l'ai dit, j'avais en tête une ou deux idées utiles. La première était que, sur un terrain ouvert, ces brutes ne couraient pas aussi vite qu'un homme : ils ont des jambes courtaudes, arquées et des corps lourds ; Challenger lui-même pourrait leur rendre une dizaine de mètres dans un sprint, tandis que vous et moi battrions tous les records. Ma deuxième idée était qu'ils ignoraient tout des armes à feu. Je ne crois pas qu'ils aient réalisé comment j'avais blessé leur camarade. Alors, si nous pouvions récupérer nos fusils, tout changerait.

De bonne heure ce matin donc, je suis intervenu. J'ai asséné à mon gardien un direct à l'estomac qui l'a étendu pour le compte, et j'ai piqué ma course jusqu'au fort Challenger. Là je vous ai trouvé, j'ai pris les fusils, et nous voilà planqués ici en attendant mieux.

— Mais les professeurs ? m'écriai-je consterné.

— Eh bien ! il nous reste à retourner les chercher. Je ne pouvais pas les emmener avec moi. Challenger était sur son arbre et Summerlee n'aurait pas tenu le coup. La seule chance consistait à récupérer les fusils d'abord et à tenter un sauvetage. Évidemment, ils ont pu entre-temps les massacrer pour se venger. Je ne pense pas qu'ils toucheront à Challenger, mais je ne réponds de rien pour Summerlee. De toute façon, ils l'avaient à leur merci. Voilà pourquoi je ne crois pas que ma fuite ait aggravé la situation. Mais l'honneur nous commande de retourner, de les sauver, ou de voir ce qu'il est advenu d'eux. Donc bébé, prenez votre courage à deux mains, car avant ce soir nous aurons vaincu ou péri !

J'ai essayé d'imiter ici la manière de parler de lord Roxton : ses phrases brèves et caustiques, le ton mi-ironique mi-insouciant qu'il prit pour me faire son récit. Mais c'était un chef né. Plus le danger se précisait, plus sa désinvolture se donnait libre cours, il parlait avec une verve endiablée, ses yeux froids brillaient d'une vie ardente, sa moustache à la Don Quichotte frétillait d'excitation. Son amour du danger, son sens dramatique de l'existence, sa conviction qu'un péril était un sport comme un autre – un match entre vous et le destin, avec la mort comme enjeu – faisaient de lui un compagnon incomparable pour des moments pareils. Si nous n'avions pas eu à redouter le pire pour nos professeurs, j'aurais participé avec une vraie joie à l'affaire où il m'entraînait. Nous nous levions de notre fourré quand je sentis sa main sur mon bras.

« Sapristi ! fit-il. Les voici !

De là où nous nous tenions, nous pouvions distinguer une sorte de nef brune, avec des arches de verdure, constituée par des troncs et des branches. Dans cette nef les hommes-singes défilaient l'un derrière l'autre, en tournant la tête de gauche à droite et de droite à gauche tout en trottant. Leurs mains touchaient presque le sol. Leur démarche accroupie les faisait paraître plus petits, mais ils avaient bien un mètre soixante, avec de longs bras et des torses énormes. La plupart portaient des gourdins. À distance, ils ressemblaient à des êtres humains très déformés et très velus. Je pus les suivre quelque temps du regard, puis ils se perdirent dans les broussailles.

– Ce n'est pas pour cette fois ! dit lord John qui avait relevé son fusil. Nous ferions mieux d'attendre tranquillement qu'ils aient terminé leurs recherches. Ensuite, nous verrons si nous pouvons revenir à leur cité et les frapper au plus sensible. Donnons-leur une heure, et nous nous mettrons en route.

Nous occupâmes nos loisirs en ouvrant une boîte de conserve et en prenant notre petit déjeuner. Depuis la veille au matin, lord Roxton n'avait mangé que quelques fruits, et il dévora avec l'appétit d'un homme affamé. Puis, nos poches étant bourrées de cartouches, nous partîmes avec un fusil dans chaque main pour notre opération de sauvetage. Avant de partir, toutefois, nous repérâmes soigneusement notre petite cachette dans les fourrés et sa position par rapport au fort Challenger, afin que nous pussions y revenir en cas de besoin. Nous traversâmes les broussailles en silence jusqu'aux abords de notre vieux camp. Nous fîmes halte, et lord John m'expliqua son plan.

« Tant que nous sommes au milieu de la forêt, ces bandits nous dominent, me dit-il. Ils peuvent nous voir, et nous, nous ne les voyons pas. Mais en terrain dégagé c'est différent. Là nous nous déplaçons plus vite qu'eux. C'est pourquoi nous devons nous maintenir le plus possible en terrain ouvert. Le bord du plateau possède moins de gros arbres que l'intérieur des terres. Nous le longerons de près. Marchez lentement, ouvrez vos yeux et tenez prêt votre fusil. Surtout ne vous laissez jamais capturer tant qu'il vous restera une cartouche ! Voilà, bébé, mon dernier mot.

Quand nous atteignîmes le rebord de l'escarpement, je me penchai et vis notre bon Zambo qui fumait paisiblement sur un rocher en dessous de nous. J'aurais donné beaucoup pour l'alerter et l'informer de notre situation, mais nos voix auraient pu donner l'alarme. Les bois semblaient regorger d'hommes-singes ; constamment nous entendions leur bizarre langage qui résonnait comme un cliquetis. Aussitôt nous plongions dans le fourré le plus proche et nous restions immobiles jusqu'à ce que tout bruit eût disparu. Autant dire que nous n'avancions que très lentement, et ce ne fut qu'au bout de deux heures que je compris d'après certains mouvements prudents de lord John que nous n'étions pas loin de la cité des hommes-singes. Il me fit signe de m'étendre, de ne pas bouger, et lui-même rampa en avant. Une minute plus tard, il était de retour ; son visage était bouleversé.

– Venez ! dit-il. Venez vite ! Je prie Dieu pour que nous n'arrivions pas trop tard !

Je me mis à trembler d'excitation nerveuse tout en approchant à quatre pattes d'une clairière qui s'ouvrait derrière les buissons.

Alors je vis un spectacle que je n'oublierai jamais avant le jour de ma mort : si singulier, si incroyable que je me demande comment vous le représenter. Dans quelques années, pourrais-je croire encore que je l'ai vu ? Dans quelques années… à condition que je sois encore en vie et que je puisse retrouver le confort du club des Sauvages !

Je suis sûr que tout cela me paraîtra un cauchemar épouvantable, une sorte de délire dû à des fièvres… Pourtant je vais le décrire, puisque j'en ai le souvenir frais, et un homme au moins, celui qui gisait couché dans l'herbe humide à côté de moi, témoignera que je n'ai pas menti.

Un espace large, bien dégagé, s'étendait devant nous sur plusieurs centaines de mètres : rien que du gazon vert et des fougères basses jusqu'au rebord de l'escarpement. Autour de cette clairière, il y avait un demi-cercle d'arbres bourrés branche sur branche de curieuses huttes en feuillage. Qu'on imagine une rouquerie, chaque nid constituant une petite maison. Toutes les ouvertures des huttes et les branches des arbres étaient peuplées d'une foule compacte d'hommes-singes qui devaient être, vu leur taille, les femelles et les petits de la tribu. De ce tableau ils formaient l'arrière-plan, et ils regardaient avec un intérêt passionné une scène qui nous stupéfia.

Sur la pelouse, près du bord de l'escarpement, plusieurs centaines de ces créatures à poils rouges et longs étaient rassemblées. Il y en avait d'une taille formidable, mais tous étaient horribles à regarder. Une certaine discipline régnait parmi eux, car aucun n'essayait de déborder de la ligne qu'ils formaient. Devant se tenait un petit groupe d'Indiens aux muscles frêles et dont la peau était d'un brun tirant sur le rouge ; cette peau luisait au soleil comme du bronze bien astiqué. Un homme blanc, grand et maigre, était debout à côté d'eux ; il avait croisé les bras et baissé la tête ; toute son attitude exprimait l'horreur et le dégoût. Sans aucun doute, c'était bien la silhouette anguleuse du Pr Summerlee.

Autour de ce groupe de prisonniers, il y avait plusieurs hommes-singes qui les gardaient de près et qui rendaient toute évasion impossible. Puis, nettement à part et tout près du rebord de l'escarpement, se détachaient deux créatures, si bizarres et, en d'autres circonstances, si grotesques qu'elles attirèrent mon attention. L'une était notre compagnon le Pr Challenger ; les débris de sa veste pendaient encore à ses épaules, mais sa chemise avait été arrachée et sa grande barbe se confondait avec le fouillis noir des poils de sa poitrine ; il avait perdu son chapeau ; ses cheveux, qui avaient poussé fort longs depuis le début de nos aventures, se hérissaient en désordre sur sa tête. En un seul jour, le produit sensationnel de la civilisation moderne s'était métamorphosé en un sauvage de l'Amérique du Sud ! À son côté se tenait son maître, le roi des hommes-singes. Lord John ne s'était pas trompé en affirmant que le roi des hommes-singes ressemblait au Pr Challenger, avec cette unique différence qu'il avait la peau rouge : même charpente trapue et massive, mêmes épaules larges, même manière de laisser pendre les bras, même barbe frémissante tombant jusque sur le torse velu. Toutefois, au-dessus des sourcils, le front bas, oblique et le crâne voûté de l'homme-singe contrastaient avec le front haut et le crâne magnifiquement développé de l'Européen. Cela mis à part, le roi était une caricature du professeur.

Ce spectacle, que je décris bien longuement, se grava dans mon esprit en deux ou trois secondes. Et nous eûmes ensuite bien d'autres sujets de réflexion, car une action dramatique allait se jouer. Deux hommes-singes avaient empoigné un Indien, l'avaient sorti du groupe et conduit sur le rebord de l'escarpement. Le roi leva la main : c'était le signal. Ils prirent l'Indien par les bras et les jambes, le balancèrent à trois reprises avec une violence croissante, puis, de toutes leurs forces, ils le lancèrent par-dessus le précipice : ils y mirent tant de force que le pauvre diable dessina une courbe dans les airs avant de commencer à tomber. Toute la foule, sauf les gardiens, se rua alors vers le rebord de l'escarpement, et une longue pause de silence absolu s'ensuivit, qu'interrompit brusquement un hurlement de joie sauvage : tous les hommes-singes se mirent à bondir dans une danse frénétique, levèrent leurs longs bras poilus, jusqu'à ce qu'ils se retirassent du rebord de l'escarpement pour se reformer en ligne et attendre la prochaine victime.

Cette fois, c'était Summerlee. Deux de ses gardiens le saisirent par les poignets et le tirèrent brutalement sur le devant de la scène. Il chancelait sur ses longues jambes maigres, tel un poussin qui sort de l'œuf. Challenger s'était tourné vers le roi et agitait ses mains désespérément, en suppliant que fût épargnée la vie de son camarade. L'homme-singe le repoussa rudement et secoua la tête, ce fut là son dernier geste conscient sur cette terre. Le fusil de lord John claqua, le roi s'effondra sur le sol, le sang s'échappait de lui comme d'une vessie crevée.

– Tirez dans le tas ! Bébé, tirez !

Dans l'âme de l'homme moyen, il y a d'étranges replis couleur de sang. Je suis d'une nature tendre, et il m'est arrivé bien des fois d'avoir la larme à l'œil devant un lièvre blessé. Mais là j'étais assoiffé de meurtre. Je me surpris moi-même debout, vidant un chargeur, puis un autre, puis rechargeant un fusil, puis le vidant, puis rechargeant le deuxième, puis tirant encore, tout en criant et riant : je n'étais plus que férocité et joie de tuer. Avec nos quatre fusils nous fîmes un horrible carnage. Les deux gardes qui tenaient Summerlee avaient été abattus, et le professeur vacillait comme un homme ivre, incapable de réaliser qu'il était libre. La foule des hommes-singes courait dans tous les sens, stupéfaite, cherchant à savoir d'où venait cette tempête de mort et ce qu'elle signifiait. Ils gesticulaient, hurlaient, trébuchaient sur les cadavres. Enfin, d'un seul mouvement, ils se précipitèrent tous ensemble dans les arbres pour y chercher un abri, laissant derrière eux le terrain couvert de je ne sais combien de leurs camarades. Les prisonniers demeurèrent seuls au milieu de la clairière.

Le cerveau de Challenger fonctionnait très vite : il ne tarda pas à comprendre la situation. Il saisit l'ahuri Summerlee par le bras, et tous deux coururent vers nous. Deux de leurs gardiens bondirent pour les arrêter, mais lord John les expédia dans le paradis des hommes-singes. Nous nous précipitâmes au-devant de nos compagnons et nous leur remîmes à chacun un fusil. Hélas ! Summerlee était à la limite de ses forces ! C'est à peine s'il pouvait se tenir debout. Et déjà les hommes-singes se ressaisissaient : ils redescendaient de leurs arbres, revenaient par les fourrés pour nous couper la retraite. Challenger et moi entraînâmes Summerlee en le soutenant chacun par un coude, tandis que lord John, tirant sans relâche sur les enragés qui surgissaient des buissons, couvrait notre retraite. Pendant deux kilomètres, ces brutes nous talonnèrent. Tout de même, ayant appris à connaître notre puissance de feu, ils abandonnèrent la poursuite pour ne plus avoir à affronter le fusil meurtrier de lord John. Quand nous regagnâmes le fort Challenger, nous nous retournâmes : nous étions seuls.

Du moins nous le crûmes, mais nous nous trompions. À peine avions-nous refermé la porte épineuse de notre zareba que nous tombâmes dans les bras les uns des autres ; puis haletants et essoufflés, nous nous allongeâmes sur le sol près de notre source ; mais nous n'avions pas encore commencé à nous rafraîchir que nous entendîmes des pas et de doux petits cris derrière notre clôture. Lord John se releva d'un bond, prit son fusil et ouvrit la porte : là, prosternés sur le sol, les quatre petits Indiens rouges qui avaient survécu au massacre venaient implorer notre protection ; ils tremblaient de peur ; dans un geste expressif, l'un d'eux désigna du doigt les bois environnants pour nous annoncer qu'ils étaient pleins de périls ; après quoi, il se précipita vers lord John, enlaça ses jambes avec ses deux bras, et appuya la tête contre ses chevilles.

– Ça alors ! s'exclama lord John en tirant sur sa moustache grise avec perplexité. Dites donc... qu'est-ce que nous allons faire de ces gens-là ? Relève-toi, petit bonhomme ! Ôte ta tête de dessus mes bottes !

Summerlee s'était mis sur son séant, et il bourrait sa vieille pipe de bruyère.

– Nous ne pouvons les chasser, dit-il. Vous nous avez tous tirés des griffes de la mort. Ma parole, vous avez fait du beau travail !

– Du travail admirable ! renchérit Challenger. Admirable ! Non seulement nous en tant qu'individus, mais toute la science européenne prise collectivement, nous vous devons une immense gratitude pour ce que vous avez fait ! Summerlee et moi-même, je n'hésite pas à le dire, aurions laissé un vide considérable dans l'histoire moderne de la zoologie si nous avions disparu ! Notre jeune ami et vous-même vous avez été merveilleux !

Il nous dédia son vieux sourire paternel, mais la science européenne aurait été plutôt surprise si elle avait pu voir l'élu de son cœur et son espoir de demain avec un visage sale et hirsute, un torse nu, des vêtements en lambeaux. Il avait une boîte de conserve entre ses genoux, et ses doigts tenaient un gros morceau de mouton froid. L'Indien le regarda, puis, avec un petit cri, il replongea vers le sol et se cramponna à la jambe de lord John.

– N'aie pas peur, mon enfant ! dit lord John en caressant la tête tressée de l'Indien. Il a du mal à supporter votre image, Challenger, et, ma foi, je ne m'en scandalise pas ! Tout va bien, petit homme ; c'est aussi un homme, un homme comme toi et moi.

– Réellement, monsieur... protesta le professeur.

– Hein ? Vous avez de la chance, Challenger, d'être un tant soit peu hors de l'ordinaire ! Si vous n'aviez pas ressemblé au roi...

– Sur mon honneur, lord John Roxton, vous vous permettez de grandes libertés!

– Hein ? C'est un fait !

– Je vous prierai, monsieur, de changer de sujet. Vos observations sont tout à fait déplacées et incompréhensibles. La question qui se pose est de décider ce que nous allons faire de ces Indiens. Il faut évidemment les escorter chez eux ; encore devons-nous pour cela savoir où ils habitent.

– Pas de difficultés sur ce point, dis-je. Ils habitent dans les cavernes qui sont de l'autre côté du lac central.

– Notre jeune ami sait où ils habitent. Je pense que c'est à une bonne distance

– Trente-cinq kilomètres à peu près

Summerlee poussa un gémissement.

– Pour ma part, je ne pourrai jamais y arriver. D'ailleurs, j'entends ces brutes qui sont encore sur nos traces.

En effet, du fond des bois jaillit le cri des hommes-singes. Les Indiens se relevèrent tout tremblants.

– Il faut partir, et vite ! ordonna lord John. Vous, bébé, vous aiderez Summerlee. Les Indiens porteront nos provisions. Allons, filons avant que nous ne soyons repérés !

En moins d'une demi-heure, nous avions gagné notre refuge parmi les fourrés, et nous nous y dissimulâmes. Toute la journée, nous entendîmes les cris excités des hommes-singes ; ces cris venaient de la direction de notre vieux camp ; mais personne ne nous dépista, et nous passâmes la nuit à dormir profondément : Rouges ou Blancs, nous étions épuisés. Dans la soirée, j'étais déjà en train de sommeiller quand je me sentis tiré par la manche ; c'était Challenger, agenouillé auprès de moi.

– Vous tenez bien un journal des événements, et vous avez la ferme intention de le publier, n'est-ce pas, monsieur Malone ? me demanda-t-il d'un air solennel.

– Je ne suis ici qu'en qualité de journaliste, répondis-je.

– Très juste ! Vous avez pu entendre quelques observations assez sottes de lord John Roxton, et qui paraissaient conclure à je ne sais quelle... ressemblance ?

– Oui, je les ai entendues.

– Je n'ai nul besoin d'insister sur ceci : toute publicité faite autour d'une pareille idée... en dehors d'un manque évident de sérieux qui réduirait la portée de votre récit, serait considéré par moi comme une offense très grave.

– Je resterai dans les limites de la vérité.

– Les remarques de lord John procèdent souvent de la fantaisie la plus haute ; ainsi est-il capable d'attribuer d'absurdes raisons au respect dont témoignent toujours les races non développées à l'égard du caractère et de la dignité. Vous voyez ce que je veux dire ?

– Très bien !

– Je laisse donc à votre discrétion le soin de traiter cette affaire...

Il s'interrompit, se tut, puis reprit :

« Le roi des hommes-singes était d'ailleurs une créature extrêmement distinguée... Une personnalité très forte et d'une intelligence supérieure. Vous n'en avez pas été frappé ?

– Une créature très remarquable en effet ! dis-je.

Rassuré, le professeur se recoucha et s'endormit paisiblement.

CHAPITRE IV
Ces conquêtes-là valaient la peine !

Nous avions supposé que les hommes-singes n'avaient pas repéré notre cachette, mais nous ne tardâmes pas à découvrir que nous nous étions trompés. Les bois étaient silencieux, pas une feuille ne remuait sur les arbres, la paix semblait nous envelopper ; il est extravagant que l'expérience ne nous ait pas incités à nous méfier davantage de la ruse et de la patiente ténacité de ces créatures qui savaient guetter et attendre leur chance. J'ignore tout du destin qui m'est réservé, cependant je suis sûr que je ne me trouverai jamais plus près de la mort que je ne le fus ce matin-là. Je vais vous conter les choses par le menu et dans l'ordre.

Après toutes nos émotions de la veille, nous nous réveillâmes très fatigués. Summerlee était encore si faible que pour tenir debout il devait faire effort ; mais ce vieil homme possédait une sorte de courage acidulé qui lui interdisait d'admettre la défaite. Nous nous réunîmes en conseil, et il fut décidé d'un commun accord que nous attendrions tranquillement à l'endroit où nous nous trouvions, que nous prendrions un copieux petit déjeuner dont nous avions tous grand besoin, puis que nous nous mettrions en route vers le lac central que nous contournerions pour accéder aux cavernes où les Indiens, selon mes observations, habitaient. Nous nous basions sur la promesse que nous avaient faite les Indiens que nous avions sauvés : leurs compatriotes nous réserveraient un accueil chaleureux. Ensuite, notre mission se trouvant accomplie puisque nous serions entrés en possession de tous les secrets de la Terre de Maple White, nous nous préoccuperions de découvrir le moyen de quitter le plateau et de rentrer dans le monde civilisé. Challenger lui-même convint que nous avions fait tout ce qui était possible, et que notre premier devoir consistait à rapporter à la science moderne les étonnantes découvertes que nous avions accumulées.

Nous eûmes alors le loisir de considérer d'un peu plus près les Indiens qui nous accompagnaient. C'étaient des hommes petits, secs, nerveux, actifs, bien bâtis, dont les cheveux noirs et plats étaient réunis derrière la tête par un chignon tenu par une lanière de cuir ; leurs pagnes aussi étaient en cuir. Ils avaient un visage imberbe, bien dessiné et ouvert. Leurs oreilles avaient le lobe qui pendait, ensanglanté et déchiré : sans doute avait-il été percé pour porter des bijoux que leurs ravisseurs avaient arrachés. Ils s'exprimaient dans une langue incompréhensible pour nous mais ils parlaient beaucoup ; ils se désignaient les uns les autres en prononçant le mot : « Accala » ; nous en inférâmes qu'il s'agissait du nom de leur nation. De temps à autre, leurs figures se révulsaient sous l'effet de la terreur et de la haine, ils agitaient leurs bras en direction des bois, et ils criaient : « Doda ! Doda ! ». C'était sûrement ainsi qu'ils appelaient leurs ennemis.

— Qu'est-ce que vous pensez d'eux ? demanda au Pr Challenger lord John Roxton. Pour moi, une chose est claire : le petit bonhomme qui a la tête rasée est un chef de leurs tribus.

Il était en effet patent que cet homme avait un rang à part, et que les autres ne s'adressaient à lui qu'avec les marques d'un profond respect. Il semblait le plus jeune ; et pourtant il était si fier, si indépendant que, lorsque Challenger posa sa grande main sur sa tête, il sursauta et piaffa comme un pur-sang éperonné, ses yeux lancèrent des éclairs et il s'éloigna du professeur ; à quelques pas il plaça sa main sur sa poitrine et, fort dignement, prononça plusieurs fois le mot : « Mare-tas ». Le professeur, sans se laisser démonter, s'empara de l'Indien le plus proche par l'épaule et commença une conférence à son sujet comme s'il se trouvait dans un amphithéâtre universitaire.

— Le type de cette race, dit-il d'une voix sonore, ne peut pas être considéré comme inférieur à en juger par sa capacité crânienne, son angle facial, etc. Au contraire, nous devons le placer sur l'échelle bien plus haut que nombre de tribus sud-américaines que je pourrais mentionner. L'évolution d'une telle race en cet endroit ne s'explique par aucune supposition normale. De même il existe un fossé béant entre ces hommes-singes et les animaux primitifs qui ont survécu sur ce plateau. Il est impossible de croire qu'ils auraient pu se développer là où nous les avons découverts.

— Alors, d'où diable sont-ils tombés ? demanda lord John.

— Question qui donnera sans doute lieu à d'âpres discussions chez les savants des deux hémisphères ! répondit le professeur. L'idée personnelle que je me fais de la situation... pour autant que cette idée soit valable, ajouta-t-il en bombant le torse et en jetant à la ronde des regards insolents, est que l'évolution a abouti, compte tenu des conditions particulières de ce pays, au stade vertébré, et que les vieux types ont survécu et ont coexisté avec les nouveaux. C'est ainsi que nous trouvons des animaux aussi modernes que le tapir (animal qui possède un pedigree très long), le grand cerf et le fourmilier, en compagnie des formes reptiliennes de type jurassique. Jusqu'ici c'est clair. Maintenant, voici les hommes-singes, et voici les Indiens. Que peut penser l'esprit scientifique de leur présence ? Je ne peux pas envisager deux hypothèses ; une me suffit ; ils ont envahi le plateau. Il est probable qu'il existait dans l'Amérique du Sud un singe anthropoïde qui autrefois s'est frayé un chemin jusqu'ici et qu'il s'est développé sous la forme des créatures que nous avons vues, et dont quelques-unes (il me regarda fixement) étaient d'un aspect et d'une taille qui, accompagnés d'une intelligence correspondante, auraient fait honneur, je n'hésite pas à le dire, à n'importe quelle race humaine vivante.

Quant aux Indiens, je suis persuadé qu'ils sont des immigrants récemment venus d'en bas. Sous la nécessité de la famine ou dans des buts de conquête, ils sont arrivés sur le plateau. Devant les féroces créatures qu'ils n'avaient jamais vues auparavant, ils se sont réfugiés dans des cavernes telles que les a décrites notre jeune ami, mais ils ont dû livrer de durs combats pour tenir le pays contre les bêtes sauvages, et spécialement contre les hommes-singes qui les ont considérés comme des intrus et qui ont dès lors engagé contre eux une guerre sans merci, avec une intelligence rusée qui fait défaut à de plus grosses bêtes. D'où le fait qu'ils ne sont pas très nombreux. Hé bien ! messieurs, l'énigme est-elle résolue ? ou y a-t-il encore quelque point à éclaircir pour votre gouverne ?

Une fois n'est pas coutume : le Pr Summerlee était trop épuisé pour discuter ; ce qui ne l'empêcha pas toutefois de secouer énergiquement la tête pour manifester son désaccord total. Lord John murmura que, n'ayant pas la classe suffisante et ne faisant pas le poids, il n'avait pas à argumenter. Quant à moi, je me cantonnai dans mon rôle habituel, c'est-à-dire ramener mes compagnons sur la terre par une remarque prosaïque ; je déclarai que l'un des Indiens était manquant.

– Il est allé chercher de l'eau, répondit lord John. Nous lui avons donné une boîte de conserve vide et il est parti.

– Vers le fort Challenger ? demandai-je.

– Non, au ruisseau. Dans les arbres, tout près. Il n'y a pas plus de deux cents mètres. Mais il prend tout son temps, voilà tout !

– Je vais voir ce qu'il devient, dis-je.

Je pris mon fusil et marchai sans me hâter dans la direction du ruisseau. Il peut vous paraître surprenant que j'aie quitté le refuge de notre accueillant fourré ; mais rappelez-vous, s'il vous plaît, que nous étions à plusieurs kilomètres de la cité des hommes-singes, que nous n'avions aucune raison de supposer qu'ils avaient découvert notre retraite, et qu'avec un fusil en main je n'avais pas peur d'eux. Je ne connaissais pas encore toute leur ruse et toute leur force.

Quelque part devant moi, le ruisseau gazouillait, mais entre lui et moi il y avait un fouillis d'arbres et d'arbustes. Je m'y aventurai et, juste à un endroit que de leur cachette mes compagnons ne pouvaient pas apercevoir, je remarquai une sorte de paquet rouge parmi les buissons. Je m'approchai : c'était le corps de l'Indien manquant. Il était couché sur le flanc, ses membres étaient tirés vers le haut, et sa tête faisait avec le corps un angle tout à fait bizarre ; il donnait l'impression de regarder droit par-dessus son dos. Je poussai un cri pour alerter mes camarades, et je me penchai au-dessus du cadavre. Sûrement mon ange gardien me protégeait ! Est-ce une peur instinctive ou un bruissement léger dans les feuilles qui me fit lever les yeux en l'air ? Toujours est-il que du grand feuillage épais qui pendait au-dessus de ma tête, je vis descendre deux longs bras musclés, couverts de poils rouges.

Une demi-seconde plus tard, et ces deux mains énormes m'auraient serré la gorge. Je fis un saut en arrière ; mais malgré ma promptitude, ces mains furent encore plus promptes. Mon saut les empêcha de m'étreindre pour un coup mortel, mais l'une d'elles m'empoigna par la nuque et l'autre par le menton. Je levai les mains pour protéger ma gorge ; une patte gigantesque s'en empara. Tiré légèrement au-dessus du sol, je sentis une pression intolérable qui ramenait ma tête en arrière, toujours plus en arrière, jusqu'à ce que l'effort sur la première vertèbre cervicale fût trop violent pour que je pusse le supporter.

Tout tourna autour de moi, mais j'eus la force de tirer sur la main qui emprisonnait les miennes et de l'ôter de mon menton. Je regardai en l'air et je vis un visage horrible, avec des yeux bleu clair, inexorables, qui plongeaient dans les miens. Il y avait dans ce regard terrible une force hypnotique qui m'interdisait de lutter plus longtemps. Quand l'animal sentit que je m'amollissais sous sa prise, deux canines blanches brillèrent sur chaque côté de sa bouche hideuse, et son étreinte se resserra sur mon menton, le forçant à remonter en arrière... Un brouillard mince, opalin, se forma devant mes yeux, et j'entendis des clochettes tinter dans mes oreilles. À demi évanoui, je discernai pourtant un coup de fusil ; alors j'eus à peine conscience que je retombais lourdement sur le sol ; j'y demeurai immobile, sans connaissance.

Je repris mes sens sur l'herbe, au milieu des fourrés qui nous servaient de refuge ; j'étais couché sur le dos ; quelqu'un avait été chercher de l'eau au ruisseau, et lord John m'en aspergeait la tête, tandis que Challenger et Summerlee me soutenaient ; leurs visages étaient dévorés d'anxiété. Pendant un moment, ils consentirent à n'être que des hommes, à laisser tomber leurs masques de savants. C'était le choc qui m'avait étourdi plutôt qu'une véritable blessure, car au bout d'une demi-heure, en dépit d'une migraine et d'un torticolis, j'étais de nouveau assis et disposé à faire n'importe quoi.

— Mais là, bébé, il s'en est fallu d'un cheveu ! dit lord John. Quand je vous ai entendu crier, j'ai couru, j'ai vu votre tête à demi tordue, et vos chaussures qui gigotaient en l'air. Alors j'ai bien cru que vous étiez mort ! J'ai manqué votre singe dans ma précipitation, mais il vous a laissé retomber et il a filé comme un zèbre. Ah ! si j'avais cinquante hommes avec des fusils ! Je débarrasserais la clairière de cette bande infernale, et je laisserais le pays un peu plus en paix que nous ne l'avons trouvé !

Quoi qu'il en fût, il était certain que les hommes-singes nous avaient découverts, et qu'ils nous épiaient de tous côtés. Nous n'avions pas grand-chose à craindre d'eux pendant le jour, mais la nuit ils nous attaqueraient sûrement. Donc plus tôt nous nous éloignerions, et mieux nous nous sentirions en sécurité. Sur trois côtés autour de nous la forêt multipliait ses embuscades. Mais le quatrième côté, qui descendait en pente douce vers le lac central, n'était garni que de broussailles ; il n'y avait que peu d'arbres, et séparés en tout cas par plusieurs clairières. C'était en fait la route que j'avais prise au cours de mon exploration militaire : elle nous conduisait droit vers les cavernes des Indiens ; nous n'avions donc qu'à la suivre.

À notre grand regret, nous tournâmes le dos au fort Challenger ; nous en étions fâchés non seulement à cause des provisions dont il était pourvu, mais parce que nous perdions ainsi le contact avec Zambo. Toutefois nous étions munis de cartouches, nous avions nos fusils, et pendant un certain temps nous pourrions vivre sur des conserves. D'ailleurs nous espérions revenir bientôt et rétablir notre communication avec Zambo. Il nous avait loyalement promis de rester au pied du piton rocheux, et nous savions qu'il tiendrait parole.

Ce fut au début de l'après-midi que nous nous mîmes en marche. Le jeune chef avait pris la tête pour nous servir de guide, mais il s'était refusé avec indignation à porter le moindre fardeau. Derrière lui venaient les deux autres Indiens chargés de nos richesses. Nous quatre, les Blancs, marchions en file, le fusil armé à la main, et prêts à intervenir. Quand nous partîmes, des bois jusqu'ici silencieux s'éleva un long hurlement derrière nous : les hommes-singes manifestaient ainsi leur triomphe, ou leur mépris, devant notre fuite. En regardant dans les arbres, nous n'aperçûmes que des branches et des feuilles, mais, à n'en pas douter, derrière cet écran se dissimulait toute une armée hostile. Nous ne fûmes l'objet d'aucune poursuite, cependant, et nous nous trouvâmes bientôt à ciel découvert, hors de leur pouvoir.

Tout en marchant en queue de notre cortège, je ne pouvais m'empêcher de sourire à la vue de mes trois compagnons. L'Angleterre ne possédait certainement pas de chemineaux plus loqueteux ! Il n'y avait pourtant qu'une semaine que nous étions arrivés sur le plateau ; mais tous nos vêtements et notre linge de réserve étaient demeurés dans le camp d'en bas. Et cette semaine-là avait été exceptionnellement pénible, fertile en aventures ! Moi, par chance, j'avais échappé aux hommes-singes ; tandis que dans cette bagarre mes camarades avaient perdu entre autres choses leurs chapeaux, qu'ils avaient remplacés par des mouchoirs noués autour de leurs têtes, et leurs visages mal rasés étaient méconnaissables. Summerlee et Challenger boitaient. Je traînais les pieds, car j'étais encore mal remis de ma chute du matin, et j'avais le cou raide comme une planche. Nous formions vraiment une triste équipe, et je n'avais pas lieu d'être surpris des regards horrifiés ou étonnés qu'échangeaient parfois les Indiens en nous regardant.

Tard dans l'après-midi, nous parvînmes au bord du lac. Quand nous émergeâmes des buissons et que nous aperçûmes la nappe d'eau qui s'étendait devant nous, les Indiens poussèrent un cri de joie et tendirent les bras devant eux. Le paysage était vraiment magnifique. Balayant toute la surface argentée, une grande flotte de canoës se dirigeait droit vers le rivage où nous nous trouvions. Ils étaient encore à quelques kilomètres quand nous les distinguâmes, mais ils avançaient avec une rapidité extraordinaire, et bientôt les rameurs furent en mesure de nous repérer. Immédiatement un formidable cri de joie s'éleva des embarcations, les indigènes se mettaient debout, agitaient leurs pagaies et leurs lances ; ce fut un moment de vrai délire collectif. Puis ils se courbèrent de nouveau pour reprendre leur tâche, et les canoës foncèrent sur l'eau pour s'échouer sur le sable en pente. Les Indiens sautèrent alors à terre et coururent se prosterner devant leur jeune chef. Ils s'époumonaient à manifester leur allégresse. Finalement un homme âgé se précipita pour embrasser le plus tendrement du monde le jeune garçon que nous avions sauvé. Ce vieillard portait un collier et un bracelet confectionnés tous deux de gros grains de cristal lumineux ; sur ses épaules était nouée la peau mouchetée, couleur d'ambre, d'un très bel animal. Il nous regarda et posa quelques questions ; sur les réponses qui lui furent faites, il s'avança vers nous avec une dignité pleine de noblesse et nous embrassa les uns après les autres. Puis il donna un ordre, et toute la tribu se prosterna devant nous pour nous rendre hommage. Personnellement, je me sentais intimidé et mal à l'aise devant une telle adoration obséquieuse ; je lus des sentiments analogues sur les visages de lord John et de Summerlee ; mais Challenger s'épanouit comme une rose au soleil.

— Ce sont peut-être des hommes non développés, nous dit-il en pointant la barbe en avant, mais leur comportement en face d'hommes supérieurs pourrait servir de leçon à quelques-uns de nos Européens si avancés. Les instincts de l'homme naturel sont décidément aussi corrects que bizarres !

Il nous apparut que les indigènes étaient sur le sentier de la guerre, car chacun était armé d'une lance (un long bambou terminé par un os pointu), d'un arc et de flèches, plus d'une sorte de gourdin ou de hache de pierre qui pendait à son côté.

Ils regardaient avec colère les bois d'où nous étions venus, et ils répétaient sans cesse le mot : « Doda ». C'était là certainement une troupe de renfort destinée à sauver ou à venger le fils du vieux chef, car tout laissait supposer que le jeune homme était le fils du vieillard qui régnait sur la tribu. Celle-ci tint conseil aussitôt, tout entière assise en cercle. Nous regardions ces Indiens en essayant de suivre leurs débats. Deux ou trois guerriers parlèrent, puis notre jeune ami improvisa une harangue enflammée, avec de telles intonations et de tels gestes que nous le comprîmes aussi facilement que s'il s'était exprimé dans notre langue.

— Pourquoi retourner là-bas ? dit-il. Parce que tôt ou tard il faudra que la chose soit faite. Vos camarades ont été assassinés. Qu'importe que je sois revenu sain et sauf ! Les autres ont été tués. Il n'existe de sécurité pour aucun de nous. Nous sommes réunis ici et prêts...

Il nous désigna éloquemment :

— Ces étrangers sont nos amis. Ce sont de grands soldats, et ils haïssent les hommes-singes autant que nous. Ils commandent au tonnerre et à la foudre. Quand aurons-nous donc une meilleure chance ? Allons-y, et sachons mourir tout de suite ou vivre pour un avenir paisible. Autrement, comment reverrions-nous nos femmes sans rougir ?

Les petits guerriers étaient suspendus aux paroles de l'orateur. Quand il eut fini, ils éclatèrent en applaudissements et agitèrent leurs armes. Le vieux chef s'approcha et nous posa plusieurs questions en désignant lui aussi les bois. Lord John lui fit signe qu'il devait attendre une réponse et se tourna vers nous.

— Bon ! Maintenant, à vous de dire ce que vous voulez faire, expliqua-t-il. Pour ma part, j'ai une deuxième mi-temps à jouer avec cette bande de singes, et si cette partie se termine par la disparition d'une race sur la terre, je ne vois pas ce que la terre aurait à y perdre. Je vais donc accompagner nos petits camarades au visage rouge et je veux les voir dans la bagarre. Qu'est-ce que vous en dites, bébé ?

— Moi aussi, je viens, naturellement !

— Et vous, Challenger ?

— Bien entendu, je collabore !

— Et vous, Summerlee ?

— Il me semble que nous dérivons grandement du but de cette expédition, lord John ! Je vous assure que lorsque j'ai quitté ma chaire de professeur à Londres, je ne pensais pas du tout que ce serait pour me mettre à la tête d'un raid de sauvages contre une colonie de singes anthropoïdes !

— Nous arrivons à la question de base, dit lord John en souriant. Mais il nous faut l'affronter. Que décidez-vous ?

— Je pense que c'est là une entreprise plus que discutable, répondit Summerlee, toujours prêt à argumenter. Mais si vous vous y enrôlez tous, je ne vois pas très bien comment je ne vous suivrais pas.

— C'est donc décidé, dit lord John, qui se retourna vers le chef en faisant claquer son fusil.

Le vieillard serra nos mains, tandis que ses hommes applaudissaient de toutes leurs forces. Il était trop tard pour marcher sur la cité des hommes-singes, aussi les Indiens aménagèrent-ils un bivouac de fortune. De tous côtés les feux s'allumèrent et fumèrent. Quelques indigènes avaient disparu dans la jungle et revinrent en poussant devant eux un jeune iguanodon. Comme les autres il avait sur l'épaule un enduit de goudron et ce fut seulement quand nous vîmes l'un des Indiens s'avancer avec un air de propriétaire pour donner son consentement à la mise à mort de cette bête que nous réalisâmes que ces grands animaux étaient propriété privée tout comme un troupeau de bœufs, et que ces signes qui nous avaient tant intrigués représentaient la marque du propriétaire. Inoffensifs, nonchalants, végétariens, avec leurs grands membres et leur minuscule cervelle, ils pouvaient être gardés et menés par des enfants. En quelques minutes la grosse bête fut dépecée, et de grands quartiers de sa chair furent aussitôt suspendus devant les feux de camp qui cuisaient déjà une quantité de poissons éperonnés dans le lac à coups de lance.

Summerlee s'était étendu sur le sable et dormait. Nous autres, nous vagabondions autour du lac pour chercher à en savoir davantage sur ce pays étrange. Deux fois nous trouvâmes des fosses d'argile bleue, semblables à celles que nous avions déjà vues dans le marais aux ptérodactyles : d'anciens orifices volcaniques qui, Dieu sait pourquoi, excitèrent beaucoup la curiosité de lord John. Ce qui passionna Challenger, ce fut un geyser de boue qui bouillonnait, glougloutait, et sur la surface duquel un gaz bizarre formait de grosses bulles qui crevaient. Il lança dedans un roseau creux et cria de ravissement comme un écolier quand, en le touchant d'une allumette enflammée, il déclencha une explosion et une flamme bleue à proximité du roseau. Et sa joie ne connut plus de bornes quand, ayant ajusté au bout du roseau une vessie de cuir qui se remplit de gaz, il l'expédia dans les airs.

– Un gaz inflammable, et qui est remarquablement plus léger que l'atmosphère. J'ose dire qu'il contient une proportion considérable d'hydrogène libre. Les ressources de G. E. C. ne sont pas encore épuisées, mon jeune ami ! Je vous démontrerai encore comment un grand cerveau discipline toute la nature à son service.

Il faisait allusion à une idée qui lui était venue, mais il ne voulut pas nous en dire davantage.

Rien ne nous sembla plus merveilleux que cette grande nappe d'eau devant nous. Notre nombre et notre bruit avaient effrayé toutes les créatures vivantes et, à l'exception de quelques ptérodactyles qui dessinaient des cercles loin au-dessus de nous, tout était calme autour du campement. Mais ce calme ne se retrouvait pas sur les eaux roses du lac central, elles frémissaient, elles se soulevaient comme sous l'effet d'une vie personnelle. De grandes échines couleur d'ardoise et des ailerons en dents de scie apparaissaient avec une frange argentée, puis roulaient à nouveau vers les grandes profondeurs. Au loin les bancs de sable étaient tachetés de formes rampantes : grosses tortues, sauriens bizarres, et même une grande bête, plate comme un tapis-brosse qui aurait palpité et noire avec une peau grasse, que nous vîmes couler lentement vers le lac. Ici et là, des serpents projetaient leurs têtes hors de l'eau, dessinaient un petit collier d'écume devant eux et un long sillage incurvé derrière : ils se soulevaient, ils ondulaient aussi gracieusement que des cols de cygnes. Il fallut que l'un de ces animaux vînt se tordre sur l'un des bancs de sable proches de nous, exposant ainsi son corps en forme de barrique et d'immenses nageoires derrière son cou de serpent, pour que Challenger et Summerlee, qui nous avaient rejoints, explosassent un duo admiratif :

– Le plésiosaure ! Un plésiosaure d'eau douce ! s'écria Summerlee. Dire que j'aurai vécu assez pour voir cela ! Nous sommes bénis, mon cher Challenger, bénis entre tous les zoologues depuis que le monde est monde !

Nos savants ne s'arrachèrent à la contemplation de ce lac primeval que lorsque la nuit fut tombée et que les feux de nos alliés furent autant de taches rouges dans l'ombre. Au sein de cette obscurité, nous entendions de temps à autre les ébrouements et les plongeons de grands animaux.

Dès les premières lueurs de l'aube, le camp fut levé et nous nous ébranlâmes pour notre mémorable expédition. J'avais souvent rêvé d'être un jour correspondant de guerre ; mais dans mes songes les plus audacieux, aurais-je pu concevoir la nature de la campagne à laquelle j'allais aujourd'hui participer ? Voici donc mon premier reportage écrit d'un champ de bataille.

Notre troupe avait été renforcée pendant la nuit par une réserve fraîche d'indigènes venus des cavernes : nous fûmes bien cinq cents à prendre le départ. Une avant-garde d'éclaireurs précédait une forte colonne qui progressa méthodiquement à travers les broussailles jusqu'aux abords de la forêt. Là, les guerriers s'étendirent en ligne ; les lanciers alternaient avec les archers. Roxton et Summerlee prirent position sur le flanc droit, Challenger et moi sur le flanc gauche. C'était une armée de l'âge de pierre accompagnée au combat par les derniers perfectionnements de l'industrie de guerre de Saint James Street et du Strand.

Notre ennemi ne se fit pas attendre longtemps. Une clameur sauvage, aiguë, s'éleva de la lisière de la forêt. Tout à coup une brigade d'hommes-singes s'élança avec des pierres et des gourdins pour enfoncer le centre de la ligne indienne. C'était une opération courageuse, mais téméraire, car les hommes-singes n'avancent pas vite sur leurs jambes arquées. Leurs adversaires se révélèrent au contraire agiles comme des chats. Nous fûmes horrifiés à la vue de ces brutes féroces, l'écume aux lèvres et la rage dans les yeux, manquant constamment leurs ennemis, et se faisant transpercer les uns après les autres par des flèches bien ajustées.

Un grand homme-singe passa près de moi en hurlant de douleur : il avait bien une douzaine de flèches fichées entre ses côtes. Par pitié je lui décochai une balle dans le ventre et il s'écroula parmi les aloès. Mais ce fut le seul coup de feu, car l'attaque avait été dirigée contre le centre de la ligne, et les Indiens n'eurent pas besoin de nous pour la repousser. De tous les assaillants qui s'étaient rués sur le terrain découvert, je n'en vis pas un seul regagner son camp.

Mais l'affaire se corsa quand nous avançâmes sous les arbres. Pendant une heure au moins un combat farouche développa ses actions diverses, et nous fûmes sur le point d'êtres débordés. Les hommes-singes surgissaient des fourrés avec de gros gourdins, qu'ils cassaient sur le dos des Indiens ; souvent ils en mirent trois ou quatre hors de combat avant de pouvoir être transpercés à la lance. Ils assenaient des coups terribles, le fusil de Summerlee vola en éclats, et l'instant d'après ç'aurait été son crâne, si un Indien n'avait poignardé la bête en plein cœur. D'autres hommes-singes juchés dans les arbres, nous lançaient des pierres et des grumes ; parfois ils tombaient parmi nos rangs et se battaient avec fureur jusqu'à la mort.

À un moment donné, nos alliés reculèrent sous la pression formidable des hommes-singes ; si nos fusils n'étaient pas entrés dans la danse, ils auraient été reconduits jusque chez eux ! Heureusement, nous étions là. Il serait injuste de ne pas mentionner le courage du vieux chef, qui rallia ses hommes et les fit repartir à l'assaut avec une telle impétuosité qu'à leur tour les hommes-singes commencèrent à plier. Summerlee était sans armes, mais je vidais mes chargeurs aussi vite que je le pouvais, et sur l'autre flanc nous entendions tirer nos camarades.

Puis déferla la panique, et la défense des hommes-singes s'effondra. Criant, hurlant, ces grands animaux s'éparpillèrent dans toutes les directions, tandis que nos alliés manifestaient leur joie par des clameurs d'une violence égale et leur faisaient la chasse. Toutes les inimitiés remontant à d'innombrables générations, toutes les haines et les cruautés de leur histoire limitée, tous les souvenirs des mauvais traitements et des persécutions furent purgés ce jour-là. Enfin l'homme triomphait, et la bête-homme recevait le traitement qu'elle méritait. Les fuyards étaient trop lents pour échapper aux sauvages ; de chaque coin des bois jaillissaient des cris excités, des sifflements de flèches, et le bruit mat des corps qui tombaient des arbres.

J'allais suivre nos alliés quand lord John et Summerlee me rejoignirent.

– Terminé ! dit lord John. Je pense que nous pouvons leur laisser le soin de nettoyer le terrain conquis. Peut-être que moins nous en verrons, et mieux nous dormirons.

Les yeux de Challenger étincelaient d'un appétit de meurtre.

– Nous avons été privilégiés ! cria-t-il en se pavanant comme un coq de combat. Songez qu'il nous a été donné d'assister à l'une des batailles décisives les plus typiques de l'Histoire, de ces batailles qui déterminent le destin d'un monde. Qu'est-ce que c'est, mes amis, que la conquête d'une nation par une autre nation ? Rien d'important. Une conquête sans signification : toutes ces conquêtes-là aboutissent aux mêmes résultats ! Mais ces batailles féroces, par exemple celles où à l'aurore des âges les hommes des cavernes se sont maintenus sur la terre contre les grands fauves, ou encore celles au cours desquelles l'éléphant a trouvé son maître, voilà les vraies conquêtes, voilà les victoires qui comptent ! Par un étrange détour du destin, nous avons assisté à l'une de ces luttes, et nous avons aidé à la décision. Désormais, sur ce plateau, l'avenir appartient à l'homme !

Il fallait avoir une foi robuste dans la fin, pour trouver justifiés les moyens employés ! Quand nous traversâmes les bois, nous découvrîmes des hommes-singes mis en tas et transpercés de lances et de flèches : c'était pour marquer les lieux où les anthropoïdes avaient vendu leur vie le plus chèrement. Devant nous retentissaient toujours les cris et les hurlements qui montraient dans quelle direction s'était engagée la poursuite. Les hommes-singes avaient été refoulés dans leur cité ; là ils avaient tenté une suprême résistance qui avait été brisée ; nous assistâmes à la tragique apothéose de la victoire des Indiens.

Quatre-vingts ou cent mâles, les derniers survivants, avaient été conduits à la petite clairière qui bordait l'escarpement, à l'endroit même où deux jours plus tôt nous avions réussi notre exploit. Quand nous arrivâmes, les lanciers indiens s'étaient formés en demi-cercle autour d'eux : en une minute tout fut fini. Une quarantaine d'hommes-singes moururent sur place. Les autres, râlant de terreur, furent précipités dans le vide et se brisèrent les os sur les bambous deux cents mètres plus bas, supplice qu'ils avaient infligé à leurs propres prisonniers. Challenger l'avait dit ; le règne de l'homme était assuré pour toujours sur la Terre de Maple White !... La cité des hommes-singes fut détruite, les mâles furent exterminés jusqu'au dernier, les femelles et les petits furent emmenés en esclavage ; la longue rivalité qui durait depuis des siècles et dont l'histoire n'avait jamais été contée venait d'être couronnée de sa fin sanglante.

À nous-mêmes, la victoire apporta beaucoup d'avantages. De nouveau nous pûmes nous transporter au fort Challenger et récupérer nos provisions. Et nous rentrâmes en communication avec Zambo, encore terrifié par le spectacle d'une avalanche d'hommes-singes tombant de l'escarpement.

– Partez, Massas ! nous cria-t-il les yeux hors de la tête. Partez, sinon le diable vous attrapera !

– C'est la voix de la sagesse, assura Summerlee. Nous avons eu suffisamment d'aventures qui ne conviennent ni à notre caractère, ni à notre situation. Je m'en tiens à votre parole, Challenger. À partir de maintenant, vous allez concentrer toute votre énergie à une seule tâche : nous permettre de sortir de ce pays horrible afin que nous puissions réintégrer la civilisation.

CHAPITRE V
Nos yeux ont vu de grandes merveilles

J'écris ceci au jour le jour, mais j'espère pouvoir vous annoncer, avant la fin, que la lumière luit dans nos ténèbres. Nous sommes retenus ici parce que nous n'avons pas encore trouvé le moyen de nous évader, et notre irritation va grandissant. Pourtant j'imagine aussi qu'un jour viendra où nous serons heureux d'avoir été retenus contre notre volonté, parce que nous aurons vu d'un peu plus près les merveilles de ce singulier pays, ainsi que les créatures qui l'habitent.

La victoire des Indiens et l'anéantissement des hommes-singes ont été dans notre jeu des atouts décisifs. À partir de ce jour, nous avons été réellement les maîtres du plateau, les indigènes nous considéraient avec un mélange de frayeur et de reconnaissance puisque nous les avions aidés, par une puissance mystérieuse, à se débarrasser de leurs ennemis héréditaires. Sur le plan de leur propre paix, ils auraient été, sans doute, ravis de voir partir des gens aussi formidables et aussi terribles.

Mais ils se gardaient bien de nous suggérer un moyen pour quitter le plateau et atteindre la plaine au-dessous. Il y avait eu, pour autant que nous pouvions comprendre leurs signes, un tunnel par où l'accès avait été possible, c'était celui que nous avions vu bouché. Par cette voie à travers les rochers, les hommes-singes et les Indiens avaient à différentes reprises atteint le plateau. Maple White et son compagnon l'avaient également empruntée. Mais l'année précédente il s'était produit un terrible tremblement de terre : la partie supérieure du tunnel avait été ensevelie par un éboulement qui l'avait complètement submergée. Les Indiens ne savaient que secouer la tête et hausser les épaules quand nous leur indiquions par signes que nous voulions descendre. Peut-être ne pouvaient-ils pas nous aider, mais assurément ils n'y tenaient pas.

À l'issue de la campagne contre les hommes-singes, les vaincus survivants furent menés par le plateau (leurs gémissements avaient été horribles à entendre) jusqu'auprès des cavernes des Indiens. Ils serviraient de bêtes de somme à leurs nouveaux maîtres. C'était en quelque sorte une version rude et primitive de la captivité des Juifs à Babylone ou des Israélites en Égypte. La nuit, nous entendions les plaintes qu'ils poussaient sous les bois : invinciblement, nous pensions à quelque Ézéchiel se lamentant sur la grandeur perdue et évoquant la gloire passée de la cité des hommes-singes. Des bûcherons, des porteurs d'eau, voilà le destin qui leur serait dorénavant réservé.

Deux jours après la bataille, nous avions retraversé le plateau avec nos alliés, et établi notre camp au pied des escarpements qu'ils habitaient. Ils auraient volontiers partagé leurs cavernes avec nous, mais lord John s'y refusa, il considérait que nous serions entièrement en leur pouvoir, et comment dès lors nous garantir contre d'éventuelles dispositions traîtresses ? Nous conservâmes donc notre indépendance, en tenant nos armes prêtes sans pour cela porter atteinte au caractère amical de nos rapports. Nous visitions régulièrement leurs cavernes, très bien disposées, et nous étions incapables d'y déterminer la part de l'homme et celle de la nature. Elles reposaient toutes sur une seule strate creusée sur un roc tendre, intermédiaire entre le basalte volcanique dont était constituée la partie supérieure de l'escarpement et le dur granit du dessous.

Les ouvertures étaient situées à trente mètres à peu près au-dessus du sol, on y accédait par de longs escaliers de pierres, suffisamment étroits et raides pour qu'aucune grosse bête ne pût s'y engager. À l'intérieur, il faisait chaud et sec ; les cavernes se décomposaient en couloirs droits de longueur variable sur le flanc de l'escarpement ; leurs murs gris étaient décorés de très bons dessins au charbon de bois, qui représentaient les divers animaux habitant le plateau. Si toutes les créatures vivantes étaient un jour supprimées de ce pays, l'explorateur découvrirait sur les murs de copieux témoignages sur la faune extraordinaire (dinosaures, iguanodons, lézards de mer) qui aurait vécu tout récemment encore sur la terre.

Depuis que nous avions appris que les gros iguanodons étaient des troupeaux apprivoisés et qu'ils constituaient en somme des réserves de viande ambulantes, nous avions cru que l'homme, même doté d'armes primitives, avait établi son règne sur le plateau. Nous ne tardâmes pas à découvrir que ce n'était pas exact, et que l'homme n'y était que toléré. Une tragédie survint en effet, au troisième jour qui suivit notre arrivée. Challenger et Summerlee étaient partis pour le lac et ils avaient embauché des indigènes dans le dessein de harponner quelques spécimens des grands lézards. Lord John et moi nous étions restés au camp. Un certain nombre d'Indiens étaient éparpillés sur la pente herbeuse devant leurs cavernes. Soudain retentit un cri d'alerte, et le mot « stoa » surgit sur des centaines de langues. De tous côtés des hommes, des femmes et des enfants se mirent alors à courir follement pour chercher un abri, ils dévalaient les escaliers, se ruaient dans les cavernes, totalement pris de panique.

Nous les voyions agiter leurs bras des rochers du dessus, et nous faire signe de les rejoindre dans leur refuge. Nous avions au contraire empoigné nos fusils et nous étions sortis pour savoir de quel danger il s'agissait. Brusquement, de la ceinture proche des arbres, douze ou quinze Indiens s'échappèrent ; ils couraient, et ils fuyaient si vite que c'était apparemment pour eux une question de vie ou de mort.

Sur leurs talons s'avançaient deux des monstres qui avaient tenté de forcer notre camp et m'avaient poursuivi pendant mon exploration solitaire. Ils avaient l'aspect d'horribles crapauds, ils progressaient par sauts, mais leur taille dépassait celle des plus formidables éléphants. Jamais nous ne les avions vus en plein jour ; en fait, ce sont des nocturnes qui ne sortent de leurs repaires que quand ils sont dérangés, ce qui était le cas. Nous les contemplions avec étonnement car leur peau pustuleuse et mouchetée avait l'iridescence des poissons, et la lumière du soleil projetait sur elle, quand ils se déplaçaient, l'épanouissement d'un arc-en-ciel.

Nous n'eûmes pas beaucoup de temps pour les admirer, cependant, car, en une minute, ils avaient rattrapé les fugitifs : ce fut un véritable carnage. Leur méthode d'assaut consistait à tomber sur leurs proies et à les écraser à tour de rôle de tout leur poids. Les malheureux Indiens hurlaient de terreur, mais ils étaient impuissants, aussi rapides qu'ils fussent contre l'agilité infatigable de ces animaux monstrueux. Avant que mon camarade et moi-même eussions eu le temps d'intervenir, il n'y avait plus qu'une demi-douzaine d'Indiens en vie. Mais notre secours était mince ; en fait, il nous apporta le même péril. À deux cents mètres nous vidâmes nos chargeurs, et nos balles pénétrèrent dans les animaux, mais sans plus d'effet que si nous les avions chatouillés avec des éventails. Leur nature reptilienne ne se souciait aucunement des blessures : aucune arme moderne ne pouvait atteindre leurs nœuds vitaux, qui n'étaient rassemblés dans aucun centre ; le cordon médullaire qui était, en quelque sorte, le réceptacle de leurs sources de vie se répandait à travers tout l'organisme.

Pour tout résultat, nous détournâmes leur attention par nos coups de fusil, ce qui permit aux indigènes et à nous-mêmes d'atteindre les marches qui mettaient en sûreté. Mais là où les balles explosives de notre XXe siècle ne pouvaient rien, les flèches empoisonnées des indigènes, trempées dans le jus de strophantus et plongées ensuite dans de la charogne en putréfaction, réussirent. De telles flèches étaient inefficaces entre les mains du chasseur puisque leur action dans cette circulation au ralenti était lente ; avant que leur pouvoir fît effet, la bête avait tout le temps d'abattre le chasseur. Mais à présent c'était autre chose, les deux monstres bondirent sur les escaliers ; de tout l'escarpement, une volée de flèches siffla à leur adresse, en moins de quelques secondes, ils en furent lardés ; ils s'acharnèrent néanmoins à griffer et à mordre les marches qui menaient à leurs proies. Devant la vanité de leurs efforts, ils remontèrent lourdement, puis s'affalèrent sur le sol, le poison faisait enfin son œuvre. L'un d'eux poussa un grognement déchirant et posa sa grosse tête aplatie par terre. L'autre se coucha en cercle et hurla sur une note aiguë ; il s'agita désespérément, puis il se détendit pour agoniser paisiblement. Avec des cris de triomphe, les Indiens sortirent de leurs cavernes et dansèrent une ronde frénétique autour des deux cadavres : ils étaient fous de joie à l'idée que deux de leurs plus farouches ennemis avaient été tués. La nuit, ils découpèrent les corps – non pour les manger, car le poison était encore actif – et les éloignèrent pour éviter une épidémie. Les cœurs des grands reptiles cependant, chacun aussi large qu'un oreiller, demeurèrent là ; ils continuèrent à battre lentement et régulièrement dans une horrible vie indépendante. Ce ne fut qu'au troisième jour que cessèrent ces pulsations effroyables.

Un jour, quand je disposerai d'un meilleur pupitre qu'une boîte de conserve et d'instruments de travail plus parfaits qu'un crayon rabougri et un dernier cahier de notes tout déchiré, j'écrirai une relation plus complète des Indiens Accala, sur notre passage parmi eux et les étranges conditions de vie réunies dans cette merveilleuse Terre de Maple White. Son souvenir, j'en suis sûr, demeurera gravé dans ma mémoire aussi fidèlement que s'impriment dans la mémoire vierge des enfants leurs premières impressions sortant de l'ordinaire. Rien ne peut effacer ce qui a été profondément gravé ! Le moment venu, je décrirai les splendeurs de certains clairs de lune, quand, par exemple, un jeune ichtyosaure – étrange créature, mi-veau marin, mi-poisson, avec des yeux membres de chaque côté du mufle, et un troisième œil juché au sommet de la tête – s'empêtra dans un filet indien et faillit faire basculer notre canoë avant que nous pussions le remorquer jusqu'au rivage ; quand, une autre nuit, un grand serpent d'eau jaillit des joncs et emporta dans ses anneaux le timonier du canoë de Challenger. Je parlerai également de cette grande chose blanche nocturne – jusqu'ici nous ignorons si elle est une bête ou un reptile – qui vivait dans un affreux marécage à l'est du lac et qui se promenait auréolée d'un éclat faiblement phosphorescent au sein de l'obscurité.

Les Indiens en avaient si peur qu'ils n'approchaient jamais de ce marécage. Quant à nous, nous hasardâmes deux expéditions, et nous l'aperçûmes les deux fois, mais nous nous enlisions et ne parvenions pas à avancer. Tout ce que je peux dire, c'est qu'elle nous parut plus grosse qu'une vache et qu'elle répandait une étrange odeur de musc. J'évoquerai encore le gros oiseau qui s'attaqua à Challenger, lequel dut chercher refuge dans une caverne, un oiseau courant, beaucoup plus gros qu'une autruche, pourvu d'un cou de vautour et d'une tête si cruelle qu'on aurait dit la mort ambulante. Pendant que Challenger opérait sa retraite dans les rochers, un coup de bec arracha le talon de sa botte comme s'il avait été découpé par un couteau. En cette occasion au moins, les armes modernes s'avérèrent efficaces, et la grande bête qui mesurait quatre mètres de la tête aux pattes – notre professeur, essoufflé mais très excité, le baptisa phororachus – fut abattue par le fusil de lord Roxton ; elle tomba dans un déluge de plumes et de membres disloqués, avec deux yeux jaunes qui nous fixaient effrontément. J'espère vivre assez pour voir son crâne aplati dans une niche parmi les trophées de l'Albany. Enfin, je ne manquerai pas de décrire le toxodon, ce cochon d'Inde géant de trois mètres, muni de dents saillantes en ciseaux, que nous tuâmes alors qu'il buvait dans le lac aux premières lueurs de l'aube.

À tout ceci j'accorderai l'ampleur méritée. De même que je n'oublierai pas de peindre, avec une touche de tendresse, les merveilleuses soirées de l'été qui terminaient des journées souvent passionnantes. Sous le ciel d'un bleu profond, nous étions allongés près du bois, sur l'herbe haute, et nous contemplions le gibier d'eau qui s'ébattait non loin de nous ainsi que les animaux anachroniques qui de leurs terriers rampaient pour nous regarder. Les branches des buissons se courbaient sous le poids des fruits savoureux.

Sur les prés, d'étranges fleurs adorables tordaient leurs tiges, elles aussi, pour mieux nous voir. Et que dire de ces nuits poétiques que nous passions sur les eaux frémissantes du grand lac, à attendre les sauts et les plongeons de quelque monstre fantastique ? ou à nous émerveiller d'un rayon vert, surgi du plus profond de l'onde, qui trahissait la présence d'un animal mystérieux aux confins de la nuit subaquatique ? Oh ! je suis sûr qu'un jour ou l'autre ma mémoire et ma plume retraceront ces scènes !

Mais, me demanderez-vous pourquoi ces expériences et pourquoi ce retard, alors que vous et vos camarades auriez dû consacrer vos nuits et vos jours à mettre au point les moyens de faire votre rentrée dans le monde extérieur ? Je répondrai que tous nous avions œuvré dans ce but, mais sans succès. Nous avions rapidement découvert que les Indiens ne nous aideraient pas. De toutes les manières ils étaient nos amis – je pourrais presque dire nos dévoués esclaves – mais quand il leur était suggéré qu'ils pourraient nous aider à fabriquer et à transporter une planche qui traverserait le gouffre, ou lorsque nous désirions obtenir d'eux des lanières de cuir ou des lianes afin de tisser des cordes, nous nous heurtions à un refus aussi aimable qu'obstiné. Ils souriaient, ils clignaient de l'œil, ils secouaient la tête, et c'était tout. Le vieux chef nous opposait, lui aussi, une fin de non-recevoir. Il n'y eut que Maretas, le jeune homme que nous avions sauvé, pour nous exprimer, par gestes, sa désolation de voir nos vœux repoussés. Depuis leur triomphe sur les hommes-singes, ils nous considéraient comme des surhommes qui détenaient les secrets de la victoire dans d'étranges tubes et ils s'imaginaient que, tant que nous resterions avec eux, la prospérité les comblerait. À chacun d'entre nous furent offertes une petite femme à peau rouge et une caverne, à la condition que nous habitions pour toujours ce plateau. Jusqu'ici tout s'était passé gentiment en dépit de la divergence de nos vœux. Mais nous étions persuadés que tout projet de descente devait demeurer secret car, au besoin, ils nous empêcheraient par la force de le réaliser.

Malgré le danger que représentaient les dinosaures – danger qui n'est à redouter que la nuit – je retournai deux fois au fort Challenger pour voir notre nègre qui continuait à monter la garde et à nous attendre au bas de l'escarpement. Mon regard cherchait au loin dans la plaine si une espérance ne se concrétisait pas à l'horizon. Mais, comme sœur Anne, je ne voyais rien venir.

– Ils vont être là bientôt, Massa Malone ! Avant huit jours l'Indien sera de retour et apportera la corde. Vous pourrez redescendre.

Tels étaient les encouragements de l'excellent Zambo.

En revenant de ma deuxième visite, un soir, je fis une curieuse rencontre. J'avais atteint un endroit situé à quinze cents mètres environ du marais aux ptérodactyles, quand j'aperçus un objet extraordinaire qui s'approchait de moi : un homme marchait à l'intérieur d'un cadre fait de bambous courbés ; il était littéralement enfermé dans une cage en forme de cloche. Je fus stupéfait en reconnaissant lord John Roxton. Quand il me vit, il se glissa hors de sa bizarre forteresse, et il arriva vers moi en riant ; mais je devinai qu'il était vaguement confus.

– Tiens, bébé, qui aurait pensé vous rencontrer par ici ?

– Qu'est-ce que diable vous êtes en train de faire ? demandai-je.

– Je vais rendre visite à mes amis, les ptérodactyles.

– Mais pourquoi ?

– Des gens intéressants, vous ne trouvez pas ? Mais peu sociables. Plutôt désagréables avec des étrangers, si vous vous rappelez. Alors j'ai construit ce cadre qui les empêche de venir me voir de trop près.

– Mais qu'est-ce que vous cherchez dans le marais ?

Il me regarda avec un œil vif et je lus une certaine hésitation dans son regard.

– Vous croyez qu'il n'y a que les professeurs pour s'intéresser à certaines choses ? dit-il enfin. J'étudie ces jolis petits chéris. Que cela vous suffise !

– Il n'y a pas de mal ! lui dis-je.

Sa bonne humeur reparut et il éclata de rire.

– Il n'y a pas de mal, en effet, jeune bébé. Je vais essayer d'attraper un poulet du diable pour Challenger. C'est mon affaire. Non, je ne tiens pas à votre compagnie : moi, je suis en sécurité dans cette cage, et pas vous. Au revoir. Je serai de retour au camp à la chute du jour.

Il se détourna et me quitta ; je le vis s'avancer dans les bois sous la protection de sa cage extraordinaire.

Si à cette époque le comportement de lord John était bizarre, celui de Challenger l'était encore davantage. Je peux dire qu'il fascinait extraordinairement les femmes indiennes ; mais il se promenait toujours avec une grosse branche de palmier et il les chassait comme des mouches quand leurs attentions devenaient trop pressantes. Le voir marcher comme un sultan d'opéra-comique, avec son sceptre à la main, précédé par sa grande barbe hérissée et par ses orteils qu'il relevait à chaque pas, suivi par tout un essaim de jeunes Indiennes vêtues seulement d'un mince pagne d'écorce, voilà l'une des images les plus grotesques que je rapporterai de ce voyage. Quant à Summerlee, il était absorbé par l'étude de la vie des insectes et des oiseaux sur le plateau et il passait tout son temps – à l'exception de celui, fort long, qu'il consacrait à accabler Challenger de reproches parce qu'il ne nous avait pas encore fait descendre – à nettoyer et à ranger ses spécimens.

Challenger avait pris l'habitude de faire un tour tout seul le matin et il lui arrivait de rentrer chargé de solennité, comme quelqu'un qui porterait sur ses épaules la pleine responsabilité d'une entreprise formidable. Un jour, sa branche de palmier à la main et suivi du cortège habituel de ses dévotes, il nous emmena à son atelier secret et nous initia à ses plans.

L'endroit était une petite clairière au centre d'un bois de palmiers ; dans cette clairière, il y avait un geyser de boue en ébullition ; tout autour de ce geyser étaient éparpillées plusieurs lanières de cuir taillées dans de la peau d'iguanodon ; il y avait aussi une grande vessie dégonflée, laquelle était l'estomac séché et gratté de l'un des lézards-poissons du lac. Ce sac avait été cousu à l'une des extrémités, mais à l'autre subsistait un orifice étroit. Dans cette ouverture, plusieurs cannes de bambou avaient été enfoncées. Challenger adapta le bout de ces cannes à des entonnoirs coniques en terre, lesquels collectaient le gaz qui faisait des bulles dans la boue du geyser. La vessie flasque commença à se gonfler lentement et à témoigner d'une telle fringale d'évasion que Challenger attacha les lanières qui la retenaient aux troncs des arbres environnants. Au bout d'une demi-heure, un sac de gaz d'une bonne taille avait été constitué et la manière dont il tirait sur ses cordes en disait long sur sa puissance ascensionnelle. Challenger, tel un père satisfait de son premier-né, se tenait immobile et souriait ; il caressait silencieusement sa barbe : il était fier de son œuvre. Summerlee rompit le charme.

– Vous n'avez pas l'intention de nous faire monter dans cet objet-là, Challenger ? demanda-t-il d'une voix aigre.

– J'ai l'intention, mon cher Summerlee, de procéder à une si éclatante démonstration de ses possibilités que, après y avoir assisté, vous n'hésiterez plus à leur faire confiance.

– Vous pouvez tout de suite abandonner cet espoir, déclara Summerlee avec une grande décision. Rien au monde ne me persuaderait de commettre une telle imbécillité ! Lord John, j'espère que vous n'encouragerez pas cette folie ?

– Rudement ingénieux ! fit notre pair. J'aimerais bien voir comment fonctionne cette machine.

– Vous allez voir ! dit Challenger. Depuis quelques jours, j'ai concentré tout mon cerveau sur le problème de notre descente. Il est hors de question que nous puissions la réaliser par alpinisme ni au moyen d'un tunnel. Nous sommes également incapables de construire un pont qui nous relierait au piton rocheux d'où nous sommes venus. Quel moyen nous reste-t-il donc ? J'avais récemment fait remarquer à notre ami que de l'hydrogène libre était émis par le geyser. Tout naturellement l'idée d'un ballon m'est venue. J'ai été, je l'avoue, embarrassé par la difficulté de découvrir une enveloppe pouvant contenir le gaz, mais la contemplation des immenses entrailles de ces reptiles m'a fourni la solution du problème. Regardez le résultat !

Il plaça une main sur sa poitrine vêtue de haillons et de l'autre désigna fièrement le sac à gaz qui avait pris une confortable rotondité et tirait fortement sur ses amarres.

– Le soleil lui a tapé sur la tête ! ricana Summerlee.

Lord John était enchanté :

– Pas bête, ce vieux-là, hein ? me chuchota-t-il à l'oreille. Et la nacelle ? demanda-t-il à haute voix.

– La nacelle sera l'objet de mon prochain travail, répondit Challenger. Mais, déjà, j'ai prévu comment la construire et l'attacher. Aujourd'hui, je veux simplement vous prouver que mon appareil peut supporter le poids de chacun d'entre nous.

– De nous tous, voulez-vous dire ?

– Non. Mon plan est que chacun à tour de rôle descende comme en parachute, et que le ballon soit chaque fois remonté. S'il supporte le poids d'un homme et s'il le pose doucement à terre, il aura accompli la tâche à laquelle je le destine. Maintenant, je vais vous montrer quelles sont, dans ce domaine, ses capacités.

Il apporta une roche basaltique d'un volume assez considérable, et dont le milieu permettait qu'une corde y fût facilement attachée. Cette corde était celle qu'il avait apportée sur le plateau et dont nous nous étions servis pour faire l'ascension du piton rocheux. Elle avait plus de quarante mètres de long et, malgré sa finesse, elle était solide. Il avait préparé une sorte de collier en cuir avec de nombreuses courroies. Il le plaça sur le dôme du ballon, rassembla par-dessus les courroies qui pendaient, de façon que la pression d'un poids quelconque se répandît sur une grande surface. Puis il attacha la roche aux courroies, en laissant pendre la corde qu'il enroula autour de son bras.

« Et maintenant, lança Challenger avec un sourire d'anticipation satisfait, je vais vous démontrer la puissance porteuse de mon ballon.

Il coupa les amarres.

Jamais notre expédition ne fut plus proche de l'anéantissement ! La vessie gonflée bondit dans les airs avec une rapidité terrifiante. En un instant, Challenger fut arraché du sol et entraîné. J'eus juste le temps de le ceinturer, mais, à mon tour, je fus tiré par une force ascensionnelle invincible. Lord John m'agrippa les jambes ; cela ne suffit pas, lui aussi s'éleva dans les airs. Pendant un moment, j'eus la vision de quatre explorateurs flottant comme un chapelet de saucisses au-dessus de la terre qu'ils avaient conquise. Heureusement, il y avait des limites à l'effort que la corde pouvait supporter, mais il ne paraissait pas y en avoir à la puissance ascensionnelle de cette machine infernale. Un craquement aigu se fit entendre et nous retombâmes en tas sous un amas de cordages. Quand nous nous remîmes debout, nous aperçûmes, très loin dans le ciel bleu, une tache sombre, la roche basaltique continuait sa promenade aérienne.

« Merveilleux ! s'écria l'indomptable Challenger en frottant son bras endolori. Voilà une démonstration éclatante, satisfaisante à tous points de vue ! Je n'avais pas prévu une telle réussite. Dans moins d'une semaine, messieurs, je vous promets qu'un deuxième ballon sera prêt ; vous pouvez absolument compter sur la sécurité et le confort de ce moyen de transport pour accomplir la première étape de notre voyage de retour.

Jusqu'ici, j'ai conté les événements dans leur ordre chronologique. Maintenant, je suis en train de l'achever à notre camp de base : là où Zambo nous attendait depuis si longtemps. Toutes nos difficultés, tous nos dangers sont à présent derrière nous ; je les revis comme un rêve qui se serait déroulé dans le décor de ces escarpements rougeâtres. Nous sommes descendus sains et saufs, quoique de la manière la plus imprévue, et tout va bien. Dans six semaines ou deux mois, nous serons de retour à Londres et il est possible que cette lettre ne vous parvienne pas beaucoup plus tôt que votre correspondant. Déjà nos cœurs soupirent et nos pensées s'envolent vers la grande ville notre mère, qui nous est si chère.

Notre fortune changea le soir même du jour où Challenger faillit nous entraîner dans une périlleuse aventure avec son ballon artisanal. J'ai dit que la seule personne qui témoignait de la sympathie à nos efforts pour quitter le plateau était le jeune chef que nous avions sauvé. Lui au moins n'avait aucun désir de nous retenir contre notre gré : il nous avait fait comprendre par des gestes tout à fait expressifs. Ce soir-là, donc, la nuit était presque tombée, il se rendit à notre campement et me tendit (c'était toujours vers moi qu'il se tournait, sans doute parce que mon âge était davantage en rapport avec le sien) un petit rouleau d'écorce, me désigna solennellement la ligne de cavernes au-dessus de nous, posa un doigt sur les lèvres pour nous recommander le secret, puis s'envola vers son peuple.

J'approchai de la lumière du feu le rouleau d'écorce et nous l'examinâmes ensemble. À l'intérieur, il y avait un bizarre dessin que je reproduis ici :

Runes

Les lignes étaient nettement dessinées au charbon de bois sur la surface claire : à première vue, je les pris pour un arrangement musical étrange.

— En tout état de cause, dis-je, je jurerais bien que ceci est important pour nous : je l'ai lu sur son visage quand il me l'a remis.

— À moins que nous n'ayons affaire à un plaisantin primitif, suggéra Summerlee. Je pense que les jeux font partie du développement élémentaire de l'homme.

— C'est une sorte d'écriture ! déclara Challenger.

— On dirait un puzzle, fit lord John en se tordant le cou pour l'examiner.

Tout à coup, il étendit le bras et me prit le puzzle.

« Voilà ! cria-t-il. Je crois que j'ai résolu le problème. Regardez ! Combien y a-t-il de traits sur cette écorce ? Dix-huit. Or il y a dix-huit ouvertures de cavernes sur le flanc de l'escarpement au-dessus de nous.

— Il a fait un geste pour nous montrer les cavernes quand il m'a donné son rouleau, rappelai-je.

— Bien sûr ! C'est une carte des cavernes. Hein ! Il y en a dix-huit en ligne : quelques-unes peu profondes, d'autres profondes, certaines avec des embranchements. Nous les avons bien vues, hein ? Et la croix indique la plus profonde.

— Celle qui aboutit de l'autre côté, à l'extérieur ! m'exclamai-je.

— Je crois que notre jeune ami a déchiffré l'énigme, réfléchit Challenger. Si la caverne ne traverse pas l'escarpement je ne comprends pas pourquoi cette personne, qui ne nous veut que du bien, aurait attiré spécialement notre attention sur elle. Mais si réellement elle traverse et sort à une hauteur correspondante de l'autre côté nous aurions encore près de quarante mètres à franchir en descente.

— Quarante mètres ! grogna Summerlee.

— Et alors ? m'écriai-je. Notre corde n'a-t-elle pas plus de quarante mètres de long ? Nous pouvons certainement descendre par là !

— Et les Indiens qui habitent dans la caverne ? objecta Summerlee.

— Il n'y a pas d'Indiens dans les cavernes au-dessus de nous, répondis-je. Elles sont toutes utilisées comme entrepôts ou granges. D'ailleurs, pourquoi ne pas y aller voir tout de suite ?

Sur le plateau pousse un bois sec, bitumeux, que nos botanistes appellent araucaria, et dont les Indiens font des torches. Nous en prîmes tout un fagot et nous nous dirigeâmes vers la caverne marquée d'une croix. Comme je l'avais annoncé, elle était inhabitée, sauf par une colonie d'énormes chauves-souris qui voletaient autour de nous tandis que nous nous y enfoncions. Ne tenant pas à éveiller l'attention des Indiens sur cette visite, nous titubâmes dans le noir jusqu'à ce que nous eussions contourné une quantité d'angles que nous estimâmes suffisante. Alors nous allumâmes nos torches : c'était un tunnel magnifiquement sec, avec des parois grises, très lisses, recouvertes de symboles par les indigènes, et un toit cintré qui formait une arche au-dessus de nos têtes. Nous marchions sur du sable blanc qui miroitait sous nos pieds. Nous nous hâtions fébrilement mais, à notre grande déception, nous dûmes nous arrêter : un mur de rocs s'élevait devant nous et il ne présentait même pas une fissure par où une souris aurait pu passer. Rien à faire pour s'évader par là.

Avec de l'amertume plein le cœur, nous observâmes cet obstacle inattendu. Il ne provenait pas d'un bouleversement quelconque, il formait, et il avait toujours formé, un cul-de-sac.

— N'importe, mes amis ! déclara Challenger, qui ne se laissait pas abattre pour si peu. Vous avez ma promesse pour le ballon.

Summerlee gémit.

— Peut-être sommes-nous dans une mauvaise caverne ? hasardai-je. Ne nous sommes-nous pas trompés ?

— Pas la peine, bébé ! fit lord John en posant son doigt sur la carte. La dix-septième sur la droite, la seconde sur la gauche. Nous sommes dans la bonne caverne.

Je regardai le dessin, et je poussai soudain un cri de joie.

— Je crois que ça y est. Suivez-moi ! Suivez-moi !

Je revins sur nos pas, la torche à la main.

« Ici, dis-je en montrant quelques allumettes sur le sol. Voilà l'endroit où nous avons allumé nos torches.

— Exactement.

— Eh bien ! cette caverne est dessinée comme une fourchette à deux branches. Dans le noir, nous avons dépassé l'embranchement. Sur notre droite, nous devrions trouver la branche la plus longue.

J'avais raison. Nous n'avions pas fait plus de trente mètres en arrière qu'une grande ouverture noire se dessina sur la paroi. Nous nous précipitâmes dedans : le couloir était beaucoup plus large. Nous courions presque. À bout de souffle, nous nous enfonçâmes de plusieurs centaines de mètres, fous d'impatience, d'espoir. Alors, tout d'un coup, dans l'obscurité profonde de l'arche, brilla une lumière rouge sombre. Nous stoppâmes pour nous concerter. On aurait dit qu'un drap enflammé bouchait le passage. Nous reprîmes notre course, il fallait savoir. Aucun son, aucune chaleur, aucun mouvement n'étaient perceptibles, n'émanaient de ce grand écran lumineux qui brillait devant nous, qui inondait la caverne d'une lumière argentée, qui transformait le sable en une poudre de joyaux... En approchant, nous aperçûmes une arête circulaire.

— La lune, ma parole ! hurla lord John. Nous avons traversé, les enfants ! Nous sommes de l'autre côté !

Hé ! oui, c'était la lune, la pleine lune qui brillait directement sur l'orifice qui ouvrait sur l'autre face de l'escarpement. Oh ! il n'était pas grand ! À peine plus large qu'une fenêtre, mais suffisant tout de même pour que nous puissions accomplir notre rêve. En allongeant le cou, nous constatâmes que la descente n'offrait pas de trop grosses difficultés et que le sol n'était pas loin. Ne soyez pas étonnés si d'en bas nous ne l'avions pas vu, à cet endroit, l'escarpement formait un surplomb et il paraissait tellement impossible de l'escalader que nous n'avions guère songé à l'inspecter de près. Avec notre corde, nous pourrions parvenir à terre sans difficulté. Aussi rentrâmes-nous au camp, parfaitement contents, pour faire immédiatement nos préparatifs en vue de notre départ le lendemain soir.

Ce que nous avions à faire nous le fîmes rapidement et en secret, car, même à la dernière minute, les Indiens pouvaient nous retenir. Nous avions décidé d'abandonner nos provisions de bouche et de n'emporter que nos fusils et nos cartouches. Mais Challenger avait en outre quelque chose de lourd qu'il voulait ramener à Londres : un paquet peu maniable, dont je ne suis pas autorisé à parler ; ses exigences nous donnèrent beaucoup de mal ! Le jour s'écoula avec une lenteur pesante. Quand l'obscurité se répandit sur le plateau, nous étions prêts à partir.

Péniblement, nous transportâmes nos affaires au haut des marches, et nous jetâmes un dernier coup d'œil sur ce pays des merveilles. Je pensais qu'il allait être ouvert bientôt à la curiosité universelle, qu'il deviendrait la proie des chasseurs et des prospecteurs. Mais, pour nous, il demeurerait toujours un paysage de rêve, féerique et d'un éclat incomparable ; une terre où nous avions osé beaucoup, souffert beaucoup, appris beaucoup ; notre terre comme nous l'appelions amoureusement... Sur la gauche, les cavernes projetaient leurs feux rouges qui trouaient l'obscurité. Sur la pente qui descendait vers le lac fusaient les voix des Indiens, ils riaient, ils chantaient. Au-delà, la forêt s'étendait, immense. Au centre, miroitant au clair de lune, le lac étalait ses eaux paisibles qui, paradoxalement, avaient enfanté tant de monstres. Pendant que nous admirions une dernière fois cet univers à part du monde, l'appel aigu d'un animal mystérieux résonna dans la nuit : c'était la voix même de la Terre de Maple White qui nous disait adieu. Nous nous détournâmes, et nous nous enfonçâmes dans la caverne qui nous ouvrait la porte du retour.

Deux heures plus tard, nous, nos bagages, et tous nos biens nous étions arrivés au pied de l'escarpement. Nous n'eûmes à vaincre, en fait de difficultés, que l'encombrement du colis auquel tenait tant le professeur Challenger. Nous laissâmes le tout sur place et nous partîmes aussitôt pour le camp de Zambo. Nous y arrivâmes à l'aube, mais à notre stupéfaction nous y découvrîmes, au lieu d'un feu unique, une douzaine dispersée sur la plaine. Le groupe de secours nous avait rejoints : il y avait une vingtaine d'Indiens de la rivière avec des pieux, des cordes, bref tout ce qu'il aurait fallu pour franchir le gouffre... Au moins nous n'aurons pas trop de difficultés pour le transport de nos paquets, quand demain nous nous mettrons en route vers l'Amazone !

Là-dessus, avec humilité et gratitude, je clos le chapitre de nos aventures. Nos yeux ont vu de grandes merveilles et nos âmes sont épurées par ce que nous avons enduré. Tous, nous sommes devenus meilleurs et plus graves. Peut-être serons-nous obligés de nous arrêter à Para pour radouber notre bateau. Dans ce cas, cette lettre sera d'une poste en avance sur nous. Sinon j'espère, cher monsieur McArdle, avoir très bientôt le plaisir de vous serrer la main.

CHAPITRE XVI
En cortège ! En cortège !

Je désirerais rappeler ici notre gratitude à l'égard de tous nos amis de l'Amazone ; ils nous ont témoigné une extrême gentillesse, et leur hospitalité a été magnifique pendant notre voyage de retour. Tout spécialement je voudrais remercier signor Penalosa et les autres officiers du gouvernement brésilien pour les dispositions qu'ils prirent afin de nous aider, et signor Peraira, de Para, à la prévoyance de qui nous devons une réapparition décente dans le monde civilisé. Ce sont de médiocres actions de grâces comparativement à la courtoisie que nous avons rencontrée. D'autant plus que nous décevrons nos hôtes et nos bienfaiteurs, mais, étant donné les circonstances, nous n'avons réellement pas le choix. Dès à présent, je leur déclare que s'ils essaient de suivre nos traces, ils perdront leur temps et leur argent. Dans mon récit, les noms ont été altérés, et je suis sûr que personne, même après l'avoir soigneusement étudié, ne pourrait parvenir à moins d'un millier de kilomètres de notre terre inconnue.

La frénésie qui s'empara des régions de l'Amérique du Sud que nous dûmes traverser n'était pas spécifiquement locale, comme nous l'imaginons. Je puis assurer nos amis d'Angleterre que nous n'avions aucune idée de l'écho que la simple révélation de nos expériences avait suscité dans toute l'Europe. Ce ne fut que lorsque l'Ivernia se trouva à huit cents kilomètres au large de Southampton que les messages par sans-fil des journaux et des agences, nous offrant des sommes folles pour la moindre communication touchant les résultats que nous avions obtenus, nous apprirent à quel point l'opinion mondiale s'était passionnée pour notre tentative. D'un commun accord cependant, nous décidâmes de ne faire aucune déclaration précise à la presse avant d'avoir soumis notre rapport aux membres de l'Institut de zoologie : puisque nous étions des délégués, n'était-il pas de notre devoir de rendre compte d'abord à l'organisme de qui nous avions reçu un mandat d'enquêter ? Donc, et bien qu'ayant trouvé Southampton bondé de journalistes, nous nous refusâmes systématiquement à leur donner des renseignements ; ce silence eut pour effet naturel de concentrer toute l'attention publique sur la réunion qui fut annoncée pour le 7 novembre au soir. En prévision de la foule annoncée, le Zoological Hall où s'était déroulée la scène de notre investiture fut trouvé trop petit, et ce fut au Queen's Hall, dans Regent Street, que l'assemblée fut convoquée. Il est établi à présent que les organisateurs auraient pu louer l'Albert Hall, il se serait avéré lui aussi trop étroit.

La réunion avait été prévue pour le lendemain soir de notre arrivée. La première soirée avait été consacrée, naturellement, à nos affaires privées. Des miennes, je ne puis encore parler. Peut-être que, quand elles auront pris du recul, j'aurai la force de les évoquer avec une émotion moins vive. J'ai au début indiqué au lecteur les mobiles de mon action. Il sera juste, par conséquent que je poursuive mon récit jusqu'à son terme et que je ne dissimule pas les résultats. Le moins que je puisse dire est que j'ai été poussé à prendre part à une aventure merveilleuse, et que je ne saurais être que reconnaissant envers la force qui m'a poussé.

Pour l'instant, je reviens au dénouement de notre histoire. Et au lieu de me triturer la cervelle pour essayer de vous le dépeindre au mieux, je vais transcrire le complet et excellent compte rendu qui a paru dans mon propre journal sous la signature de mon ami et confrère Macdona. Je confesse que ce papier peut choquer par son exubérance, et que notre journal s'est félicité indiscrètement d'avoir envoyé un correspondant spécial. Mais les autres quotidiens ne furent guère moins enthousiastes. Voici donc le compte rendu de mon ami Mac.

UN MONDE NEUF

GRAND MEETING AU QUEEN'S HALL

SCÈNES DE TUMULTE

UN INCIDENT EXTRAORDINAIRE

ÉMEUTE NOCTURNE DANS REGENT STREET

(Reportage spécial)

« Hier soir, dans le grand Queen's Hall, s'est tenue la réunion si attendue de l'Institut de zoologie, convoquée aux fins d'entendre le rapport de la commission d'enquête nommée l'année dernière et partie pour l'Amérique du Sud afin d'y vérifier les allégations du Pr Challenger relatives à la permanence de la vie préhistorique sur ce continent, et il est normal d'écrire que cette réunion fera date dans l'histoire de la science, car les débats furent si remarquables et même sensationnels qu'aucun assistant ne les oubliera jamais...

(Oh ! Macdona, mon frère dans le journalisme, quel exorde monstrueux par sa longueur et son défaut de grâce !)

« Les billets étaient en théorie réservés aux membres de l'Institut et à leurs invités, mais « invité » est un terme élastique ; bien avant l'ouverture de la séance, fixée à huit heures, tous les coins et recoins du grand Hall étaient archi-bourrés. Le public cependant, mécontent d'avoir été exclu, enfonça les portes à huit heures moins le quart, à l'issue d'une mêlée prolongée au cours de laquelle plusieurs personnes furent blessées, dont l'inspecteur Scoble, de la section H, qui eut une jambe brisée. Cette invasion ayant été couronnée de succès, il ne resta plus aucune place dans les passages et couloirs, et la tribune de la presse eut même à souffrir d'une intrusion enthousiaste. On estime à cinq mille spectateurs au moins le nombre des Londoniens qui attendaient dans le Hall l'arrivée des voyageurs. Quand ils apparurent, ils prirent place au premier rang de l'estrade sur laquelle étaient déjà massés les plus grands noms de la science, non seulement de ce pays, mais aussi de France et d'Allemagne. La Suède était également représentée en la personne du Pr Sergius, le célèbre zoologue de l'université d'Uppsala. L'entrée des quatre héros déclencha une remarquable manifestation de bienvenue : toute l'assistance se leva et éclata en applaudissements pendant plusieurs minutes. Un observateur attentif aurait pu détecter, toutefois, quelques signes de désaccord et prévoir que les débats seraient plus animés qu'harmonieux. Pourtant, nul n'aurait pu prophétiser la tournure extraordinaire qu'ils allaient prendre.

« Il n'y a pas grand-chose à dire sur l'apparition des quatre voyageurs, puisque leurs photographies ont été publiées par tous les journaux. Ils portent peu de marques des heures pénibles qu'ils affirment avoir traversées. Il est possible que la barbe du Pr Challenger soit plus hirsute, les traits du Pr Summerlee plus ascétiques, le visage de lord John Roxton plus décharné ; tous trois sont plus hâlés que lorsqu'ils quittèrent notre pays, mais ils paraissent en excellente santé. Quant à notre représentant personnel, l'athlète célèbre, l'international de rugby E. D. Malone, il est tiré à quatre épingles et contemple la foule avec bonne humeur ; un sourire de contentement de soi se répand discrètement sur sa figure franche mais banale...

(Très bien, Mac ! Attendez que je vous attrape seul à seul !)

« Quand le calme est rétabli, et que l'assistance s'est assise après l'ovation qu'elle a adressée aux voyageurs, le président, le duc de Durham, prononce quelques mots : il ne voudrait pas s'interposer plus d'une minute entre cette vaste assemblée et le plaisir qui l'attend, dit-il. Ce n'était pas à lui d'anticiper sur ce que le Pr Summerlee, qui allait parler au nom du comité, avait à annoncer, mais le bruit courait généralement que leur expédition avait été couronnée par un succès extraordinaire. [Applaudissements]. Apparemment, l'âge de l'aventure n'était pas mort, et il existait un terrain commun sur lequel pouvaient se rencontrer les imaginations les plus débridées des romanciers et les investigations actuelles des chercheurs scientifiques. Il désirait seulement ajouter, avant de s'asseoir, qu'il se réjouissait hautement – et tous les assistants s'en réjouiraient également – que ces gentlemen soient rentrés sains et saufs d'une tâche difficile et dangereuse ; indéniablement, si cette expédition s'était terminée par un désastre, une perte irréparable aurait été infligée à la cause de la science zoologique. [Grands applaudissements, auxquels se joignit le Pr Challenger].

« Quand le Pr Summerlee se leva, une formidable ovation déferla sur tous les rangs et elle se répéta plusieurs fois avec un enthousiasme rarement égalé dans cette salle. Nous ne publierons pas son message in extenso dans nos colonnes, pour la simple raison qu'un compte rendu complet de toutes les aventures de l'expédition sera publié en supplément sous la signature de notre envoyé spécial particulier en Amérique du Sud. Nous nous bornerons pour l'instant à quelques indications. Le Pr Summerlee commença par décrire la genèse du voyage, et à payer un tribut fort bien tourné à son ami le Pr Challenger ; ce tribut s'accoupla avec des excuses touchant l'incrédulité avec laquelle avaient été accueillies les affirmations du Pr Challenger, aujourd'hui pleinement vérifiées ; il retraça ensuite le cours de leur voyage, tout en se gardant bien de donner les précisions capables de faire localiser par le public ce plateau extraordinaire. Après avoir décrit, en termes généraux, leur randonnée depuis le fleuve principal jusqu'à leur arrivée devant la base des escarpements, il captiva ses auditeurs par le récit des difficultés rencontrées par l'expédition pour escalader ces escarpements, et finalement il raconta comment ils avaient réussi dans un suprême effort qui coûta la vie à deux de leurs dévoués serviteurs métis...

(Cette surprenante narration de l'affaire correspondait au désir de Summerlee de ne soulever aucune discussion lors de la réunion.)

« Ayant ainsi conduit par l'imagination son assistance jusqu'au sommet du plateau, et l'ayant abandonnée là par suite de la chute du pont, le professeur entreprit de dépeindre à la fois les horreurs et les attraits de ce pays remarquable. Il effleura à peine les aventures personnelles, mais il s'étendit longuement sur la riche moisson récoltée par la science après les observations faites sur la vie des bêtes sauvages, des oiseaux, des insectes, et des plantes sur le plateau particulièrement riche en coléoptères et en lépidoptères : quarante-six nouvelles espèces des premiers et quatre-vingt-quatorze des deuxièmes ont été découvertes en quelques semaines. Ce fut, cependant, sur les plus gros animaux, et spécialement sur les gros animaux dont on supposait que la race était éteinte depuis longtemps, que l'intérêt du public se concentra davantage. Il en fournit une longue liste, et il ajouta qu'elle n'était qu'un début et qu'elle s'allongerait encore notablement quand le plateau aurait été exploré à fond. Lui et ses compagnons ont vu au moins une douzaine de créatures, le plus souvent de loin, qui ne correspondaient à rien d'actuellement connu par la science, et qui devraient être classées et répertoriées attentivement. Il cita en exemple un serpent dont la peau arrachée, de couleur rouge foncé, avait dix-huit mètres de longueur ; il mentionna aussi un animal blanc, probablement un mammifère, qui la nuit projetait une nette phosphorescence ; il parla encore d'un grand papillon noir dont la piqûre était, aux dires des Indiens, très venimeuse. En dehors de ces formes de vie tout à fait nouvelles, le plateau abondait en aspects préhistoriques connus, dont la date remontait aux premiers âges jurassiques.

Parmi eux, il cita le gigantesque et grotesque stégosaure, que M. Malone vit boire dans le lac en une occasion et qui avait été dessiné par l'aventureux Américain qui avait le premier pénétré dans ce monde inconnu. Il décrivit également l'iguanodon et le ptérodactyle, les deux premières merveilles qu'ils aient rencontrées. Il fit frémir l'assemblée en évoquant le terrible dinosaure carnivore qui avait une fois poursuivi des membres de leur groupe et qui était de loin l'animal le plus formidable qu'ils aient vu. De là il passa à cet oiseau, immense et féroce, le phororachus, et aux grands cerfs qui vagabondent encore sur ce haut lieu.

Mais ce fut quand il décrivit les mystères du lac central que l'enthousiasme de l'assistance fut à son comble. On avait envie de se pincer pour être sûr qu'on était éveillé quand le professeur à l'esprit sain et pratique parla en termes froids, mesurés, des lézards-poissons monstrueux à trois yeux et des serpents aquatiques géants qui habitent cette nappe d'eau enchantée. Puis il traça un portrait des Indiens et des hommes-singes, ceux-ci pouvant être considérés comme en avance sur le pithecanthropusde Java, et, étant donné qu'ils sont la forme connue la plus proche de cette créature hypothétique, comme l'anneau manquant. Enfin il décrivit, au milieu de la bonne humeur générale, l'invention aéronautique, aussi ingénieuse que périlleuse, du Pr Challenger, et il termina son si mémorable compte rendu par le détail des procédés grâce auxquels la commission d'enquête put rentrer dans le giron de la civilisation.

« On avait espéré que la séance prendrait fin là-dessus, et qu'une motion de remerciements et de félicitations, mise aux voix par le Pr Sergius, de l'université d'Uppsala, serait votée d'enthousiasme. Mais il devint vite évident que le cours des événements ne serait pas aussi simple. Au cours de la séance, des symptômes très nets d'opposition s'étaient manifestés de temps à autre, et le Dr James Illingworth, d'Édimbourg, se leva au centre de la salle. Le Dr Illingworth demanda si un amendement ne pouvait pas être déposé avant le vote de la résolution.

« LE PRÉSIDENT. – Si, monsieur, pour le cas où il y en aurait un de présenté.

« LE Dr ILLINGWORTH. – Votre Grâce, je dépose un amendement.

« LE PRÉSIDENT. – Alors, étudions-le tout de suite.

« LE Pr SUMMERLEE, sautant sur ses pieds. – Pourrai-je vous indiquer, Votre Grâce, que cet homme est mon ennemi personnel depuis notre controverse dans le Journal de la Science sur la véritable nature de bathybius ?

« LE PRÉSIDENT. – J'ai peur de ne pouvoir faire entrer en ligne de compte des affaires personnelles. Poursuivez.

« Le Dr Illingworth ne fut qu'imparfaitement entendu tout d'abord, car il se heurta à la vigoureuse opposition qui rassemblait tous les amis des explorateurs. Certains voulaient même le faire descendre de la tribune. Mais, étant extrêmement robuste, et doué d'une voix tonnante, il domina le tumulte et alla jusqu'à la fin de son discours. À partir du moment où il se leva, il devint clair qu'il avait dans la salle des amis et des sympathisants, toutefois en minorité. L'attitude de la majorité de l'assistance pourrait se résumer ainsi : une neutralité vigilante.

« Le Dr Illingworth commença ses observations par un hommage élevé à l'œuvre scientifique accomplie par les Prs Challenger et Summerlee. Il insista longuement sur le fait que les remarques qu'il allait développer ne seraient dictées par aucun motif personnel, mais qu'elles seraient inspirées exclusivement par son souci de la vérité scientifique. En fait, sa position présentait de fortes analogies avec celle qu'avait prise le Pr Summerlee lors de la dernière séance. Au cours de cette dernière séance, le Pr Challenger avait fait certaines déclarations qui avaient été mises en doute par son collègue. Maintenant, ce même collègue se faisait le porte-parole de ces mêmes déclarations, et il s'attendait à ce qu'elles ne fussent pas mises en doute. Était-ce raisonnable ? [« Oui ! Non ! » et toute une série d'interruptions prolongées, au cours desquelles les journalistes entendirent le Pr Challenger demander au président de l'autoriser à jeter dans la rue le Dr Illingworth.]

Il y a un an, un homme a dit certaines choses. Aujourd'hui quatre hommes en disent d'autres, et de plus surprenantes encore. Est-ce que cette surenchère pouvait constituer une preuve finale, alors que le sujet exposé présentait un caractère révolutionnaire et incroyable ? Récemment, les exemples n'avaient pas manqué de voyageurs débarquant de pays inconnus et racontant des histoires qui avaient été trop facilement écoutées. L'Institut de zoologie de Londres allait-il se placer dans cette situation ? Il admettait que les membres du comité étaient des hommes de caractère. Mais que la nature humaine était donc complexe !

Les professeurs eux-mêmes pouvaient être égarés par le désir de devenir célèbres. Semblables à des papillons, nous préférons voler près de la lumière. Le chasseur de gros gibier aime se trouver en mesure d'éclipser les récits de ses rivaux, et le journaliste ne déteste pas le sensationnel, même au prix d'un effort d'imagination. Tous les membres de la commission d'enquête avaient en somme un motif personnel pour se vanter d'un maximum de résultats [« C'est une honte ! Une honte !] Il ne songeait nullement à être offensant… [« Vous êtes un insulteur ! » Nombreuses interruptions.] Mais comment prouver la véracité de ces contes merveilleux ? Avec quoi les corroborer ? Les preuves étaient minces : tout juste quelques photographies. Serait-il possible, à l'âge des manipulations les plus ingénieuses, que des photographies fussent acceptées comme des preuves ? Quoi d'autre ? Nous avons une histoire d'un vol en ballon et d'une descente par cordes qui interdit la production au public de preuves plus importantes. Idée ingénieuse, mais non convaincante ! Lord Roxton a annoncé, paraît-il, qu'il avait le crâne d'un phororachus. Le Dr Illingworth voudrait bien voir ce crâne.

« LORD JOHN ROXTON. – Est-ce que ce type, par hasard, me traiterait de menteur ? [Grand vacarme.]

« LE PRÉSIDENT. – À l'ordre ! À l'ordre ! Docteur Illingworth, je me vois dans l'obligation de vous prier de conclure et de déposer votre amendement.

« LE Dr ILLINGWORTH. – Votre Grâce, j'aurais encore beaucoup à dire. Mais je me plie à votre décision. Je demande donc : premièrement que le Pr Summerlee soit remercié pour sa si intéressante communication ; deuxièmement que toute cette affaire soit considérée comme non prouvée ; troisièmement qu'elle soit renvoyée à une commission d'enquête plus nombreuse et, si possible, plus digne de confiance.

« Il est difficile de décrire la confusion qu'engendra le dépôt de cet amendement. Une grande partie de l'assistance manifesta son indignation devant un tel affront infligé aux voyageurs. Des cris de protestation jaillirent, bruyamment orchestrés, et on entendit de nombreux : « Non ! Ne le mettez pas aux voix ! Retirez-le ! À la porte ! » D'autre part, les mécontents, dont on ne peut nier qu'ils étaient plusieurs, applaudirent à l'amendement en criant : « À l'ordre ! » et : « Jouez le jeu ! » Une bagarre éclata dans les derniers rangs, et des coups furent échangés entre les étudiants en médecine qui occupaient le fond de la salle. Une bataille rangée ne fut évitée que grâce à l'influence modératrice due à la présence de nombreuses dames. Soudain, pourtant, le silence se rétablit miraculeusement ; il y eut des « chut ! » impératifs. C'est que le Pr Challenger se levait à son tour. Son aspect et ses manières avaient de quoi freiner les plus enragés. De sa main levée, il réclama que cesse le désordre. Immédiatement, toute l'assistance se rassit pour l'écouter.

« – Beaucoup de spectateurs se rappelleront, déclara le Pr Challenger, que des scènes aussi indécentes et aussi imbéciles se sont produites au cours de la dernière séance où j'ai pris la parole. Ce jour-là, le Pr Summerlee fut mon insulteur numéro un, et il a beau s'être radouci et avoir battu sa coulpe, je ne l'ai pas tout à fait oublié. Ce soir, j'ai entendu des choses aussi pénibles, mais encore plus offensantes, de la part de la personne qui vient de se rasseoir. Bien qu'un effort volontaire d'effacement de soi soit nécessaire pour descendre jusqu'au niveau mental de cette personne, je consens à le tenter, ne serait-ce que pour dissiper les doutes raisonnables qui pourraient se faire jour dans quelques esprits. [Rires et interruptions]. Je n'ai pas besoin de rappeler à cette assistance que, bien que le Pr Summerlee, en qualité de président de la commission d'enquête, eût été désigné pour parler ce soir, c'est tout de même moi qui suis le véritable animateur de cette affaire, et que c'est surtout à mon crédit que tout résultat positif doit être inscrit. J'ai conduit à bon port ces trois gentlemen, et je les ai convaincus, ainsi que vous avez pu en juger, de la véracité de mon premier rapport. Nous avions espéré découvrir à notre retour que personne ne serait assez obtus pour discuter nos conclusions communes. Averti toutefois par une expérience précédente, je ne suis pas revenu sans les preuves capables de convaincre n'importe quel individu doté de raison. Comme l'a expliqué le Pr Summerlee, nos caméras ont été brisées par les hommes-singes qui ont mis à sac notre campement, et la plupart de nos négatifs ont été détruits...

« [Huées, rires, et : « Parlez-nous d'autre chose ! » au fond de la salle.]

« – J'ai évoqué les hommes-singes ; mais je ne puis m'empêcher de dire que quelques-uns des bruits qui chatouillent mes oreilles me remettent vigoureusement en mémoire certaines expériences que j'ai vécues avec ces intéressantes créatures. [Rires.] En dépit de la destruction de négatifs inestimables, il reste dans notre collection un certain nombre de photographies corroboratives qui montrent quelques-unes des conditions de la vie sur le plateau. Nous accuse-t-on d'avoir truqué ces photographies ?

« [Une voix crie : « Oui ! » Il s'ensuit une interruption prolongée. Plusieurs spectateurs sont expulsés de la salle.]

« Les négatifs sont à la disposition des experts. Mais quelle autre preuve avons-nous ? Étant donné les conditions de notre départ du plateau, nous n'avons naturellement pas pu emporter beaucoup de bagages, mais nous avons sauvé les collections de papillons et de coléoptères du Pr Summerlee, qui contiennent beaucoup d'espèces nouvelles. Est-ce que ce n'est pas une preuve, cela ?

« [Plusieurs voix : « Non ! »]

« – Qui a dit non ?

« LE Dr ILLINGWORTH, debout. – Notre opinion est qu'une semblable collection a pu être réunie dans un tout autre endroit que sur un plateau préhistorique. [Applaudissements.]

« LE Pr CHALLENGER. – Sans doute, monsieur, devons-nous nous incliner devant votre autorité scientifique, quoique je doive avouer que votre nom ne m'est guère familier. Passant, donc, sur les photographies et sur la collection entomologique, j'en viens à l'information variée et précise que nous rapportons sur des sujets qui jusqu'ici n'avaient jamais été élucidés. Par exemple, sur les habitudes domestiques du ptérodactyle...

« UNE VOIX. – C'est une blague ! [Grand chahut.]

« LE Pr CHALLENGER. – Je répète : sur les habitudes domestiques du ptérodactyle, nous sommes en mesure de projeter une vive lumière. Je puis vous montrer une image de cet animal, prise sur le vif, qui est de nature à vous convaincre...

« LE Dr ILLINGWORTH. – Aucune image ne nous convaincra, de rien !

« LE Pr CHALLENGER. – Vous désireriez voir l'original lui-même ?

« LE Dr ILLINGWORTH – Sans aucun doute !

« LE Pr CHALLENGER. – Vous l'accepteriez comme preuve ?

« LE Dr ILLINGWORTH, riant. – Naturellement !

« Ce fut à ce moment-là que la sensation de la soirée se produisit, une sensation d'un caractère si dramatique qu'elle n'a pas de précédent dans l'histoire des assemblées scientifiques. Le Pr Challenger dressa une main comme pour donner un signal : aussitôt notre confrère M. E. D. Malone se leva et se dirigea vers le fond de l'estrade. Un instant plus tard, il reparut en compagnie d'un Noir gigantesque ; tous deux portaient une grande caisse carrée. Elle pesait évidemment très lourd. Elle fut lentement portée devant le Pr Challenger. Le silence tomba d'un coup sur l'assistance. Le Pr Challenger écarta le côté supérieur de la caisse – c'était un couvercle à glissière – regarda à l'intérieur, claqua des doigts plusieurs fois. De la tribune de la presse, nous l'entendîmes appeler d'une voix câline : Allons, viens ! Viens, petit !

« Presque sur-le-champ avec un bruit de crécelle, un animal parfaitement horrible et répugnant apparut et se posa sur le bord de la caisse. Même la chute imprévue du duc de Durham dans la fosse d'orchestre ne détourna pas l'attention du public pétrifié. La gueule de cette créature ressemblait à la plus affreuse gargouille qu'une imagination médiévale eût pu concevoir dans une heure de folie. Elle était méchante, horrible, avec deux petits yeux rouges qui luisaient, comme du charbon en combustion. Ses épaules étaient voûtées ; autour d'elles était drapé quelque chose qui rappelait un châle gris défraîchi. C'était en personne le diable de notre enfance. Et soudain toute l'assistance fut envahie d'un grand trouble, des gens hurlèrent, deux dames du premier rang tombèrent évanouies de leur fauteuil, et sur l'estrade un mouvement général se dessina pour suivre le président dans la fosse d'orchestre.

« Pendant quelques instants, on put craindre une panique folle. Le Pr Challenger leva les mains pour apaiser l'émotion, mais son geste alarma l'animal qui se tenait à côté de lui. Son châle étrange se développa, se déplia, s'étendit, et battit comme une paire d'ailes en cuir. Son propriétaire voulut le plaquer aux pattes, mais trop tard. La bête s'était envolée de son perchoir et décrivait de lents cercles au-dessus de la salle en battant des ailes (trois mètres cinquante d'envergure), tandis qu'une odeur putride s'insinuait partout. Les cris des spectateurs des galeries, que la proximité de ces yeux brûlants et du bec meurtrier affolait, excitèrent la bête et la rendirent furieuse. Elle volait de plus en plus vite et se cognait contre les murs et les candélabres.

« – La fenêtre ! hurla de l'estrade le professeur qui dansait d'un pied sur l'autre et se tordait les mains plein d'appréhension. Pour l'amour du Ciel, fermez la fenêtre !

« Hélas ! son avertissement vint trop tard. En une seconde, l'énorme bête qui rebondissait contre le mur comme un papillon dans un manchon à gaz se trouva face à l'ouverture, recroquevilla à travers la fenêtre son épaisse masse, et disparut. Le Pr Challenger retomba sur sa chaise, le visage enfoui dans les mains ; mais l'assistance poussa un long soupir de soulagement quand elle réalisa que tout danger était écarté.

« Et alors... Oh ! Comment décrire ce qui se produisit alors ?... Toute l'exubérance de la majorité et toute la réserve de la minorité s'unirent, se fondirent dans une seule grande vague d'enthousiasme, qui roula du fond du Hall, grossit de rang en rang, déferla sur l'orchestre, submergea l'estrade et emporta sur sa crête écumante nos quatre héros...

(Un bon point pour vous, Mac ! Il vous sera beaucoup pardonné à cause de ceci.)

« ... Si l'auditoire avait manqué à la justice, il fit amplement amende honorable. Tout le monde était debout. Tout le monde s'agitait, gesticulait, criait. Une foule serrée se pressa autour des quatre voyageurs. « En triomphe ! En triomphe ! » hurlèrent cent voix. À l'instant, quatre silhouettes apparurent au-dessus de la foule. En vain nos triomphateurs cherchaient-ils à remettre pied à terre. Ils demeurèrent solidement maintenus à leurs places d'honneur. D'ailleurs, il y avait tellement de monde que si leurs porteurs avaient eu envie de les déposer sur le plancher, ils ne l'auraient pas pu. « Regent Street ! Regent Street ! » scandèrent les voix. La multitude tourbillonna sur elle-même, et un formidable courant, avec nos quatre hommes toujours sur de solides épaules, se rua vers la porte. Dehors, dans la rue, le spectacle était prodigieux. Il n'y avait pas moins de cent mille personnes qui attendaient. Une masse compacte s'étendait de l'autre côté, du Langham Hôtel jusqu'à Oxford Circus. Un tonnerre d'acclamations salua les quatre explorateurs quand ils apparurent au-dessus des têtes, bien éclairés par les lampadaires électriques. « En cortège ! En cortège ! » criait-on. Sous la forme d'une armée très dense qui bloquait toute la largeur des rues, la foule s'ébranla et prit la route de Regent Street, de Pall Mall, de Saint James Street et de Piccadilly. Toute la circulation était arrêtée dans le centre de Londres. Il paraît que de nombreuses collisions se produisirent entre les fanatiques d'une part, la police et les chauffeurs de taxi de l'autre. Finalement, ce ne fut pas avant minuit que nos quatre voyageurs furent autorisés à descendre des épaules de leurs admirateurs devant l'appartement de lord John Roxton, à l'Albany. La foule en liesse entonna en chœur They are Jolly Good Fellows, et elle conclut le programme par le traditionnel God save the King. Ainsi se termina l'une des soirées les plus passionnantes que Londres ait vécues depuis bien longtemps. »

Parfait, ami Macdona ! Ce compte rendu peut être tenu pour un récit exact, quoiqu'un peu haut en couleur, de la séance. En ce qui concerne l'incident à sensation, il constitua pour l'assistance une surprise bouleversante, mais pas pour nous, bien sûr ! Le lecteur se rappelle que j'avais rencontré lord John Roxton le soir même où vêtu de sa crinoline protectrice, il était allé chercher pour le Pr Challenger un « poulet du diable », comme il l'avait appelé. J'avais fait allusion également à l'encombrement provoqué par les bagages volumineux du professeur quand nous quittâmes le plateau. Quand j'ai décrit notre voyage de retour, j'aurais pu révéler aussi le mal que nous eûmes à assouvir l'appétit de notre répugnant compagnon avec du poisson pourri. Si je n'en ai pas soufflé mot, c'était parce que le professeur voulait garder le secret d'un argument irréfutable pour confondre ses ennemis.

Un mot sur le destin du ptérodactyle londonien. Rien de certain ne peut être affirmé. Deux femmes épouvantées ont témoigné l'avoir vu perché sur le toit du Queen's Hall : il serait resté là pendant plusieurs heures comme une statue diabolique. Le lendemain, les journaux du soir rapportèrent que Privates Miles, des Goldstream Guards, en service devant Marlborough House, avait déserté sa faction sans permission, et qu'il était traduit en conseil de guerre. La version de Privates Miles, selon laquelle il avait laissé tomber son fusil et pris dans le Hall ses jambes à son cou parce qu'en levant les yeux il avait soudainement vu le diable qui s'interposait entre la lune et lui, ne fut pas retenue par le tribunal. Peut-être n'est-elle pas cependant sans rapport avec l'affaire. Le seul autre témoignage dont je puisse faire état est tiré du carnet de bord du vapeur Friesland, un paquebot de la ligne Hollande-Amérique, qui relata que le lendemain matin à neuf heures le navire fut dépassé par un animal d'un type indéterminé intermédiaire entre une chèvre volante et une chauve-souris monstrueuse, qui se dirigeait à une allure prodigieuse vers le sud-ouest. Si son instinct ne l'a réellement pas trompé, le dernier ptérodactyle européen a trouvé la mort quelque part au-dessus des espaces de l'Atlantique.

Et Gladys ? Oh ! ma Gladys ! Gladys du lac mystérieux… Lac qui continuera de s'appeler lac Central, car ce ne sera pas par moi que Gladys atteindra à l'immortalité… N'avais-je pas toujours prétendu qu'elle avait une fibre de dureté ? N'avais-je pas senti, même dès l'époque où j'étais fier d'obéir à son commandement, qu'il n'y avait qu'un pauvre amour pour conduire ainsi son amoureux à la mort ou à tous les dangers de la mort ? Est-ce que je n'avais pas discerné au fond de moi-même les ombres jumelles de l'égoïsme et de l'inconstance qui se détachaient sur la perfection du visage ? Aimait-elle l'héroïque et le spectaculaire en eux-mêmes, ou bien les aimait-elle pour la gloire qui pouvait, sans effort de sacrifice, en rejaillir sur sa personne ?… À moins que ces pensées ne soient l'effet de la vaine sagesse qui se déclare après l'événement !

Ce fut le choc de ma vie. Pendant quelque temps, je devins un vrai cynique. Mais déjà, tandis que j'écris, une semaine a passé, et nous avons eu notre entretien capital avec lord John Roxton, et… après tout, les choses auraient pu être pires.

Permettez-moi de les raconter en peu de mots. Aucune lettre, aucun télégramme ne m'attendait à Southampton. J'atteignis la petite villa de Streatham vers dix heures du soir, fébrilement inquiet. Était-elle morte, ou en vie ? Où étaient mes beaux rêves de bras ouverts, d'un sourire rayonnant, de louanges envers l'homme qui avait risqué sa vie pour obéir à son caprice ? Ah ! j'étais loin des hautes cimes à présent, j'avais les deux pieds sur la terre ! Peut-être de bonnes raisons m'auraient-elles projeté une fois encore dans les nuages… Bref, je fonçai dans le jardin, martelai la porte de mes poings, entendis la voix de Gladys à l'intérieur, bousculai la servante ébahie, et me ruai dans le salon. Elle était assise sur un bas tabouret, à la lumière de la lampe habituelle, près du piano. En trois bonds, j'avais traversé la pièce et je m'étais emparé de ses mains.

– Gladys ! criai-je. Gladys !

Elle leva les yeux, surprise. Je lus sur son visage une altération subtile. L'expression durcie du regard et le pincement des lèvres étaient nouveaux. Elle libéra ses mains.

– Que me voulez-vous ? demanda-t-elle.

– Gladys ! m'exclamai-je. Qu'est-ce qui se passe ? Vous êtes ma Gladys, n'est-ce pas, petite Gladys Hungerton ?

– Non, fit-elle. Je suis Gladys Potts. Permettez-moi de vous présenter à mon mari.

Comme la vie est absurde. Je me surpris m'inclinant mécaniquement devant un petit bonhomme aux cheveux poivre et sel, recroquevillé dans le grand fauteuil qui m'était autrefois réservé. Je lui serrai la main. Nous échangeâmes même un sourire.

– Papa nous permet de demeurer ici en attendant que notre maison soit achevée, dit Gladys.

– Ah ! oui...

– Vous n'avez donc pas reçu ma lettre à Para ?

– Non.

– Oh ! quel dommage ! Elle vous aurait informé...

– Je suis parfaitement informé, dis-je.

– J'ai tout dit à William à votre sujet, poursuivit-elle. Nous n'avons pas de secrets l'un pour l'autre. Je suis désolée. Mais votre sentiment n'était pas trop profond, n'est-ce pas, puisque vous êtes parti pour l'autre extrémité du monde et que vous m'avez laissée seule. Vous ne m'en voulez pas, dites ?

– Non. Non. Pas du tout. Je crois que je vais m'en aller.

– Vous prendrez bien quelque chose ? dit le petit bonhomme, qui ajouta sur le mode confidentiel : c'est toujours comme ça, hé ! Et ça sera toujours comme ça, tant que vous ne serez pas polygame. La polygamie, c'est le seul moyen de s'en sortir.

Il éclata de rire comme un idiot, tandis que je me dirigeais vers la porte.

J'étais sur le seuil quand une soudaine impulsion me domina, alors je revins vers mon heureux rival, qui loucha nerveusement vers la sonnette.

– Voudriez-vous répondre à une question ? demandai-je.

– Si c'est une question raisonnable...

– Comment avez-vous réussi ? Avez-vous cherché un trésor caché, ou découvert un pôle, ou pourchassé un pirate, ou traversé la Manche à pied sec, ou quoi ? Quel est l'éclat de votre aventure ?

Il me regarda avec une expression désespérée sur son visage vide, honnête, bien lavé.

– Ne pensez-vous pas que cette question soit un peu trop personnelle ?

– Bien ! m'écriai-je. Alors une autre question. Qui êtes-vous ? Quelle est votre profession ?

– Je suis le secrétaire d'un homme de loi, me répondit-il. Le deuxième homme chez Johnson & Merivale's, 41, Chancery Lane.

– Bonne nuit !

Là-dessus je disparus, comme tous les héros au cœur brisé, dans la nuit, le chagrin, la rage et le rire bouillonnaient en moi comme dans une marmite.

Encore une petite scène, et j'en aurai fini. Hier soir, nous avons tous soupé dans l'appartement de lord John Roxton. Ensuite, nous avons fumé en bons amis et nous avons évoqué une fois encore nos aventures. C'était étrange de voir dans un décor nouveau les vieilles figures que je connaissais si bien. Il y avait Challenger, avec son sourire condescendant, ses paupières lourdes, ses yeux insolents, sa barbe agressive, son torse bombé ; et il se gonflait, il soufflait tout en exposant ses idées à Summerlee. Et Summerlee, aussi, était là, avec sa courte pipe de bruyère entre sa moustache mince et son bouc gris, et sa tête décharnée saillait au-dessus du cou pendant qu'il débattait les propositions de Challenger. Enfin notre hôte, avec ses traits aquilins et ses yeux froids, bleus, toujours nuancés d'humour dans leurs profondeurs. Nous étions rassemblés dans son sanctuaire (la pièce aux éclairages roses et aux trophées innombrables) et lord John Roxton avait quelque chose à nous dire. D'une armoire, il avait tiré une antique boîte à cigares, et il l'avait posée devant lui sur la table.

– Il y a une chose, dit-il, dont peut-être j'aurais dû parler auparavant, mais je voulais savoir un peu plus clairement où j'en étais. Inutile de faire naître des espoirs pour qu'ils s'effondrent ensuite. Mais à présent, il y a des faits, et pas seulement des espoirs. Vous rappelez-vous le jour où nous avons découvert la colonie de ptérodactyles dans le marais, hein ? Eh bien ! dans le sol, j'avais remarqué quelque chose. Peut-être cela vous a-t-il échappé, aussi je vais vous le dire. C'était un cratère volcanique plein d'argile bleue.

Les professeurs acquiescèrent d'un signe de tête.

« Bon. Eh bien ! dans le monde entier, je n'ai vu qu'un endroit où il y avait un cratère volcanique d'argile bleue : la grande mine de diamants de Kimberley ; la mine de Beers, hein ? Alors, vous voyez, j'avais en tête une idée de diamants. J'ai construit un dispositif pour me tenir hors de portée de ces bêtes collantes, et j'ai passé une bonne journée là avec une petite bêche. Voici ce que j'en ai tiré.

Il ouvrit sa vieille boîte à cigares et la renversa : vingt ou trente pierres brutes, dont la forme variait entre celles d'un haricot et d'une noisette, roulèrent sur la table.

« Peut-être pensez-vous que j'aurais dû vous en parler ? Oui, j'aurais dû. Seulement, je sais qu'il existe quantité d'attrapes pour les imprudents : ces pierres, en dépit de leur taille, pouvaient ne pas valoir grand-chose ; cela dépend de la couleur, de la consistance. Alors je les ai rapportées. Et dès mon arrivée ici je suis allé faire un tour chez mon joaillier, et je lui ai demandé d'en tailler une et de l'évaluer.

Il tira de sa poche une boîte à pilules, d'où il sortit un magnifique diamant qui étincelait, l'une des plus belles pierres que je n'eusse jamais vues.

« Voilà le résultat, dit-il. Il estime le lot à un minimum de deux cent mille livres. Bien entendu, nous nous le partageons entre nous. Je ne voudrais pas entendre l'ombre d'une protestation... Dites, Challenger, qu'est-ce que vous allez faire de vos cinquante mille livres ?

– Si vous persistez dans votre générosité, répondit le professeur, je fonderai un musée privé, dont je rêve depuis toujours.

– Et vous, Summerlee ?

– J'abandonnerai ma chaire, et je trouverai ainsi le temps de classer mes fossiles.

– Moi, ajouta lord John Roxton, j'emploierai mes cinquante mille livres à organiser une expédition bien montée et à jeter un nouveau coup d'œil sur ce cher vieux plateau. Et vous, bébé, vous, naturellement, vous les dépenserez pour votre mariage ?

– Pas encore, dis-je avec un triste sourire. Je crois que si vous voulez bien de ma société, je préférerais aller avec vous.

Lord Roxton ne me répondit pas ; mais par-dessus la table, une main brune se tendit vers moi.

Fin.

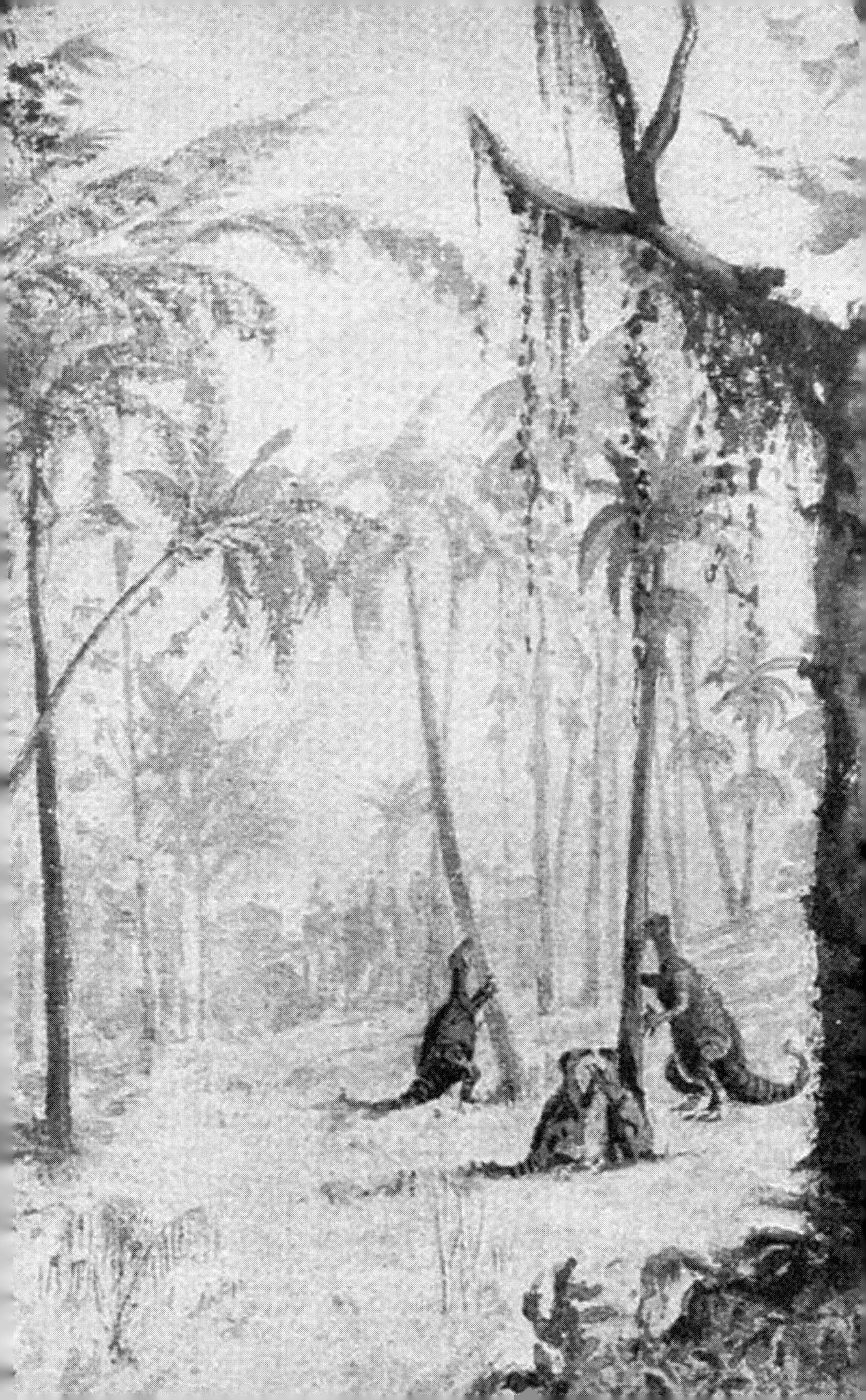

LA CEINTURE EMPOISONNÉE

Professeur Challenger : Roman 2

CHAPITRE I
Des lignes qui se brouillent

Mon devoir est clair : je n'ai pas un instant à perdre ! Ces événements prodigieux sont encore frais dans ma mémoire : il faut donc que je les relate dans tous leurs détails, avec une exactitude que le temps pourrait effacer si je tardais. Mais, au moment d'écrire, comment ne saluerais-je pas le miracle grâce auquel c'est notre petite équipe du Monde perdu (le Pr Challenger, le Pr Summerlee, lord John Roxton et moi-même) qui a vécu cette nouvelle expérience passionnante ?

Lorsque, il y a quelques années, j'ai rendu compte dans la Daily Gazette de notre voyage sensationnel en Amérique du Sud, je ne pensais guère qu'il m'arriverait d'avoir à raconter un jour une aventure personnelle encore plus étrange. Or, celle-ci est unique dans les annales de l'humanité : sur les tablettes de l'Histoire, elle se détachera irrésistiblement ; un pic majestueux écrase toujours les modestes contreforts qui l'entourent.

Pour vivre cet épisode extraordinaire, nous nous sommes trouvés réunis tous les quatre le plus normalement du monde. Toutefois, il y a eu un enchaînement de circonstances tout à fait involontaire que je vais conter aussi brièvement et aussi précisément que possible… sans oublier que la curiosité publique, qui a été et qui demeure insatiable, exige que je fournisse au lecteur un maximum de détails sur un sujet pareil.

Ce vendredi 27 août – date à jamais mémorable dans l'histoire de notre monde – je me suis rendu à mon journal et j'ai demandé un congé de trois jours à M. McArdle, qui est toujours notre rédacteur en chef. Le bon vieil Écossais a hoché la tête, il s'est gratté la frange raréfiée de ses cheveux rougeâtres, après quoi il s'est décidé à traduire enfin sa répugnance par quelques paroles.

– Je pensais justement, monsieur Malone, que nous pourrions ces jours-ci vous occuper avec profit… Je me disais qu'il y avait là une histoire particulière… bref, une histoire que vous seul seriez capable de débrouiller et de mener à bien.

– J'en suis désolé ! lui ai-je répondu en essayant de cacher ma déception. Naturellement, puisque vous avez besoin de moi, la question ne se pose plus. Mais j'avais un rendez-vous important et intime… Si vous pouviez vous passer de moi…

– C'est que je ne vois pas le moyen de me passer de vous !

La pilule était amère ; je n'avais qu'à l'avaler sans trop de grimaces. Après tout, c'était ma faute : depuis quand un journaliste a-t-il le droit d'avoir des projets personnels ? J'ai affiché un air guilleret pour déclarer :

– N'en parlons plus ! Que désirez-vous de moi ?

– Simplement une interview de ce diable d'homme qui habite à Rotherfield...

– Du Pr Challenger ? me suis-je écrié.

– Hé ! oui, pardi ! Il a « coursé » le jeune Alec Simpson, du Courrier, pendant quinze cents mètres, il l'a fait dévaler la grande route en le tenant par le col de sa veste d'une main et par le fond de la culotte de l'autre... Vous avez lu ce fait divers, n'est-ce pas, dans les rapports de la police ? Ici, vos camarades préféreraient aller interviewer un alligator en liberté ! Mais vous, vous pourriez tenter votre chance : vous êtes de vieux amis. Et je me disais...

J'étais tout à fait soulagé :

– Alors, tout va bien ! Il se trouve que c'était pour rendre visite au Pr Challenger que je vous demandais un congé. Pour l'anniversaire de notre aventure d'il y a trois ans sur le plateau, il a invité notre équipe, chez lui à Rotherfield et nous y célébrerons l'événement tous les quatre.

– Formidable ! a rugi McArdle en se frottant les mains et en dardant sur moi un regard qui étincelait derrière ses lunettes. Formidable ! Dans ce cas, vous serez à même d'approfondir son opinion. De tout autre je dirais qu'il s'agit de rêveries lunaires, mais ce type a vu juste une fois ; on ne sait jamais ; il peut avoir misé dans le mille une autre fois.

– Approfondir quoi ? sur quoi ?

– Vous n'avez pas lu, dans le Times d'aujourd'hui, sa lettre sur les « possibilités scientifiques » ?

– Non.

McArdle a alors plongé vers le plancher où il a ramassé le journal en question.

– Lisez à haute voix, m'a-t-il ordonné en désignant une colonne. Je serais content de l'entendre, car je ne suis pas tout à fait sûr d'avoir bien compris, à la première lecture, ce que le bonhomme a dans la tête.

La lettre que j'ai lue aussitôt à mon rédacteur en chef de la Gazette était ainsi rédigée :

POSSIBILITÉS SCIENTIFIQUES

Monsieur,

J'ai lu avec un amusement qui n'était pas complètement dépourvu d'un sentiment moins flatteur, la lettre suffisante et pour tout dire imbécile de James Wilson MacPhail, récemment publiée dans vos colonnes, sur le brouillage des lignes de Frauenhofer dans les spectres des planètes et des étoiles fixes. Selon lui, l'affaire est sans signification. Pour une intelligence plus développée que la sienne, l'affaire peut revêtir au contraire une très grande importance : si grande qu'elle mettrait en jeu, par exemple, la vie de tous les hommes, femmes et enfants sur cette planète. Le langage scientifique m'apparaît impropre à communiquer mes vues à un public dont l'intelligence est suffisamment indigente pour tirer sa pâture d'articles de journaux. Je m'efforcerai donc de me placer à sa portée réduite et d'user, pour m'expliquer, d'un raisonnement par analogie qui ne dépassera pas les capacités intellectuelles de vos lecteurs...

« Mon cher, c'est un as ! une merveille vivante ! s'est exclamé McArdle. Il a fait se hérisser les plumes d'une colombe au biberon, il a provoqué une émeute à une réunion de quakers : rien d'étonnant à ce que Londres lui soit devenu intenable ! C'est dommage, monsieur Malone, car c'est un grand cerveau ! Bon : tâtons un peu de son analogie.

Nous supposerons qu'un petit paquet de bouchons reliés les uns aux autres a été lancé dans un courant paresseux pour lui faire traverser l'Atlantique. Lentement, jour après jour, les bouchons seront entraînés parmi des conditions invariantes.

Si les bouchons étaient doués de sensibilité, nous pourrions imaginer qu'ils considéreraient ces conditions comme permanentes et sûres. Mais nous, avec notre science supérieure, nous savons que des tas de choses peuvent survenir qui surprendraient fort les bouchons. Ainsi, ils pourraient heurter un bateau ou une baleine endormie, à moins qu'ils n'échouent dans des herbes.

En tout état de cause, leur voyage se terminerait sans doute par un accostage brutal sur les rochers du Labrador. Mais comment s'en douteraient-ils pendant qu'ils flottent très tranquillement sur ce qu'ils croient être un océan illimité et homogène ?

Vos lecteurs saisiront peut-être que l'Atlantique, dans cette parabole, a pris la place du puissant océan de l'éther où nous flottons, et que ce paquet de bouchons représente le minuscule et obscur système planétaire auquel nous appartenons. Soleil de troisième catégorie qui remorque une racaille de satellites insignifiants, nous sommes entraînés dans les mêmes conditions quotidiennes vers je ne sais quelle fin : mettons une misérable catastrophe qui nous engloutira aux derniers confins de l'espace, où nous serons projetés dans un Niagara de l'éther ou brisés sur quelque impensable Labrador. Je ne vois là rien qui laisse une place à l'optimisme superficiel et ignare de votre correspondant, M. James Wilson MacPhail. Au contraire, j'y discerne quantité de raisons au nom desquelles nous devrions surveiller avec une vigilance aussi attentive qu'intéressée toute indication de changement dans l'ambiance cosmique dont peut dépendre notre destinée suprême...

« Mon cher, il aurait fait un grand ministre ! a coupé McArdle, admiratif. Il a les résonances d'un orgue... Bon. Maintenant, voyons un peu ce qui le tarabuste.

Le brouillage général et le déplacement des lignes de Frauenhofer du spectre indiquent, selon moi, une modification cosmique considérable, dont le caractère est à la fois subtil et singulier. La lumière d'une planète est la lumière réfléchie du soleil. La lumière d'une étoile est une lumière autonome, à origine personnelle.

Or dans cet exemple tous les spectres, aussi bien ceux des étoiles que ceux des planètes, accusent la même modification. Serait-elle la conséquence d'une modification intervenue dans ces planètes et ces étoiles ? Une telle hypothèse me semble insoutenable : quelle modification commune pourrait intervenir simultanément aussi bien dans les planètes que dans les étoiles ? S'agit-il alors d'une modification de notre propre atmosphère ? C'est possible, mais au plus haut point improbable, puisque nous n'en avons décelé aucun symptôme autour de nous, et que les analyses chimiques ne l'ont pas établie. Quelle serait dans ces conditions la troisième éventualité ? Une modification du milieu conducteur ? de cet infini d'éther fin qui s'étend d'une étoile à l'autre et se répand dans tout l'univers. Au sein de cet océan d'éther, nous flottons sur un courant paresseux : est-il interdit de croire que ce courant nous emporte vers des zones d'éther neuf à propriétés inimaginables ? Une modification s'est produite quelque part. Elle peut être mauvaise. Elle peut être bonne. Elle peut être neutre : ni bonne ni mauvaise. Nous n'en savons rien. Libre à des observateurs légers de traiter ce sujet avec dédain ! Mais l'homme qui comme moi-même possède une intelligence plus profonde – celle du véritable philosophe – comprendra que les possibilités de l'univers sont incalculables et que la sagesse consiste à se tenir prêt pour l'imprévu. Prenons un exemple : qui oserait soutenir que cette épidémie subite, mystérieuse et générale qui s'est déclarée parmi les indigènes de Sumatra, et qui a été relatée ce matin même dans vos colonnes, est sans rapport avec une modification cosmique à laquelle ils sont peut-être davantage sensibles que les populations plus complexes de l'Europe ? Je lance l'idée pour ce qu'elle vaut. Certifier qu'elle est exacte serait, dans l'état actuel des choses, aussi stupide qu'affirmer qu'elle est fausse. Mais il faudrait être un idiot bien épais pour croire qu'elle déborde du cadre des possibilités scientifiques.

Votre dévoué,

George Edward Challenger.

Les Bruyères, Rotherfield.

« Une belle lettre, et qui stimule la matière grise ! a commenté McArdle, en ajustant une cigarette dans le long tuyau de verre qui lui servait de fume-cigarette. Qu'est-ce que vous en pensez, monsieur Malone ?

J'ai été contraint d'avouer mon ignorance totale, humiliante, du sujet abordé dans cette communication. Ainsi, qu'est-ce que c'était que ces lignes de Frauenhofer ? Par chance, McArdle venait d'étudier la question avec le concours du savant maison ; aussi s'est-il empressé de tirer de son bureau deux bandes spectrales multicolores, du genre de ces rubans qu'on voit parfois aux chapeaux des membres d'un jeune club ambitieux de cricket. Il m'a montré qu'il y avait certaines lignes noires qui formaient des croisillons sur la série des couleurs brillantes allant du rouge au violet, en passant par des gradations d'orange, de jaune, de vert, de bleu et d'indigo.

« Ces lignes noires sont des lignes de Frauenhofer, m'a-t-il expliqué. Les couleurs sont la lumière elle-même. N'importe quelle lumière, si vous la décomposez avec un prisme, donne les mêmes couleurs. Elles ne nous apprennent rien. Ce sont les lignes qui comptent, parce qu'elles varient selon ce qui produit la lumière.

Or ces lignes noires, la semaine dernière, se sont brouillées et tous les astronomes se disputent pour en donner la raison. Voici une photographie de ces lignes brouillées ; nous la publierons dans notre numéro de demain. Le public n'y a pris jusqu'ici aucun intérêt, mais je pense que cette lettre de Challenger dans le Times mettra le feu aux poudres.

– Et cette histoire de Sumatra ?

– Ça, il y a loin d'une ligne brouillée dans un spectre à un nègre malade dans Sumatra ! Seulement, votre phénomène nous a déjà administré la preuve qu'il savait de quoi il parlait. Sans aucun doute, il sévit là-bas une maladie bizarre. Un câble de Singapour vient justement de nous apprendre que les phares ont cessé de fonctionner dans les détroits de la Sonde ; conséquence : deux navires à la côte… Bon ! De toute façon, voilà un joli sujet de conversation entre Challenger et vous. Si vous obtenez quelque chose de précis, ça fera une colonne pour lundi.

Au moment où, la tête pleine de cette nouvelle affaire, je quittais le bureau de mon rédacteur en chef, j'ai entendu appeler mon nom dans le salon d'attente. C'était un petit télégraphiste avec une dépêche que, de mon appartement, on m'avait fait suivre. Ce message émanait de l'homme dont nous venions de parler et il était ainsi conçu :

« Malone, 17, Hill Street, Streatham. – Apportez oxygène. – Challenger. »

« Apportez oxygène ! » Le professeur, je ne l'avais pas oublié, était doté d'un sens éléphantesque de l'humour, qui pouvait le pousser à des gaudrioles aussi lourdes que maladroites. S'agissait-il là de l'une de ses plaisanteries qui déclenchaient un énorme rire irrésistible, qui réduisait son visage à n'être plus qu'une bouche béante et une barbe hoquetante, et qui tuait sans remède toute la gravité dont il s'entourait comme Jupiter sur son Olympe ?

J'ai eu beau m'appesantir sur ces deux mots, il m'a été impossible de leur trouver une résonance facétieuse. C'était sûrement un ordre : précis autant qu'étrange ! Et Challenger était le seul homme au monde à qui je ne me souciais pas de désobéir. Peut-être avait-il envisagé une expérience de chimie ? Peut-être… Zut ! Qu'avais-je besoin de chercher à découvrir ce qu'il voulait ?

Il fallait que je me procurasse de l'oxygène, voilà tout !

Il me restait une heure avant le train qui partait de Victoria. J'ai sauté dans un taxi et je me suis fait conduire à la Société de distribution des bouteilles d'oxygène dans Oxford Street.

Comme je posais pied à terre devant l'immeuble, deux jeunes gens en sortaient en portant un tube cylindrique de fer ; ils l'ont hissé et calé devant moi dans une voiture qui attendait. Et, sur leurs talons, j'ai vu apparaître un homme âgé dont la voix de crécelle leur disait des choses désagréables. Il s'est tourné vers moi… Je n'ai pas eu à hésiter sur ces traits austères et sur ce bouc : c'était mon camarade bourru et revêche, le Pr Summerlee.

– Quoi ! s'est-il exclamé en me voyant. Auriez-vous reçu, vous aussi, cet absurde télégramme pour l'oxygène ?

Je l'ai sorti de ma poche.

« Bon ! Bon ! J'en ai reçu un également. Vous savez, c'est vraiment à contrecœur que je me suis incliné. Notre vieil ami est, comme toujours, impossible ! Comme s'il ne pouvait pas se procurer de l'oxygène par les moyens ordinaires ! Mais non : il a fallu qu'il morde sur le temps de ceux qui ont mieux à faire que lui ! Pourquoi ne l'a-t-il pas commandé directement ?

– Sans doute doit-il en avoir besoin immédiatement ?

– Ou il a cru qu'il en aurait besoin immédiatement ! Ce qui n'est pas la même chose... Voyons, vous n'allez pas acheter une autre bouteille. Dans la mienne, il y a assez d'oxygène pour deux, non ?

– Écoutez, il m'a tout l'air de tenir à ce que nous lui apportions chacun une bouteille. Je préfère ne pas le contrarier.

Summerlee haussait les épaules, grognait, mais je ne me suis pas laissé faire : j'ai acheté une bouteille, qui est allée rejoindre la première dans sa voiture, car il m'avait offert de me conduire à Victoria.

Je me suis éloigné pour payer mon taxi ; le chauffeur était hargneux : il me réclamait un pourboire excessif. Finalement, je m'en suis débarrassé et je suis revenu vers le Pr Summerlee ; il était près de se colleter avec les jeunes employés qui avaient transporté son oxygène ; son bouc se soulevait d'indignation. L'un des garçons l'a appelé, je m'en souviens : « Vieux cacatoès imbécile ! » Pareille insulte a fait sursauter le chauffeur de Summerlee, qui a pris fait et cause pour son maître et qui est descendu de son siège pour punir l'insolent. Nous avons de justesse évité la bagarre.

Tous ces détails peuvent paraître bien banals et indignes de figurer dans mon récit. Mais c'est seulement à présent, avec le recul, que je distingue leur place dans l'enchaînement des faits tels que je dois les raconter.

Le chauffeur de Summerlee était un novice, ou il avait eu les nerfs troublés par la dispute, car il s'est avéré très maladroit. Nous avons failli tamponner deux autres voitures – aussi mal pilotées d'ailleurs – et je me rappelle avoir fait remarquer à Summerlee que la qualité moyenne des chauffeurs, à Londres, avait baissé. Ensuite, nous avons frôlé de trop près un attroupement qui s'était formé pour regarder une rixe à l'angle du Mail ; très excités, des gens ont poussé des cris de colère contre notre « chauffard », et l'un d'eux a même sauté sur le marchepied et a brandi une canne dans notre direction. Je l'ai repoussé, mais nous n'avons pas été mécontents de quitter le parc sains et saufs. Tous ces petits événements survenant les uns après les autres m'avaient mis les nerfs en boule ; quant à mon compagnon, son irritabilité traduisait une impatience qu'il ne contrôlait plus.

Nous avons retrouvé notre bonne humeur devant lord John Roxton, qui nous guettait sur le quai : toujours mince et long, il était vêtu d'un costume de chasse en tweed marron clair. Quand il nous aperçut, son visage aigu, dominé par des yeux inoubliables, à la fois féroces et souriants, s'est éclairé de plaisir. Des fils gris couraient à présent dans ses cheveux roux, des rides avaient été creusées par le burin du temps, mais il était toujours le lord John avec lequel nous nous étions bien entendus dans le passé.

– Hullo ! Herr Professor ! Hullo ! Bébé !

Il s'est mis à rugir de joie devant les bouteilles d'oxygène qu'un porteur tirait derrière nous.

– Alors, vous en avez pris aussi ? La mienne est dans le fourgon. Qu'est-ce que le cher vieux peut bien vouloir en faire ?

– Attendez ! lui ai-je dit. Avez-vous lu sa lettre au Times ?

– Du baratin absurde ! a déclaré Summerlee avec une grande sévérité.

– Hé bien ! elle est à la base de cette histoire d'oxygène ou je me trompe fort !

– Du baratin absurde ! a répété Summerlee avec une violence qui n'était pas du tout indispensable.

Nous avions pris place dans un compartiment de première classe pour fumeurs et il avait déjà allumé la courte pipe de bruyère charbonneuse qui semblait prolonger la ligne agressive de son nez.

« L'ami Challenger est un homme intelligent ! a-t-il poursuivi. Personne ne peut le nier. Il faudrait être fou pour le nier. Considérez son chapeau : dessous, il y a un cerveau qui fait un kilo sept cents ; c'est un gros moteur, qui tourne bien, et qui abat du bon travail. Montrez-moi le capot, je vous dirai le volume du moteur. Seulement, Challenger est aussi un bateleur-né. Vous m'avez entendu : je le lui ai lancé une fois en pleine figure. Il est né bateleur, cabot ; il faut qu'il se place toujours sous le feu des projecteurs. Tout est calme ? Hé bien ! l'ami Challenger cherche l'occasion de faire parler de lui ! Vous n'imaginez pas qu'il croit sérieusement en son idiotie d'une modification de l'éther qui mettrait la race humaine en péril ? De sa part, c'est invention pure : je conviens que c'est l'invention la plus audacieuse et la plus forte qui ait jamais été produite sur cette terre, mais...

Il avait l'air d'un vieux corbeau blanchi qui croassait avec un rire sardonique qui lui secouait la carcasse.

En l'écoutant, j'ai senti la colère m'envahir. N'était-il pas inélégant de parler ainsi du chef qui était à l'origine de toute notre célébrité et qui nous avait fait vivre une expérience à nulle autre pareille ? J'ouvrais la bouche pour répliquer, mais lord John m'a devancé :

– Vous vous êtes déjà battu une fois avec le vieux Challenger, a-t-il dit froidement à Summerlee. Et vous avez été mis knock-out au premier round. Il me semble, professeur Summerlee, qu'il est d'une classe supérieure à la vôtre. Le mieux que vous ayez à faire est de cheminer derrière lui : laissez-le seul en tête !

J'ai aussitôt renchéri :

– Par ailleurs, il s'est toujours montré un bon ami avec chacun d'entre nous. Quels que soient ses défauts, il est droit comme un fil, et je ne crois pas qu'il n'ait jamais dit du mal de ses camarades derrière leur dos.

– Bien parlé, bébé !...

Lord John Roxton m'a dédié un gentil sourire avant de taper amicalement sur l'épaule de Summerlee :

« Allons, Herr Professor, nous ne commencerons pas cette journée par une dispute, hein ? Nous en avons trop vu ensemble ! Mais prenez garde à ne pas piétiner les plates-bandes quand vous touchez à Challenger, car nous avons, le jeune bébé et moi-même, un faible pour ce cher vieux professeur.

L'humeur de Summerlee ne se prêtait malheureusement à aucun compromis. Il avait le visage fermé ; ses traits durcis dans une désapprobation totale ne laissaient prévoir que le refus d'abandonner une position ; de sa pipe s'échappaient les furieux anneaux d'une fumée épaisse. Sa voix grinçante s'est adressée à lord John :

– Votre opinion sur un sujet scientifique présente, à mes yeux, autant de valeur que pourrait en présenter aux vôtres mon avis sur un nouveau modèle de fusil. J'ai mon jugement propre, monsieur, et je m'en sers comme il me plaît. Parce qu'il m'a trompé une fois, est-ce une raison pour que j'accepte sans esprit critique n'importe quelle élucubration plus ou moins tirée par les cheveux ? Aurions-nous donc un pape de la science, dont les décrets infaillibles seraient énoncés ex cathedra, et devant lesquels le pauvre public devrait s'incliner sans murmurer ? J'ai l'honneur, monsieur, de vous informer que je possède aussi un cerveau et que je me prendrais pour un snob ou pour un serf si je ne le mettais pas à contribution. Peut-être vous plaît-il de croire vrais ces propos incohérents sur l'éther et sur les lignes spectrales de Frauenhofer ? Fort bien, ne vous gênez pas ! Mais ne demandez pas à un homme plus âgé que vous, plus cultivé que vous, de partager votre stupidité. Voyons, monsieur, si l'éther était affecté au degré que prétend Challenger et s'il était devenu nocif pour la santé humaine, les résultats n'en apparaîtraient-ils pas sur nous-mêmes ?

Il s'est mis à rire, tellement cet argument lui semblait sans réplique.

– Oui, monsieur, nous devrions déjà être très différents de ce que nous sommes ! Au lieu d'être tranquillement assis en chemin de fer et de discuter de problèmes scientifiques, nous devrions montrer quelques symptômes du poison qui nous travaille. Où voyez-vous un signe de ce trouble cosmique ? Allons, monsieur, répondez à cela ! Répondez ! Allons, pas d'échappatoire ! Je vous somme de répondre !

La moutarde me montait au nez. Dans le comportement de Summerlee, il y avait quelque chose de très désagréable, d'agressif... Je n'ai pu me contenir plus longtemps.

– Je crois que si vous connaissiez les faits un peu mieux, vous seriez moins affirmatif !

Summerlee a retiré sa pipe de sa bouche et il m'a fixé avec un étonnement glacé.

– Auriez-vous l'obligeance de me dire, monsieur, ce que sous-entend cette remarque un tant soit peu impertinente ?

– Je veux simplement dire ceci : quand j'ai quitté le journal, nous venions de recevoir un télégramme annonçant une épidémie générale chez les indigènes de Sumatra ; la dépêche ajoutait en outre que les phares n'avaient pas été allumés dans les détroits de la Sonde.

Summerlee a explosé.

– Réellement, il devrait y avoir des limites à la folie et à la bêtise humaines ! Ne comprenez-vous pas que l'éther, si pour un instant nous adoptons l'hypothèse saugrenue de Challenger, est une substance universelle qui est la même ici qu'à l'autre bout du monde ? Supposez-vous par hasard qu'il y a un éther anglais et un éther particulier à Sumatra ? Peut-être vous imaginez-vous que l'éther du Kent est supérieur à l'éther du Surrey à travers lequel nous transporte actuellement notre train ?... Non, décidément, le profane moyen est indécrottable ! Est-il concevable que l'éther à Sumatra soit mortel au point de provoquer là-bas une insensibilité totale, alors qu'au même moment il n'a par ici aucun effet perceptible ? En vérité, je puis affirmer que personnellement je ne me suis jamais senti plus solide avec un cerveau mieux équilibré !

– C'est possible, ai-je répondu. Je ne m'arroge pas la qualité de savant. J'ai pourtant entendu dire et répéter que la science d'une génération était généralement considérée comme une somme d'erreurs par la génération suivante. Mais il n'est pas nécessaire d'avoir beaucoup de bon sens pour voir que, l'éther étant si peu connu des savants, il pourrait être affecté d'un trouble local, sur quelques points du globe où il manifesterait là-bas un effet capable de se développer ultérieurement vers nous.

– Avec des « pourrait » et tous les conditionnels du monde, s'est écrié Summerlee positivement furieux, on prouve n'importe quoi ! Des cochons pourraient voler. Oui, monsieur, les cochons pourraient voler, mais ils ne volent pas ! Il est d'ailleurs très inutile de discuter avec vous : Challenger a semé dans vos cervelles l'absurdité. Tous deux vous êtes incapables de raisonner : je ferais aussi bien d'argumenter avec les coussins du compartiment !

Lord John a pris un visage sévère :

– Je me vois obligé de vous dire, professeur Summerlee, que vos manières ne se sont guère améliorées depuis que j'ai eu le plaisir de vous rencontrer !

– Votre Seigneurie n'est pas habituée à entendre la vérité ? Cela vous fait quelque chose, n'est-ce pas, quand quelqu'un vous amène à réaliser que derrière votre titre se cache un pauvre ignorant.

– Sur ma parole, monsieur ! a durement répliqué lord John, si vous étiez plus jeune, vous n'auriez pas l'audace de me parler sur ce ton !

Summerlee a pointé son bouc en avant d'un mouvement sec du menton :

– Je vous aurais appris, monsieur, que je n'ai jamais eu peur, jeune ou vieux, de dire son fait à un petit maître ignorant... Oui, monsieur, à un petit maître ignorant !... Même si cet imbécile pouvait se parer de tous les titres que les esclaves ont inventés et dont seuls les sots s'enorgueillissent.

Pendant quelques instants, les yeux de lord John ont jeté des éclairs. Tout de même, au prix d'un effort colossal, il a dompté sa colère ; il s'est adossé contre son siège et il a croisé les bras ; mais quelle amertume dans le sourire qu'il arborait ! Moi, j'étais écœuré, atterré. Comme une vague, le souvenir de notre passé commun a déferlé : notre camaraderie, nos jours de joie, d'aventures, et aussi toutes nos souffrances, nos angoisses, notre travail... tout ce que nous avions gagné enfin ! Était-ce cela l'aboutissement ? Des insultes, des injures... Alors j'ai subitement éclaté en sanglots : des sanglots entrecoupés, bruyants, incontrôlables

; je ne pouvais pas m'arrêter ; mes compagnons me regardaient avec étonnement ; j'avais enfoui ma tête dans mes mains. Et puis j'ai dit :

— Ne vous inquiétez pas. Seulement... seulement c'est tellement dommage...

— Vous êtes malade, bébé ! a murmuré lord John. Voilà ce qui ne va pas. Depuis le début, je vous ai trouvé bizarre.

Summerlee est intervenu avec une grande sévérité :

— Durant ces trois années, vous n'avez pas, monsieur, corrigé vos habitudes ! Moi non plus, je n'avais pas manqué d'observer depuis notre rencontre que votre comportement était étrange. Ne gaspillez pas votre sympathie, lord John ! Ces larmes sont celles d'un alcoolique : Malone a bu, voilà tout ! D'autre part, lord John, je vous ai appelé tout à l'heure un petit maître : peut-être ai-je été quelque peu excessif. Mais le mot me rappelle quelque chose : vous me connaissez sous les apparences d'un savant austère, n'est-ce pas ? Or je possède un petit talent de société dans lequel je suis passé maître. Me croiriez-vous si je vous disais que dans quelques nurseries je me suis fait une réputation méritée – tout à fait méritée, lord John ! – d'imitateur ? Et d'imitateur de quoi ? je vous le donne en mille ! J'imite à la perfection les animaux de basse-cour. Au fait, ce serait une façon agréable de passer ici notre temps ! Désirez-vous que je vous offre le plaisir de m'entendre imiter le cocorico du coq ?

— Non, monsieur ! a répondu lord John, encore sous le coup de l'offense reçue. Cela ne me ferait aucun plaisir.

— Mon imitation de la poule qui vient de pondre un œuf est cotée par les connaisseurs d'une note nettement au-dessus de la moyenne. Voudriez-vous vous en rendre compte ?

— Non, monsieur, non ! Certainement pas !

Mais le professeur Summerlee était décidé à négliger l'avis qu'il sollicitait. Déjà il posait sa pipe... Jusqu'à la fin de notre voyage, il nous a distraits – du moins il a essayé de nous distraire – par une succession de cris d'oiseaux et d'animaux divers qui nous ont semblé si absurdes que mes larmes ont cessé de couler comme par enchantement. J'ai été pris au contraire d'un fou rire quasi hystérique quand j'ai vu, ou plutôt entendu, le grave professeur assis en face de moi imiter le glapissement du chien dont la queue se serait trouvée prise dans une porte. À un moment donné, lord John m'a passé son journal ; il avait écrit au crayon dans la marge : « Pauvre diable ! Il est fou à lier ! ». Évidemment, les manières du professeur étaient très excentriques ; néanmoins, son « petit talent » m'a semblé extraordinairement divertissant.

Puis lord John s'est penché vers moi et m'a raconté je ne sais quelle histoire interminable : il était question d'un buffle et d'un rajah des Indes ; j'ai eu l'impression qu'elle avait ni queue ni tête. Au moment où toutefois l'action se corsait, et où parallèlement le Pr Summerlee se lançait dans les roulades d'un canari, notre train s'est arrêté à Jarvis Brook, petite gare qui nous avait été indiquée comme la plus proche de Rotherfield.

Challenger était là pour nous accueillir. Il avait l'air radieux. Aucun paon sur la terre depuis la création n'aurait pu rivaliser avec lui en dignité lente et dédaigneuse ; il paradait sur le quai de la gare ; il considérait les gens avec un sourire empreint d'une condescendance bienveillante... S'il avait changé avec les années, ce n'avait été qu'en accentuant ses caractéristiques : la grosse tête et le front haut toujours barré d'une mèche de cheveux noirs cosmétiques semblaient avoir pris du volume ; sa barbe déversait une cascade de reflets bleus qui tombait encore plus bas qu'auparavant ; sous leurs paupières insolemment lourdes, ses yeux gris clair affirmaient davantage son extraordinaire volonté de domination.

Il m'a gratifié de la poignée de main amusée et du sourire encourageant que le maître d'école accorde aux plus jeunes de sa classe ; puis il s'est entretenu avec mes deux compagnons ; il nous a aidés à rassembler nos bouteilles d'oxygène et il nous a menés vers une grosse voiture ; le chauffeur était l'impassible Austin, l'homme peu loquace que j'avais vu officier en qualité de maître d'hôtel lors de ma première visite au professeur. Nous nous sommes engagés dans une côte qui gravissait une colline ; le paysage était magnifique. J'avais pris place à côté du chauffeur. Derrière, mes trois camarades me donnaient l'impression qu'ils parlaient tous à la fois. Lord John était reparti sur son histoire de buffle pendant que les sourds grognements de Challenger et la voix aiguë de Summerlee entamaient un duo qui annonçait un débat scientifique aussi élevé que farouche. Soudain, Austin a tourné vers moi sa figure basanée, mais ses yeux restaient fixés sur le volant.

– J'suis renvoyé !

– Mon Dieu !

Tout aujourd'hui était bizarre. Les gens ne disaient que des choses étranges, imprévues, comme dans un rêve.

– C'est la quarante-septième fois, a-t-il ajouté après réflexion.

– Quand partez-vous ?

– Partirai pas !

La conversation aurait pu s'arrêter là, mais Austin est bientôt revenu à la charge.

– Si j'partais, qui s'occuperait de lui ? a-t-il insisté en désignant son maître d'un geste de la tête. Qui est-ce qu'il dégotterait pour le servir ?

– Il trouverait quelqu'un d'autre, non ?

– Lui ? Personne ! Personne ne resterait plus d'une semaine. Si je partais, la maison fonctionnerait comme une montre sans ressort. J'vous dis ça parce que vous êtes son ami : vous devez savoir. Si j'le prenais au mot... Mais j'aurais pas le cœur ! Lui et la patronne, ils seraient comme deux bébés abandonnés. Je fais tout. Et pourtant, v'là qu'il arrive et qui m'flanque à la porte !

– Pourquoi personne ne resterait ? ai-je demandé.

– Parce que personne ne le supporterait. Il est très intelligent, le patron ! Si intelligent que quelquefois il est complètement cinglé. Je vous l'jure : je l'ai vu cinglé ! Tenez, savez-vous ce qu'il a fait ce matin ?

– Qu'est-ce qu'il a fait ce matin ?

Austin s'est penché vers mon oreille :

– A mordu la femme de ménage.

– Mordu ?

– Oui, monsieur ! Mordu à la jambe. De mes propres yeux je l'ai vue qui démarrait pour un marathon à la porte du vestibule.

– Seigneur, quel homme !

– Vous aussi, vous le traiteriez de cinglé si vous pouviez le voir comme je le vois ! Il s'fait pas d'amis avec les voisins. Y'en a qui pensent que quand il était avec les monstres dont vous avez parlé, c'était pour lui le home, sweet home, la société qui lui convenait, quoi ! Ça, c'est ce qu'on dit.

Mais moi je suis à son service depuis dix ans, et il m'plaît. C'est un grand bonhomme en fin de compte, et il y a de l'honneur à le servir, monsieur ! Seulement, il lui arrive d'être méchant. Maintenant, regardez ça, monsieur. On ne peut pas dire que ça ressemble à l'hospitalité classique, hé ? Lisez vous-même !

Très au ralenti, la voiture escaladait les derniers mètres d'une côte tout en virages en épingle à cheveux. Dans un angle, un écriteau se détachait au-dessus d'une haie bien taillée. Austin avait raison : il valait la peine d'être lu :

AVIS

Les visiteurs, les journalistes et les mendiants sont indésirables.

GE. Challenger.

« Non, a souligné Austin, ça n'est pas ce qu'on appelle chaleureux !

Il a secoué la tête en passant devant cet écriteau déplorable et il a ajouté :

« Ça ne ferait pas bien sur une carte de Noël... Je vous demande pardon, monsieur ; en de nombreuses années, je n'ai pas parlé autant qu'aujourd'hui. Mais aujourd'hui... ben ! ce n'est pas un jour comme les autres ! Il peut me donner mon congé, il peut me flanquer à la porte encore cinquante fois, mais moi je ne m'en irai pas. C'est mon homme à moi, c'est mon patron, et il le sera, je l'espère bien, jusqu'à la fin de mes jours.

Nous avions franchi les poteaux blancs d'une porte et nous nous étions engagés dans une allée bordée de rhododendrons. Au bout apparaissait une maison en brique, basse, avec une charpente blanche, très attrayante et confortable. Mme Challenger, petite, mignonne, souriante, se tenait sur le seuil pour nous accueillir.

– Eh bien ! ma chère, a lancé Challenger en s'extrayant de la voiture, voici nos visiteurs ! C'est une chose extraordinaire pour nous que d'avoir des hôtes, n'est-ce pas ? Avec nos voisins, nous vivons plutôt à couteaux tirés. S'ils pouvaient mettre de la mort-aux-rats dans le pain que nous apporte le boulanger, je crois qu'ils n'y manqueraient pas !

– C'est terrible ! Terrible ! s'est exclamée la dame entre le rire et les larmes. George se dispute toujours avec tout le monde. Dans le pays, nous ne comptons pas un ami.

– Ce qui me permet de concentrer mon attention sur mon incomparable épouse, a assuré Challenger en passant un bras autour de sa taille.

Imaginez un gorille et une gazelle : vous aurez une reproduction à peu près exacte du couple.

– Allons, allons ! ces gentlemen sont fatigués de leur voyage, et le déjeuner devrait être prêt. Est-ce que Sarah est revenue ?

Mme Challenger a répondu par un signe de tête négatif ; le professeur a éclaté de rire, et il s'est frappé la barbe avec un évident contentement de soi.

– Austin ! a-t-il crié. Quand vous aurez garé la voiture, vous voudrez bien aider votre maîtresse à préparer la table. Maintenant, messieurs, auriez-vous l'obligeance de m'accompagner à mon bureau ? J'ai en effet une ou deux choses extrêmement urgentes à vous communiquer.

CHAPITRE II
La marée de la mort

Pendant que nous traversions le vestibule, le téléphone a sonné : nous avons donc été les auditeurs involontaires du Pr Challenger répondant à un inconnu. Je dis « nous », mais en vérité, à cent mètres de là, n'importe qui aurait pu entendre le tonnerre de la voix monstrueuse qui faisait trembler la maison entière. Ses réponses se sont gravées dans ma mémoire.

– Oui, oui, bien sûr, c'est moi... Oui, certainement, le professeur Challenger, le célèbre professeur en personne... Bien sûr ! Chaque mot. Sinon je n'aurais pas écrit... Cela ne m'étonnerait pas... Tout semble l'indiquer... D'ici un jour ou deux au plus... Hé bien ! je ne puis rien empêcher ; comment le pourrais-je ?... Très désagréable, sans aucun doute, mais je pense que cela affectera des gens plus intéressants que vous. Ce n'est pas la peine d'en gémir... Non, cela m'est impossible : à vous de saisir votre chance... Assez, monsieur ! J'ai mieux à faire qu'écouter votre radotage !

Il a raccroché avec fracas et nous a conduits au premier étage, dans une grande pièce bien aérée qui lui servait de bureau. Sept ou huit télégrammes non ouverts s'éparpillaient sur sa table en acajou.

« Je commence à croire, nous a-t-il dit en les désignant, que j'épargnerais de l'argent à mes correspondants si j'adoptais une adresse télégraphique. Qu'est-ce que vous diriez de « Noé, Rotherfield » ?

Tout en se livrant à cette plaisanterie incompréhensible, il se gonflait d'un rire énorme : appuyé sur son bureau, il était tellement secoué par son hilarité que ses mains ont eu du mal à saisir les dépêches. Il hoquetait :

« Noé ! Noé !

Il était aussi rouge qu'une betterave. Lord John et moi, nous partagions sa gaieté avec sympathie. Tel un bouc dyspeptique, Summerlee branlait le chef pour marquer un désaccord fondamental. Quand Challenger s'est enfin calmé, il a commencé d'ouvrir ses télégrammes pendant que nous trois admirions par une fenêtre en saillie le panorama magnifique qui s'étalait sous nos yeux.

Car il méritait d'être admiré ! À force de virages plus ou moins doux, la route nous avait menés jusqu'à une hauteur importante, quelque deux cent cinquante mètres comme nous devions l'apprendre par la suite.

La maison de Challenger était située juste sur la crête de la colline ; sur sa face sud, c'est-à-dire sur celle où s'ouvrait la fenêtre du bureau, la vue s'étendait jusqu'aux hautes plaines crayeuses et accidentées qui formaient l'horizon. Entre ces lointaines ondulations, un brouillard de fumée révélait la ville de Lewes. Immédiatement à nos pieds, les bruyères commençaient ; plus loin, des taches vertes brillantes signalaient le golf de Crowborough, littéralement moucheté de joueurs. Davantage vers le sud, la route de Londres à Brighton surgissait d'entre les bois. Attenante à la maison, une petite cour bien clôturée abritait la voiture qui nous avait transportés.

Une exclamation de Challenger nous a fait nous retourner. Notre hôte avait lu ses dépêches et il les avait empilées avec méthode sur son bureau. Son visage large, aux traits irréguliers, ou du moins ce qu'il était permis d'en voir au-dessus du tapis de barbe, était encore tout rouge ; on le devinait sous le coup d'une forte émotion.

« Eh bien ! messieurs, s'est-il écrié avec une voix qui aurait convenu à une réunion publique et contradictoire, je suis heureux que nous soyons tous les quatre rassemblés ! Je le suis d'autant plus que notre rencontre se produit dans des circonstances extraordinaires... je devrais dire : sans précédent. Puis-je vous demander si vous n'avez rien remarqué d'anormal au cours de votre voyage de Londres ?

– La seule chose que j'ai remarquée, a déclaré Summerlee avec un sourire aigre, c'est que notre jeune ami ne s'est pas amélioré depuis trois ans. Je suis au regret de préciser que j'ai eu à me plaindre de sa conduite dans le train, et je mentirais par omission si je n'ajoutais pas que cette conduite m'a fâcheusement impressionné.

Lord John est intervenu :

– Allons, allons ! Il nous arrive à tous d'être parfois verbeux. Ce bébé n'a rien fait de mal. Après tout, c'est un international de rugby ; et s'il a besoin d'une demi-heure pour raconter un match, il en a le droit plus que quiconque !

– Une demi-heure pour raconter une partie de rugby ! me suis-je exclamé avec indignation. Comment ! C'est vous qui pendant tout ce temps-là nous avez raconté je ne sais quelle histoire de buffle... Le Pr Summerlee peut témoigner que...

– Je puis difficilement juger lequel d'entre vous a été le plus assommant ! a dit Summerlee. Je vous assure, Challenger, que je suis dégoûté jusqu'à la fin de mes jours des histoires de rugby ou de buffles.

– Je n'ai jamais parlé de rugby !

Lord John a émis un sifflement aigu, et Summerlee a hoché la tête avec une compassion désobligeante :

– Si, tôt dans la journée ! a-t-il soupiré. C'est tout à fait lamentable. Pendant que j'étais assis dans un silence morne mais plein de pensées...

– En silence ! a protesté lord John. Comment ! Vous nous avez présenté tout un numéro de music-hall : des imitations pendant le trajet entier... Vous ressembliez davantage à un gramophone qu'à un savant !

Summerlee s'est levé :

– S'il vous plaît d'être facétieux, lord John...

– Enfin quoi, sommes-nous tous fous ? s'est écrié lord John. Chacun de nous semble se rappeler ce que les deux autres ont fait ; mais ni vous, ni lui, ni moi ne nous rappelons ce que nous avons fait personnellement. Reprenons les choses depuis le début. Nous sommes montés dans un compartiment de première classe pour fumeurs ; est-ce vrai, oui ou non ? Puis nous nous sommes disputés à propos de la lettre de notre ami Challenger au Times...

– Tiens, tiens ! Vraiment ? grogna notre hôte en laissant retomber ses paupières.

– Vous avez dit, Summerlee, que les assertions de Challenger ne contenaient pas un atome de vérité.

– Sapristi ! a ironisé Challenger en bombant le torse et en se frappant la barbe. Pas un atome de vérité ? Il me semble avoir déjà entendu ces mots-là quelque part. Puis-je donc demander au grand et célèbre Pr Summerlee avec quels arguments il a démoli l'opinion de l'humble individu qui s'était permis d'exprimer une possibilité scientifique ? Peut-être consentira-t-il, avant d'exterminer cette malheureuse nullité, à lui dire sur quelle base il s'est appuyé pour édifier une théorie contraire ?

Il s'est incliné, il a haussé les épaules, puis il a joint les mains dans un geste de supplication éléphantesque.

– Une base assez solide, a répliqué l'obstiné Summerlee. J'ai, en effet, prétendu que si l'éther qui ceinturait la terre était assez toxique pour provoquer quelque part des symptômes alarmants, il était assez peu vraisemblable que dans notre compartiment nous trois n'en eussions été aucunement affectés.

L'explication de Summerlee n'a eu qu'une conséquence : une explosion tonitruante. Challenger est parti d'un éclat de rire qui n'a cessé que lorsque tout dans la pièce s'est mis à trembler.

– Notre valeureux Summerlee se trouve, et ce n'est pas la première fois, un tant soit peu à côté des faits réels, a-t-il déclaré en épongeant son front moite de sueur. Maintenant, messieurs, je ne saurais mieux vous expliquer mon point de vue qu'en vous détaillant l'emploi de mon temps ce matin. Vous vous pardonnerez plus facilement vos propres aberrations mentales quand vous apprendrez que moi... même moi ! j'ai eu des instants où j'ai perdu mon équilibre. Depuis quelques années, nous employons ici une femme de ménage, Sarah... je ne me suis jamais encombré la mémoire de son deuxième nom.

C'est une femme au visage sévère, rébarbatif ; elle a toujours un air pincé ; elle se tient bien ; elle a une nature vouée par essence à l'impassibilité, jamais je ne l'ai vue en proie à la moindre émotion. J'étais seul en train de prendre mon petit déjeuner – Mme Challenger reste habituellement le matin dans sa chambre – et une idée m'est entrée en tête : j'ai pensé qu'il serait amusant et instructif de voir jusqu'où cette femme pouvait demeurer imperturbable. Alors j'ai projeté une expérience aussi simple qu'efficace. J'ai renversé le petit vase de fleurs qui était sur la nappe, j'ai sonné, et je me suis glissé sous la table. Elle est entrée ; elle a cru que la pièce était vide ; elle s'est imaginée que j'avais regagné mon bureau.

Comme je m'y attendais, elle s'est approchée de la table et s'est penchée pour relever le vase. J'ai eu la vision d'un bas en coton et d'une bottine à tige élastique. Qu'ai-je fait ? J'ai avancé ma tête, et j'ai enfoncé mes dents dans son mollet.

L'expérience a réussi au-delà de toute espérance. Pendant quelques secondes, elle est restée pétrifiée, regardant fixement ma tête qui dépassait sous la nappe. Puis elle a poussé un grand cri, elle s'est libérée et elle s'est échappée de la pièce. Je l'ai poursuivie pour lui donner un semblant d'explication : il me semblait qu'elle y avait droit.

Mais elle filait comme le vent. Peu après, je l'ai repérée sur la route, avec mes jumelles : elle courait toujours ; elle a pris la direction du sud-ouest, et je ne l'ai plus revue. Je vous conte cette anecdote pour ce qu'elle vaut : la voilà semée dans vos cervelles ; j'attends qu'elle germe. Vous apporte-t-elle un peu de lumière ? La trouvez-vous en rapport avec quoi que ce soit dans vos esprits ? Lord John, qu'est-ce que vous en pensez, vous ?

Lord John a secoué la tête avec gravité.

– Il vous arrivera un jour de sérieux ennuis, si vous ne vous freinez pas !

– Peut-être avez-vous une remarque à présenter, Summerlee ?

– Vous devriez abandonner tout travail immédiatement, Challenger ! Et passer trois mois dans une ville d'eaux allemande.

– Voilà qui est profond, profond !... À vous, mon jeune ami ! Il est possible que la sagesse parle par votre bouche, puisqu'elle a dédaigné de s'exprimer par celle de vos aînés.

Effectivement, la sagesse a parlé par ma bouche. Je le dis en toute modestie, mais enfin je le dis. Bien sûr, vous qui savez ce qui est arrivé, vous trouverez que ma réponse allait de soi ! Mais réfléchissez qu'à ce moment tout était neuf et que l'explication sollicitée n'était pas si simple à trouver. Avec toute la force d'une conviction absolue, j'ai prononcé la phrase qu'il fallait :

– Vous étiez empoisonné ! Empoisonné !

En la prononçant, je me rappelais d'ailleurs les divers épisodes de la matinée : lord John avec son buffle, Summerlee et ses manières insultantes, mes larmes hystériques ; et puis ces incidents bizarres à Londres : la rixe dans le parc, la façon de conduire du chauffeur, la dispute à l'entrepôt d'oxygène... Tout s'expliquait admirablement par un mot :

– Empoisonné ! Il y a du poison dans l'air. Nous sommes tous empoisonnés!

– Voilà la vérité ! a dit Challenger en se frottant les mains. Nous sommes tous empoisonnés. Notre planète est prise dans une ceinture d'éther empoisonnée ; elle s'y enfonce actuellement à la vitesse de plusieurs millions de kilomètres par minute. Notre jeune ami a défini d'un seul mot la cause de tous nos troubles : du poison.

Nous nous sommes regardés les uns les autres dans un silence ahuri. Quel commentaire pouvait affronter la situation ?

« Une certaine défense de l'esprit permet de vérifier et de contrôler de tels symptômes, a repris Challenger. Je ne peux évidemment pas m'attendre à la trouver parvenue chez vous au degré de maturité qu'elle a atteint chez moi, car il est normal de supposer que la force de nos respectives facultés mentales produit des effets différents chez l'un ou chez l'autre. Mais sans aucun doute elle existe : elle existe même chez notre jeune ami.

Après la petite explosion de verve qui a si fort affolé ma servante, je me suis assis et j'ai raisonné. J'ai convenu avec moi-même que jamais jusqu'ici je n'avais eu envie de mordre qui que ce fût dans ma maison. L'impulsion qui m'avait possédé était donc anormale. En un instant, j'ai saisi la vérité. Je me suis tâté le pouls : j'ai compté dix pulsations de plus que d'habitude, et mes réflexes étaient plus vifs, plus nombreux. J'ai fait appel à mon moi le plus sain et le plus supérieur, le véritable G. E. C., qui se tenait serein et invincible derrière tout ce simple désordre moléculaire. Je l'ai sommé, dirai-je, de surveiller les tours stupides que le poison pourrait me jouer. J'ai constaté alors que j'étais réellement le maître. Je savais reconnaître un désordre de l'esprit et le contrôler. N'était-ce pas là un remarquable exemple de la victoire de l'esprit sur la matière ? Car il s'agissait bel et bien d'une victoire remportée sur cette forme particulière de matière qui est liée si intimement à l'esprit. Je pourrais presque dire : « L'esprit était coupable, mais la personnalité l'a redressé. » Ainsi, quand ma femme est descendue, j'ai eu envie de me cacher derrière la porte et de l'épouvanter par un hurlement sauvage ; mais j'ai pu maîtriser cette envie, et j'ai accueilli Mme Challenger avec dignité et respect.

De la même façon j'ai été un peu plus tard obsédé par un furieux désir de couiner comme un jeune canard ; de la même façon je me suis dominé... Quand je suis allé commander la voiture, j'ai découvert Austin plié en deux au-dessus du moteur et absorbé dans diverses réparations. Hé bien ! j'ai retenu la main ouverte que j'avais déjà levée, et je me suis interdit de me livrer avec lui à une expérience qui l'aurait sans doute incité à marcher sur les traces de la femme de charge ; simplement je lui ai touché l'épaule et je lui ai ordonné de sortir la voiture pour que je puisse aller vous chercher au train... Mais tenez, en ce moment précis, je suis tenté, terriblement tenté d'empoigner le Pr Summerlee par cette espèce de bouc idiot qui lui tient lieu de barbe et de lui secouer la tête, à la déraciner, d'avant en arrière, d'arrière en avant...

Et pourtant, comme vous pouvez le voir, je suis parfaitement maître de moi. Permettez-moi de vous recommander de prendre modèle sur l'exemple que je vous donne.

— Je surveillerai ce buffle ! a affirmé lord John.

— Et moi ce match de rugby !

— Il n'est pas impossible que vous ayez raison, Challenger ! a murmuré le Pr Summerlee, très radouci. Je consens à admettre que ma tournure d'esprit me porte davantage à critiquer qu'à construire, et que je n'ai rien d'un badaud disposé à bayer devant toute théorie nouvelle. Mais reconnaissons que celle-ci est particulièrement fantastique ! Toutefois, si je me reporte aux divers incidents de la matinée, et si je reconsidère le comportement imbécile de mes deux compagnons, j'ai tendance à croire qu'un poison d'une nature excitante a pu être la cause des symptômes qu'ils m'ont surabondamment montrés.

Avec bonne humeur, Challenger a donné de petites tapes sur l'épaule de son collègue.

– Nous progressons, a-t-il dit. Décidément, nous progressons !

– Et… s'il vous plaît, monsieur, a interrogé humblement Summerlee, quelle est votre opinion sur la conjoncture ?

– Avec votre permission, je voudrais dire quelques mots touchant au sujet lui-même…

Il s'est assis sur son bureau ; ses jambes courtes, arquées, se balançaient sous lui. Et il a prononcé paisiblement ces paroles terribles :

« Nous sommes en train d'assister à un événement épouvantable et formidable à la fois. Selon moi, c'est la fin du monde.

La fin du monde ! Nos yeux se sont tournés vers la grande fenêtre… Cette beauté estivale de la campagne ! ces longues pentes jonchées de bruyères ! Ces fermes si riches, ces maisons si cossues ! Et ces sportifs éparpillés sur le golf ! La fin du monde ?… Bien sûr, nous avions tous déjà entendu ces mots-là. Mais l'idée qu'ils pourraient avoir une signification pratique immédiate, qu'ils ne se rapportaient plus à une date indéterminée, nous ouvrait des perspectives terrifiantes, bouleversantes…

Nous étions pétrifiés dans une solennité muette, nous attendions que Challenger poursuivît. Sa présence imposante, son aspect massif lui conféraient une puissance quasi surnaturelle : pendant un moment, toutes les absurdités de l'homme se sont évanouies, et nous n'avons plus vu en lui qu'un maître très au-delà de l'humanité ordinaire. Puis, tout de même, j'ai réfléchi : je me suis souvenu des deux gigantesques éclats de rire où il s'était épanoui ; et j'ai pensé que le détachement de l'esprit avait des limites, que la crise ne devait pas être si grave, ni si urgente.

« Imaginez une grappe de raisin, a repris Challenger. Cette grappe est recouverte de bacilles aussi minuscules que malfaisants. Le jardinier la fait passer dans un milieu désinfectant. Peut-être parce qu'il désire que son raisin soit plus propre, peut-être parce qu'il voudrait y mettre d'autres bacilles moins malfaisants, il le plonge dans du poison : plus de bacilles ! Notre Grand Jardinier est, actuellement, en train de plonger le système solaire dans un bain désinfectant ; et le bacille humain, ce petit vibrion mortel qui se tortille sur la croûte supérieure de la terre, sera bientôt stérilisé dans l'anéantissement.

Le silence est retombé sur nous. La sonnerie du téléphone l'a interrompu.

« Voici sans doute l'un de nos bacilles qui appelle au secours, a souri sinistrement Challenger. Les hommes commencent à réaliser que le cours de leur existence n'est pas la fin nécessaire de l'univers.

Il est sorti de la pièce ; pendant son absence, qui a duré une ou deux minutes, nous n'avons pas échangé une phrase. La situation nous paraissait au-delà des mots ou des commentaires.

« C'était le service de santé de Brighton, nous a-t-il expliqué à son retour. Les symptômes, pour une raison ou une autre, se développent plus rapidement au niveau de la mer. Notre altitude de deux cent cinquante mètres, ici, nous avantage. Les gens semblent avoir appris que je fais autorité sur le problème : une conséquence de ma lettre au Times ! Tout à l'heure, quand nous sommes arrivés, c'était le maire d'une ville de province qui m'appelait ; vous m'avez entendu lui répondre : il me donnait l'impression de surestimer le prix de sa chère existence ; je l'ai aidé à réviser ses idées.

Summerlee s'était levé, et il regardait par la fenêtre. Il s'est retourné vers Challenger : ses fines mains osseuses tremblaient d'émotion.

– Challenger, cette chose est trop sérieuse pour en discuter futilement. Ne supposez pas que je cherche à vous irriter par les questions que je pourrais vous poser. Je vous demande s'il ne peut pas y avoir une erreur dans vos informations ou dans votre raisonnement. Voilà le soleil qui brille aussi clair que jamais dans un ciel bleu. Voilà les bruyères, les fleurs, les oiseaux. Voilà des gens qui s'amusent sur le terrain de golf. Voilà des cultivateurs qui font la moisson. Vous nous dites qu'eux et nous pouvons être à l'extrême bord de la destruction... que cette journée de soleil peut se muer en la nuit de ténèbres que l'humanité redoute depuis si longtemps. Mais sur quoi basez-vous votre jugement ? Sur des bandes anormales dans un spectre... sur des bruits qui nous viennent de Sumatra... sur de curieuses excitations personnelles que nous avons notées les uns sur les autres. Or, ce dernier symptôme n'est pas si violent que vous et nous ne soyons incapables de le contrôler au prix d'un effort délibéré. Vous n'avez pas à faire de cérémonies avec nous, Challenger. Tous nous avons affronté ensemble la mort. Parlez ! Faites-nous savoir exactement où nous en sommes et quelles sont selon vous, nos perspectives d'avenir.

C'était un bon et brave discours : le discours auquel il fallait s'attendre de la part d'un homme dont le cœur solide n'avait pas été entamé par les acidités et les bizarreries du vieux zoologiste. Lord John s'est levé et lui a serré la main.

– Tel est mon avis, à n'en pas changer un iota ! a-t-il déclaré. Allons, Challenger, c'est à vous de dresser le bilan ! Nous ne sommes pas des gens nerveux, vous vous en êtes aperçu. Mais quand, en fait de visite de week-end, il se trouve que nous tombons pile sur le jour du Jugement, nous avons bien droit à une miette d'explication. À quel danger avons-nous affaire ? Quelle est sa taille ? Et comment allons-nous l'affronter ?

Il se tenait bien droit dans la lumière de la fenêtre, et il avait posé ses deux mains sur les épaules de Summerlee. Moi, j'étais anéanti au fond d'un fauteuil ; une cigarette éteinte pendait de mes lèvres ; je me sentais dans cet état de demi-hébétude où les impressions se détachent bien. Peut-être s'agissait-il d'une phase nouvelle de l'empoisonnement : en tout cas mon excitation délirante était tombée pour faire place à un état d'esprit de langueur attentive. J'étais un spectateur. Rien de tout ceci ne semblait me concerner personnellement. Mais j'avais en face de moi trois hommes forts, et leur spectacle me fascinait. Challenger baissait les paupières, frappait sa barbe ; il allait parler. Je devinais qu'il pèserait soigneusement ses mots.

Il a commencé par demander :

– Quelles étaient les dernières nouvelles quand vous avez quitté Londres ?

J'ai pris la parole :

– Vers dix heures, j'étais à la Gazette. Un câble de Reuter venait d'arriver de Singapour ; il annonçait que l'épidémie était générale dans Sumatra, et que les phares n'avaient pas été allumés.

– Les événements depuis lors ont évolué assez rapidement, a-t-il déclaré en prenant sa pile de télégrammes. Je suis en contact serré avec les autorités et avec la presse ; aussi les nouvelles me parviennent-elles de divers côtés. En fait, tout le monde insiste beaucoup pour que je me rende à Londres ; mais je ne vois pas en quoi j'y serais utile. D'après les rapports, l'effet du poison débute par une excitation mentale ; il y a eu une émeute ce matin à Paris ; on dit qu'elle a été très violente. Les mineurs gallois sont sur le point de déclencher une grève. Pour autant que nous puissions nous fier aux symptômes déclarés, cette phase d'excitation, qui varie grandement suivant les races et les individus, est suivie d'une certaine exaltation créant une lucidité mentale... dont je crois avoir discerné quelques signes sur notre jeune ami ; mais après une période indéterminée, le poison provoque le coma et enfonce sa victime dans la mort. Ma toxicologie m'enseigne qu'il doit s'agir de quelque poison nerveux végétal...

– Des daturas, a suggéré Summerlee.

– Si vous voulez ! s'est écrié Challenger. Donner un nom à cet agent toxique, c'est faire preuve de précision scientifique. À vous, mon cher Summerlee, revient l'honneur... posthume, hélas ! mais tout de même unique, d'avoir baptisé le destructeur universel, le désinfectant du Grand Jardinier. Les symptômes du daturon, donc, peuvent être valablement considérés comme ceux que je viens de dépeindre. Il me paraît certain que cette plaie se répandra sur le monde entier, et que toute vie cessera après son passage, puisque l'éther est un milieu universel. Jusqu'ici, il a été capricieux dans les endroits qu'il a attaqués, mais la différence n'est qu'une affaire de quelques heures. Le daturon ressemble à une marée montante qui recouvre un banc de sable, puis un autre, qui s'infiltre ici et là sous forme de courants irréguliers jusqu'à ce qu'enfin il submerge tout. Il y a des lois qui jouent selon l'action et la répartition du daturon : elles seraient bien intéressantes à étudier si nous en avions le temps ! D'après les premiers renseignements (il a jeté un coup d'œil sur ses télégrammes), les races les moins évoluées ont été les premières à se soumettre à son influence. Il se passe des choses lamentables en Afrique et les aborigènes d'Australie semblent avoir été déjà exterminés. Les races du Nord m'ont l'air d'avoir mieux résisté que celles du Sud. Voyez ! Ceci est daté de Marseille, ce matin à neuf heures quarante-cinq : « Agitation délirante toute la nuit en Provence. Les viticulteurs s'insurgent à Nîmes. Soulèvement socialiste à Toulon.

Une épidémie subite, accompagnée de coma, a attaqué ce matin la population. Peste foudroyante. Un grand nombre de morts dans les rues. Les affaires sont paralysées. Le chaos est général ». Et une heure plus tard, de la même source : « Sommes menacés d'une extermination complète. Cathédrales et églises pleines à craquer. Le nombre des morts dépasse celui des vivants. C'est inconcevable et horrible. La mort frappe sans douleur, mais elle frappe vite et inexorablement ». J'ai reçu un télégramme analogue de Paris, mais le développement n'est pas aussi fantastique. Les Indes et la Perse semblent avoir été supprimées de la carte.

La population slavonne de l'Autriche est knock-out, mais les éléments germaniques ne sont qu'à peine affectés. D'une manière générale, les habitants des plaines et des rivages semblent, du moins selon les maigres informations dont je dispose, avoir subi les effets du poison plus tôt que les habitants des montagnes ou de l'intérieur des terres. Une simple petite élévation de terrain provoque des différences considérables ; s'il subsiste un survivant de la race humaine, on le trouvera sans doute, encore une fois, sur le sommet de quelque Ararat ! Notre petite colline se révélera peut-être comme un îlot provisoire au milieu d'un océan de désastres. Mais étant donné l'allure moyenne de la progression, quelques heures suffiront à tout submerger.

Lord John Roxton s'est essuyé le front.

– Ce qui me sidère, a-t-il dit d'une voix sourde, c'est que vous puissiez demeurer assis et souriant avec ce tas de télégrammes sous votre main. J'ai vu la mort de près comme tout le monde ; mais la mort universelle... c'est affreux !

– Pour ce qui est de sourire, a répondu Challenger, n'oubliez pas que, tout comme vous, j'ai bénéficié des effets stimulants du poison de l'éther. Mais quant à l'horreur que vous inspire une mort universelle, permettez-moi de vous dire qu'elle est excessive. Si vous preniez la mer tout seul à bord d'une barque pour une destination inconnue, votre cœur pourrait à bon droit avoir une défaillance : la solitude, l'incertitude vous oppresseraient. Mais si votre voyage avait lieu sur un bon bateau, qui emmènerait avec vous vos parents et vos amis, vous auriez le sentiment, malgré votre destination incertaine, de vivre tous ensemble une expérience qui vous maintiendrait jusqu'au bout dans une même communion. Une mort isolée peut être terrible, mais une mort universelle, exempte de souffrances comme celle qui approche, n'est pas à mon avis un sujet d'effroi. En vérité, je comprendrais davantage une personne horrifiée à l'idée de survivre à tous les savants, hommes célèbres ou gloires du monde qui auraient été détruits!

Exceptionnellement, Summerlee avait fait plusieurs signes d'assentiment.

– Que nous proposez-vous donc ? a-t-il demandé à son frère dans la science.

– De déjeuner ! a répondu Challenger.

Un gong en effet répercutait ses échos dans toute la maison.

« Nous avons une cuisinière dont les omelettes ne sont surpassées que par ses côtelettes. Espérons qu'aucun trouble cosmique n'est venu amoindrir ses excellentes capacités. De même j'ai un Scharzberger de 96 à qui doit être épargné, dans la mesure où nous réunirons nos efforts, l'affront d'une déplorable perdition.

Il s'est levé du bureau sur lequel il venait de nous annoncer la fin de la planète.

« Allons ! nous a-t-il dit. S'il nous reste encore un peu de temps, passons-le au moins dans une gaieté raisonnable et de bon aloi.

Et de fait, notre repas a été joyeux. Certes, nous ne pouvions oublier tout à fait notre situation atroce. La proximité de la fin du monde continuait à ombrer l'arrière-plan de nos pensées. Mais pour avoir peur de la mort quand elle se présente il faut vraiment n'avoir jamais eu auparavant l'occasion de la regarder en face ! Or elle nous avait été familière, à chacun d'entre nous. Quant à la maîtresse de maison, elle s'appuyait avec confiance sur son mari, trop heureuse de mettre son pas dans le sien pour se soucier de la direction qu'il prenait. L'avenir appartenait au destin. Mais le présent était à nous, nous l'avons vécu en parfaits camarades, avec enjouement. Comme je l'ai indiqué, nous avions tous l'esprit extraordinairement lucide : il m'arrivait même de jeter des étincelles. Challenger était, lui, merveilleux ! Jamais je n'avais mieux réalisé à quel point un homme pouvait être grand, hardi et puissant par le raisonnement. Summerlee lui donnait la réplique de son esprit critique acidulé ; lord John et moi, nous assistions en riant à leur joute.

Mme Challenger avait posé une main sur le bras de son mari pour modérer les vociférations du philosophe. La vie, la mort, le destin, la destinée humaine, tels ont été les sujets discutés au cours de cette heure mémorable et d'autant plus vitale qu'au fur et à mesure que progressait le déjeuner, je ressentais dans ma tête de subites exaltations et des picotements dans mes membres : l'invisible marée de la mort montait doucement, lentement autour de nous. J'ai remarqué qu'une fois lord John a brusquement porté la main à ses yeux, et qu'en une autre occasion Summerlee s'est légèrement affaissé sur sa chaise. Chaque souffle que nous respirions était chargé de forces mystérieuses. Et pourtant nous avions l'esprit joyeux et alerte. Bientôt Austin a apporté des cigares et des cigarettes ; au moment où il allait se retirer, son maître l'a rappelé : « Austin !

– Oui, monsieur ?

– Je vous remercie pour vos bons et loyaux services.

Un sourire a passé sur le visage rugueux du domestique.

– Je n'ai fait que mon devoir, monsieur.

– J'attends pour aujourd'hui la fin du monde, Austin.

– Bien, monsieur. À quelle heure, monsieur ?

– Je ne sais pas, Austin. Avant ce soir.

– Très bien, monsieur.

Le taciturne Austin a salué et s'est retiré. Challenger a allumé une cigarette et, approchant sa chaise de celle de sa femme, lui a pris gentiment les mains.

– Tu sais comment les choses se présentent, ma chérie. Je les ai expliquées aussi à nos amis. Tu n'as pas peur, n'est-ce pas ?

– Ce ne sera pas douloureux, George ?

– Pas davantage qu'un gaz hilarant chez le dentiste. Chaque fois que tu en as absorbé, tu as été pratiquement morte.

– Mais c'est une sensation agréable !

– La mort également peut être agréable ! La machine du corps, usée jusqu'à la corde, ne peut pas enregistrer cette impression, mais nous connaissons par contre le plaisir mental qui entre dans un rêve ou une extase. La nature a peut-être aménagé une porte splendide, cachée derrière un rideau léger et frissonnant, pour nous permettre d'entrer dans la nouvelle vie avec des âmes émerveillées. Au fin fond de toutes mes expériences, j'ai constamment trouvé de la sagesse et de la douceur. Si le mortel effrayé a besoin de tendresse, c'est sûrement qu'il s'imagine que le passage d'une vie à l'autre est dangereux... Non, Summerlee, votre matérialisme n'est pas pour moi : moi, au moins, je suis quelque chose de trop supérieur pour finir ma vie sous la forme de simples constituants physiques : un paquet de sels et trois seaux d'eaux. Ici, ici...

Il s'est frappé sa grosse tête avec son poing énorme et velu.

« ... ici, il y a quelque chose qui se sert de la matière, mais qui n'en est pas. Quelque chose qui pourrait détruire la mort, mais que la mort ne peut pas détruire.

— Puisque nous parlons de la mort, a interrompu lord John, moi je suis chrétien jusqu'à un certain point. Mais il me semble qu'une coutume de nos ancêtres était puissamment naturelle : ils se faisaient enterrer avec leurs haches, leurs arcs, leurs flèches, etc., comme s'ils allaient vivre une nouvelle vie identique à celle qu'ils avaient vécue...

Il a regardé autour de lui avec une certaine honte avant d'ajouter :

« Je me demande si je ne me sentirais pas plus à mon aise avec la certitude d'être accompagné au tombeau par mon vieux 450 Express et tout ce qui s'ensuit : un fusil de la taille au-dessous avec la monture en caoutchouc, et une bandoulière de cartouches... Bien sûr, une fantaisie de maboul ! Mais quand même... Et vous, professeur Summerlee ?

— Ma foi, a répondu Summerlee, puisque vous me demandez mon avis, votre idée m'apparaît comme un retour indéfendable à l'âge de pierre, ou même avant. Je suis du XXe siècle, moi et je souhaiterais mourir comme un homme civilisé raisonnable. Je ne sais pas si j'ai plus peur de la mort que vous autres ; quoi qu'il advienne, je suis vieux et je n'ai plus longtemps à vivre. Pourtant, toute ma nature se dresse contre le fait que je pourrais rester et attendre la mort comme le mouton chez le boucher. Est-il tout à fait certain, Challenger, que nous soyons impuissants ?

— À nous sauver, oui ! a répondu Challenger. Par contre, prolonger nos existences pendant quelques heures, et voir par conséquent l'évolution de cette tragédie avant qu'elle ne nous accable est peut-être en mon pouvoir. J'ai pris certaines précautions...

— L'oxygène ?

— Oui. L'oxygène.

— Mais quel peut être l'effet de l'oxygène sur un empoisonnement de l'éther ? Entre un mur de brique et un gaz il n'y a pas de plus grande différence qu'entre l'oxygène et l'éther. Ce sont des matières qui n'ont rien à voir. Elles ne peuvent pas s'opposer l'une à l'autre. Allons, Challenger, vous ne défendriez pas sérieusement une pareille proposition !

— Mon bon Summerlee, ce poison de l'éther est presque certainement influencé par des agents matériels. Nous le voyons dans les méthodes et la répartition de l'épidémie. À priori nous n'y aurions pas pensé, mais le fait est là, indubitable. D'où mon opinion ferme qu'un gaz tel que l'oxygène, qui augmente la vitalité et le pouvoir de résistance du corps humain, serait très vraisemblablement apte à retarder l'action de ce que vous avez appelé le daturon. Il se peut que je me trompe, mais je crois à la rectitude de mon raisonnement.

– En tout cas, a déclaré lord John, si nous devons rester assis à sucer ces bouteilles comme des bébés leurs biberons, je préfère n'en sucer aucune.

– Pas besoin de biberons ! a répondu Challenger. Nous avons pris des dispositions ; c'est à ma femme que vous les devez. Avec des matelas et du papier verni, son boudoir sera aussi imperméable à l'air que possible.

– Voyons, Challenger, vous n'allez pas affirmer que vous pouvez isoler de l'éther avec du papier verni ?

– Réellement, mon ami, vous avez le don de taper à côté ! Ce n'est pas pour nous tenir à l'écart de l'éther que nous nous sommes donné tant de mal. C'est pour conserver l'oxygène. Je pense que si nous parvenons à assurer une atmosphère hyperoxygénée jusqu'à un certain point, nous pourrons conserver notre connaissance. J'avais deux bouteilles ; vous m'en avez apporté trois autres. Ce n'est pas beaucoup, mais enfin, c'est quelque chose.

– Combien de temps dureront-elles ?

– Je n'en ai aucune idée. Nous ne les dévisserons pas avant que nos symptômes deviennent insupportables. Alors nous distribuerons parcimonieusement le gaz dans la pièce, selon nos besoins. Tout dépend : nous en aurons peut-être juste assez pour quelques heures, ou peut-être pour plusieurs jours ; de toute façon, nous observerons la destruction du monde.

Voilà tout ce qu'il est possible de faire pour retarder notre destin ; au moins vivrons-nous tous les cinq une très singulière aventure, puisque nous sommes appelés à constituer l'arrière-garde de notre race dans sa marche vers l'Inconnu. Auriez-vous l'obligeance de m'aider à préparer les bouteilles ? J'ai l'impression que déjà l'atmosphère se fait oppressante.

CHAPITRE III
En plongée

La pièce destinée à servir de théâtre à notre aventure se trouvait être un salon délicieusement féminin, qui avait environ quatre mètres cinquante de côté. À une extrémité il y avait, séparé par un rideau de velours rouge, le cabinet de toilette du professeur, qui à son tour ouvrait sur une grande chambre à coucher. Le rideau était tiré, mais le boudoir et le cabinet de toilette pouvaient être considérés comme une seule pièce pour les besoins de notre expérience. Une porte et le châssis d'une fenêtre avaient été entourés de papier verni soigneusement collé de façon à assurer l'étanchéité souhaitée. Au-dessus de l'autre porte, qui donnait sur le palier, un vasistas était muni d'une corde, et il serait toujours possible de l'abaisser quand la ventilation deviendrait absolument indispensable. Une grande plante verte dans un pot garnissait chacun des angles.

– Comment nous débarrasser de notre anhydride carbonique en excédent sans gaspiller inutilement l'oxygène ? Voilà un problème délicat autant qu'essentiel ! a déclaré Challenger en regardant les cinq bouteilles d'oxygène qui étaient alignées le long du mur. Avec d'autres délais pour nos préparatifs, j'aurais pu concentrer toute la force de mon intelligence pour découvrir une solution plus satisfaisante, mais étant donné les circonstances nous ferons comme nous pourrons. Les plantes vertes nous rendront un petit service. Deux des bouteilles d'oxygène sont prêtes à être dévissées sur-le-champ, si bien que nous ne serons pas surpris. D'autre part, mieux vaudrait ne pas s'éloigner du salon, car la crise peut être brutale et soudaine.

Une grande fenêtre basse ouvrait sur un balcon. La vue sur l'extérieur était la même que celle que nous avions admirée du bureau. En regardant dehors, je n'ai aperçu aucun signe de désordre. Sous mes yeux, la route de la gare grimpait en contournant la colline. Un fiacre antique, l'un de ces survivants préhistoriques qu'on trouve encore dans nos campagnes, gravissait la côte avec une sage lenteur. Ailleurs, une gouvernante poussait une voiture d'enfant et de l'autre main tenait une petite fille. Des villas d'alentour s'échappaient de paisibles fumées bleues qui répandaient sur tout le paysage une expression d'ordre et de confort. Nulle part dans le ciel ou sur la terre ensoleillée on n'aurait pu distinguer les signes précurseurs d'une catastrophe. Les moissonneurs étaient aux champs, les joueurs de golf accomplissaient sans hâte leur parcours. Mais ma tête résonnait d'une telle turbulence, et mes nerfs surtendus m'agaçaient si fort que l'indifférence de tous ces gens me scandalisait.

– En voilà qui n'ont pas l'air de ressentir les effets du mal ! ai-je dit à lord John.

– Avez-vous déjà joué au golf ?

– Non.

– Hé bien ! bébé, quand vous aurez joué au golf, vous apprendrez qu'une fois sur un parcours le véritable golfeur ne renoncerait pour rien au monde à ses dix-huit trous… Ah ! de nouveau le téléphone !

Périodiquement, pendant et après le déjeuner, la sonnerie insistante avait appelé le professeur. Il nous donnait les nouvelles telles qu'elles lui étaient communiquées, sous forme de phrases brèves. Des détails aussi terrifiants n'avaient jamais été enregistrés auparavant dans l'histoire de la terre. La grande ombre rampait du sud au nord comme une marée montante de la mort. L'Égypte avait traversé sa phase de délire et était actuellement comateuse. L'Espagne et le Portugal, après une sauvage frénésie au cours de laquelle les cléricaux et les anarchistes s'étaient battus à mort, avaient sombré dans le silence. De l'Amérique méridionale, plus de nouvelles.

Dans l'Amérique du Nord, de sanglantes querelles entre Noirs et Blancs avaient déchiré les États du Sud avant que ceux-ci n'eussent succombé au poison. Au nord du Maryland, l'effet n'était pas encore considérable ; au Canada, il était à peine perceptible. La Belgique, la Hollande et le Danemark avaient été à leur tour contaminés. Des messages de désespoir s'envolaient de partout vers les grands centres scientifiques, vers les chimistes, vers les médecins d'une réputation mondiale. Les astronomes également étaient submergés par les demandes de renseignements. Mais il n'y avait rien à faire. Le phénomène était universel et au-delà de toute connaissance, de toute puissance humaine. C'était la mort : sans douleur mais inévitable.

La mort pour les jeunes et pour les vieux, pour les faibles et pour les forts, pour les riches comme pour les pauvres. La mort inexorable… Telles étaient les informations que, par des messages hachés, bouleversants, le téléphone nous apportait. Les grandes villes connaissaient déjà la destinée qui les guettait, et nous les devinions qui s'y préparaient avec autant de dignité que de résignation. Ici pourtant, nos golfeurs et nos paysans ressemblaient à des agneaux qui gambadent à l'ombre du couteau qui va les égorger. C'était stupéfiant. Mais comment auraient-ils pu savoir ?… La catastrophe avait envahi la terre à pas de géant. Rien dans leur journal du matin n'aurait pu les alerter. Après tout, il n'était que trois heures de l'après-midi.

Un bruit avait dû cependant se propager, car nous n'avons pas tardé à voir des moissonneurs quitter leurs champs, puis des golfeurs abandonner leur partie et rentrer au club house : ils couraient comme pour se mettre à l'abri d'une averse, et les petits caddies traînaient la jambe derrière eux ; mais d'autres golfeurs poursuivaient leur parcours. La gouvernante avait fait demi-tour, et elle poussait la voiture d'enfant en se hâtant le plus possible ; j'ai remarqué qu'elle portait la main à son front. Le fiacre s'était arrêté ; le cheval, fatigué, se reposait ; il avait abrité sa tête entre ses pattes de devant. Et sur tout cela, un magnifique ciel d'été, parfaitement pur à l'exception de quelques nuages blancs cotonneux vers l'horizon. Si la race humaine devait vraiment mourir aujourd'hui, son lit de mort serait au moins d'une splendeur adorable. Mais toute cette douceur de la nature rendait l'imminente destruction totale encore plus affreuse, plus pitoyable. Oh ! non, la terre était une résidence trop aimable, trop jolie : non, nous n'allions pas en être arrachés !...

J'ai dit que le téléphone avait sonné une fois de plus. Brusquement, la voix de Challenger a rugi du vestibule :

– Malone ! On vous demande !

Je me suis précipité vers l'appareil. C'était McArdle qui m'appelait de Londres.

– Est-ce vous, monsieur Malone ? a questionné la voix familière... Monsieur Malone, il se produit à Londres de terribles phénomènes. Au nom du Ciel, demandez au Pr Challenger s'il ne peut rien nous suggérer pour nous tirer d'affaire.

– Il ne peut rien suggérer, monsieur ! ai-je répondu. Il considère cette crise comme universelle et inévitable. Nous avons ici un peu d'oxygène, mais notre destin n'en sera retardé que de quelques heures.

– De l'oxygène ! s'est écriée la voix angoissée. Nous n'avons pas le temps de nous en procurer. Depuis votre départ ce matin, le journal a été une bacchanale de l'enfer. Et maintenant la moitié de la rédaction est déjà sans connaissance. Moi-même, je me sens accablé de lourdeur. De ma fenêtre, je peux voir des gens qui gisent en tas dans Fleet Street. Toute la circulation est interrompue. À en juger par un dernier télégramme, le monde entier...

Sa voix s'était peu à peu étouffée ; subitement, elle s'est cassée. Au bout du fil, j'ai entendu vaguement le bruit mat d'une chute, comme si sa tête s'était affalée sur son bureau.

– Monsieur McArdle ! ai-je crié, hurlé. Monsieur McArdle !... Je n'ai pas obtenu de réponse, et j'ai compris que je n'entendrais plus jamais sa voix.

À cet instant précis, juste au moment où je faisais un pas pour m'éloigner du téléphone, la chose est arrivée. C'était comme si nous étions des baigneurs, avec de l'eau jusqu'aux épaules, soudain submergés par une vague houleuse. Une main invisible semblait s'être posée tranquillement tout autour de ma gorge ; elle tentait avec gentillesse d'en extirper ma vie. Une oppression considérable pesait sur ma poitrine, mes tempes battaient, mes oreilles bourdonnaient, et des éclairs passaient devant mes yeux. J'ai dû me cramponner à la rampe de l'escalier. Au même moment, fonçant et grondant comme un buffle blessé, Challenger est accouru : c'était une vision terrible ! il avait la figure rouge comme un homard, les yeux injectés de sang, les cheveux hérissés. Juchée sur son épaule, sa petite femme semblait avoir perdu connaissance. Et lui, dans un effort de tout son être, gravissait l'escalier, chancelait sur les marches, trébuchait, mais se frayait le passage à travers l'atmosphère empoisonnée pour parvenir au paradis de la sécurité provisoire. Alors, électrisé par son courage et sa volonté, je me suis moi aussi lancé à l'assaut des marches en m'agrippant à la rampe, et je suis arrivé jusqu'au palier où je me suis effondré à demi évanoui.

Les doigts d'acier de lord John m'ont empoigné par le col de ma veste ; un moment plus tard, j'étais étendu sur le dos, incapable de dire un mot, sur le tapis du boudoir. Mme Challenger gisait à côté de moi, et Summerlee, recroquevillé sur une chaise près de la fenêtre, avait la tête tout près des genoux. Comme dans un rêve, j'ai vu Challenger ramper tel un énorme scarabée vers la bouteille d'oxygène, puis j'ai entendu le léger sifflement du gaz qui s'échappait. Challenger a aspiré deux ou trois fois de toute la force de ses poumons, et il s'est écrié :

– Ça marche ! Mon raisonnement était juste...

De nouveau il était debout, avec sa vigueur et son agilité retrouvées. Une bouteille à la main, il a couru vers sa femme. Au bout de quelques secondes, elle a gémi, s'est agitée, et elle s'est mise sur son séant. Alors il s'est tourné vers moi, et j'ai senti la chaleur du courant vital s'insinuer dans mes artères. Ma raison me rappelait qu'il ne s'agissait que d'un court répit ; et cependant, chaque heure d'existence paraissait inestimable.

Jamais je n'ai éprouvé plus de joie dans mes sens que lorsque le souffle m'est revenu et que j'ai pu avaler de l'air. Le poids sur mes poumons s'allégeait, l'étau se desserrait de ma tête, j'étais envahi par un délicat plaisir de paix et de douceur mêlée : quelque chose comme du bien-être, avec un rien de langueur encore. Je regardai Summerlee revivre sous l'effet du même remède, puis le tour de lord John n'a pas tardé : il a sauté sur ses pieds et m'a tendu une main pour que je me mette debout, tandis que Challenger relevait sa femme et la couchait sur le canapé.

– Oh ! George ! a-t-elle murmuré en lui tenant la main. Je regrette que tu m'aies ramenée. Tu avais bien raison de me dire que la porte de la mort est drapée de rideaux aux couleurs chatoyantes ! Dès que l'impression d'étranglement a disparu, tout était indiciblement beau et apaisant. Pourquoi m'as-tu tirée de là ?

– Parce que je veux que nous franchissions ensemble ce passage. Il y a tellement d'années que nous vivons côte à côte ! N'aurait-il pas été dommage que nous fussions séparés pour le moment suprême ?

Dans sa voix tendre, j'ai surpris un nouveau Challenger qui ne ressemblait en rien à l'homme arrogant, extravagant, insupportable, qui avait alternativement étonné et scandalisé sa génération. Là, à l'ombre de la mort, surgissait le moi le plus profond de Challenger, il apparaissait comme un homme qui avait conquis et conservé l'amour d'une femme. Et puis, subitement, il a repris l'humeur qui convenait à notre grand capitaine.

« Seul de toute l'humanité, j'ai vu et prédit cette catastrophe ! a-t-il lancé d'une voix où perçait la joie du triomphe scientifique. Vous, mon bon Summerlee, je pense que vos derniers doutes sur la signification du brouillage des bandes spectrales sont à présent levés. Affirmerez-vous encore que ma lettre au Times était basée sur une erreur ?

Pour une fois, notre combatif camarade n'a pas relevé le défi. Il était en train d'aspirer de l'oxygène tout en étirant ses membres pour s'assurer qu'il était toujours en vie sur cette planète. Satisfait de le voir réduit au silence, Challenger s'est dirigé vers la bouteille d'oxygène, et l'intensité du sifflement s'est peu à peu réduite jusqu'à n'être plus qu'un doux chuchotement.

« Économisons notre réserve de gaz. L'atmosphère de la pièce est à présent nettement hyperoxygénée, et je constate qu'aucun d'entre nous ne présente de symptômes alarmants.

C'est seulement par l'expérience que nous déterminons la quantité exacte d'oxygène qui nous est nécessaire pour neutraliser le poison. Procédons à quelques essais.

Pendant cinq bonnes minutes, nous sommes demeurés assis, silencieux, avec nos nerfs tendus. Au moment où je commençais à me demander si la barre autour de mes tempes ne se resserrait pas, Mme Challenger s'est écriée qu'elle allait s'évanouir. Son mari, en nous donnant plus de gaz, lui a dit :

« Dans les temps préscientifiques, chaque sous-marin emportait une souris blanche dont l'organisme délicat détectait les signes d'une atmosphère viciée avant que celle-ci pût être perçue par les marins. Toi, ma chère, tu seras notre souris blanche. J'ai accru le débit de gaz ; tu te sens mieux, n'est-ce pas ?

– Oui, je me sens mieux.

– Peut-être avons-nous découvert la formule exacte. Quand nous saurons avec précision la quantité qui nous est nécessaire, nous pourrons alors calculer combien de temps il nous reste à vivre. Malheureusement, en nous ressuscitant, nous avons déjà consommé une proportion appréciable de notre première bouteille.

– Qu'importe ! déclara lord John, qui se tenait près de la fenêtre, debout et les mains dans les poches. Si nous devons mourir, à quoi bon durer ? Vous ne supposez pas, n'est-ce pas, que nous ayons une chance de nous en tirer?

Challenger a souri et secoué la tête.

– Bon ! Mais dans ce cas ne croyez-vous pas qu'il y aurait de la dignité à faire nous-mêmes le saut, plutôt qu'à attendre que nous soyons poussés à le faire ? Puisqu'il n'y a rien à espérer, moi, je propose que nous disions nos prières, que nous fermions le gaz, et que nous ouvrions la fenêtre.

– Pourquoi pas ? a dit bravement la maîtresse de maison. Lord John a certainement raison, George ! Ce serait mieux de faire comme il l'a dit.

La voix plaintive de Summerlee s'est élevée :

– Je m'y oppose ! Quand nous devrons mourir, alors nous mourrons ! Mais anticiper délibérément sur l'heure de notre mort me paraît une folie injustifiable.

– Qu'en pense notre jeune ami ? m'a demandé Challenger.

– Je pense que nous devrions voir cela jusqu'au bout.

– Et moi, je partage tout à fait cette opinion.

– Alors, George, si tu es de cet avis, c'est aussi le mien ! s'est écriée notre hôtesse.

– Bon, bon ! Je ne faisais qu'avancer un argument, a déclaré lord John. Si tous vous tenez à voir les choses jusqu'au bout, je serai avec vous. C'est une expérience fichtrement passionnante, là-dessus pas de contestation ! J'ai eu ma petite part d'aventures dans la vie, et, comme tout le monde, je n'ai pas manqué de sensations... Mais je termine sur la plus inouïe !

– Qui vous garantit la continuité de la vie, a dit Challenger.

– Voilà une hypothèse un peu grosse !

C'était Summerlee qui avait protesté. Challenger l'a considéré d'abord avec une silencieuse réprobation, puis il a répété sur le mode didactique :

— Qui vous garantit la continuité de la vie ! Personne ne peut affirmer quelles possibilités d'observation l'on peut avoir de ce que nous appellerons le plan de l'esprit sur le plan de la matière. Même pour l'esprit le plus grossier (ici, il a lancé un coup d'œil à Summerlee), il est évident que c'est seulement pendant que nous sommes des objets de matière que nous sommes le mieux adaptés à voir des phénomènes de matière et à porter sur eux un jugement. Donc c'est seulement en demeurant en vie pendant ces quelques heures supplémentaires que nous pouvons espérer emporter avec nous dans une existence future une conception claire de l'événement le plus formidable que le monde, ou l'univers, pour autant que nous le sachions, ait jamais affronté. Je considérerais comme une chose déplorable que nous retranchassions même une minute d'une expérience si merveilleuse.

— Tout à fait d'accord avec vous ! a opiné Summerlee.

— Adopté à l'unanimité ! a lancé lord John. Hélas ! votre pauvre diable de chauffeur, en bas, dans la cour, a fait son dernier voyage ! Il n'y aurait pas moyen de tenter une sortie et de le ramener ici ?

— Folie ! Folie absolue !

Devant le cri de Summerlee, lord John n'a pas insisté.

— Évidemment, c'en serait une ! a-t-il murmuré. Elle ne l'aiderait pas à revenir à la vie, et le gaz se répandrait par toute la maison, en admettant que nous puissions retourner ici... Mon Dieu, regardez les petits oiseaux sous les arbres !

Nous avons approché nos chaises de la fenêtre longue et basse, mais Mme Challenger est restée les yeux mi-clos sur le canapé. Je me rappelle l'idée monstrueuse et grotesque qui m'a traversé l'esprit : nous étions installés dans quatre fauteuils d'orchestre de premier rang pour assister au dernier acte de la tragédie du monde. Sans doute cette illusion était-elle entretenue par l'air lourd et raréfié que nous respirions.

Immédiatement au premier plan, juste sous nos yeux, il y avait la petite cour avec la voiture à moitié nettoyée. Austin, le chauffeur, avait enfin reçu son dernier congé : il gisait sur le dos à côté des roues, et il avait sur le front une grosse bosse noire : sans doute en tombant s'était-il cogné la tête sur l'aile ou sur le marchepied. Il tenait encore à la main la lance du tuyau avec lequel il avait lavé l'auto. Deux courts platanes s'élevaient dans un angle de la cour : le sol en dessous était parsemé de minuscules balles de plumes avec des petites pattes qui pointaient vers le ciel. La mort avait fauché indistinctement les faibles et les forts.

De l'autre côté du mur de la cour, la route que nous avions prise pour venir de la gare était jonchée par les corps des moissonneurs que nous avions vus courir : ils étaient étendus pêle-mêle, en travers, les uns sur les autres, vers le bas de la côte. Un peu plus haut, la gouvernante avait été frappée pendant que sa tête et ses épaules s'appuyaient contre le talus herbeux ; elle avait auparavant retiré le bébé de la voiture d'enfant, et c'était un paquet de châles qu'elle portait toujours dans ses bras. Collée derrière elle, la petite fille n'était plus qu'un tas inerte. Plus près de nous, le cheval du fiacre s'était agenouillé pour mourir entre ses brancards ; le vieux cocher était suspendu la tête en bas au-dessus du garde-boue ; il ressemblait à un hideux épouvantail à moineaux ; à l'intérieur, sur le siège, un homme jeune était assis ; nous le voyions distinctement à travers la vitre : sa main était posée sur la poignée de la portière mi-ouverte ; dans un suprême effort, il avait voulu sauter. Et puis il y avait le golf : comme au matin, il était rempli de silhouettes qui se détachaient bien sur le gazon vert, mais ces silhouettes étaient allongées sur le parcours ou sur les bruyères qui le bordaient. Sur un green, nous avons compté huit corps : un match à quatre s'était prolongé jusqu'au bout, et les caddies n'avaient pas flanché. Sous la voûte bleue du ciel, plus aucun oiseau ne volait ; à travers la vaste campagne qui s'étendait à perte de vue, on ne discernait plus trace de vie humaine ni animale.

Le soleil du soir irradiait sa chaleur paisible sur un paysage enseveli dans le calme et le silence de la mort… d'une mort qui allait très bientôt nous envelopper nous aussi dans son suaire. Pour l'instant présent, la frêle épaisseur d'un carreau, grâce à l'oxygène supplémentaire qui contrarierait l'effet du poison de l'éther, nous retranchait de la fatalité universelle. Pour quelques heures, la science et la prévoyance d'un homme préservaient notre petite oasis de vie dans cet immense désert de la mort, nous évitaient de participer à la catastrophe générale. Puis le gaz s'épuiserait, et nous aussi nous tomberions sur le dos, haletants, sur le pimpant tapis du salon : alors serait accompli le destin de la race humaine et de toute vie sur cette terre. Pendant de longues minutes, trop graves pour parler, nous avons contemplé le drame du monde.

— Voilà une maison qui brûle ! nous a dit Challenger en montrant une colonne de fumée qui s'élevait au-dessus des arbres. Il faut s'attendre à ce qu'il y en ait beaucoup : peut-être même des villes entières, car beaucoup de gens ont dû tomber avec une lampe à la main. Le fait de la combustion en lui-même montre que la proportion de l'oxygène dans l'atmosphère est normale, et que c'est l'éther qui est coupable. Ah ! voici une autre lueur en haut de Crowborough Hill ! C'est le club house du golf, ou je me trompe fort. Entendez-vous le carillon de l'église qui égrène les heures ? Les philosophes tireraient beaucoup de théories du fait que les mécanismes fabriqués par l'homme survivent à la race qui les a créés.

— Seigneur ! s'est exclamé lord John en sautant de sa chaise. Qu'est-ce que c'est que ce panache de fumée ? Un train !

Nous l'entendions gronder au loin ; et bientôt, nous l'avons vu : il filait à une vitesse qui me sembla prodigieuse. D'où venait-il ? Combien de kilomètres avait-il ainsi parcourus ? Il n'avait pu rouler sans encombre que grâce à une chance miraculeuse… Hélas ! nous avons assisté à la fin de sa course : elle a été épouvantable. Un train de charbon était arrêté devant lui. Nous avons retenu notre souffle quand nous avons réalisé que le convoi fonçait sur la même voie. La collision a été horrible ! La locomotive et les wagons se sont fracassés ; nous n'avons plus vu qu'un amas de ferrailles tordues et de bois déchiqueté. Des flammes rouges ont jailli ; l'incendie s'est propagé sur tout le long du train. Pendant une demi-heure, nous sommes demeurés stupides, pétrifiés par ce spectacle épouvantable.

— Les pauvres ! Oh ! les pauvres gens ! s'est enfin écriée Mme Challenger, suspendue au bras de son mari.

— Ma chérie, les voyageurs de ce train ne vivaient pas davantage que le charbon contre lequel ils se sont écrasés, ou que le carbone qu'ils sont devenus à présent, a répondu Challenger, en lui pressant affectueusement la main. C'était un train de vivants quand il a quitté Victoria, mais il n'était plus qu'un convoi de cadavres quand la collision s'est produite

— Et partout dans le monde, la même aventure se répète !

J'avais parlé presque sans m'en rendre compte : une extraordinaire lucidité me rendait présents toutes sortes de drames.

— Pensez aux navires en mer. Pensez qu'ils sont toujours sous pression, qu'ils fendront l'eau jusqu'à ce que leurs chaudières s'éteignent, ou jusqu'à ce qu'ils se jettent à toute vitesse sur quelque rivage. Les voiliers aussi... Ils nageront à rebours, ils porteront leurs voiles avec une cargaison de marins morts, et leurs madriers pourriront, et leurs jointures cèderont, jusqu'à ce que les uns après les autres ils coulent par le fond. Peut-être que dans un siècle d'ici l'Atlantique sera encore pigmenté de vieux débris flottant à la dérive.

— Et les mineurs ! a renchéri Summerlee en poussant un gloussement lugubre. Si jamais les géologues repoussent un jour sur la terre, ils émettront d'étranges théories sur l'existence humaine dans les strates carbonifères.

Lord John réfléchissait :

— Je ne me vante pas de savoir ce qui se passera, a-t-il dit, mais je crois qu'après ceci, la terre sera vide, à louer ! Si l'humanité est effacée de sa surface, comment s'y reproduirait-elle ?

— Au commencement, le monde était vide, a répondu Challenger. Sous des lois dont l'origine demeure chargée de mystères, il s'est peuplé. Pourquoi le même processus ne se répéterait-il pas ?

— Mon cher Challenger, vous ne parlez pas sérieusement !

— Je n'ai pas l'habitude, professeur Summerlee, de dire des choses que je ne pense pas sérieusement. Cette remarque est déplacée !

Nous avons revu la barbe pointant en avant et les paupières qui retombaient.

— Quoi ! Vous avez vécu en dogmatique obstiné, et vous entendez mourir le même homme ? s'est écrié Summerlee, non sans aigreur.

— Et vous, monsieur, vous avez passé votre vie à faire de la critique sans aucune envolée d'imagination, et vous êtes bien incapable de réussir autre chose !

Summerlee a répliqué :

— Vos pires ennemis ne vous accuseront jamais, vous, de manquer d'imagination!

Lord John a tapé du pied.

– Ma parole, cela vous ressemblerait bien si vous utilisiez nos dernières bouffées d'oxygène à échanger des propos désagréables ! D'abord, qu'importe si la terre se repeuple ou non ! Elle ne se repeuplera sûrement pas de notre vivant !

Challenger l'a repris avec sévérité :

– Par cette remarque, monsieur, vous découvrez vos limites ; elles ne nous surprennent pas ; nous les connaissions. Mais le véritable esprit scientifique ne doit pas se laisser ligoter par le temps et l'espace. Il se construit un observatoire sur la ligne frontière du présent qui sépare l'infini passé du futur infini. De ce poste, il exerce son activité vers le commencement et vers la fin de toutes choses. Quand survient la mort, l'esprit scientifique meurt à son poste, après avoir travaillé normalement et méthodiquement jusqu'à la fin.

Il dédaigne un événement aussi minime que sa propre dissolution physique avec la hauteur dont il use vis-à-vis de toutes les autres limitations sur le plan de la matière. Ai-je raison, professeur Summerlee ?

Dans un grognement disgracieux, Summerlee a répondu :

– Sous certaines réserves, je suis d'accord.

– L'esprit scientifique idéal – je parle à la troisième personne afin de ne pas paraître trop complaisant envers soi – l'esprit scientifique idéal devrait être capable de méditer sur un sujet de science abstraite entre le moment où son possesseur tomberait d'un avion et celui où il s'écraserait au sol. Voilà le genre d'hommes à forte trempe qui conquièrent la nature et font cortège à la vérité !

– J'ai l'impression que la nature prend sa revanche, a déclaré lord John, qui regardait par la fenêtre. J'ai lu quelques articles de journaux où il était dit que c'était vous, messieurs, qui la maîtrisiez. Cette fois, elle est en train de vous mettre dans sa poche.

– Revers provisoire ! a affirmé Challenger. Dans le grand cycle du temps, qu'est-ce que c'est que quelques millions d'années ? Le monde végétal survit, ainsi que vous pouvez le constater. Regardez les feuilles de ce platane : les oiseaux sont morts, mais la végétation continue à vivre. De cette vie végétale dans des marais et des eaux stagnantes surgiront, en leur temps, les têtards minuscules qui précéderont la grande armée de la vie dont, pour l'instant, nous cinq formons la peu banale arrière-garde. Dès que la forme de vie la plus basse se sera établie, l'avènement final de l'homme est une certitude mathématique, tout comme celle que c'est du gland que naît le chêne. Le vieux cercle recommencera à tourner une fois de plus.

– Mais le poison ? ai-je demandé. Ne tuera-t-il pas la vie dans l'œuf ?

– Le poison peut n'être qu'une couche dans l'éther, un Gulf Stream méphitique dans cet océan où nous flottons. Ou encore une tolérance peut s'instaurer et la vie s'adapter à de nouvelles conditions. Le simple fait qu'avec une hyperoxygénation relativement faible de notre sang nous y résistons est une preuve certaine qu'il ne faudrait pas modifier grand-chose pour permettre à la vie animale de le supporter.

La maison d'où s'échappait tout à l'heure la fumée était à présent en flammes : de longues langues de feu escaladaient l'air.

– C'est plutôt affreux ! a murmuré lord John.

Jamais je ne l'avais vu si impressionné. Alors je lui ai dit :

– Après tout, qu'est-ce que ça peut faire ? Le monde est mort. L'incinération est certainement le meilleur enterrement !

– Si la maison de Challenger prenait feu, nous en aurions plus vite fini !

– J'avais prévu ce danger, a souri le propriétaire. J'avais prié ma femme de prendre toutes précautions à cet égard.

– Elles sont prises, mon chéri. Mais ma tête recommence à battre. Quelle atmosphère pénible !

– Il faut la changer ! a dit Challenger en se penchant au-dessus de sa bouteille d'oxygène. Elle est presque vide. Elle a duré près de trois heures. Maintenant, il va être huit heures. Nous passerons une nuit confortable. J'attends la fin vers neuf heures demain matin. Nous verrons notre dernier lever de soleil.

Après avoir dévissé la deuxième bouteille, il a ouvert le vasistas ; l'air est devenu meilleur, mais nos symptômes se sont aggravés ; aussi l'a-t-il refermé au bout d'une demi-minute.

« D'ailleurs, nous a-t-il fait observer, l'homme ne vit pas que d'oxygène. Il est l'heure de dîner ; elle est même dépassée. Je vous assure, messieurs, que lorsque je vous ai invités chez moi en vue d'une réunion que j'avais tout lieu d'espérer intéressante, j'avais l'intention de vous fournir de quoi justifier notre cuisine familiale. Tant pis ! nous ferons comme nous pourrons. Vous partagerez certainement mon avis qu'il serait absurde de consommer notre oxygène trop rapidement en allumant un réchaud à pétrole. J'ai quelques provisions de viandes froides, de pain, de pickles qui, avec deux bouteilles de bordeaux, feront l'affaire. Merci, ma chérie, aujourd'hui comme d'habitude, tu es la reine des organisatrices !

De fait, ça a été merveilleux de voir la manière dont la maîtresse de maison, avec l'amour-propre d'une vraie ménagère anglaise, dressait en quelques minutes la table au milieu, la couvrait d'une nappe blanche comme neige, disposait les serviettes et ordonnait notre simple repas avec toute l'élégance de la civilisation : il y avait même au centre une torche électrique ! Et il n'était pas moins agréable de constater que notre appétit était revenu.

« Telle est la mesure de notre émotion, a dit Challenger avec cet air de condescendance qu'il arborait toujours quand il appliquait l'esprit scientifique à d'humbles faits. Nous avons traversé une grande crise. Ce qui implique un désordre moléculaire. Ce qui implique non moins sûrement un besoin de rétablir l'ordre. Un grand chagrin ou une grande joie sont causes d'une grande faim, et non de l'abstinence comme se plaisent à l'imaginer nos romanciers.

– Voilà pourquoi, à la campagne, les enterrements sont l'occasion de copieux repas !

– Exactement. Notre jeune ami a trouvé l'image juste... Prenez donc une autre tranche de langue.

— C'est la même chose chez les sauvages, a dit lord John en découpant sa viande. J'en ai vu qui enterraient leur chef dans la rivière Aruwimi ; là, ils ont mangé un hippopotame qui devait peser au moins autant que toute la tribu. Il y a aussi des indigènes de la Nouvelle-Guinée qui mangent le regretté défunt en personne, sous prétexte de lui faire une dernière toilette funèbre. Hé bien ! de tous les repas d'enterrement sur cette terre, je crois que celui-ci est le plus extraordinaire !

Mme Challenger est intervenue :

— Ce qui est étrange, c'est que je me sens incapable de ressentir du chagrin pour ceux qui sont morts. À Bedford, j'ai mon père et ma mère. Je sais qu'ils sont morts ; pourtant, au sein de cette tragédie universelle, je n'éprouve aucune peine pour les individus, même pour eux.

— Et ma vieille mère dans sa villa irlandaise ! ai-je ajouté. Je la vois par l'œil de l'imagination : elle a mis son châle et un bonnet de dentelle ; elle s'est affaissée avec les yeux clos dans le vieux fauteuil à haut dossier près de la fenêtre ; près d'elle, il y a son livre et ses lunettes. Pourquoi la pleurerais-je ? Elle a passé, et moi je vais passer le seuil d'une autre vie où je serai plus près d'elle peut-être que n'importe où en Irlande ou en Angleterre. Cependant, j'ai de la peine à penser que ce cher corps ne vit plus !

Challenger a pris la parole :

— Le corps ! Mais qui se lamente de ses cheveux coupés ou de ses bouts d'ongles taillés ? N'est-ce pas là pourtant des parties de nous-mêmes ? Un unijambiste ne gémit pas par sentiment sur son membre manquant.

Notre corps physique nous a plutôt été une source de souffrance et de fatigue : il est l'indice toujours vigilant de nos propres limites. Pourquoi pleurer s'il se détache de notre moi psychique ?

— En admettant qu'il se détache réellement, a grogné Summerlee. De toute façon, la mort universelle est terrible !

— Comme j'ai déjà eu l'honneur de vous l'expliquer, a répondu Challenger, une mort universelle doit être par sa nature même beaucoup moins terrible qu'une mort isolée.

Lord John a approuvé :

— La même chose dans une bataille. Si vous voyiez un homme seul étendu sur ce plancher avec un trou dans la tête et la poitrine défoncée, vous en seriez malades ! Mais, au Soudan, j'ai vu dix mille hommes allongés sur le dos, et je n'en ai pas éprouvé de nausée : quand vous faites l'Histoire, la vie d'un homme est une trop petite chose pour que vous vous attardiez à la pleurer. Quand mille millions d'hommes trépassent ensemble, comme aujourd'hui, vous ne pouvez pas en pleurer un particulièrement.

— Oh ! je voudrais que ce fût déjà fini ! a soupiré Mme Challenger. George, j'ai si peur !

— Quand l'heure sonnera, petite madame, tu seras la plus courageuse de nous tous ! J'ai été un mari bien tonitruant, ma chérie, mais souviens-toi que G. E. C. fut tel qu'il avait été fait, et qu'il ne pouvait pas être autrement. Après tout, n'aurais-tu pas voulu avoir un autre mari ?

– Oh ! personne au monde, mon chéri !

Elle a mis ses bras autour de son cou de taureau. Et tous trois nous sommes allés près de la fenêtre.

L'obscurité était tombée ; le monde mort s'enfonçait dans la nuit. Mais, juste sur l'horizon du sud, une longue bande écarlate étincelait, s'évanouissait, reparaissait avec d'étranges pulsations de vie : elle léchait brusquement le ciel rouge, puis retombait en une mince ligne de feu. J'ai crié :

– Lewes brûle !

– Non. C'est Brighton qui brûle ! a corrigé Challenger, qui était venu nous rejoindre. Vous pouvez voir les dos arrondis des dunes qui se détachent ; l'incendie se situe de l'autre côté, plus loin derrière elles. Toute la ville doit brûler.

À différents endroits, des lueurs fusaient ; les débris entassés le long de la voie ferrée continuaient de se consumer lentement, mais qu'étaient ces petits points de lumière à côté de la formidable conflagration là-bas, à Brighton ! Quelle copie pour la Gazette ! Jamais un journaliste n'avait bénéficié d'une telle chance en étant impuissant à l'utiliser… Oui, c'était l'exclusivité majeure, l'exclusivité parmi les exclusivités : et je n'aurais personne pour l'apprécier… Tout d'un coup, mon vieil instinct de reporter s'est réveillé. Puisque ces hommes de science restaient fidèles jusqu'à la dernière minute au travail de leur vie, pourquoi moi, à mon humble manière, ne témoignerais-je pas de la même constance ? Aucun œil humain ne se pencherait jamais sur ce que je ferais.

Mais au moins la longue nuit passerait plus facilement. Il n'était pas question de dormir : du moins pour moi ! Les notes que je rédigerais occuperaient les heures grises, m'empêcheraient de penser… Voilà pourquoi j'ai aujourd'hui devant moi un carnet rempli de gribouillages ; je l'ai noirci à la lumière de notre unique torche ; j'ai écrit sur mes genoux. Si j'avais un petit talent littéraire, ces pages seraient à la hauteur des événements. Telles qu'elles sont cependant, elles apporteront au public un témoignage vécu sur une nuit atroce, fertile en émotions bouleversantes.

CHAPITRE IV
Journal d'une agonie

Hâtivement tracés au haut de la page blanche de mon carnet, comme ces mots me semblent étranges ! Mais n'est-il pas plus étrange encore que ce soit moi qui les aie écrits : moi, Edward Malone, qui me trouvais il n'y a pas plus de douze heures dans mon meublé de Streatham, et qui n'avais pas la moindre idée des événements que cette journée allait apporter au monde ? Je reprends par le début l'enchaînement des circonstances : mon entrevue avec McArdle, la lettre d'alerte de Challenger au Times, cet absurde voyage dans le train, l'agréable déjeuner, la catastrophe...

Et maintenant voici que, seuls, nous nous attardons sur une planète abandonnée. Notre destin est inéluctable. Je puis considérer ces lignes, que je rédige en vertu d'une sorte d'habitude professionnelle mécanique et que personne ne lira jamais, comme les paroles d'un homme déjà mort. Je me tiens en effet juste sur la ligne de démarcation au-delà de laquelle la mort a fait le vide sur la terre. Je me rappelle Challenger disant que le vrai drame consisterait à survivre à tout ce qui est noble, grand et beau : comme il avait raison ! Mais de survivre il ne saurait être question : déjà notre deuxième bouteille d'oxygène touche à sa fin. À une minute près nous pouvons calculer le misérable temps qu'il nous reste à vivre.

Nous venons d'être gratifiés, pendant un quart d'heure, d'une conférence de Challenger ; il était si excité qu'il rugissait et soufflait comme s'il s'adressait à son vieil auditoire sceptique du Queen's Hall. De fait, c'était une bizarre assistance qui écoutait sa harangue : sa femme, acquise d'avance à des propos qu'elle ne comprenait pas ; Summerlee, assis dans l'ombre, maussade, disposé à la critique, mais intéressé ; lord John, paresseusement allongé dans un coin et vaguement exaspéré ; moi enfin, à côté de la fenêtre et regardant la scène avec autant d'attention que de détachement, comme s'il s'agissait d'un rêve ou de quelque chose ne qui me concernait pas personnellement.

Challenger s'était assis devant la table du milieu ; la torche électrique faisait briller une lame sous le microscope qu'il était allé chercher dans son cabinet de toilette. Le petit cercle de lumière blanche que diffusait le miroir divisait sa rude figure barbue en deux parties : l'une bien éclairée, l'autre plongée dans l'ombre. Depuis longtemps, il avait travaillé sur les formes les plus inférieures de la vie, et ce qui l'excitait prodigieusement pour l'instant c'était que sur la plaque préparée la veille, il venait de découvrir qu'une amibe était encore en vie.

– Regardez vous-mêmes ! Summerlee, voulez-vous satisfaire votre curiosité ? Malone, je vous prie de vérifier ce que je dis... Les petites choses fuselées au centre sont des diatomées ; on peut ne pas en tenir compte, car ce sont probablement des végétaux plutôt que des animaux. Mais à droite vous verrez une amibe véritable qui se déplace lentement à travers le champ. La vis du haut règle parfaitement. Regardez, regardez vous-mêmes !

Summerlee avait obéi, puis confirmé. À mon tour, je m'étais penché et j'avais aperçu une petite créature qui bougeait dans le champ éclairé. Lord John, lui, de son coin, nous faisait confiance :

— Je ne me casserai sûrement pas la tête pour savoir si elle est morte ou en vie ! Nous n'avons jamais été présentés l'un à l'autre, n'est-ce pas ? Pourquoi prendrais-je donc son sort à cœur ? Je ne pense pas que cette jeune personne se tracasse grandement pour notre santé !

J'avais éclaté de rire ; Challenger m'avait lancé un coup d'œil glacé, méprisant.

— La légèreté des semi-éduqués fait plus d'obstruction à la science que la stupidité des ignorants. Si lord John Roxton daignait condescendre...

— George, mon chéri, ne sois pas aussi irascible ! avait murmuré Mme Challenger en posant sa main légère sur la crinière noire qui retombait sur le microscope. Qu'importe si l'amibe est morte ou vivante !

— Il importe beaucoup !

— Bon. Nous vous écoutons donc, Challenger ! avait lancé lord John avec bonne humeur. Pourquoi ne pas parler de cette amibe plutôt que de n'importe quoi ? Si vous pensez que j'ai été trop désinvolte à l'égard de cette petite bête, ou que je l'ai blessée dans ses sentiments les plus intimes, je lui présente mes excuses !

— Pour ma part, avait observé Summerlee sur un ton disputeur, je ne discerne pas pourquoi vous attachez une si grande importance au fait que cette amibe soit en vie. Elle est dans la même atmosphère que nous, et le poison n'agit pas sur elle. Si elle était hors de cette chambre, elle serait morte, comme tout spécimen de la vie animale.

« Ah ! si je pouvais peindre le visage arrogant, suffisant, de Challenger répondant à son collègue ! »

— Vos remarques, mon bon Summerlee, prouvent que vous appréciez imparfaitement la situation. Ce spécimen a été préparé hier, et la plaque est absolument étanche, hermétiquement fermée. Notre oxygène n'y rentre pas. Mais l'éther, naturellement, l'a pénétrée comme il pénètre tout dans l'univers. Cependant, l'amibe a survécu au poison. D'où nous pouvons inférer que toutes les amibes hors de cette pièce, au lieu d'être mortes comme vous l'aviez faussement affirmé, ont réellement survécu à la catastrophe.

— Oui, hé bien ! même maintenant, je ne vois pas qu'il y ait de quoi crier : « Hip ! hip ! hurrah ! » s'était étonné lord John. Quelle est l'importance de votre déduction ?

— Oh ! cela signifie simplement que le monde vit et n'est pas mort. Si vous êtes doué d'un peu d'imagination scientifique, projetez votre esprit dans le temps : dans quelques millions d'années, et quelques millions d'années ne sont rien dans le flux des âges, le monde regorgera encore d'une vie animale et végétale dont la source aura été cette minuscule amibe. Avez-vous déjà vu un feu de prairie ? Les flammes dévorent à la surface du sol toute trace d'herbe ou de plante jusqu'à ce qu'il ne subsiste plus qu'une étendue noircie. Vous pourriez croire que ce désert sera toujours un désert ? Non : les racines sont demeurées ; et quand vous passez par là quelques années plus tard, vous cherchez en vain les grandes cicatrices noires. Hé bien ! ici, dans cette bête minuscule, existent les racines à partir de quoi se développera le monde animal ; et certainement il effacera de cette planète toutes les traces de la catastrophe qui nous intéresse.

– Prodigieusement passionnant ! avait ponctué lord John en se décidant à regarder dans le microscope. Quand je pense que c'est cette amusante bestiole qui sera accrochée numéro un parmi les portraits de famille… Elle a un gros bouton de plastron sur sa chemise, hein ! Challenger ?

– L'objet noir est son noyau.

Challenger avait pris l'air d'une gouvernante qui apprend l'alphabet à un bébé.

– Eh bien ! je ne me sens plus si seul ! Au moins en dehors de nous il y a quelqu'un d'autre qui vit sur cette terre ! avait soupiré lord John.

Mais Summerlee était intervenu :

– Vous paraissez tenir pour garanti, Challenger, que le monde a été créé dans le seul dessein de produire et de maintenir la vie humaine.

Toujours écarlate dès qu'il subodorait la moindre contradiction, Challenger avait lancé :

– Naturellement ! Mais vous, monsieur, quel autre dessein me suggérez-vous ?

– Il m'arrive de penser que c'est uniquement le monstrueux orgueil de l'humanité qui l'incite à croire que tout ce théâtre a été dressé pour sa propre exhibition.

– Là-dessus nous ne pouvons pas être dogmatiques ; mais en laissant de côté ce que vous avez appelé un orgueil monstrueux, nous avons sûrement le droit de dire que la vie humaine constitue la chose la plus élevée dans l'ordre naturel.

– La plus haute de celles dont nous avons connaissance.

– Cela va sans dire, monsieur !

– Pensez aux millions et probablement aux milliards d'années pendant lesquelles la terre s'est balancée vide dans l'espace… ou, sinon tout à fait vide, du moins vide de la moindre trace de l'espèce humaine. Pensez à notre planète, lavée par la pluie, roussie par le soleil, balayée par le vent pendant des siècles innombrables. C'est seulement hier, dans le temps géologique, que l'homme est venu à l'existence. Pourquoi donc tenir pour certain que toute cette préparation formidable a été ordonnée pour son seul bénéfice?

– Alors pour qui, ou pour quoi ?

Summerlee avait haussé les épaules pour répondre :

– Comment le dire ? Pour une raison qui nous échappe, l'homme peut avoir été un simple accident, un sous-produit élaboré dans le processus. C'est comme si l'écume sur la surface de la mer s'imaginait que l'océan était créé pour la produire et la maintenir ; ou comme si une souris dans une cathédrale croyait que la cathédrale avait été édifiée pour lui servir de résidence.

J'ai pris en note les mots mêmes de leur discussion ; mais voici qu'elle dégénère en une dispute bruyante ; de chaque côté on use d'un jargon scientifique plutôt polysyllabique... Sans doute est-ce un privilège que d'entendre de tels cerveaux débattre des problèmes essentiels ; mais comme ils ne sont jamais d'accord, des auditeurs aussi simplets que lord John et moi ne retirent pas de cette joute grand-chose de positif. Ils se neutralisent l'un l'autre, et nous ne sommes pas plus avancés qu'avant. Maintenant, le tumulte des voix s'est apaisé ; Summerlee s'est mis en rond sur son fauteuil ; Challenger manie les vis de son microscope tout en poussant un sourd grognement inarticulé : la mer après la tempête. Lord John s'approche de moi, et nous regardons tous les deux dans la nuit.

La lune est pâle. C'est une nouvelle lune. La dernière que contemplent des yeux d'homme. Les étoiles brillent avec éclat. Même sur notre plateau de l'Amérique du Sud, je ne les avais pas vues scintiller davantage dans l'air pur. Peut-être la modification de l'éther affecte-t-elle la lumière ? Le bûcher funéraire de Brighton brûle encore. Dans le ciel occidental, je vois une très lointaine tache rouge : elle indique que quelque chose ne va pas à Arundel, ou à Chichester, à moins que ce ne soit à Portsmouth. Je m'assieds, observe, et, de temps à autre, je prends une note sur mon carnet. Une douce mélancolie règne dehors. La jeunesse, la beauté, la chevalerie, l'amour... tout cela est-il terminé ? La terre, sous la lumière des étoiles, ressemble à un pays imaginaire de paix et de tendresse. Qui supposerait qu'elle n'est plus qu'un terrible Golgotha jonché de corps ?... Brusquement, je me mets à rire.

– Hello ! bébé, me dit lord John me dévisageant avec surprise. Il est toujours bon de rire en de pareils moments. Pourrais-je partager votre joie ?

– J'étais en train de réfléchir aux grands problèmes qui n'ont pas été résolus, répondis-je. Les problèmes sur lesquels nous avons tant travaillé et médité. Pensez, par exemple, à la compétition entre Anglais et Allemands, ou aux questions intéressant le Moyen-Orient. Qui aurait pu prévoir, alors que nous nous excitions là-dessus, qu'ils allaient recevoir une solution d'éternité ?

Nous redevenons silencieux. Je me doute que chacun d'entre nous reporte ses pensées sur ses amis déjà privés de vie. Mme Challenger sanglote paisiblement, et son mari lui parle à l'oreille. Mon esprit fait le tour des gens les plus divers, et je me les représente couchés, rigides et blancs comme le pauvre Austin dans la cour. McArdle par exemple... Je sais exactement où il est tombé : il a la tête sur son bureau, une main sur le téléphone. Beaumont, le directeur du journal, est mort lui aussi ; je suppose qu'il gît sur le tapis de Turquie bleu et rouge qui ornait son sanctuaire. Et mes camarades du reportage, eux également, sont étendus dans la salle des informations, Macdona, et Murray, et Bond. Certainement ils sont morts à leur poste, avec des feuillets noircis de détails, d'impressions personnelles. Je les vois courant l'un chez les médecins, l'autre à Westminster, et le troisième à Saint Paul. Ils ont dû fermer les yeux sur un extraordinaire panorama de manchettes :

suprême vision destinée à immortaliser en encre d'imprimerie des articles que personne ne lira jamais ! J'imagine Macdona parmi les médecins :

LA FACULTÉ NE DÉSESPÈRE PAS

INTERVIEW DE M. SOLEY WILSON, LE CÉLÈBRE SPÉCIALISTE PROCLAME :

NE VOUS DÉCOURAGEZ JAMAIS !

« Notre envoyé spécial a trouvé l'éminent savant assis sur le toit où il s'était réfugié pour éviter la foule des malades terrifiés qui avaient envahi sa maison. D'une façon qui montrait clairement qu'il avait pleinement réalisé l'immense gravité de l'heure, le fameux physicien a refusé d'admettre que toute porte était fermée à l'espérance. »

Voilà comment Macdona commencerait son papier. Et puis il y avait Bond. Lui se serait sans doute rendu à Saint Paul. Il se croyait un littéraire de première force. Mon Dieu, quel beau sujet pour lui !

« Debout dans la petite galerie sous le dôme, je contemple à mes pieds cette masse serrée d'humanité au désespoir qui se traîne à son dernier instant devant une puissance qu'elle a ignorée avec tant de persistance ; de la foule agenouillée s'élève jusqu'à mes oreilles un tel gémissement sourd de supplications et d'effroi, un tel cri pour appeler l'inconnu au secours... etc. »

Oui, ç'avait dû être une belle fin pour un reporter ! Mais comme moi-même il avait amassé des trésors inutilisables. Qu'est-ce que Bond ne donnerait pas, le pauvre type, pour voir « J. H. B. » au bas d'un article pareil !

Que suis-je en train de radoter ! J'essaie simplement de tuer le temps. Mme Challenger s'est rendue dans le cabinet de toilette, et le professeur nous dit qu'elle dort sur le lit de repos. Lui, devant la table du milieu, il prend des notes, compulse des livres aussi calmement que s'il avait devant lui des années de travail tranquilles.

Il écrit avec une plume très grinçante qui donne l'impression de cracher du mépris à tous ceux qui ne seraient pas d'accord avec lui.

Summerlee s'est enfoncé dans son fauteuil ; périodiquement, il nous gratifie d'un ronflement spécialement exaspérant. Lord John est allongé sur le dos ; il a fermé les yeux et il a enfoncé les mains dans ses poches. Comment des gens peuvent-ils dormir dans de telles circonstances ? Voilà qui dépasse l'imagination !

Trois heures et demie. Je viens de me réveiller en sursaut. Il était onze heures cinq quand j'ai écrit le dernier feuillet. Je me rappelle avoir remonté ma montre et regardé l'heure. J'ai donc gaspillé près de cinq heures sur le petit délai de grâce qui nous est imparti. Qui l'aurait cru ? Mais je me sens beaucoup plus dispos, en pleine forme pour mon destin... À moins que je n'essaie de me persuader que je le suis. Et pourtant, plus un homme se porte bien, plus est fort son courant vital, et plus il devrait répugner à mourir. Comme la nature est sage et généreuse ! C'est d'habitude par quantité de petites tractions imperceptibles qu'elle lève l'ancre qui retient l'homme à la terre.

Mme Challenger est toujours dans le cabinet de toilette. Challenger s'est endormi sur sa chaise. Quel tableau ! Sa charpente énorme s'appuie contre le dossier, ses grosses mains velues se croisent sur son gilet, sa tête est tellement penchée en arrière qu'au-dessus du col je ne distingue que la luxuriance d'une barbe hirsute. La vibration de ses propres ronflements le secoue ; il ronfle en basse sonore, et Summerlee l'accompagne occasionnellement en ténorisant. Lord John est également endormi ; il a roulé son long corps sur le côté. Les premières lueurs froides de l'aube rampent dans la pièce ; tout est gris et triste.

Je surveille le lever du soleil, ce fatal lever de soleil qui éclairera un monde dépeuplé. La race humaine n'est plus. Un seul jour a suffi pour son extinction. Mais les planètes continuent leurs révolutions, les marées de monter et de descendre. Le vent chuchote toujours. La nature tout entière poursuit son œuvre jusque, à ce qu'il paraît, dans l'amibe même. En bas, dans la cour, Austin est allongé ; ses membres s'étalent sur le sol ; sa figure est blanchie par la lumière de l'aurore ; de sa main inerte dépasse encore le tuyau d'arrosage. En vérité, l'espèce humaine se trouve caricaturée dans l'image mi-grotesque mi-pathétique de cet homme qui gît pour toujours à côté du moteur qu'il avait l'habitude de commander.

Ici se terminent les notes que j'ai écrites à l'époque. Depuis, les événements ont été trop rapides et trop poignants pour me permettre de poursuivre ma rédaction. Ma mémoire les a cependant si bien enregistrés qu'aucun détail ne sera omis.

Une certaine douleur dans ma gorge m'a fait regarder les bouteilles d'oxygène, et j'ai été bouleversé par ce que j'ai vu. Le sablier de nos vies était très bas. À un moment donné, pendant la nuit, Challenger avait ouvert le quatrième cylindre, et celui-ci présentait des signes sensibles d'épuisement. Un horrible sentiment, celui de manquer d'air, m'étouffait. J'ai traversé la chambre et j'ai dévissé notre dernière bouteille. Lorsque j'ai touché l'écrou, un remords de conscience m'a tenaillé : en effet, si je retenais ma main, ils mourraient tous pendant leur sommeil. Mais toute hésitation a été bannie quand j'ai entendu Mme Challenger qui criait du cabinet de toilette :

– George ! George ! J'étouffe…

– Ne vous inquiétez pas, madame Challenger ! Je mets en route une nouvelle réserve.

Les autres avaient sursauté, s'étaient levés. Dans un moment aussi terrible, je n'ai pu m'empêcher de sourire en regardant Challenger qui, tiré du sommeil, enfonçait un gros poing velu dans chaque œil et ressemblait à un énorme bébé barbu. Summerlee frissonnait comme un homme pris d'une crise de paludisme : en s'éveillant, il s'était rendu compte de notre situation, et la peur avait pris le dessus sur le stoïcisme du savant. Quant à lord John, il était aussi frais et dispos que s'il se préparait à une matinée de chasse.

– Cinquième et dernière ! a-t-il commencé en regardant la bouteille. Dites, bébé, ne venez pas me raconter que vous avez écrit sur ces feuillets vos impressions anthumes ?

– Juste quelques notes, pour passer la nuit.

– Seigneur ! Il n'y a qu'un Irlandais pour avoir fait cela. Et quand je pense qu'il vous faudra attendre que petite amibe devienne grande pour que vous ayez un lecteur… Alors, Herr Professor, quelles sont les perspectives ?

Challenger contemplait les grands voiles du brouillard matinal, ils flottaient sur le paysage. Par endroits, la colline boisée surgissait au-dessus de cette mer de coton pour dessiner des îles en forme de cône.

– On dirait un suaire, a murmuré Mme Challenger, qui était entrée vêtue d'une robe de chambre. Te rappelles-tu ta chanson favorite, George ? « Le vieux frappe pour sortir, le neuf frappe pour entrer. » Elle était prophétique ! Mais vous grelottez, mes pauvres chers amis ! Moi, j'ai eu chaud toute la nuit sous un édredon, et vous, vous avez gelé sur vos chaises... Attendez ! Je vais vous remettre d'aplomb.

La courageuse petite femme a disparu dans le cabinet de toilette, et bientôt nous avons entendu une bouilloire chanter : elle nous préparait cinq tasses de chocolat fumant.

« Buvez ! nous a-t-elle dit. Vous vous sentirez mieux.

Après avoir bu, Summerlee a demandé l'autorisation d'allumer sa pipe, et nous des cigarettes. Histoire de calmer nos nerfs, je crois. Mais nous avons commis une erreur : dans cette pièce à l'air raréfié, l'atmosphère est vite devenue irrespirable. Challenger a dû mettre en marche le ventilateur.

– Encore combien de temps, Challenger ? a interrogé lord John.

– Trois heures au maximum ! a répondu le professeur en haussant les épaules ;

– Je m'attendais à avoir très peur, a dit Mme Challenger, mais plus l'échéance approche, plus elle me semble facile. Ne penses-tu pas que nous devrions prier, George ?

– Prie, ma chérie, prie si tu veux ! a très doucement murmuré le gros homme. Nous avons tous notre manière personnelle de prier. La mienne consiste à accepter totalement ce que m'envoie le destin : une acceptation joyeuse. La religion la plus haute et la science la plus haute s'accordent, selon moi, sur ce point.

Summerlee, par-dessus sa pipe, a protesté en grognant :

– Mon attitude mentale à moi, n'a rien d'un acquiescement, et moins encore d'une acceptation joyeuse. Je me soumets parce que je ne peux pas faire autrement. J'avoue que j'aurais été content de vivre une année de plus pour achever ma classification des fossiles crayeux.

– Cet inachèvement est peu de chose, a répliqué Challenger, bouffi de suffisance, à côté du fait que mon magnum opus, L'Échelle de la vie, n'en est qu'aux premiers barreaux. Mon cerveau, mon expérience, ma culture... en bref tout ce qui est moi devait être condensé dans ce livre historique. Et pourtant, voyez-vous, j'accepte.

– Je pense que nous laissons tous quelque chose d'inachevé, a dit lord John. Qu'est-ce que vous laissez derrière vous, bébé ?

– J'avais commencé un recueil de poèmes.

– Eh bien ! au moins le monde a échappé à cela ! En cherchant bien, on trouve toujours une compensation à tout.

– Et vous ? ai-je demandé.

– Moi ? Ma maison était prête, propre comme un sou neuf. Et j'avais promis à Merivale de l'accompagner au printemps dans le Tibet pour chasser le léopard des neiges. Mais c'est pour vous, madame Challenger, que les regrets doivent être les plus lourds : vous veniez juste d'aménager cette charmante maison !

– Ma maison est là où est George. Ah ! que ne donnerais-je pas pour que nous fassions ensemble une dernière promenade dans nos dunes, à l'air frais du matin !

Nos cœurs ont fait écho à ses paroles. Le soleil avait percé le voile de brouillards ; tout le paysage était baigné d'or. Pour nous qui étions assis dans notre sombre atmosphère empoisonnée, cette campagne riche, glorieuse, nette, rafraîchie par le vent, était un rêve de beauté. Nous avions approché nos chaises de la fenêtre et nous étions assis en demi-cercle. L'air s'alourdissait. Il me semblait que les ombres de la mort s'étendaient au-dessus de nous, prêtes à nous envelopper ; un rideau invisible se refermait progressivement sur les derniers hommes de la terre.

Lord John, après avoir fait une longue aspiration, a lancé :

– Cette bouteille n'a pas l'air de vouloir durer bien longtemps, hein ?

– Son contenu est variable, a répondu Challenger. Il varie suivant la pression et le soin avec lesquels la bouteille a été remplie. Je suis de votre avis, Roxton : celle-ci me semble défectueuse.

– Alors nous allons être privés d'une heure de vie ?

C'était Summerlee qui avait parlé. D'une voix aigre, il ajoutait aussitôt :

« Voilà une excellente illustration finale de l'époque sordide où nous avons vécu. Hé bien ! Challenger, si vous désirez étudier les phénomènes subjectifs de la dissolution physique, votre heure est arrivée !

Challenger s'est tourné vers sa femme :

– Assieds-toi sur le tabouret, contre mes genoux, et donne-moi ta main... Je pense, mes amis, qu'il vaudrait mieux ne pas prolonger notre séjour dans cette atmosphère insupportable... Tu ne le désires pas, n'est-ce pas ma chérie ?

Mme Challenger a poussé un bref gémissement et a caché son visage contre la jambe de son mari.

– J'ai vu des gens qui se baignaient l'hiver dans la Serpentine, a dit lord John. Quand tout le monde y est, il reste toujours au bord une ou deux personnes qui grelottent de froid et qui envient ceux qui sont déjà dans l'eau. Ce sont les derniers qui souffrent le plus. Moi, je suis pour le grand plongeon ; j'en ai assez !

– Vous voudriez ouvrir la fenêtre et affronter l'éther ?

– Je préfère le poison à l'asphyxie.

Summerlee, d'un signe de tête, a manifesté qu'il était, à contrecœur, d'accord. Et puis il a tendu sa main à Challenger :

– Nous avons eu nos querelles, mais oublions-les. D'ailleurs nous étions de bons amis, et nous nous respections l'un l'autre en dépit des apparences, n'est-ce pas ? Adieu !

– Adieu, bébé ! s'est écrié lord John. Mais le papier est bien collé, vous ne pourrez pas ouvrir la fenêtre !

Challenger s'est baissé vers sa femme ; il l'a relevée et maintenu serrée contre sa poitrine : elle avait passé ses bras autour de son cou.

– Malone, donnez-moi cette lunette d'approche ! m'a-t-il dit avec gravité !

Je la lui ai tendue.

« Entre les mains de la puissance qui nous a créés, nous nous remettons !

Il avait crié ces derniers mots d'une voix tonnante, avant de jeter la lunette dans la fenêtre ; les vitres se sont fracassées. Sur nos figures empourprées, alors que tintait encore le verre en miettes, le souffle sain du vent est passé, frais et doux.

Je ne sais pas combien de temps nous sommes demeurés assis dans un silence stupéfait. Puis, comme dans un songe, j'ai entendu Challenger hurler :

« Les conditions normales sont revenues ! Le monde s'est libéré de sa ceinture empoisonnée ! Mais de toute l'humanité, nous sommes les seuls survivant.

CHAPITRE V
Le monde est mort

Je nous revois encore, assis sur nos chaises, respirant à pleins poumons cette brise du sud-ouest rafraîchie par la mer, qui agitait les rideaux de mousseline et baignait de douceur nos visages congestionnés. Je me demande combien de temps nous sommes restés ainsi ! Plus tard, nous n'avons jamais pu nous accorder sur ce détail essentiel. Nous étions émerveillés, étourdis, à demi conscients. Nous avions raidi nos forces pour mourir, mais ce fait inattendu, effrayant – ne devions-nous pas continuer à vivre après avoir survécu à la disparition de notre espèce ? – nous avait assommés ; nous étions knock-outés. Puis, progressivement, le mécanisme arrêté s'est remis en marche, les navettes de notre mémoire ont recommencé à courir dans notre tête ; les idées se sont à nouveau ébranlées. Avec une lucidité aiguë, impitoyable, nous avons vu les relations entre le passé, le présent et l'avenir, la vie qui avait été la nôtre, la vie qui nous attendait. Nos yeux échangeaient la même impression muette. Au lieu de la joie qui aurait dû nous envahir, nous étions submergés par une tristesse affreuse. Tout ce que nous avions aimé sur la terre avait été emporté dans le grand océan inconnu, et nous demeurions seuls sur l'île déserte de ce monde, privés d'amis, d'espoirs, d'ambitions. Encore quelques années à nous traîner comme des chacals parmi les tombeaux de l'humanité, puis surviendrait notre fin retardée mais solitaire.

– C'est affreux, George ! Terrible, mon chéri ! s'est écriée Mme Challenger en éclatant en sanglots. Si seulement nous étions morts avec les autres ! Oh ! pourquoi nous as-tu sauvés ? J'ai l'impression que c'est nous les morts, et que les autres vivent.

Challenger a posé sa grosse patte velue sur la main suppliante de sa femme, mais en même temps ses sourcils se contractaient sous un effort de réflexion. J'avais déjà remarqué que lorsqu'elle avait un chagrin elle tendait toujours ses mains vers lui, telle une enfant vers sa mère. Challenger s'est enfin décidé à parler :

– Je ne suis pas fataliste au point de ne jamais me révolter, mais j'ai découvert jadis que la sagesse la plus haute consistait à accepter les faits.

Il s'était exprimé avec lenteur, et sa voix sonore avait laissé percer une pointe sentimentale.

– Je n'accepte pas, moi ! a rétorqué Summerlee avec fermeté.

– Je ne vois pas que votre acceptation ou votre refus importe davantage qu'une poignée d'épingles, a objecté lord John. Les faits sont là. Que vous les affrontiez debout ou couché, peu importe ! Je ne me rappelle pas que l'un de ces faits vous ait demandé la permission d'exister et cela m'étonnerait qu'un autre la sollicite désormais. Alors, à propos de ce que nous pouvons penser d'eux, quelle différence, s'il vous plaît !

Challenger, avec un visage rêveur et une main toujours dans celles de sa femme, a répondu à lord John :

— C'est toute la différence entre le bonheur et le malheur. Si vous nagez dans le sens du courant, vous avez la paix dans l'esprit et dans l'âme. Si vous nagez à contre-courant, vous êtes meurtri et las. Cette affaire nous échappe, acceptons-là donc telle qu'elle se présente et n'en discutons plus.

Mais moi, qui contemplais le ciel vide et qui en appelais à lui avec désespoir, je me suis insurgé :

— Qu'allons-nous faire de nos vies ? Que vais-je faire de la mienne, par exemple ? Il n'y a plus de journaux ; par conséquent, ma vocation n'a plus de sens.

— Et comme il n'y a plus rien à chasser, comme il n'y a plus de guerre en perspective, a renchéri lord John, ma vocation à moi aussi n'a plus de sens.

— Et comme il n'y a plus d'étudiants, s'est écrié Summerlee, que dirai-je de la mienne ?

— Moi, j'ai mon mari et ma maison, a déclaré Mme Challenger. Ainsi je puis bénir le Ciel : ma vocation n'est pas tuée.

— La mienne non plus, a dit Challenger. Car la science n'est pas morte. Cette catastrophe nous offrira quantité de problèmes passionnants à résoudre.

Il avait ouvert toutes les fenêtres et nous regardions le paysage muet et immobile.

« Réfléchissons ! a-t-il ajouté. Il était trois heures environ, hier après-midi, quand le monde a été ceinturé de poison au point d'en étouffer. Il est maintenant neuf heures. La question qui se pose est celle-ci : à quelle heure avons-nous été libérés ?

— L'air était très mauvais à l'aube, ai-je fait remarquer

— Plus tard encore ! s'est écriée Mme Challenger. Jusqu'à huit heures ce matin, j'ai distinctement ressenti le même étouffement dans ma gorge.

— Alors nous dirons que le poison a disparu un peu après huit heures. Pendant dix-sept heures, le monde a donc baigné dans l'éther empoisonné. Ce laps de temps a permis au Grand Jardinier de stériliser la moisissure humaine qui avait poussé sur la surface de ses fruits. Il est possible que cette stérilisation ait été imparfaite, qu'il y ait sur la terre d'autres survivants.

Lord John a approuvé avec vigueur.

— Voilà ce que je me demandais. Pourquoi serions-nous les seuls cailloux sur la plage ?

Summerlee a protesté :

— Il est absurde de supposer que d'autres hommes aient pu s'en tirer ! Rappelez-vous que le poison était si virulent que même un homme aussi fort qu'un bœuf et parfaitement dépourvu de nerfs comme Malone a pu à peine grimper l'escalier avant de tomber évanoui. Est-il vraisemblable que quelqu'un ait pu résister dix-sept minutes de plus ? Quant à dix-sept heures...

– À moins que ce quelqu'un n'ait vu arriver la catastrophe et ne s'y soit préparé comme l'a fait notre vieil ami Challenger.

– Cela est, je crois, hautement improbable ! a déclaré le professeur en projetant sa barbe en avant et en la laissant retomber. La combinaison de l'observation de la déduction, et de l'imagination d'anticipation qui m'a permis de prévoir le danger est un chef-d'œuvre qu'on voit rarement deux fois réussi dans la même génération.

– Vous concluez donc que tout le monde est mort ?

– Sans doute. Rappelons-nous cependant que le poison agissait d'en bas vers le haut ; il était probablement moins virulent dans les couches supérieures de l'atmosphère. C'est étrange, certes, mais c'est ainsi ; et nous avons là pour l'avenir un terrain d'études fascinant. En admettant que nous partions à la recherche de survivants possibles, nous aurions peut-être intérêt à nous tourner du côté d'un village tibétain ou d'une ferme des Alpes, à plusieurs milliers de mètres au-dessus du niveau de la mer.

– Oui ! a souri lord John. Mais considérez aussi, je vous prie, qu'il n'existe plus de chemins de fer ni de paquebots à votre disposition. Autant donc parler de survivants dans la lune !... Je voudrais tout de même bien savoir si ce match avec le poison est réellement terminé ou si nous n'en sommes qu'à la mi-temps.

Summerlee s'est tordu le cou pour embrasser tout l'horizon.

– Évidemment le ciel est clair et très beau, a-t-il murmuré non sans scepticisme. Mais hier il l'était aussi. Je ne suis pas du tout certain que nous en ayons terminé.

Challenger a haussé ses robustes épaules :

– Dans ce cas, revenons à notre fatalisme. Si auparavant le monde a déjà subi cette expérience – hypothèse qui n'est pas à exclure absolument – c'était il y a fort longtemps. Par conséquent, nous pouvons raisonnablement espérer qu'il s'écoulera beaucoup de temps avant qu'elle ne se reproduise.

– Tout ça est très joli ! a répondu lord John. Mais si vous êtes secoué par un tremblement de terre, un deuxième peut parfaitement survenir avant que vous ne soyez remis du premier. Je pense qu'en tout état de cause nous ferions bien de nous dégourdir les jambes et de respirer le bon air pendant que nous en avons l'occasion. Puisque nous avons épuisé notre oxygène, nous serons aussi bien dehors que dedans.

Elle était bizarre, cette léthargie qui s'était abattue sur nous ! Elle traduisait une réaction consécutive aux fortes émotions de nos dernières vingt-quatre heures. Elle était tout à la fois physique et mentale. Nous vivions sous l'impression que plus rien n'avait d'importance, que tout était une fatigue ou un exercice inutile. Challenger lui-même y avait succombé : il était assis sur sa chaise et il avait enfoui son visage dans ses mains. Il a fallu que lord John et moi le saisissions chacun par un bras et le mettions sur ses pieds ; en guise de remerciements, nous n'avons d'ailleurs reçu qu'un grognement de dogue en colère. Toutefois, à peine nous sommes-nous trouvés hors de notre étroit refuge que nous avons récupéré graduellement notre énergie.

Mais par quoi allions-nous commencer, au sein de ce cimetière universel ? Depuis que le monde est monde, personne n'avait eu sans doute à répondre à pareille question ! Nous savions que nos besoins physiques seraient satisfaits au-delà même du nécessaire. Nous n'avions qu'à nous servir : toutes les ressources en vivres, tous les vins, tous les trésors des arts nous appartenaient désormais. Mais qu'allions-nous faire ? Quelques tâches mineures nous requéraient immédiatement. Ainsi, nous sommes descendus à la cuisine pour allonger les deux domestiques sur leurs lits respectifs. Elles avaient l'air de ne pas avoir souffert en mourant : l'une était assise sur une chaise, l'autre gisait sur le plancher de l'arrière-cuisine. Puis nous avons amené dans la maison le corps du pauvre Austin. Ses muscles étaient aussi rigides qu'une planche : la rigor mortis dans toute son inflexibilité. Sa bouche tordue dessinait un sourire ironique, sardonique. C'était d'ailleurs le symptôme qui se retrouvait sur tous ceux qui étaient morts empoisonnés. Partout où nous allions, nous découvrions des visages grimaçants, qui souriaient silencieusement et sinistrement aux survivants de leur espèce.

Pendant que nous partagions un petit repas dans la salle à manger, lord John avait marché de long en large ; puis il s'est arrêté pour nous dire :

« Écoutez ! J'ignore quel est votre sentiment, mes amis, mais quant à moi il m'est impossible de m'asseoir ici sans rien faire.

Challenger a haussé le sourcil :

– Peut-être aurez-vous la bonté de nous suggérer ce que vous pensez que nous devrions faire ?

– Nous mettre en route et voir ce qui est arrivé.

– C'est ce que je me proposais de faire.

– Mais pas dans ce petit village de campagne. De la fenêtre, nous voyons du pays tout ce que nous désirons voir.

– Et alors, où irions-nous ?

– À Londres !

– Fort bien ! a grogné Summerlee. Cela peut vous être égal de marcher pendant soixante-cinq kilomètres ! Mais je doute que Challenger, avec ses jambes courtes et arquées, puisse le faire. Quant à moi, je suis parfaitement sûr que je ne le pourrais pas.

Challenger a été très contrarié.

– Si vous pouviez faire en sorte, monsieur, de limiter le champ de vos observations aux particularités de votre propre personne, vous y découvririez un terrain fertile en commentaires !

– Mais je n'avais pas l'intention de vous offenser, mon cher Challenger ! s'est écrié notre gaffeur. Personne ne peut être tenu pour responsable de son physique. Puisque la nature vous a gratifié d'un corps trapu et lourd, comment auriez-vous évité d'avoir des jambes courtes et arquées ?

Trop furieux pour répondre, Challenger s'est contenté de rougir, de battre des paupières et de gronder. Lord John s'est hâté d'intervenir :

– Vous parlez de marcher. Mais pourquoi marcher ?

– Nous suggéreriez-vous de prendre le train ? a demandé Challenger, encore frémissant.

– Non, mais votre voiture. Pourquoi ne pas nous en servir ?

– Je ne m'y entends guère, a répondu Challenger en réfléchissant dans sa barbe. Mais tout de même, vous avez raison de supposer que l'intelligence humaine, qui s'exerce habituellement dans ses manifestations les plus élevées, devrait être suffisamment souple pour s'adapter à n'importe quoi. Votre idée, lord John, est excellente. Je vous conduirai tous à Londres.

– Vous ne conduirez rien du tout ! a protesté Summerlee énergiquement.

– Non, George ! s'est exclamée Mme Challenger. Tu n'as essayé qu'une fois de conduire : rappelle-toi comment tu as fracassé la porte du garage !

– C'était un manque momentané de concentration, a convenu de bonne grâce le professeur. Considérez l'affaire comme réglée : je vais tous vous conduire à Londres.

Lord John a détendu la situation :

– Quelle voiture avez-vous ?

– Une Humber 20 CV.

– Eh bien ! j'en ai conduit une pendant des années... Mais je vous jure que jamais je n'aurais pensé qu'un jour je conduirais toute la race humaine dans une seule Humber ! Il y a place pour cinq. Préparez-vous : je vous attends devant la porte à dix heures.

Ronronnante et pétaradante, la voiture sortait à l'heure dite de la cour, avec lord John au volant. Je me suis assis à côté de lui tandis que Mme Challenger servait de tampon entre les deux savants courroucés. Puis lord John a desserré le frein, passé rapidement ses vitesses, et nous sommes partis à toute allure pour la plus extravagante des promenades.

Représentez-vous le charme de la nature en cette journée d'août, la douceur de l'air matinal, l'éclat doré du soleil d'été, le ciel sans nuages, le vert luxuriant des bois du Sussex, la pourpre sombre des dunes vêtues de bruyères. Regardez tout autour de vous : la beauté haute en couleur de ces lieux bannit toute idée de catastrophe ; et pourtant celle-ci trahit sa présence par un signe sinistre : le silence solennel qui plane sur toutes choses. À la campagne, il y a toujours un aimable bourdonnement de vie : si constant, si grave qu'on cesse de l'entendre ; les riverains de l'océan ne prêtent pas davantage attention à l'incessant murmure des vagues.

Le gazouillis des oiseaux, le vrombissement des insectes, l'écho lointain des voix, le meuglement du bétail, les aboiements des chiens, le grondement des trains ou des voitures : tout cela forme une seule note basse, ininterrompue, que l'oreille ne perçoit même plus. Maintenant, elle nous manque. Ce silence mortel est étouffant. Il est si grave, si impressionnant que la pétarade de notre moteur nous paraît une intrusion impudente, un mépris indécent à l'égard de ce calme respectueux qui sonne le glas inaudible de l'humanité.

Et puis voici les morts ! Ces innombrables visages tirés qui grimacent un sourire nous font d'abord frémir d'horreur. L'impression est si vive et si forte que je garderai toujours en mémoire cette descente vers la gare : nous passons à côté de la gouvernante et des deux bébés, du cheval agenouillé la tête pendante entre ses brancards, du cocher tordu sur son siège, du jeune homme cramponné à la poignée de la portière pour sauter. Un peu plus bas, il y a six moissonneurs en tas, entremêlés, avec des yeux vides qui interrogent sans comprendre la pureté du ciel. Mais bientôt, nos nerfs surexcités ne réagissent plus : l'immensité de l'horreur fait oublier des exemples particuliers. Les individus se fondent dans des groupes, les groupes dans des foules, les foules dans un phénomène universel que l'on est bien obligé d'accepter dans tous ses détails. Ce n'est que par places, quand un incident particulièrement émouvant ou grotesque s'impose à l'attention, que l'esprit bouleversé retrouve la signification humaine et personnelle de la catastrophe.

Il y a surtout les enfants. Je me rappelle encore combien leur spectacle nous a remplis de ressentiment contre une injustice insupportable. Nous avons failli pleurer et Mme Challenger a pleuré en passant devant une grande école : sur la route étaient éparpillés en une longue traînée d'innombrables petits corps. Les enfants avaient été renvoyés par leurs maîtres affolés, et le poison les avait surpris quand ils couraient pour rentrer à la maison. Un grand nombre de gens avaient été saisis devant leurs fenêtres ouvertes.

Dans Tunbridge Wells, il n'y en avait pas une qui ne fût décorée d'un cadavre souriant. Le manque d'air, le désir d'oxygène que nous seuls avions pu satisfaire avaient précipité tous les habitants à leurs fenêtres. Les trottoirs également étaient jonchés d'hommes, de femmes et d'enfants, sans chapeaux, parfois à demi vêtus, qui s'étaient rués hors de chez eux. Beaucoup s'étaient effondrés au milieu de la chaussée. Par chance, lord John s'affirmait comme un as du volant : rien n'était plus difficile que d'éviter ces corps étendus. Il nous fallait aller très lentement en traversant les villages et les villes ; une fois à Tunbridge, nous avons dû nous arrêter et déplacer les corps qui entravaient notre progression.

Quelques images précises de ce long panorama de la mort sur les routes du Sussex et du Kent demeurent dans ma mémoire. À la porte d'une auberge, à Southborough, une grosse voiture étincelante était arrêtée ; elle transportait sûrement des gens qui revenaient d'une partie de plaisir à Brighton ou à Eastbourne ; il y avait trois femmes joliment habillées, jeunes et belles ; l'une d'elles tenait un pékinois sur ses genoux ; elles étaient accompagnées d'un homme âgé qui avait une tête de noceur, et d'un jeune aristocrate qui portait encore à l'œil son monocle et dont la cigarette, brûlée jusqu'au bout de liège, était demeurée entre ses doigts gantés.

La mort, qui avait dû les frapper au même instant, les avait fixés comme des mannequins de cire. L'homme âgé avait fait un effort pour déboutonner son col et respirer, mais les autres auraient aussi bien pu mourir en dormant. Sur un côté de la voiture, un maître d'hôtel s'était affaissé avec des verres en miettes contre le marchepied. De l'autre, deux vagabonds en haillons, un homme et une femme, gisaient là où ils étaient tombés ; l'homme avec sa main tendue, semblait demander l'aumône pour l'éternité. En une seconde, l'aristocrate, le maître d'hôtel, les vagabonds, le chien et les jolies femmes avaient été transformés en protoplasme en décomposition.

Je me rappelle une autre scène singulière, à quelques kilomètres de Londres.

Sur la gauche, il y avait un grand couvent avec une pente gazonnée qui le séparait de la route. La pente était couverte d'enfants agenouillés en prières. Devant eux se tenaient des bonnes sœurs sur un rang et plus haut, silhouette rigide, sans doute la mère supérieure. Contrairement aux joyeux occupants de la voiture, ceux-là semblaient avoir été avertis du péril et ils étaient morts magnifiquement réunis, maîtresses et élèves, rassemblés pour une dernière leçon commune.

J'ai l'esprit encore étourdi par cette terrible promenade et je cherche en vain le moyen d'exprimer l'émotion qui nous accablait. Peut-être vaut-il mieux ne pas essayer et me contenter d'exposer les faits. Summerlee et Challenger eux-mêmes étaient effondrés. Mme Challenger laissait échapper de petits sanglots. Quant à lord John, il était trop préoccupé par son volant, et il n'avait ni le temps ni le goût de parler. Il se bornait à répéter inlassablement :

« Joli travail, hein ? »

Cette exclamation, à force d'être répétée, me faisait sourire.

« Joli travail, hein ? »

Quel commentaire pour ce jour de mort ! Mais lord John l'exprimait chaque fois que la mort et des ruines se dressaient devant nous. « Joli travail, hein ? » quand nous descendions de Rotherfield vers la gare. « Joli travail, hein ? » quand nous défilions dans ce désert qu'était devenue la grande rue de Lewisham, ou sur la route du vieux Kent.

C'est ici que nous avons reçu un choc stupéfiant. De la fenêtre d'une humble maison apparut un mouchoir qui s'agitait au bout d'un bras humain long et mince. Jamais l'apparition d'une mort imprévue n'aurait arrêté puis fait repartir nos cœurs avec plus de brutalité que cette ahurissante manifestation de vie. Lord John a rangé la voiture le long du trottoir ; l'instant d'après, nous foncions par la porte ouverte de la maison, grimpions l'escalier et pénétrions dans la pièce du deuxième étage d'où le signal avait jailli.

Une très vieille femme était assise dans un fauteuil, auprès de la fenêtre ; à côté d'elle, allongée en travers d'une chaise, il y avait une bouteille d'oxygène, plus petite, mais de la même forme que celles qui nous avaient sauvé la vie. Quand nous avons franchi son seuil, elle a tourné vers nous sa figure maigre, allongée, avec des yeux vifs derrière des lunettes.

– Je craignais d'être abandonnée ici pour toujours ! nous a-t-elle dit. Je suis infirme et je ne puis bouger.

– Eh bien ! madame, a répondu Challenger, vous avez eu une chance inouïe que nous soyons passés par là !

– J'ai une question très importante à vous poser, messieurs. Je vous supplie d'être francs. Pouvez-vous me dire si ces événements ont eu une répercussion sur les cours de la Bourse et notamment sur les actions des chemins de fer britanniques?

Nous aurions éclaté de rire si nous n'avions pas été frappés par l'anxiété tragique avec laquelle elle attendait notre réponse. Mme Burston, c'était son nom, était une veuve âgée dont le revenu dépendait de quelques actions de Bourse. Sa vie avait été jalonnée par les hauts et les bas de la Bourse, et elle était incapable de se former une conception de l'existence où n'entrait pas en jeu la cotation de ses actions. En vain avons-nous essayé de lui représenter que tout l'argent du monde était à prendre, mais qu'une fois pris il ne servirait à rien. Son vieil esprit se refusait à admettre cette idée nouvelle. Elle s'est mise à pleurer :

« C'était tout ce que je possédais ! répétait-elle. Si je l'ai perdu, je peux bien mourir !

De ses lamentations nous avons néanmoins extrait les motifs de ce fait étrange qu'une vieille plante comme elle avait survécu à la mort de toute la grande forêt. Elle était infirme et asthmatique. L'oxygène lui avait été prescrit pour son asthme, et elle avait auprès d'elle une bouteille pleine quand la catastrophe s'était produite. Naturellement, dès qu'elle avait éprouvé des difficultés à respirer, elle en avait aspiré un peu comme à l'accoutumée. L'oxygène l'avait soulagée ; en en prenant parcimonieusement, elle avait fait durer la bouteille toute la nuit. Au matin, elle s'était endormie et le bruit de notre moteur l'avait réveillée. Comme il nous était impossible de l'emmener avec nous, et comme elle disposait de tout ce qui lui était nécessaire pour vivre, nous lui avons promis de revenir la voir avant deux jours. Et nous l'avons quittée : elle pleurait encore sur ses actions perdues.

En approchant de la Tamise, l'embouteillage des rues augmentait de densité et les obstacles les plus divers nous déroutaient. Nous avons eu beaucoup de mal à nous frayer un passage sur le pont de Londres. Mais ensuite il nous a été impossible d'avancer, tant la circulation immobilisée était serrée. Le long d'un wharf, près du pont, un bateau se consumait : l'air était plein de flocons de suie ; une acre odeur de brûlé nous prenait à la gorge. Quelque part près du Parlement s'échappait un gros nuage de fumée opaque, mais nous n'avons pas pu repérer exactement l'endroit où l'incendie avait éclaté.

— Je ne sais pas ce que vous en pensez, a dit lord John en rangeant la voiture, mais la campagne me semble moins triste que la ville. La mort de Londres me porte sur les nerfs. Je suis d'avis que nous jetions un coup d'œil aux alentours et que nous rentrions à Rotherfield.

Le professeur Summerlee a approuvé :

— Je ne vois vraiment pas ce que nous pouvons espérer ici !

La grande voix de Challenger a curieusement retenti au sein du silence qui nous environnait :

« En même temps, il nous est difficile de concevoir que sur sept millions d'habitants, seule survit une vieille femme grâce à une particularité de constitution ou à un accident quelconque.

– En admettant qu'elle ne soit pas la seule et qu'il y ait d'autres survivants, George, Comment espérer les découvrir ? a questionné Mme Challenger. Toutefois, je pense comme vous : nous ne pouvons pas rentrer sans avoir au moins essayé.

Nous sommes alors sortis de la voiture et, non sans difficulté, nous avons cheminé sur la chaussée encombrée de King William Street, puis nous avons pénétré dans un grand bureau d'assurances par la porte ouverte. C'était une maison d'angle ; nous l'avions choisie parce qu'elle permettait de voir dans toutes les directions. Nous avons grimpé l'escalier et nous avons traversé ce qui avait dû être la salle du conseil d'administration, car huit hommes âgés étaient assis autour d'une longue table à tapis vert. La fenêtre était ouverte et nous nous sommes glissés sur le balcon. De là, nous pouvions voir les rues de la City qui partaient dans toutes les directions ; en dessous de nous, la route était noire d'un trottoir à l'autre, avec la file immobile des toits des taxis. Presque tous étaient tournés vers la banlieue, les hommes de la City, épouvantés, avaient au dernier moment tenté l'impossible pour rejoindre leurs familles. Ici et là, parmi des fiacres plus modestes, s'allongeaient les capots brillants de somptueuses voitures appartenant à quelques riches magnats des affaires, coincées dans le flot du trafic interrompu. Juste sous nos yeux, il y en avait une extrêmement luxueuse, dont le propriétaire, un gras vieillard, avait passé la moitié du corps hors de la portière ; à voir la main potelée étincelante de diamants qu'il levait encore, on devinait qu'il avait dû ordonner à son chauffeur de faire un suprême effort pour se frayer un passage.

Une douzaine d'autobus se dressaient comme des îlots dans ce courant : les voyageurs entassés sur les impériales avaient culbuté les uns sur les autres ; on aurait dit un jeu d'enfants dans une nursery. Sur le socle d'un lampadaire, au milieu de la route, un solide policeman se tenait appuyé contre le pilier : son attitude était si naturelle qu'il était difficile de réaliser qu'il n'était plus en vie ; à ses pieds était affalé un petit vendeur de journaux déguenillé, son tas de papiers à côté de lui. Une affichette se détachait, sur laquelle était écrit en lettres noires sur fond jaune : « Bagarre à la Chambre des lords. Un match de rugby interrompu ». Cela devait être une première édition, car d'autres placards portaient en manchette : « Est-ce la fin du monde ? – L'avertissement d'un grand savant – Challenger avait-il raison ? – Nouvelles sinistres. »

Challenger a montré du doigt le placard qui arborait son nom, et je l'ai vu qui bombait le torse et qui frappait sa barbe. La pensée que Londres était mort en prononçant son nom et en ayant ses idées dans la tête flattait sa vanité. Les sentiments étaient si visibles qu'ils ne pouvaient manquer de susciter un commentaire sardonique de son collègue.

– En vedette jusqu'à la fin, Challenger !

– On dirait ! s'est-il borné à répondre.

Il a regardé en bas, vers toutes ces rues silencieuses et vouées à la mort ; après quoi il a ajouté :

« Je ne vois vraiment pas pourquoi nous resterions plus longtemps à Londres. Je vous propose que nous rentrions de suite à Rotherfield, où nous tiendrons un conseil de guerre pour déterminer l'emploi le plus profitable des années qui sont encore devant nous.

Je peindrai une dernière scène de la City morte. Nous avons voulu jeter un coup d'œil à l'intérieur de l'église Sainte-Marie, tout près de l'endroit où notre voiture nous attendait. Choisissant notre chemin parmi les formes prostrées sur les marches, nous avons poussé la porte et nous sommes entrés. C'était un spectacle extraordinaire ! D'un bout à l'autre l'église était pleine à craquer de gens agenouillés dans des poses de supplication et d'humilité. Au dernier et terrible moment, le peuple soudain mis en présence des réalités de la vie – ces réalités terrifiantes auxquelles nous sommes livrés même quand nous n'en suivons que les apparences – s'était rué vers ces vieilles églises de la City qui depuis des générations étaient presque désertées. Là les hommes et les femmes s'étaient serrés aussi près que cela leur avait été possible en tombant à genoux ; certains étaient dans un si grand trouble qu'ils avaient gardé leur chapeau sur la tête.

Dans la chaire, un jeune homme en tenue de ville était sans doute en train de leur parler quand lui et ses auditeurs avaient été submergés par le même destin. Il gisait à présent, tel Polichinelle sur son théâtre, avec la tête et les bras qui pendaient par-dessus le rebord. L'église grise et poussiéreuse, les rangs des fidèles agonisants, le silence et l'obscurité, ce pantin disloqué... quel cauchemar ! Nous sommes sortis sur la pointe des pieds.

Et soudain, j'ai eu une idée. À l'un des angles de l'église, près de la porte, il y avait les fonts baptismaux, et derrière eux un renfoncement assez profond où pendaient les cordes pour les sonneurs de cloches. Pourquoi ne diffuserions-nous pas un message qui serait entendu de tout Londres... du moins de tous ceux qui pourraient vivre encore ? J'ai retraversé la porte, j'ai couru, et je me suis cramponné à la corde de chanvre : j'ai été tout étonné de découvrir qu'il était très difficile de mettre le carillon en branle. Lord John, qui m'avait suivi, a retiré sa veste :

– Mon vieux bébé, m'a-t-il dit, vous avez eu une riche idée ! Je m'y mets avec vous, nous réussirons bien à la faire danser, cette cloche...

Mais même à deux, nous n'avons pas réussi. Challenger et Summerlee durent ajouter leur poids au nôtre pour que nous entendions enfin le grondement et le résonnement au-dessus de nos têtes : le grand battant se décidait à jouer sa musique. Loin par-delà Londres anéanti résonnait notre message de fraternité et d'espoir, qui s'adressait à tout survivant possible. Il réchauffait nos cœurs, cet appel puissant, métallique ! Et nous tirions de toutes nos forces, à chaque traction sur la corde, nous étions arrachés du sol d'un demi-mètre, mais tous ensemble nous la ramenions en bas ; Challenger était presque couché par terre tant il s'employait, il montait, il redescendait à l'horizontale comme une monstrueuse grenouille mugissante, et il ahanait chaque fois qu'il tirait.

Le moment aurait été bien choisi pour qu'un artiste exécutât le tableau de ces quatre chevaliers de l'aventure, de ces compagnons de combats où les dangers furent aussi divers qu'étranges ; leur destin leur imposait maintenant cette expérience suprême !... Pendant une demi-heure nous avons sonné les cloches ; la sueur inondait nos visages ; nos bras et nos reins nous faisaient mal. Et puis nous sommes sortis sous le portail, nous avons guetté les rues embouteillées et silencieuses. En réponse à notre appel, pas un bruit, pas un mouvement !

– Inutile de continuer ! Tout est mort ! ai-je crié.

Et Mme Challenger a confirmé :

– Nous ne pouvons rien faire de plus. Pour l'amour de Dieu, George, rentrons à Rotherfield ! Une heure encore dans cette City muette et morte, et je deviens folle !

Sans un mot, nous avons réintégré la voiture. Lord John lui a fait faire demi-tour et nous avons pris la route du Sud. Le film de nos aventures nous semblait terminé. Nous ne pouvions pas supposer qu'un nouvel épisode allait commencer.

CHAPITRE VI
Le grand réveil

J'en viens maintenant à la conclusion de cette extraordinaire aventure qui éclipse toutes les autres, non seulement celles de nos médiocres existences individuelles, mais encore celles de l'histoire générale de l'espèce humaine. Comme je l'ai dit au début de mon récit lorsque j'ai commencé à retracer les faits, voilà une expérience qui surpasse tous les événements comme une cime de montagne s'élève au-dessus des contreforts qui l'entourent.

Notre génération est promise à un destin bien spécial puisqu'elle a été choisie pour témoigner d'une chose aussi miraculeuse ! L'avenir seul nous dira combien de temps l'effet en aura duré, jusqu'à quand l'humanité aura conservé l'humilité et le respect que ce grand choc lui a enseignés.

Il est normal d'écrire, je crois, que les choses ne redeviendront jamais ce qu'elles étaient avant. Personne ne peut réaliser l'étendue de son impuissance et de son ignorance, ni sentir comment il est soutenu par une main invisible tant que cette main ne se referme pas un instant pour le broyer. La mort a été suspendue au-dessus de nos têtes. Nous savons qu'à tout moment elle peut revenir. Sa présence lugubre assombrit nos existences ; mais qui peut nier que sous cette ombre le sens du devoir, le sentiment de la responsabilité, une juste appréciation de la gravité de la vie et de ses fins, l'ardent désir de nous développer et de progresser se sont accrus, et que nous avons fait entrer toutes ces considérations dans nos réalités quotidiennes au point que notre société en est transformée du tout au tout ? Par-delà les sectarismes, par-delà les dogmes, quelque chose existe : disons un changement de perspectives, une modification de notre échelle des proportions, la compréhension de notre insuffisance et de notre fragilité, la certitude formelle que nous existons par tolérance, que notre vie est suspendue au premier vent un peu froid qui souffle de l'inconnu.

Mais de ce que le monde est devenu plus grave, il ne s'ensuit pas, selon moi, qu'il soit devenu plus triste. Sûrement, nous convenons que les plaisirs sobres et modérés du présent sont plus profonds et plus sages que les folles bousculades bruyantes qui passaient si souvent pour la joie dans les temps d'autrefois – ces temps si proches et pourtant si inconcevables aujourd'hui ! Les existences, dont on gaspillait le vide dans les visites qu'on recevait et qu'on rendait, dans le vain entretien fastidieux des grandes maisons, dans la préparation de repas compliqués et pénibles, ont maintenant trouvé à se remplir sainement dans la lecture, la musique, et la douce communion de toute une famille. Des plaisirs plus vifs et une santé plus florissante les ont rendues plus riches qu'auparavant, même après qu'aient été acquittées ces contributions accrues au fonds commun qui a ainsi élevé le standard de vie dans les îles Britanniques.

Les opinions divergent sur l'heure exacte du grand réveil. On s'accorde généralement pour admettre que, compte tenu des différences d'heures, il a pu y avoir des causes locales qui influençaient l'action du poison. Assurément, dans chaque commune prise à part, la résurrection a été pratiquement simultanée. De nombreux témoins affirment que Big Ben marquait six heures dix. La Société royale des astronomes l'a fixée à dix heures douze à l'heure de Greenwich. D'autre part, Laird Johnson, observateur très compétent de l'East Anglia, a noté dix huit heures vingt. Aux Hébrides, on l'enregistra à dix neuf heures. Dans notre cas, il ne peut y avoir aucun doute, car j'étais assis dans le bureau de Challenger et j'avais en face de moi mon chronomètre : il marquait six heures et quart.

Une incommensurable dépression s'était abattue sur moi. L'effet cumulatif de tous les spectacles horribles que nous avions vus au cours de notre voyage du matin pesait lourdement sur mon âme. Étant donné ma santé surabondante de jeune animal et ma grande énergie physique, je ne me laissais jamais assombrir facilement ! Je possédais la faculté irlandaise de discerner toujours une étincelle d'humour dans n'importe quelle situation bien noire. Mais pour une fois j'étais oppressé, découragé. Les autres se trouvaient en bas, ils bâtissaient des projets d'avenir. Moi, j'étais allé près de la fenêtre ouverte, et le menton appuyé dans ma main, je méditais sur la misère de notre position. Pourrions-nous continuer à vivre ? Du moins, c'était la question que je me posais pour moi-même.

Était-il possible de vivre sur un monde mort ? De même qu'en physique le corps le plus grand attire et entraîne le plus petit, ne subirions-nous pas l'insurmontable puissance d'attraction de cette immense humanité qui avait fait le saut dans l'inconnu ? Et comment notre vie se terminerait-elle ? Par un retour offensif du poison ? Ou bien la terre deviendrait-elle inhabitable sous l'effet du pourrissement des corps ? Et je redoutais aussi que notre affreuse situation ne finît par nous faire perdre notre équilibre mental… Alors, une équipe de fous sur un monde mort ? Mon esprit était en train de se nourrir de cette déplorable perspective lorsqu'un bruit léger m'a fait tourner la tête vers la route en dessous de moi : le vieux cheval du fiacre montait la côte !

Au même instant, j'ai pris conscience que les oiseaux recommençaient à gazouiller, que dans la cour quelqu'un toussait, et que tout le paysage semblait se mettre en mouvement. Mais je me rappelle bien que c'est cette antique haridelle, absurde, décharnée, grotesque, qui a capté d'abord mon attention. Puis mes yeux se sont portés vers le cocher remonté sur son siège, vers le jeune homme qui était penché par la portière pour ordonner une direction à prendre : indiscutablement – agressivement ! – ils étaient rendus à la vie.

Les hommes s'étaient remis à vivre ! Avais-je donc subi alors une hallucination ? Cette histoire d'une ceinture empoisonnée autour de la terre n'aurait-elle été qu'un cauchemar ? Pendant quelques instants, ahuri, j'ai été disposé à le croire. Puis j'ai regardé mes mains : il y avait toujours les ampoules que je m'étais faites en sonnant les cloches de Sainte Marie. Je n'avais pas rêvé. Et cependant le monde ressuscitait : c'était la marée de la vie qui cette fois submergeait la planète. Mes regards fouillaient la campagne : tout recommençait, tout repartait de l'endroit même où tout s'était arrêté. Les joueurs de golf, par exemple : allaient-ils reprendre leur partie ? Oui, l'un d'eux exécutait un drive ; d'autres, sur un green, se remettaient à putter vers le trou. Quant aux moissonneurs, ils se dirigeaient lentement vers les champs. La gouvernante avait hissé sur un bras son bébé, et de l'autre elle poussait la petite voiture vers le haut de la côte. Chacun renouait avec insouciance le fil de sa vie à l'endroit même où il avait été cassé.

J'ai dévalé l'escalier, mais la porte du vestibule était ouverte, et j'ai entendu dans la cour les voix de mes compagnons, leurs exclamations de surprise, leurs congratulations... Ah ! les poignées de main que nous avons échangées, et ces rires ! Mme Challenger, dans son émotion, nous a tous embrassés avant de se jeter dans les pattes d'ours de son mari.

— Mais enfin, ils n'étaient pas endormis ! s'est écrié lord John. Au diable tout cela, Challenger ! Vous croyez, vous, que ces gens dormaient avec les yeux ouverts, leurs membres rigides, et cet affreux sourire grimaçant sur le visage ?

— Ils étaient sans doute tombés en catalepsie, a répondu Challenger. C'est un phénomène assez rare, qu'autrefois on a souvent confondu avec la mort. Pendant que le sujet est dans cet état, sa température tombe, la respiration disparaît, le battement du cœur est imperceptible... En fait, c'est la mort, avec cette différence que c'est une mort provisoire. L'intelligence la plus compréhensive...

Ici, il a fermé les yeux et a souri avec suffisance.

—... aurait eu du mal à concevoir une catalepsie universelle éclatant sous cette forme.

— Vous pouvez l'appeler catalepsie, a fait observer Summerlee. Mais en somme, c'est un nom, rien de plus ! Et nous ne connaissons pas davantage ses effets que le genre de poison qui l'a provoquée. Tout ce que nous pouvons dire se borne à ceci : l'éther vicié a provoqué une mort provisoire.

Austin était assis sur le marchepied de la voiture. C'était sa toux que j'avais entendue tout à l'heure. Il avait gardé le silence tout en se frictionnant la tête, mais maintenant il marmonnait en contemplant la voiture.

— Jeune imbécile ! grommela-t-il. Il faut toujours qu'il touche à quelque chose !

— Qu'est-ce qu'il y a, Austin ?

— L'huile coule, monsieur. Quelqu'un s'est amusé avec la voiture. Je pense que c'est le gosse du jardinier, monsieur.

Lord John a pris un air coupable.

« Je ne sais pas ce qui cloche, a poursuivi Austin, en se mettant péniblement debout. Je me rappelle que je me suis senti devenir bizarre pendant que je lavais la voiture. Je crois que je suis tombé sur le marchepied. Mais je jure bien que j'avais pensé à l'huile ! »

Un récit succinct des événements lui a alors été fait ; Austin a appris du même coup ce qui lui était arrivé, à lui et au monde entier. Le mystère de l'huile lui a été expliqué. Il nous a écoutés en manifestant un mépris visible pour l'amateur qui avait conduit sa voiture, mais un très vif intérêt pour le compte rendu de notre voyage dans la City endormie. Je me souviens de son commentaire :

— Vous vous êtes donc trouvé près de la Banque d'Angleterre, monsieur ?

— Oui, Austin.

— Et il y avait tous ces millions à l'intérieur, et tout le monde dormait ?

— Mais oui, Austin !

— Et je n'étais pas là ! a-t-il gémi avant de se détourner pour reprendre son tuyau d'arrosage

Des roues ont grincé sur le gravier. Le vieux fiacre s'est arrêté devant la porte de Challenger. J'ai vu le jeune occupant en sortir. Un instant plus tard, la bonne, qui semblait aussi ahurie que si on l'avait arrachée au sommeil le plus profond, a apporté sur un plateau une carte de visite. Quand il l'a lue, Challenger a reniflé avec férocité, et son épaisse barbe noire s'est agitée.

— Un journaliste ! a-t-il rugi.

Puis un sourire méprisant a élargi sa bouche :

— Après tout, il est naturel que le monde entier soit pressé d'apprendre ce que je pense d'un tel événement !

— Ce n'est certainement pas là l'objet de sa course, a dit Summerlee, car votre journaliste était déjà sur la route dans son fiacre avant que ne commençât la catastrophe.

J'ai pris la carte et j'ai lu : « James Baxter, correspondant à Londres du New York Monitor ».

— Le verrez-vous ? ai-je demandé.

— Pas moi !

— Oh ! George ! Tu devrais être plus sociable, plus aimable ! Est-il possible que tu n'aies tiré aucune leçon de cette aventure ?

— Tut, tut ! s'est-il borné à répondre en secouant sa tête aussi volumineuse qu'entêtée.

Et puis il a explosé :

« Une engeance empoisonnée, eh ! Malone ? La pire espèce de la civilisation moderne ! Un instrument de charlatanisme, l'obstacle à tout progrès humain ! Quand les journalistes ont-ils jamais dit une bonne parole sur mon compte ?

— Et vous ? Quand avez-vous jamais tenu un propos équitable sur leur compte ? ai-je répliqué. Voyons, monsieur, c'est un étranger qui s'est déplacé pour vous voir. Je suis sûr que vous ne le décevrez pas.

— Bon, bon ! a-t-il grommelé. Venez avec moi, et parlez en mon nom. Par avance, je proteste contre une intrusion aussi offensante dans ma vie privée.

Grognant, grondant, il m'a suivi comme un dogue en colère.

Le jeune Américain était tiré à quatre épingles ; il a sorti son carnet de notes, et à pieds joints il a sauté dans le sujet.

— Je suis venu, monsieur, parce que notre peuple, aux États-Unis, désire être averti du danger qui, selon vous, menace grandement le monde.

— Je ne connais pas de danger qui menace grandement le monde, a répondu Challenger d'une voix bourrue.

Le journaliste l'a dévisagé avec étonnement.

— Je veux parler, monsieur, de l'éventualité, selon laquelle le monde pourrait être enveloppé d'une ceinture d'éther empoisonné.

— Je ne redoute à présent aucun danger de ce genre.

La perplexité du journaliste s'est visiblement accrue.

— Vous êtes bien le Pr Challenger, n'est-ce pas ?

— Oui, monsieur.

— Alors je ne peux pas comprendre comment vous pouvez dire qu'un tel danger n'existe pas. Dois-je vous rappeler votre propre lettre au Times, qui a paru sous votre signature dans l'édition de ce matin ?

À son tour, Challenger a paru étonné.

— Ce matin ? Il n'y a pas eu de Times publié à Londres ce matin.

— Certainement si, monsieur ! a dit l'Américain sur un ton de doux reproche. Vous admettez bien que le Times est un journal quotidien... — Voici la lettre à laquelle je me réfère.

Il a tiré de sa poche un exemplaire du Times. Challenger a gloussé de joie et s'est frotté les mains.

— Je commence à comprendre. Ainsi, c'est ce matin que vous avez lu cette lettre?

— Oui, monsieur.

— Et aussitôt vous êtes venu m'interviewer ?

— Oui, monsieur.

— Avez-vous remarqué quelque chose d'anormal pendant votre voyage jusqu'ici?

— Hé bien ! monsieur, pour dire le vrai, vos compatriotes m'ont semblé plus vivants et plus humains que d'habitude. Le convoyeur de bagages est sorti du fourgon pour me raconter une histoire drôle : dans ce pays, c'était vraiment une nouvelle expérience pour moi.

— Rien d'autre ?

— Ma foi, non, monsieur. Rien dont je ne souvienne en tout cas.

— Voyons, quand avez-vous quitté la gare de Victoria ?

L'Américain a souri.

— Je suis venu pour vous interviewer, professeur, mais j'ai l'impression que vous renversez les rôles...

— Figurez-vous que cela m'intéresse. Vous rappelez-vous l'heure de votre départ?

– Bien entendu. Il était midi et demi.

– Et vous êtes arrivé à... ?

– Deux heures et quart.

– Et vous avez pris un fiacre ?

– En effet.

– Quelle distance pensez-vous qu'il y a entre ici et la gare ?

– Trois kilomètres, au moins.

– Alors, combien de temps faut-il, à votre avis, pour franchir ces trois kilomètres ?

– Eh bien ! peut-être une demi-heure, avec ce cheval asthmatique.

– Donc, il devrait être trois heures ?

– Oui, à peine davantage.

– Regardez votre montre.

L'Américain a obéi, et la stupéfaction s'est peinte sur son visage.

– Mais dites donc, elle est arrêtée ! Ce cheval a cassé tous les ressorts, c'est sûr ! Le soleil est assez bas, maintenant que j'y pense... Oh ! il se passe quelque chose ici que je ne comprends pas !

– Vous n'avez aucun souvenir d'un incident quelconque pendant que vous grimpiez la côte ?

– Écoutez, il me semble me rappeler qu'à un moment donné j'ai eu une forte envie de dormir... Et puis, cela me revient maintenant que je voulais dire quelque chose au cocher, et qu'il ne m'entendait pas. J'ai cru que c'était la chaleur, mais je me suis senti un instant des vertiges... C'est tout.

– Il en est de même pour toute l'espèce humaine ! m'a dit Challenger. Un instant, ils se sont tous senti des vertiges. Personne n'a encore réalisé ce qui est arrivé. Et tous reprendront leur travail interrompu, comme Austin qui a ramassé son tuyau d'arrosage, ou leur partie, comme les golfeurs. Votre rédacteur en chef, Malone, continue de préparer son journal, et il sera stupéfait un jour quand il découvrira qu'il manque un numéro... Oui, mon jeune ami, a-t-il ajouté à l'adresse du journaliste américain, et avec une soudaine poussée de bonne humeur, cela peut vous intéresser de savoir que le monde a traversé le courant empoisonné qui tournoie dans l'éther comme le Gulf Stream dans l'océan. Et vous voudrez bien noter aussi, pour votre commodité et vos rendez-vous, que nous ne sommes pas aujourd'hui vendredi 27 août, mais samedi 28 août : vous êtes resté sans connaissance dans votre fiacre pendant vingt-huit heures sur la côte de Rotherfield.

Et là, je pourrais mettre un point final à ce récit. Vous vous êtes peut-être rendu compte, en le lisant, qu'il n'est qu'une version plus complète et plus détaillée du reportage qui a été publié le lundi suivant dans la Daily Gazette (reportage qui a été généralement considéré comme la plus grand exclusivité journalistique de tous les temps, et qui a fait vendre trois millions et demi d'exemplaires du journal). Encadrées sur le mur de mon bureau, ces manchettes somptueuses en disent long :

LE MONDE DANS LE COMA PENDANT 28 HEURES
EXPÉRIENCE SANS PRÉCÉDENT
CHALLENGER AVAIT RAISON
NOTRE CORRESPONDANT EST ÉPARGNÉ
SON RÉCIT SENSATIONNEL

LA CHAMBRE À OXYGÈNE
UNE RANDONNÉE FANTASTIQUE
LONDRES DANS LA MORT
LA PAGE MANQUANTE EST RETROUVÉE
GRAVES INCENDIES – NOMBREUX MORTS
CE PHÉNOMÈNE RISQUE-T-IL DE SE REPRODUIRE ?

Au-dessous de ce chapeau glorieux s'allongeaient neuf colonnes et demie de texte : l'unique, premier et dernier rapport sur l'histoire de la planète (telle du moins qu'un seul observateur pouvait la relater) pendant la plus longue journée de son existence. Dans un article voisin, Challenger et Summerlee traitaient le sujet sur le plan scientifique, mais à moi seul était dévolu le soin du reportage. Certainement, je peux chanter : Nunc dimittis ! Car ma carrière de journaliste ne connaîtra plus semblable apothéose.

Mais je ne voudrais pas terminer sur des manchettes à sensation ni sur un triomphe personnel. Permettez-moi de citer, pour conclure, les dernières phrases retentissantes de l'admirable éditorial publié par le plus grand quotidien du monde (éditorial que tout homme réfléchi devrait méditer) :

« Un truisme bien éculé, a dit le Times, affirmait que notre espèce humaine était une foule désarmée devant les forces latentes infinies qui nous environnent. Émanant des prophètes antiques et des philosophes contemporains, ce même message, qui était un avertissement, nous a été maintes fois adressé. Mais comme toutes les vérités trop souvent répétées, il avait perdu de son actualité et de sa puissance. Il fallait une leçon, ou une expérience saisissante, pour lui redonner vigueur. Nous venons d'émerger d'une épreuve salutaire mais terrible.

Nos esprits sont encore stupéfaits de sa soudaineté, mais nos cœurs ont été radoucis parce que nous avons mesuré nos limites et nos infirmités. Pour apprendre, le monde a payé un prix épouvantable. Nous ne connaissons encore qu'imparfaitement l'étendue du désastre ; mais la destruction par le feu de New York, d'Orléans, de Brighton constitue en soi l'une des plus grandes tragédies de l'histoire humaine. Quand le bilan des sinistres maritimes et des catastrophes de chemins de fer sera établi, sa lecture provoquera l'effroi de tous. Et cependant, dans la majorité des cas, les mécaniciens des trains et des paquebots sont parvenus à couper la pression avant de succomber au poison. Mais nous laisserons de côté aujourd'hui les considérations relatives aux dommages matériels, pourtant si importants en vies et en biens. Le temps permettra d'ailleurs de les effacer.

Ce qui ne doit pas être oublié, par contre, ce qui doit obséder constamment notre imagination, c'est la révélation des possibilités de l'univers, et la démonstration que l'étroit sentier sur lequel est engagée notre existence physique se trouve bordé d'abîmes insondables. À la base de notre émotion actuelle, la gravité se mêle à l'humilité. Puissent-elles toutes deux servir de fondations au temple plus digne que construira, nous l'espérons, une race mieux informée et que le respect inspirera davantage. »

AU PAYS DES BRUMES

Professeur Challenger : romans 3

CHAPITRE I
Nos envoyés spéciaux prennent le départ

Le grand Pr Challenger vient d'être victime d'une mésaventure : son personnage a inspiré, aussi abusivement que maladroitement, un romancier audacieux, et celui-ci l'a placé dans des situations impossibles dans le seul but de voir comment il réagirait. Oh ! les réactions n'ont pas tardé ! Il a intenté un procès en diffamation, engagé une action judiciaire – qui fut déclarée non recevable – pour que le livre fût retiré de la circulation, il s'est livré – deux fois – à des voies de fait, enfin il a perdu son poste de maître de conférences à l'École londonienne d'hygiène subtropicale. Ces brouilles mises à part, l'affaire s'est terminée plus paisiblement qu'on ne l'aurait cru.

Il est vrai que le Pr Challenger n'avait plus le même feu sacré. Ses épaules de géant s'étaient voûtées. Sa barbe noire assyrienne taillée en bêche était parsemée de fils gris. L'agressivité de ses yeux avait diminué. Son sourire arborait moins de complaisance envers soi. Il avait gardé une voix tonitruante, mais elle ne balayait plus aussi promptement les contradicteurs. Certes, il continuait d'être dangereux, et son entourage le savait. Le volcan n'était pas éteint ; de sourds grondements laissaient constamment planer la menace d'une éruption. La vie avait encore beaucoup à lui enseigner, mais il témoignait d'un peu plus de tolérance pour apprendre.

Un changement pareil avait une origine précise, la mort de sa femme. Ce petit oiseau avait fait son nid dans le cœur du grand homme, qui lui accordait toute la tendresse, toute la galanterie que le faible mérite de la part du fort. En cédant sur tout, elle avait gagné sur tout, comme peut le réussir une femme douce et pleine de tact. Quand elle mourut subitement d'une pneumonie contractée à la suite d'une grippe, le professeur avait chancelé, plié les genoux. Il s'était relevé, avec le sourire triste du boxeur groggy, et prêt à disputer encore beaucoup de rounds avec le destin.

Toutefois il n'était plus le même homme. S'il n'avait pas bénéficié de l'appui secourable et de l'affection de sa fille Enid, il ne se serait jamais remis du choc. C'est elle qui, avec une habileté intelligente, le détourna vers tous les sujets qui pouvaient exciter son naturel combatif et allumer dans son esprit une étincelle, afin qu'il vécût pour le présent et non plus dans le passé. Lorsqu'elle le revit bouillant dans la controverse, écumant contre les journalistes, et généralement désagréable à l'égard de ses interlocuteurs, alors elle le sentit en bonne voie de guérison.

Enid Challenger était une jeune fille très remarquable, et elle mérite un paragraphe spécial. Elle avait les cheveux noirs de son père, de sa mère les yeux bleus et le teint clair, son genre de beauté ne passait pas inaperçu. Elle était douée d'une force tranquille. Depuis son enfance, elle avait eu à choisir entre deux perspectives : conquérir l'autonomie contre son père, ou bien consentir à être broyée, réduite à l'état d'automate. Elle avait su conserver sa personnalité, mais avec gentillesse et surtout par élasticité, elle s'inclinait devant les humeurs du professeur et elle se redressait aussitôt après. Plus tard, elle avait trouvé trop oppressante cette contrainte perpétuelle : elle y avait échappé en cherchant à se faire une situation personnelle. Elle travailla pour la presse de Londres et elle exécuta toutes sortes de travaux qui lui valurent une certaine notoriété dans Fleet Street. Pour ses débuts, elle avait été aidée par un vieil ami de son père (et peut-être du lecteur) M. Edward Malone, de la Daily Gazette.

Malone était toujours le même Irlandais athlétique qui avait jadis gagné sa cape d'international de rugby : mais la vie avait arrondi les angles de son caractère ; il était plus maître de lui, plus réfléchi. Le jour où il avait remisé pour de bon ses chaussures de football, il avait également relégué bien d'autres choses. Ses muscles avaient peut-être perdu de leur vigueur, ses jointures n'étaient plus aussi souples ; mais son esprit avait gagné en agilité et en profondeur. L'homme avait succédé à l'enfant. Physiquement, son aspect avait peu changé. Mettons que sa moustache était plus fournie, ses épaules moins carrées ; son front s'était enrichi de quelques lignes creusées par la méditation, les nouveaux problèmes de l'après-guerre qui se posaient au monde y ayant imprimé leur marque. Pour le reste, ma foi, il s'était taillé un nom dans le journalisme et un début de réputation dans la littérature. Il n'était pas marié. Selon certains, sa condition de célibataire ne tenait qu'à un fil, qui casserait le jour où les petites mains blanches de Mlle Enid Challenger consentiraient à s'en occuper. Et ceux qui l'affirmaient ne lui voulaient que du bien.

En ce dimanche soir d'octobre, les lumières commençaient à trouer le brouillard qui depuis les premières heures de l'aube enveloppait Londres d'un voile opaque. L'appartement du Pr Challenger, à Victoria West Gardens, était situé au troisième étage. Une brume épaisse collait aux carreaux. En bas, la chaussée demeurait invisible : on ne la devinait que grâce à la ligne de taches jaunes régulièrement espacées ; la circulation, réduite comme tous les dimanches, faisait entendre un bourdonnement assourdi. Le Pr Challenger, au coin du feu, avait étiré ses jambes courtes et arquées, enfoui les mains profondément dans les poches de son pantalon. Sa tenue portait la marque de l'excentricité qui accompagne toujours le génie : une chemise à col ouvert, une grande cravate marron en soie, une veste de smoking en velours noir ; avec sa barbe fleuve, il ressemblait à un vieil artiste en pleine vie de bohème. À côté de lui, sa fille était assise, habillée pour une promenade : chapeau cloche, courte robe noire, bref, tout l'appareil à la mode qui dénature si bien les beautés naturelles. Malone, le chapeau à la main, attendait près de la fenêtre.

— Je crois que nous devrions partir, Enid. Il est presque sept heures, dit-il.

Ils s'étaient mis à écrire des articles en collaboration sur les diverses sectes religieuses de Londres : tous les dimanches soir, ils sortaient ensemble pour en visiter une nouvelle, ce qui leur procurait de la bonne copie pour la Gazette.

— La séance ne commence pas avant huit heures, Ted ! Nous avons tout le temps.

— Asseyez-vous, monsieur ! Asseyez-vous ! tonna Challenger, qui tira sur sa barbe comme il en avait l'habitude quand sa patience était à bout. Rien ne m'agace davantage que de sentir quelqu'un debout derrière moi, prenez cela pour un legs de mes ancêtres, qui redoutaient le poignard ; cette crainte persiste… Parfait ! Pour l'amour du ciel, posez votre chapeau ! Vous avez toujours l'air de vouloir prendre un train au vol !

— Telle est la vie du journaliste, soupira Malone. Si nous ne prenons pas le train, nous restons sur le quai. Enid elle-même commence à s'en rendre compte. Mais elle a raison : nous avons le temps.

— Combien d'églises avez-vous visitées ? demanda Challenger.

Enid consulta un petit agenda avant de répondre :

— Nous en avons visité sept. D'abord l'abbaye de Westminster, qui est l'église rêvée pour le décoratif. Ensuite Sainte-Agathe pour le haut clergé et Tudor Place pour le bas clergé. Puis nous avons visité la cathédrale de Westminster pour les catholiques, Endell Street pour les presbytériens, Gloucester Square pour les unitariens. Mais ce soir, nous allons essayer d'introduire un peu de variété dans notre enquête : nous visitons les spirites.

Challenger renifla comme un buffle en colère.

— Et la semaine prochaine les asiles de fous, je présume ? Vous n'allez pas me faire croire, Malone, que ces gens qui croient aux revenants ont des églises pour leur culte ?

— Je me suis renseigné. Avant de partir en enquête, je me préoccupe toujours de réunir des chiffres et des faits ; eux au moins sont froids, objectifs. En Grande-Bretagne, les spirites ont plus de quatre cents temples recensés.

Les reniflements de Challenger évoquèrent alors tout un troupeau de buffles.

— Décidément, il n'y a pas de limites à l'idiotie et à la crédulité de l'espèce humaine. Homo sapiens ! Homo idioticus ! Et qui prie-t-on dans ces temples ? Les fantômes ?

— C'est justement ce que nous désirons éclaircir. Nous devrions tirer la matière de bons articles. Je n'ai pas besoin de vous dire que je partage entièrement votre point de vue, mais j'ai bavardé récemment avec Atkinson, de l'hôpital Sainte-Marie : c'est un chirurgien qui monte ; le connaissez-vous ?

— J'ai entendu parler de lui. Un spécialiste du cérébro-spinal, n'est-ce pas ?

— Oui. Un type équilibré. Il est considéré comme une autorité pour tout ce qui a trait à la recherche psychique… Vous avez compris que c'est ainsi qu'on appelle la nouvelle science qui s'est spécialisée dans ces questions.

— Une science, vraiment ?

— Du moins on l'appelle une science. Atkinson paraît prendre ces gens-là au sérieux. Quand j'ai besoin d'une référence, c'est lui que je consulte, il connaît leur littérature sur le bout du doigt. Il les dépeint comme des « pionniers de l'espèce humaine ».

— Les pionniers d'un monde de mabouls ! gronda Challenger. Et vous parlez de leur littérature. Quelle littérature, Malone ?

— Eh bien ! voilà une autre surprise. Atkinson a réuni plus de cinq cents volumes, et il regrette que sa bibliothèque psychique soit très incomplète. Il possède des ouvrages français, allemands, italiens, sans compter ceux écrits par des Anglais.

— Alors rendons grâces à Dieu que cette stupidité ne soit pas une exclusivité de notre pauvre vieille Angleterre. Il s'agit d'une absurdité pestilentielle, Malone, entendez-vous ?

— Est-ce que vous les avez lus, papa ? interrogea Enid.

— Les lire ? Moi, alors que je ne dispose pas de la moitié du temps nécessaire pour lire ce qui a de l'intérêt ? Enid, tu es trop bête, ma fille !

— Pardon, papa. Mais vous en parliez avec une telle assurance : je croyais que vous les aviez lus.

La grosse tête de Challenger oscilla comme une pendule, mais son regard de lion resta fixé sur sa fille.

— Imaginerais-tu par hasard qu'un esprit logique, un cerveau de premier ordre, a besoin de lire et d'étudier pour détecter une imbécilité manifeste ? Est-ce que j'approfondis les mathématiques pour confondre l'homme qui m'affirme que deux et deux font cinq ? Et dois-je réapprendre la physique, me replonger dans mes Principia parce qu'un coquin ou un fou m'assure qu'une table peut s'élever dans les airs en dépit de la loi de la pesanteur ? Faut-il cinq cents volumes pour nous renseigner sur une chose que jugent les tribunaux correctionnels chaque fois qu'un imposteur est traîné devant eux ? Enid, j'ai honte de toi !

Sa fille se mit à rire gaiement.

— Allons, papa, ne vous mettez plus en colère ! J'abandonne. En fait, je partage vos sentiments.

— Il n'en reste pas moins, objecta Malone, que de bons esprits soutiennent la cause du spiritisme. Je ne pense pas que vous puissiez rire devant les noms de Lodge, Crookes, etc.

— Ne soyez pas stupide, Malone ! Quel grand esprit n'a pas sa faiblesse ? C'est une sorte de réaction contre la facilité du bon sens. Seulement, tout d'un coup, vous vous trouvez dans une disposition de non-sens positif. Voilà ce qui s'est produit chez ces types-là... Non, Enid, je n'ai pas lu leurs thèses, et je ne les lirai pas ; il y a des choses qui dépassent les bornes. Et puis, si nous rouvrons tous les vieux débats, quel temps nous restera-t-il pour aller de l'avant et élucider les nouveaux problèmes ? L'affaire est réglée, par le bon sens, par la loi anglaise, et par le consentement général des Européens sains d'esprit.

— Après cela, dit Enid, plus rien à ajouter !

— Toutefois, poursuivit Challenger comme s'il n'avait pas entendu, je dois admettre que des malentendus peuvent surgir, et qu'ils méritent des excuses...

Il baissa de ton, et ses grands yeux gris regardèrent tristement dans le vague.

« J'ai connu des exemples où l'intelligence la plus lucide, même la mienne, pouvait quelque temps vaciller.

Malone flaira de la copie possible :

– Vraiment, monsieur ?

Challenger hésita. Il donnait l'impression de lutter contre lui-même. Il avait envie de parler, mais parler lui était pénible. Pourtant, avec un mouvement brusque, impatient, il se lança :

– Je ne t'en ai jamais parlé, Enid… C'était trop… trop intime ! Peut-être aussi trop absurde. J'ai eu honte d'avoir été bouleversé. Mais après tout, cela montrera que les gens les mieux équilibrés peuvent être surpris…

– Vous croyez, monsieur ?

– Ma femme venait de mourir. Vous la connaissiez, Malone. Vous savez ce que sa mort représentait pour moi. C'était le soir après l'incinération… horrible, Malone ! Horrible !… J'ai vu le cher petit corps descendre en glissant, descendre… Et puis la clarté de la flamme. Et la porte qui s'est refermée.

Il frissonna et passa sur ses yeux une grosse main velue. « Je ne sais pas pourquoi je vous dis tout cela, le tour de la conversation m'y a mené. Peut-être le prendrez-vous pour un avertissement. Ce soir-là donc, le soir après l'incinération, je tombai assis dans le salon. Cette pauvre fille m'imita, et elle ne tarda pas à s'endormir : elle n'en pouvait plus. Vous êtes venu à Rotherfield, Malone. Vous vous rappelez le grand salon ? J'étais assis près de la cheminée ; la pièce était noyée d'ombre, et l'ombre noyait aussi mon esprit. J'aurais dû envoyer Enid se coucher, mais elle s'était installée dans un fauteuil, et je n'ai pas voulu la réveiller. Il était une heure du matin, à peu près… Je revois la lune qui brillait derrière les vitres de couleur. J'étais assis, je ruminais mon chagrin. Puis soudain il y a eu un bruit.

– Un bruit, monsieur ?

– Oui. D'abord très faible, juste une sorte de tic-tac. Puis il devint plus fort, plus distinct : nettement toc, toc, toc. Maintenant, voici la bizarre coïncidence, le genre de choses d'où naissent les légendes quand vous les racontez à des gens crédules. Apprenez que ma femme avait une façon spéciale de frapper à une porte, c'était vraiment un petit air qu'elle tambourinait avec ses doigts. Et moi je l'avais imitée, si bien que nous savions toujours tous les deux quand l'un de nous frappait. Bon. Eh bien ! il m'a semblé… J'étais tendu, n'est-ce pas ? anormalement surtendu… Il m'a semblé que ce toc-toc-toc reproduisait le petit air que tambourinaient ses doigts. Et j'étais incapable de le localiser. Pensez si j'ai essayé ! C'était au-dessus de moi, quelque part dans la charpente. J'avais perdu la notion du temps, mais j'affirme que ce signal s'est répété au moins une douzaine de fois.

– Oh ! papa, vous ne me l'aviez jamais dit !

– Non, mais je t'ai réveillée. Je t'ai demandé de rester assise près de moi sans bouger pendant quelques instants.

– Oui, je m'en souviens.

– Eh bien ! nous sommes restés assis, mais le bruit ne s'est plus fait entendre. Évidemment, c'était une hallucination. Ou bien un insecte dans le bois. Ou le lierre sur le mur extérieur. Et mon propre cerveau a fourni le rythme. Voici comme nous faisons de nous-mêmes des fous et des sots. Mais j'ai découvert quelque chose, j'ai réalisé jusqu'où un homme intelligent pouvait être trompé par ses propres émotions.

– Mais comment savez-vous, monsieur, que ce n'était pas Mme Challenger ?

– Absurde, Malone ! Absurde, réellement absurde ! Je vous dis que je l'avais vue dans le four crématoire. Que restait-il d'elle ensuite ?

– Son âme, son esprit...

Challenger secoua tristement la tête.

– Quand ce cher corps a été dissous en ses éléments, quand les éléments gazeux se sont mêlés à l'air et quand les éléments solides ont été transformés en une poussière grise, tout était consommé, fini. Il ne restait plus rien. Elle avait joué son rôle : elle le joua magnifiquement, avec noblesse. C'était terminé. La mort termine tout, Malone ! Cette histoire d'âme n'est pas autre chose que l'animisme des sauvages, une superstition, un mythe. En tant que physiologue, je puis produire le crime ou la vertu par simple contrôle vasculaire ou excitation cérébrale. Par une opération chirurgicale je puis transformer un Jekyll en un Hyde. Un autre le fera par une suggestion psychologique. Et l'alcool en est capable. Et les stupéfiants aussi... Non, Malone, votre hypothèse est absurde ! Là où l'arbre tombe, là il reste couché. Il n'y a pas de lendemain... Il y a la nuit : une nuit éternelle... et un très long repos pour le travailleur fatigué.

– C'est une philosophie maussade !

– Mieux vaut qu'elle soit maussade qu'erronée.

– Peut-être... Il y a de la virilité à envisager le pire. Je ne vous apporte pas la contradiction. Ma raison est d'accord avec vous.

– Mais mes instincts sont contre ! s'écria Enid. Non, non, jamais je ne pourrai croire à cela !

Elle enlaça le cou de taureau de son père pour lui dire :

– Ne prétendez pas, papa, que vous, avec votre cerveau puissant et votre si merveilleuse personnalité, vous ne vaudrez pas mieux qu'une horloge cassée !

– Quatre seaux d'eau et un sachet de sel ! sourit Challenger en se libérant de l'étreinte de sa fille. Voilà ce qu'est ton père, fillette ! Accommode ton esprit à cette pensée. Maintenant, il est huit heures moins vingt. Si vous le pouvez, Malone, revenez ici ce soir, et vous me raconterez vos aventures au royaume des fous.

CHAPITRE II
Une soirée en bizarre compagnie

Les affaires de cœur entre Enid Challenger et Edward Malone ne présentent pas le moindre intérêt pour le lecteur, pour la bonne raison qu'elles n'en présentent aucun pour l'auteur. Tomber dans le piège invisible de l'amour est le sort commun à toute la jeunesse. Or, dans cette relation, nous entendons traiter des sujets moins banals et d'une importance plus haute. Nous n'avons indiqué les sentiments naissants des deux jeunes gens que pour expliquer leurs rapports de camaraderie franche et intime. Si l'espèce humaine a réalisé quelques progrès, au moins dans les pays anglo-celtiques, c'est parce que les manières hypocrites et sournoises du passé se sont corrigées, et que de jeunes hommes et de jeunes femmes peuvent aujourd'hui se rencontrer sous les auspices d'une amitié saine et honnête.

Le taxi que héla Malone conduisit nos deux envoyés spéciaux en bas d'Edgware Road, dans une rue latérale appelée Helbeck Terrace. À mi-chemin en descendant, la morne rangée des maisons en briques était interrompue par une porte voûtée d'où s'échappait un flot de lumière. Le taxi freina et le chauffeur ouvrit la portière.

– Voici le temple des spirites, monsieur, annonça-t-il. Et il ajouta d'une voix d'asthmatique comme en ont souvent ceux qui sortent par tous les temps :

– Bêtise et compagnie, voilà comment j'appelle ça, moi !

Ayant soulagé sa conscience, il remonta sur son siège et bientôt son feu rouge arrière ne fut plus qu'un petit cercle blafard dans la nuit. Malone éclata de rire.

– Vox populi, Enid ! Le public en est à ce stade.

– Nous aussi !

– Oui, mais nous allons jouer franc jeu. Je ne pense pas que ce chauffeur soit un champion d'objectivité. Sapristi, nous n'aurions vraiment pas de chance si nous ne pouvions pas entrer !

Devant la porte, il y avait beaucoup de monde ; un homme, sur les marches, faisait face à la foule, et agitait ses bras pour la contenir :

– Inutile, mes amis ! Je suis très désolé, mais il n'y a rien à faire. Deux fois déjà on nous a menacés de poursuites parce que nous embouteillons la circulation.

Il se fit moqueur :

– Jamais je n'ai entendu dire qu'une église orthodoxe avait eu des ennuis parce qu'elle attirerait trop de monde... Non, monsieur, non !

– Je suis venue à pied de Hammersmith ! gémit une voix.

La lumière éclaira le visage ardent, anxieux, d'une petite bonne femme en noir qui portait un bébé dans ses bras.

– Vous êtes venue pour la clairvoyance, madame ? dit l'introducteur, qui avait compris. Tenez, inscrivez là votre nom et votre adresse ; je vous écrirai, et Mme Debbs vous donnera une consultation gratuite. Cela vaudra mieux que d'attendre dans la foule ; d'autant plus que, avec la meilleure volonté du monde, vous ne pourrez pas entrer. Vous l'aurez pour vous toute seule. Non, monsieur, ce n'est pas la peine de pousser… Qu'est-ce que c'est ? La presse ?

Il avait pris Malone par le coude.

– La presse, avez-vous dit ? La presse nous boycotte, monsieur. Si vous en doutez, jetez un coup d'œil sur la liste des services religieux dans le Times du samedi : ce n'est pas là que vous apprendriez que le spiritisme existe… Quel journal, monsieur ?… La Daily Gazette. Bon, bon, nous faisons des progrès, je vois !… Et la dame aussi ?… Un article spécial, quelle horreur ! Collez à moi, monsieur ; je vais voir ce que je peux faire. Fermez les portes, Joe ! N'insistez pas, mes amis. Quand la caisse sera plus riche, nous aurons plus de place pour vous. Maintenant, mademoiselle, par ici, s'il vous plaît.

Par ici, c'était en descendant la rue et en contournant une ruelle latérale jusqu'à une petite porte au-dessus de laquelle brillait une lampe rouge.

– Je vais être obligé de vous placer sur l'estrade : il ne reste plus une place debout dans la salle.

– Bonté divine ! s'exclama Enid.

– Vous serez aux premières loges, mademoiselle, et, si vous avez de la chance, peut-être bénéficierez-vous d'une lecture. Il arrive souvent que ce sont les personnes qui sont le plus près du médium qui sont favorisées. Entrez, monsieur, s'il vous plaît.

Ils entrèrent dans une petite pièce sentant le renfermé ; aux murs d'un blanc douteux des chapeaux et des pardessus étaient accrochés. Une femme maigre, austère, dont les yeux étincelaient derrière les lunettes, était en train de chauffer ses mains décharnées au-dessus d'un petit feu. Dans l'attitude anglaise traditionnelle, le dos à la cheminée, se tenait un homme grand et gros avec une figure blême, une moustache rousse et des yeux d'un curieux bleu clair – les yeux d'un marin au long cours. Un petit homme chauve, chaussé d'énormes lunettes à monture en corne, et un jeune garçon athlétique en complet bleu complétaient le groupe.

– Les autres sont déjà sur l'estrade, monsieur Peeble. Il ne reste plus que cinq sièges pour nous, dit le gros homme.

– Je sais, je sais ! répondit l'homme qui s'appelait M. Peeble et qui, à la lumière, révélait un physique sec, tout en nerfs et en muscles. Mais c'est la presse, monsieur Bolsover. La Daily Gazette. Un article spécial… Malone et Challenger. Je vous présente M. Bolsover, notre président. Et voici Mme Debbs, de Liverpool, la fameuse voyante. Voici M. James, et ce jeune gentleman est notre énergique secrétaire M. Hardy Williams. M. Williams est un as pour collecter de l'argent. Ayez l'œil sur votre portefeuille si M. Williams rôde autour de vous !

Tout le monde se mit à rire.

— La quête viendra plus tard, dit M. Williams.

— Un bon article vibrant serait la meilleure contribution ! intervint le président. Vous n'avez jamais assisté à une séance, monsieur ?

— Non, répondit Malone.

— Vous n'êtes donc pas très informé, je suppose ?

— Non, je ne suis pas informé du tout.

— Alors nous devons nous attendre à un éreintement ! D'abord on ne voit les choses que sous l'angle humoristique.

Vous écrirez donc un compte rendu très amusant. Remarquez que pour ma part je ne vois rien de comique dans l'esprit d'un époux décédé ou d'une épouse défunte ; c'est affaire de goût, sans doute, et aussi de culture. Quand on ne sait pas, comment parler sérieusement ? Je ne blâme personne. Jadis, nous étions pour la plupart comme ceux qui nous critiquent aujourd'hui. J'étais l'un des hommes de Bradlaugh, et j'étais sous les ordres de Joseph MacCabe jusqu'à ce que mon vieux père vînt et me sortît de là.

— Heureusement pour lui ! fit la médium de Liverpool.

— Ce fut la première fois que je me découvris un pouvoir personnel. Je l'ai vu comme je vous vois maintenant.

— C'est l'heure ! intervint M. Peeble en refermant le boîtier de sa montre. Vous êtes à la droite du fauteuil, madame Debbs ; voulez-vous passer la première ? Puis vous, monsieur le président. Ensuite vous deux, et moi enfin. Tenez-vous sur la gauche, monsieur Hardy Williams, et conduisez les chants. Les esprits ont besoin d'être échauffés, et vous êtes capable de le faire. Maintenant allons-y, s'il vous plaît !

L'estrade était déjà comble, mais les nouveaux arrivants se frayèrent un chemin, au milieu d'un murmure décent de bienvenue, M. Peeble donna quelques coups d'épaule, supplia, et deux places apparurent sur le banc du dernier rang : Enid et Malone s'y installèrent. Ils s'y trouvaient fort bien, car ils pouvaient se camoufler pour prendre des notes.

— Qu'est-ce que vous en pensez ? chuchota Enid.

— Aucune impression pour l'instant.

— Moi non plus, dit-elle. Mais c'est très intéressant tout de même.

Que vous soyez ou non d'accord avec eux, les gens sérieux sont toujours intéressants. Or cette foule, sans aucun doute, était extrêmement sérieuse. La salle était bondée ; sur tous les rangs les visages étaient tournés vers l'estrade ; ils avaient un air de famille ; les femmes étaient légèrement plus nombreuses que les hommes. On n'aurait pas pu dire que l'assistance était distinguée, ni composée d'intellectuels ; mais la moyenne avait un aspect sain, honnête, raisonnable : petits commerçants, chefs de rayon des deux sexes, artisans aisés, femmes appartenant aux classes moyennes avec des responsabilités familiales, et, bien entendu, quelques jeunes gens en quête de sensation, telle était sa structure sociale vue par l'œil exercé de Malone.

Le gros président se leva et tendit la main.

– Mes amis, dit-il, nous avons dû encore une fois refuser l'entrée à beaucoup de gens qui désiraient être des nôtres ce soir. Mais avec des moyens plus larges nous aurions plus de place ; M. Williams, à ma gauche, sera heureux de s'en entretenir avec tous ceux que la question intéresserait. J'étais la semaine dernière dans un hôtel ; au-dessus du bureau de réception, il y avait un écriteau : « Les chèques ne sont pas acceptés. » Notre frère Williams ne tiendrait pas de pareils propos : faites-en l'expérience.

Un rire parcourut l'assistance. L'atmosphère ressemblait davantage à celle d'une salle de conférences qu'à celle d'une église.

« Il y a encore une chose que je désire vous dire avant de me rasseoir. Je ne suis pas ici pour parler. Je suis ici pour me taire, et j'entends le faire le plus tôt possible. Mais je voudrais demander aux spirites convaincus de ne pas venir le dimanche soir : ils occupent les places qui pourraient être occupées par des profanes. Le service du matin est à votre disposition. Il est préférable pour la cause que les curieux puissent entrer le soir. Vous avez trouvé de la place : remerciez-en Dieu. Mais donnez aux autres leur chance !

Et le président retomba dans son fauteuil.

M. Peeble sauta sur ses pieds. De toute évidence, il jouait l'homme utile qui émerge de chaque société et qui prend plus ou moins le commandement. Avec son visage ascétique et passionné, ses mains élancées, il avait l'air d'un pylône vivant : l'électricité devait jaillir du bout de ses doigts.

– L'hymne numéro un ! cria-t-il.

Un harmonium bourdonna et le public se leva. C'était un beau cantique, qui fut chanté avec vigueur :

De l'éternel rivage du Ciel

Un souffle rapide est passé sur le monde.

Les âmes qui ont triomphé de la Mort

Retournent une fois de plus vers la terre.

La vigueur s'accrut pour le refrain :

C'est pourquoi nous sommes en fête,

Pourquoi nous chantons avec joie,

Ô tombeaux, où sont vos victoires

Ô Mort, où est ton aiguillon ?

Oui, ces gens-là étaient sérieux ! Et ils ne paraissaient pas avoir l'esprit particulièrement débile. Cependant, Enid et Malone ne purent se défendre contre un sentiment de grande pitié en les contemplant. Quelle tristesse d'être trompés, dupés par des imposteurs utilisant les sentiments les plus sacrés et des morts bien-aimés pour tricher ! Que savaient-ils, ces pauvres malheureux, des lois froides et immuables de la science ?

— Et maintenant, hurla M. Peeble, nous allons demander à M. Munro, d'Australie, de nous dire l'invocation.

Un homme âgé, auquel une barbe hirsute et le feu qui couvait dans ses yeux donnaient l'air d'un sauvage, se mit debout ; pendant quelques secondes, il demeura la tête basse. Puis il commença à prier ; et c'était une prière très simple, pas du tout préparée à l'avance. Malone prit en note la première phrase :

« Ô Père, nous sommes un peuple très ignorant et nous ne savons pas comment entrer en communication avec toi ! Mais nous te prierons du mieux que nous le pouvons... »

Tout était dans cette note humble. Enid et Malone échangèrent un coup d'œil de connaisseurs.

Il y eut un autre cantique, moins réussi que le premier, après quoi le président annonça que M. James Jones, de la Galles du Nord, allait publier un message hypnotique que lui transmettait son contrôle bien connu Alasha l'Atlantéen.

M. James Jones, petit homme vif et décidé dans un costume à carreaux, s'avança et commença par demeurer une bonne minute plongé dans une méditation profonde. Puis un violent frisson le secoua, et il se mit aussitôt à parler. Force fut d'admettre que, mis à part une certaine fixité dans le regard et l'éclat vide des yeux, rien n'indiquait que l'orateur pouvait être quelqu'un d'autre que M. James Jones, de la Galles du Nord. Il convient également de signaler qu'après le frisson qui agita au début M. Jones, ce fut au tour de l'assistance de frémir, tant il devint rapidement évident qu'un esprit atlantéen pouvait assommer un auditoire de Londres. Les platitudes s'entassaient sur les inepties, ce qui poussa Malone à dire à Enid que si Alasha était un représentant authentique de la population atlantéenne, il n'était que juste que sa terre natale eût été engloutie au fond de l'océan Atlantique. Quand, avec un nouveau frisson plutôt mélodramatique, M. Jones sortit de son état d'hypnose, le président se leva avec empressement : visiblement, il était résolu à empêcher l'Atlantéen de se manifester encore.

— Nous avons parmi nous ce soir, s'écria-t-il, Mme Debbs, la célèbre voyante de Liverpool. Mme Debbs, comme le savent beaucoup d'entre vous, est généreusement gratifiée de plusieurs de ces dons de l'esprit dont parle saint Paul et, en particulier, de celui de voir les esprits. De tels phénomènes dépendent de lois qui nous dépassent, mais une atmosphère de communion sympathique est essentielle, Mme Debbs réclame donc vos vœux et vos prières pendant qu'elle s'efforcera d'entrer en relation avec l'une de ces lumières de l'au-delà qui pourraient nous honorer ce soir de leur présence.

Le président se rassit, et Mme Debbs se leva parmi des applaudissements discrets. Très grande, très pâle, très maigre, elle avait le visage aquilin, et ses yeux brillaient avec éclat derrière ses lunettes cerclées d'or. Elle se plaça en face de l'assistance. Elle baissa la tête. Elle semblait écouter.

– Des vibrations, cria-t-elle enfin. J'ai besoin de vibrations secourables. Donnez-moi un verset sur l'harmonium, s'il vous plaît.

L'instrument entama : « Jésus, vous qui aimez mon âme… » L'auditoire était tout silence : à la fois impatient et craintif. La salle disposait d'un éclairage assez maigre, et des ombres noires baignaient les angles. La voyante baissa davantage la tête, comme si elle tendait l'oreille. Puis elle leva la main et la musique s'arrêta.

– Bientôt ! Bientôt ! Chaque chose en son temps ! dit Mme Debbs, qui s'adressait à un compagnon invisible, puis qui se tourna vers l'assistance pour ajouter :

« Je ne sens pas que ce soir les conditions soient très bonnes. Je ferai de mon mieux, et eux aussi. Mais d'abord, il faut que je vous parle.

Et elle parla. Ce qu'elle dit fit aux deux profanes l'impression d'être un bredouillis incompréhensible. Son discours était sans suite ; pourtant de temps à autre une phrase ou quelques mots s'en détachaient curieusement pour retenir l'attention. Malone remit son stylo dans sa poche. À quoi bon prendre en notes les propos d'une maboule ? Un habitué, assis à côté de lui, remarqua son air dégoûté et murmura :

– Elle règle son poste. Elle est en train d'accrocher sa longueur d'onde. Tout est affaire de vibration. Ah ! nous y voilà !

Elle s'était interrompue en plein milieu d'une phrase. Son long bras, terminé par un index tremblant, jaillit en avant. Elle désignait une femme entre deux âges au deuxième rang.

– Vous ! Oui, vous, avec la plume rouge. Non, pas vous ! La dame forte devant. Oui, vous ! Je vois un esprit qui prend forme derrière vous. C'est un homme. C'est un homme grand : un mètre quatre-vingts au moins. Il a le front haut, des yeux gris ou bleus, le menton allongé, une moustache brune, des rides. Est-ce que vous le reconnaissez, amie ?

La dame forte parut émue, mais elle secoua négativement la tête.

– Bon. Voyons si je peux vous aider. Il tient un livre… un livre brun avec un fermoir. Un registre comme il y en a dans les bureaux. Je lis les mots : « Assurances écossaises ». Est-ce que cela vous dit quelque chose ?

La dame forte se mordit les lèvres et secoua la tête.

– Bien. Je peux vous confier aussi qu'il est mort après une longue maladie. On me suggère : un mal dans la poitrine… de l'asthme.

La dame forte s'opiniâtra dans la négative, mais une petite personne au visage enluminé, deux rangs derrière, se leva furieuse.

– C'est mon homme, m'dame. Dites-y que j'veux plus rien avoir avec lui.

Elle se rassit d'un air décidé.

– Oui, vous avez raison. Il se déplace vers vous maintenant. Tout à l'heure, il était plus près de l'autre. Il voudrait dire qu'il a de la peine. Ce n'est pas bien, vous savez, de se montrer dure envers les défunts ! Pardonnez et oubliez, un point c'est tout. J'ai reçu un message pour vous. Le voici : « Fais-le, et ma bénédiction t'accompagnera ! » Est-ce qu'il a pour vous une signification quelconque ?

La femme furieuse parut soudain enchantée, et fit un signe de tête affirmatif.

– Très bien, fit la voyante qui, soudain, étendit son bras en direction de la foule vers la porte.

« Pour le soldat !...

Un soldat en kaki, au visage très ahuri, se tenait en effet près de la porte.

– Quoi, pour le soldat ? demanda-t-il.

– C'est un militaire. Il a des galons de caporal. C'est un gros homme avec des cheveux poivre et sel. Sur les épaules, il a un écusson jaune. Je lis les initiales : J. H. Le connaissez-vous ?

– Oui, mais il est mort ! répondit le soldat.

Il n'avait pas compris qu'il se trouvait dans un temple du spiritisme, et la séance était restée pour lui un mystère. Ses voisins entreprirent de lui expliquer de quoi il s'agissait.

– Bon Dieu ! s'exclama-t-il.

Et il disparut sous les rires de l'assistance. Dans l'intervalle, Malone entendait le médium chuchoter constamment à quelqu'un d'invisible.

– Oui, oui, attendez votre tour ! Parlez, femme ! Eh bien ! prenez place à côté de lui. Comment le saurais-je ?... Bon. Si je le peux, je le ferai.

Elle ressemblait à un portier de théâtre qui réglementerait une file d'attente. Sa tentative suivante se solda par un échec complet. Un solide gaillard à pattes tombantes refusa formellement de s'intéresser à un gentleman âgé qui prétendait être son cousin.

Le médium opéra avec une patience admirable, revenant sans cesse à l'assaut avec un nouveau détail, mais l'homme demeura sur ses positions.

– Êtes-vous spirite, ami ?

– Oui, depuis dix années.

– Alors vous n'ignorez pas qu'il y a des difficultés.

– Oui, je le sais.

– Réfléchissez encore. Cela peut vous revenir plus tard. Laissons-le pour l'instant. Simplement, je regrette, pour votre ami...

Une pause s'ensuivit, que Malone et Enid mirent à profit pour échanger quelques impressions.

– Qu'est-ce que vous en pensez, Enid ?

– Je ne sais plus. Mes idées s'embrouillent.

– Je crois qu'il s'agit pour moitié d'un jeu de devinettes, et pour l'autre moitié d'une histoire de compères. Ces gens appartiennent tous à la même paroisse, et naturellement ils connaissent réciproquement leurs petites affaires. Et s'ils ne les connaissent pas, ils peuvent toujours se renseigner.

– Quelqu'un a déclaré que c'était la première fois que Mme Debbs venait ici.

— Oui, mais ils peuvent facilement la diriger. Tout est charlatanisme et bluff. Intelligemment appliqués d'ailleurs ! Mais il faut que ce soit des charlatans, sinon pensez à ce que tout cela impliquerait !

— La télépathie, peut-être ?

— Oui, elle doit entrer un peu en ligne de compte. Écoutez-la : voici qu'elle redémarre !

La tentative qu'elle engagea fut mieux réussie que la précédente. Dans le fond de la salle, un homme lugubre reconnut sa femme et la revendiqua.

— J'ai le nom de Walter.

— Oui, c'est le mien.

— Elle vous appelait Wat ?

— Non.

— Eh bien ! maintenant, elle vous appelle Wat. « Dites à Wat de transmettre aux enfants tout mon amour. » Voilà comment j'ai eu Wat. Elle se tourmente au sujet des enfants.

— Ç'a été toujours son tourment.

— Alors elle n'a pas changé. Ils ne changent pas. Le mobilier. Quelque chose à propos du mobilier. Elle dit que vous vous en êtes défait. Est-ce exact ?

— Ben ! je m'en déferai peut-être.

L'auditoire sourit. C'était étrange de voir à quel point le solennel et le comique se mêlaient éternellement. Étrange, et cependant très naturel, très humain...

— Elle a un message : « L'homme paiera et tout ira bien. Sois un brave homme, Wat, et nous serons plus heureux ici que nous ne l'avons jamais été sur la terre. »

L'homme passa une main sur ses yeux. Comme la prophétesse semblait indécise, le jeune secrétaire se souleva de sa chaise pour lui murmurer quelques mots. Elle lança aussitôt un regard vif par-dessus son épaule gauche dans la direction des deux journalistes.

« J'y viendrai ! dit-elle.

Elle gratifia l'assistance de deux nouveaux portraits, l'un et l'autre plutôt vagues, et reconnus avec quelques réserves. Malone observa qu'elle donnait des détails qu'il lui était impossible de voir à distance. Ainsi, travaillant sur une forme qu'elle proclamait apparue à l'autre bout de la salle, elle indiquait néanmoins la couleur des yeux et des petites particularités du visage. N'y avait-il pas là une preuve de supercherie ? Malone le nota. Il était en train de griffonner sur son carnet quand la voix de la voyante se fit plus forte ; il leva les yeux : elle avait tourné la tête : les lunettes scintillaient dans sa direction.

« Il ne m'arrive pas souvent de lire pour quelqu'un placé sur l'estrade, commença-t-elle en regardant alternativement Malone et l'assistance. Mais nous avons ici ce soir des amis qui seront peut-être intéressés à entrer en communication avec le peuple des esprits. Une présence se compose actuellement derrière ce monsieur à moustache... Oui, le gentleman qui est assis à côté de cette dame… Oui, monsieur, derrière vous. C'est un homme de taille moyenne, plutôt petit. Il est âgé. Il a plus de soixante ans, des cheveux blancs, un nez busqué et une petite barbe blanche, un bouc. Il n'est pas de vos parents, je crois, mais c'est un ami. Est-ce que cela vous suggère quelque chose, monsieur ?

Malone secoua la tête avec un dédain visible, tout en murmurant à Enid que cette description était valable pour n'importe quel vieillard.

« Alors nous irons un peu plus près. Il a des rides profondes sur le visage. Lorsqu'il vivait, c'état un homme irascible, avec des manières vives, nerveuses. Est-ce que vous voyez mieux ?

Une nouvelle fois, Malone secoua la tête

– Quelle blague ! Quelles imbécillités ! chuchota-t-il pour Enid.

– Bien. Mais il me semble angoissé. Alors nous allons faire pour lui tout ce qui est en notre pouvoir. Il tient un livre à la main. Un livre de science. Il l'ouvre, et je vois dedans des graphiques, des schémas. Peut-être l'a-t-il écrit lui-même ? Peut-être a-t-il enseigné d'après ce livre ? Oui, il me fait signe que oui. Il a enseigné d'après ce livre. C'était un professeur.

Malone persévéra dans son mutisme.

« Je ne vois pas comment je pourrais l'aider davantage. Ah ! voilà un détail. Il a un grain de beauté au-dessus du sourcil droit.

Malone sursauta comme s'il avait été piqué.

– Un grain de beauté ? s'écria-t-il.

Les lunettes étincelèrent.

– Deux grains de beauté : un gros, un petit.

– Seigneur ! haleta Malone. C'est le Pr Summerlee !

– Ah ! vous l'avez trouvé ? Il y a un message : « Salutations au vieux… » Le nom est long ; il commence par un C. Je ne l'ai pas identifié. Est-ce qu'il vous dit quelque chose ?

– Oui.

L'instant d'après, elle s'était détournée de lui et décrivait quelque chose ou quelqu'un d'autre. Mais sur l'estrade derrière elle, la voyante laissait un homme complètement désemparé.

C'est alors que la tranquillité du cérémonial fut troublée par une interruption qui frappa de surprise l'auditoire autant que les deux visiteurs. À côté du président apparut subitement un homme grand, au visage clair, barbu, habillé comme un commerçant aisé, qui leva une main dans un geste tranquille, à la manière d'un chef habitué à exercer son autorité. Puis il se pencha vers M. Bolsover et lui dit quelques mots.

– Voici M. Miromar, de Dalston, annonça le président. M. Miromar a un message à transmettre. Nous sommes toujours heureux d'entendre parler M. Miromar.

Les journalistes, de leur place, voyaient assez mal le nouvel arrivant ; mais tous deux furent impressionnés par sa noble allure et par la forme massive de la tête, qui laissait supposer une puissance intellectuelle peu commune. Sa voix résonna dans la salle avec une agréable clarté.

— J'ai reçu l'ordre de communiquer ce message partout où je crois qu'il y a des oreilles pour l'entendre. Ici j'en vois plusieurs, voilà pourquoi je suis venu. Il est souhaitable que l'espèce humaine comprenne progressivement la situation, afin que soient évités toute frayeur ou tout bouleversement. Je suis l'un de ceux qui ont été élus pour vous informer.

— Un cinglé, j'en ai peur ! murmura Malone, qui griffonnait fiévreusement sur ses genoux.

L'assistance avait dans sa majorité envie de sourire ; toutefois, l'aspect et la voix de l'orateur les retinrent suspendus à chaque mot.

— Les choses sont maintenant à leur comble. L'idée même du progrès s'est enfoncée dans la matière. Le progrès consiste à aller vite, à communiquer rapidement les uns avec les autres, à construire de nouvelles machines. Tout cela constitue une diversion à la véritable ambition.

Il n'y a qu'un progrès réel et juste, le progrès spirituel. L'humanité lui a payé tribut du bout des lèvres, mais fonce au contraire sur la route illusoire du progrès matériel.

« L'intelligence centrale a reconnu que dans toute cette apathie il entrait aussi un grand doute honnête, qui avait ébranlé les vieilles croyances et qui avait droit à un témoignage neuf. En conséquence, un nouveau témoignage a été envoyé, un témoignage qui rend la vie visible après la mort aussi clairement que le soleil dans les cieux. Les savants s'en sont moqués, les Églises ont prononcé des condamnations et lancé des anathèmes, les journaux ont plaisanté, le mépris a été général. Ç'a été la plus récente et la plus grosse bévue de l'humanité.

L'assistance avait relevé la tête. Des spéculations générales auraient passé au-dessus de son horizon mental. Mais ces phrases simples étaient faciles à comprendre. Un murmure d'assentiment et de sympathie parcourut les rangs.

« Bévue désespérante ! Irréparable ! Le don du ciel ayant été dédaigné, un avertissement plus sévère devint alors nécessaire. Un coup terrible fut asséné. Dix millions de jeunes hommes tombèrent sur les champs de bataille et moururent. Deux fois autant furent mutilés. Tel fut l'avertissement de Dieu à l'humanité ; vous le savez, il a été donné en vain ! Le même matérialisme épais continue à prévaloir. Pourtant des années de grâce nous avaient été accordées ! Or, excepté les mouvements spirituels que l'on voit dans des temples comme celui-ci, nulle part un changement n'a pu être enregistré. Les nations accumulent de nouvelles quantités de péchés ; or le péché doit toujours être expié. La Russie est devenue un cloaque d'iniquité. L'Allemagne ne s'est pas repentie du terrible matérialisme qui a été à l'origine de la guerre. L'Espagne et l'Italie ont sombré alternativement dans l'athéisme et la superstition. La France a perdu tout idéal religieux. L'Angleterre, troublée, regorge de sectes sans intelligence et sans vie. L'Amérique a abusé d'occasions glorieuses : au lieu de se conduire en frère plus jeune et affectueux de l'Europe blessée, elle entrave tout relèvement économique en réclamant le paiement de ses créances ; elle a déshonoré la signature de son propre président en refusant de se joindre à la Société des Nations, qui représentait l'un des espoirs pour demain. Toutes les nations ont péché, quelques-unes davantage que d'autres ; leur punition sera exactement en proportion de leurs péchés.

« Et cette punition va venir bientôt. J'ai été prié de vous le dire. Les mots qui m'ont été donnés pour vous, je vais les lire de façon à ne pas en altérer le sens.

Il tira de sa poche un feuillet de papier et lut :

« Nous ne voulons pas que ce peuple soit épouvanté. Mais nous voulons qu'il commence à se transformer, à développer sa personnalité selon une ligne plus spirituelle. Nous n'essayons pas d'exciter ce peuple, simplement nous tentons de le préparer pendant qu'il en est temps encore. Le monde ne peut pas continuer sur la voie qu'il a suivie jusqu'ici : s'il persévérait, il se détruirait. Surtout nous devons tous balayer ce nuage de théologie qui est venu s'interposer entre l'homme et Dieu. »

Il plia le papier et le remit dans sa poche.

« Voilà ce qu'il m'a été ordonné de vous dire. Répandez-en la nouvelle partout où vous apercevrez une ouverture dans une âme. Répétez : « Repentez-vous ! Réformez-vous ! Le temps est proche ! »

Il s'était interrompu, et il semblait sur le point de partir. Le charme se rompit. L'assistance s'ébroua et se renfonça dans les sièges. Du fond jaillit une voix :

— Est-ce la fin du monde, m'sieur ?

— Non ! répondit sèchement l'étranger.

— Est-ce le deuxième avènement ? s'enquit une autre voix.

— Oui.

Avec de rapides pas légers, il se faufila parmi les chaises de l'estrade et il arriva à la porte. Quand Malone se retourna un peu plus tard, il avait disparu.

— C'est l'un de ces fanatiques du deuxième avènement, chuchota-t-il à l'oreille d'Enid. Il en existe beaucoup, des christiadelphiens, des russellistes, des étudiants de la Bible, etc. Mais celui-ci était impressionnant.

— Très impressionnant ! confirma Enid.

— Nous avons écouté avec un vif intérêt, j'en suis sûr, reprit le président, ce que nous a dit notre ami. M. Miromar est de cœur avec notre mouvement, quoique à la vérité il n'en fasse pas partie. Il sera toujours le bienvenu sur nos estrades. Quant à sa prophétie, il me semble à moi que le monde a eu assez de difficultés sans que nous ayons à en prédire d'autres. Si les choses en sont au point qu'a indiqué notre ami, nous ne pouvons pas faire grand-chose pour les arranger. Nous pouvons seulement poursuivre l'accomplissement de nos tâches quotidiennes, les accomplir le mieux possible et attendre l'événement en nous fiant au secours que nous espérons d'en haut.

« Si le jour du jugement est pour demain, ajouta-t-il en souriant, j'entends aujourd'hui poursuivre comme chaque jour l'approvisionnement de mon magasin. Et maintenant, reprenons notre service.

Le jeune secrétaire lança alors un vigoureux appel réclamant de l'argent et de quoi alimenter le fonds de construction :

— N'est-ce pas une honte qu'il soit resté dans la rue ce soir plus de gens qu'il n'y en a dans cette salle ? Et cela un dimanche soir ! Tous nous donnons gratuitement notre temps. Mme Debbs se fait payer uniquement ses frais de voyage. Mais il nous faut mille livres avant que nous puissions démarrer. Je connais l'un de nos frères qui a hypothéqué sa maison de famille pour nous venir en aide. Seul l'esprit peut vaincre. À présent, voyons ce que vous pouvez faire ce soir pour nous.

Une douzaine d'assiettes à soupe circulèrent, pendant que l'assistance entonnait un cantique qu'accompagnait le tintement des pièces de monnaie. Enid et Malone en profitèrent pour discuter à mi-voix.

— Vous savez que le Pr Summerlee est mort à Naples l'année dernière ?

— Oui, je me souviens très bien de lui.

— Et le « vieux C » était, évidemment, votre père.

— Cela a vraiment été extraordinaire !

— Pauvre vieux Summerlee ! Il affirmait que la survie était une absurdité. Et ce soir il était là... ou du moins il avait l'air d'être là.

Les assiettes à soupe revinrent sur l'estrade après avoir fait le tour de l'assistance. C'était une soupe brune, malheureusement, qui fut déposée sur la table, et l'œil vif du secrétaire l'évalua rapidement. Puis le petit homme hirsute d'Australie dit une bénédiction sur le même ton simple que la prière du début. Point n'était besoin d'être le successeur des apôtres ou d'avoir reçu l'imposition des mains pour sentir que ses paroles jaillissaient d'un cœur humain et pouvaient pénétrer directement un cœur divin. Enfin l'assistance se leva pour chanter l'hymne d'adieu : une hymne qui avait une musique obsédante et un refrain doux et triste : « Que Dieu vous garde en sûreté jusqu'à notre prochaine rencontre ! » Des larmes coulaient sur les joues d'Enid. Ces gens sérieux, simples, avaient des méthodes directes plus impressionnantes que n'importe quelles pompes de cathédrale avec les grandes orgues.

M. Bolsover, le gros président, était dans le vestiaire en compagnie de Mme Debbs.

— Eh bien ! je pense que maintenant vous allez nous régler notre compte ! s'écria-t-il en riant. Nous en avons l'habitude, monsieur Malone. Cela nous est égal. Mais un jour votre tour viendra, et vos articles ne seront plus de la même encre : vous nous rendrez justice.

— Je vous assure que je traiterai le sujet équitablement.

— Nous n'en demandons pas davantage.

La voyante s'était accoudée à la cheminée, elle avait le visage sévère et distant.

– Je crains que vous ne soyez fatiguée ! lui dit Enid.

– Non, jeune demoiselle. Je ne suis jamais fatiguée quand je fais le travail du peuple des esprits. Ils y veillent.

– Puis-je vous demander, hasarda Malone, si vous avez connu le Pr Summerlee?

Le médium secoua la tête.

– Non, monsieur, non ! Toujours on croit que je les connais. Je n'en connais aucun. Ils viennent et je les décris.

– Comment entendez-vous leurs messages ?

– Je les entends. Une deuxième ouïe, comme une deuxième vue. Je les entends tout le temps. Ils veulent tous parler, ils me tirent par la manche, ils me tourmentent sur l'estrade : « Moi ensuite !... Moi !... Moi !... » Voilà ce que j'entends. Je fais pour le mieux, mais je ne peux pas les contenter tous.

Malone s'adressa au président :

– Qu'est-ce que vous pouvez me dire sur ce personnage qui prophétisait ?

M. Bolsover haussa les épaules avec un sourire de désapprobation.

– C'est un indépendant. Nous le voyons apparaître de temps à autre : une sorte de comète qui passe parmi nous. Il m'est revenu qu'il avait prédit la guerre. Mais je suis moi-même un homme pratique : les maux d'aujourd'hui suffisent ! Et nous avons aujourd'hui à payer cash suffisamment ! Nous n'avons pas besoin de traites sur l'avenir... Bon, maintenant je vous souhaite une bonne nuit. Traitez-nous aussi bien que possible.

– Bonne nuit ! répondit Enid.

– Bonne nuit ! dit Mme Debbs. D'ailleurs, jeune demoiselle, vous êtes vous-même un médium. Bonne nuit !

Ils se retrouvèrent tous deux dans la rue et aspirèrent de fortes goulées de l'air frais de la nuit. Cela leur sembla bon après cette salle bondée ! Une minute plus tard, ils furent repris par la foule d'Edgware Road ; alors Malone héla un taxi pour rentrer à Victoria Gardens [1].

CHAPITRE III
Le Pr Challenger donne son avis

Enid était déjà montée dans le taxi ; Malone allait la suivre quand il entendit quelqu'un l'appeler. Un gentleman de grande taille, entre deux âges, bien habillé et ayant belle mine, accourait.

— Hello ! Malone ! Attendez !

— Mais c'est Atkinson ! Enid, je vais vous le présenter... M. Atkinson, de Sainte-Marie, dont je parlais tout à l'heure à votre père. Est-ce que nous pouvons vous déposer quelque part ? Nous allons à Victoria...

— Parfait !...

Le chirurgien s'installa à son tour dans le taxi avant d'ajouter :

— J'ai été surpris de vous voir à une réunion de spirites !

— Nous ne nous y sommes intéressés que professionnellement. Mlle Challenger et moi sommes journalistes.

— Oh ! vraiment ? La Daily Gazette, je suppose, comme autrefois... Eh bien ! vous aurez demain un lecteur de plus, car je suis curieux de savoir ce que vous direz de la réunion de ce soir.

— Il vous faudra patienter jusqu'à dimanche prochain. Cet article fait partie d'une série hebdomadaire...

— Ah ! mais je ne veux pas attendre si longtemps, moi ! Dites-moi tout de suite ce que vous en pensez.

— Je ne sais pas. Demain je relirai mes notes avec soin et j'y réfléchirai ; puis je comparerai mes impressions avec celles de ma consœur. Elle a l'intuition de son sexe, comprenez-vous ? Et l'intuition, pour tout ce qui touche à la religion, joue un rôle considérable.

— Alors quelle est votre intuition, mademoiselle Challenger ?

— Favorable... Oh ! oui, favorable ! Mais quel mélange extraordinaire !

— C'est vrai. Je suis déjà venu plusieurs fois, et chaque séance m'a laissé dans l'esprit cette impression mêlée. Il y a du grotesque, il y a peut-être du malhonnête et, cependant, il y a aussi quelque chose de tout bonnement merveilleux.

— Mais vous n'êtes pas journaliste, vous ! Pourquoi donc assistez-vous à leurs réunions ?

– Parce qu'elles me passionnent. Vous savez, je me suis mis depuis quelques années à l'étude des phénomènes psychiques. Je ne suis pas un convaincu ; simplement un sympathisant du spiritisme. Et j'ai suffisamment le sens des proportions pour comprendre une nuance capitale : tandis que c'est moi qui ai l'air de me poser en juge, c'est peut-être moi qui suis jugé.

Malone fit un signe de tête approbateur.

– Il s'agit d'un sujet immense. Vous vous en rendrez compte lorsque vous l'approcherez de plus près. Un sujet qui en contient une demi-douzaine d'autres très importants. Et tout repose depuis plus de soixante-dix ans entre les mains de ces braves et humbles gens. On pourrait parler d'une réédition des premiers âges du christianisme. Le christianisme a été pratiqué à l'origine par des esclaves et des subalternes jusqu'à ce qu'il eût atteint les rangs supérieurs de la société. Entre l'esclave de César et César touché par la grâce, trois cents ans se sont écoulés.

– Mais ce prédicateur ! protesta Enid.

M. Atkinson se mit à rire.

– Vous voulez parler de notre ami atlantéen ? Ah ! l'ennuyeux personnage ! J'avoue que je n'ai rien compris à son numéro. En tout cas, ce n'est certainement pas un habitant d'Atlantis qui accomplit ce long voyage pour nous gratifier d'une telle cargaison de platitudes. Ah ! nous voici arrivés.

– Il faut que je ramène cette jeune fille saine et sauve à son père, dit Malone. Au fait, Atkinson, venez avec nous. Le professeur sera réellement enchanté de vous voir.

– Me voir, et à cette heure ? Il va me jeter du haut de l'escalier !

– On vous a raconté des histoires ! sourit Enid. Je vous assure qu'il n'est pas si méchant. Il y a des gens qui l'ennuient, mais je parie que vous n'êtes pas de ceux-là. Voulez-vous risquer votre chance ?

– Puisque vous m'y encouragez, certainement !

Tous trois montèrent donc jusqu'à l'appartement du professeur.

Challenger, qui avait revêtu une robe de chambre d'un bleu étincelant, les attendait avec impatience. Il dévisagea Atkinson comme un bouledogue de combat regarde un chien qu'il ne connaît pas. Son examen dut cependant le satisfaire car il grogna qu'il était heureux de faire sa connaissance.

– J'ai entendu votre nom, monsieur, et on m'a parlé de votre réputation qui monte. Votre résection du cordon, l'an dernier, a fait quelque bruit, si je me souviens bien. Mais seriez-vous allé vous aussi chez les fous ?

– Puisque vous les appelez ainsi, alors oui ! répondit Atkinson en riant.

– Grands dieux, et comment pourrais-je les appeler autrement ? Je me rappelle à présent que mon jeune ami...

(Challenger, lorsqu'il faisait allusion à Malone, le traitait toujours comme un gamin de dix ans qui promettait.)

« ... que mon jeune ami m'a dit que vous étudiiez ce sujet...

De sa barbe jaillit un rire insultant :

— L'étude la plus utile à l'humanité est sans doute celle des revenants, hé ! monsieur Atkinson ?

Enid intervint :

— Papa n'y connaît absolument rien ! Alors je vous prie de ne pas vous formaliser... Mais je suis sûre, papa, que vous auriez été intéressé !

Elle commença un résumé de la séance et de leurs aventures ; récit qui fut interrompu par d'incessants grognements, grondements et ricanements. Mais lorsqu'elle en arriva à l'épisode Summerlee, Challenger fut incapable de se contenir plus longtemps. Le vieux volcan se réveilla et un torrent d'invectives brûlantes se déversa sur ses interlocuteurs.

— Coquins de l'enfer ! Maudits blasphémateurs ! cria-t-il. Quand je pense qu'ils ne peuvent pas laisser ce vieux Summerlee se reposer dans son tombeau !... Nous avons eu autrefois nos querelles et j'admets qu'il m'a contraint à ne lui accorder qu'un crédit modéré ; mais s'il sortait du cimetière, ce serait assurément pour nous dire quelque chose de valable. Quelle absurdité ! Absurdité méchante, indécente ! Je m'élève de toutes mes forces contre le fait qu'un ami à moi soit transformé en pantin qui fasse rire un auditoire de fous... Quoi ! Ils n'ont pas ri ? Ils auraient dû bien rire en entendant un homme cultivé, un homme avec lequel je me suis trouvé sur un pied d'égalité, proférer de telles inepties ! Je répète : des inepties ! Et ne me contredites pas, Malone, s'il vous plaît ! Son message aurait pu être aussi bien le post-scriptum d'une lettre écrite par une écolière de douze ans ! Est-ce que ce n'est pas idiot de la part d'un tel homme ? Voyons, monsieur Atkinson, n'êtes-vous pas d'accord avec moi ? Non ! Je m'attendais à mieux de votre part.

— Mais la description de Summerlee ?

— Seigneur ! Mais où avez-vous la cervelle ?... Les noms de Summerlee et de Malone n'ont-ils pas été associés avec le mien dans de minables livres qui ont déjà acquis une certaine notoriété ? N'est-il pas connu que vous deux, pauvres innocents, visitez chaque semaine une secte nouvelle ? N'était-il pas fatal que tôt ou tard vous assistassiez à une séance chez les spirites ? Ceux-ci ont vu une chance de conversion ! Ils ont appâté le pauvre goujon Malone, qui s'est précipité et a avalé l'hameçon. Tenez, regardez-le, le crochet est encore enfoncé dans sa bouche idiote. Oh ! oui, Malone, idiote ! Vous avez besoin qu'on vous dise vos vérités ; vous les entendrez !

La crinière noire du professeur était hérissée. Ses yeux jetaient des éclairs : ils se portaient alternativement sur Enid, Malone et Atkinson.

— Bien ! Chaque point de vue devant être exposé, dit Atkinson, vous me semblez particulièrement qualifié, monsieur, pour exprimer le point de vue négatif. Quant à moi, je ferai mienne une parole de Thackeray, qui disait à un contradicteur : « Ce que vous dites est naturel, mais si vous aviez vu ce que j'ai vu, peut-être modifieriez-vous votre opinion. » Il est possible qu'un jour vous soyez à même de vous intéresser à ces questions ; en tout cas, la place élevée que vous occupez dans le monde scientifique donnerait à votre opinion un grand prix.

– Si j'occupe une place élevée dans le monde scientifique comme vous dites, c'est parce que je me suis concentré sur ce qui est utile et que j'ai laissé de côté ce qui est nébuleux ou absurde. Mon intelligence, monsieur, n'a pas d'arêtes émoussées, elle tranche net. Et elle a tranché net sur ceci : dans le spiritisme, il n'y a que de la fraude, de l'imposture et de l'idiotie.

– On les trouve en effet parfois réunies, dit Atkinson. Et pourtant, pourtant... Ah ! Malone, je ne suis pas encore rendu chez moi et il est tard. Voulez-vous m'excuser, professeur ? Je suis très honoré de vous avoir rencontré.

Comme Malone s'en allait également, les deux camarades bavardèrent quelques instants avant de se séparer, Atkinson habitait Wimpole Street, et Malone South Norwood.

– Un grand bonhomme ! dit Malone avec un petit rire. On ne doit jamais se sentir offensé par ce qu'il dit. Il n'est pas méchant. C'est un type formidable !

– Bien sûr ! Toutefois cette sorte de sectarisme ferait de moi le plus enragé des spirites. Remarquez que ce sectarisme est très commun, mais il s'exprime de préférence par le ricanement. À tout prendre, le rugissement me plaît davantage. Dites, Malone, si vous avez l'intention de creuser plus profondément le sujet, je pourrais vous aider. Connaissez-vous Linden ?

– Linden, le médium professionnel ? On m'a affirmé qu'il était la plus belle canaille qui n'ait pas encore été pendue.

– Oui, c'est généralement ainsi qu'on parle de lui. Vous en jugerez vous-même. L'hiver dernier, il s'était déboîté la rotule et je la lui ai remise, ce qui a créé entre nous un lien d'amitié. Il n'est pas toujours libre et, naturellement, il se fait payer ; une guinée, je pense, ferait l'affaire. Si vous désirez une séance, je m'en arrangerai.

– Vous le croyez sincère ?

Atkinson haussa les épaules.

– Ils choisissent tous la ligne de moindre résistance ! Mais je ne l'ai jamais surpris en train de frauder. Il faut que vous jugiez par vous-même.

– Entendu ! répondit Malone. Cette piste m'intéresse. Elle fournira de la bonne copie. Quand j'aurai un peu éclairci mes idées, je vous écrirai, Atkinson, afin que nous approfondissions le problème.

CHAPITRE IV
Dans Hammersmith, il s'en passe de drôles !

L'article signé « de nos envoyés spéciaux » suscita autant d'intérêt que de controverses. Il était précédé d'un « chapeau » qu'avait rédigé le rédacteur en chef adjoint pour calmer les susceptibilités de la clientèle orthodoxe, et qu'on pourrait résumer ainsi : « Ces choses méritaient d'être observées et exactement rapportées ; mais, entre nous, ça sent le roussi ! » Un courrier considérable s'abattit aussitôt sur Malone. Les correspondants étaient pour ou contre, et leur abondance montrait quelles passions entraient en jeu. Les articles précédents n'avaient provoqué que des réactions insignifiantes : de temps à autre un grognement que poussait soit un bigot, soit un protestant évangélique zélé. Mais cette fois la boîte aux lettres de Malone ne désemplissait pas. La plupart de ses correspondants mettaient en doute l'existence des forces psychiques, dont ils faisaient des gorges chaudes ; beaucoup d'ailleurs, quoi qu'ils pensassent des forces psychiques, n'avaient jamais appris l'orthographe ! Les tenants du spiritisme n'étaient guère moins sévères : car Malone n'avait pas dénaturé la vérité, mais il avait usé du privilège journalistique de mettre l'accent sur les aspects humoristiques qui n'avaient pas manqué.

Dans la semaine qui suivit la publication de l'article, Malone, qui se trouvait à son bureau de la Gazette, prit subitement conscience d'une présence imposante qui s'était installée devant lui. Il leva ses yeux, qui découvrirent d'abord une carte de visite portant ces mots : « James Bolsover, marchand de comestibles, High Street, Hammersmith. » Il les leva plus haut, derrière la carte se tenait, plutôt en chair qu'en os, le président de l'assemblée qu'il avait visitée dimanche soir. Bolsover agita vers Malone un journal accusateur, mais son visage lui tressait des sourires.

— Allons ! allons ! lui dit-il. Je vous avais dit que vous seriez séduit par le côté amusant...

— Trouveriez-vous que mon compte rendu n'est pas loyal ?

— Ma foi, monsieur Malone, je crois que la jeune demoiselle et vous avez fait pour nous de votre mieux. Mais vous ignoriez tout, et vous avez été impressionné par le pittoresque. Réfléchissez pourtant qu'il serait bien surprenant que tous les hommes intelligents qui ont quitté la terre n'aient pas mis au point un procédé pour venir nous dire un mot par-ci par-là.

— C'est souvent un mot bien stupide !

— Hé ! oui, mais il n'y a pas que des gens intelligents qui aient quitté notre monde. Il y a aussi quantité de médiocres : ils ne changent pas. Et puis, qui peut savoir de quel message on a le plus besoin ? Hier, un clergyman est venu voir Mme Debbs. Il avait le cœur brisé parce qu'il avait perdu sa fille. Mme Debbs a alors obtenu plusieurs messages : la jeune fille était heureuse : seul le chagrin de son père lui faisait véritablement de la peine. Le clergyman a alors déclaré que ces messages ne l'intéressaient pas, que n'importe qui aurait pu les prononcer, que ce n'était pas sa fille, etc. Alors, subitement, Mme Debbs a eu le message suivant : « Mais je vous en supplie, papa, ne portez jamais un col blanc avec une chemise de couleur. » C'était un message plutôt banal, n'est-ce pas ? Eh bien ! le clergyman a commencé à crier : « C'est elle ! C'est elle ! Je la reconnais : elle me taquinait toujours au sujet de mes cols ! » Ce sont les petites choses qui comptent dans cette vie, monsieur Malone, simplement les choses intimes, modestes...

Malone ne s'avoua pas vaincu :

– N'importe qui aurait protesté contre une chemise de couleur et un col blanc chez un clergyman !

M. Bolsover se mit à rire :

– Vous vous cramponnez solidement à votre position ! Mais je ne saurais vous en blâmer car, autrefois, j'étais comme vous... Dites-moi, je suis venu ici dans un but déterminé : vous êtes un homme occupé, je le suis aussi, alors limitons-nous aux faits. D'abord, je voulais vous dire que tous les gens sensés qui ont lu votre article en ont été satisfaits. M. Algernon Mailey m'a écrit qu'il nous ferait du bien, s'il est content, nous le sommes tous.

– Mailey l'avocat ?

– Mailey le réformateur religieux, c'est sous ce titre qu'il sera célèbre.

– Bien. Quoi d'autre ?

– Simplement que nous ne demandons pas mieux que de vous aider, vous et la jeune demoiselle, à approfondir le problème. Pas pour une publicité, vous comprenez, mais juste pour votre propre bien... Quoiqu'évidemment nous ne crachions pas sur la publicité !

Dans ma maison, j'organise des séances consacrées aux phénomènes psychiques sans médium professionnel. Si vous vouliez vous joindre à nous...

– Rien ne me plairait davantage.

– Alors venez ! Venez tous les deux. Je n'ai pas beaucoup de profanes. Je ne voudrais pas recevoir chez moi, par exemple, l'un de ces personnages de la recherche psychique. Pourquoi risquerais-je d'être insulté par des soupçons et par des pièges ? On croirait, ma parole, que nous sommes dépourvus de toute sensibilité ! Vous, vous avez du bon sens : nous n'en demandons pas plus.

– Mais je ne suis pas un convaincu. Est-ce que mon incroyance ne constituera pas un obstacle ?

– Pas du tout. Aussi longtemps que vous serez impartial et que vous ne détruirez pas l'ambiance, tout ira bien. Les esprits hors des corps sont comme les esprits dans les corps ; ils n'aiment pas les gens désagréables. Soyez aimables et courtois, ainsi que vous le seriez dans toute autre société.

– Cela, je puis vous le promettre.

– Ils sont parfois curieux, dit encore M. Bolsover, en veine de réminiscences. Il vaut mieux se tenir sur leur droite. Ils n'ont pas la permission de faire du mal aux humains, mais nous faisons tous des choses défendues, et ils sont très humains, vous verrez ! Rappelez-vous comment le correspondant du Times eut la tête fendue d'un coup de tambourin au cours d'une séance chez nos frères de Davenport. Bien dommage, sans doute ! Mais la chose arriva. Aucun ami n'a eu la tête fendue. Il y a eu, au bas de Steppy Way, un autre cas. Un usurier se rendit à une séance. L'une de ses victimes, qu'il avait acculée au suicide, entra dans le médium, celui-ci prit l'usurier à la gorge, et il s'en fallut de peu qu'il ne l'étranglât... Mais je pars, monsieur Malone. Nous tenons séance une fois par semaine depuis quatre ans sans interruption. Le jeudi à huit heures. Prévenez-nous un jour à l'avance, et je demanderai à M. Mailey de venir pour que vous vous rencontriez. Mieux que moi il saura répondre à vos questions... Jeudi prochain ? Parfait !

Et M. Bolsover sortit de la pièce.

Il est possible, après tout, que Malone et Enid Challenger aient été plus impressionnés qu'ils n'aient voulu l'admettre par leur brève expérience. Mais c'étaient tous deux des gens sensés, qui estimaient que toute cause naturelle du possible devait être épuisée, et très complètement épuisée, avant que ne fussent élargies les limites de ce possible. Tous deux professaient un profond respect pour l'intelligence formidable de Challenger, et ses vues puissantes les influençaient. Toutefois Malone se trouva obligé de convenir, au cours de fréquentes discussions, que l'opinion d'un homme intelligent sans expérience avait réellement moins d'importance et de valeur que celle de l'homme de la rue « qui y était allé ».

Des discussions, il en eut, par exemple avec Mervin, le directeur de la revue psychique L'Aube, qui s'occupait des différents aspects de l'occultisme à travers les âges. Mervin était un petit homme ardent, avec un cerveau de premier ordre qui l'aurait porté au faîte de sa profession s'il n'avait pas décidé de sacrifier les gloires de ce monde pour voler au secours de ce qui lui semblait être une grande vérité. Comme Malone était désireux d'apprendre et Mervin disposé à enseigner, les maîtres d'hôtel du Club littéraire avaient du mal à leur faire quitter le coin de table près de la fenêtre où ils déjeunaient ensemble. Tout en contemplant la grande courbe de la Tamise et son panorama de ponts, ils s'attardaient devant leur café, fumaient des cigarettes, et ils ne manquaient point d'aborder tous les aspects de ce problème gigantesque et absorbant. De nouveaux horizons s'ouvraient déjà pour Malone.

Un avertissement donné par Mervin éveilla de l'impatience et presque de la colère dans l'esprit de Malone. Il était trop irlandais pour ne pas se dresser contre toute contrainte ; or cet avertissement lui donna l'impression qu'on cherchait à exercer sur lui une contrainte sournoise et particulièrement regrettable.

– Vous allez assister à l'une des séances familiales de Bolsover ? lui dit Mervin. Elles sont, naturellement, fort connues parmi nous, quoique à la vérité elles n'aient lieu que pour un petit nombre d'élus. Aussi pouvez-vous vous considérer comme un privilégié. Il s'est entiché de vous !

– Il a pensé que j'avais écrit sur eux des choses équitables.

– Oh ! votre article ne cassait rien ! Pourtant, au sein de la stupidité obtuse et morne qui est notre lot quotidien, il reflétait un souci de dignité, d'équilibre, avec un certain sens des valeurs.

Malone secoua la cendre de sa cigarette d'un geste de désapprobation.

– Les séances de Bolsover et autres sont des éléments qui importent peu dans l'édifice de la véritable science psychique. Elles ressemblent à ces fondations grossières qui aident certainement à soutenir le temple, mais qu'on oublie dès qu'on y est entré et qu'on l'habite. C'est à la superstructure plus haute que nous nous intéressons. Si vous ajoutez foi à la littérature bon marché dont se repaît l'amateur de sensations fortes, vous allez croire que les phénomènes physiques – ceux que vous avez décrits, plus quelques histoires de revenants ou de maisons hantées – constituent tout le problème. Bien sûr, lesdits phénomènes physiques ont leur utilité : ils attirent l'attention de l'enquêteur et l'encouragent à aller de l'avant. Personnellement, je les ai tous vus, mais je ne traverserais pas la rue pour les revoir une autre fois ! En revanche, je ferais des kilomètres sur les grandes routes pour obtenir des messages supérieurs de l'au-delà.

– Oui, je comprends la distinction. Mais pour moi, c'est différent ; car, personnellement, je ne crois ni aux messages ni aux phénomènes physiques.

– D'accord ! Saint Paul était un bon docteur en sciences psychiques. Il argumente là-dessus avec une telle habileté que ses traducteurs ont été incapables de déguiser le sens réel, alors qu'en d'autres cas ils y ont très bien réussi.

– Pouvez-vous me donner la référence ?

– Je connais assez bien mon Nouveau Testament, mais je ne le sais pas par cœur. Il s'agit du passage dans lequel il dit que le don des langues, qui était évidemment une chose sensationnelle, était destiné aux non-instruits mais que les prophéties, qui sont de véritables messages spirituels, étaient le don des élus[2]. En d'autres termes, cela veut dire qu'un spirite expérimenté n'a pas besoin des phénomènes physiques.

– Je vérifierai ce passage.

– Vous le trouverez dans les Épîtres aux Corinthiens, je crois. D'ailleurs, la moyenne de l'intelligence dans ces vieilles congrégations doit avoir été assez élevée pour que les épîtres de Paul aient été lues à haute voix et parfaitement comprises.

– Cela est généralement admis, non ?

– En tout cas, c'est un exemple concret... Mais je m'engage sur une ligne secondaire. Ce que je voulais vous recommander, c'est de ne pas prendre trop au sérieux ce petit cercle de Bolsover. Ses voies sont honnêtes, mais elles sont diablement courtes ! Cette chasse aux phénomènes, moi, j'appelle cela une maladie. Je connais des femmes qui s'activent constamment dans ces séances en chambre, qui revoient toujours la même chose, parfois réelle, parfois, je le crains, imitée... Non, quand vous avez le pied bien assuré sur le premier échelon, ne vous attardez pas, montez à l'échelon supérieur et là, assurez bien votre pied.

– Je vous comprends. Mais moi, je suis encore sur la terre ferme.

– Ferme ? s'écria Mervin. Seigneur !... Hélas ! mon journal est aujourd'hui sous presse, et il faut que j'aille à l'imprimerie. Avec un tirage de dix mille exemplaires environ, nous agissons modestement... pas comme vous, les ploutocrates de la presse quotidienne ! Pratiquement, c'est moi qui fais tout.

– Vous avez parlé d'un avertissement.

– Oui, oui ! Je voulais vous avertir de quelque chose...

La figure de Mervin, mince et passionnée, se fit extrêmement sérieuse.

– Si vous avez des préjugés enracinés, religieux ou autres, qui vous amèneraient à démolir ce sujet après enquête, alors n'enquêtez pas, ce serait dangereux.

– Dangereux ! En quoi ?

– Ils sont indifférents au doute honnête, à la critique honnête, mais s'ils sont maltraités, ils deviennent dangereux.

– Qui « ils » ?

– Ah ! qui ? Je me le demande ! Les guides, les contrôles, les entités psychiques en quelque sorte. Qui sont les agents chargés de la vengeance, ou plutôt de la justice devrais-je dire ? Ce n'est pas là le point essentiel. Le point essentiel est qu'ils existent.

– Allons, Mervin, vous déraisonnez !

– Ne le croyez pas.

– Ce sont d'absurdes bêtises ! Les vieilles histoires moyenâgeuses de revenants auraient-elles donc encore cours ? Je suis étonné que vous, un homme si sensé...

Mervin sourit ; il avait un sourire bizarre. Mais ses yeux, sous leurs gros sourcils jaunes, étaient demeurés sérieux.

– Peut-être modifierez-vous votre opinion. Ce problème comporte des données étranges. Amicalement, je vous en indique une.

– Allons, informez-moi tout à fait !

Ainsi encouragé, Mervin esquissa la carrière et la destinée d'un certain nombre d'hommes qui avaient, selon lui, joué un jeu déloyal avec ces puissances, étaient devenus autant d'obstacles et en avaient été punis. Il parla de juges qui avaient rendu des décisions contraires à la cause, de journalistes qui avaient monté de toutes pièces des affaires sensationnelles pour jeter le discrédit sur le mouvement ; il insista sur le cas de reporters qui avaient interviewé des médiums pour les tourner ensuite en dérision, ou qui, ayant amorcé une enquête, avaient reculé, effrayés, et conclu sur une note négative alors qu'en leur âme et conscience ils savaient que les faits étaient vrais. Mervin en dressa une liste imposante et précise, mais Malone n'était pas disposé à se laisser bluffer.

– En choisissant soigneusement des exemples, on pourrait dresser une liste pareille sur n'importe quel sujet. M. Jones a dit que Raphaël était un barbouilleur, et M. Jones est mort d'une angine de poitrine ; donc il est dangereux de critiquer Raphaël. C'est bien votre syllogisme, n'est-ce pas ?

– Manière de parler ! Mais enfin...

– Par ailleurs, considérez le cas de Morgate. Il a toujours été un adversaire puisqu'il professe un matérialisme déclaré. Pourtant il prospère : regardez son collège...

– Ah ! c'est un sceptique honnête ! Oui, certainement. Pourquoi pas ?

– Et Morgan, qui en une occasion a démasqué des médiums ?

– Si c'étaient des faux médiums, il a rendu un grand service.

– Et Falconer, qui a écrit sur vous des choses si désagréables ?

– Ah ! Falconer ! Ne connaissez-vous rien de la vie privée de Falconer ? Non ? Eh bien ! croyez-moi si je vous affirme qu'il a reçu son dû ! Il n'en soupçonne pas la raison. Un jour, ces messieurs se mettront à établir certaines relations de cause à effet, et ils comprendront peut-être. En attendant, ils paient.

Il poursuivit en racontant l'histoire horrible d'un homme qui avait consacré des talents considérables à attaquer le spiritisme – bien qu'au fond de lui-même il fût convaincu de la vérité qui y était incluse – parce qu'il y trouvait matériellement son compte. Sa fin avait été atroce... Trop atroce au goût de Malone.

– Oh ! finissons-en, Mervin ! s'écria-t-il. Je dirai ce que je pense, ni plus ni moins, et ni vous ni vos revenants ne me feront changer d'avis.

– Je ne vous l'ai jamais demandé.

– Presque !... Tous vos propos relèvent de la superstition pure et simple. S'ils étaient vrais, vous devriez avoir la police aux trousses.

– Oui, si c'était nous qui l'avions faite. Mais les choses se sont passées en dehors de nous... Bref, Malone, je vous ai mis en garde, prenez mon avertissement pour ce que vous voulez, suivez votre chemin comme vous l'entendez. Bye bye !... Vous pourrez toujours me joindre à mon bureau de L'Aube.

Voulez-vous savoir d'un homme s'il a dans les veines du sang irlandais ? Il y a un test infaillible ; vous le placez en face d'une porte sur laquelle est écrit : Tirez, ou : Poussez. L'Anglais obéira à l'injonction comme tout homme sensé. L'Irlandais, avec moins de bon sens mais avec plus de personnalité, accomplira aussitôt et violemment le geste opposé. Avec Malone, ce fut ce qui se passa. La mise en garde significative de Mervin le révolta. Quand il alla chercher Enid pour l'emmener à la séance de Bolsover, sa sympathie pour le spiritisme s'était échauffée. Challenger leur souhaita une bonne soirée en déversant sur eux une avalanche de brocards ; sa barbe pointait en avant, il avait presque fermé les yeux tout en relevant les sourcils : c'était la mine qu'il prenait quand il cherchait à être facétieux.

– Tu as ton poudrier, n'est-ce pas, ma chère Enid ? Si au cours de la soirée tu aperçois un spécimen d'ectoplasme particulièrement bien constitué, n'oublie pas ton père. J'ai un microscope, des réactifs chimiques, tout ce qu'il faut. On ne sait jamais, peut-être rencontreras-tu un petit poltergeist[3]. J'accueillerai avec joie toute bagatelle de ce genre.

Son énorme rire les pourchassa jusque dans l'ascenseur.

Le magasin de M. Bolsover, marchand de comestibles, était tout simplement une épicerie classique, située dans la partie la plus populeuse de Hammersmith. L'église proche carillonnait les trois quarts de l'heure quand le taxi s'arrêta devant la boutique encore pleine de monde. Enid et Malone firent donc les cent pas sur le trottoir. D'un autre taxi émergea bientôt un homme de grande taille, ébouriffé, plutôt gauche, barbu, vêtu d'un costume de tweed. Il regarda sa montre et arpenta lui aussi le trottoir. Il ne tarda pas à remarquer nos deux promeneurs, et il alla droit vers eux.

– Puis-je vous demander si vous êtes les journalistes qui désirent assister à la séance ?... Je ne m'étais pas trompé. Le vieux Bolsover est terriblement occupé ; nous voilà forcés d'attendre. À sa manière, il est l'un des saints de Dieu.

– M. Algernon Mailey, je suppose ?

– Oui. Je suis le monsieur dont la crédulité provoque une angoisse considérable chez mes amis...

Il éclata d'un rire si contagieux que Malone et Enid se joignirent à lui. Sa taille athlétique, son visage puissant quoique banal, sa voix mâle, étaient autant d'indices de stabilité.

– Nous sommes tous étiquetés par nos adversaires, ajouta-t-il. Je me demande quelle sera votre étiquette.

– Nous ne naviguons pas sous un faux pavillon, répondit Enid. Nous ne figurons pas encore au nombre des croyants.

– Parfait ! Prenez votre temps. C'est la chose la plus importante au monde ; il vaut donc mieux ne pas se presser. Moi-même, cela m'a pris plusieurs années. La négligence serait coupable ; la prudence, non. Maintenant, je me donne corps et âme, vous le savez, parce que je sais que la vérité est là. Il y a une si grande différence entre croire et savoir ! Je fais beaucoup de conférences. Mais je ne cherche jamais à convertir. Je ne crois pas aux conversions soudaines. Ce sont des phénomènes peu profonds, superficiels. Je ne cherche qu'à exposer à mon public les choses aussi clairement que je le puis. Je lui dis simplement la vérité, et pourquoi nous savons que c'est la vérité. Ensuite, mon travail est achevé. Le public peut choisir, il prendra ou il laissera. S'il est sage, il explore les chemins que je lui ai indiqués. S'il ne l'est pas, il passe à côté de sa chance. Je n'exerce sur lui aucune pression, je ne fais pas de prosélytisme. C'est son affaire, pas la mienne.

– Eh bien ! voilà qui me semble bien raisonné ! fit Enid, qui était séduite par les manières franches de leur nouvelle connaissance.

Ils se tenaient à présent sous la lumière d'un candélabre. Par conséquent, elle pouvait le regarder à son aise, elle détailla le front large, les yeux curieusement gris, à la fois réfléchis et ardents, la barbe couleur de paille qui soulignait le profil du menton agressif. Il était la solidité personnifiée, pas du tout le fanatique qu'elle s'était imaginé. Son nom figurait dans les journaux parmi ceux des champions de ce long combat, et elle se rappela que son père ne le prononçait jamais sans l'accompagner d'un ricanement désobligeant.

– Je me demande, dit-elle à Malone, ce qui adviendrait si M. Mailey était enfermé avec papa dans une chambre !

Malone sourit.

– Cela me rappelle un problème d'écolier, dit-il. Qu'est-ce qui se produirait si une force irrésistible butait sur un obstacle insurmontable ?

– Oh ! vous êtes la fille du Pr Challenger ? interrogea Mailey, intéressé. C'est un nom retentissant dans le monde de la science. Quel grand monde, celui-là, s'il consentait à reconnaître ses propres limites !

– Je ne vous suis pas très bien...

– Le monde de la science est à la base de notre matérialisme. Il nous a aidés à nous procurer du confort ; la question est de savoir si ce confort nous sert à quelque chose. Mais par ailleurs le monde scientifique s'est comporté pour nous comme une véritable malédiction, il s'est surnommé le progrès, et il nous a communiqué l'impression fausse que nous progressons, alors qu'au contraire nous sommes en pleine régression.

– Là vraiment, monsieur Mailey, je ne suis pas d'accord avec vous ! dit Malone, qui se hérissait devant ce qui lui apparaissait comme une assertion dogmatique. Songez à la TSF. Songez aux SOS en pleine mer. L'humanité n'en a-t-elle pas bénéficié ?

– Oh ! parfois le progrès travaille bien ! J'apprécie fort ma lampe électrique de bureau, et c'est un produit de la science. La science nous donne, comme je vous l'ai dit, du confort, et occasionnellement de la sécurité.

– Alors pourquoi la dédaignez-vous ?

– Parce qu'elle met sous le boisseau la lumière principale : l'objet de notre existence. Nous n'avons pas été créés sur cette planète pour faire une moyenne de quatre-vingts kilomètres à l'heure en voiture sur les routes, ni pour traverser l'Atlantique en avion, ni pour communiquer avec ou sans fil. Ce sont là de simples accompagnements de la vie, des garnitures... Mais les savants ont tellement rivé notre attention sur ces détails que nous avons oublié notre but essentiel.

– Je ne vous comprends pas.

– Ce qui importe, ce n'est pas la vitesse à laquelle vous voyagez, c'est le but de votre voyage. Ce n'est pas la façon dont vous expédiez un message, c'est la valeur propre de ce message. À tous égards ce soi-disant progrès peut être une calamité, en ce sens que chaque fois que nous utilisons ce mot nous l'identifions faussement avec le progrès réel, et nous nous imaginons à tort que nous accomplissons la mission pour laquelle Dieu nous a mis au monde.

– Et cette mission ce serait... ?

– De nous préparer à la phase suivante de la vie. Cette préparation doit être et mentale et spirituelle, or nous les négligeons autant l'une que l'autre. Nous sommes au monde pour devenir plus tard meilleurs, moins égoïstes, plus larges d'esprit, plus cultivés, moins sectaires. La terre est une fabrique d'âmes et elle produit un article de médiocre qualité. Mais...

« Hello ! s'écria-t-il avec son rire contagieux. Voilà que je fais une conférence dans la rue. La force de l'habitude, vous voyez ! Mon fils déclare que si on appuie sur le troisième bouton de mon gilet, je fais automatiquement une conférence. Heureusement, voici le bon Bolsover qui vient vous sauver !

L'épicier les avait aperçus à travers la vitrine, et il sortait de sa boutique en détachant son tablier blanc.

– Bonsoir à tous ! Je n'aurais pas voulu que vous attendiez au froid... Mais il est l'heure. Et il ne faut pas les faire attendre. Soyons ponctuels envers tout le monde : tel est mon refrain et le leur. Mes garçons fermeront le magasin. Par ici ! Attention au tonneau de sucre !

Ils se faufilèrent parmi des caisses de fruits séchés et des montagnes de fromages, passèrent entre deux énormes fûts et franchirent une porte étroite qui ouvrait sur la partie résidentielle de la maison. Bolsover les engagea dans un escalier au haut duquel il poussa une porte, dans une grande pièce, des gens étaient assis autour d'une table de bonne taille. Il y avait Mme Bolsover, forte, fraîche et enjouée comme son mari, et trois filles bâties sur le même moule agréable. Il y avait aussi une femme âgée, sans doute une parente, et deux autres dames banales, qui furent présentées comme des voisines ferventes du spiritisme. Le seul autre représentant du sexe fort était un petit bonhomme à cheveux gris, au visage ouvert, au grand regard vif, qui était assis devant un harmonium placé dans un angle.

– M. Smiley, notre musicien, dit Bolsover. J'ignore ce que nous pourrions faire sans M. Smiley. Ce sont des vibrations, comprenez-vous ? M. Mailey pourrait vous en parler. Mesdames, vous connaissez M. Mailey, notre très bon ami. Et voici les deux reporters, Mlle Challenger et M. Malone.

La famille Bolsover communia dans un même sourire, mais la dame âgée se leva d'un bond et inspecta les nouveaux venus d'un œil sévère.

– Soyez ici les très bienvenus, vous les deux étrangers ! fit-elle. Mais nous tenons à vous dire que nous exigeons du respect extérieur. Nous respectons les êtres de lumière, et nous ne les laisserons pas insulter.

– Je vous assure que nous sommes très sérieux et impartiaux, répondit Malone.

– Nous avons eu une leçon. Nous n'oublions pas l'affaire de Meadow, monsieur Bolsover.

– Non, non, madame Seldon. Cela ne se reproduira plus ! Nous en avons été assez émus, poursuivit-il en se tournant vers ses visiteurs. Un homme vint ici en qualité d'invité ; et, quand les lumières furent éteintes, il poussa du doigt les autres assistants pour leur faire croire que c'était la main d'un esprit. Puis il alla raconter cela dans un journal, alors que la seule fraude commise ici l'avait été par lui.

Malone fut choqué.

– Je puis vous donner ma parole que nous sommes incapables de nous conduire de la sorte ! assura-t-il.

La vieille dame se rassit, sans toutefois chasser de son regard l'ombre d'un soupçon persistant. Bolsover s'affaira pour quelques préparatifs.

– Asseyez-vous ici, monsieur Mailey. Monsieur Malone, voulez-vous prendre place entre ma femme et ma fille ? Quant à la jeune demoiselle, où désire-t-elle s'asseoir ?

Enid commençait à sentir la nervosité la gagner.

– Je crois, dit-elle, que je voudrais m'asseoir à côté de M. Malone.

Bolsover eut un petit rire et fit un signe à sa femme.

– D'accord ! Tout à fait naturel !

Ils s'installèrent à leurs places respectives. M. Bolsover avait éteint l'électricité, mais une bougie brûlait au milieu de la table. Malone songea que ç'aurait été un tableau rêvé pour Rembrandt : de grandes ombres baignant la pièce, mais la lueur jaune éclairant ce cercle de visages. Le monde entier semblait s'être réduit à leur petit groupe qui se concentrait intensément.

Sur la table étaient éparpillés divers objets curieux qui paraissaient avoir beaucoup servi : un porte-voix cabossé en cuivre très décoloré, un tambourin, une boîte à musique, et quelques objets plus petits.

– On ne sait jamais ce qu'ils peuvent demander, dit Bolsover en promenant sa main au-dessus d'eux. Si notre Petite réclame une chose qui n'est pas ici, elle nous le fait savoir à tous d'une manière... oh ! oui, désagréable !

« C'est qu'elle a son caractère, notre Petite ! observa M. Bolsover.

– Et pourquoi ne l'aurait-elle pas, cette chérie ? dit la dame austère. Elle doit en avoir assez de tomber sur des enquêteurs ou des je-ne-sais-quoi ! Je me demande souvent pourquoi elle vient encore.

– Notre Petite est notre petit guide, dit Bolsover. Vous l'entendrez. Bientôt.

– J'espère qu'elle va venir, dit Enid.

– Elle ne nous a jamais manqué de parole, sauf quand ce Meadow s'est emparé du porte-voix et l'a placé hors de notre cercle.

– Qui est le médium ? demanda Malone.

– Ma foi, nous n'en savons rien nous-mêmes. Nous aidons tous, je crois. Peut-être est-ce que je donne autant que n'importe qui. Et maman est une auxiliaire précieuse aussi.

– Notre famille est une coopérative, dit Mme Bolsover.

Tout le monde rit.

– Je croyais qu'un médium était nécessaire.

– La coutume réclame un médium, mais pas la nécessité, fit Mailey de sa voix grave, autoritaire. Crawford l'a montré assez nettement dans les séances de Gallagher, quand il a prouvé, sur des bascules, que tous les membres du cercle perdaient entre une demi-livre et deux kilos au cours d'une séance, tandis que le médium, Mlle Kathleen, perdait cinq ou six kilos. Ici une longue succession de séances... Depuis combien de temps ont-elles lieu, monsieur Bolsover ?

— Depuis quatre ans sans interruption.

— Cette longue succession de séances a développé chaque participant jusqu'à un certain point : le rendement de chacun est ici d'une moyenne supérieure, au lieu que ce soit un seul qui fournisse tout l'effort.

— Le rendement en quoi ?

— En magnétisme animal. En fait, en énergie. Le mot d'énergie est le plus compréhensible. Le Christ a dit : « Une grande énergie est sortie de moi. » C'est la dunamis des Grecs, mais les traducteurs se sont trompés et l'ont traduite par « vertu ». Si un bon élève de grec, doublé d'un sérieux étudiant en occultisme, se mettait à retraduire le Nouveau Testament, nous aurions les yeux ouverts sur bien des choses ! Le cher vieil Ellis Powell a fait quelques pas dans cette direction. Sa mort a été une perte cruelle pour le monde.

— Oui, vraiment ! confirma Bolsover d'une voix pleine de considération. Mais maintenant, monsieur Malone, avant de nous mettre au travail, je voudrais vous signaler deux ou trois choses. Vous voyez les points blancs sur le porte-voix et le tambourin ? Ce sont des points lumineux qui nous permettent de les suivre des yeux. La table est la table sur laquelle nous mangeons, en brave chêne anglais. Vous pouvez l'examiner si le cœur vous en dit. Mais vous allez voir des phénomènes qui ne dépendent pas de la table. À présent, monsieur Smiley, j'éteins la bougie, et nous vous demandons de jouer le Rocher des âges.

Dans l'obscurité, l'harmonium bourdonna et le cercle se mit à chanter. À chanter très juste, même, car les filles avaient des voix fraîches et de l'oreille. Le rythme solennel, grave et vibrant, devint d'autant plus impressionnant pour les assistants que leur seul sens libre de s'exercer était l'ouïe. Leurs mains conformément aux instructions reçues étaient étendues légèrement au-dessus de la table ; on leur avait recommandé de ne pas croiser les jambes. Malone avait une main qui touchait celle d'Enid, et il sentait de petits tremblements qui en disaient long sur sa tension nerveuse. La voix joviale de Bolsover détendit l'atmosphère.

— Cela devrait aller, dit-il. J'ai l'impression que ce soir les conditions doivent être bonnes. Je vais vous demander de vous joindre à moi dans une prière.

Elle était saisissante, cette prière simple, sérieuse, dans l'obscurité... Une obscurité noire comme de l'encre, troublée uniquement par la lueur rougeoyante d'un feu à l'agonie.

— Ô Père très grand de nous tous, dit la voix de Bolsover, toi qui te tiens au-delà de nos pensées et qui cependant animes nos existences, veuille que tout mal s'écarte de nous ce soir et que nous jouissions du privilège de communiquer, même pendant une seule heure, avec ceux qui habitent sur un plan supérieur au nôtre. Tu es notre Père aussi bien que le leur. Permets-nous, pour un bref instant, de nous rencontrer fraternellement afin que nous puissions accroître notre connaissance de la vie éternelle qui nous attend, ce qui nous aidera même à l'attendre sur cette terre.

Il termina par le Notre Père, que tous récitèrent avec lui. Puis ils demeurèrent silencieux. Dehors mugissait la circulation ; par intermittence, une voiture exhalait au klaxon sa mauvaise humeur. Mais à l'intérieur de la pièce le calme et le silence étaient absolus.

– Rien à faire, maman, dit enfin Bolsover. C'est à cause des profanes. Il y a des vibrations nouvelles. Ils doivent donc s'accorder sur elles pour être en harmonie. Jouez-nous un autre air, monsieur Smiley.

À nouveau l'harmonium vrombit. Il jouait encore quand une voix de femme cria:

– Arrêtez-vous ! Arrêtez-vous ! Ils sont là !

Ils attendirent encore sans résultat.

– Si ! Si ! J'ai entendu notre Petite. Elle est ici, j'en suis sûre !

Le silence retomba, et puis soudain cela vint, une chose extraordinaire pour les visiteurs, et pour le cercle habituel une chose toute naturelle.

– Bonsoâr ! s'écria une voix.

Du cercle jaillirent compliments et joyeux rires. Ils parlaient tous à la fois : « Bonsoir, notre Petite ! – Ah ! vous voilà, chérie ? – Je savais bien que vous viendriez ! – Bravo, petit guide ! »

– Bonsoir, bonsoâr à tous ! répondit la voix. La Petite est heureuse de voir papa, maman et les autres. Oh ! ce gros homme avec une barbe ! Mailey, monsieur Mailey, je vous ai déjà rencontré auparavant. Lui gros Mailey, moi petite Femmeley. Heureuse de vous revoir, monsieur Gros Homme.

Enid et Malone écoutaient stupéfaits, mais il était impossible d'être nerveux, étant donné la manière parfaitement normale dont la société se comportait. La voix était très fluette et très haute, plus fluette et plus haute qu'aucune voix de tête artificielle. C'était la voix d'une petite fille. Incontestablement. Et il était incontestable qu'il n'y avait pas de petite fille dans la pièce. À moins qu'après l'extinction de la bougie ?... Mais la voix semblait venir du milieu de la table. Comment un enfant aurait-il pu se loger là ?

– C'est facile de venir ici, monsieur Nouveau Venu, dit la voix qui répondit à la question informulée de Malone. Papa est un homme fort. Papa a fait venir sa Petite dans la table. Maintenant, je montre ce que papa n'est pas capable de faire.

– Le porte-voix monte ! cria Bolsover.

Le petit cercle de peinture lumineuse s'élevait sans bruit dans l'air, et il se balançait au-dessus de leurs têtes.

– Monte et frappe le plafond ! cria Bolsover.

Il monta plus haut, et tous entendirent le choc du métal contre le plafond. Alors la voix fluette parla d'au-dessus d'eux :

– Comme il est malin, mon papa ! Papa avait une canne à pêche, et il a monté le porte-voix jusqu'au plafond. Mais comment a-t-il fabriqué la voix, ah ? Qu'est-ce que vous en dites, gentille demoiselle anglaise ? Tenez, voici un cadeau de la Petite.

Quelque chose de léger tomba sur les genoux d'Enid. Elle posa la main dessus.

– C'est une fleur, un chrysanthème. Merci Petite !

– Est-ce un apport ? demanda Mailey.

– Non, non, monsieur Mailey ! répondit Bolsover. Les chrysanthèmes étaient dans le vase sur l'harmonium. Parlez-lui, mademoiselle Challenger ! Maintenez les vibrations.

– Qui êtes-vous, Petite ! interrogea Enid, les yeux tournés vers la tache qui se déplaçait au-dessus d'elle.

– Une petite fille noire. Une petite fille noire de huit ans.

– Allons, ma chérie ! protesta Mme Bolsover de sa voix chaude et câline. Vous aviez déjà huit ans quand vous êtes venue ici pour la première fois, il y a des années de cela.

– Des années pour vous. Mais pour moi tout ne fait qu'un seul temps. Mais je dois faire mon travail comme une petite fille de huit ans. Quand j'aurai fait tout mon travail, alors la Petite deviendra la Grande. Nous n'avons pas un temps, ici, comme vous, vous le comptez. J'ai toujours huit ans.

– D'ordinaire, ils grandissent exactement comme nous sur cette terre, dit Mailey. Mais s'ils ont à accomplir un travail spécial qui nécessite un enfant, ils restent enfants. C'est une sorte de développement suspendu.

– C'est moi. Moi, le développement suspendu, dit fièrement la voix. J'apprends du bon vocabulaire quand le M. Gros Homme est ici.

Ils se mirent tous à rire. C'était l'association la plus ingénue, la plus libre du monde. Malone entendit la voix d'Enid qui lui chuchotait à l'oreille :

– Pincez-moi de temps en temps, Edward. Juste pour que je sois sûre que je ne rêve pas.

– Mais il faut que je me pince aussi, moi !

– Et votre chanson, Petite ? demanda Bolsover.

– Oh ! oui, c'est vrai ! La Petite va chanter pour vous.

Elle entama une chanson simplette mais la voix faiblit, poussa un couic, tandis que le porte-voix retombait sur la table.

– Ah ! l'énergie est en perte de vitesse ! dit Mailey. Je pense qu'un peu de musique nous remettra en forme. Conduis-nous, Douce Lumière, Smiley !

Ils chantèrent ensemble ce beau cantique. À la fin du verset, une chose stupéfiante survint... Stupéfiante au moins pour les novices, quoiqu'elle ne suscitât aucun commentaire de la part du cercle.

Le porte-voix brillait encore sur la table, mais deux voix, apparemment celles d'un homme et d'une femme, fusèrent dans l'air au-dessus d'eux et se joignirent harmonieusement au chœur. Le cantique terminé, tout redevint une fois de plus silence et attente tendue.

Une voix grave s'éleva de l'obscurité. C'était la voix d'un Anglais cultivé ; une voix bien modulée qui s'exprimait d'une manière que le pauvre Bolsover aurait été bien incapable de contrefaire.

– Bonsoir mes amis. L'énergie semble bonne aujourd'hui.

– Bonsoir Luc, bonsoir ! crièrent-ils tous.

– C'est notre guide qui nous enseigne, expliqua Bolsover. Un esprit supérieur qui vient de la sixième sphère pour nous instruire.

– Je vous semble peut-être supérieur, dit la voix. Mais que suis-je en revanche à l'égard de ceux qui m'instruisent ? Il ne s'agit pas de ma sagesse. Ne me créditez point d'une sagesse personnelle. Je ne fais que la transmettre.

– C'est toujours comme cela, dit Bolsover. Jamais de prétention ni d'épaté. Voilà un signe de supériorité.

– Je vois que vous avez avec vous deux journalistes. Bonsoir, jeune demoiselle ! Vous ne savez rien de votre propre pouvoir ni de votre destinée. Vous les découvrirez ! Bonsoir, monsieur. Vous voici au seuil du grand savoir. Y a-t-il un sujet sur lequel vous désireriez que je dise quelques mots ? Je vois que vous prenez des notes...

De fait, Malone avait libéré sa main dans l'obscurité et il notait en sténo les divers épisodes de la soirée.

– De quoi parlerai-je ?

– De l'amour et du mariage, suggéra Mme Bolsover, en poussant son mari du coude.

– Eh bien ! je dirai donc quelques mots là-dessus. Je ne parlerai pas longtemps car d'autres attendent, la pièce est bondée d'esprits. Je voudrais vous faire comprendre qu'il existe un homme, mais seulement un, pour chaque femme ; et seulement une femme pour chaque homme. Quand ces deux êtres se rencontrent, ils s'envolent ensemble et ne font qu'un à travers la chaîne sans fin de l'existence. Jusqu'à leur rencontre, toutes leurs unions respectives ont été de simples accidents sans signification. Plus ou moins tôt, chaque couple se compose. Il se peut que ce ne soit pas ici. Il se peut que ce soit dans la sphère suivante, où les sexes se rencontrent comme sur la terre. Ou encore plus tard. Mais chaque homme, chaque femme possède sa propre affinité et la trouvera. Des mariages sur la terre, à peine un sur cinq demeure éternel. Les autres sont des accidents. Le mariage réel est celui de l'âme et de l'esprit. Les actes sexuels sont des symboles purement externes qui ne signifient rien et sont ridicules, voire pernicieux, quand manque l'objet qu'ils devraient symboliser. Suis-je clair ?

– Très clair, répondit Mailey.

– Certains, dans cette pièce, ont un mauvais partenaire. D'autres n'en ont pas du tout, ce qui est préférable à ne pas avoir le bon. Mais tous, tôt ou tard, auront le bon partenaire. Ne croyez pas que vous serez obligatoirement accompagnée de votre mari actuel quand vous changerez de sphère.

– Ah ! que Dieu en soit loué ! Dieu soit béni ! cria une voix.

– Madame Melder, ici c'est l'amour, l'amour réel et vrai, qui nous unit. En bas, votre mari va son chemin. Vous allez du vôtre. Vous êtes sur des plans séparés. Un jour vous trouverez chacun votre partenaire, quand votre jeunesse sera revenue… ici !

– Vous parlez de l'amour. Entendez-vous par là l'amour sexuel ?

– Où allons-nous ! grommela Mme Bolsover.

– Ici, il n'y a pas d'enfants qui naissent. Ils ne naissent que sur le plan de la terre. C'est à cet aspect du mariage que se référait le Grand Professeur quand il disait : « Il n'y aura plus de mariages ni de dots de mariage ! » Non, il s'agit de quelque chose de plus pur, de plus merveilleux : une unité d'âmes, une fusion d'intérêts et de savoir sans que l'individu en pâtisse. Quand vous en approchez-vous le plus près ? À la première passion élevée, trop belle pour s'exprimer physiquement, qu'éprouvent deux amants à l'âme supérieure lorsqu'ils se rencontrent. Ils trouvent ensuite une expression moins haute, mais toujours ils sauront au fond de leurs cœurs que leur première communion d'âmes était la plus belle. Ainsi en est-il pour nous. Avez-vous une question à me poser ?

– Et si une femme aime également deux hommes, qu'advient-il ? demanda Malone.

– Cela arrive rarement. Presque toujours elle sait lequel est le plus proche d'elle. Si elle en aime pourtant deux également, ce serait alors la preuve qu'aucun de ces deux n'est son affinité réelle, car celui qui lui est « promis » se tient très au-dessus de tous les autres hommes. Bien sûr, si elle…

Ici la voix s'évanouit et le porte-voix tomba.

– Chantons Les anges sont tout autour de nous, cria Bolsover. Smiley, tapez sur ce vieil harmonium. Les vibrations sont à zéro !

Un peu de musique, un peu de silence, puis une voix lugubre. Jamais Enid n'avait entendu de voix aussi triste. Les sons s'égrenaient comme des mottes de terre retombant sur un cercueil. D'abord ce ne fut qu'un murmure grave qui se transforma en une prière, sans doute une prière en latin car par deux fois, revint le mot Domine et une fois le mot peccavimus. La pièce baignait dans une atmosphère indescriptible de désolation.

– Au nom du Ciel, qu'est-ce que c'est ça ? cria Malone. Le cercle partageait son étonnement.

– Un pauvre diable qui est sorti des sphères inférieures, j'imagine ! répondit Bolsover. Les orthodoxes disent que nous devrions les éviter. Moi, je pense que nous devrions les aider.

– Bien parlé ! fit Mailey. Essayons, vite !

– Pouvons-nous faire quelque chose pour vous, ami ?

Un silence fut la seule réponse.

– Il ne sait pas. Il ne comprend pas ce qui se passe. Où est Luc ? Lui saura quoi faire.

– Qu'y a-t-il, ami ? demanda aussitôt la voix agréable du guide.

– Il y a ici un pauvre type. Nous voudrions l'aider.

— Ah ! oui. Il est venu des ténèbres extérieures, expliqua Luc avec un intérêt sympathique. Il ne sait pas. Il ne comprend pas. On arrive ici avec une idée fixe et, quand on s'aperçoit que la réalité est très différente de ce qui a été enseigné dans les temples ou les églises, on se trouve impuissant. Il y en a qui s'adaptent ; ils évoluent. D'autres ne s'adaptent pas et ils continuent à errer, inchangés, comme cet homme. C'était un clergyman à l'esprit très étroit, très bigot...

— Qu'est-ce qui lui est arrivé ?

— Il ne sait pas qu'il est mort. Il marche dans des brumes. Tout lui est un mauvais rêve. Depuis des années il est ainsi. Il a l'impression que c'est une éternité.

— Pourquoi ne lui dites-vous pas... ne l'instruisez-vous pas ?

— Nous ne pouvons pas. Nous...

Le porte-voix tomba.

— Musique, Smiley, musique !... Maintenant, les vibrations devraient être meilleures.

— Les esprits supérieurs ne peuvent atteindre les esprits liés à la terre, expliqua Mailey. Ils sont dans des zones de vibrations différentes. C'est nous qui sommes près d'eux, et qui pouvons les aider.

— Oui ! Vous ! cria la voix de Luc.

— Monsieur Mailey, parlez-lui. Vous le connaissez !

Le murmure avait repris avec la même monotonie obsédante.

— Mon ami, je voudrais vous dire un mot... commença Mailey d'une voix ferme et forte.

Le murmure s'arrêta ; chacun sentit que la présence invisible concentrait son attention.

— Ami, reprit Mailey, nous sommes navrés de votre condition. Vous avez suivi votre chemin. Vous nous voyez et vous vous demandez pourquoi nous ne nous voyons pas. Vous êtes dans l'autre monde. Mais vous ne le savez pas, parce qu'il ne ressemble guère à celui que vous attendiez. Vous n'y avez pas été reçu comme vous vous l'étiez imaginé. C'est parce que votre imagination était erronée. Comprenez que tout est bien et que Dieu est bon et que tout le bonheur est à votre portée si vous élevez votre esprit et priez pour demander du secours. Par-dessus tout, pensez moins à votre propre état, et davantage aux pauvres âmes qui vous entourent.

Un silence s'ensuivit et Luc reprit la parole.

— Il vous a entendu. Il voudrait vous remercier. Il a maintenant un aperçu de son état. Cet aperçu se développera en lui. Il désire savoir s'il peut revenir ici.

— Oui ! oui ! s'écria Bolsover. Nous en avons déjà plusieurs qui nous mettent au courant de leurs progrès. Que Dieu vous bénisse, ami ! Venez aussi souvent que vous le pourrez.

Le murmure avait cessé ; un sentiment de paix flottait dans l'air. Et la voix aiguë de la Petite se fit entendre à nouveau :

– Il y a encore beaucoup d'énergie. Nuage rouge est ici. Il peut montrer ce qu'il est capable de faire, si papa le désire.

– Nuage rouge est notre contrôle indien, notre spécialiste des phénomènes purement physiques. Vous êtes ici, Nuage rouge ?

Trois bruits mats, retentissants comme des coups de marteau sur du bois, surgirent de l'obscurité.

– Bonsoir, Nuage rouge !

Une nouvelle voix, lente, saccadée, travaillée, résonna au-dessus d'eux.

– Bonsoir, chef ! Comment va la squaw ? comment vont les papouses ? Il y a des visages bizarres ce soir dans ton wigwam.

– Ils cherchent à savoir, Nuage rouge. Pouvez-vous montrer ce que vous êtes capable de faire ?

– Je vais essayer. Attends un peu. Je ferai ce que je pourrai. De nouveau un long silence s'écoula dans l'attente. Puis les novices se trouvèrent encore face au miraculeux.

Une lueur rouge terne brilla dans l'obscurité. Apparemment, c'était une traînée de vapeur lumineuse. Elle s'inclinait en planant d'un côté à l'autre. Puis elle se condensa progressivement pour former un disque circulaire de la taille d'une lanterne sourde. Elle ne projetait aucune réflexion autour d'elle : elle n'était qu'un cercle bien dessiné dans la nuit. Une fois elle s'approcha du visage d'Enid, et Malone la vit nettement de profil.

– Mais il y a une main qui la tient ! s'écria-t-il.

Tous ses soupçons revinrent.

– Oui, il y a une main matérialisée, confirma Mailey. Je l'ai vue distinctement.

– Voudriez-vous qu'elle vous touche, monsieur Malone ?

– Oui.

La lueur s'éteignit ; un instant plus tard, Malone sentit une pression sur sa main. Il ouvrit sa paume et sentit nettement trois doigts qui se posaient dessus : des doigts doux et chauds d'adulte. Il referma ses propres doigts ; la main sembla se fondre, se dissoudre sous cette étreinte.

– Elle est partie ! murmura-t-il en haletant d'émotion.

– Oui ! Nuage rouge n'est pas très fort pour les matérialisations. Peut-être ne lui donnons-nous pas l'énergie convenable. Mais ses lumières sont excellentes.

D'autres lueurs avaient jailli de l'obscurité. Il y en avait de différentes sortes : des vapeurs lumineuses qui se déplaçaient lentement, des petites étincelles qui dansaient comme des feux follets. Au même moment, les deux visiteurs sentirent qu'un vent froid passait sur leurs figures. Ce n'était pas une illusion, car les cheveux d'Enid flottèrent en travers de son front.

– Vous sentez le vent qui s'engouffre, dit Mailey. Quelques-unes de ces lueurs pourraient passer pour des langues de feu, n'est-ce pas ? La Pentecôte ne paraît donc plus une chose si éloignée dans le temps, ni si impossible...

Le tambourin s'était élevé dans l'air, et la tache des points lumineux révélait qu'il tournait sur lui-même. Bientôt il redescendit et toucha leurs têtes à tour de rôle. Puis, avec un tintement bizarre, il se reposa sur la table.

– Pourquoi un tambourin ? observa Malone. On dirait qu'il faut toujours un tambourin.

– C'est un petit instrument qui convient particulièrement, expliqua Mailey. Le seul dont le bruit montre automatiquement où il vole. Je n'en vois pas d'autre qui soit plus efficace, sauf une boîte à musique.

– Notre boîte qui vole est quelque chose d'assez étonnant, dit Mme Bolsover. Elle est lourde !

– Elle pèse neuf livres, dit Bolsover. Eh bien ! je crois que nous avons terminé. Je ne pense pas que nous obtenions davantage ce soir. Ça n'a pas été une mauvaise séance : plutôt ce que j'appellerais une séance d'une bonne moyenne. Mais nous devons attendre un peu avant de rallumer l'électricité… Alors, monsieur Malone, qu'en pensez-vous ? Élevez vos objections avant que nous nous séparions. Je préfère que ce soit maintenant car, vous autres reporters, vous vous mettez souvent des choses dans la tête, vous les y enfouissez quitte à les ressortir plus tard, alors qu'il aurait été si simple d'en discuter sur le moment ! Devant nous, les journalistes sont charmants et très aimables, mais, sitôt le dos tourné, ils nous traitent de filous et d'escrocs…

Malone avait mal à la tête ; il promena sa main sur son front en sueur.

– Je suis ahuri, dit-il. Et impressionné. Impressionné, cela oui ! J'avais lu certaines choses, mais c'est très différent quand on les voit. Ce que je considère comme le plus important, c'est votre sincérité évidente, à vous tous, et votre équilibre mental. Personne ne peut les mettre en doute.

– Allons, nous progressons ! sourit Bolsover.

– J'essaie d'imaginer les objections que soulèveraient les gens qui n'ont pas assisté à cette séance. J'aurai à leur répondre. Tout cela est si différent de nos idées préconçues sur le peuple des esprits !

– Nous devons adapter nos théories aux faits, dit Mailey. Jusqu'à maintenant, nous avons fait le contraire, et adapté les faits à nos théories. Rappelez-vous que nous avons eu affaire, ce soir – avec tout le respect que nous devons à nos chers hôtes ! – à un type d'esprits simples, primitifs, liés à la terre, qui a ses coutumes bien définies, mais qui ne doit pas être pris pour le type moyen. Vous ne prenez pas pour l'Anglais moyen le porteur que vous voyez sur le quai en débarquant…

– Il y a Luc, interrompit Bolsover.

– Ah ! oui ! Luc est, bien sûr, de beaucoup supérieur. Vous l'avez entendu et pouvez juger. Quoi d'autre, monsieur Malone ?

– Eh bien ! l'obscurité ! Tout se passe dans le noir. Pourquoi toute l'activité médiumnique se déroule-t-elle obligatoirement dans l'obscurité ?

– Vous voulez dire : toute l'activité médiumnique physique ? C'est la seule activité qui exige l'obscurité. Il s'agit d'une nécessité simplement chimique, comme une chambre noire pour la photographie. Elle préserve la substance physique délicate qui, tirée du corps humain, est la base de ces phénomènes et, à la lumière, se dissoudrait. Un cabinet noir est utilisé dans le but de condenser cette substance vaporeuse et de l'aider à prendre corps. Ai-je été suffisamment clair ?

— Oui, mais tout de même c'est dommage ! L'obscurité donne à toute l'affaire un air de supercherie effroyable.

— Nous travaillons de temps en temps à la lumière, dit Bolsover. Je ne sais pas si notre Petite est déjà partie. Attendons un peu. Où sont les allumettes ?

Il alluma la bougie, dont la flamme les éblouit après cette obscurité prolongée.

— Maintenant, ajouta M. Bolsover, voyons ce que nous pouvons faire.

Il y avait parmi les divers objets éparpillés sur la table une écuelle en bois ; Bolsover la fixa. Tous la fixèrent. Ils s'étaient mis debout, mais personne ne se trouvait à moins d'un mètre d'elle.

— S'il vous plaît, Petite, s'il vous plaît ! s'écria Mme Bolsover.

Malone eut du mal à en croire ses yeux. L'écuelle commençait à bouger. Elle frémissait, puis elle tapota la table, exactement comme un couvercle au-dessus d'une casserole d'eau bouillante.

— En l'air, Petite !

Ils battaient tous des mains.

L'écuelle ronde de bois, sous la pleine lumière de la bougie, se souleva et s'arrêta de trembler, comme si elle cherchait son équilibre.

— Trois saluts, Petite !

L'écuelle s'inclina à trois reprises. Puis elle retomba à plat et demeura inerte.

— Je suis très heureux que vous ayez vu cela, dit Mailey. Il s'agit de télékinésie dans une forme simple et décisive.

— Je ne l'aurais jamais cru ! s'écria Enid.

— Moi non plus, ajouta Malone. Monsieur Bolsover, vous avez élargi mon horizon !

— Bravo, monsieur Malone !

— La puissance qui se tient derrière, je l'ignore encore. Mais en ce qui concerne les phénomènes eux-mêmes, je n'ai plus et je n'aurai jamais plus le moindre doute. Je sais qu'ils sont vrais. À tous je souhaite bonne nuit. Il est peu vraisemblable que Mlle Challenger et moi nous oubliions un jour la soirée que nous avons passée sous votre toit.

Quand ils se retrouvèrent dans l'air glacé, c'était un tout autre monde ; les taxis chargeaient les amateurs de plaisirs qui revenaient du théâtre ou du cinéma. Mailey demeura avec eux tandis qu'ils attendaient une voiture libre.

— Je sais exactement ce que vous ressentez, leur dit-il en souriant. Vous regardez tous ces gens affairés, contents d'eux-mêmes, et vous vous émerveillez de penser comme ils savent peu de chose des possibilités de la vie. Vous avez envie de les arrêter, de leur parler. Mais si vous le faisiez, ils vous prendraient pour un menteur ou pour un fou. Amusante situation, non ?

– Pour l'instant, je suis complètement dérouté.

– Demain matin, vous ne le serez plus. Ces impressions sont éphémères. Vous en arriverez à vous persuader que vous avez rêvé. Allons, au revoir... Et faites-moi savoir si je puis vous être de quelque utilité pour vos études ultérieures.

Sur le chemin du retour, les deux amis – on aurait à peine pu les appeler des amoureux – restèrent absorbés dans leurs pensées. À Victoria Gardens, Malone accompagna Enid jusqu'à la porte de l'appartement, mais il ne rentra pas. Les ricanements de Challenger, qui l'amusaient généralement, lui auraient porté, ce soir-là, sur les nerfs. D'ailleurs il entendit comment, de l'autre côté de la cloison, le professeur accueillait sa fille.

– Alors, Enid, où as-tu mis ton revenant ? Sors-le de ton sac, que je l'examine un peu !

Son aventure de ce soir se termina comme elle avait commencé : sur un énorme rire qui le pourchassa jusque dans l'ascenseur.

CHAPITRE V
Nos envoyés spéciaux font une expérience remarquable

Malone était assis dans le fumoir du Club littéraire. Il avait devant lui, sur sa table, les impressions manuscrites d'Enid, elles étaient très pénétrantes et très subtiles ; il s'efforçait de les amalgamer avec les siennes. Autour du feu un groupe discutait ferme. Le bruit des conversations ne dérangeait pas le journaliste, le sentiment qu'il appartenait à un monde affairé stimulait à la fois son cerveau et sa plume. Toutefois, comme le groupe aborda bientôt les problèmes psychiques, il lui fut difficile de s'abriter au sein de ses propres réflexions ; aussi se cala-t-il dans son fauteuil pour écouter.

Polter, le célèbre romancier, était au nombre des disputeurs. Homme brillant, il utilisait trop souvent la finesse de son esprit à repousser des vérités d'évidence et à défendre des positions impossibles uniquement par amour de la dialectique. Pour l'instant, il était en train de disserter devant un auditoire admiratif, sinon entièrement docile.

— La science, disait-il, nettoie progressivement le monde des vieilles toiles d'araignées de la superstition. Le monde était quelque chose comme une antique mansarde empoussiérée ; voici qu'à présent le soleil de la science s'y projette, l'inonde de lumière, la poussière se dépose graduellement sur le plancher.

Non sans malice, quelqu'un l'interrompit :

— Par science, vous entendez naturellement des hommes comme sir William Crookes, sir Oliver Lodge, sir William Barrett, Lombroso, Richet, etc. ?

Polter n'avait pas l'habitude d'être contredit.

— Non, monsieur, je n'entends rien d'aussi absurde ! répondit-il. Aucun nom, si éminent soit-il, ne peut prétendre à s'identifier avec la science tant qu'il relève d'une insignifiante minorité de savants.

— Tant qu'il fait figure d'excentrique, en somme ! confirma Pollifex, un artiste qui renvoyait habituellement la balle à Polter.

Mais l'interrupteur, un certain Millworthy, journaliste très indépendant, n'allait pas se laisser réduire si vite au silence :

— En son temps, Galilée fit figure d'excentrique, insista-t-il. Et Harvey un amateur de paradoxes lorsqu'il décrivit, sous les rires moqueurs, la circulation du sang.

— Pour le moment, c'est la circulation et le tirage de la Daily Gazette qui sont en jeu, dit Marrible, l'humoriste du club.

— Je ne peux pas imaginer pourquoi on s'occupe de choses pareilles en dehors des tribunaux correctionnels ! renchérit Polter. Il y a là une dispersion d'énergie, une erreur de direction de la pensée humaine entraînée vers des chemins qui ne mènent nulle part. Nous ne manquons pas de matériaux d'évidence à examiner. Voilà notre travail ; poursuivons-le et ne nous en laissons pas distraire.

Atkinson, le chirurgien, faisait partie du cercle ; jusque-là il avait écouté en silence, mais il se décida à intervenir.

— Je pense que les savants devraient consacrer plus de temps aux problèmes psychiques.

— Moins ! répliqua Polter.

— Moins que rien, alors ? Ils les ignorent. Récemment, j'ai eu une série d'exemples de rapports télépathiques que je désirais soumettre à la Société royale. Mon collègue Wilson, zoologue, avait aussi une communication à lire. Nous sollicitâmes en même temps l'autorisation de parler : à lui elle fut accordée, et à moi refusée. Sa communication avait pour titre : « Le système reproductif du bousier. »

Un éclat de rire général salua cette précision.

— Normal ! fit Polter. L'humble bousier est, au moins, un fait. Dans le psychisme, il n'y a pas de faits.

— Vous avez sûrement une base solide pour une opinion aussi définitive ! susurra le malicieux Millworthy d'une voix de velours. J'ai peu de temps pour lire, pourriez-vous m'indiquer lequel des trois livres du Dr Crawford vous me recommanderiez ?

— Je n'ai jamais rien lu de ce type-là.

Millworthy simula un étonnement véhément.

— Comment, mon cher ! Jamais rien lu ?... Mais c'est une autorité en la matière, la seule, l'unique autorité ! Si vous avez besoin de simples expériences de laboratoire, prenez ses livres. Jamais rien lu ?... Autant dicter la loi en zoologie sans avoir jamais lu Darwin !

— Il ne s'agit pas d'une science ! protesta Polter.

— Ce qui réellement n'est pas de la science, déclara Atkinson non sans chaleur, c'est de dicter la loi sur des problèmes que vous n'avez pas étudiés ! C'est par de tels procédés que j'ai été conduit au spiritisme ; j'ai comparé cette ignorance dogmatique avec la sérieuse recherche de la vérité qu'ont engagée les grands spirites. Beaucoup d'entre eux ont réfléchi pendant vingt ans de leur vie avant de conclure.

— Mais leurs conclusions sont sans valeur, puisqu'elles confirment une opinion déjà arrêtée.

— Mais chacun d'eux a lutté longtemps avant d'arrêter son opinion ! J'en connais plusieurs, tous ont hésité avant d'être convaincus.

Polter haussa les épaules.

– Ma foi, ils peuvent bien avoir leurs revenants si cela leur fait plaisir, pourvu qu'ils me laissent les pieds solidement fixés au sol.

– Ou enlisés dans la boue, dit Atkinson.

– Je préférerais, repartit Polter, être enlisé dans la boue avec des gens sains d'esprit plutôt que flotter dans l'air avec des fous ! Je connais aussi quelques spirites ; selon moi, on peut les classer en deux catégories égales : des fous et des coquins.

Malone avait écouté avec intérêt d'abord, ensuite avec une indignation grandissante. Brusquement il prit feu.

– Écoutez-moi, Polter ! s'écria-t-il tournant son fauteuil vers le cercle. Ce sont des sots dans votre genre qui freinent le progrès du monde. Vous admettez que vous n'avez rien lu sur les problèmes psychiques et je jurerais bien que vous n'en avez rien vu non plus ! Pourtant vous utilisez votre crédit et votre réputation pour tomber à bras raccourcis sur des gens qui, quels qu'ils soient par ailleurs, sont assurément très sérieux et très réfléchis.

– Oh ! s'exclama Polter. Je ne savais pas que vous étiez allé aussi loin. Vous n'osez pas parler ainsi dans vos articles. Vous êtes donc spirite ! À vous lire, on ne le croirait pas !

– Je ne suis pas spirite mais je me pique d'être un journaliste honnête, ce que vous n'avez jamais été. Vous traitez les spirites de fous ou de coquins, mais, pour autant que je sache, vous n'êtes pas digne de cirer les souliers de certains adeptes du spiritisme.

– Allons, allons, Malone ! crièrent deux ou trois voix.

Mais Polter se dressa sur ses pieds.

– Ce sont des hommes comme vous qui font de ce club un désert ! s'écria-t-il en se dirigeant vers la porte. Jamais je ne reviendrai ici pour me faire insulter.

– Vous avez gagné, Malone !

– J'avais envie de lui botter le derrière pour qu'il sorte plus vite. De quel droit foulerait-il impunément aux pieds les sentiments et les croyances d'autrui ? Il a réussi mieux que beaucoup d'entre nous et il s'imagine qu'il nous fait un grand honneur en venant parmi nous !

– Cher vieil Irlandais ! dit Atkinson en reposant sa main sur l'épaule de Malone. « Calme-toi, calme-toi, esprit inquiet ![4] ». Mais je voulais vous dire un mot. En réalité, j'attendais dans ce groupe pour ne pas vous déranger.

– Dérangé ! Je l'ai été suffisamment ! s'exclama Malone. Comment aurais-je pu travailler, avec ce maudit âne qui s'est mis à braire à mes oreilles ?

– Écoutez ! J'ai obtenu de Linden, le médium célèbre dont je vous ai parlé, une place pour le Collège psychique ce soir. J'ai eu une invitation supplémentaire. Est-ce que cela vous intéresserait de venir ?

– Naturellement !

– En réalité, j'ai deux invitations supplémentaires. Si Polter n'avait pas été si offensant tout à l'heure, je lui aurais proposé de nous accompagner. Linden passe volontiers sur les sceptiques, mais il ne tolère pas les railleurs. Qui pourrions-nous emmener ?

— Mlle Challenger ! Vous savez que nous travaillons ensemble.

— Parfait. Vous la préviendrez ?

— Entendu.

— C'est à sept heures. Au Collège psychique. Vous connaissez l'endroit, près de Holland Park.

— Oui, j'ai l'adresse. Eh bien ! d'accord. Mlle Challenger et moi-même nous serons là-bas à sept heures.

Voici donc nos envoyés spéciaux sur une nouvelle aventure psychique. Ils commencèrent par prendre Atkinson chez lui, dans Wimpole Street, puis ils traversèrent la ville en direction de Holland Park. Leur taxi les arrêta devant une majestueuse demeure victorienne, un peu en retrait. Une domestique bien stylée les fit entrer dans le vestibule dont le parquet ciré et le linoléum impeccable brillaient sous la lumière tamisée d'une grande lampe à abat-jour coloré ; une statuette en marbre blanc miroitait dans un angle. Enid se dit que cet établissement était bien tenu, aménagé avec goût, et qu'à sa tête il y avait sûrement une direction capable. La direction revêtit l'aspect d'une aimable dame écossaise qui les accueillit dans le vestibule et salua M. Atkinson comme un vieil ami. Elle fut présentée aux journalistes sous le nom de Mme Ogilvy. Malone avait déjà entendu raconter comment cette dame et son mari avaient fondé et organisé cet institut remarquable — le véritable centre d'expériences psychiques de Londres — sans regarder aux frais ni au travail.

— Linden et sa femme sont en haut, dit Mme Ogilvy. Il semble croire que les conditions sont favorables. Les autres sont dans le salon. Voulez-vous les rejoindre quelques instants ?

Pour assister à la séance, il y avait du monde. Certains, vieux étudiants en choses psychiques, témoignaient d'un calme intérêt. D'autres, des débutants, regardaient autour d'eux avec des yeux excités et se demandaient ce qui allait se passer. Près de la porte se tenait un homme de grande taille, à la barbe rousse et au visage ouvert, c'était Algernon Mailey. Il serra la main aux nouveaux arrivants.

— Une deuxième expérience, monsieur Malone ? Je pense que vous avez fait un compte rendu très équitable de la dernière.

Vous êtes encore un néophyte, mais vous voilà derrière les portes du temple. Avez-vous peur, mademoiselle Challenger ?

— Si vous êtes assis auprès de moi, je crois que je n'aurai pas peur, répondit-elle.

Il rit.

— Bien sûr, une séance de matérialisation est différente de toute autre, plus impressionnante en un sens. Vous la trouverez très instructive, Malone, parce qu'elle comporte des photographies psychiques et des sujets de cet ordre. D'ailleurs, vous devriez tâcher d'obtenir un portrait psychique.

— J'ai toujours cru que cela au moins était du trucage.

– Au contraire ! Je dirais que c'est le mieux établi de tous les phénomènes, celui qui laisse une preuve permanente. J'ai subi l'épreuve une bonne douzaine de fois dans des conditions différentes... Le seul inconvénient n'est pas qu'il pourrait se prêter au truquage, mais qu'il permettrait à des journalistes malintentionnés d'en faire une exploitation sensationnelle... Vous n'en voyez pas ici, n'est-ce pas ?

– Non, personne de la presse.

– La grande et jolie femme, là-bas, est la duchesse de Rossland. Puis voici lord et lady Montnoir, près du feu. Ce sont vraiment de bonnes gens, qui comptent parmi les très rares représentants de l'aristocratie à avoir montré pour notre affaire du sérieux et du courage moral. Cette dame bavarde, c'est Mlle Badley, qui ne vit que pour les séances, une femme du monde blasée en quête de sensations nouvelles ; on la voit toujours, on l'entend toujours et elle est toujours aussi vide... Je ne connais pas les deux hommes ; quelqu'un m'a assuré qu'ils étaient chercheurs à l'Université. Cet homme corpulent avec la dame en noir est sir James Smith, ils ont perdu deux fils à la guerre. Le personnage grand et sombre est un homme étrange qui s'appelle Barclay et qui habite, je crois, une pièce du collège d'où il sort rarement pour une séance.

– Et l'homme aux lunettes d'écailles ?

– C'est un âne pompeux qui s'appelle Weatherby. Il fait partie de ceux qui se tiennent aux confins de la franc-maçonnerie ; il ne parle que sous forme de murmures indistincts et il respecte les mystères là où ils n'existent pas. Le spiritisme, avec ses mystères aussi réels que redoutables, lui paraît une doctrine vulgaire parce qu'elle console les pauvres gens ; mais il aime lire des articles sur le rite écossais. Son prophète est Eliphas Levi.

– Ce doit être un homme fort cultivé ! dit Enid.

– Surtout fort idiot. Mais... Hello ! Voici des amis communs.

Les deux Bolsover venaient d'arriver. Rien de tel que le spiritisme pour faire sauter les barrières sociales ! La femme de ménage qui possède un pouvoir psychique s'y révèle supérieure au millionnaire qui l'emploie. Instantanément les Bolsover et les aristocrates fraternisèrent. La duchesse était en train de chercher à se faire inviter dans le groupe « familial » de l'épicier, lorsque Mme Ogilvy entra avec un air effaré.

– Je crois que tout le monde est là, dit-elle. Il est l'heure de monter.

La pièce réservée pour la séance était une chambre vaste et confortable, avec des chaises disposées en cercle et un divan tendu de rideaux qui servait de cabinet noir. Le médium et sa femme attendaient. M. Linden avait de gros traits doux, une charpente solide, des yeux bleus rêveurs et des cheveux filasses bouclés qui grimpaient en pyramide vers le sommet de la tête, mais il ne portait ni la barbe ni des favoris ni une moustache ; il avait dépassé la quarantaine. Sa femme était légèrement plus jeune ; elle avait le regard aigu et maussade d'une ménagère fatiguée ; lorsqu'elle regardait son mari, elle était toute adoration. Son rôle consistait à expliquer, et à veiller aux intérêts du médium quand il était inconscient.

— Les assistants feront bien de prendre leurs places, dit Linden. Si vous pouvez alterner les sexes, cela vaudrait mieux. Ne croisez pas les genoux, vous interrompriez le courant. Pour le cas où vous auriez une matérialisation, ne vous en saisissez pas : vous pourriez me blesser.

Les deux chercheurs de l'Université se regardèrent d'un air entendu. Mailey le remarqua.

— Il a tout à fait raison, dit-il. J'ai vu deux cas d'hémorragie dangereuse chez un médium, provoqués justement par ce motif.

— Pourquoi ? demanda Malone.

— Parce que l'ectoplasme est tiré du médium. Il revient sur lui comme une bande élastique claquée. S'il passe à travers la peau, le médium n'a qu'un bleu. Par une membrane muqueuse, il saigne.

— Et si l'ectoplasme ne passe nulle part, il n'a rien du tout ! fit l'un des chercheurs avec un petit rire.

— Je voudrais expliquer en quelques mots la méthode qui va être utilisée, déclara Mme Ogilvy quand chacun fut assis. M. Linden n'entre pas dans le cabinet noir. Il est assis à côté ; et puisqu'il tolère une lampe rouge, vous pourrez constater par vous-mêmes qu'il ne quitte pas son siège. Mme Linden est assise de l'autre côté. Elle est là pour diriger et expliquer. Tout d'abord, nous voudrions que vous consentiez à visiter le cabinet noir. L'un d'entre vous fermera la porte et gardera la clé.

Le cabinet se révéla être une simple tente, isolée du mur et installée sur une plate-forme solide. Les chercheurs furetèrent, cognèrent sur le plancher : tout sembla stable.

— À quoi sert ce cabinet noir ? s'enquit Malone à voix basse.

— De réservoir et de condensateur pour la vapeur ectoplasmique qui s'échappe du médium ; autrement, elle se répandrait dans toute la pièce.

— On a dit également qu'il servait à d'autres fins, murmura l'un des chercheurs, qui avait entendu l'explication de Mailey.

— C'est exact, répondit Mailey avec philosophie. C'est pourquoi je suis partisan des plus grandes précautions, et j'approuve cette supervision par les assistants.

— Ma foi, si le médium se tient à l'extérieur, je ne vois pas comment il pourrait y avoir supercherie...

Les deux chercheurs opinèrent.

Donc le médium était assis d'un côté de la petite tente, et sa femme de l'autre. L'électricité s'éteignit ; seule une petite ampoule rouge près du plafond projeta sa lumière pâlotte sur les silhouettes rassemblées ; les yeux s'accommodèrent ; chacun fut bientôt à même de suivre les détails.

— M. Linden commencera par un peu de lecture, annonça Mme Linden.

Avec ses mains croisées sur son ventre et son air de propriétaire, elle ressemblait à un mannequin de cire. Enid s'en amusa.

Linden, qui n'était pas en transe, débuta par de la clairvoyance qui ne se révéla pas fameuse. Il pouvait se faire que l'influence combinée de divers types d'assistants fût déroutante. C'est en tout cas l'excuse qu'il s'accorda quand plusieurs de ses descriptions ne furent authentifiées par personne. Mais Malone fut davantage choqué par celles qui furent reconnues ; les mots étaient littéralement mis dans la bouche du médium ; certes, la faute en incombait plus à la passion des intéressés qu'à la rouerie de Linden, mais il n'en était pas moins déconcerté.

– Je vois un jeune homme avec des yeux bruns et une moustache tombante.

– Oh ! chéri ! chéri ! Es-tu revenu ? s'écria Mlle Badley. Oh ! il a un message ?

– Il vous envoie toute sa tendresse et il ne vous oublie pas.

– Oh ! mais bien sûr ! C'est tellement ce que ce cher enfant aurait dit lui-même !...

Et elle ajouta pour la société, en minaudant :

– Mon premier amour ! Il ne manque jamais de venir. M. Linden l'a amené ici je ne sais combien de fois.

– Il y a sur la gauche un jeune garçon en kaki. Sur sa tête je vois un signe : ce pourrait être une croix de Saint-André.

– Jim ! C'est certainement Jim ! cria lady Smith.

– Oui. Il fait un signe d'assentiment.

– Et la croix de Saint-André est probablement une hélice, dit sir James. Il était dans l'armée de l'air.

Malone et Enid étaient plutôt mécontents de cette méthode. Mailey ne dissimula pas sa désapprobation.

– Ce n'est pas bon ! chuchota-t-il à Enid. Mais attendez un peu ! Vous aurez mieux !

Il y eut ensuite plusieurs bonnes reconnaissances, puis quelqu'un ressemblant à Summerlee fut décrit à l'intention de Malone. Mais le journaliste n'en tint pas compte, car Linden avait pu se trouver parmi les spectateurs de Mme Debbs.

– Attendez ! ne cessait de lui répéter Mailey.

– Le médium va maintenant tenter de matérialiser, déclara Mme Linden. Si des formes extérieures apparaissent, je vous prie de ne pas les toucher, sauf si on vous le demande. Victor vous dira si vous pouvez le faire. Victor est le contrôle du médium.

Le médium s'était affaissé sur sa chaise ; il se mit à respirer par de longues, profondes aspirations sifflantes et il expulsait l'air entre ses lèvres rapprochées. Finalement, il donna l'impression d'avoir sombré dans le coma, son menton reposait sur sa poitrine. Puis il parla, d'une voix qui parut mieux modulée et plus cultivée qu'auparavant.

– Bonsoir à tous ! fit la voix.

Un murmure général répondit :

— Bonsoir, Victor !

— Je crains que les vibrations ne soient pas très harmonieuses. L'élément sceptique est représenté ici ; mais comme il n'est pas prédominant, nous espérons avoir néanmoins de bons résultats. Martin Lightfoot fait tout ce qu'il peut.

— C'est le contrôle indien, chuchota Mailey.

— Je crois que vous m'aideriez si vous mettiez en route le tourne-disque. Un cantique serait préférable ; mais je n'élève aucune objection contre de la musique séculière. Donnez-nous ce que vous préférez, madame Ogilvy.

On entendit le frottement d'une aiguille qui avait du mal à trouver son sillon. Et puis Conduis-nous, Douce Lumière s'ébaucha sur le gramophone. L'assistance se joignit au chant, sans enthousiasme. Alors Mme Ogilvy le remplaça par Ô Dieu, notre Espérance dans le passé.

— Il leur arrive de changer eux-mêmes les disques, dit Mme Ogilvy. Mais ce soir, il n'y a pas assez d'énergie.

— Oh ! si, fit la voix. Il y a assez d'énergie, madame Ogilvy ! Mais nous voudrions la conserver pour les matérialisations. Martin dit qu'elles sont en train de se composer.

À cet instant, le rideau de face du cabinet noir commença à s'agiter. Il se gonflait comme une voile sous un fort vent. D'ailleurs, tous les assistants reçurent une impression de froid.

— Il fait très frais, murmura Enid, en frissonnant.

— Ce n'est pas une impression subjective, répondit Mailey. M. Harry Price l'a mesurée sur des thermomètres. Et aussi le professeur Crawford.

— Mon Dieu ! cria une voix stupéfaite.

Cette exclamation émanait du fameux amateur de mystères, il se trouvait soudain aux prises avec un vrai mystère. En effet, les rideaux du cabinet s'étaient écartés, et une silhouette humaine s'était glissée silencieusement dehors. Le médium se profilait nettement d'un côté, et Mme Linden, qui avait sauté sur ses pieds, de l'autre. Entre eux, cette petite silhouette noire, hésitante, semblait terrifiée par sa propre situation. Mme Linden lui parla pour la rassurer.

— N'ayez pas peur, ma chère. Tout va bien. Personne ne vous fera du mal.

Elle expliqua à la société :

— C'est quelqu'un qui n'était jamais revenu sur la terre. Naturellement, tout lui paraît très étrange. Aussi étrange que si nous avions été brusquement transportés dans l'au-delà... Tout va bien, ma chère. Vous prenez des forces, je vois. Bien !

La silhouette se déplaçait, s'avançait. Chacun était cloué sur place, avec le regard fixe. Mlle Badley fut secouée d'un petit rire hystérique. Weatherby s'était adossé à son fauteuil, hoquetant de frayeur. Ni Malone ni Enid n'avaient peur, mais la curiosité les dévorait. C'était une chose extraordinaire que d'entendre le fracas de la vie dans la rue toute proche, et en même temps d'avoir sous les yeux un pareil spectacle.

Lentement, la silhouette faisait le tour de l'assistance. Elle arriva tout près d'Enid, entre l'endroit de l'apparition et la lumière rouge. Enid se pencha ; elle vit clairement sa forme extérieure : c'était la forme d'une femme petite, assez âgée, avec des traits aigus, bien dessinés.

– C'est Suzanne ! cria Mme Bolsover. Oh ! Suzanne, ne me reconnais-tu pas ?

La silhouette fit demi-tour et esquissa un signe de tête.

– Oui, ma chérie, c'est ta sœur Suzanne ! cria M. Bolsover. Je ne l'ai jamais vue qu'en noir. Suzanne, parlez-nous !

Elle secoua la tête.

– Ils parlent rarement quand ils viennent pour la première fois, dit Mme Linden, dont l'air blasé, vaguement commercial, contrastait avec l'émotion intense du cercle. Je crains qu'elle ne puisse pas tenir longtemps... Ah ! voilà ! Elle est partie.

La silhouette avait disparu. Elle avait marché à reculons vers le cabinet, mais les observateurs eurent l'impression qu'elle s'était enfoncée dans le plancher avant d'avoir atteint les tentures. En tout cas, elle était partie.

– Un disque, s'il vous plaît ! commanda Mme Linden.

Tout le monde se détendit. Les assistants se rejetèrent au fond de leurs chaises avec un soupir. Le phonographe diffusa un air entraînant. Tout à coup, les rideaux s'écartèrent et une deuxième silhouette apparut.

C'était une jeune fille, avec des cheveux flottants. Elle avança rapidement vers le centre du cercle avec une assurance parfaite.

Mme Linden eut un petit rire satisfait.

– Maintenant, vous allez avoir quelque chose de bon ! dit-elle. Voici Lucile.

– Bonsoir, Lucile ! s'écria la duchesse. Je vous ai vue le mois dernier, vous rappelez-vous ? Lorsque votre médium est venu à Maltraver Towers.

– Oui, oui, madame, je me souviens de vous. Vous avez un petit garçon, Tommy, qui vit avec nous. Non, non ! Il n'est pas mort, madame ! Nous sommes beaucoup plus vivants que vous. Nous disposons de tous les jeux possibles, nous nous amusons beaucoup !

Elle parlait un anglais parfait, sur un timbre aigu.

– Voulez-vous que je vous montre ce que nous faisons là-bas ?

Elle se mit à danser avec grâce, tout en sifflant aussi mélodieusement qu'un oiseau.

– Cette pauvre Suzanne ne pourrait pas en faire autant. Suzanne ne sait pas danser. Mais Lucile sait se servir d'un corps bien composé...

– Vous souvenez-vous de moi, Lucile ? demanda Mailey.

– Je me souviens de vous, monsieur Mailey. Un gros homme avec une barbe rousse.

Pour la deuxième fois de sa vie, Enid dut se pincer pour se convaincre qu'elle ne rêvait pas. Cette gracieuse créature, qui était-elle ? Une réelle matérialisation ectoplasmique, utilisée pour l'instant en guise de machine destinée à exprimer l'âme d'une morte ? Une illusion des sens ? Une fumisterie frauduleuse ? Lucile était venue s'asseoir au centre du cercle. Elle n'avait certainement rien de commun avec la vieille petite dame en noir. Elle était nettement plus grande et blonde. D'ailleurs, le cabinet avait été visité, examiné méticuleusement. Toute supercherie était impossible... Alors, c'était donc vrai ? Mais si c'était vrai, que de nouvelles perspectives ! Ne s'agissait-il pas de la plus grande affaire du monde entier ?

Pendant qu'Enid réfléchissait, Lucile s'était montrée si naturelle et la situation apparaissait tellement normale que les membres les plus nerveux de l'assistance s'étaient relaxés. La jeune fille répondait gaiement aux questions qui l'assaillaient de tous côtés.

– Où habitiez-vous, Lucile ?

– Je ferais peut-être mieux de répondre à sa place pour économiser l'énergie, interrompit Mme Linden. Lucile a été élevée dans le Dakota du Sud, aux États-Unis, et elle a quitté la terre à l'âge de quatorze ans. Nous avons vérifié quelques-unes de ses déclarations.

– Êtes-vous contente d'être morte, Lucile ?

– Contente si je ne pense qu'à moi, oui. Triste pour maman.

– Est-ce que votre mère vous a revue depuis ?

– Ma pauvre maman est comme une boîte fermée, dont Lucile ne peut pas soulever le couvercle.

– Êtes-vous heureuse ?

– Oh ! oui ! Tellement, tellement heureuse !

– Est-il juste que vous puissiez revenir ?

– Si ce n'était pas juste, Dieu le permettrait-il ? Il faut être bien méchant pour poser une pareille question !

– Quelle était votre religion ?

– J'étais catholique romaine.

– Est-ce la bonne religion ?

– Toutes les religions sont bonnes si elles vous rendent meilleurs !

– Ainsi, le choix n'a pas d'importance.

– Ce qui est important, c'est ce que font les gens dans la vie quotidienne, mais pas ce qu'ils croient.

– Dites-nous-en davantage, Lucile

– Lucile n'a pas beaucoup de temps. D'autres veulent venir. Si Lucile dépense trop d'énergie, les autres en auront moins. Oh ! que Dieu est bon et juste ! Vous, pauvres gens de la terre, vous ne savez pas combien il est bon et juste, parce qu'en bas tout est gris. Mais tout est gris pour votre bien. Tout est gris pour que vous puissiez saisir votre chance de gagner les merveilles qui vous attendent. Mais dans l'au-delà, on peut à peine dire combien il est merveilleux !

— L'avez-vous vu ?

— Le voir ? Comment peut-on voir Dieu ! Non, non, il se tient autour de nous, en nous, en toute chose, mais nous ne le voyons pas. Mais j'ai vu le Christ. Oh ! il est glorieux ! Glorieux !... Maintenant, au revoir...

Elle se tourna vers le cabinet noir et s'enfonça dans les ombres.

C'est alors que Malone vécut une expérience sensationnelle. La silhouette d'une femme petite, brune, assez ronde, émergea lentement du cabinet. Mme Linden l'encouragea, puis désigna le journaliste.

— C'est pour vous. Vous pouvez rompre le cercle. Venez vers elle.

Malone avança et regarda l'apparition de face. Il était frappé d'une terreur mystérieuse. Quelques centimètres les séparaient. Cette tête forte, ces formes solides, trapues, lui étaient familières ! Il approcha encore son visage, il la touchait presque. De tous ses yeux il la fixait. Les traits presque fluides semblaient se modeler comme sous les doigts d'un sculpteur invisible.

— Maman ! cria-t-il. Maman !

Instantanément, la silhouette leva les bras dans un geste de joie. Ce mouvement dut détruire son équilibre, elle disparut.

— Elle n'était jamais encore revenue. Elle ne pouvait pas parler, expliqua Mme Linden. C'était votre mère.

À demi assommé, Malone regagna son siège. C'est seulement quand ces choses-là vous arrivent que vous en réalisez toute la force... Sa mère ! Depuis dix ans au cimetière, et cependant debout près de lui. Pouvait-il jurer que c'était sa mère ? Non, il ne pouvait pas le jurer. Était-il moralement certain que c'était sa mère ? Oui, il avait une certitude morale. Il se découvrit rompu.

Mais d'autres merveilles le divertirent bientôt. Un homme jeune avait surgi du cabinet, s'était avancé vers Mailey et s'était arrêté devant lui.

— Hullo ! Jock ! Cher vieux Jock ! s'écria Mailey qui ajouta pour la société : mon neveu. Il vient toujours quand je suis avec Linden.

— L'énergie diminue, dit le garçon d'une voix claire. Je ne pourrai pas rester longtemps. Je suis bien content de vous voir, mon oncle. Vous savez, nous pouvons voir très nettement dans cette lumière, même si vous, vous ne pouvez pas.

— Oui, je sais que vous en êtes capables. Dis-moi, Jock, je voulais t'informer que j'avais prévenu ta mère que je t'avais vu. Elle m'a répondu que son Église lui avait appris que c'était faux.

— Je sais. Et que j'étais un démon. Oh ! c'est moche, moche ! Toutes ces croyances pitoyables vont être balayées, heureusement !

Sa voix se cassa dans un sanglot.

— Ne la blâme pas, Jock. Elle le croit de bonne foi.

— Oh ! non, je ne la blâme pas ! Un jour, elle sera plus savante. Car le temps approche où la vérité sera manifeste ! Et toutes ces Églises corrompues seront chassées de la terre avec leurs doctrines cruelles et leurs caricatures de Dieu !

– Attention, Jock ! Tu deviens hérétique...

– L'amour, mon oncle ! L'amour ! Cela seul compte. Qu'importe la religion, du moment que vous êtes doux, pitoyable, désintéressé comme l'était le Christ.

– Avez-vous vu le Christ ? interrogea quelqu'un.

– Pas encore. Peut-être le verrai-je.

– Il n'est donc pas dans le ciel ?

– Il y a beaucoup de ciels. Je suis dans un ciel très modeste, mais qui tout de même est glorieux.

Pendant ce dialogue, Enid avait penché la tête en avant. Ses yeux s'étaient habitués à la lumière et elle distinguait mieux. Le garçon qui se tenait debout à un mètre d'elle n'était pas un être humain. Elle en était sûre, absolument ! Et cependant, les différences étaient très subtiles. Il y avait en lui quelque chose, dans son teint bizarre, blanc-jaune, qui contrastait avec les visages de ses voisins ; mais aussi quelque chose, dans la curieuse rigidité de son maintien, qui était bien d'un homme sur ses gardes.

– Allons, Jock ! dit Mailey, dis quelques mots à la société, sur ta vie par exemple.

L'apparition baissa la tête, exactement comme l'aurait fait un enfant intimidé.

– Oh ! je ne peux pas, mon oncle !

– Allons, Jock ! Nous t'écoutons. Nous aimons t'entendre.

– Enseignez au monde ce qu'est la mort ! commença l'apparition. Dieu veut que le monde sache ce qu'elle est. Voilà pourquoi il nous permet de revenir. La mort n'est rien. Elle ne vous transforme pas davantage que si vous changiez de pièce et que vous passiez dans la chambre voisine. Vous ne pouvez pas croire que vous êtes mort. Je ne le croyais pas moi-même. Je ne l'ai cru que lorsque j'ai rencontré le vieux Sam, que je connaissais et dont j'étais sûr qu'il fût mort. Puis je suis revenu pour maman, mais elle n'a pas voulu me recevoir.

– N'en aie pas de chagrin, cher Jock ! fit Mailey. Elle acquerra la sagesse.

– Enseignez la vérité ! Enseignez-la à tous ! Oh ! c'est tellement plus important que tous les sujets de discussion entre les hommes ! Si pendant une seule semaine les journaux donnaient autant d'importance aux phénomènes psychiques qu'aux matches de football, tout le monde saurait. Or c'est l'ignorance qui triomphe...

Les spectateurs distinguèrent une sorte d'éclair vers le cabinet noir, mais le jeune garçon avait disparu.

– L'énergie est tombée à zéro, dit Mailey. Pauvre gosse ! Il a tenu jusqu'au bout. Il a toujours tenu jusqu'au bout. Même devant la mort.

Il y eut une longue interruption. Les disques tournèrent de nouveau. Puis les rideaux s'agitèrent. Quelque chose en émergea. Mme Linden sauta sur ses pieds et chassa l'apparition. Pour la première fois, le médium s'agita dans son fauteuil et gémit.

– Qu'est-ce qui se passe, madame Linden ?

— Il était à demi formé, répondit-elle. Le bas du visage n'était pas matérialisé. Peut-être que certains d'entre vous auraient eu peur. Je crois que ce soir nous n'aurons rien de plus. L'énergie est très bas.

Elle avait raison. Progressivement les lampes furent rallumées. Le médium avait le visage blanc et le front moite ; sa femme s'empressa autour de lui, elle déboutonna son col et lui passa de l'eau froide sur la figure. La société se disloqua en petits groupes qui discutaient passionnément de ce qu'ils venaient de voir.

— N'était-ce pas sensationnel ? s'écriait Mlle Badley. Excitant au possible, je trouve ! Quel dommage que nous n'ayons pas pu voir la tête à demi matérialisée !

— Merci bien ! Pour ma part, j'en ai vu assez, déclara l'amoureux des mystères. J'avoue que cette séance a été un peu trop forte pour mes nerfs!

M. Atkinson se trouvait près des chercheurs. Il leur demanda ce qu'ils en pensaient.

— J'ai vu mieux à la réunion de Maskelyne, répondit l'un deux.

— Oh ! allons, Scott ! dit le deuxième. Vous n'avez pas le droit de penser cela. Vous avez reconnu que le cabinet noir était à l'abri de toute supercherie !

— Chez Maskelyne aussi, le comité avait reconnu que le cabinet n'était pas truqué.

— Oui, mais c'était chez Maskelyne. Linden n'a pas de local particulier. Ici, il n'est pas chez lui.

— Populus vult decipi, répondit l'autre chercheur en haussant les épaules. Quant à moi, je réserve mon jugement.

Il s'éloigna avec la dignité de l'homme qui n'entend pas être dupe ; son compagnon courut pour le rejoindre, et leur discussion se poursuivit jusque dans la rue.

— Avez-vous entendu ? demanda Atkinson. Il existe une certaine catégorie de chercheurs psychiques qui sont résolument incapables d'admettre une preuve. Ils se torturent la cervelle pour trouver une échappatoire. Chaque fois que l'espèce humaine fait un pas en avant, ces intellectuels se mettent ridiculement à l'arrière-garde.

— Non, fit Mailey en riant. Ce sont les évêques qui sont prédestinés à marcher en queue. Je les imagine tous, mitres et crosses, s'ingéniant à demeurer parmi les derniers à atteindre la vérité spirituelle.

— Vous exagérez ! protesta Enid. Vous êtes trop injuste ! Ce sont de braves gens.

— Mais oui ! Ce sont tous de braves gens. Seulement, ils constituent un cas physiologique : des gens âgés, dont la vieille cervelle est sclérosée, impuissante à enregistrer de nouvelles impressions. Ils ne sont pas fautifs, mais le fait est là... Vous êtes bien silencieux, Malone !

Malone était en train de penser à la petite silhouette trapue et brune qui avait ébauché un geste de joie quand il lui avait parlé. C'est avec cette image dans la tête qu'il quitta le salon des miracles pour descendre dans la rue

CHAPITRE VI
Dévoilons les mœurs d'un criminel notoire !

Quittons maintenant ce petit groupe en compagnie duquel nous avons procédé à une première exploration des régions peut-être ternes et mal délimitées – mais combien importantes ! – de la pensée et des expériences humaines, et passons des enquêteurs aux enquêtes. Suivez-moi. Je vais vous mener chez M. Linden ; là s'étaleront les lumières et les ombres dont s'assortit la vie d'un médium professionnel.

Pour nous rendre dans son logis, nous descendrons la grande artère de Tottenham Court Road, que jalonnent les grands magasins de meubles, et nous tournerons dans une petite rue aux maisons tristes qui aboutit au British Museum. Cette petite rue s'appelle Tullis Street. Arrêtons-nous au numéro 40. Voici une maison aplatie, grise, banale, des marches avec une rampe grimpent vers une porte défraîchie ; par la fenêtre de la pièce du devant le visiteur aperçoit, ce qui le rassure, une grosse Bible dorée sur tranche qui repose sur une petite table.

Grâce au passe-partout de l'imagination, ouvrons la porte, enfilons un couloir obscur et montons un escalier étroit. Il est près de dix heures. Pourtant c'est encore dans sa chambre à coucher que nous trouverons le célèbre faiseur de miracles. Le fait est que, comme nous l'avons vu, il a eu la veille au soir une séance épuisante ; il se repose donc le matin.

Lorsque nous entrons pour lui faire une visite inopportune mais invisible, il est assis sur son séant, calé entre des oreillers, et le plateau de son petit déjeuner est posé sur ses genoux. Le tableau qu'il nous offre amuserait beaucoup les gens qui ont prié avec lui dans les humbles temples du spiritisme, ou qui ont assisté, non sans effroi, à ces séances où il a exhibé l'équivalent moderne des dons de l'Esprit. Sous la faible lumière matinale, il paraît d'une pâleur malsaine, ses cheveux bouclés s'élèvent en pyramide bancale au-dessus de son front intelligent. Sa chemise de nuit entrouverte dénude un cou de taureau. Sa forte poitrine et ses épaules puissantes en disent long sur sa force musculaire. Il dévore avec avidité son petit déjeuner, tout en bavardant avec une petite bonne femme ardente aux yeux noirs qui est assise sur le côté de son lit.

– Tu penses que c'était une bonne réunion, Mary ?

– Entre les deux, Tom. Il y avait ces chercheurs qui grattaient avec leurs pieds et qui dérangeaient les autres. Est-ce que tu crois que les gens dont parle la Bible auraient accompli leurs merveilles s'ils avaient eu des bonshommes comme ça sur les lieux ? « D'un commun accord… » voilà ce qui est écrit dans le Livre.

– Naturellement ! s'écria Linden avec chaleur. Est-ce que la duchesse était contente ?

– Oui, je crois qu'elle était très satisfaite. Et aussi M. Atkinson, le chirurgien. Il y avait un nouveau, un journaliste du nom de Malone. Et puis lord et lady Montnoir ont eu une visite, tout comme sir James Smith et M. Mailey.

– Je n'étais pas content de la clairvoyance, dit le médium. Ces imbéciles n'arrêtaient pas de m'influencer : « C'est sûrement mon oncle Sam », etc. Cela me brouille, je ne peux rien voir de clair.

– Oui. Et dire qu'ils s'imaginent qu'ils t'aident ! Ils t'aident à t'embrouiller et à se tromper eux-mêmes. Je connais le genre !

– Mais j'ai quand même continué, et pas trop mal ; après, il y a eu de bonnes matérialisations. Seulement, ils m'ont vidé ! Je suis une loque ce matin.

– Ils te font trop travailler, mon chéri. Je vais t'emmener à Margate pour que tu te remontes.

– Oui. Peut-être qu'à Pâques nous pourrions y passer une semaine. Les lectures, la clairvoyance ne me fatiguent pas, mais les phénomènes physiques me tuent. Je ne me sens pas aussi mal que Hallows. On dit qu'il est tout blanc et qu'il halète sur le plancher pour les appeler.

– Oui ! s'écria la femme. Alors on court, on lui apporte du whisky, on lui apprend à se fier à la bouteille, et le résultat ? On a un nouveau médium ivrogne. Tu t'en garderas bien, Tom ?

– Sois tranquille ! Dans notre métier, il faut se cantonner dans les boissons douces. Et le mieux est d'être végétarien. Mais je ne peux pas le conseiller, moi qui dévore des œufs au jambon. Oh ! sapristi, Mary ! Il est plus de dix heures et j'ai du monde ce matin. Je vais me faire un peu d'argent aujourd'hui.

– À peine gagné, tu le dépenses, Tom !

– Bah ! du moment que nous pouvons joindre les deux bouts, quelle importance ? J'espère qu'ils s'occuperont de nous, Mary.

– Ils ont laissé tomber quantité d'autres pauvres médiums qui, en leur temps, avaient bien travaillé.

– Ce sont les riches qui sont à blâmer ; pas le peuple des esprits, répondit Tom Linden. Je vois rouge quand je me souviens que des gens comme lady Ceci et la comtesse Cela proclament tout le soulagement qu'elles ont eu, puis laissent mourir comme des chats de gouttière ceux qui le leur ont donné. Je pense au pauvre vieux Tweedy ou à Soames, à tous les médiums qui finissent leurs jours dans des maisons de retraite. Je pense à ces journaux qui clabaudent sur les fortunes que nous avons gagnées, alors qu'un maudit prestidigitateur en gagne plus que nous tous réunis en nous imitant bassement avec deux tonnes de machinerie pour l'aider !

– Ne te tracasse pas, chéri ! s'écria la femme du médium en caressant amoureusement la crinière de son mari. Tout s'égalise en fin de compte, et chacun paie pour ce qu'il a fait.

Linden éclata de rire.

– Quand je me mets en colère, c'est mon sang gallois qui bout. Après tout, que les prestidigitateurs ramassent leurs sales pourboires, et que les riches gardent leurs bourses fermées ! Je me demande ce qu'ils bâtissent sur la valeur de l'argent. Si j'avais le leur...

On frappa à la porte :

– Pardon, monsieur, votre frère Silas est en bas.

Ils se regardèrent tous deux avec consternation.

– Encore, un ennui ! fit tristement Mme Linden.

Linden haussa les épaules.

– Bien, Suzanne ! cria-t-il. Dites-lui que je descends. Maintenant, chérie, va lui tenir compagnie, je te rejoins dans un quart d'heure.

Avant même que ce délai ne fût écoulé, il entrait dans la pièce du devant, qui lui servait de cabinet de consultations.

Mme Linden éprouvait des difficultés évidentes à avoir un entretien agréable avec le visiteur. Silas Linden était gros, pesant ; il ressemblait à son frère aîné, mais ce qui n'était que rondeur chez le médium s'était épaissi chez le cadet pour donner une impression de brutalité pure. Il portait la même pyramide de cheveux bouclés, sa mâchoire lourde trahissait de l'entêtement borné. Il était assis près de la fenêtre, et il avait posé sur ses genoux ses mains énormes, marquées de taches de rousseur. Il avait été un très bon boxeur professionnel, candidat au titre national des poids mi-moyens. À présent, son costume de tweed usé et ses souliers éculés indiquaient qu'il traversait une mauvaise passe ; il essayait de la franchir en soutirant de l'argent à son frère.

– Salut Tom !...

Il avait la voix enrouée. Mme Linden quitta la pièce. Aussitôt après son départ, Silas enchaîna :

– Y'aurait pas une goutte de scotch dans ta maison ? Ce matin, j'ai une de ces gueules de bois ! J'ai rencontré hier soir à l'Amiral-Vernon quelques copains, on ne s'était pas vus depuis ma belle époque...

– Je regrette, Silas ! répondit le médium en s'asseyant derrière son bureau. Je n'ai jamais de whisky chez moi.

– En fait de spiritueux, tu n'as que des esprits, hein ? Et pas de la meilleure qualité... Bon. Écoute, le prix d'un verre fera aussi bien. Si tu as un petit billet de trop, je m'en arrangerai, car je ne vois rien venir à l'horizon.

Tom Linden tira d'un tiroir un billet d'une livre.

– Voilà, Silas. Tant que j'en aurai, tu auras ta part. Mais la semaine dernière je t'avais donné deux livres. Il ne t'en reste plus rien ?

– Plus rien ! répondit Silas en enfouissant le billet d'une livre dans sa poche. Maintenant, Tom, je voudrais te parler très sérieusement, d'homme à homme.

– Vas-y, Silas.

– Regarde ça...

Il montra une bosse sur le revers de sa main.

– C'est un os ! Tu vois ? Ma main ne se remettra jamais. Je me suis fait ça quand j'ai knock-outé Curly Jenkins au troisième round, au Sporting Club. Ce soir-là, je me suis knock-outé, moi, pour la vie. Je puis encore parader en exhibition, mais pour les combats c'est terminé. Ma droite est fichue.

– C'est moche, Silas !

– Plutôt moche, oui ! Mais en tout cas, il faut que je gagne ma croûte, et je voudrais savoir comment. Un pugiliste à la retraite ne trouve pas beaucoup de filons. À la rigueur un emploi de chasseur ou de portier dans une boîte de nuit, on boit à l'œil. Mais ça ne suffit pas. Ce que je voudrais, Tom, c'est ton avis : pourquoi ne deviendrais-je pas médium ?

– Médium ?

– Qu'est-ce que tu as à me regarder comme ça ? Puisque ce job te convient, il pourrait également me convenir, non ?

– Mais tu n'es pas médium ?

– Oh ! ça va ! Garde ta salade pour les journaux. Nous sommes entre nous, hein ? Alors comment t'y prends-tu ?

– Je ne m'y prends pas. Je ne fais rien…

– Et par semaine tu gagnes tes quatre ou cinq livres en ne faisant rien ? Pas mal ! N'essaie pas de me raconter des blagues, Tom. Je ne suis pas de ces cinglés qui te paieront une livre pour une heure dans le noir. Nous sommes à égalité, toi et moi. Allons, comment t'y prends-tu ?

– M'y prendre pour quoi faire ?

– Eh bien ! les coups dans les murs ou dans les meubles, par exemple. Je t'ai vu assis à ton bureau et, à des questions posées les réponses venaient de là-bas par des coups dans ta bibliothèque. C'était rudement bien ! Tu épatais ton monde à chaque fois. Comment t'y prenais-tu ?

– Mais je ne m'y prends pas, comme tu dis ! Cela se produit en dehors de moi-même.

– Tu blagues ! Tu peux bien me le dire, Tom. Je serai muet comme la tombe. Si je pouvais faire comme toi, ça me remettrait en selle pour la vie.

Une deuxième fois ce matin-là, l'hérédité galloise du médium fut la plus forte.

– Canaille ! Tu es une canaille, un blasphémateur, Silas Linden ! Ce sont des types comme toi qui, en entrant dans nos rangs, nous font une réputation détestable. Tu devrais me connaître suffisamment pour savoir que je ne triche pas. Fiche le camp ! Sors de cette maison, ingrat !

– Ferme ça ! gronda la brute.

– Fiche le camp ! Ou je te flanque dehors, que tu sois mon frère ou non !

Silas serra ses gros poings, et la fureur le défigura. Puis songeant à l'avenir et aux bienfaits qu'il pourrait soutirer à son frère, il se radoucit.

– Bon, bon ! grommela-t-il en se dirigeant vers la porte. Inutile de te fâcher. J'ai l'impression que je pourrai me débrouiller sans toi...

Mais sur sa prudence la colère reprit le dessus :

– Tu n'es qu'un truqueur, un maudit hypocrite ! Je te revaudrai cela bientôt !

Et il claqua la porte.

Mme Linden accourut vers son mari.

– L'ignoble personnage ! cria-t-elle. Je l'ai entendu. Qu'est-ce qu'il te voulait exactement ?

– Il voulait que je l'initie à mon métier. Il s'imagine que j'emploie des trucs que je pourrais lui apprendre.

– L'imbécile ! Enfin, c'est une bonne chose, car il n'osera plus remettre les pieds ici, je pense !

– Oh ! je n'en sais rien.

– S'il vient, il recevra ma main sur la figure... Quand je pense qu'il te met sens dessus dessous : te voilà tout tremblant !

– Je suppose que je ne serais pas médium si je n'étais pas sensible. Quelqu'un a dit que nous étions des poètes, et même un peu plus. Mais ça tombe mal quand il faut se mettre au travail.

– Je vais te donner un remède.

Elle plaça sur le large front de son mari des petites mains abîmées par le travail.

– Cela va mieux ! fit-il au bout d'un moment. Bon remède, Mary ! Je vais fumer une cigarette dans la cuisine. Et nous n'en parlerons plus.

– Non. Il y a quelqu'un qui attend. Es-tu en forme pour la voir ? C'est une femme.

– Oui, je vais très bien maintenant. Fais-la entrer.

Une femme entra, forme humaine vêtue de noir, au visage tragique, blême ; il suffisait de la regarder pour comprendre son histoire. Linden lui indiqua une chaise à contre-jour. Puis il fouilla dans ses papiers.

– Vous êtes Mme Blount, n'est-ce pas ? Vous aviez rendez-vous ?

– Oui... Je voulais vous demander...

– Je vous en prie : ne me demandez rien. Cela m'embrouille.

Il l'examina de ses yeux gris clair, avec le regard du médium qui cherche et qui voit plutôt à travers les objets que les objets eux-mêmes.

– Vous avez bien fait de venir. Très bien fait. À côté de vous, il y a quelqu'un qui a un message urgent. Très urgent. J'obtiens un nom... Francis... Oui, Francis.

La femme joignit les mains.

– Oui, oui ! C'est son nom !

– Un homme brun, très triste, très sérieux... Oh ! très sérieux ! Il va parler. Il doit parler ! C'est urgent. Il dit : « Cloclo... » Qui est Cloclo ?

– Oui, il m'appelait ainsi. Oh ! Frank, parle-moi ! Parle !

– Il parle. Il pose sa main sur votre tête. Il dit : « Cloclo, si tu fais ce que tu as l'intention de faire, cela creusera entre nous un fossé tel qu'il faudra plusieurs années pour le combler. » Est-ce que cela signifie quelque chose pour vous ?

Elle bondit de sa chaise :

– Oh ! oui ! Oh ! monsieur Linden, c'était ma dernière chance ! Si elle avait échoué... Si j'avais découvert que j'avais réellement perdu Frank, j'avais l'intention d'aller le rejoindre. Ce soir, j'aurais pris du poison !

– Remerciez Dieu, parce que je vous ai sauvée. C'est une chose terrible, madame, que de supprimer une vie : c'est aller contre les lois de la nature, et quiconque va contre les lois de la nature est puni. Je me réjouis qu'il ait été capable de vous sauver. Il a davantage à vous dire. Son message continue : « Si tu vis et fais ton devoir, je serai pour toujours à côté de toi, beaucoup plus près que nous ne l'avons jamais été tandis que j'étais en vie. Ma présence t'entourera et te gardera, toi et nos trois petits. »

Ah ! il tint du miracle, le changement qui s'opéra en cette femme ! À présent elle se tenait droite, le sang affluait à ses joues, elle souriait. Des larmes coulaient encore sur son visage, mais c'étaient des pleurs de joie. Elle battit des mains. Elle esquissa quelques petits mouvements convulsifs, comme si elle allait danser.

– Il n'est pas mort ! Il n'est pas mort ! Comment pourrait-il être mort puisqu'il me parle, puisqu'il sera plus près de moi que jamais ? Oh ! monsieur Linden, que puis-je faire pour vous ? Vous m'avez sauvée de la mort la plus honteuse ! Vous m'avez rendu mon mari ! Oh ! vous avez la puissance de Dieu !

Le médium avait du cœur en tout cas ; à son tour il sentit des larmes humecter ses yeux.

– Chère madame, n'en dites pas davantage ! Ce n'est pas moi. Je ne fais rien. Remerciez Dieu qui, dans sa miséricorde, permet à certains de ses mortels de voir un esprit ou de communiquer son message. Donnez-moi une guinée, si cela ne vous gêne pas. Et revenez ici si vous êtes en souci.

– Maintenant, s'écria-t-elle, je me contenterai d'attendre la volonté de Dieu et de faire mon devoir ici-bas jusqu'au moment où nous serons réunis de nouveau !

La veuve quitta la maison du médium comme si elle flottait dans l'air. Tom Linden sentit que les nuages semés par la visite de son frère avaient été chassés par cet épisode heureux : y a-t-il plus belle joie que de donner de la joie et d'assister à l'ouvrage bénéfique de son propre pouvoir ? À peine avait-il repris place à son bureau qu'un nouveau client fut introduit. Cette fois, c'était un homme du monde, élégant, en redingote et guêtres blanches, avec l'air bousculé de quelqu'un dont les minutes sont précieuses.

– Monsieur Linden, je crois ? J'ai entendu parler, monsieur, de votre pouvoir. Je me suis laissé dire que mis en présence d'un objet et le tenant dans votre main, vous pouviez donner certaines indications quant à son propriétaire ?

– Cela m'est arrivé. Mais je ne puis le commander.

– Je voudrais vous mettre à l'épreuve. Voici une lettre que j'ai reçu ce matin. Pourriez-vous exercer votre pouvoir sur elle ?

Le médium s'empara de la lettre pliée ; il s'adossa à sa chaise et pressa la missive contre son front. Il demeura ainsi pendant plus d'une minute. Puis il rendit la lettre.

– Je ne l'aime pas, dit-il. J'ai un sentiment de malheur. Je vois un homme vêtu de blanc. Son visage est brun. Il écrit sur une table de bambou. J'obtiens une sensation de chaleur. La lettre vient d'une région tropicale.

– Oui, de l'Amérique centrale.

– Je ne puis pas vous en dire davantage.

– Les esprits sont-ils donc si bornés ? Je croyais qu'ils savaient tout.

– Ils ne savent pas tout. Leur pouvoir et leur savoir sont aussi limités que les nôtres. D'ailleurs, ceci n'est pas une affaire pour le peuple des esprits. Je n'ai fait que de la psychométrie, qui est une possibilité de l'âme humaine.

– Jusqu'ici, vous ne vous êtes pas trompé. Cet homme qui m'a écrit voudrait que je mette de l'argent à part égale dans un forage de pétrole. Est-ce que je dois le faire ?

Tom Linden secoua la tête.

– Certains pouvoirs nous sont donnés, monsieur, pour consoler l'humanité et pour prouver l'immortalité. Jamais il n'a été question de les utiliser pour un usage de ce monde. Si par malheur ils sont utilisés pour de tels desseins, il s'ensuit automatiquement des difficultés pour le médium et pour son client. Je ne m'occuperai pas de cette affaire.

– Si c'est une question d'argent... dit le visiteur en tirant un portefeuille de sa poche.

– Non, monsieur, pas pour moi. Je suis pauvre, mais je n'ai jamais usé de mes dons.

– Je me demande à quoi ils servent, ces dons-là ! fit l'homme en se levant. Tout le reste, je puis l'obtenir de n'importe quel pasteur licencié, et vous ne l'êtes pas. Voilà votre guinée, mais je n'en ai pas reçu la valeur !

– Je regrette, monsieur, mais je ne puis pas aller contre la règle. Il y a près de vous une dame, monsieur, une dame... près de votre épaule gauche... une dame âgée...

– Tut ! Tut ! interrompit le financier, en se dirigeant vers la porte.

– Elle porte une grande médaille d'or avec une croix d'émeraude sur sa poitrine.

L'homme s'arrêta, se retourna, et parut stupéfait.

– Où avez-vous trouvé cela ?

– Je le vois devant moi.

– Ah ! ça, mon vieux, c'est ce que ma mère a toujours porté ! Voudriez-vous me dire que vous pouvez la voir ?

– Non, elle est partie.

– Comment était-elle ? Qu'est-ce qu'elle faisait ?

– Elle était votre mère. Elle me l'a dit. Elle pleurait.

– Pleurer ? Ma mère ! Quoi ! si jamais une femme a mérité d'être au ciel, elle y est. Et au ciel on ne pleure pas !

– Pas dans le ciel de votre imagination. Dans le ciel vrai, on pleure. Et c'est nous qui faisons pleurer les morts. Elle a laissé un message.

– Donnez-le moi !

– Le voici : « Oh ! Jack, Jack ! Tu t'éloignes toujours davantage de moi ! »

L'homme eut un geste de mépris.

– J'ai été un sacré imbécile de vous donner mon nom quand j'ai pris rendez-vous. Vous vous êtes renseigné. Vous ne m'aurez pas avec vos trucs ! J'en ai assez ! Vous m'entendez : assez !

Et pour la deuxième fois de la matinée, la porte du médium claqua brutalement.

– Il n'a pas aimé le message que j'avais reçu pour lui, expliqua Linden à sa femme. Il venait de sa pauvre maman. Elle se fait du souci à son sujet. Seigneur ! Si seulement les gens étaient au courant, ils deviendraient meilleurs…

– Mais, Tom, ce n'est pas ta faute s'ils ne savent pas, répondit Mme Linden. Il y a deux femmes qui t'attendent. Elles n'ont pas pris rendez-vous, mais elles semblent bien ennuyées.

– J'ai un peu mal à la tête. Je n'ai pas encore récupéré la séance d'hier soir. Silas et moi nous avons ceci en commun : notre travail de la nuit se répercute toujours sur le lendemain matin. Je vais simplement recevoir ces deux-là et personne d'autre ; je n'aime pas éconduire des gens qui sont en peine, si je puis leur venir en aide.

Les deux femmes furent introduites ; toutes deux étaient d'apparence austère et vêtues de noir, l'une pouvait avoir cinquante ans, l'autre vingt-cinq.

– Je crois que votre tarif est d'une guinée, dit la plus âgée en posant une pièce sur la table.

– Une guinée pour les clients qui peuvent payer ce prix, répondit Linden.

– Oh ! oui, moi je puis payer ! dit la femme. J'ai de gros ennuis, et on m'a dit que vous pourriez m'aider.

– Je vous aiderai si je le puis. Je suis là pour ça.

– J'ai perdu mon pauvre mari à la guerre. Il a été tué à Ypres. Pourrais-je entrer en relation avec lui ?

– Vous n'apportez pas avec vous beaucoup d'influx, il me semble. Je n'ai aucune impression. Je suis désolé, mais il s'agit de phénomènes auxquels nous ne pouvons commander. J'ai un nom : Edmond. Était-ce son nom ?

– Non.

– Ou Albert ?

– Non.

— Je regrette, mais cela me paraît bien embrouillé, des vibrations contraires, peut-être, et un méli-mélo de messages comme des fils de télégraphe entremêlés.

— Est-ce que le nom de Pedro vous aiderait ?

— Pedro ! Pedro ! Non, je n'ai rien. Pedro était-il un homme âgé ?

— Non, il n'était pas âgé.

— Je n'ai aucune impression.

— C'est en réalité au sujet de ma fille que j'ai besoin d'un conseil. Mon mari m'aurait dit quoi faire. Elle est fiancée à un ajusteur ; il y a une ou deux choses qui sont contre ce projet, et je voudrais être éclairée.

— Donnez-nous un conseil ! insista la jeune femme, en regardant le médium avec dureté.

— Je le ferai si je le puis, ma chère. Aimez-vous cet homme ?

— Oh ! oui, il est très bien.

— Eh bien ! si vous ne ressentez pas davantage, laissez-le à son sort. D'un tel mariage, il ne peut sortir que du malheur.

— Alors vous voyez du malheur qui l'attend ?

— Je vois qu'il y a des chances de malheur. Je crois qu'elle devrait être prudente.

— Ne voyez-vous personne d'autre à l'horizon ?

— Tout le monde, hommes et femmes, rencontre un partenaire à un moment donné quelque part.

— Alors elle aura un partenaire ?

— Elle en aura un très certainement.

— Je me demande si j'aurai aussi une famille ? demanda la jeune fille.

— Je ne sais pas : c'est plus que je ne saurais dire.

— Et l'argent ?... Aura-t-elle de l'argent ? Nous sommes très déprimées, monsieur Linden, et nous voudrions un peu de...

Une interruption imprévue lui coupa la parole : la porte s'était ouverte, et la petite Mme Linden s'était ruée dans la pièce avec une figure décomposée et des yeux étincelants.

— Ce sont des policières, Tom ! Je viens d'avoir un avertissement à leur sujet. Sortez d'ici, paire d'hypocrites ! Et vous vous lamentiez encore ! Oh ! que j'ai été bête ! Quelle idiote de ne pas vous avoir flairées plus tôt !

Les deux femmes s'étaient levées.

— Vous avez du retard, madame Linden ! ricana la plus âgée. Il a reçu de l'argent.

— Reprenez-le ! Reprenez-le ! Il est sur la table.

— Non, pas du tout ! Il l'a reçu et il nous a dit la bonne aventure. Vous entendrez reparler de ceci, monsieur Linden !

– Vous mentez ! Vous pourchassez les fraudes, mais c'est vous qui fraudez ! Jamais il ne vous aurait reçues s'il n'avait pas eu pitié de vous...

– Inutile de protester, répondit la policière. Nous faisons notre métier, et ce n'est pas nous qui fabriquons les lois. Aussi longtemps qu'elles figurent dans le Code, nous avons à les appliquer et à les faire respecter. Nous soumettrons notre rapport à nos supérieurs.

Tom Linden semblait assommé par ce coup, mais quand les policières eurent disparu, il passa son bras autour de sa femme en pleurs, et il la consola du mieux qu'il put.

– C'est la dactylo du commissariat qui m'a fait avertir, dit-elle. Oh ! Tom, c'est la deuxième fois ! Cela signifie la prison et les travaux forcés pour toi.

– Eh bien ! ma chérie, du moment que nous sommes certains de n'avoir pas fait de mal et d'avoir au contraire accompli l'ouvrage de Dieu au mieux de notre pouvoir, nous devons prendre de bon cœur ce qu'il nous envoie.

– Mais où étaient-ils ? Comment ont-ils pu te laisser tomber de cette manière ? Où était ton guide ?

– Au fait, Victor ? dit Tom Linden, en secouant la tête et en regardant au-dessus de lui. Victor, où étiez-vous ? J'ai un compte à régler avec vous !...

« Tu sais, chérie, poursuivit-il en s'adressant à sa femme, un médium est un peu comme un médecin : le médecin ne se traite jamais lui-même, et le médium est désarmé devant ce qui lui arrive. Telle est la règle. Tout de même, j'aurais dû deviner ! J'étais dans la nuit. Je n'avais aucune sorte d'inspiration. C'est uniquement par pitié et par compassion que j'ai continué alors que je n'avais vraiment pas de message à communiquer. Ma chère Mary, nous allons réagir avec courage. Peut-être les faits ne sont-ils pas assez prouvés pour qu'on m'intente un procès ; peut-être le commissaire de police est-il moins ignorant que les autres... Espérons !

En dépit de son courage apparent, le médium frissonnait et tremblait. Sa femme l'avait entouré de ses bras et elle essayait de l'apaiser. La bonne, Suzanne, qui ne se doutait de rien, introduisit un nouveau visiteur dans le bureau de Linden : Edward Malone en personne.

– Il ne peut pas vous voir, dit brièvement Mme Linden. Le médium est malade. Il ne verra personne ce matin.

Mais Linden avait reconnu son visiteur.

– C'est M. Malone, ma chérie. Malone, de la Daily Gazette, qui était hier soir avec nous. Nous avons eu une bonne séance, n'est-ce pas, monsieur ?

– Excellente ! s'exclama Malone. Mais qu'est-ce qui ne va pas ?

Le ménage Linden lui raconta la scène qui venait de se dérouler.

– Quel sale métier ! s'écria Malone avec dégoût. Je suis sûr que le public ne se rend absolument pas compte de la façon dont cette loi est appliquée. Sinon, il y aurait une émeute. Cette histoire d'agent provocateur est tout à fait étrangère à la justice britannique. Mais en tout cas, Linden, vous êtes un vrai médium. La loi a été faite pour supprimer les faux.

— Il n'existe pas de vrais médiums au regard de la loi anglaise, répondit lugubrement Linden. Je crois même que plus l'on est un vrai médium et plus grand est le crime. Si l'on est médium et si l'on se fait payer, on est coupable. Mais comment un médium vivrait-il s'il ne se faisait pas payer ? C'est un travail qui nécessite toute la force physique d'un homme. Impossible d'être charpentier pendant le jour et médium de première classe la nuit !

— Quelle loi ignoble ! On dirait qu'elle écarte délibérément toutes les preuves physiques de l'énergie spirituelle.

— Exactement. Si le diable avait voulu faire une loi, il ne l'aurait pas faite autrement. On prétend qu'elle a pour but de protéger le public, or personne n'a jamais porté plainte ! Tous les procès ont été intentés à la suite de pièges tendus par la police. Et pourtant la police sait parfaitement qu'il n'y a pas de garden-party de charité organisée au bénéfice de telle ou telle Église qui n'ait sa voyante ou son diseur de bonne aventure !

— C'est monstrueux ! Et maintenant, que va-t-il arriver ?

— J'attends une citation. Puis un procès devant le tribunal de simple police. Puis une amende ou la prison. C'est la deuxième fois, comprenez-vous ?

— Eh bien ! vos amis viendront témoigner en votre faveur, et nous aurons un bon avocat pour vous défendre.

Linden haussa les épaules.

— Vous ne savez jamais qui sont vos amis. Ils glissent entre vos doigts comme de l'eau, quand l'affaire se gâte.

— S'il n'y en a qu'un qui ne le fera pas, déclara Malone, ce sera moi ! Tenez-moi au courant des événements. Mais j'étais venu parce que j'avais quelque chose à vous demander.

— Désolé ! fit Linden. Mais je ne suis pas en état.

Il montra sa main qui tremblait encore.

— Non, il ne s'agit pas de psychisme à proprement parler. Je voulais vous demander simplement si la présence d'un sceptique endurci stopperait tous les phénomènes que vous produisez.

— Pas nécessairement. Mais bien sûr, sa présence compliquerait les choses. S'il demeurait tranquille et raisonnable, nous pourrions obtenir des résultats. Mais la plupart ne savent rien, agissent contre les règles, et détruisent les conditions sine qua non. L'autre jour, il y avait le vieux Sherbank, le médecin. Quand il entendit des petits coups sur la table, il sauta en l'air, posa sa main sur le mur et cria : « Maintenant, je vous donne cinq secondes pour que ces coups me frappent la paume de la main ! » Et parce qu'il ne ressentit pas de coups dans la paume de sa main, il déclara que j'étais un farceur et il partit furieux. Les gens n'admettent pas qu'il y ait des règles fixes pour cela comme pour le reste.

— Eh bien ! je dois vous avouer que l'homme auquel je pensais est aussi peu raisonnable que votre médecin. Il s'agit du grand Pr Challenger.

— Ah ! oui, j'ai déjà entendu dire que c'était un cas difficile.

— Accepteriez-vous qu'il vienne à une séance ?

— Oui, si vous le désirez.

— Il ne viendrait pas chez vous, ni dans tout autre endroit que vous lui proposeriez. Il imaginerait tout un tas de fils et de truquages... Pourriez-vous venir à sa maison de campagne ?

— Je ne refuserai pas si je puis le convertir.

— Et quand ?

— Je ne peux rien faire avant que soit réglée cette histoire abominable. C'est-à-dire d'ici un mois ou deux.

— Bien. Je garderai le contact avec vous jusque-là. Quand tout sera redevenu comme avant, nous établirons un plan, et nous verrons si nous pouvons le placer devant des faits comme je l'ai été moi-même. En attendant, permettez-moi de vous dire combien je suis en sympathie avec vous. Nous allons constituer un comité d'amis et tout ce qui sera possible sera fait.

CHAPITRE VII
Le criminel notoire reçoit le châtiment que, selon la loi anglaise, il mérite

Avant de reprendre le récit des aventures de nos héros dans le domaine du psychisme, sans doute serait-il bon de savoir comment la loi anglaise a traité l'individu pervers et dangereux qui s'appelait M. Tom Linden.

Les deux policières regagnèrent triomphalement Bardley Square Station, où l'inspecteur Murphy, qui les avait envoyées au 40 de Tullis Street, attendait leur rapport. Il était assis derrière sa table de travail jonchée de papiers. Gaillard rubicond à la moustache noire, Murphy usait avec les femmes de manières volontiers paternelles, que ne justifiaient d'ailleurs ni son âge ni sa virilité.

— Alors, les filles ? demanda-t-il à ses collaboratrices. Ça a marché ?

— Du tout cuit ! répondit la plus âgée. Nous avons le témoignage que vous vouliez.

L'inspecteur s'empara d'un questionnaire manuscrit.

— Vous avez bien suivi mon plan général ?

— Oui. J'ai dit que mon mari avait été tué à Ypres.

— Bon. Qu'a-t-il fait ?

— Il a paru désolé pour moi...

— Naturellement. Ça fait partie du jeu. Il aura le temps de se désoler pour lui-même avant qu'il s'en sorte. Il n'a pas dit : « Vous êtes une femme seule et vous n'avez jamais eu de mari ! »

— Non.

— Dites donc, voilà un mauvais point pour les esprits, hein ? De quoi impressionner le tribunal ! Et ensuite ?

— Il a cherché des noms. Ils étaient tous faux.

— Parfait !

— Il m'a crue quand je lui ai dit que Mlle Bellinger était ma fille.

— Excellent ! Avez-vous tâté du truc « Pedro » ?

— Oui, il a réfléchi sur le nom, mais il n'a rien dit.

— Dommage ! Enfin, de toutes manières, il ne savait pas que « Pedro » était le nom de votre toutou. Il a réfléchi sur le nom ? Pas mal ! Faites rire le jury, le verdict est dans la poche. Maintenant au sujet de la bonne aventure : avez-vous fait comme je vous l'avais suggéré ?

– Oui. Je l'ai questionné sur le fiancé d'Amy. Il ne m'a rien répondu de précis.

– Rusé bonhomme ! Il connaît son affaire !

– Mais il a déclaré qu'elle serait malheureuse si elle l'épousait.

– Tiens, tiens ! Vraiment ? Bon, si nous délayons un peu cela, nous aurons ce qui est nécessaire. Alors asseyez-vous, et dictez votre rapport pendant que les faits sont encore frais dans votre mémoire. Puis nous le reverrons ensemble et nous l'arrangerons pour le mieux. Amy, vous en écrirez un, vous aussi.

– Très bien, monsieur Murphy.

– Ensuite, nous solliciterons un mandat. Tout dépend du magistrat qui sera commis. Le mois dernier, M. Dalleret a fait grâce à un médium, donc il ne nous sera d'aucune utilité. Et M. Lancing s'est plus ou moins compromis avec les spirites. En revanche, M. Melrose est un matérialiste endurci. Si nous avons affaire avec lui, nous obtiendrons un mandat d'arrêt. Il ne faudrait pas qu'il s'en tire sans condamnation.

– Il n'y aurait pas moyen d'avoir des témoignages du public pour corroborer les nôtres ?

L'inspecteur éclata de rire.

– Nous sommes censés protéger le public ; mais de vous à moi, le public n'a jamais demandé à être protégé. Aucune plainte n'a été déposée. Donc c'est à nous qu'il appartient de faire respecter la loi du mieux possible ; tant que cette loi existe, il nous faut l'appliquer... Allons, bonsoir, les filles ! Votre rapport pour quatre heures, hein ?

– Et... gratuitement, je suppose ? demanda l'aînée des policières en souriant.

– Attendez, ma chère ! Si nous obtenons vingt-cinq livres d'amende, ces vingt-cinq livres iront quelque part... dans la caisse de la police par exemple. Mais il y en aura peut-être une partie qui s'égarera en route. De toute façon, couchez-moi ça par écrit, et après nous verrons.

Le lendemain matin, une bonne affolée pénétra dans le modeste bureau de Linden :

– Monsieur ! Il y a un agent de police qui vous demande.

L'homme en bleu la suivait sur ses talons.

– V's appelez Linden ?

Il lui tendit une feuille de papier ministre pliée en deux.

Le malheureux couple qui consacrait son temps à apporter du réconfort à autrui avait bien besoin d'être réconforté ! Mme Linden passa ses bras autour du cou de son mari, et ils lurent ensemble le document sinistre.

À Thomas Linden, 40, Tullis Street, N. W.

Un rapport établi ce jour par Patrick Murphy, inspecteur de police, affirme que vous, ledit Thomas Linden, le 10 novembre et à l'adresse ci-dessus, avez exercé devant Henrietta Dresser et Amy Bellinger le métier de diseur de bonne aventure afin de tromper et d'abuser certains sujets de Sa Majesté, à savoir ceux mentionnés ci-dessus.

Vous êtes subséquemment cité à comparaître devant le magistrat du tribunal de simple police à Bardley Square mercredi prochain, le 17 novembre, à onze heures du matin, pour répondre à l'instruction ouverte contre vous.

Le 10 novembre,

B.-J. Withers.

L'après-midi de ce même jour, Mailey se rendit chez Malone, et ils discutèrent de ce texte. Puis ils allèrent ensemble voir un avoué ; Summerway Jones avait l'esprit fin, et il était passionné de psychisme. De surcroît, il adorait la chasse à courre, il boxait bien ; dans toutes les enceintes de justice, il apportait un parfum d'air frais et pur. Il se pencha sur la citation.

— Le pauvre diable a de la chance ! dit-il. D'habitude la police obtient un mandat. Aussitôt l'homme est emmené, il passe la nuit dans une cellule, et il est jugé le lendemain matin sans personne pour le défendre. La police va être assez habile, bien sûr, pour choisir comme magistrat un catholique romain ou un matérialiste. Puis, en vertu du beau jugement du lord-président Lawrence – le premier arrêt, je crois, qu'il a rendu à ce poste élevé – la profession de médium ou de faiseur de miracles sera considérée en soi comme un crime vis-à-vis de la loi, que le médium soit authentique ou non, si bien qu'aucune défense fondée sur les bons résultats obtenus n'aura de chances de se faire entendre. C'est un mélange de persécution religieuse et de chantage policier. Quant au public, il s'en fiche ! Que lui importe une condamnation ! Les gens qui ne veulent pas consulter un médium ne se dérangent pas, voilà tout ! Ce genre d'affaire est une honte pour notre législation.

— Je l'écrirai ! fit Malone, dont les yeux étincelaient. Mais qu'est-ce que vous appelez la loi ?...

— Il y a deux actes, deux décrets si vous préférez, aussi infects l'un que l'autre, et tous deux ont été signés bien avant les débuts du spiritisme. D'abord le décret contre la sorcellerie qui remonte à George II ; comme il était devenu par trop désuet et absurde, il n'est plus invoqué que comme accessoire. Puis le décret réprimant le vagabondage qui date de 1824. Il avait pour but de contrôler les gitans et les romanichels sur les routes, et ses auteurs n'avaient jamais pensé qu'il pourrait servir contre les médiums...

Il fureta parmi ses papiers.

— Voici cette idiotie : « Toute personne exerçant le métier de diseur de bonne aventure ou employant des procédés subtils pour tromper et abuser un sujet de Sa Majesté sera jugée pour vagabondage, etc. » Ces deux décrets auraient fait autant de ravages chez les premiers chrétiens que la persécution romaine.

— Par chance, il n'y a plus de lions ! murmura Malone.

– Mais il y a beaucoup d'imbéciles ! ajouta Mailey. Les imbéciles d'aujourd'hui remplacent les lions d'hier. Que pouvons-nous faire ?

– Rien ! répondit l'avoué en se grattant la tête. C'est un cas parfaitement désespéré.

– Oh ! tout de même, s'écria Malone. Nous n'allons pas abandonner la partie aussi facilement. Nous savons que Linden est un honnête homme…

Mailey se tourna vers Malone et lui serra la main.

– Je ne sais pas si vous vous considérez déjà comme spirite, dit-il, mais vous êtes bien le genre d'homme dont nous avons besoin. Dans notre mouvement, il y a trop de gens à foie blanc : ils se ruent chez le médium quand tout va bien, mais à la première accusation ils l'abandonnent. Dieu merci, il y a aussi quelques vaillants ! Brookes, Rodwin, sir James Smith… Nous pouvons réunir entre nous cent ou deux cents livres.

– Parfait ! fit joyeusement l'avoué. Si vous vous sentez dans cet état d'esprit, nous vous en donnerons pour votre argent !

– Qu'est-ce que vous penseriez d'un conseiller du roi ?

– À quoi vous servirait un membre éminent du barreau de Londres ? Devant le tribunal de simple police, on ne plaide pas. Si vous laissez l'affaire entre mes mains, je crois que je me débrouillerai aussi bien que n'importe qui, car j'ai déjà eu pas mal d'affaires semblables. Et puis, je ne vous coûterai pas cher.

– Eh bien ! d'accord ! Et nous aurons un certain nombre de braves gens derrière nous.

– À défaut d'autre chose, nous diffuserons l'affaire, dit Malone. Je fais confiance au bon vieux public anglais. Il est lent et stupide, mais le cœur est solide. Si on lui apporte la vérité, il se dressera contre l'injustice.

– Les Anglais auraient bien besoin d'une trépanation pour en arriver là ! fit l'avoué. En tout cas, faites votre besogne, je ferai la mienne, et nous verrons bien !

Le matin décisif arriva. Linden se trouva dans le box des accusés face à un homme d'âge moyen, tiré à quatre épingles et doté de mâchoires qui ressemblaient à un piège à rats. C'était M. Melrose, redoutable magistrat. M. Melrose avait la réputation d'être très sévère pour tous les diseurs de bonne aventure et les gens qui prévoyaient l'avenir ; pourtant il occupait ses loisirs à lire les prophètes sportifs, car il s'intéressait vivement à l'amélioration de la race chevaline, et sa silhouette était bien connue sur les champs de courses. Ce matin-là, il n'était pas d'une humeur particulièrement bonne ; il regarda d'abord le dossier, puis examina le prisonnier. Mme Linden s'était faufilée derrière le box, et de temps en temps elle caressait la main que son mari avait posée sur le rebord. La salle était bondée ; beaucoup de clients du médium avaient tenu à lui manifester leur sympathie.

– Y a-t-il une défense ? interrogea M. Melrose.

– Oui, monsieur le juge, répondit Summerway Jones. Puis-je, avant l'ouverture du débat, soulever une objection ?

– Si vous pensez qu'elle est valable, oui, monsieur Jones.

– Je sollicite respectueusement votre décision sur un point de droit avant que ne s'engage le procès. Mon client n'est pas un vagabond, mais un membre respectable de la communauté ; il vit dans sa propre maison ; il paie des impôts et des contributions, comme n'importe quel autre citoyen. Le voici maintenant poursuivi en vertu du quatrième alinéa du décret de 1824 réprimant le vagabondage. Ce décret s'intitule ainsi : « Acte pour punir les personnes inoccupées et turbulentes, et les vagabonds. » Le but de ce décret était, comme ces mots l'impliquent, de mettre un frein à l'activité illégale des bohémiens et autres romanichels qui à l'époque infestaient le pays. Je vous demande, monsieur le juge, de déclarer que mon client n'est pas du tout une personne visée par le champ d'application de ce décret, ni exposée à la pénalité qu'il comporte.

Le magistrat secoua la tête.

– Je crois, monsieur Jones, qu'il y a eu trop de précédents pour que le décret puisse être considéré sous cet angle restrictif.

Je demande à l'avoué poursuivant pour le compte du commissaire de police de produire ses témoins.

Une petite boule à favoris et à voix rauque se leva :

– J'appelle Henrietta Dresser.

L'aînée des policières surgit à la barre avec l'empressement d'une habituée. Elle tenait à la main un carnet de notes ouvert.

– Vous êtes agent de police, n'est-ce pas ?

– Oui, monsieur.

– Vous avez surveillé la maison du prisonnier la veille du jour où vous vous êtes rendue chez lui, je crois ?

– Oui, monsieur.

– Combien de personnes sont entrées ?

– Quatorze, monsieur.

– Quatorze personnes ! Et je crois que le tarif moyen du prisonnier est de six shillings et six pence.

– Oui.

– Sept livres en un seul jour ! Voilà de beaux appointements, alors que beaucoup d'honnêtes gens se contentent de cinq shillings !

– C'étaient des fournisseurs ! cria Linden.

– Je dois vous prier de ne pas interrompre. Vous êtes déjà très efficacement représenté, dit sévèrement le magistrat.

– À présent, Henrietta Dresser, reprit l'avoué, poursuivant en agitant son pince-nez, dites-nous ce qui s'est passé quand vous avez été introduite, vous et Amy Bellinger, chez le prisonnier.

La policière donna alors un compte rendu assez exact, qu'elle lut sur son carnet. Elle n'était pas une femme mariée, mais le médium avait tenu pour vraie sa déclaration qu'elle l'était. Il avait jonglé avec plusieurs noms et il avait paru grandement troublé. Le nom d'un chien, Pedro, lui avait été soumis, mais il ne l'avait pas reconnu pour tel. Finalement, il avait répondu à un certain nombre de questions touchant l'avenir de sa fille supposée qui, en fait, n'était nullement une parente, et il lui avait prédit qu'elle ferait un mariage malheureux.

– Avez-vous des questions à poser, monsieur Jones ? demanda le juge.

– Êtes-vous venue trouver cet homme comme quelqu'un qui aurait besoin de réconfort et de consolation ? Et a-t-il essayé de vous en donner ?

– Je crois que vous pouvez présenter les choses sous ce jour.

– D'après ce que j'ai compris, vous avez fait état d'un profond chagrin ?

– J'ai tenté de donner cette impression.

– Vous ne considérez pas que c'était là hypocrisie pure ?

– J'ai accompli mon devoir.

– Avez-vous remarqué des signes de force psychique, ou quoi que ce soit d'anormal ? demanda le poursuivant.

– Non. Il m'a paru être un homme très simple, tout à fait ordinaire.

Amy Bellinger fut le deuxième témoin. Elle se présenta avec un carnet de notes à la main.

– Puis-je vous demander, monsieur le juge, s'il est dans l'ordre que les témoins lisent leur déposition ?

– Pourquoi pas ? répliqua le magistrat. Nous tenons à avoir des faits précis, n'est-ce pas ?

– En effet. Nous y tenons. Mais peut-être M. Jones n'y tient-il pas, lui ? demanda le poursuivant.

– Nous nous trouvons clairement devant une méthode destinée à faire concorder les deux témoignages, dit Jones. J'allègue que ces rapports ont été soigneusement préparés et collationnés.

– Il est naturel que la police prépare un procès, répondit le juge. Je ne vois pas que cela vous fasse du tort, monsieur Jones. À présent, témoin, disposez !

Le témoignage ressemblait comme un frère au précédent.

– Vous avez posé des questions à propos de votre fiancé ? demanda M. Jones. Or vous n'avez pas de fiancé.

– C'est exact.

– En fait, vous avez toutes deux échafaudé une longue suite de mensonges ?

– Pour une bonne cause.

– Vous pensez donc que la fin justifie les moyens ?

– J'ai appliqué les instructions que j'avais reçues.

– Qui vous avaient été communiquées auparavant ?

– Oui. On nous avait dit ce qu'il fallait demander.

— Je pense, déclara la juge, que les agents de police ont fourni un témoignage équitable et documenté. Avez-vous fait citer des témoins pour la défense, monsieur Jones ?

— Il y a dans cette salle, monsieur le juge, plusieurs personnes qui n'ont eu qu'à se louer de la qualité de médium du prisonnier. J'ai assigné une personne qui a été sauvée du suicide, selon sa propre déposition, le matin même où la police est venue chez lui. J'ai également un ancien athée qui avait perdu toute foi en la vie future et qui a été converti par son expérience des phénomènes psychiques. Je puis produire encore des hommes éminents de la science et de la littérature qui témoigneront de la véritable nature des pouvoirs de M. Linden...

Le juge secoua la tête.

— Vous devez savoir, monsieur Jones, que de tels témoignages seraient tout à fait hors de la question. Il a été clairement établi par le lord-président et par d'autres autorités que la loi de ce pays ne reconnaît nulle part les pouvoirs surnaturels quels qu'ils soient, et que la revendication de tels pouvoirs qui s'exerceraient contre de l'argent constitue un crime en soi. Par conséquent, lorsque vous suggérez de citer des témoins, je ne vois pas que ce procédé aboutisse à autre chose qu'à faire perdre son temps à la cour. Parallèlement je suis prêt, bien sûr, à écouter toutes les observations que vous estimeriez devoir faire après que l'avoué poursuivant aura parlé.

— Puis-je m'aventurer à vous faire remarquer, monsieur le juge, dit Jones, qu'une semblable législation signifierait la condamnation de toute personne sainte ou sacrée ? Car les saints eux-mêmes doivent vivre, et doivent donc recevoir de l'argent.

— Si vous vous référez aux temps apostoliques, répondit avec brusquerie le magistrat, je vous rappellerai seulement que le temps des apôtres est révolu, et aussi que la reine Anne est morte. Un tel argument est à peine digne de votre intelligence. À présent, monsieur, si vous avez quelque chose à ajouter...

Ainsi encouragé, le poursuivant fit une courte harangue ; à intervalles réguliers, il trouait l'air avec son pince-nez, comme si chaque coup devait ponctuer son inspiration. Il brossa un tableau de la misère dans les classes laborieuses, alors que des charlatans, grâce à des abus de confiance et à des prétentions blasphématoires, gagnaient richement leur vie. Détenaient-ils ou non des pouvoirs réels ? Le fait n'était pas là, comme on l'avait observé. Mais cette excuse même ne pouvait être valablement alléguée dans le cas présent, puisque les deux agents de police qui avaient accompli de la manière la plus exemplaire un devoir plutôt déplaisant n'avaient reçu contre leur argent qu'un tissu d'absurdités. Était-il vraisemblable que d'autres clients fussent mieux traités ? Ces parasites de la société croissaient en nombre ; ils basaient leur commerce sur les nobles sentiments de parents dépossédés d'une affection ; il était grand temps qu'un châtiment exemplaire les avertît d'avoir à choisir un métier plus honorable.

M. Summerway Jones répliqua du mieux qu'il put. Il commença par mettre en lumière le fait que les décrets étaient appliqués dans un but qui n'avait jamais été dans l'esprit du législateur...

— Ce point a déjà été soulevé ! aboya le magistrat.

L'avoué de la défense poursuivit en déclarant que toute l'affaire n'était pas nette : les témoignages n'émanaient-ils pas d'agents provocateurs qui, en admettant qu'un crime eût été commis, l'avaient évidemment incité et y avaient participé ? Quant aux amendes, elles étaient souvent infligées lorsque la police y avait un intérêt direct.

— J'espère, monsieur Jones, que vous n'entendez pas jeter la suspicion sur l'honnêteté de la police ?

La police était humaine : naturellement, elle avait tendance à soulever des problèmes où son intérêt était engagé. Tous ces procès étaient artificiels. Jamais, à aucun moment, le public n'avait porté plainte, et n'avait demandé à être protégé. Dans toutes les professions, il y avait des fraudeurs ; mais si quelqu'un payait et perdait une guinée chez un faux médium, il n'avait pas plus le droit de réclamer d'être protégé que s'il avait investi de l'argent dans de mauvaises valeurs à la Bourse. La police avait mieux à faire que de perdre son temps dans des affaires pareilles, et ses agents pourraient être plus utilement employés qu'à jouer les pleureuses avec des larmes de crocodile : d'autres crimes ne méritaient-ils pas de requérir toute leur attention ? La loi était parfaitement arbitraire dans ses applications. Lorsque la police donnait une petite fête pour ses œuvres charitables, il y avait toujours un diseur de bonne aventure ou une femme qui lisait dans les lignes de la main.

Quelques années auparavant, le Daily Mail avait crié haro sur les diseurs de bonne aventure. Un grand homme aujourd'hui décédé, feu lord Northcliffe, avait été cité par la défense, et il avait été établi qu'un autre de ses journaux publiait une colonne de publicité pour la chiromancie, et que les recettes des chiromanciens étaient équitablement divisées en deux parts : l'une leur revenant, l'autre allant aux propriétaires du journal. Il mentionna ce fait non pour ternir le souvenir d'un grand homme, mais pour souligner l'absurdité de la loi telle qu'elle était appliquée. Quelle que pût être l'opinion personnelle des membres de la cour, il était irréfutable qu'un grand nombre de citoyens utiles et intelligents considéraient le pouvoir d'un médium comme une manifestation remarquable du pouvoir de l'esprit qui ne pouvait que profiter à l'espèce humaine. En ces jours dominés par le matérialisme, n'était-ce pas une abominable politique d'abattre au moyen de la loi ce qui, dans sa manifestation la plus élevée, pouvait œuvrer pour la régénération de l'humanité ? Restait le fait indubitable que les informations données aux agents étaient inexactes, et que leurs fausses déclarations n'avaient pas été détectées par le médium : mais c'était une règle psychique que des conditions harmonieuses fussent réunies pour l'obtention de vrais résultats, et que la tromperie d'un côté entraînait chez l'autre de la confusion mentale. Si la cour pouvait admettre un instant l'hypothèse spiritiste, elle réaliserait l'imbécillité qu'il y aurait d'espérer que des hôtes angéliques descendraient du ciel pour répondre aux questions posées par deux mercenaires hypocrites.

Tel fut en résumé le plan général de la défense présentée par M. Summerway Jones. Ce discours plongea Mme Linden dans les larmes, et le greffier du tribunal dans le sommeil. Le juge ne tarda pas à mettre un point final à la controverse.

– Votre réquisitoire, monsieur Jones, m'a tout l'air de s'adresser à la loi, et dépasse par conséquent ma compétence. J'applique la loi telle que je la trouve. J'ajoute d'ailleurs que je me sens en parfait accord avec elle. Des hommes comme le prisonnier me font l'effet de champignons vénéneux qui prolifèrent sur une société corrompue. Toute tentative pour assimiler leurs grossiers artifices aux miracles des saints des anciens âges, ou pour leur attribuer des dons équivalents, doit susciter la réprobation de tous les hommes qui pensent bien.

Et il ajouta, en fixant ses yeux sévères sur le prisonnier :

– Pour vous, Linden, je crains que vous ne soyez un récidiviste endurci, puisqu'une condamnation antérieure n'a pas suffi pour vous remettre sur le droit chemin. Je vous condamne donc à deux mois de travaux forcés sans substitution d'amende.

Mme Linden poussa un hurlement.

– Au revoir, ma chérie ! Ne te fais pas de mauvais sang, dit doucement le médium.

Un instant plus tard, il était précipité dans une cellule.

Summerway Jones, Mailey et Malone se retrouvèrent dans le hall, et Mailey s'offrit comme volontaire pour escorter la pauvre femme jusque chez elle.

– Qu'a-t-il jamais fait d'autre que de soulager son prochain ? gémissait-elle. Il n'y a pas meilleur cœur dans tout Londres !

– Et je ne crois pas qu'il y ait d'homme plus utile, dit Mailey. J'ose affirmer que pas un archevêque ne pourrait prouver comme Tom Linden la vérité de la religion.

– C'est une honte ! Une honte affreuse ! explosa Malone.

– L'allusion à la grossièreté est amusante, commenta Jones. Je me demande s'il s'imagine que les apôtres étaient des gens cultivés. Hélas ! j'ai fait de mon mieux. Je n'avais pas d'espoir, et la conclusion a été celle à laquelle je m'attendais. Ç'a été du temps perdu, voilà tout.

– Pas du tout ! rétorqua Malone. Ce malheur sera diffusé. Il y avait des journalistes dans la salle. Quelques-uns d'entre eux ne manquent pas de bon sens. Ils relèveront l'injustice.

– N'y comptez pas ! fit Mailey. Je n'attends aucun secours de la presse. Mon Dieu, quelles responsabilités ces gens-là encourent ! Et comme ils se doutent peu du prix qu'il leur faudra payer ! Je le sais. J'ai discuté tout à l'heure avec eux.

– Eh bien ! moi, au moins, je parlerai ! fit Malone. Et je crois que d'autres m'accompagneront. La presse est plus indépendante et plus intelligente que vous ne semblez le supposer.

Mais Mailey avait raison. Après avoir conduit Mme Linden chez elle, Malone se dirigea une fois de plus vers Fleet Street. Il acheta La Planète. Quand il l'ouvrit, ce titre lui sauta aux yeux :

UN IMPOSTEUR DEVANT LE TRIBUNAL

Un chien est pris pour un homme. Qui était Pedro ?

Un verdict exemplaire.

Il chiffonna le journal dans sa main.

– Rien d'étonnant à ce que les spirites soient aigris ! pensa-t-il. Ils ont de bons motifs pour l'être.

Oui, le pauvre Tom Linden eut une mauvaise presse ! Il rejoignit la prison sous le mépris universel. La Planète, un journal du soir dont le tirage était fonction des pronostics sportifs du capitaine Touche à Tout, s'étendit sur l'absurdité qu'il y avait à prévoir l'avenir. Honest John, un hebdomadaire qui avait été compromis dans l'une des grandes filouteries du siècle, émit l'avis que la malhonnêteté de Linden était un scandale public. Un riche ecclésiastique de province écrivit au Times pour s'indigner de ce que quelqu'un s'avisait de vendre les dons de l'esprit.

L'Anglican observa que de tels incidents témoignaient d'une infidélité grandissante envers les commandements divins, tandis que le Libre Penseur y voyait un retour à la superstition. De son côté M. Maskelyne montra au public, au grand bénéfice de son bureau de location, comment l'escroquerie était perpétrée. Tant et si bien que pendant quelques jours Tom Linden fut un sujet d'exécration. Mais comme la terre continuait à tourner, il fut abandonné à son destin.

CHAPITRE VIII
Trois enquêteurs tombent sur une âme en peine

Lord Roxton était rentré d'Afrique, où il avait chassé du gros gibier ; aussitôt après, il avait entrepris dans les Alpes une série d'ascensions qui avaient étonné le monde, mais qui ne l'avaient pas satisfait.

– Les sommets des Alpes deviennent un lieu de rendez-vous mondain, avait-il expliqué. L'Everest mis à part, je ne vois pas d'endroit où la vie privée des alpinistes soit respectée.

Son retour à Londres fut salué au cours d'un dîner donné en son honneur au Travellers par la Société du gros gibier. Les journalistes n'étaient pas invités, mais le petit discours de lord Roxton, fixé Verbatim dans les esprits de tout son auditoire, est assuré d'une survie impérissable. Pendant vingt minutes il s'était tortillé sous les périodes ronflantes et élogieuses du président : il se leva dans cet état d'indignation et de confusion que ressent toujours le Britannique quand il est loué publiquement.

– Oh ! dites ! Dites donc ! Hein ?

Et il se rassit, transpirant abondamment.

Malone fut averti du retour de lord Roxton par McArdle, son vieux grincheux de rédacteur en chef, dont le crâne perçait chaque année davantage sous les cheveux roux, mais qui n'en continuait pas moins à mettre la main à la pâte de la Daily Gazette. Il avait conservé son flair pour ce qui sentait la bonne copie, et c'est justement ce flair qui l'amena un matin d'hiver à convoquer Malone à son bureau. Il retira de ses lèvres le long tube de verre qui lui servait de fume-cigarette, et derrière ses lunettes il cligna de l'œil à l'adresse du journaliste.

– Vous savez que lord Roxton est de retour à Londres ?

– Première nouvelle !

– Ah ? Eh bien ! il est là. Vous avez sans doute entendu dire qu'il avait été blessé pendant la guerre : en Afrique orientale, il conduisait une petite colonne pour se livrer à une guerre à sa façon, et puis il a reçu dans la poitrine une balle qui aurait tué un éléphant. Oh ! depuis, il se porte bien ! Sinon il n'aurait pas pu escalader ces Alpes... C'est un diable d'homme ; avec lui, il y a toujours du nouveau.

– Et le dernier nouveau, c'est... ? interrogea Malone, en louchant vers une coupure de journal que McArdle tenait entre le pouce et l'index.

– Voilà. C'est ici que je vous attends. Je me suis dit que peut-être vous pourriez chasser ensemble, et que ça ferait de la bonne copie. Regardez ce petit article dans l'Evening Standard...

Il lui tendit sa coupure et Malone lut :

« Une annonce bizarre parue dans les colonnes d'un confrère indique que le célèbre lord John Roxton, troisième fils du duc de Pomfret cherche à conquérir de nouveaux mondes inexplorés. Ayant épuisé l'aventure sportive sur ce globe terrestre, voici qu'il se tourne vers les régions obscures, brumeuses et peu sûres de la recherche psychique. Apparemment, il se déclare acheteur d'une authentique maison hantée, et il est prêt à accueillir tous renseignements sur n'importe quelle manifestation violente ou dangereuse qui nécessiterait une enquête. Comme lord Roxton est un caractère résolu et l'un des meilleurs tireurs d'Angleterre, nous conseillons aux plaisantins de s'abstenir. Cette affaire ne regarde que ceux dont on affirme qu'ils sont aussi imperméables aux balles que leurs fidèles le sont au bon sens. »

McArdle poussa un petit rire sec pour ponctuer la conclusion.

– J'ai l'impression qu'il y a là une allusion personnelle, hé ! ami Malone ? Car si vous n'êtes pas encore un fidèle, du moins vous êtes en route pour le devenir... Mais est-ce que vous ne pensez pas qu'à vous deux vous pourriez accoucher d'un revenant, et que vous seriez capable d'en tirer quelques colonnes savoureuses ?

– Ma foi, répondit Malone, je peux voir lord Roxton. Il doit être encore, sans doute, dans son vieil appartement de l'Albany. De toutes manières, je serais allé lui rendre visite ; il m'est donc possible de lui faire une ouverture à ce sujet.

C'est ainsi que notre journaliste se trouva une nouvelle fois descendant Vigo Street vers la fin de l'après-midi, à l'heure où la fumée londonienne se dilue en cercles d'argent. Il demanda au portier si lord John Roxton était là. Oui, il était là. Mais il recevait un gentleman.

Le portier lui ferait volontiers passer une carte. La réponse fut qu'en dépit de son visiteur lord Roxton verrait immédiatement M. Malone. Aussi M. Malone fut-il introduit dans la pièce luxueuse que décoraient d'innombrables trophées de chasse et de guerre. Leur propriétaire se tenait debout près de la porte, la main tendue ; il était toujours long, mince, distingué, et son visage décharné avait conservé le même air de parenté avec don Quichotte. Non, il n'avait pas changé ! Peut-être ses traits étaient-ils plus accusés, ses arcades sourcilières faisaient-elles davantage saillie au-dessus de ses yeux vifs et impitoyables... C'était tout.

– Hullo ! bébé ! s'écria-t-il. J'espérais bien que vous viendriez me tirer de ma vieille retraite. J'allais moi-même passer à votre bureau pour vous faire une petite visite. Entrez ! entrez ! Permettez-moi de vous présenter au révérend Charles Mason.

Un clergyman, immensément grand et mince comme un fil, qui se tenait enroulé au fond d'un grand fauteuil d'osier, se déroula petit à petit pour tendre une main osseuse. Malone nota tout de suite deux yeux gris, à la fois très sérieux et très bons, qui plongeaient dans les siens, puis un large sourire cordial qui découvrit une double rangée de dents magnifiques. Le visage las et tiré était celui d'un combattant de l'esprit, mais néanmoins il annonçait un commerce aimable et agréable. Malone avait entendu parler de lui ; il savait que le révérend Charles Mason était un ecclésiastique qui avait administré une paroisse de l'Église d'Angleterre, mais qu'il avait lâché cette besogne trop casanière – après avoir construit lui-même une église et fait des prodiges dans son quartier – afin de prêcher librement la doctrine chrétienne avec, en surimpression, la nouvelle science psychique.

– Ma parole, il semble que je ne pourrai jamais échapper aux spirites ! s'exclama-t-il.

– Mais vous n'y échapperez jamais, monsieur Malone ! répondit le clergyman en riant. Le monde est condamné à absorber cette nouvelle science que Dieu lui a envoyée. Vous ne pourrez pas y échapper. C'est trop important. À l'époque actuelle, dans cette grande ville, il n'y a pas un lieu de réunion où hommes et femmes n'abordent plus ou moins le sujet. Et on ne saurait dire pourtant que la publicité que lui fait la presse en est responsable !

– Ce reproche ne s'adresse pas, en tout cas, à la Daily Gazette, dit Malone. Peut-être avez-vous lu mes articles ?

– Oui, je les ai lus. Au moins ils sont meilleurs que tout ce que nous sert habituellement la presse de Londres, farcie de sensationnel et d'absurde. Tenez, à lire un journal comme le Times, personne ne saurait jamais qu'il existe un mouvement aussi vital que le spiritisme. La seule allusion qui y a été faite dans un éditorial, si je me rappelle bien, pourrait se résumer ainsi : « Nous y croirons quand, grâce à ses méthodes pour prévoir l'avenir, nous toucherons davantage de gagnants au pari mutuel. »

– Ça serait rudement utile ! déclara lord Roxton. J'aurais dit la même chose, moi ! Hein ?

Le clergyman prit un air grave et secoua énergiquement la tête.

– Cela me ramène à l'objet de ma visite, dit-il en se tournant vers Malone. J'ai pris la liberté de me rendre chez lord Roxton à la suite de l'annonce qu'il a fait paraître. Je lui ai dit que s'il entreprenait cette enquête dans une bonne intention, il ne pourrait rien accomplir de mieux en ce monde ; mais j'ai ajouté que s'il en faisait un jeu sportif, s'il pourchassait une pauvre âme attachée à la terre avec la même fureur que son rhinocéros blanc du Lido, j'appellerais cela, moi, jouer avec le feu !

– Voyons, padre, j'ai joué avec le feu toute ma vie ; j'en ai l'habitude ! Écoutez-moi : si vous voulez me faire considérer cette histoire de revenants sous un angle religieux, rien à faire ! J'ai été élevé dans le sein de l'Église d'Angleterre, et elle suffit amplement à mes très modestes besoins. Mais si le piment du danger existe, alors le jeu en vaut la chandelle, hein ?

Le révérend Charles Mason sourit à belles dents.

– Incorrigible, non ? fit-il en s'adressant à Malone. Eh bien ! je ne peux que vous souhaiter une plus grande compréhension du problème...

Et il se leva comme pour prendre congé.

— Attendez un peu, padre ! s'écria lord Roxton. Quand je pars en exploration, je commence par me mettre en cordée avec un autochtone amical. Je crois que vous êtes exactement l'homme qu'il me faut. Voudriez-vous venir avec moi ?

— Où cela ?

— Asseyez-vous. Je vais vous le dire…

Lord Roxton fourragea dans une pile de lettres sur son bureau.

— Une belle sélection de fantômes ! déclara-t-il. La première levée de la poste m'a apporté une vingtaine de pistes. Mais voici le gagnant, lisez vous-même cette lettre. Une maison isolée, un homme qui est devenu fou, les locataires s'enfuyant en pleine nuit, un fantôme horrible. Ça ne s'annonce pas mal, hein ?

Le clergyman lut la lettre en fronçant les sourcils.

— Cela me paraît être un bien mauvais cas, dit-il.

— Eh bien ! venez avec moi. Hein ? Peut-être pourrez-vous m'aider à l'éclaircir.

Le révérend Mason tira de sa poche un agenda :

— J'ai un service à célébrer mercredi matin, et une conférence le même soir.

— Nous pouvons partir aujourd'hui.

— C'est loin !

— Dans le Dorsetshire. Trois heures.

— Quel est votre plan ?

— Une nuit dans cette maison réglera le problème.

— S'il y a une pauvre âme en peine, cela devient un devoir… Très bien, j'accepte.

— Et, bien entendu, il y a une place pour moi ! supplia Malone.

— Naturellement, jeune bébé ! D'ailleurs… Je parie que le vieil oiseau roux dans votre boîte vous a envoyé ici dans ce but précis, hein ? Ah ! j'en étais sûr ! Bon. Vous pourrez décrire une aventure de derrière les fagots… pour une fois ! Hein ? Un train part de Victoria à huit heures. Rendez-vous là-bas. Au passage, j'irai dire deux mots au vieux Challenger.

Ils dînèrent ensemble dans le train, après quoi ils se réunirent dans un compartiment de première classe. Roxton, derrière un gros cigare noir, rayonnait parce qu'il avait revu Challenger.

— Le cher vieil homme est resté le même. Il m'a égratigné l'épiderme deux ou trois fois comme d'habitude. On a dit des bêtises. Il m'a assuré que j'avais le cerveau qui ramollissait si je me mettais à croire aux revenants : « Lorsque vous êtes mort, vous êtes mort ! » Tel a été le joyeux slogan du bonhomme. Quand il passe en revue ses contemporains, il prétend que l'extinction est une sacrée bonne chose : « La seule espérance de l'humanité ! affirme-t-il. Imaginez ces affreuses perspectives s'ils continuaient à vivre ! » Il voulait me donner une bouteille de chlore pour que je la lance sur le fantôme. Je lui ai répondu que si mon automatique ne mettait pas un terme à l'activité de ce fantôme, rien d'autre ne serait valable. Dites-moi, padre, est-ce votre première expédition pour un pareil gibier ?

— Vous prenez les choses trop à la légère, lord John, répliqua avec gravité le clergyman. Il est évident que vous n'avez du spiritisme aucune expérience… Mais pour ne pas laisser votre question sans réponse, je me bornerai à dire qu'à plusieurs reprises j'ai déjà essayé d'apporter mon secours dans des cas analogues.

— Vous y croyez sérieusement ? demanda Malone, qui prenait des notes pour son article.

— Très, très sérieusement.

— Mais ces influences, quelles sont-elles ?

— Je ne suis pas une autorité. Vous connaissez Algernon Mailey, l'avocat, n'est-ce pas ? Il pourrait vous communiquer des faits et des chiffres. J'aborde le sujet du point de vue de l'instinct et de l'émotion. Je me rappelle une conférence de Mailey sur le livre du Pr Bozzano consacré aux revenants : plus de cinq cents exemples parfaitement authentifiés y figurent, chacun d'eux suffirait à établir un cas a priori. Il y a également Flammarion. On ne peut pas sourire devant des témoignages comme ceux-là !

— J'ai lu moi aussi Bozzano et Flammarion, dit Malone. Mais ce sont à la fois votre expérience et vos propres conclusions que je désirerais connaître.

— En tout cas, si vous parlez de moi, rappelez-vous que je ne me prends pas pour une grande autorité en recherches psychiques.

Des spécialistes plus avisés vous fourniraient sans doute des explications différentes de celles que vous sollicitez. Toutefois, de ce que j'ai vu, j'ai tiré certaines conclusions. Selon l'une d'elles, je crois qu'il existe une part de vérité dans l'idée théosophique des coquilles.

— Qu'est-ce que c'est que cette théorie ?

— On a imaginé que tous les corps spirituels près de la terre étaient des coquilles ou des gousses vides qu'aurait quittées la réelle entité. Aujourd'hui, bien sûr, nous savons qu'une telle généralisation est une absurdité, car nous serions incapables d'obtenir les magnifiques communications qui ne peuvent émaner que d'intelligences supérieures. Mais nous devons aussi nous garder d'une autre généralisation, il n'y a pas que des intelligences supérieures. Il y en a de si médiocres que je pense que la créature est purement extérieure, et qu'elle serait plutôt une apparence qu'une réalité.

— Mais pourquoi serait-elle là ?

— Oui, voilà la question. Il est habituellement admis que c'est le corps naturel, comme l'a appelé saint Paul, qui se décompose à la mort, et que le corps éthéré ou spirituel survit et fonctionne sur un plan qui n'est pas celui du monde. L'essentiel est là. Mais nous pouvons avoir en réalité autant de pelures qu'un oignon ; et il se peut qu'il existe un corps mental qui se dépouille et se révèle à tout endroit où une grande tension intellectuelle ou émotionnelle a été expérimentée. Ce peut être un simulacre peu sensible, quasi automatique ; et cependant il pourrait revêtir quelque chose de notre apparence et de nos pensées.

– Alors, réfléchit Malone, cela surmonterait jusqu'à un certain point la difficulté, car je ne vois pas pourquoi un assassin ou sa victime passerait des siècles entiers à rejouer le crime commis. Quel en serait le sens ?

– D'accord, jeune bébé ! dit lord Roxton. J'avais un ami, Archie Soames, le gentleman jockey, qui avait une vieille maison dans le Berkshire. Autrefois, Nell Gwynn[5] y avait habité. Eh bien ! il était prêt à jurer qu'il l'avait rencontrée une dizaine de fois dans le couloir. Archie ne s'est jamais dérobé devant un obstacle au Grand National, mais ça ! il manquait s'évanouir après chacune de ses rencontres avec elle dans l'obscurité. C'était bien une jolie femme, et tout ce que vous voudrez, mais… zut ! Il ne faut pas exagérer, hein ?

Le clergyman approuva :

– Naturellement ! On ne peut pas supposer que l'âme réelle d'une personnalité éclatante comme Nell passerait des siècles à arpenter ces couloirs. Mais si par hasard elle s'est rongé le cœur dans cette demeure, broyant du noir et se faisant du mauvais sang, on peut penser qu'elle a pu jeter sa coquille et avoir laissé une image-pensée de sa personne derrière elle.

– Vous m'avez parlé de votre propre expérience.

– J'en ai eu une avant de connaître le spiritisme. Je m'attends à ce que vous ayez du mal à la croire vraie ; pourtant je vous assure que je ne vous mens pas. J'étais un très jeune curé, là-haut, dans le nord. Dans le village, il y avait une maison avec poltergeist, c'est-à-dire avec des hantises sans fantômes. Il s'agit là d'une influence très malicieuse et très troublante. Je m'offris comme volontaire pour l'exorciser. Dans l'Église, nous avons une méthode officielle d'exorcisme, comme vous le savez, et je me croyais bien armé. Je me tins dans le salon, qui était le lieu de prédilection des désordres ; toute la famille était agenouillée autour de moi ; je lus les formules rituelles. Que croyez-vous qu'il advint ?

Le visage ascétique de Mason fut envahi d'un gentil rire plein d'humour.

– Au moment où j'arrivais à mon Amen final, au moment donc où la créature aurait dû s'éclipser, confondue, la grande peau d'ours qui servait de tapis se dressa et m'enveloppa. J'ai honte de vous avouer qu'en deux bonds j'avais pris la porte… Mais c'est à partir de cette aventure que j'ai appris que les rites religieux peuvent n'avoir aucun effet.

– Mais alors qui en a ?

– Eh bien ! de la gentillesse, ou le raisonnement quelquefois. Voyez-vous, les esprits ne se ressemblent guère ; il y en a toute une variété. Certains attachés ou intéressés à la terre sont neutres, comme ces simulacres ou ces coquilles dont j'ai parlé. D'autres sont essentiellement bons, comme ces moines de Glastonbury, qui se sont manifestés si merveilleusement ces dernières années et que Bligh Bond a décrits. Ils sont liés à la terre par un pieux souvenir. Mais il y en a d'autres qui sont des enfants espiègles, comme les poltergeists. Et d'autres encore – peu nombreux, je l'espère ! – qui sont terriblement forts, malveillants, trop chargés de matière pour s'élever au-dessus de notre plan terrestre… si chargés de matière que leurs vibrations peuvent être assez basses pour affecter la rétine humaine et devenir visibles. S'ils ont été de leur vivant des brutes cruelles ou rusées, ils le seront encore et davantage, avec une énergie accrue, pour faire mal. Je songe notamment aux monstres mauvais que notre système de peine capitale lâche dans l'au-delà, ils meurent avec une vitalité inemployée dont ils peuvent user pour se venger.

– Ce fantôme de Dryfont a une très mauvaise réputation, dit lord Roxton.

– Mais oui. C'est pourquoi je désapprouve qu'on parle avec légèreté de ces choses. Il me donne l'impression d'être le type exact de la créature dont je parlais. De même qu'une pieuvre loge dans une caverne de l'océan mais remonte à la surface comme une image silencieuse de l'horreur pour attaquer un nageur, de même je me figure qu'un tel esprit peut hanter une maison la nuit : il est sa malédiction, et il bondira sur tous ceux à qui il peut faire du mal.

La mâchoire de Malone s'affaissa.

– Et… demanda-t-il, aucune protection n'est possible ?

– Si. Je crois que nous en disposons d'une. Sinon, de tels esprits dévasteraient la terre. Notre protection, c'est qu'il y a des forces blanches comme il y a des forces noires. Nous pouvons les appeler des anges gardiens, comme disent les catholiques, ou des guides, ou des contrôles ; mais quel que soit le nom que nous leur donnons, ils existent réellement, et ils nous gardent du mal sur le plan spirituel.

– Et qu'est-ce que vous pensez du type qui est devenu fou, padre ? Et où était votre guide quand le fantôme vous a mis le tapis sur le dos ? Hein !

– Le pouvoir de nos guides peut être fonction de notre mérite. Le mal peut toujours gagner pendant quelque temps. Mais en fin de compte c'est le bon qui l'emporte. Telle est la leçon de mon expérience de la vie.

Lord Roxton secoua la tête.

– Si le bon l'emporte, alors c'est au terme d'un sacré marathon : une course de grand fond dont la plupart d'entre nous ne voient jamais l'arrivée. Pensez à ces marchands d'esclaves avec lesquels je me suis battu aux sources du Putomayo[6]. Où sont-ils ? Presque tous à Paris, hein ! Et ils mènent la grande vie. Et ils ont tué des tas de nègres. Alors, et ça ?

– Hé ! oui, nous avons parfois besoin de foi. Il faut que nous nous rappelions que nous ne voyons pas la fin de tout. « La suite au prochain numéro », voilà la conclusion de toutes les histoires humaines. Et c'est là où intervient l'énorme valeur de l'au-delà. Au moins nous vivons un chapitre supplémentaire.

– Où pourrais-je me procurer ce chapitre ? s'enquit Malone.

– Il existe beaucoup de très bons livres, bien que le monde n'ait pas encore appris à les apprécier : des documents sur la vie dans l'au-delà… Je me souviens d'un incident… Prenez-le pour une parabole si vous voulez, mais il vaut mieux que cela… Un mort qui avait été fort riche s'arrête devant une très belle demeure. Son guide, maussade, le tire pour l'éloigner : « Elle n'est pas pour vous. Elle est pour votre jardinier. » Il lui désigne une misérable hutte : « Vous ne nous avez rien donné pour vous construire quelque chose. Nous n'avons pu faire mieux. » Ce pourrait être le chapitre supplémentaire à la vie de vos millionnaires qui trafiquaient les esclaves.

Roxton eut un petit rire.

— À certains d'entre eux, j'ai donné une hutte qui avait six pieds de long et deux pieds de haut ! dit-il. Inutile de branler le chef, padre... Comprenez que je n'aime pas mon prochain comme moi-même, et qu'il y a des hommes que je hais comme du poison.

— Oui, nous devrions haïr le péché seulement. Mais pour ma part je n'ai jamais été capable de séparer le péché du pécheur. Comment vous prêcherais-je, puisque je suis aussi faiblement homme que n'importe qui ?

— Voilà le seul prêche que je pourrais écouter, fit lord Roxton. Vos confrères en chaire passent par-dessus ma tête. Mais lorsqu'un religieux descend à ma hauteur, alors je l'écoute... Dites donc, nous ne dormirons pas beaucoup cette nuit ! Il nous reste une heure avant d'arriver à Dry font. Peut-être pourrions-nous l'employer utilement à faire un petit somme.

Il était plus de onze heures, et la nuit était glaciale, lorsque le trio arriva à destination. La gare de cette petite ville d'eaux était presque déserte, mais un homme courtaud et gras comme un moine, vêtu d'une pelisse, s'avança à leur rencontre et les salua chaleureusement.

— Je suis M. Belchamber, le propriétaire de la maison. Comment allez-vous, messieurs ? J'ai reçu votre télégramme, lord Roxton, et tout est prêt.

C'est vraiment fort aimable à vous d'être venu. Si vous pouvez faire quoi que ce soit pour alléger mon fardeau, je vous en serai infiniment reconnaissant.

M. Belchamber les mena vers le petit hôtel de la Gare où ils se restaurèrent avec des sandwiches et du café qui avaient été soigneusement préparés. Tandis qu'ils mangeaient, il les mit au courant de ses ennuis.

— Ce n'est pas comme si j'étais riche, messieurs. Je suis un herbager en retraite, et toutes mes économies ont été placées sur trois maisons. L'une d'elles est la villa Maggiore. Oui, c'est vrai, je ne l'ai pas achetée cher. Mais comment pouvais-je croire à cette histoire du docteur fou ?

— Racontez-nous cette histoire, dit lord Roxton en mâchant son sandwich.

— Il habitait là au temps de la reine Victoria. Je l'ai vu moi-même. Un homme mince comme un fil, long comme un jour sans pain, avec un visage brun, un dos rond et une démarche particulière, il traînait les pieds. On disait qu'il avait été aux Indes, et certains pensaient même qu'il avait commis un crime et qu'il se cachait, car il ne montrait jamais sa tête au village ; il ne sortait qu'à la nuit. Il brisa la patte d'un chien à coup de pierres ; on parla de le poursuivre, mais les gens avaient peur de lui et personne ne porta plainte. Les gamins passaient en courant devant sa maison, car il restait assis devant sa fenêtre avec un air menaçant et lugubre. Puis, un matin, il ne rentra pas son lait ; le lendemain non plus : on enfonça la porte ; il était mort dans son bain... Mais c'était un bain de sang, car il s'était ouvert les veines du bras. Il s'appelait Tremayne. Personne ici ne l'a oublié.

— Et vous avez acheté la maison ?

— Je l'ai désinfectée, repeinte, et j'ai refait l'extérieur. Vous auriez dit une maison neuve. Puis je l'ai louée à M. Jenkins, le brasseur. Il resta trois jours. Je baissai le prix du loyer. M. Beale, un épicier qui s'était retiré, s'y installa. C'est lui qui devint fou, vraiment fou, au bout d'une semaine ! Et depuis lors elle m'est restée sur les bras : soixante livres de revenus en moins. Et elle me coûte des impôts ! Alors, messieurs, si vous pouvez faire quelque chose, au nom du ciel, faites-le ! Sinon, je crois que j'y mettrai le feu.

La villa Maggiore était située à huit cents mètres de l'agglomération, sur la pente d'un coteau. M. Belchamber les conduisit. C'était à coup sûr un endroit peu gai ! Le toit descendait jusque devant les fenêtres supérieures et les masquait presque complètement. La lune était demi-pleine ; la lumière qu'elle répandait montrait un jardin en fouillis, rabougri dans sa végétation d'hiver, mais qui avait par places empiété sur les allées. Le calme qui régnait était sinistre.

– La porte n'est pas fermée, dit le propriétaire. Dans le salon, sur la gauche, vous trouverez une table et des chaises. J'ai fait allumer du feu, et il y a un seau de charbon. Vous ne manquerez pas trop de confort, j'espère. Vous me pardonnerez si je n'entre pas, mais je n'ai plus les nerfs aussi solides que par le passé.

Il murmura encore quelques mots d'excuses avant de les quitter.

Lord Roxton avait apporté une torche électrique. Après avoir ouvert la porte rouillée, il l'alluma, et un faisceau lumineux éclaira le couloir, qui n'était pas tapissé et qui aboutissait à un escalier large et raide conduisant au premier étage. De chaque côté du couloir il y avait une porte ; celle de droite donnait sur une grande pièce vide ; dans un coin, à côté de vieux livres et de journaux, une tondeuse à gazon était à l'abandon. Sur la gauche, ils découvrirent une pièce symétrique, mais beaucoup moins lugubre. Une grille brûlait gaillardement, les chaises et les fauteuils confortables ne manquaient pas, une carafe d'eau était posée sur une table en bois blanc, le seau à charbon était plein, une grosse lampe à pétrole éclairait les lieux. Le clergyman et Malone s'approchèrent du feu, car il faisait très froid, mais lord Roxton compléta ses préparatifs. D'un petit sac à main il tira son revolver automatique, qu'il plaça sur la cheminée. Puis il sortit un paquet de bougies, et il en alluma deux dans l'entrée. Enfin, il prit une pelote de laine à tricoter et il tressa un véritable réseau devant la porte d'entrée et devant la porte d'en face.

– Allons faire un tour, dit-il. Après quoi nous attendrons tranquillement en bas, et nous verrons bien ce qui arrivera.

Au premier étage, le couloir se divisait en deux : il bifurquait sur la droite et sur la gauche à angle droit avec l'escalier. À droite, il y avait deux grandes chambres nues et poussiéreuses, où le papier pendait en lambeaux tandis que le plancher était couvert de plâtras. À gauche, une seule chambre, dans le même état d'abandon, puis la salle de bains de tragique mémoire ; la baignoire de zinc était disposée comme si elle devait être bientôt utilisée ; il y subsistait encore des taches de sang à l'intérieur ; certes, la rouille s'y était mise, mais elles demeuraient comme de terribles stigmates qui rappelaient le passé. Malone fut surpris de voir le clergyman vaciller et s'appuyer sur la porte ; il était blême, des gouttes de sueur perlaient sur son front. Ses deux compagnons l'aidèrent à descendre l'escalier, et il s'assit quelques instants, visiblement bouleversé, avant de parler.

— Est-ce que réellement vous ne ressentez rien ? demanda-t-il. Le fait est que je suis moi-même doté d'un pouvoir médiumnique, par conséquent très perméable aux impressions psychiques. Je viens d'en avoir une, spécialement horrible, indescriptible…

— Laquelle, padre ?

— C'est vraiment difficile à dire, quelque chose comme une défaillance du cœur, une sensation de tristesse infinie. Tous mes sens en ont été affectés. Mes yeux s'embuaient. Je respirais une forte odeur de putréfaction. Toute force semblait avoir glissé hors de moi. Lord Roxton, ce n'est pas une mince affaire que nous entreprenons aujourd'hui !

Le grand sportif se fit grave tout à coup :

— Je commence à la croire ! dit-il. Pensez-vous que cette affaire est dans vos cordes ?

— Je suis désolé de m'être montré si faible ! répondit M. Mason. Certainement, je pénétrerai le mystère. Pire sera le cas et plus vous aurez besoin de mon aide…

« Je me sens parfaitement bien, à présent ! ajouta-t-il en riant.

Il tira de sa poche une vieille pipe de bruyère, noircie par la fumée.

— Voilà le meilleur docteur pour des nerfs secoués, dit-il. Je vais rester ici et fumer jusqu'à ce que vous ayez besoin de moi.

— Quelle forme pensez-vous qu'il va prendre ? demanda Malone.

— Une forme que vous pourrez voir, assurément.

— Voilà ce que je ne peux pas comprendre, même après toutes mes lectures, dit Malone. Les autorités en la matière s'accordent pour déclarer qu'il y a une base matérielle, et que cette base matérielle est fournie, tirée du corps humain. Appelez-la ectoplasme ou ce que vous voudrez, son origine est humaine, n'est-ce pas ?

— Certainement, répondit Mason.

— Bien. Alors, devons-nous supposer que ce Dr Tremayne compose sa propre apparence en tirant de la matière de moi et de vous ?

— Pour autant que je puisse m'avancer, je crois que dans la plupart des cas un esprit agit ainsi. Je crois que lorsque le spectateur sent qu'il fait plus froid, que ses cheveux se dressent, etc., il est réellement conscient d'une perte de sa propre vitalité, perte qui peut être assez importante pour provoquer son évanouissement ou même sa mort. Peut-être était-il en train de tirer de moi de la substance…

— Mais supposez que nous ne soyons pas doués d'un pouvoir médiumnique ? Supposez que nous n'abandonnions rien ?

— J'ai lu récemment, répondit M. Mason, quelque chose de très complet là-dessus. Un exemple a été observé de près, et raconté par le Pr Neillson, un Islandais : le mauvais esprit avait l'habitude de descendre sur un malheureux photographe de ville, il tirait de lui sa substance, puis repartait et l'utilisait. Il disait ouvertement : « Donnez-moi le temps d'aller chez Untel. Je vous montrerai ensuite ce que je puis faire. » C'était une créature formidable, qu'on eut de grandes difficultés à maîtriser.

— J'ai l'impression, bébé, dit lord Roxton, que nous sommes embarqués dans une histoire beaucoup plus compliquée que nous le pensions ! Mais tant pis, nous avons fait ce que nous pouvions ; le couloir est éclairé ; personne ne peut nous approcher, sauf par l'escalier, sans rompre les fils de laine. Il ne nous reste plus qu'à attendre.

Ils attendirent donc. Ce fut une attente pénible. Un réveil avait été placé sur le chambranle en bois décoloré de la cheminée. Lentement l'aiguille rampa sur le cadran de une heure à deux heures, et de deux heures à trois heures. Dehors, une chouette ululait le plus sinistrement du monde. La villa étant située au bord d'une route secondaire, aucun bruit humain ne raccrochait les trois enquêteurs à la vie extérieure. Le padre somnolait sur sa chaise. Malone fumait sans arrêt. Lord Roxton feuilletait un magazine. De temps à autre, il y avait quelques craquements qui déchiraient le silence de la nuit. Rien d'autre jusqu'à ce que...

Quelqu'un descendit l'escalier.

Aucun doute ! Le pas était furtif, et cependant il se détachait nettement. Crac ! Crac ! Crac ! Puis il avait atteint le rez-de-chaussée. Puis il était arrivé à hauteur de leur porte. Ils s'étaient tous trois dressés sur leurs chaises. Roxton avait empoigné son automatique. Était-il entré ? La porte était entrebâillée, mais elle ne s'était pas ouverte davantage. Pourtant tous éprouvaient la sensation qu'ils n'étaient pas seuls, que quelqu'un les observait. Il leur sembla qu'il faisait plus froid ; Malone frissonna. Un instant après, les pas battirent en retraite. Ils étaient discrets et vifs. Plus vifs que tout à l'heure. On aurait pu croire qu'un éclaireur revenait avec des renseignements vers quelque grand chef tapi dans l'ombre au-dessus d'eux.

Ils se regardèrent tous les trois silencieusement.

— Nom d'un chien ! murmura enfin lord Roxton.

Son visage était pâle et résolu. Malone griffonna quelques notes, marqua l'heure. Le clergyman priait.

— Bien, dit Roxton après une pause. Nous avons affaire à un revenant. Nous ne pouvons pas rester inactifs. Il faut que nous en venions à bout. Je vous avoue, padre, que j'ai suivi dans une jungle épaisse un tigre blessé, mais je n'ai jamais éprouvé au fond de moi ce sentiment que j'éprouve maintenant. Si je cherchais des sensations, en voilà ! En attendant, je monte.

— Nous aussi ! crièrent ses deux compagnons.

— Restez ici, bébé ! Et vous aussi, padre. À trois nous ferions trop de bruit. Je vous appellerai si j'ai besoin de vous. Mon plan consiste simplement à me glisser dehors et à guetter tranquillement sur les marches. Si cette... chose, quelle qu'elle soit, revient, il faudra qu'elle me passe sur le corps.

Tous trois sortirent dans le couloir. Les deux bougies projetaient leurs petits cercles clignotants de clarté ; l'escalier était bien éclairé jusqu'en haut des marches cernées par de lourdes ombres. Roxton s'assit à mi-hauteur, revolver au poing. Il porta un doigt à ses lèvres, puis invita d'un geste impatient ses compagnons à réintégrer la pièce. Ils obéirent et s'installèrent près du feu. Ils attendirent, attendirent...

Une demi-heure. Trois quarts d'heure. Et puis, soudain la « chose » arriva. Il y eut successivement un bruit de pieds qui se précipitaient, l'écho d'un coup de revolver, une bousculade, une chute lourde, un cri appelant au secours. Frappés d'horreur, ils coururent dans le couloir. Lord Roxton gisait la face contre terre, parmi des décombres et du plâtre en miettes. Ils le relevèrent, il était à demi hébété ; il saignait à la joue et aux mains, mais ce n'étaient que des égratignures. Au haut des marches, les ombres paraissaient plus noires, plus épaisses.

— Ça va ! dit Roxton, une fois assis sur une chaise. Accordez-moi une minute pour que je reprenne mon souffle, et j'engage mon deuxième round avec le diable... Car si ce n'est pas le diable, jamais aucun démon n'a foulé le sol de cette terre !

— Vous n'auriez pas dû aller seul ! ajouta le clergyman. Mais dites-nous ce qui est arrivé.

— Cette fois-ci, vous n'irez pas seul ! dit Malone.

— Je ne le sais pas trop. Vous avez vu que j'étais assis, tournant le dos au palier. Tout à coup, j'ai entendu une course précipitée. J'ai vu quelque chose de noir juste au-dessus de moi. Je me suis à demi tourné et j'ai tiré. Une seconde plus tard, j'étais projeté en bas des marches comme si j'étais un bébé. Tout ce plâtre s'est abattu sur moi. Voilà tout ce que je puis vous dire.

— À quoi bon s'engager plus avant dans cette affaire ? demanda Malone. Vous êtes convaincu que vous n'avez pas eu affaire à un homme, mais à quelque chose de plus qu'un homme, n'est-ce pas ?

— Absolument convaincu !

— Bon. Donc vous avez eu votre expérience. Qu'est-ce que vous désirez de plus ?

— Moi, au moins, je désire davantage ! dit M. Mason. Je crois qu'on a besoin de notre aide.

— J'ai l'impression que nous avons tous besoin d'aide, fit lord Roxton en se frottant le genou. Nous aurons besoin d'un médecin avant d'en avoir terminé ! Mais je suis d'accord avec vous, padre : nous devons aller jusqu'au bout. Si ça ne vous plaît pas, bébé...

Cette suggestion s'avéra trop injurieuse pour le sang irlandais de Malone.

— Je monte tout seul ! cria-t-il en se dirigeant vers la porte.

— Non. Pas tout seul. Je vais avec vous ! déclara le clergyman, qui se précipita derrière lui.

— Ah ! vous n'irez pas sans moi ! hurla lord Roxton, boitillant à l'arrière-garde.

Ils se postèrent tous trois dans le couloir éclairé par les bougies mais drapé d'ombres. Malone avait posé la main sur la rampe et son pied sur la première marche quand l'événement se produisit.

Quel événement ? Ils auraient été incapables de le dire. Simplement, ils s'aperçurent qu'au haut de l'escalier les ombres noires s'étaient épaissies, rassemblées, pour prendre une forme précise qui rappelait celle d'une chauve-souris. Seigneur ! Elles se déplaçaient ! Elles se mettaient en mouvement ! Elles fonçaient sans bruit vers le rez-de-chaussée ! Noires, noires autant que la nuit, énormes, avec des contours fuyants, partiellement humaines et en même temps menaçantes et odieuses. Les trois hommes hurlèrent et coururent vers la porte. Lord Roxton s'empara de la poignée et l'ouvrit. Trop tard ! La créature était sur eux. Ils eurent conscience d'un contact chaud et glutineux, d'une odeur putride, d'une bête hideuse et à demi constituée, de membres prenants... Une seconde plus tard, tous trois gisaient assommés, horrifiés, projetés dehors sur le gravier de l'allée. Et la porte s'était refermée comme si on l'avait claquée derrière eux.

Malone geignait. Roxton jurait. Le clergyman gardait la bouche cousue. Ils se relevèrent. Ils souffraient tous de contusions, et ils avaient les membres brisés. Mais au plus profond d'eux-mêmes un sentiment d'horreur s'était levé, qui annihilait les souffrances physiques. Ils se tenaient debout au clair de lune. Leurs yeux ne quittaient pas le rectangle noir de la porte.

— En voilà assez ! déclara Roxton.

— Plus qu'assez ! dit Malone. Je ne rentrerais pas dans cette maison pour tout l'or que Fleet Street pourrait m'offrir.

— Êtes-vous blessé ?

— Sali, souillé... Ah ! c'était répugnant !

— Infect ! confirma Roxton. Vous avez senti cette puanteur ? Et cette chaleur purulente ?

Malone poussa un cri de dégoût :

— Ça n'a pas de nom ! Et puis vous avez vu ?... Ce visage sans traits. Rien en dehors des yeux terribles ! À demi matérialisé ! Oh ! c'était horrible.

— Et les bougies qui continuent à brûler !

— Ah ! au diable les bougies ! Qu'elles brûlent ! Je ne rentrerai pas dans cette maison !

— Après tout, Belchamber peut venir au matin. Peut-être nous attend-il à l'auberge.

— C'est cela. Allons à l'auberge. Retournons vers l'humanité !

Malone et Roxton avaient déjà fait demi-tour. Mais le clergyman restait là. Il avait sorti un crucifix de sa poche.

— Vous pouvez aller à l'auberge, dit-il. Moi, je reste dans la maison.

— Hein ?

— Oui, dans la maison.

— Padre, vous êtes complètement fou ! On vous égorgera. Sous sa griffe, nous ne valions pas plus cher que des poupées en étoupe !

— Eh bien ! il m'égorgera ! J'y vais.

— Non, vous n'irez pas ! Malone, aidez-moi...

Ils n'eurent pas le temps de le retenir. En quelques pas rapides, M. Mason avait gagné la porte, l'avait ouverte, était entré et l'avait refermée derrière lui. Ses compagnons voulurent le rattraper, mais ils entendirent un bruit de serrure, le padre s'était enfermé et les avait laissés dehors. Une large fente servait de boîte aux lettres, à travers elle, lord Roxton le supplia de sortir.

– Restez là ! dit la voix ferme et brève du clergyman. J'ai une œuvre à accomplir. Je sortirai quand elle sera achevée.

Et bientôt, il se mit à parler. Ses accents empreints de douceur, de bienveillance, d'affection retentirent dans l'entrée.

De dehors, ils ne purent surprendre que des bribes, des bouts de prières, des morceaux d'exhortations, des intonations pour des souhaits aimables. Malone regarda par la fente : il vit la silhouette sombre et rigide du clergyman se détacher dans la lumière des bougies, le dos à la porte, la tête tournée vers les ombres de l'escalier, et la main élevant fermement le crucifix.

Sa voix fit place au silence, et alors se produisit un nouveau miracle dans cette nuit fertile en événements. Une voix répondait à celle de Mason. C'était une voix qui proférait des sons comme ni Roxton ni Malone n'en avaient jamais entendus : des sons gutturaux, grinçants, croassants, menaçants au-delà de toute expression. Ce que dit cette voix fut bref, mais le clergyman répondit aussitôt, et le ton de ses propos trahit une émotion portée à son comble. Ses paroles semblaient être quelque chose comme une oraison à laquelle répliqua immédiatement la sinistre voix de l'au-delà. Et un dialogue s'instaura : les répons se succédaient, parfois courts, parfois longs. Toute la gamme de l'éloquence y passa, plaidoyers, argumentations, prières, supplications, apaisements, tout sauf des reproches.

Transis jusqu'aux os, Roxton et Malone s'étaient accroupis contre la porte, grappillant çà et là des bribes de ce duo inconcevable. Puis, au bout d'un temps qui leur parut très pénible, et qui s'avéra en fin de compte une bonne heure, M. Mason dit le Notre Père d'une voix, riche, exaltante. Était-ce une hallucination, un écho ? Ou y avait-il réellement quelqu'un qui accompagnait dans la nuit la voix du clergyman ? Un instant plus tard, la lumière s'éteignit à la fenêtre de gauche, la serrure joua, et Mason sortit en portant le sac de lord Roxton. À la lumière de la lune, son visage paraissait blafard, mais toute son attitude reflétait la vivacité et la joie.

– Je crois que vous trouverez tout ici, dit-il à lord Roxton en lui tendant le sac.

Roxton et Malone le saisirent chacun par un bras et l'entraînèrent vers la route.

– Cette fois-ci, vous ne vous échapperez pas ! s'écria le lord. Padre, vous devriez avoir toute une barrette de Victoria Cross !

– Mais non, je n'ai fait que mon devoir. Le pauvre diable ! Il avait tellement besoin d'aide ! Je ne suis qu'un pêcheur, et cependant j'ai pu le secourir.

– Vous lui avez fait du bien !

– Humblement, je l'espère. Je n'étais que l'instrument de forces plus hautes. La maison ne sera plus hantée. Il me l'a promis. Mais je ne veux plus en parler, à présent. Cela me sera plus facile dans les jours à venir.

Le propriétaire et les servantes de l'auberge regardèrent avec ahurissement nos trois enquêteurs quand, à l'aube d'une froide matinée d'hiver, ils se présentèrent à la porte. Ils donnaient l'impression d'avoir vieilli de cinq ans pendant la nuit. M.

Mason, en pleine réaction, se jeta sur le canapé de la modeste salle et s'endormit instantanément.

– Pauvre vieux ! Il n'est guère brillant ! dit Malone.

De fait, avec ses longs membres et son visage hagard, tout blanc, on aurait dit un cadavre.

– Nous allons lui faire ingurgiter une tasse de thé, répondit Roxton, qui promena ses mains au-dessus des flammes du feu que la servante venait d'allumer. Et nous en boirons aussi, sapristi ! Car je crois, bébé, que nous ne nous sommes pas dérangés pour rien : à moi des sensations nouvelles, à vous de la bonne copie !

– Et à lui le sauvetage d'une âme. À côté du sien, nos résultats paraissent bien minces !

Ils prirent le premier train du matin pour Londres, et ils eurent un compartiment à eux seuls. Mason n'était guère volubile ; il était perdu dans ses pensées. Subitement, il se tourna vers ses compagnons.

– Dites, vous deux, vous ne voudriez pas vous joindre à moi pour une prière !

Lord Roxton fit la grimace :

– J'aime mieux vous avertir, padre, que je suis plutôt tout le contraire d'un pratiquant.

– S'il vous plaît, agenouillez-vous avec moi. J'ai besoin de votre concours.

Ils s'agenouillèrent côte à côte, le padre au milieu. Malone prit mentalement note de la prière : « Père, nous sommes tous tes enfants : des créatures pauvres, faibles, impuissantes, ballottées par le destin et les événements.

Je te supplie de tourner ton regard miséricordieux vers cet homme, Rupert Tremayne, qui a erré loin de toi et qui se trouve maintenant dans la nuit. Il a sombré très bas, car il avait un cœur orgueilleux qui ne s'attendrissait pas, et un esprit cruel que la haine avait pourri. Mais à présent il voudrait aller vers la lumière. C'est pourquoi j'implore ton secours pour lui et pour cette femme, Emma, qui, par amour pour lui, est descendue dans les ténèbres. Puisse-t-elle le relever, comme elle avait essayé de le faire. Puissent-ils tous deux rompre les liens de triste mémoire qui les retiennent à la terre. Puissent-ils, dès ce soir, monter vers cette glorieuse lumière qui, tôt ou tard, brille sur les plus déshérités de tes fils. »

Ils se remirent debout.

– Ça va mieux ! s'exclama le padre en se frappant la poitrine de sa main osseuse et en souriant de toutes ses dents. Mais quelle nuit ! Ah ! Seigneur, quelle nuit[7] !

CHAPITRE IX
Et voici des phénomènes très physiques !

Il était vraiment du destin de Malone d'être entraîné dans les affaires de la famille Linden ! À peine avait-il abandonné le malheureux Tom aux mains de la justice qu'il se trouva aux prises, et d'une manière fort désagréable, avec son peu sympathique frère.

Cela débuta par un coup de téléphone matinal ; à l'autre bout du fil, il reconnut la voix d'Algernon Mailey.

— Êtes-vous libre cet après-midi ?

— À votre disposition.

— Dites, Malone, vous êtes costaud, n'est-ce pas ? Vous avez bien été international de rugby dans l'équipe d'Irlande ? Une partie de catch ne vous ferait pas peur, non ?

Devant le récepteur, Malone eut un large sourire.

— J'en suis.

— Ça risque d'être gros, vous aurez peut-être à plaquer un boxeur professionnel...

— Parfait ! répondit joyeusement Malone.

— Et il nous faudrait quelqu'un d'autre. Connaissez-vous un type qui viendrait avec nous rien que pour le plaisir de l'aventure ? S'il est vaguement au courant des problèmes psychiques, cela n'en vaudrait que mieux.

Malone se creusa la tête, puis une inspiration lui vint.

— Il y a Roxton, dit-il. Il n'est plus tout jeune, mais dans une bagarre il est utile. Je pense que je pourrai le joindre. Depuis notre expérience dans le Dorsetshire, il s'intéresse beaucoup au psychisme.

— Bravo ! Amenez-le ! S'il ne peut pas venir, nous nous débrouillerons tout seuls. 41, Belshaw Gardens, S. W. Près de la station Earl's Court. Trois heures cet après-midi. D'accord !

Aussitôt Malone appela lord Roxton ; il entendit la voix familière :

— De quoi s'agit-il, bébé ? D'un match de boxe ?... Mais, naturellement ! Hein ?... J'avais une partie de golf à Richmond, mais ceci me paraît bien plus divertissant... Hein ? Oui, très bien. Je vous retrouverai là-bas.

Tant et si bien que, au troisième coup de trois heures, Mailey, lord Roxton et Malone étaient assis au coin du feu dans le salon cossu de l'avocat. Sa femme, douce autant que jolie, était sa collaboratrice sur le double plan de l'esprit et de la matière, elle était là pour accueillir les invités de Mailey.

— Maintenant, chérie, tu ne joues pas dans l'acte suivant, dit gentiment l'avocat. Tu vas te retirer avec discrétion dans les coulisses. Ne te fais aucun souci si tu entends de la bagarre.

— Mais je m'en ferai, mon chéri. Tu risques d'être blessé !

Mailey se mit à rire.

— Il est probable que ton mobilier sera blessé, cela oui ! Mais tu n'as rien d'autre à craindre, va ! Et puis, c'est le bien de la cause qui est en jeu...

« Ceci est toujours le dernier mot, ajouta-t-il après que sa femme eut quitté la pièce. Je crois en vérité qu'elle monterait sur le bûcher pour la cause. Son grand cœur de femme aimante sait ce que cela signifierait pour ce monde gris si les hommes pouvaient s'évader des ombres de la mort et comprendre quel grand bonheur est à venir. Elle est vraiment mon inspiratrice...

« Mais, poursuivit-il en riant, je ferais mieux de ne pas m'étendre sur ce sujet, nous avons à réfléchir sur quelque chose de très différent... quelque chose d'aussi vil et abominable qu'elle est belle et bonne. Il s'agit du frère de Tom Linden.

— J'ai entendu parler de ce type, dit Malone. J'ai autrefois boxé un peu, et je suis toujours membre du Sporting. Silas Linden a failli être champion des poids mi-moyens.

— Exactement. L'homme n'a pas de travail et il a pensé qu'il pourrait devenir médium. Tout de suite, je l'ai pris au sérieux, moi et d'autres spirites, car nous aimons tous son frère, et il arrive fréquemment que de tels dons soient répartis dans une même famille : son ambition m'a donc semblé raisonnable. Aussi l'avons-nous mis à l'épreuve hier soir.

— Et qu'est-il advenu ?

— Tout d'abord, il m'a paru suspect. Comprenez qu'il est presque impossible à un médium de tromper un spirite entraîné. Quand il y a tromperie, c'est aux dépens des profanes. J'ai donc commencé par le surveiller soigneusement, et je me suis assis près du cabinet noir. Bientôt il en est sorti vêtu de blanc. Je m'étais arrangé d'avance avec ma femme, et j'ai rompu le contact. Je l'ai senti quand il est passé près de moi. Il était, bien sûr, en blanc. J'avais dans ma poche des ciseaux ; j'en ai coupé un petit bout.

Mailey exhiba un morceau de toile de forme triangulaire.

— Le voilà. Regardez-le. De la toile très ordinaire. Sans aucun doute, Silas Linden portait sa chemise de nuit.

— Pourquoi ne l'avez-vous pas montré tout de suite ? demanda lord Roxton.

— Il y avait plusieurs dames, et j'étais dans la pièce le seul homme réellement vigoureux.

— Bon ! Alors que proposez-vous ?

– J'ai pris rendez-vous avec lui à trois heures et demie. Je l'attends. S'il n'a pas remarqué la petite amputation de sa chemise de nuit, je ne crois pas qu'il soupçonne ce que je lui veux.

– Qu'allez-vous faire ?

– Ma foi, cela dépend de lui. En tout cas, il faut qu'il ne recommence pas. C'est ainsi que la cause s'embourbe. Un bandit qui ne connaît rien à l'affaire s'introduit pour gagner de l'argent ; le travail des médiums honnêtes s'en trouve déprécié. Le public ne fait pas de distinction, comprenez-vous ! Avec votre aide, je peux parler à ce gangster à égalité de chances, ce qui m'aurait été impossible sans vous.

Un pas pesant se fit entendre à l'extérieur. La porte s'ouvrit sur Silas Linden, faux médium et ex-boxeur professionnel. Ses petits yeux gris porcins se posèrent avec méfiance sur les trois hommes. Puis il se força à sourire, et salua Mailey.

– Bonjour, monsieur Mailey. Nous avons eu hier soir une bonne séance, n'est-ce pas ?

– Asseyez-vous, Linden ! dit Mailey en lui désignant une chaise. C'est justement au sujet de cette soirée que je désire vous parler. Vous nous avez trompés.

Le visage de Silas Linden s'enflamma de colère.

– Qu'est-ce que c'est ? s'écria-t-il vivement.

– Vous avez triché. Vous vous êtes habillé et vous avez prétendu que vous étiez un esprit.

– Menteur ! Menteur ! Jamais je n'ai fait cela...

Mailey tira de sa poche le morceau de toile et le posa sur son genou.

– Et ça ?

– Quoi, ça ?

– Je l'ai coupé au bas de la chemise de nuit que vous portiez. Je l'ai coupé moi-même pendant que vous vous teniez devant moi. Si vous examinez votre chemise de nuit, vous trouverez l'endroit d'où je l'ai coupé. Inutile, Linden ! Vous avez perdu, et le jeu est terminé. Vous ne pouvez plus nier.

Pendant quelques secondes, l'homme demeura complètement effondré. Puis il éclata dans une explosion de blasphèmes.

– Quel jeu ? cria-t-il en regardant autour de lui. Est-ce que vous croyez que vous m'avez eu et que vous pouvez me prendre pour un écornifleur ? C'est un coup monté, hein ! Mais vous vous êtes trompé d'homme pour cette partie-là !

– Inutile de faire du bruit ou d'essayer de la violence, Linden ! avertit Mailey paisiblement. Je pourrais vous traîner demain devant le tribunal. Mais, à cause de votre frère, je ne tiens pas au scandale. Seulement vous ne quitterez pas cette pièce sans avoir signé le papier qui est là, sur mon bureau.

– Oh ! N'y comptez pas ! Qui m'y forcera, dites-moi ?

– Nous vous y forcerons !

Les trois hommes se placèrent entre lui et la porte.

– Vous m'y forcerez ? Oui, eh bien ! essayez donc !...

Ses yeux étincelaient de fureur ; il se tint devant eux en serrant ses énormes poings.

– Laissez-moi sortir !

Ils ne répondirent pas, mais tous trois poussèrent le grognement de combat qui est peut-être la plus vieille des expressions humaines. Dans la seconde qui suivit, Linden se jeta sur eux, et ses poings assenèrent des coups d'une violence terrible. Mailey, qui avait autrefois boxé en amateur, bloqua un coup, mais le suivant déborda sa garde, et il s'écroula devant la porte. Lord Roxton fut projeté sur le côté. Mais Malone, avec l'instinct du rugbyman plongea la tête en avant et ceintura le boxeur professionnel à la hauteur des genoux. Si un homme est trop fort pour vous sur ses pieds, alors faites-le tomber, une fois sur le dos, il perd toute sa science. Linden bascula et passa dans sa chute, à travers un fauteuil. Il se mit sur un genou et essaya d'un court crochet au menton, mais Malone le fit retomber. Les mains osseuses de Roxton se nouèrent autour de son cou. Il y avait en Silas Linden une bonne dose de lâcheté ; il eut peur.

– Assez ! cria-t-il. Laissez-moi !

Il était à présent étalé sur le dos. Malone et Roxton étaient penchés au-dessus de lui. Mailey s'était relevé, pâle et meurtri.

– Ça va très bien ! répondit-il à une voix de femme derrière la porte. Non, non, ma chérie, pas encore ! Mais nous touchons au dénouement. Allons, Linden, pas besoin de vous mettre debout, car là où vous êtes vous pouvez causer avec nous très gentiment. Pour sortir d'ici, vous n'avez qu'à signer ce papier.

– Quel papier ? grogna Linden, quand Roxton eut desserré son étreinte.

– Je vais vous le lire.

Mailey alla le chercher sur son bureau et lut à haute voix : Je soussigné, Silas Linden, certifie ici que j'ai agi comme un fripon et comme un coquin en simulant un esprit, et je jure que plus jamais dans ma vie je ne me présenterai comme médium. Si je ne respecte pas ce serment, alors cet aveu signé pourra être porté à la connaissance du tribunal... ». Voulez-vous signer ce papier ?

– Non ! Que je sois maudit si je le signe !

– Est-ce que je lui donne un supplément de torticolis ? demanda lord Roxton. Peut-être pourrais-je ainsi le convaincre, hein ?

– Pas du tout, dit Mailey. Au fond, cette affaire ne serait pas mauvaise devant le tribunal, car elle montrerait au public que nous sommes résolus à tenir notre maison en ordre. Je vous accorde une minute pour réfléchir, Linden. Dans une minute, j'appelle la police.

Mais il ne fallut pas une minute à l'imposteur pour se décider.

– Très bien ! fit-il, maussade. Je signe.

Il lui fut permis de se mettre debout, non sans être averti que s'il essayait d'en profiter, il ne se relèverait pas si vite la deuxième fois. Mais il n'avait plus de ressort.

Il griffonna un grossier « Silas Linden » au bas du papier. Les trois autres contresignèrent en qualité de témoins.

— Maintenant, filez ! commanda Mailey. Trouvez à l'avenir un métier honnête, et laissez en paix les choses sacrées !

— Gardez pour vous vos sacrées foutaises ! répondit Linden, qui sortit en sacrant et jurant.

À peine avait-il franchi le seuil de la maison que Mme Mailey se précipitait dans le salon pour s'assurer que son mari n'était pas blessé. Son examen lui ayant donné toute satisfaction, elle se lamenta sur le sort du fauteuil brisé : comme toutes les bonnes épouses, elle vouait une fierté personnelle au moindre détail de son petit ménage.

— Aucune importance, ma chérie ! Ce n'est pas payer trop cher l'expulsion d'un bandit... Ne partez pas encore, vous autres, j'ai deux mots à vous dire.

— Et le thé va être servi !

— Peut-être vaudrait-il mieux quelque chose de plus fort ? suggéra Mailey.

De fait, tous trois étaient éreintés : car pour avoir été bref, leur match avait été dur ! Roxton, qui s'était beaucoup amusé, n'avait pas perdu son allant, mais Malone était rompu, et Mailey se ressentait encore du formidable coup de poing qui l'avait mis knock-out.

— On m'a affirmé, dit Mailey, quand ils se furent réinstallés devant le feu, que cette canaille extorquait de l'argent à son frère depuis des années. C'était une manière de chantage, car il aurait été tout à fait capable de le dénoncer. Oh ! mais... voilà qui expliquerait l'intervention de la police. Pourquoi aurait-elle choisi Linden de préférence à tous les autres médiums de Londres ? Je me rappelle à présent que Tom m'a déclaré... Oui, c'est cela, il m'a déclaré que Silas lui avait demandé de lui apprendre à être médium, et qu'il avait refusé.

— Pouvait-il lui apprendre ? demanda Malone.

Mailey réfléchit.

— Eh bien ! peut-être aurait-il pu, dit-il enfin. Mais Silas Linden faux médium serait beaucoup moins dangereux que Silas Linden vrai médium.

— Que voulez-vous dire par là ?

— Le pouvoir médiumnique peut se développer, dit Mme Mailey. On pourrait presque dire qu'il s'attrape.

— Rappelez-vous l'imposition des mains dans l'Église primitive, expliqua Mailey. Elle conférait des pouvoirs de thaumaturge. Nous ne pouvons attribuer aujourd'hui des pouvoirs aussi rapides. Mais si un homme ou une femme se présente avec le désir de développer ses facultés, et spécialement si la séance a lieu en présence d'un vrai médium, il y a de fortes chances pour que le pouvoir lui vienne.

— Mais pourquoi avez-vous dit que ce serait pire qu'un faux médium !

— Parce que le pouvoir pourrait être utilisé pour le mal. Je vous assure, Malone, que ces histoires de magie noire et de mauvais démons ne sont pas des inventions de nos adversaires. En réalité, elles se produisent, et toujours autour d'un médium pervers. Vous pouvez explorer des abîmes que définit assez bien l'idée populaire de sorcellerie. Il serait malhonnête de nier qu'ils existent.

– Les semblables s'attirent, ajouta Mme Mailey. Vous obtenez ce que vous méritez. Si vous êtes assis avec des gens pervers, vous aurez des visiteurs pervers.

– Donc il existe un côté dangereux ?

– Connaissez-vous quelque chose sur la terre qui n'ait son côté dangereux, si elle est maniée de travers et de façon excessive ? Ce côté dangereux existe très en dehors du spiritisme orthodoxe ; mais pour y parer, il convient de le connaître. Je crois que la sorcellerie du Moyen Âge était un phénomène très réel, et que le meilleur moyen de faire face à de telles pratiques est de cultiver les pouvoirs les plus élevés de l'esprit. En laissant le champ libre, vous l'abandonnez aux forces du mal.

Lord Roxton intervint.

– Quand j'étais l'an dernier à Paris, dit-il, il y avait un type qui s'appelait La Paix et qui s'occupait de magie noire. Il réunissait du monde, il tenait des cercles, etc. Ce que je veux dire, c'est qu'il n'y avait pas grand mal à cela, mais d'autre part ce n'était guère… spirituel, comme vous dites.

– C'est un aspect du problème qu'en tant que journaliste j'aimerais bien voir d'un peu plus près, dit Malone. À condition que je puisse faire un compte rendu impartial…

– Tout à fait d'accord ! déclara Mailey. Nous désirons que toutes les cartes soient étalées sur la table.

– Eh bien ! bébé, si vous voulez m'accorder une semaine de votre temps et venir à Paris, je vous présenterai à La Paix.

– C'est assez curieux, sourit Mailey. J'avais justement en tête pour notre ami une visite à Paris. Imaginez que j'ai été invité chez le Dr Maupuis, de l'Institut métapsychique, à assister à quelques-unes des expériences qu'il dirige avec un médium de Galicie. C'est en réalité l'aspect religieux de cette affaire qui m'intéresse, car il fait manifestement défaut aux esprits des savants du continent ; mais en ce qui concerne l'examen précis et vigilant des phénomènes psychiques, ils sont plus avancés que quiconque, sauf ce pauvre Crawford de Belfast, qui a acquis tout seul une classe supérieure. J'ai promis à Maupuis de traverser la Manche : il doit avoir obtenu des résultats magnifiques, et, par certains côtés, inquiétants.

– Pourquoi inquiétants ?

– Parce que ses plus récentes matérialisations n'avaient rien d'humain. Cela est confirmé par des photographies. Je ne vous en dirai pas davantage, pour que, si vous venez avec moi, vous n'ayez pas l'esprit prévenu.

– J'irai certainement, répondit Malone. Je suis sûr que mon rédacteur en chef sera d'accord.

Le thé fut servi, et la conversation se trouva interrompue par l'irritante intrusion des besoins corporels dans un débat supérieur. Mais Malone n'était pas de ceux qui lâchent facilement une piste.

– Vous parliez de forces mauvaises. Êtes-vous déjà entré en relation avec elles ?

Mailey regarda sa femme et sourit.

– Constamment, répondit-il. Cela fait partie de notre travail. Nous nous spécialisons là-dessus.

– J'avais compris que quand il y avait une intervention de ces forces mauvaises, vous l'écartiez.

– Pas forcément. Si nous pouvons aider un esprit inférieur, nous n'y manquons pas. Et nous ne pouvons l'aider qu'en l'encourageant à nous dire ses ennuis. La plupart ne sont pas pervers. Ce sont de pauvres créatures ignorantes, bornées, qui souffrent les conséquences des opinions étroites et erronées qu'elles ont apprises dans ce monde. Nous essayons de les aider... Et nous y parvenons.

– Comment savez-vous que vous y parvenez ?

– Parce qu'elles viennent nous voir ensuite et qu'elles nous content leurs progrès. De telles méthodes sont fréquemment employées par nos amis. On les appelle des cercles de sauvetage.

– J'ai entendu parler des cercles de sauvetage. Pourrais-je assister à l'un d'eux ? Cette chose m'attire de plus en plus. C'est comme si de nouveaux horizons s'ouvraient continuellement. Je considérerais comme une grande faveur que vous m'aidiez à voir ce côté neuf...

Mailey devint pensif.

– Nous ne tenons pas à donner ces pauvres créatures en spectacle. D'autre part, bien que nous ne puissions pas vous considérer comme un adepte du spiritisme, vous avez traité le problème avec compréhension et sympathie...

Il se tourna vers sa femme, qui lui fit en souriant un signe de tête affirmatif.

– Ah ! on vous autorise ! Eh bien ! apprenez que nous tenons notre petit cercle personnel de sauvetage, et qu'aujourd'hui à cinq heures a lieu notre séance hebdomadaire. Notre médium est M. Terbane. Habituellement, nous n'avons personne d'autre, sauf M. Charles Mason, le clergyman. Mais si tous deux vous avez envie de faire cette expérience, nous serons très heureux de vous compter parmi nous. Terbane sera ici tout de suite après le thé. C'est un porteur de gare, aussi son temps ne lui appartient pas... Oui, le pouvoir psychique se manifeste un peu partout, mais c'est dans les classes les plus humbles qu'il se manifeste le mieux. Les anciens prophètes étaient des pêcheurs, des charpentiers, des tisseurs de tentes, des chameliers. Actuellement, quelques-uns des dons psychiques supérieurs se trouvent en Angleterre chez un mineur, un artisan de la laine, un porteur de gare, un marinier de péniche et une femme de ménage. L'histoire se répète. Et ce magistrat imbécile, avec Tom Linden devant lui, n'était que Félix jugeant Paul. La vieille roue tourne inlassablement...[8]

CHAPITRE X
De profundis

Ils étaient encore en train de prendre le thé quand M. Charles Mason fut introduit. Rien ne rapproche mieux les gens que la recherche psychique pour l'intimité d'âme : c'est pourquoi Roxton et Malone, qui ne l'avaient connu qu'à travers un bref épisode, se sentirent aussitôt plus proches de cet homme que de tant d'autres qu'ils connaissaient depuis des années. Cette camaraderie à la fois fidèle et grave est l'une des caractéristiques principales d'une telle communion.

Quand apparut sa silhouette de clergyman longue, mince, dégingandée, insouciante, dominée par une figure lasse et décharnée qu'illuminaient un sourire merveilleusement humain et deux yeux étincelants de sérieux, ils eurent l'impression qu'un vieil ami venait les voir. Et les mots qu'il eut à leur adresse révélaient une cordialité égale.

– Encore en exploration ? s'exclama-t-il en leur serrant la main. Espérons que nos nouvelles expériences ne tendront pas nos nerfs autant que la dernière.

– Sapristi, padre ! répliqua Roxton. Depuis le Dorsetshire, j'ai usé le bord de mon chapeau en le tirant mentalement devant vous !

– Qu'est-ce qu'il a fait ? s'enquit Mme Mailey.

– Rien, rien ! s'écria Mason. À ma misérable façon, j'ai essayé de guider une âme hors des ténèbres. N'en parlons plus ! Mais cependant nous ne sommes pas ici réunis pour autre chose ; et voilà ce que font ces braves gens une fois par semaine. C'est de M. Mailey que j'ai appris comment y parvenir.

– Il est de fait que nous ne manquons pas de pratique ! dit Mailey. Vous en avez vu assez, Mason, pour en témoigner.

– Mais je bute encore sur quelque chose ! s'écria Malone. Pouvez-vous m'éclairer sur un point ? Pour l'instant, j'accepte votre hypothèse que nous sommes environnés par des esprits de matière liés à la terre, qui se trouvent dans d'étranges conditions qu'ils ne comprennent pas, et qui ont besoin de conseils. C'est à peu près cela, n'est-ce pas ?

Les Mailey approuvèrent de la tête.

– Bien. Leurs amis et leurs parents décédés sont probablement dans l'au-delà, et ils n'ignorent pas leur état. Ils savent la vérité. Ne peuvent-ils donc pas s'entremettre pour pourvoir aux besoins de ces malheureux beaucoup mieux que nous ne le pouvons nous-mêmes ?

— Question bien naturelle ! répondit Mailey. Et tout naturellement nous leur avons soumis cette objection. Nous ne pouvons mieux faire qu'accepter leur réponse. Il semble qu'ils soient ancrés à la surface de cette terre, trop lourds, trop charnels pour s'élever. Les autres sont, sans doute, sur un plan spirituel très éloigné du leur. Ils nous ont expliqué qu'ils se trouvent bien plus proches de nous, qu'ils nous connaissent, mais qu'ils ne connaissent rien des plans supérieurs. Par conséquent, nous sommes les plus capables de les contacter.

— Il y avait une pauvre chère âme en peine...

— Ma femme aime tout et tous, expliqua Mailey. Elle serait capable de parler d'un pauvre cher vieux diable.

— Mais ils méritent sûrement de la pitié et de la tendresse ! s'écria Mme Mailey. Ce pauvre type, nous l'avons bercé, cajolé pendant des semaines. Réellement, il venait des ténèbres profondes ! Puis, un jour, il s'écria, éperdu de joie : « Ma mère est venue ! Maman est ici ! » Naturellement, nous lui avons dit : « Mais pourquoi n'est-elle pas venue auparavant ? » Et il nous a répondu : « Comment l'aurait-elle pu lorsque j'étais dans des ténèbres si sombres qu'elle aurait été incapable me voir ? »

— Tout cela est bel et bon, dit Malone. Cependant, pour autant que je puisse suivre vos méthodes, c'est un guide, ou un contrôle, ou un esprit supérieur qui réglemente toute l'affaire, et qui vous amène le patient à guérir. S'il peut en être instruit, d'autres esprits supérieurs pourraient l'être également, non ?

— Justement non, répondit Mailey. C'est sa mission particulière. Pour vous montrer à quel point les séparations sont nettes, je puis vous citer un exemple. Ici, nous avions une âme en peine. Nos invités venaient et ne savaient pas qu'elle était là ; nous avons dû attirer leur attention sur elle. Quand nous avons dit à cette âme en peine : « Est-ce que vous ne voyez pas nos amis à côté de vous ? » Il a répondu : « Je vois une lumière, mais je ne distingue rien d'autre. »

À ce moment, la conversation se trouva interrompue par l'arrivée de M. John Terbane, qui venait de Victoria Station, où il accomplissait ses tâches terrestres. Il avait revêtu un costume de ville. Il était pâle, triste, imberbe, dodu ; il avait des yeux rêveurs, mais aucune autre indication n'eût trahi ses dons remarquables.

— Avez-vous mon compte rendu ?

Telle fut sa première question. En souriant, Mme Mailey lui tendit une enveloppe.

— Nous vous l'avions préparé, mais vous pourrez le lire chez vous... Comprenez, ajouta-t-elle, que ce pauvre M. Terbane est en transe, et qu'il ignore tout du merveilleux travail dont il est l'instrument. Voilà pourquoi, après chaque séance, mon mari et moi lui écrivons un compte rendu.

— Et je suis toujours très étonné quand je le lis ! commenta Terbane.

— Et très fier aussi, je suppose ? interrogea Mason.

— Ma foi, je n'en sais rien ! répondit humblement Terbane. Je ne vois pas pourquoi l'instrument serait fier de ce que l'ouvrier l'emploie. Pourtant, c'est un privilège, bien sûr !

– Bon vieux Terbane ! dit Mailey en posant affectueusement ses mains sur les épaules du porteur. Meilleur est le médium, moins il est égoïste ; c'est l'expérience qui m'a enseigné cette vérité. Le médium est celui qui s'abandonne complètement pour que d'autres se servent de lui : cet abandon est incompatible avec l'égoïsme. Eh bien ! il me semble que nous pourrions nous mettre au travail, sinon M. Chang nous grondera.

– Qui ? demanda Malone.

– Oh ! vous ferez bientôt la connaissance de M. Chang ! Nous n'avons pas besoin de nous asseoir tout autour de la table, un demi-cercle devant le feu fera aussi bien l'affaire. Lumières réduites. Très bien. Prenez vos aises, Terbane : installez-vous dans les coussins.

Le médium se cala dans l'angle d'un canapé confortable, et aussitôt il s'assoupit. Mailey et Malone avaient chacun un carnet de notes sur leurs genoux et attendaient.

Ils n'attendirent pas longtemps. Tout à coup, Terbane se mit sur son séant, et il cessa d'être le rêveur qu'il avait paru être jusqu'ici, il se transforma en un individu très alerte et impérieux. Un changement subtil s'était opéré sur sa physionomie. Un sourire ambigu flottait sur ses lèvres, ses yeux se fendirent obliquement et se rétrécirent, son visage se porta en avant, il enfonça ses deux mains dans les manches de sa veste bleue.

– Bonsoir ! dit-il d'un ton tranchant, saccadé. De nouvelles têtes ! Qui est-ce ?

– Bonsoir, Chang ! répondit le maître de maison. Vous connaissez M. Mason. Je vous présente M. Malone, qui étudie notre problème. Et voici lord Roxton, qui m'a rendu un grand service aujourd'hui.

– Lord Roxton ! répéta-t-il. Un milord anglais ! Je connaissais lord… lord Macart… Non… Je… Je ne peux pas le prononcer. Hélas ! Je l'appelais « Démon étranger » alors… Chang, lui, aussi, avait beaucoup à apprendre.

– Il parle de lord Macartney. Cela remonte à une centaine d'années. Chang était un grand philosophe de son vivant, expliqua Mailey.

– Ne perdons pas de temps ! s'écria le contrôle. Beaucoup à faire aujourd'hui. La foule attend. Des vieux, des nouveaux. J'ai pêché des gens bizarres dans mon filet. Je m'en vais.

Il retomba parmi les coussins.

Une minute plus tard, il se redressa.

– Je veux vous remercier, dit-il dans un anglais parfait. Je suis venu il y a deux semaines. J'ai réfléchi à tout ce que vous m'avez dit. Ma route s'éclaire.

– Étiez-vous l'esprit qui ne croyait pas en Dieu ?

– Oui ! Je l'ai dit dans ma colère. J'étais si las, si las ! Oh ! le temps, le temps sans fin, la brume grise, le poids pesant du remords ! Sans espoir ! Sans espoir ! Alors vous m'avez apporté le réconfort, vous et ce grand esprit chinois. Vous m'avez fait entendre les premières douces paroles depuis ma mort.

– Quand êtes-vous mort ?

– Oh ! cela me semble une éternité ! Nous ne mesurons pas comme vous. C'est un long rêve horrible, uniforme, sans interruption.

– Qui était roi en Angleterre ?

– Victoria était reine. J'avais accordé mon esprit avec la matière, il était cramponné à la matière. Je ne croyais pas à une vie future. Maintenant, je sais que j'avais tort, mais je ne pouvais pas adapter mon esprit à de nouvelles conditions.

– Là où vous êtes, est-ce mauvais ?

– C'est tout... tout gris ! Voilà le plus affreux. L'ambiance est horrible.

– Mais vous n'êtes pas seul : il y en a beaucoup d'autres.

– Ils ne savent pas plus que moi. Eux aussi ricanent, doutent et sont malheureux.

– Vous en sortirez bientôt !

– Pour l'amour de Dieu, aidez-moi à en sortir !

– Pauvre âme ! dit Mme Mailey, de sa voix douce, caressante.

Sa voix aurait fait coucher à ses pieds n'importe quel animal.

– Vous avez grandement souffert. Mais ne pensez pas à vous seul. Pensez à ces autres qui sont avec vous. Essayez d'en relever un, et c'est ainsi que vous vous aiderez le mieux.

– Merci, madame, je le ferai. Il y en a un ici que j'ai amené. Il vous a entendus. Nous poursuivrons ensemble notre route. Peut-être trouverons-nous un jour la lumière.

– Aimez-vous que l'on prie pour vous ?

– Oh ! oui !

– Je prierai pour vous, dit Mason. Pourriez-vous dire maintenant Notre père... ?

Il murmura la vieille prière universelle, mais avant qu'il eût fini, Terbane était à nouveau retombé parmi les coussins. Il se remit droit pour interpréter Chang.

– Il progresse, dit le contrôle. Il a laissé du temps aux autres qui attendent. Cela est bon. Maintenant, j'ai un cas difficile. Oh !...

Il poussa un cri de découragement comique et sombra en arrière.

Quelques secondes plus tard, il était redressé ; son visage s'était allongé pour une apparence de solennité, ses mains étaient jointes paume contre paume.

– Qu'est-ce que c'est ? demanda-t-il d'une voix pointue et pointilleuse. Je serais bien curieux de savoir de quel droit ce personnage chinois m'a fait venir ici. Pourriez-vous me renseigner ?

– Peut-être parce que nous pourrions vous aider.

– Quand je désire d'être aidé, je réclame de l'aide. À présent, je ne le désire pas... On en use bien librement avec moi !... D'après ce que ce Chinois a été capable de m'expliquer, je suis le spectateur involontaire d'une sorte de service religieux ?

– Nous sommes un cercle de spirites.

– Une secte très pernicieuse. Des méthodes tout à fait blasphématoires. En tant que modeste desservant de paroisse, je proteste contre de telles profanations.

– Vous êtes retenu en arrière, ami, par cette vision étroite. C'est vous qui souffrez. Nous voulons vous soulager.

– Souffrir ? Qu'entendez-vous par là, monsieur ?

– Avez-vous réalisé que vous étiez dans l'au-delà ?

– Vous dites des bêtises !

– Comprenez-vous que vous êtes mort ?

– Je ne suis pas mort puisque je cause avec vous.

– Vous causez avec nous parce que vous empruntez le corps de cet homme.

– Certainement, je suis tombé dans un asile de fous !

– Dans un asile, oui. Un asile pour mauvais cas. Je crains que vous ne soyez un mauvais cas. Êtes-vous heureux là où vous êtes ?

– Heureux ? Non, monsieur. Mon milieu actuel m'apparaît comme tout à fait inexplicable.

– Avez-vous le souvenir d'avoir été malade ?

– J'ai été très malade.

– Si malade que vous en êtes mort.

– Vous êtes évidemment hors de tout bon sens.

– Comment savez-vous que vous n'êtes pas mort ?

– Monsieur, je vois bien qu'il me faut vous donner des rudiments d'instruction religieuse. Quand on meurt après avoir mené une vie honorable, on revêt un corps glorieux et on jouit de la compagnie des anges. Or je suis toujours pourvu du même corps que pendant ma vie, et je me trouve dans un endroit très triste, très terne. La compagnie dont je jouis ne ressemble en rien à celle dont j'avais rêvé, et je chercherais en vain un ange autour de moi. Votre hypothèse absurde peut donc être écartée.

– Ne continuez pas à vous abuser vous-même. Nous désirons vous secourir. Vous ne ferez jamais aucun progrès tant que vous n'aurez pas compris votre état.

– Réellement, monsieur, vous poussez à bout ma patience. Ne vous ai-je pas dit...

À ces mots, le médium retomba dans ses coussins. Un peu plus tard, le contrôle chinois, avec un sourire bizarre et les mains engoncées dans ses manches, s'adressait de nouveau au cercle :

– Lui brave homme... Un homme fou... Il apprendra bientôt... Je le ramènerai. Ne perdons pas davantage de temps. Oh ! mon Dieu ! Au secours ! Pitié ! Au secours !

Il était retombé tout à plat sur le canapé, le visage tourné vers le plafond, et ses cris étaient si terribles que le petit cercle se mit debout.

– Une scie ! Une scie ! Allez chercher une scie ! criait le médium, dont la voix défaillit dans un gémissement.

Mailey lui-même était troublé, les autres étaient horrifiés.

– Quelqu'un l'a hanté. Je n'y comprends rien. Il doit s'agir d'un puissant esprit mauvais.

– Voulez-vous que je lui parle ? demanda Mason.

– Attendez un moment ! Laissez se dérouler les événements. Nous verrons bientôt.

Le médium se tordait dans les affres de l'agonie.

– Oh ! mon Dieu ! Pourquoi n'êtes-vous pas allé chercher une scie ? criait-il. C'est là, sur ma poitrine. Elle craque. Je le sens ! Hawkin ! Hawkin ! Tire-moi de dessous ! Hawkin ! soulève la poutre ! Non, non, comme ça c'est pire ! Et voilà le feu ! Oh ! c'est horrible ! Horrible !

Ses hurlements glaçaient le sang. Ils restaient pétrifiés dans l'horreur. Puis, en un clin d'œil, le Chinois reparut avec son regard oblique.

– Qu'est-ce que vous en pensez, monsieur Mailey ?

– C'était effroyable, Chang ! Que s'est-il passé ?

– C'était pour lui ! répondit Chang en désignant Malone du menton. Il voulait une histoire pour son journal, je lui ai donné une histoire pour son journal. Il comprendra. Pas le temps d'expliquer maintenant. Il y en a trop qui attendent. Un marin, d'abord. Le voici.

Le Chinois disparut, et un rire jovial, embarrassé, passa sur le visage du médium. Il se gratta la tête.

– Eh bien ! zut alors ! dit-il. J'aurais jamais cru que j'recevrais des ordres d'un Chinetok. Mais il a fait : « Psitt ! » et je n'ai pas pu résister : plus question de discuter !... Bon. Eh ben ! me v'là ! Qu'est-ce que vous m'voulez ?

– Nous ne voulons rien.

– Ah ! Le Chinetok semblait croire que vous m'vouliez quèque chose, car il m'a lancé ici.

– C'est vous qui avez besoin de quelque chose. Vous avez besoin de savoir.

– Oui, j'ai perdu mon cap, c'est vrai ! J'sais que j'suis mort, parce que j'ai vu mon lieutenant de batterie, et il a volé en éclats sous mon nez. S'il est mort, je suis mort. Et tous les autres aussi sont morts. Nous sommes tous de l'autre côté. Mais on se paie la tête du pilote parce qu'il est aussi ahuri que nous. Sacré pauvre pilote, je l'appelle ! Nous sommes tous en train de prendre le fond...

– Comment s'appelait votre bateau ?

– Le Monmouth.

– Il a sombré pendant la guerre avec les Allemands ?

– C'est ça. En plein dans les eaux de l'Amérique du Sud. Un bel enfer ! Oui, c'était l'enfer...

Il y avait un monde d'émotions dans sa voix. Il ajouta plus gaiement :

– On m'a dit que nos copains les avaient eus ensuite. Est-ce que c'est vrai, monsieur ?

– Oui, les Allemands ont coulé par le fond.

– De ce côté-ci, on ne les a pas vus. C'est aussi bien, peut-être. Nous n'oublions rien, vous comprenez ?

– Mais vous devez oublier ! fit Mailey. Voilà ce qui ne va pas avec vous. Voilà pourquoi le contrôle chinois vous a mené ici. Nous sommes ici pour vous enseigner. Vous transmettrez notre message à vos copains.

– … mande pardon, m'sieur : ils sont tous derrière moi.

– Eh bien ! je vous dis, à vous et à eux aussi, que le temps des batailles et de la guerre mondiale est révolu. Ne regardez plus derrière vous, mais devant vous.

Quittez cette terre qui vous retient encore par les liens de la pensée, et que tous vos désirs se bornent à devenir moins égoïstes, plus dignes d'une vie meilleure, supérieure, paisible, merveilleuse. Comprenez-vous cela ?

– J'comprends, m'sieur. Et les autres aussi. On voudrait un gouvernail, m'sieur, car vraiment on nous a donné de bien mauvaises indications. Jamais on ne s'était attendu à se trouver rejetés comme ça ! On avait entendu parler du ciel, de l'enfer, mais on est loin de l'un comme de l'autre. Allons, voilà que ce Chinetok nous dit que c'est l'heure… Nous pourrons venir au rapport la semaine prochaine ? Merci ben, m'sieur, pour vous et pour la compagnie. Je reviendrai !

Il y eut un instant de silence.

– Quelle conversation incroyable ! balbutia Malone.

– Si nous publiions ce discours du marin et son argot en disant que cela émane du peuple des esprits, que dirait le public ?

Malone haussa les épaules.

– Qu'importe ce que le public dirait ? Quand j'ai commencé cette enquête, j'étais plutôt sensible aux critiques ; à présent, je ferais aussi peu de cas des attaques d'un journal qu'un char d'assaut d'une balle de carabine. À vrai dire, elles ne m'intéressent même plus. L'essentiel est de coller à la vérité le plus près possible !

– Je ne prétends pas être grand connaisseur de ces choses, dit Roxton. Mais ce qui me frappe le plus, c'est que ces gens sont des gens du peuple très ordinaires et très polis, hein ? Pourquoi se promènent-ils comme ça dans les ténèbres et sont-ils halés par ce Chinois s'ils n'ont rien fait spécialement de mal dans leur vie ?

– Chaque cas révèle une forte attache à la terre et l'absence de toute envolée spirituelle, expliqua Mailey. Nous avons vu un clergyman embrouillé dans ses formules et ses rites, un matérialiste qui s'est volontairement accroché à la matière, un marin qui nourrit des idées de vengeance… Il y en a des millions et des millions !

– Où ? demanda Malone.

– Ici, répondit Mailey. Sur la surface de la terre. Vous vous en êtes aperçu, je pense, au cours de votre randonnée dans le Dorsetshire ! C'était bien à la surface, n'est-ce pas ? Il s'agissait d'un cas typique, grossier, ce qui le rendait plus visible et plus probant, mais il n'a pas modifié la loi générale. Je crois que tout le globe est infesté par des esprits liés à la terre et que, lorsque viendra le jour prophétisé du grand nettoyage, ils en tireront autant de bénéfice que les vivants.

Malone songea à l'étrange visionnaire, du nom de Miromar, dont il avait entendu le discours dans le temple spirite le premier soir de son enquête.

– Croyez-vous donc à quelque événement imminent ? demanda-t-il.

– Il y aurait beaucoup à dire sur ce sujet, répondit Mailey en souriant. Je crois… Mais voici à nouveau M. Chang.

Le contrôle se joignit à la conversation.

– Je vous ai entendus. Je m'assieds et j'écoute, dit-il. Vous parlez maintenant de ce qui doit venir. Laissez venir ! Laissez venir ! Le temps n'est pas encore proche. Vous serez avertis quand il sera bon que vous le sachiez. Rappelez-vous ceci : tout est au mieux. Quoi qu'il arrive, tout sera au mieux. Dieu ne commet pas d'erreurs. Pour l'instant, comme d'autres désirent votre aide, je vous laisse.

Plusieurs esprits défilèrent rapidement. L'un était un architecte qui dit qu'il avait vécu à Bristol. Il n'avait pas été un mauvais homme, mais il avait simplement banni de ses pensées tout souci du futur. À présent, il était dans les ténèbres et avait besoin d'être dirigé. Un autre avait habité Birmingham. C'était un homme cultivé, mais un matérialiste. Il refusa d'accepter les assurances de Mailey, et il n'admit pas qu'il était réellement mort. Puis se présenta un homme aussi bruyant que violent, dont la religion était fruste et étroite : tout à fait le genre sectaire ; il avait constamment le mot « sang » sur les lèvres.

– À quoi rime cette idiotie ? demanda-t-il plusieurs fois.

– Ce n'est pas une idiotie. Nous sommes ici pour vous aider, répondit Mailey.

– Qui voudrait être aidé par le diable ?

– Est-il vraisemblable que le diable cherche à aider des âmes en peine ?

– Cela fait partie de ses ruses. Je vous dis que c'est une diablerie ! Attention ! Je ne marche pas !

Le Chinois placide surgit comme un éclair :

– Un brave homme. Un fou, répéta-t-il. Il a beaucoup de temps devant lui. Un jour, il apprendra. Maintenant, voici un mauvais cas, un très mauvais cas. Oh !…

Il fit retomber sa tête dans les coussins et ne la releva pas quand une voix, une voix très féminine, résonna dans la pièce :

– Janet ! Janet !

Il y eut un silence.

– Janet, voyons ! Mon thé ! Janet ! C'est intolérable ! Voilà dix fois que je vous appelle ! Janet !

Le médium se mit sur son séant et se frotta les yeux.

– Qu'est-ce que c'est ? cria la voix. Qui êtes-vous ? De quel droit êtes-vous ici ? Savez-vous que c'est ma maison ?

– Non, amie, ceci est ma maison.

– Votre maison ! Comment cette maison pourrait-elle être la vôtre, puisque ceci est ma chambre à coucher ? Voulez-vous vous en aller !

– Non, amie. Vous ne comprenez pas votre situation.

– Je vais vous faire sortir. Quelle insolence ! Janet ! Janet ! Personne ne s'occupe donc de moi ce matin ?

– Regardez autour de vous, madame. Est-ce votre chambre à coucher ?

Terbane regarda autour de lui avec deux yeux furieux.

– C'est une chambre que je n'ai jamais vue de ma vie. Où suis-je ? Qu'est-ce que cela signifie ? Vous avez l'air d'une femme honnête. Pour l'amour du Ciel, dites-moi ce que cela signifie. Oh ! J'ai peur ! J'ai tellement peur ! Où sont John et Janet ?

– Quel est votre dernier souvenir ?

– Je me rappelle avoir grondé sévèrement Janet. C'est ma femme de chambre, comprenez-vous ? Elle est devenue si négligente ! Oui, j'étais très mécontente d'elle. J'étais si mécontente que je suis tombée malade. Je me suis mise au lit avec le sentiment que j'étais malade. On m'a dit que je ne devais pas me mettre dans des états pareils. Mais comment s'empêcher de se mettre en colère ? Oui, je me rappelle avoir étouffé. C'était après que la lumière eut été éteinte. J'essayais d'appeler Janet. Mais pourquoi serais-je dans une autre chambre ?

– Dans la nuit vous êtes passée dans l'au-delà, madame.

– Passée ? Vous voulez dire que je suis morte ?

– Oui, madame, vous êtes morte.

Au bout d'un silence prolongé, un cri sauvage retentit :

– Non, non, non ! C'est un rêve ! Un cauchemar ! Réveillez-moi ! Réveillez-moi ! Comment pourrais-je être morte ? Je n'étais pas prête à mourir ! Jamais je n'avais pensé que je mourrais ! Si je suis morte, pourquoi ne suis-je pas au ciel ou en enfer ? Quelle est cette chambre ? Cette chambre est une vraie chambre !

– Oui, madame. Vous avez été conduite ici avec l'autorisation d'emprunter le corps de cet homme...

– Un homme...

Elle toucha convulsivement la veste et passa une main sur son visage.

– Oui, c'est un homme ! Et je suis morte ! Je suis morte ! Qu'est-ce que je vais faire ?

– Vous êtes ici pour que nous puissions vous expliquer. Vous avez été, je pense, une femme du monde... une mondaine. Vous avez toujours vécu pour des biens matériels.

– J'allais à l'église. J'étais chaque dimanche à Saint-Sauveur.

– Cela ne veut rien dire. C'est la vie intérieure de tous les jours qui compte. Vous étiez matérialiste. Maintenant, vous êtes retenue en bas vers le monde. Quand vous aurez quitté le corps de cet homme, vous retrouverez votre propre corps et votre ancien milieu. Mais personne ne vous verra. Vous resterez là, impuissante à vous montrer. Votre corps de chair sera enterré. Et cependant vous persisterez, la même qu'autrefois.

– Que dois-je faire ? Oh ! qu'est-ce que je peux faire ?

– Vous accueillerez bien tout ce qui se présentera, et vous comprendrez que vous en avez besoin pour votre purification. Ce n'est qu'en souffrant que nous nous libérons de la matière. Tout ira bien. Nous prierons pour vous.

– Oh ! oui ! J'en ai besoin ! Oh ! mon Dieu !...

La voix s'éteignit.

– Mauvais cas ! fit le Chinois en se redressant. Femme égoïste, méchante ! A vécu pour son plaisir. Dure avec son entourage. Aura beaucoup à souffrir. Mais vous l'avez mise sur la voie. Maintenant, son médium est fatigué. Beaucoup attendent, mais ce sera tout pour aujourd'hui.

– Avons-nous bien agi, Chang ?

– Très bien. Beaucoup de bien vous avez fait.

– Où sont tous ces esprits, Chang ?

– Je vous l'ai déjà dit.

– Oui, mais je voudrais que ces messieurs l'entendent.

– Sept sphères autour du monde, la plus lourde en bas, la plus légère en haut. La première sphère est sur la terre. Ces esprits appartiennent à la première sphère. Chaque sphère est séparée de la suivante. C'est pourquoi il vous est plus facile à vous qu'aux esprits des sphères supérieures de parler à ceux de la sphère inférieure.

– Et plus facile pour eux de nous parler ?

– Oui. Voilà pourquoi vous devez faire très attention quand vous ne savez pas à qui vous parlez. Essayez les esprits.

– À quelle sphère appartenez-vous, Chang ?

– Je viens de la sphère numéro 4.

– Laquelle est réellement la première sphère de bonheur !

– La sphère numéro 3. Le pays de l'été. La Bible l'appelle le troisième ciel. Très sensée, la Bible ! Mais peu l'entendent.

– Et le septième ciel ?

– Ah ! c'est où se trouve le Christ. Tout le monde y monte à la fin. Vous, moi, tout le monde...

– Et après cela ?

– Vous m'en demandez trop, monsieur Mailey. Le pauvre Chang n'en sait pas tant ! Allons, bonsoir ! Que Dieu vous bénisse ! Je pars.

C'était la fin du cercle de sauvetage. Quelques minutes plus tard, Terbane se réveilla en souriant, parfaitement dispos ; mais il ne semblait avoir gardé aucun souvenir de ce qui s'était produit. Il était pressé, car il habitait loin, aussi s'en alla-t-il avec pour tout salaire les bénédictions des gens qu'il avait aidés. Humble cœur désintéressé ! Où siégera-t-il quand tous nous trouverons nos places réelles dans l'au-delà selon l'ordre de la création ?

Le cercle ne se disloqua pas tout de suite. Les visiteurs désiraient parler, et les Mailey écouter.

– Ce que je veux dire, déclara Roxton, c'est que c'est passionnant et tout ce que vous voudrez, mais cela ressemble à des numéros de music-hall, hein ? Difficile d'être tout à fait sûr que ce soit réellement vrai, comprenez-vous ?

– C'est aussi ce que je ressens, dit Malone. Bien sûr, la valeur apparente de tout ceci est indicible, il s'agit de phénomènes si considérables que tous les événements ordinaires deviennent d'une banalité insupportable. Mais l'esprit humain est très étrange. J'ai lu le cas qu'a analysé Moreton Prince, et Mlle Beauchamp, et les autres ; et j'ai lu également les résultats obtenus par Charcot, à la grande école de Nancy. On pourrait transformer un homme en n'importe quoi. L'esprit semble être une corde qui peut se démêler en fils variés. Chaque fil étant une personnalité différente qui peut prendre une forme dramatique, agir et parler en tant que tel. Cet homme est honnête, et il ne pourrait pas normalement provoquer ces effets. Mais comment savoir s'il n'est pas hypnotisé par lui-même, et si dans ces conditions l'un de ses fils devient M. Chang, un autre fil un marin, un autre une femme du monde, etc. ?

Mailey rit de bon cœur :

– Chaque homme possède son propre Cinquevalli, dit-il. Mais l'objection est rationnelle, et il faut l'affronter.

– Nous avons vérifié quelques exemples, dit Mme Mailey. Le doute n'est plus possible, noms, adresses, tout était conforme.

– Eh bien ! nous avons alors à considérer le problème des connaissances normales de Terbane. Comment pouvez-vous savoir exactement ce qu'il a appris ? Je serais enclin à croire qu'un porteur est particulièrement capable de recueillir ce genre d'informations.

– Vous avez assisté à une séance, répondit Mailey. Si vous en aviez vu autant que nous, la preuve cumulative vous interdirait d'être sceptique.

– C'est très possible, dit Malone. Je conçois que mes doutes vous agacent. Et pourtant, dans une affaire comme celle-ci, il faut bien être brutalement honnête. Quoi qu'il en soit de la cause dernière, j'ai rarement passé une heure aussi excitante. Grands dieux ! Si c'est vrai, et si vous aviez un millier de cercles de sauvetage au lieu d'un seul, quelle régénération en résulterait ?

– Cela viendra ! murmura Mailey avec une détermination patiente. Nous vivrons assez pour le voir. Je suis désolé que cette séance n'ait pas affermi vos convictions. Toutefois, vous reviendrez, n'est-ce pas ?

Mais des circonstances firent qu'une nouvelle expérience ne fut pas nécessaire. Le soir même, la conviction de Malone s'affermit brusquement et de manière bizarre. À peine était-il rentré au journal et s'était-il mis à relire quelques-unes des notes qu'il avait prises que Mailey se rua dans son bureau, sa barbe rousse s'agitait avec véhémence ; il avait à la main les Evening News. Sans un mot, il s'assit à côté de Malone et déplia le journal. Puis il commença à lire :

UN ACCIDENT DANS LA CITY

« Cet après-midi, peu après cinq heures, une vieille maison datant, dit-on du XVe siècle, s'est subitement effondrée. Située entre Lesser Colman Street et Elliot Square, elle était attenante au bureau de la Société des vétérinaires. Quelques craquements préliminaires avertirent les occupants de l'imminence du danger, et la plupart eurent le temps de s'échapper. Trois d'entre eux cependant, James Beale, William Moorson et une femme non identifiée furent ensevelis sous les décombres. Deux semblent avoir été tués sur le coup. Mais le troisième, James Beale, fut écrasé par une grosse poutre et cria au secours. On alla quérir une scie, et l'un des locataires de la maison, Samuel Hawkin, déploya un grand courage pour essayer de libérer le malheureux. Pendant qu'il sciait la poutre, toutefois, le feu se mit aux débris divers qui l'entouraient : il n'en continua pas moins avec vaillance jusqu'à ce qu'il fût sérieusement brûlé ; il lui fut impossible de sauver Beale, qui dût mourir asphyxié, Hawkin a été transporté à l'hôpital ; aux dernières nouvelles, son état est sans gravité. »

— Voilà ! dit Mailey en repliant son journal. Maintenant, monsieur Thomas Didyme, je vous laisse le soin de conclure.

Et le fervent du spiritisme sortit du bureau aussi rapidement qu'il y était entré.

CHAPITRE XI
Silas Linden touche son dû

Silas Linden, boxeur professionnel et faux médium, avait eu de bons jours dans sa vie : des jours marqués d'incidents heureux ou malheureux. L'époque, par exemple, où il avait parié sur Rosalind à cent contre un dans les Oaks, et où il avait passé vingt-quatre heures dans une épouvantable débauche. Ou bien le jour où son uppercut favori du droit s'était rencontré le plus adroitement du monde avec le menton proéminent de Bull Wardell de Whitechapel, exploit qui lui avait ouvert la voie vers la ceinture de Lord Lonsdale et le titre de champion. Mais jamais dans sa carrière il n'avait passé une journée semblable à celle qui lui avait permis de faire la connaissance de trois gentlemen plus forts que lui ; aussi pensons-nous qu'il n'est pas inutile de la terminer en sa compagnie.

Des fanatiques ont décrété qu'il est dangereux de s'attaquer aux choses de l'esprit quand le cœur n'est pas pur. Le nom de Silas Linden pourra être ajouté à la liste de leurs exemples ; avant que le jugement s'abattît sur lui, la coupe de ses péchés était pleine et débordait. Lorsqu'il se trouva hors de la maison d'Algernon Mailey, il éprouva que la poigne de lord Roxton était extrêmement solide. Dans le feu de la bataille, il n'avait guère eu le temps de s'appesantir sur les dégâts qu'il avait subis. À présent, derrière la porte qu'il avait brutalement claquée, il porta la main à sa gorge meurtrie, et un torrent de jurons s'en échappa. Il avait également mal à la poitrine, là où Malone l'avait coincé sous son genou. Le souvenir du coup terrible qu'il avait asséné à Mailey ne parvint pas à le dérider ; d'ailleurs il l'avait porté avec la main abîmée dont il s'était plaint à son frère… On conviendra que si l'humeur de Silas Linden était très détestable, il ne manquait pas de solides raisons pour cela.

— Je vous aurai à mon heure ! gronda-t-il en tournant ses petits yeux porcins vers la porte. Attendez un peu, mes gaillards, et vous verrez !

Puis, comme s'il avait pris une décision, il descendit la rue.

Il se dirigea vers Bardley Square, entra au commissariat de police, où il trouva le jovial et rubicond inspecteur Murphy assis derrière son bureau.

— Alors, qu'est-ce que vous voulez, vous ? demanda l'inspecteur, d'une voix qui n'avait rien d'amical.

— Vous l'avez eu, ce médium ! Bien eu, même !

— Oui. C'était votre frère, paraît-il ?

– Ça ne compte pas. Ces choses-là me dégoûteraient chez n'importe qui. Enfin, vous avez eu votre condamnation. Qu'est-ce que ça va me rapporter, à moi ?

– Pas un shilling !

– Comment ! C'est pourtant moi qui vous ai donné le tuyau. Si je ne vous avais pas indiqué son bureau, où seriez-vous allé ?

– S'il avait été condamné à une amende, nous aurions pu vous verser un petit pourcentage. Et nous aussi, nous aurions touché quelque chose. Mais M. Melrose l'a condamné aux travaux forcés. Il n'y a rien pour personne.

– C'est ce que vous dites ! Mais je suis sacrement sûr que vous et vos deux bonnes femmes, vous en avez tiré un peu de fric. Sans blague ! Pourquoi vous aurais-je donné mon propre frère ? Par amour de types comme vous ? Si vous cherchez un pigeon, adressez-vous ailleurs !

Murphy avait le sentiment de son importance, et il était coléreux. Il n'allait pas se laisser narguer dans son bureau. Il se leva, très rouge.

– Vous allez me fiche le camp d'ici, Silas Linden ! Et vite ! Autrement vous pourriez bien y rester plus que vous ne le souhaitez. Nous sommes assaillis de plaintes concernant les traitements que vous faites subir à vos deux gosses, et figurez-vous que nous nous intéressons aussi à protéger les enfants. Méfiez-vous que nous n'allions pas mettre notre nez chez vous !

Silas Linden décampa sans mot dire. Son humeur ne s'était pas améliorée ; deux rhums à l'eau sur le chemin du retour ne contribuèrent pas à l'apaiser. C'était au contraire un homme que l'alcool échauffait au point qu'il devenait dangereux ; beaucoup de ses camarades refusaient de boire avec lui.

Silas habitait une petite maison en brique dans Bolton's Court, derrière Tottenham Court Road, au fond d'un cul-de-sac ; le mur latéral attenait à une grande brasserie. Dans cette impasse, toutes les maisons étant très petites, leurs locataires, parents et enfants, passaient dans la rue le plus clair de leur temps. À cette heure, plusieurs hommes et femmes étaient dehors ; lorsque Silas passa sous l'unique lampadaire, ils le regardèrent de travers ; la moralité, dans Bolton's Court, n'était pas de premier ordre, mais tout de même il y avait des degrés, et Silas occupait le point zéro.

Une grande juive, Rebecca Levi, mince, sèche, avec un regard perçant, habitait la maison voisine de celle du boxeur. Elle se tenait devant sa porte, et un enfant se cramponnait à son tablier.

– Monsieur Linden, dit-elle quand il passa devant elle, vos gosses ont besoin de plus que ce que vous leur donnez. La petite Margot était ici aujourd'hui. Cette fille ne mange pas assez.

– Occupez-vous de vos affaires ! grogna Silas. Je vous ai déjà dit de ne pas plonger votre long nez crochu dans les miennes. Si vous étiez un homme, je saurais mieux comment vous parler !

– Si j'étais un homme, vous n'oseriez sans doute pas me parler sur ce ton. Je vous dis que c'est une honte. Silas Linden, la manière dont ces enfants sont traités ! Si la police s'en occupe un jour, je saurai quoi lui dire.

– Oh ! la barbe ! répondit Silas, en poussant du pied la porte entrouverte de sa maison.

Une femme grosse et malpropre, avec une tignasse oxygénée et quelques restes d'une beauté colorée déjà trop mûre, sortit du salon :

– C'est toi ?

– Qu'est-ce que tu croyais qu'c'était ? Le duc de Wellington ?

– Je croyais que c'était plutôt un taureau enragé qui dévalait la rue et enfonçait la porte.

– Tu t'crois drôle ?

– Je suis peut-être drôle, mais je n'ai pas tellement de quoi rire : Pas un rond à la maison, pas une bouteille de bière ! Rien que tes maudits gosses qui me mettent le sang à l'envers.

– Qu'est-ce qu'ils ont encore fichu ? gronda Silas.

Quand ce couple charmant s'ennuyait ou se disputait, il s'attaquait aux enfants. Silas, dans le salon, se laissa tomber sur le fauteuil en bois.

– Ils ont vu ta première, encore une fois.

– Comment le sais-tu ?

– Je l'ai entendu parler à sa sœur : « Maman est là », qu'il a dit. Et ensuite il a piqué sa crise de sommeil.

– C'est d'famille.

– Tu l'as dit ! Si tu n'avais pas de crises de sommeil, toi aussi, tu trouverais du travail, comme les autres hommes.

– Oh ! ferme ça, hein ! Ce que j'veux dire, c'est que mon frère Tom a aussi ce genre de crises, et qu'on dit que le petit est le vivant portrait de son oncle. Alors il est tombé en transe ? Qu'est-ce que tu as fait ?

La femme eut un mauvais sourire :

– J'ai fait comme toi.

– Quoi ! Avec de la cire à cacheter, encore ?

– Pas beaucoup. Juste ce qu'il fallait pour le réveiller. C'est l'seul moyen de l'en sortir.

Silas haussa les épaules.

– Attention, ma fille ! Il y a eu des bavardages à la police. Si les flics voient les brûlures, nous n'y couperons pas de la taule tous les deux !

– Tu es fou, Silas Linden ! Depuis quand les parents n'ont-ils plus le droit de corriger leurs enfants ?

– Oui, mais il n'est pas ton enfant à toi, et les belles-mères n'ont pas bonne réputation, figure-toi ! Cette juive, la voisine... Elle t'a vue quand tu as pris la corde à linge pour fouetter Margot hier. Elle m'en a parlé. Et aujourd'hui elle m'a dit qu'ils n'avaient pas assez à manger.

– Quoi ! Pas assez à manger ? Ce sont des goinfres ! Pour déjeuner, ils ont eu chacun un quignon de pain. Un peu de diète ne leur fera pas de mal, ils seront moins insolents.

– Willie a été insolent avec toi ?

– Oui, quand il s'est réveillé.

– Après que tu as laissé tomber sur lui de la cire brûlante ?

– Dis donc, je l'ai fait pour son bien, non ? Il faut le guérir de cette habitude-là, tout de même !

– Et qu'est-ce qu'il a dit ?

– Il m'a engueulée. Il m'a menacée de sa mère. Il m'a dit tout ce que sa mère me ferait... Je commence à en avoir marre de sa mère !

– Ne dis pas trop de mal d'Amy. C'était une brave femme.

– Tu dis ça aujourd'hui, Silas Linden. En tout cas, tu ne le montrais guère quand elle était en vie...

– Surveille ta langue, garce ! J'ai eu assez d'ennuis aujourd'hui pour que tu n'y ajoutes pas avec des sermons. Tu es jalouse d'une morte. Voilà ce qu'il y a.

– Et ses morveux ont le droit de m'insulter à longueur de journée, peut-être ? Moi qui depuis cinq ans m'occupe de toi !

– Non, je n'ai pas dit ça. S'il t'a insultée, j'en fais mon affaire. Où est-il, ce voyou ? Va me le chercher !

La femme se leva et l'embrassa au passage.

– J'ai que toi, Silas !

– Oh ! c'est pas la peine de venir me lécher ! Je ne suis pas d'humeur à... Va me chercher Willie. Et amène Margot en plus. Je vais lui ôter à elle aussi l'envie d'être insolente ; elle n'en a pas l'air, mais...

La femme sortit, et revint au bout d'un moment :

– Il est encore endormi ! dit-elle. Ah ! ça me porte sur les nerfs de le voir comme ça ! Viens le voir, Silas.

Ils se rendirent dans la cuisine. Un feu maigre s'étiolait dans l'âtre. À côté, pelotonné sur une chaise, un petit blondinet de dix ans était assis.

Son visage délicat était levé vers le plafond. De ses yeux mi-clos, seul le blanc était visible. Sur ses traits fins, spirituels, se lisait une grande paix. Dans un coin, une pauvre fillette, d'un an ou deux plus jeune, contemplait son frère avec des yeux tristes, terrorisés.

– C't affreux, hein ? dit la femme. On croirait qu'il n'est plus de ce monde. J'voudrais bien que Dieu le fasse passer de l'autre côté ! Pour c'qu'il fait ici...

– Allons, debout ! cria Silas. Finis tes singeries ! Réveille-toi ! Tu entends ?

Il le secoua brutalement par les épaules, mais le garçonnet continuait de dormir. Le revers de ses mains, qu'il avait posées sur ses genoux, était couvert de taches rouges brillantes.

– Ma parole, tu l'as inondé ! Tu ne vas pas me dire, Sarah, que pour le réveiller il a fallu toute cette cire ?

– J'en ai p't-être laissé tomber une ou deux gouttes de trop. Il me met dans un tel état que je me contiens plus. Mais tu ne croirais pas comme il dort. Tu peux gueuler dans son oreille, il n'entendra qu'dalle. Regarde !

Elle l'empoigna par les cheveux et le secoua de toutes ses forces. L'enfant gémit et frissonna. Puis il retomba dans sa transe paisible.

– Mais dis donc ! s'écria Silas en se grattant le menton. Y aurait peut-être de l'argent à gagner s'il était bien mené ? J'vois d'ici une tournée dans les music-halls : « L'enfant miracle. » Ça ferait bien sur les affiches. Et puis il porte le nom de son oncle que connaissent des tas de gens ; ils auraient confiance !

– Je croyais que c'était toi qui te lançais dans le business ?

– L'affaire est manquée, gronda Silas. M'en parle plus. C'est terminé.

– T'as déjà été pris ?

– Je te dis de ne pas m'en parler ! cria l'homme. Je suis exactement dans l'humeur de te donner la raclée de ta vie ; alors fous-moi la paix, sans ça tu t'en repentiras !

Il pinça le bras de l'enfant avec une brutalité bestiale.

– Formidable ! C'est un champion ! Allons voir jusqu'où il tient le coup...

Il se tourna vers le feu agonisant ; avec les pincettes il saisit un boulet rougi, qu'il plaça sur la tête de son fils. Il y eut une odeur de cheveux brûlés, puis de chair grillée, et tout à coup l'enfant revint à lui en poussant un hurlement épouvantable.

– Maman ! Maman !

Dans son coin, la fillette reprit son cri. On aurait dit deux agneaux qui bêlaient ensemble.

– Au diable ta mère ! s'exclama la femme qui empoigna Margot par le col de sa petite robe noire. Arrête de brailler, petite saleté !

De sa main ouverte, elle la gifla. Le petit Willie accourut et frappa sa marâtre à coups de pied dans les tibias jusqu'à ce que Silas le fît rouler par terre. La brute ramassa une cravache et cingla les deux enfants blottis l'un contre l'autre ; ils hurlaient au secours, en essayant de se protéger.

– Vous allez vous arrêter, non ? cria une voix dans le couloir.

– C'est cette maudite juive ! fit la femme, qui alla jusqu'à la porte. Qu'est-ce que vous foutez chez moi ? Allez, ouste ! Ou tant pis pour vous !

– Si j'entends crier les enfants une fois de plus, je file au commissariat de police !

– Foutez le camp ! Allez, décampez !

La marâtre était hors d'elle, elle s'avança ; la juive longue et maigre ne bougea pas. Ce fut la bagarre. Mme Silas Linden poussa un cri, et recula en vacillant, le sang coulait de quatre sillons rouges, creusés sur la figure par des ongles acérés. Silas, avec un juron, écarta sa femme, saisit l'intruse par la taille et la jeta dans la rue. Elle tomba et elle resta là, avec ses longs membres qui s'agitaient et battaient en l'air comme une volaille à demi égorgée. Elle leva les poings et dévida un chapelet de malédictions à l'adresse de Silas, qui referma sa porte. Les voisins se précipitèrent autour de la juive pour avoir les détails. Mme Linden, qui regardait la scène à travers la jalousie baissée, constata avec soulagement que son adversaire se relevait et qu'elle regagnait en boitant sa maison, d'où elle entama d'une voix perçante l'énumération de ses maux. Une juive n'oublie pas facilement ses maux ; sa race est capable de haïr autant que d'aimer.

— Ça va, Silas. J'ai cru que tu l'avais tuée.

— Elle n'aurait eu que ce qu'elle mérite, cette garce. C'est déjà bien assez de l'avoir pour voisine sans qu'elle mette les pieds ici. Je vais arracher la peau à ce Willie. C'est lui qui est la cause de tout. Où est-il ?

— Ils ont couru dans leur chambre. Je les ai entendus se boucler.

— Attends ! Je vais m'occuper d'eux !

— Ne les touche pas maintenant, Silas. Les voisins sont tous debout. C'est pas la peine d'avoir des ennuis.

— Tu as raison ! grommela-t-il. Leur correction attendra bien que je revienne.

— Où vas-tu ?

— Je descends à l'Amiral-Vernon. Il y a une chance que je sois embauché comme sparring-partner de Long Davis. Il commence son entraînement lundi prochain, et je sais qu'il cherche un type de mon poids.

— Bon ! Quand tu reviendras, je le verrai bien. J'en ai soupé de ce bistrot. Je sais ce qu'on y trouve aussi !

— On y trouve la paix et le repos, répondit Silas. C'est le seul endroit au monde qui me les procure.

— Ah ! j'en ai fait, une aubaine, le jour où je me suis mariée avec toi !

— Tu as raison. Ronchonne ! Ronchonne toujours ! Si ronchonner peut faire le bonheur d'un homme, tu es la championne de l'amour !

Il prit son chapeau et sortit. Dans la rue, son pas pesant résonna sur la trappe de bois qui ouvrait sur les caves de la brasserie.

En haut, dans une mansarde minuscule, deux petites formes enfantines étaient assises entrelacées au bord d'une mauvaise paillasse ; leurs joues se touchaient ; leurs larmes se mêlaient. Il leur fallait pleurer en silence car le moindre bruit pouvait rappeler aux ogres d'en bas leur existence. Périodiquement, l'un des deux enfants éclatait en sanglots et l'autre murmurait : « Chut ! chut ! » Ils entendirent la porte claquer, le pas pesant résonner sur la trappe de bois. De joie, ils se serrèrent l'un contre l'autre. Quand il reviendrait, il les tuerait peut-être, mais pendant quelques heures au moins ils seraient en sécurité. La femme était méchante et vindicative, mais elle ne leur semblait pas aussi terrible que l'homme. Ils se doutaient qu'il avait poussé leur mère au tombeau, il serait bien capable d'en faire autant avec eux.

La chambre était sombre ; un peu de lumière passait par la fenêtre sale et dessinait une barre blanche sur le plancher, mais tout autour c'était le noir absolu. Soudain le petit garçon se raidit, serra fortement la main de sa sœur, et regarda fixement dans la nuit.

– Elle vient ! murmura-t-il. Elle vient !

La petite Margot se cramponna à lui.

– Oh ! Willie ! C'est maman ?

– C'est une lumière, une jolie lumière dorée. Tu ne peux pas la voir, Margot ?

Mais la fillette, comme le reste du monde, n'avait pas de vision. Pour elle, tout était noir.

– Raconte-moi, Willie !... Raconte !

Elle suppliait d'une voix grave ; elle n'avait pas vraiment peur car bien des fois leur maman morte était venue la nuit les consoler.

– Oui, elle vient, elle vient... Oh ! Maman ! Maman !

– Que dit-elle, Willie ?

– Oh ! qu'elle est belle ! Elle ne pleure pas. Elle sourit. Elle ressemble à l'image de l'ange que nous avons vue. Elle paraît si heureuse ! Maman ! Maman chérie !... Maintenant elle parle : « C'est fini ! » Voilà ce qu'elle dit. « C'est fini ! » Et elle nous fait signe avec la main. Pour que nous la suivions. Elle se dirige vers la porte.

– Oh ! Willie, je n'ose pas !

– Si, si ! Elle nous dit de n'avoir pas peur. Nous n'avons rien à craindre. Maintenant elle a franchi la porte. Viens, Margot, ou nous allons la perdre.

Les deux gosses se levèrent, et Willie ouvrit doucement la porte. Leur mère se tenait devant l'escalier et leur faisait signe pour qu'ils descendent. Marche après marche, ils la suivirent jusque dans la cuisine vide. La femme paraissait sortie. Tout était tranquille dans la maison. Le fantôme continuait à leur faire signe d'avancer.

– Nous sortons.

– Oh ! Willie, nous n'avons pas de chapeau !

– Il faut la suivre, Margot. Elle nous sourit et nous entraîne.

– Papa nous tuera !

– Elle dit que non. Que nous n'avons rien à craindre. Viens !

Ils se retrouvèrent dans la rue déserte. Ils suivirent la gracieuse présence lumineuse et, à travers un dédale de rues, s'engagèrent dans la foule de Tottenham Court Road. Une ou deux fois, au milieu de ce flot d'humanité aveugle, un homme ou une femme douée du don précieux du discernement s'arrêtait et regardait ; prenaient-ils conscience d'une présence angélique devant ces deux gamins pâles qui marchaient, le garçon avec les yeux fixes et la fille jetant derrière elle, par-dessus son épaule, des regards de terreur ? Ils descendirent toute la longue rue, longèrent ensuite une rangée d'humbles maisons en brique. Sur les marches de l'une, l'esprit s'était arrêté.

— Il faut que nous frappions, dit Willie.

— Oh ! Willie, qu'est-ce que nous dirons ? Nous ne les connaissons pas !

— Il faut que nous frappions, répéta-t-il avec fermeté. Toc, toc ! tout va bien, Margot. Elle bat des mains et elle rit.

C'est ainsi que Mme Tom Linden, qui était assise toute seule avec son chagrin et qui se lamentait sur le sort de son martyr emprisonné, fut subitement conviée à aller ouvrir sa porte ; les deux enfants se tenaient derrière, apeurés.

Quelques mots, l'élan d'un instinct de femme, et elle jeta ses bras autour d'eux. Enfin ils avaient trouvé un havre de paix où aucune tempête ne les atteindrait plus.

Il se passa cette nuit-là d'étranges événements dans Bolton's Court. Des gens ont pensé qu'il n'y avait entre eux aucun rapport. Mais ce n'a pas été l'avis unanime. En tout cas la loi anglaise, n'ayant rien vu, n'a rien eu à dire.

Dans l'avant-dernière maison de ce cul-de-sac, une tête aiguë, à profil de faucon, regardait la rue couverte de nuit à travers une jalousie.

À côté de ce visage redoutable, sombre comme la mort et aussi dépouillé de remords qu'un tombeau, il y avait une bougie. Et derrière Rebecca Levi se tenait un homme jeune dont les traits révélaient qu'il appartenait à la même race. Pendant une heure, pendant deux heures, la femme demeura assise à guetter en silence. À guetter, à guetter... À l'entrée de l'impasse pendait une lampe qui projetait sur le sol un cercle de lumière jaune. C'était sur cette mare brillante que ses yeux demeuraient attachés.

Tout à coup, elle aperçut ce qu'elle attendait. Elle sursauta et ses lèvres sifflèrent un mot. Le jeune homme s'élança hors de la pièce ; une fois dans l'impasse, il disparut dans la brasserie par une porte latérale.

Ivre, Silas Linden rentrait chez lui, l'esprit alourdi par l'impression d'une injustice. À cause de sa main abîmée, il n'avait pas obtenu l'emploi qu'il ambitionnait. Il était demeuré au bar, attendant qu'on lui paie à boire. Il avait bu, mais pas suffisamment. Il était d'humeur querelleuse. Gare à l'homme, à la femme ou à l'enfant qui se trouverait sur son chemin ! Il pensa avec fureur à la juive qui habitait cette maison où tout était éteint. Avec la même fureur, il pensa à tous ses voisins. Ils s'interposaient entre lui et ses gosses, n'est-ce pas ? Eh bien ! il allait leur montrer quelque chose ! Le lendemain matin, il les jetterait à la rue et il les fouetterait publiquement jusqu'à la mort. Voilà le cas que Silas Linden faisait de leur opinion ! Au fait, pourquoi ne pas les battre tout de suite ? Si les hurlements des gosses réveillaient ses voisins, ceux-ci reconnaîtraient tout de suite qu'on ne le défiait pas impunément. L'idée lui plut. Il avança d'un pas plus léger. Il était presque arrivé devant sa porte quand...

Jamais on ne réussit à éclaircir comment il se fit que cette nuit-là la trappe de la cave n'était pas solidement attachée. Le jury était tenté de mettre en cause la brasserie, mais le coroner insista sur le fait que Linden était lourd, qu'il avait pu tomber s'il était en état d'ébriété, et que toutes les précautions raisonnables avaient été prises. Il était tombé de six mètres sur des pierres coupantes, et il s'était brisé la colonne vertébrale. On ne l'avait pas trouvé avant le lendemain matin car, chose assez curieuse, sa voisine, la juive, n'avait pas entendu le bruit de l'accident. Le médecin déclara qu'il n'avait pas été tué sur le coup. Des traces horribles avaient, en effet, révélé qu'il avait tardé à mourir. Dans l'obscurité, vomissant du sang et de la bière, Silas Linden avait mis, par une mort ignoble, un terme à sa vie ignoble.

Point n'est besoin de s'apitoyer sur la femme qu'il laissa. Libérée de son abominable partenaire, elle retourna au music-hall où elle s'était laissé séduire par sa force de taureau. Elle essaya de s'y tailler une place avec :

Hi ! Hi ! Hi ! C'est moi le dernier cri,

La fille qui fait la roue à l'envers...

Car c'était là le slogan sous lequel elle avait acquis un nom. Mais il devint vite évident qu'elle n'était qu'un dernier cri, et qu'elle ne pouvait pas remonter la pente sur sa roue à l'envers. Lentement, elle glissa des grands music-halls à des petits music-halls, des petits music-halls à des beuglants de quartier, puis elle sombra de plus en plus bas pour s'enliser dans d'horribles sables mouvants où elle s'enterra pour toujours.

CHAPITRE XII
Cimes et abîmes

L'institut métapsychique était un bâtiment imposant de l'avenue de Wagram ; sa porte n'eût pas dépareillé le château d'un baronet. C'est là que se présentèrent en fin d'après-midi les trois amis. Un chasseur les introduisit dans un salon d'attente où ils furent bientôt accueillis par le Dr Maupuis en personne. Cet homme qui faisait autorité en sciences psychiques était petit et trapu ; il avait une tête massive, rasée, et une expression où se confondaient la sagesse de ce monde et un altruisme aimable. Il parla en français avec Mailey et Roxton, mais il baragouina un anglais détestable avec Malone, qui ne put lui répondre qu'en un français détestable. Il exprima tout le plaisir que lui causait leur visite, et il le dit comme seul sait le dire un Français de bonne race ; il vanta en quelques mots les merveilleuses qualités de Panbek, le médium galicien ; après quoi il les fit descendre dans la pièce où devaient avoir lieu les expériences. Son air remarquablement intelligent et la sagacité pénétrante de ses propos avaient déjà convaincu les trois étrangers de l'absurdité des théories qui prétendaient expliquer les étonnants résultats qu'il obtenait par l'hypothèse qu'il était homme à se laisser duper.

Au bas d'un escalier en colimaçon, ils se trouvèrent dans un vaste local qui, au premier coup d'œil, ressemblait à un laboratoire de chimie : les étagères étaient remplies de bouteilles, de cornues, d'éprouvettes, de balances et de divers instruments. Mais l'ameublement était moins austère, une grande table en chêne massif occupait le centre de la pièce et était entourée de chaises confortables. À une extrémité, le portrait du Pr Crookes était accroché au mur, flanqué par un autre portrait, celui de Lombroso. Entre les deux figurait une remarquable reproduction photographique d'une séance chez Eusapia Palladino. Près de la table, un groupe d'hommes conversait à voix basse ; ils étaient trop absorbés par leur discussion pour s'intéresser de près aux nouveaux venus.

— Trois de ces messieurs sont, comme vous-mêmes, des visiteurs distingués, expliqua le Dr Maupuis. Deux autres sont mes assistants de laboratoire, le Dr Sauvage et le Dr Buisson. Les autres sont des Parisiens réputés. La presse est représentée aujourd'hui par M. Forte, sous-directeur du Matin. Cet homme grand, brun, qui a l'allure d'un général en retraite, vous le connaissez probablement... Non ? C'est le Pr Charles Richet, notre vénéré doyen, qui a montré un grand courage dans cette affaire, bien qu'il n'ait pas tout à fait abouti aux mêmes conclusions que vous, monsieur Mailey. Mais cela aussi peut venir.

N'oubliez pas que nous devons être prudents, moins nous mêlerons la religion à nos recherches et à nos conclusions, moins nous aurons de difficultés avec l'Église, qui est encore très puissante dans ce pays. Ce personnage racé au front haut est le comte de Grammont. Le gentleman qui a le visage de Jupiter avec une barbe blanche est Flammarion, l'astronome... À présent, messieurs, ajouta-t-il d'une voix forte, si vous voulez prendre place, nous allons nous mettre au travail.

Ils s'assirent au hasard autour de la longue table ; les trois Britanniques étaient restés ensemble. À une extrémité de la salle, un grand appareil photographique fut dressé. Deux seaux en zinc occupaient aussi une position en vue sur une table voisine. La porte fut soigneusement fermée et la clé remise au Pr Richet. Le Dr Maupuis s'assit à un bout de la table ; il avait à sa droite un homme petit, d'un âge moyen, moustachu, chauve et intelligent.

— Quelques-uns parmi vous, dit-il, n'ont pas encore rencontré M. Panbek. Permettez-moi de vous le présenter. M. Panbek, messieurs, a mis ses pouvoirs remarquables à notre disposition en vue de nos recherches scientifiques, et nous avons envers lui une dette de gratitude. Il est maintenant âgé de quarante-sept ans ; c'est un homme d'une santé normale, avec prédisposition au neuro-arthritisme. J'ai relevé une légère hyperexcitabilité de son système nerveux, et ses réflexes sont exagérés ; mais sa pression sanguine est normale. Son pouls est de 72, en état de transe, il bat à 100. Sur ses membres, il y a des zones d'une hyperesthésie accentuée. Son champ visuel et sa réaction pupillaire sont normaux. Je ne sais pas s'il y a autre chose à ajouter...

— Je pourrais dire, observa le Pr Richet, que l'hypersensibilité est morale autant que physique. Panbek est impressionnable, riche en émotivité ; il a un tempérament de poète et il n'est pas dépourvu de ces petites faiblesses, si nous nous permettons de les appeler ainsi, que le poète paie en guise de rançon pour les dons qu'il a reçus. Un grand médium est un grand artiste et doit être jugé sur la même échelle.

— Il me semble, messieurs, qu'on vous prépare au pire ! dit le médium avec un charmant sourire qui amusa toute la société.

— Nous sommes ici dans l'espoir que se renouvelleront quelques très remarquables matérialisations que nous avons eues récemment, et qu'elles se renouvelleront sous une forme telle que nous pourrons les enregistrer définitivement...

Le Dr Maupuis parlait d'une voix sèche, d'où l'émotion était absente.

— Ces matérialisations ayant assumé des formes tout à fait imprévues, je prie cette honorable société de réprimer tout sentiment de frayeur, quelle que soit leur étrangeté : une atmosphère calme et impartiale est tout à fait nécessaire. Nous allons maintenant éteindre la lumière blanche ; nous commencerons au plus bas degré de la lumière rouge jusqu'à ce que les conditions permettent un éclairage meilleur.

Les lampes étaient contrôlées du siège du Dr Maupuis à la table. Pendant un moment, les assistants furent plongés dans une profonde obscurité. Puis une lampe rouge s'alluma dans un coin, suffisante pour dessiner les profils des hommes assis autour de la table. Il n'y avait ni musique ni atmosphère religieuse. Les assistants chuchotaient entre eux.

— Voilà qui ne ressemble pas à la manière anglaise, dit Malone.

— Pas du tout ! confirma Mailey. J'ai l'impression que nous sommes tout grands ouverts à n'importe quoi. Ils ont tort. Ils ne réalisent pas le danger.

— Quel danger peut-il y avoir ?

— De mon point de vue, nous sommes assis au bord d'une mare qui ne contient peut-être que d'inoffensives grenouilles, mais où il y a peut-être aussi des crocodiles anthropophages. Vous ne pouvez pas savoir ce qui va sortir.

Le Pr Richet, qui parlait couramment un excellent anglais, l'entendit.

— Je connais votre opinion, monsieur Mailey, dit-il. Ne croyez pas que je la traite avec légèreté. J'ai vu certaines choses qui font que j'apprécie pleinement votre comparaison avec la grenouille et le crocodile. Dans cette pièce, ici, j'ai été conscient de la présence de créatures qui, si elles s'étaient mises en colère, auraient rendu nos expériences assez périlleuses. Je crois avec vous que des gens méchants pourraient ici susciter une réaction de méchanceté à l'égard de notre cercle.

— Je suis heureux, monsieur, répondit Mailey, que vous vous aiguilliez dans cette direction.

Partageant l'avis général, Mailey considérait Richet comme l'un des plus grands hommes de cette terre.

— Je m'aiguille, peut-être, et cependant je ne saurais affirmer que je vous rejoins. Les forces latentes chez l'homme s'étendent vers des régions qui me semblent à présent être tout à fait en dehors de ma compétence. En ma qualité de vieux matérialiste, je me bats sur chaque pouce de terrain, mais j'admets que j'ai déjà dû en céder pas mal. Mon illustre ami Challenger a encore gardé son front intact, je crois ?

— Oui, monsieur, répondit Malone, et pourtant j'ai quelque espoir...

— Chut ! cria Maupuis, d'une voix soudain passionnée.

Un silence de mort s'établit. Puis surgit le bruit d'un mouvement malhabile, accompagné d'une étrange vibration de battements d'ailes.

— L'oiseau ! fit une voix chargée d'une terreur mystérieuse.

De nouveau le silence, de nouveau le bruit de ce mouvement avec un battement d'ailes impatient.

— Tout est prêt, René ? demanda le docteur.

— Prêt !

— Alors, allez-y !

L'éclair d'un mélange lumineux emplit la pièce tandis que retombait l'obturateur de l'appareil photographique. Les visiteurs entrevirent un spectacle extraordinaire. Le médium était étendu, les mains sous la tête, dans un état d'insensibilité apparente. Sur ses épaules arrondies était perché un gros oiseau de proie – un grand faucon ou un aigle. Un instant cette étrange image frappa leurs rétines et s'imprima sur elles comme sur la plaque photographique. Puis l'obscurité enveloppa tout à nouveau, sauf deux lampes rouges qui ressemblaient aux yeux d'un démon sinistre tapi dans l'angle de la pièce.

– Ma parole ! haletait Malone. Vous avez vu ?

– Le crocodile de la mare, répondit Mailey.

– Mais inoffensif ! ajouta le Pr Richet. Cet oiseau est venu ici plusieurs fois. Il agite ses ailes, comme vous l'avez entendu, mais il demeure immobile. Il se peut que nous ayons un autre visiteur plus dangereux.

L'éclair de lumière avait, bien sûr, dissipé tout ectoplasme. Il était nécessaire de tout recommencer. Les assistants étaient assis depuis un quart d'heure peut-être, quand Richet toucha le bras de Mailey.

– Vous ne sentez rien, monsieur Mailey ?

Mailey renifla l'air.

– Si, évidemment. Cela me rappelle notre zoo, à Londres.

– Il y a une autre analogie plus banale. Vous êtes-vous déjà trouvé dans une chambre chaude avec un chien mouillé ?

– Exactement, répondit Mailey. C'est la description exacte ! Mais où est le chien ?

– Ce n'est pas un chien. Attendez un peu ! Attendez !

L'odeur animale devint plus prononcée. Elle éclipsait toutes les autres. Soudain Malone prit conscience que quelque chose se déplaçait sous la table. À la lueur trouble des lampes rouges, il distingua une silhouette d'avorton, accroupie, mal constituée, qui ressemblait vaguement à un homme. Il la vit mieux quand elle se profila contre la lumière. Elle était massive et large, elle avait une tête ronde, un cou court, des épaules lourdes et mal formées. Elle traînait le pas autour du cercle. Puis elle s'arrêta, et un cri de surprise, d'où la peur n'était pas absente, s'échappa de la gorge de l'un des assistants.

– N'ayez pas peur ! dit la voix paisible du Dr Maupuis. C'est le pithécanthrope. Il ne vous fera pas de mal.

Si ç'avait été un chat qui s'était glissé dans la pièce, le savant n'en aurait pas parlé avec plus de calme.

– Il a de longues griffes. Il les a posées sur mon cou ! cria une voix.

– Mais oui ! Il voulait vous faire une caresse.

– Je vous lègue ma part de caresses ! cria la voix qui tremblait.

– Ne le repoussez pas. Ce pourrait être grave. Il est bien disposé. Mais il a ses réactions personnelles, sans doute, comme chacun d'entre nous.

La bête avançait furtivement. Elle contourna le bout de la table et vint se poster derrière les trois amis. Ils sentaient sur leur cou son souffle qui s'exhalait en de rapides bouffées. Lord Roxton poussa subitement une exclamation de dégoût.

– Du calme ! Du calme ! dit Maupuis.

– Il lèche ma main ! cria Roxton.

La seconde suivante, Malone eut conscience qu'une tête hirsute s'interposait entre la sienne et celle de lord Roxton. De sa main gauche, il put éprouver la longueur et la rudesse des cheveux. La tête se tourna vers lui, et il eut besoin de toute sa maîtrise pour ne pas déplacer sa main quand une longue langue douce se promena sur elle. Puis elle le quitta.

— Au nom du ciel, qu'est-ce que c'est ? demanda-t-il.

— On nous a priés de ne pas le photographier. Il se pourrait que la lumière le rende furieux. L'ordre venu du médium était précis. Nous pouvons tout juste dire que ce n'est pas un homme-singe ni un singe-homme. Nous l'avons vu plus nettement que ce soir. Le visage est simiesque, mais le front est droit, les bras longs, les mains énormes, le corps velu.

— Tom Linden nous a donné quelque chose de moins désagréable, murmura Mailey.

Il parlait à voix basse, mais Richet surprit ses paroles :

— Toute la nature est le champ de notre enquête, monsieur Mailey. Ce n'est pas à nous de choisir. Établirons-nous un classement des fleurs, mais négligerons-nous les champignons ?

— Mais vous reconnaissez que c'est dangereux.

— Les rayons X étaient dangereux. Combien de martyrs ont perdu leurs bras, articulation par articulation, avant que leurs dangers ne soient compris ? Et pourtant c'était nécessaire. Il en est de même avec nous. Nous ne savons pas encore ce que nous faisons. Mais si nous pouvons vraiment montrer au monde que ce pithécanthrope vient à nous de l'invisible et nous quitte comme il vient, alors c'est une connaissance si formidable que même s'il devait nous réduire en miettes avec ses griffes terribles, ce serait néanmoins notre devoir de poursuivre nos expériences.

— La science peut être héroïque, dit Mailey. Qui le nierait ? Et cependant j'ai entendu ces mêmes hommes de science nous dire que nous déraillons quand nous essayons de nous mettre en rapport avec les forces spirituelles. Nous sacrifierions joyeusement nos raisons ou nos vies si nous pouvions aider l'humanité ! Ne devrions-nous pas faire autant pour le progrès spirituel que pour le progrès matériel ?

On avait rallumé, et il y eut une pause que chacun mit à profit pour se relaxer avant que soit tentée la grande expérience de la soirée. Les assistants formèrent de petits groupes et discutaient à mi-voix de ce qu'ils avaient vu. À regarder la pièce confortable et ses accessoires à la mode, l'oiseau étrange et le monstre furtif ressemblaient à des cauchemars. Et pourtant ils avaient été des réalités, comme en témoignaient des photographies. Car le photographe avait été autorisé à quitter la pièce, et à présent il se précipitait hors de la chambre noire attenante et, très excité, agitait la plaque qu'il venait de développer et de fixer. Il la présentait à la lumière et là, suffisamment précise, il y avait l'image de la tête chauve du médium, et, accroupi sur ses épaules, le profil de l'oiseau sinistre. Le Dr Maupuis frottait ses petites mains grasses avec joie. Comme tous les pionniers, il avait subi la persécution de la presse parisienne ; chaque phénomène nouveau était à ses yeux une arme excellente pour sa défense.

– Nous marchons ! Hein ! Nous marchons ! répétait-il.

Et Richet, absorbé dans ses pensées, répondait mécaniquement :

– Oui, mon ami, vous marchez !

Le petit Galicien était assis, et il trempait un biscuit dans un verre de vin rouge. Malone alla le trouver ; il découvrit qu'il était allé en Amérique et qu'il pouvait dire quelques mots d'anglais.

– Êtes-vous fatigué ? Est-ce que cela vous épuise ?

– En me modérant, non. Deux séances par semaine, voilà ce qui m'est permis. Le docteur ne m'autoriserait pas davantage.

– Vous rappelez-vous quelque chose ?

– Cela me vient comme un rêve. Un peu ici... Un peu là.

– Avez-vous toujours eu ce pouvoir ?

– Oui. Toujours. Même lorsque j'étais enfant. Et mon père l'avait. Et mon oncle. Ils ne parlaient que de visions. Moi, j'allais m'asseoir dans les bois, et des animaux étranges venaient autour de moi. Je me rappelle mon ahurissement quand je découvris que les autres enfants ne les voyaient pas!

– Est-ce que vous êtes prêt ? demanda le Dr Maupuis.

– Parfaitement, répondit le médium, en époussetant les miettes de son biscuit.

Le docteur alluma une lampe à alcool au-dessus de l'un des seaux de zinc.

– Nous allons collaborer, messieurs, à une expérience qui devrait, une fois pour toutes, convaincre le monde de l'existence des formes ectoplasmiques. On pourra discuter de leur nature, mais leur réalité objective ne fera plus de doute, à moins que mes plans n'échouent. Je voudrais d'abord vous parler de ces deux seaux. Celui-ci, que je suis en train de chauffer, contient de la paraffine, qui est en voie de fondre. Le deuxième contient de l'eau. Ceux d'entre vous qui viennent ici pour la première fois doivent comprendre que les phénomènes de Panbek se produisent habituellement dans le même ordre et qu'à présent nous nous attendons à l'apparition du vieil homme. Ce soir, nous sommes réunis pour voir le vieil homme, et nous pourrons, je l'espère, l'immortaliser dans l'histoire de la recherche psychique. Je me rassieds, j'allume la lampe rouge numéro 3, qui permet une visibilité plus grande.

Le cercle était maintenant tout à fait visible. La tête du médium s'était affaissée, et son ronflement grave révélait qu'il était déjà en transe. Tous les visages étaient tournés vers lui, car le merveilleux processus de la matérialisation se déroulait devant eux. D'abord, il y eut un remous de lumière, quelque chose comme une vapeur qui s'enroulait autour de sa figure. Puis, derrière lui, un ondoiement qui évoquait une draperie blanche diaphane. Elle s'épaissit. Elle se fusionna. Elle accusa bientôt une forme précise. C'était la tête. Des épaules se dessinèrent, des bras en surgirent.

Oui, il ne pouvait pas y avoir de doute : derrière la chaise se tenait un homme, un vieil homme. Il remua lentement la tête vers la droite, puis vers la gauche. Il regardait les assistants, indécis. On avait l'impression qu'il se demandait : « Où suis-je ? Et pourquoi suis-je ici ? »

— Il ne parle pas, mais il entend et il possède l'intelligence, dit le Dr Maupuis, regardant l'apparition par-dessus son épaule.

Nous sommes ici, monsieur, dans l'espoir que vous nous aiderez à mener à bien une expérience très importante. Pouvons-nous compter sur votre coopération ?

Le vieil homme fit de la tête un signe d'assentiment.

— Nous vous remercions. Quand vous aurez atteint votre pleine puissance vous vous éloignerez, probablement, du médium ?

La silhouette fit le même signe de tête, mais ne bougea pas. Malone la vit qui prenait de plus en plus de volume. Il distingua son visage. C'était parfaitement un vieil homme, qui avait un long nez, et une lèvre inférieure curieusement saillante. Tout à coup, il opéra un mouvement brusque qui l'éloigna de Panbek, et il s'avança dans la pièce.

— Maintenant, monsieur, dit Maupuis avec sa précision habituelle, vous apercevez le seau en zinc sur la gauche. Je vous serais reconnaissant d'avoir la bonté de vous en approcher et d'y plonger votre main droite.

Le vieil homme se dirigea vers les seaux, qui parurent l'intéresser ; il les examina avec attention. Puis il plongea une main dans le seau que le docteur lui avait indiqué.

— Parfait ! s'écria Maupuis, la voix tremblante d'excitation. À présent, monsieur, auriez-vous l'obligeance de plonger la même main dans l'eau froide de l'autre seau ?

L'apparition obéit.

— Monsieur, vous nous permettriez de réussir pleinement notre expérience si vous posiez votre main sur la table et si, pendant qu'elle s'appuierait là, vous vous dématérialisez et retourniez dans le médium.

Le vieil homme fit signe qu'il comprenait et qu'il acceptait. Il avança lentement vers la table, se pencha au-dessus d'elle, étendit sa main… et disparut. La respiration pesante du médium cessa ; il remua comme s'il allait s'éveiller. Maupuis alluma les lampes blanches et leva les mains en poussant un cri de joie et de surprise qui fut répété par toute l'assemblée.

Sur la surface brillante du bois de la table, il y avait un gant de paraffine d'un délicat jaune rosé, large aux jointures, mince au poignet, deux des doigts étant recourbés vers la paume. Maupuis le considéra avec enchantement. Il arracha un petit morceau de cire au poignet et le tendit à un assistant, qui sortit de la pièce en courant.

— C'est décisif ! s'écria-t-il. Que peut-on dire maintenant ? Messieurs, je me tourne vers vous. Vous avez vu ce qui s'est passé. L'un de vous peut-il fournir une explication rationnelle de ce moule en paraffine, sinon qu'il s'agit du résultat de la dématérialisation de la main à l'intérieur du moule ?

— Je n'en vois pas d'autre, répondit Richet. Mais vous avez affaire à des gens très entêtés, pourris de préjugés. S'ils ne peuvent pas nier, ils ignorent !

— La presse est ici, et la presse représente le public ! protesta Maupuis. Pour la presse anglaise, il y a M. Malone… à qui je demande maintenant s'il aperçoit une autre solution ?

— Je n'en vois pas d'autre, répondit Malone.

— Et vous, monsieur, demanda le docteur en s'adressant au représentant du Matin.

Le journaliste français haussa les épaules en disant :

— Pour nous qui avons eu le privilège d'être là, c'était parfaitement convaincant. Et pourtant vous allez devoir affronter beaucoup d'objections. On ne comprendra pas la valeur de ce moule. On dira que le médium l'a apporté dans sa poche et qu'il l'a posé sur la table.

Maupuis battit des mains triomphalement. Son assistant venait de rentrer et de lui remettre une feuille de papier.

— Voici déjà une réponse à votre objection, dit-il en agitant son papier. Je l'avais prévue et j'avais mélangé un peu de cholestérine avec de la paraffine dans le seau. Vous avez pu remarquer que j'avais détaché un coin du moulage. C'était en vue d'une analyse chimique. Elle vient d'être faite. La voici : la cholestérine a été repérée.

— Très bien ! admit le journaliste français. Vous avez bouché le dernier trou. Mais la prochaine fois ?

— Ce que nous avons fait une fois, nous pourrons le refaire, répliqua Maupuis. Je préparerai une certaine quantité de ces moules. Dans quelques-uns j'aurai des poignets et des mains.

Puis je tirerai d'eux des moulages de plâtre. Je ferai couler le plâtre à l'intérieur du moule. C'est délicat mais possible. J'en aurai des douzaines ainsi traités, et je les enverrai dans toutes les capitales du monde, afin que le public puisse voir de ses propres yeux. Est-ce que cela ne le convaincra pas au moins de la réalité de nos conclusions ?

— N'espérez pas trop, mon pauvre ami ! dit Richet en posant sa main sur l'épaule de l'enthousiaste. Vous n'avez pas encore réalisé l'énorme force d'inertie du monde. Mais comme vous l'avez dit vous-même : « Vous marchez ! Vous marchez toujours ! »

— Et notre marche est ordonnée, déclara Mailey. Il s'agit d'une libération progressive pour l'humanité.

Richet sourit et secoua la tête.

— Toujours transcendantal ! fit-il. Toujours en train de voir plus loin que l'œil et de transformer la science en philosophie ! Je crains que vous ne soyez incorrigible. Est-ce que votre position est raisonnable ?

– Professeur Richet, répliqua Mailey avec un grand sérieux, je voudrais vous prier de répondre à la même question. J'ai un profond respect pour votre génie, et je suis en complète sympathie avec votre prudence. Mais n'êtes-vous pas arrivé au carrefour ? Vous voici maintenant dans la position d'admettre... vous devez admettre qu'une apparition intelligente sous une forme humaine, composée à partir de la substance que vous avez vous-même appelée ectoplasme, peut marcher dans une pièce et obéir à des instructions, tandis que le médium gît sous nos yeux sans connaissance... Et cependant vous hésitez à affirmer que cet esprit a une existence autonome. Cela est-il raisonnable ?

Richet répéta son sourire et son hochement de tête. Sans répondre, il se détourna et salua le Dr Maupuis en lui adressant ses compliments. Quelques instants plus tard, l'assistance s'était dispersée, et nos amis roulaient dans un taxi vers leur hôtel.

Malone était grandement impressionné par ce qu'il avait vu. Il passa la moitié de la nuit à écrire un compte rendu très complet pour l'agence Central News. Il n'oublia pas de citer les noms des personnalités qui se portaient garantes du résultat : ces noms étaient si honorables qu'il ne serait venu à l'esprit de personne de les associer à une tromperie ou à de la bêtise.

– Sûrement, sûrement, c'est un tournant, l'avènement d'une ère nouvelle ! répétait-il.

Ainsi courait son rêve. Le surlendemain, il ouvrit tous les grands quotidiens de Londres les uns après les autres. Il y avait plusieurs colonnes sur le football. Plusieurs colonnes sur le golf. Une page entière était consacrée aux actions cotées en Bourse. Dans le Times, il y avait une longue correspondance très documentée sur les mœurs du vanneau. Mais dans aucun journal il ne trouva une ligne sur les choses merveilleuses qu'il avait vues et relatées. Mailey se moqua de son air dégoûté.

– Un monde de fous, messeigneurs ! dit-il. Un monde de toqués ! Mais ce n'est pas fini ![10]

CHAPITRE XIII
Le Pr Challenger part en guerre

Le Pr Challenger était de mauvaise humeur. Et quand il était de mauvaise humeur, il le faisait savoir à toute sa maisonnée. Les effets de son courroux ne se limitaient d'ailleurs pas à son entourage immédiat, car la plupart des lettres terribles qui apparaissaient de temps à autre dans la presse, et dans lesquelles il étrillait jusqu'au sang un malheureux adversaire, étaient autant de coups de foudre que lançait un Jupiter offensé, assis dans une sombre majesté sur son trône de travail du haut de son appartement à Victoria. Les domestiques osaient à peine pénétrer dans la pièce où, lançant des éclairs, la tête chevelue et barbue s'arrachait de ses papiers comme un lion d'un os.

Seule Enid, dans de pareils moments, pouvait l'affronter ; elle n'en éprouvait pas moins parfois ce pincement au cœur que ressentent les dompteurs les plus téméraires quand ils pénètrent dans une cage. Elle n'évitait pas l'âcreté des propos, mais au moins elle n'avait pas à redouter de violences physiques : tout le monde ne pouvait en dire autant.

En certaines occasions, les crises du célèbre professeur avaient une cause matérielle : « Je suis un hépatique, monsieur ! Oui, un hépatique ! » Telle était l'explication qu'il donnait à un accès exagéré. Mais cette fois-ci le foie n'était nullement responsable de sa mauvaise humeur : c'était le spiritisme !

Il n'avait jamais réussi à s'affranchir mentalement de la maudite superstition qui allait à l'encontre de tout le travail et de toute la philosophie de la vie. Il essayait de la repousser avec mépris, d'en rire, de l'ignorer dédaigneusement, mais elle insistait toujours pour se placer sur son chemin. Le lundi, il se jetait dans ses livres pour ne plus y penser ; bien avant le samedi suivant, il se retrouvait plongé dedans jusqu'au cou. C'était absurde ! Il avait l'impression que son esprit se retirait des grands problèmes matériels pressants de l'univers pour se gaspiller sur les contes de Grimm ou les revenants d'un romancier noir.

Puis la situation empira. D'abord Malone, qui représentait pour lui le type moyen d'une humanité lucide, avait été plus ou moins tourneboulé par les spirites, et il s'était rallié à leurs vues pernicieuses. Deuxièmement Enid, son petit agneau, son unique lien véritable avec le reste du monde, avait été corrompue à son tour. Elle avait adhéré aux conclusions de Malone. Elle avait même déterré des faits qui constituaient des « preuves » cumulatives. Vainement s'était-il penché lui-même sur un cas précis : il avait démontré sans l'ombre d'un doute que le médium était un bandit intrigant qui apportait à une veuve des messages de son mari défunt pour avoir la femme sous sa coupe. Le cas était clair, et Enid l'avait admis. Mais ni elle ni

Malone ne consentaient à généraliser. Ils répondaient qu'il y avait des coquins dans toutes les professions, et qu'il fallait juger chaque mouvement par ce qu'il offrait de meilleur et non par ce qu'il comportait de pire.

Tout cela était assez mauvais, mais le plus mauvais reste à dire. Challenger venait d'être publiquement humilié par les spirites, par un homme qui avait reconnu qu'il était inculte, et que sur tout autre sujet il serait resté assis aux pieds du professeur comme un enfant sage ; et pourtant, au cours d'un débat public... Mais l'histoire mérite d'être contée.

Apprenez donc que Challenger, fort du mépris dans lequel il tenait toute opposition et ignorant la valeur véritable des faits qui lui seraient soumis, avait récemment déclaré – moment fatal ! – qu'il descendrait de son olympe et qu'il rencontrerait, au cours d'un débat public, n'importe quel représentant du spiritisme.

« Je suis pleinement conscient, écrivit-il, que par une telle condescendance je cours le risque, comme tout autre homme de science d'un égal standing, d'accorder un crédit de dignité à ces absurdes et grotesques aberrations de l'esprit humain – dignité qu'ils seraient bien incapables de revendiquer autrement ! – mais nous devons accomplir notre devoir vis-à-vis du public ; nous devons périodiquement nous détourner de notre travail sérieux, gâcher quelques instants pour donner un coup de balai à ces toiles d'araignée éphémères qui pourraient se réunir et devenir nocives si la science les épargnait. »

Ainsi, de cette même manière trop confiante Goliath s'était avancé pour rencontrer son minuscule adversaire.

Les détails du débat sont tombés dans le domaine public, et il n'est pas nécessaire de retracer minutieusement les phases de ce pénible événement. On rappellera que le grand homme de science descendit au Queen's Hall, accompagné par de nombreux sympathisants rationalistes qui souhaitaient assister à la destruction impitoyable des visionnaires. De ces pauvres créatures abusées, une foule considérable était également au rendez-vous, espérant contre toute espérance que leur champion ne serait pas complètement immolé sur l'autel de la science outragée. Les deux clans remplissaient la salle et se défiaient du regard avec autant d'hostilité que les Bleus et les Verts mille ans plus tôt dans l'hippodrome de Constantinople.

Sur la gauche de l'estrade se tenaient les rangs serrés de ces farouches rationalistes, qui accusent de crédulité les agnostiques victoriens et qui rafraîchissent leur foi dans les collections de la Gazette littéraire et du Libre Penseur.

Sur la droite de l'estrade, la barbe rousse de Mailey flamboyait comme une oriflamme. Sa femme et Mervin, le journaliste, étaient assis à côté de lui. Il était entouré de gens sérieux : hommes et femmes de l'Alliance spirituelle de Queen Square, du Collège psychique et de tous les temples éloignés, rassemblés pour encourager leur champion dans sa tâche ingrate. Sur ce mur solide d'humanité se détachaient les visages bienveillants de Bolsover, l'épicier, accompagné de ses amis de Hammersmith, de Terbane, le porteur-médium, du révérend Charles Mason, aux traits ascétiques, de Tom Linden, qui venait de sortir du bagne, de Mme Linden, du Dr Atkinson, de lord Roxton, de Malone, etc. Entre les deux camps était assis, solennel, impassible et dodu, le juge Gaverson, de la Cour royale, qui avait accepté de présider. Il était intéressant et symptomatique de noter que les Églises organisées s'étaient abstenues de participer à ce débat critique qui mettait en cause le cœur et les centres vitaux de la vraie religion. Elles somnolaient, elles étaient à demi inconscientes ; elles ne pouvaient donc pas se rendre compte que l'esprit vivant de la nation s'interrogeait pour savoir si elles étaient condamnées à l'asphyxie, vers quoi elles tendaient déjà, ou si une résurrection sous d'autres formes était possible pour l'avenir.

Au premier rang, sur le côté, était assis le Pr Challenger, monstrueux et menaçant, avec, derrière lui, ses disciples au front large ; sa barbe assyrienne pointait, très agressive, un demi-sourire flottait sur ses lèvres, ses lourdes paupières retombaient insolemment sur ses yeux gris intolérants. Symétriquement, sur l'autre côté, était perché un personnage terne et sans prétention ; le chapeau de Challenger lui serait tombé sur les épaules ; il était pâle, plein d'appréhension ; il jetait vers son adversaire léonin des regards où se lisaient l'excuse et la supplication.

Toutefois, ceux qui connaissaient bien James Smith n'avaient pas peur, ils savaient en effet que derrière son apparence vulgaire et démocratique se dissimulait une connaissance à la fois pratique et théorique du sujet comme peu d'êtres vivants en possédaient une. Les sages de la Société de recherche psychique n'étaient que des enfants en science psychique, par comparaison avec des spirites pratiquants comme James Smith, qui passaient leur vie dans diverses formes de communion avec l'invisible ; il leur arrivait de perdre tout contact avec le monde où ils vivaient, et d'être inutilisables pour les tâches quotidiennes ; mais la direction d'un journal plein de vie et l'administration d'une communauté étendue et dispersée avaient maintenu James Smith les pieds solidement sur la terre.

Ce qui n'avait pas empêché ses excellentes facultés naturelles, non corrompues par une culture superfétatoire, de se concentrer sur le seul terrain de savoir qui offrait à la plus grande intelligence humaine une liberté d'action suffisante. Challenger avait pu s'y tromper : mais le débat allait mettre aux prises un brillant amateur discursif et un professionnel concis hautement spécialisé.

Toute l'assistance convint que le premier morceau de Challenger fut pendant une demi-heure une exhibition magnifique de talent oratoire et de génie polémique. Sa voix avait la profondeur des orgues ; seuls peuvent la sortir des hommes ayant un mètre vingt-cinq de tour de poitrine ; elle s'élevait et retombait selon une cadence parfaite qui enchanta son auditoire. Il était né pour diriger une assemblée ; c'était un chef, évidemment, pour l'humanité ! Tour à tour il fut descriptif, humoriste, convaincant. Il brossa le tableau du développement naturel de l'animisme parmi des sauvages tremblants sous le ciel nu, incapables de rendre compte du battement de la pluie ou du rugissement du tonnerre, et voyant une intelligence bienveillante ou malveillante derrière ces opérations de la nature que la science avait à présent classées et expliquées.

De là, sur de fausses prémisses, s'échafauda cette foi dans des esprits ou dans des êtres invisibles hors de nous ; par un curieux atavisme, voici qu'elles émergeaient à nouveau à notre époque, au sein des couches les moins cultivées de l'humanité. C'était le devoir de la science de résister à de pareilles tendances rétrogrades, et c'était le sentiment qu'il avait de ce devoir qui l'avait tiré, lui, Challenger, malgré sa répugnance, du privé de son cabinet vers cette estrade publicitaire. Il fit une caricature rapide du mouvement tel que ses calomniateurs le décrivaient. De la façon dont il la conta, c'était une histoire de mauvais goût, une histoire de phalanges d'orteils qui craquaient, de peinture phosphorescente, de fantômes en mousseline, d'un commerce nauséeux de commissions sordides entre les ossements des morts et les pleurs des veuves. Ces gens étaient les hyènes de l'espèce humaine qui s'engraissaient sur des tombeaux.

[Applaudissements des rationalistes, et rires ironiques chez les partisans du spiritisme.] Ils n'étaient pas tous des coquins. [« Merci, professeur ! » cria une voix de stentor.] Mais les autres étaient idiots. [Rires.] Était-ce exagéré d'appeler idiot l'homme qui croyait que sa grand-mère pouvait transmettre des messages au moyen d'un pied de table à manger ? Jamais des sauvages n'étaient descendus aussi bas dans la superstition ! Ces gens avaient pris à la mort sa dignité, et ils avaient souillé de leur propre vulgarité la sérénité des tombes. C'était vraiment une affaire haïssable !

Il regrettait d'avoir à parler si fermement, mais seul le scalpel ou le cautère pouvaient arrêter la croissance de ce cancer. Certainement, l'homme n'avait pas besoin de se laisser troubler par des spéculations grotesques sur la nature de la vie dans l'au-delà. N'avions-nous pas suffisamment à faire avec ce monde ? La vie était une chose merveilleuse. L'homme qui appréciait les vrais devoirs et les vraies beautés qu'elle comportait avait de quoi s'occuper sans barboter dans les pseudo-sciences qui avaient leurs racines dans la fraude, ainsi que les tribunaux l'avaient prouvé des centaines de fois, et qui, néanmoins, trouvaient toujours de nouveaux adeptes dont la crédulité folle et les préjugés irrationnels les rendaient imperméables à toute discussion.

Tel fut, en résumé cru et brutal, l'exposé qui ouvrit le débat. Les matérialistes l'accueillirent avec des hurlements de joie. Les partisans du spiritisme paraissaient furieux et mal à l'aise. Leur orateur se leva, pâle mais résolu, pour répondre à cet assaut massif.

Son physique, ses accents ne possédaient aucune des qualités qui rendaient Challenger si impressionnant, mais il parlait d'une voix nette et il exposa ses arguments avec la précision d'un ouvrier à qui ses outils sont depuis longtemps familiers. Le début de son discours fut courtois et humble au point qu'il donna l'impression que M. James Smith était fort intimidé. Il sentait bien toute la présomption qu'il y avait de sa part, à lui qui manquait tellement de culture, à se mesurer avec un antagoniste si célèbre qu'il avait lui-même si fort respecté. Il lui paraissait pourtant que dans la longue liste des exploits accomplis par le Pr Challenger, exploits qui avaient rendu son nom fameux dans le monde entier, il en manquait un ; or c'était malheureusement sur cette lacune de son savoir qu'il avait été tenté de discourir. Il avait écouté le professeur avec admiration quant à l'éloquence, mais avec surprise et même avec mépris, pourrait-il dire, quant aux affirmations qu'il avait entendues. Il était clair que le professeur avait préparé sa conférence en lisant toute la littérature antispirite qu'il avait pu rassembler – et cette source d'information était bien impure ! – mais qu'il avait négligé de prendre connaissance des ouvrages d'auteurs parlant du haut de leur expérience comme de leurs convictions.

Toute cette histoire d'articulations craquantes et d'autres trucs frauduleux remontait au milieu de l'ère victorienne ; et dans l'anecdote de la grand-mère communiquant par l'intermédiaire d'un pied de table il ne reconnaissait rien qui ressemblât à une description équitable des phénomènes psychiques. De telles comparaisons lui rappelaient les plaisanteries dont furent saluées les grenouilles dansantes de Volta, et qui retardèrent la prise en considération de ses expériences sur l'électricité. Elles n'étaient pas dignes du Pr Challenger ! Comment pouvait-il ignorer que le médium frauduleux était le pire ennemi des spirites, qu'il était dénoncé sous son nom dans les journaux qui s'occupaient de psychisme chaque fois qu'il était découvert, et que cette sorte de révélation était le fait des spirites eux-mêmes, car ils stigmatisaient les « hyènes humaines » aussi sévèrement que son adversaire l'avait fait ? On ne condamne pas les banques parce que des faussaires s'en servent quelquefois pour des desseins néfastes. C'était perdre du temps devant un auditoire si distingué que de descendre jusqu'à réfuter des arguments aussi puérils. Si le Pr Challenger avait nié les implications religieuses du spiritisme tout en acceptant les phénomènes, il aurait été plus difficile de lui répondre. Mais en niant tout il se plaçait dans une position absolument impossible. Sans doute le Pr Challenger avait-il lu le récent travail du Pr Richet, célèbre physiologue. Ce travail avait requis trente années, mais Richet avait vérifié tous les phénomènes.

Peut-être le Pr Challenger consentirait-il à révéler à l'assistance la nature des expériences personnelles auxquelles il s'était livré, et qui lui conféraient le droit de parler de Richet, de Lombroso ou de Crookes comme d'autant de sauvages superstitieux ? Il était fort possible que son adversaire eût poursuivi en privé des expériences dont nul ne savait rien. Mais dans ce cas, qu'il les porte à la connaissance du monde ! Et jusqu'à ce qu'il le fît, il serait antiscientifique et réellement indécent de bafouer des hommes dont la réputation était à peine inférieure à la sienne, et qui avaient procédé, eux, à des expériences qu'ils avaient révélées au public.

Quant à dire que le monde se suffit à lui-même, c'était peut-être un point de vue valable pour un professeur à succès doté d'un corps parfaitement sain, mais si l'on vivait dans une mansarde de Londres avec un cancer à l'estomac, on pourrait remettre en cause la doctrine selon laquelle point n'était utile de languir après tout autre état que l'actuel.

James Smith exécutait un travail d'ouvrier, illustré par des faits, des dates et des chiffres. Il avait beau ne pas atteindre les cimes de l'éloquence, il énonçait quantité d'idées qui sollicitaient une réplique. Or il apparut bientôt, non sans tristesse, que Challenger n'était pas capable d'apporter cette réplique. Il avait soigneusement lu ce qui étayait sa propre thèse, mais il avait négligé d'étudier celle de son adversaire

; il avait trop facilement accepté les hypothèses spécieuses et puériles des écrivains incompétents qui avaient traité d'un sujet qu'ils n'avaient pas exploré par eux-mêmes. Au lieu de répondre à M. James Smith, Challenger se mit en colère. Le lion commença à rugir. Il secouait sa crinière sombre, et ses yeux étincelaient tandis que retentissait à nouveau dans la salle sa voix grave.

Qu'étaient donc ces gens qui s'abritaient derrière des noms honorés certes, mais qui s'étaient fourvoyés ? De quel droit attendaient-ils des hommes de science les plus sérieux qu'ils suspendissent leurs travaux pour perdre leur temps à examiner leurs folles suppositions ? Il y avait des choses qui allaient de soi, qui ne nécessitaient pas de démonstration. C'était à ceux qui lançaient des affirmations qu'il incombait d'apporter des preuves. Si son contradicteur, dont le nom lui échappait, déclare qu'il peut susciter des esprits, alors qu'il en fasse surgir un tout de suite, devant cet auditoire sain et impartial ! S'il dit qu'il reçoit des messages, alors qu'il nous donne des nouvelles en avance sur les agences d'information et de presse ! [« Cela a souvent été fait ! » crièrent des spirites.] Vous le prétendez, mais moi je le nie ! J'ai trop l'habitude de vos assertions ridicules pour les prendre au sérieux. [Tumulte. L'orateur écrase les pieds du juge Gaverson.]

S'il affirme qu'il bénéficie d'une inspiration supérieure, alors qu'il apporte la clé de l'énigme policière de Peckham Rye ! S'il est en rapport avec les êtres angéliques, alors qu'il nous donne une philosophie plus haute que celle qu'un mortel est capable de concevoir ! Cette fausse science, ce camouflage de l'ignorance, ces idioties à propos de l'ectoplasme et d'autres produits mythiques de l'imagination psychique n'étaient que des manifestations du pur et simple obscurantisme, des bâtards nés de la superstition et du noir des ténèbres. Partout où l'affaire avait été soumise à examen, on avait abouti à de la corruption et à de la putridité mentale. Tous les médiums étaient des imposteurs conscients. [« Et vous un menteur ! » cria une voix de femme dans l'entourage des Linden.] Les voix des morts n'ont jamais prononcé autre chose que des babillages enfantins. Les asiles regorgeaient de supporters de ce culte, et ils en compteraient encore plus si chacun avait ce qu'il méritait.

Son discours avait été violent, mais il s'avéra parfaitement inopérant. Le grand homme était consterné. Il réalisait que l'affaire était sérieuse, et qu'il s'y était embarqué à la légère. Il s'était réfugié dans la colère, il avait tonné, procédé par affirmations définitives, ce qui ne peut être valable que lorsqu'il n'y a pas d'adversaire capable d'en tirer avantage. Les partisans du spiritisme semblaient plus amusés que mécontents. Les matérialistes s'agitaient, mal à l'aise, sur leurs sièges. James Smith se leva pour son dernier coup de batte. Il arborait un sourire malicieux. Tout dans son attitude était une menace vivante.

Il était obligé, dit-il, de réclamer de son illustre contradicteur une attitude plus scientifique. N'était-ce pas un fait extraordinaire que tant de savants, lorsque leurs passions ou leurs préventions étaient en cause, affichassent un si profond mépris pour leurs propres principes ? De ces principes, le plus rigide était qu'un sujet devait être examiné avant d'être condamné. Nous avons vu récemment, dans des problèmes tels que la télégraphie sans fil ou les machines plus lourdes que l'air, que les choses les plus invraisemblables pouvaient survenir et se vérifier. Il est extrêmement dangereux de dire a priori qu'une chose est impossible. Et pourtant le Pr Challenger était tombé dans cette erreur. La réputation qu'il avait si justement gagnée à propos de problèmes qu'il avait étudiés, il l'avait utilisée pour jeter le discrédit sur un problème qu'il n'avait pas étudié. Un homme peut être un grand physiologue et un grand physicien : n'en concluons pas pour cela qu'il fait autorité en science psychique.

Il était évident que le Pr Challenger n'avait pas lu les ouvrages types qui avaient traité du sujet sur lequel il se posait en autorité. Pouvait-il dire à l'auditoire le nom du médium de Schrenck Notzing ? Il marqua un temps d'arrêt pour la réponse. Pouvait-il dire alors le nom du médium du Dr Crawford ? Non ? Pouvait-il dire quel avait été le sujet des expériences du Pr Zollner à Leipzig ? Comment ! Son silence persistait ? Mais c'étaient pourtant les points essentiels du débat ! Il avait hésité à faire des personnalités, mais le robuste langage du professeur exigeait de sa part une franchise correspondante. Le professeur savait-il que cet ectoplasme qu'il venait de tourner en dérision avait été soumis à l'examen de vingt professeurs allemands – il tenait leurs noms à sa disposition – et que tous avaient authentifié son existence ? Comment le Pr Challenger pouvait-il nier si légèrement ce que ses éminents collègues avaient affirmé ? Avancerait-il qu'ils étaient eux aussi des criminels ou des idiots ? La vérité était que le professeur était venu dans cette salle complètement ignorant des faits, et qu'il les apprenait à présent pour la première fois.

Il ne se doutait absolument pas que la science psychique avait déjà ses lois ; sinon il n'aurait pas formulé une requête aussi puérile que de demander à une forme ectoplasmique de se manifester en pleine lumière sur cette estrade, alors que n'importe quel étudiant savait que l'ectoplasme était soluble à la lumière. Quant à l'énigme policière de Peckham Rye, il n'avait jamais été question que le monde des anges fût une succursale de Scotland Yard. Jeter de la poudre aux yeux du public, voilà ce qui, de la part d'un homme comme le Pr Challenger...

À cet instant, l'éruption se produisit. Challenger avait frétillé sur sa chaise. Challenger avait tiré sur sa barbe. Challenger avait bombardé l'orateur de regards meurtriers.

Mais soudain il bondit comme un lion blessé vers la table à côté du président qui, bien calé dans son fauteuil, était plongé dans un demi-sommeil, avait croisé ses mains dodues sur son ample bedaine et qui, devant cette subite apparition, sursauta si fort qu'il faillit tomber dans l'orchestre.

– Asseyez-vous, monsieur ! Asseyez-vous ! cria-t-il.

– Je refuse de m'asseoir ! rugit Challenger. Monsieur, j'en appelle à vous, qui présidez ce débat ! Suis-je ici pour être insulté ? Ces procédés sont intolérables. Je ne les supporterai pas plus longtemps. Puisque mon honneur personnel est mis en cause, je me vois obligé de prendre moi-même l'affaire en main !

Comme beaucoup de ceux qui foulent aux pieds les opinions des autres, Challenger était extrêmement susceptible dès que quelqu'un s'avisait de prendre la plus petite liberté vis-à-vis des siennes. Chacune des phrases incisives de son contradicteur avait été une banderille pointue qui s'enfonçait dans le flanc d'un taureau écumant. Maintenant, dans sa fureur muette, il brandissait son énorme poing velu par-dessus la tête du président dans la direction de son adversaire, dont le sourire ironique décuplait ses velléités de bagarre. À force de menacer James Smith du poing, il tomba en avant et entraîna dans sa chute le président, qui s'étala de tout son long sur l'estrade. Du coup le vacarme fut à son comble dans la salle. La moitié des rationalistes était scandalisée ; l'autre moitié, en signe de sympathie à l'adresse de leur champion, criait : « C'est une honte ! » Les partisans du spiritisme avaient éclaté en clameurs de raillerie ; mais plusieurs s'étaient élancés vers l'estrade afin de protéger leur champion contre toute violence physique.

– Il faut que nous sortions d'ici le cher vieux ! dit Roxton à Malone. Il va assassiner quelqu'un si nous ne nous en mêlons pas. Je veux dire... Il va distribuer des coups tout autour de lui, hein ? et la police devra s'en mêler !

L'estrade était devenue une foule grouillante et hurlante. Malone et Roxton jouèrent des coudes pour arriver jusqu'à Challenger. Soit en le poussant judicieusement, soit en usant d'éloquents artifices de persuasion, ils le conduisirent hors du bâtiment. Il proférait encore toutes sortes de menaces. Dans la salle, une adresse pour la forme fut votée en l'honneur du président, et la réunion se termina dans des rixes et des bagarres.

« Toute cette histoire, déclara le lendemain matin le Times, est déplorable, elle illustre avec force le danger de ces débats publics sur des questions qui passionnent les préjugés des orateurs et de l'auditoire. Des termes tels que « idiot microcéphale ! » ou « survivant simiesque ! », quand ils sont proférés à l'adresse d'un contradicteur par un professeur de réputation mondiale, témoignent des distances qu'on se permet aujourd'hui de franchir. »

Après cette longue digression, revenons à l'humeur du Pr Challenger. Nous avons dit qu'elle était détestable : il était assis derrière son bureau ; il tenait d'une main le Times, et ses sourcils ployaient sous le faix de la colère. Pourtant ce fut le moment que choisit le maladroit Malone pour lui poser la question la plus intime qu'un homme puisse soumettre à son semblable.

Soyons objectifs : il serait peut-être injuste à l'égard du sens diplomatique de Malone de dire qu'il avait « choisi » ce moment. En vérité, il était allé s'assurer que l'homme pour lequel, en dépit de toutes ses excentricités, il nourrissait autant de respect que d'affection, n'avait pas souffert des événements de la veille au soir. Sur ce point du moins, il fut rapidement rassuré.

– Intolérable ! rugit le professeur.

À l'entendre, on aurait dit qu'il avait passé la nuit à vociférer. Challenger répéta :

– Intolérable ! Vous-même étiez-là, Malone. Malgré votre sympathie inexplicable et mal dirigée pour les opinions imbéciles de ces gens-là, vous admettrez bien que toute la tenue des débats était intolérable pour moi, et que ma protestation était justifiée, plus que justifiée ! Il est possible que lorsque j'ai lancé la table présidentielle à la tête du directeur du collège psychique j'aie outrepassé les limites de la courtoisie, mais la provocation avait été excessive ! Rappelez-vous que ce Smith ou Brown... son nom est le plus matériel du monde... osait m'accuser d'ignorance, et jeter de la poudre aux yeux du public !

– C'est vrai ! dit Malone sur un ton apaisant. Mais quand même, professeur ! Vous leur avez flanqué deux ou trois coups terribles.

Les traits tirés de Challenger se détendirent, et il se frotta les mains de ravissement.

– Oui, je crois que quelques-uns de mes coups ont porté ! Je suppose qu'ils ne seront pas oubliés. Quand j'ai dit que les asiles de fous seraient remplis si chacun d'entre eux avait ce qu'il méritait, ils ont accusé le choc. Ils ont tous glapi, je m'en souviens, comme un chenil rempli de chiots. C'est leur absurde observation touchant au fait que j'aurais dû lire leur littérature en peau de lapin qui m'a échauffé. Mais j'espère, mon garçon, que vous êtes venu me voir ce matin pour me dire que mon discours d'hier soir a produit d'heureux effets sur votre cervelle, et que vous avez reconsidéré des opinions qui nuisent grandement, je l'avoue, à notre amitié.

Malone plongea hardiment.

– Quand je suis venu ici, j'avais autre chose dans la tête, dit-il. Vous devez savoir que votre fille Enid et moi, nous avons beaucoup travaillé ensemble tous ces temps-ci. Pour moi, monsieur, elle est devenue « l'unique », et je ne serai heureux que du jour où elle sera ma femme. Je ne suis pas riche, mais un poste de rédacteur en chef adjoint dans un journal m'a été proposé, et je possède toutes les ressources pécuniaires nécessaires pour fonder un foyer. Vous me connaissez depuis quelque temps ; j'espère que vous n'avez rien contre moi. J'ai donc de bonnes raisons de croire que je puis compter sur votre approbation relativement à mes projets.

Challenger frappa sa barbe et ses paupières glissèrent dangereusement devant ses yeux.

– Mes facultés, dit-il, ne sont pas tellement amoindries que je n'aie rien remarqué des rapports qui se sont établis entre ma fille et vous. Ce problème se trouve cependant étroitement mêlé à celui que nous étions en train de discuter. Vous avez tous deux, je le crains, sucé le lait empoisonné de ces sophismes ; or je me sens de plus en plus enclin à consacrer le reste de mes jours à les extirper de l'humanité. Sur le seul plan de l'eugénisme, je ne pourrais donner mon consentement à une union basée sur de pareils fondements. Je dois donc vous prier de me donner l'assurance précise que vos opinions sont devenues plus saines. Je demanderai à Enid la même chose.

C'est ainsi que Malone se trouva enrôlé dans la noble phalange des martyrs. Le dilemme était cruel ; il l'affronta en homme.

– Je suis sûr, monsieur, que vous ne m'estimeriez guère si mes opinions sur la vérité, qu'elles fussent justes ou fausses, oscillaient au gré de considérations matérielles. Je suis incapable de modifier mes opinions, même pour conquérir Enid. Je suis sûr qu'elle serait de mon avis.

– Vous ne pensez pas que j'ai été hier soir le meilleur ?

– J'ai trouvé que votre discours était très éloquent.

– Ne vous ai-je pas convaincu ?

– Pas contre le témoignage de mes propres sens.

– N'importe quel imposteur pourrait tromper vos sens.

– Je crains, monsieur, que sur ce point mon opinion ne soit arrêtée.

– Alors la mienne l'est aussi ! rugit Challenger, avec un mauvais éclat dans le regard. Vous allez quitter cette maison, monsieur, et vous n'y reviendrez que lorsque vous aurez recouvré la santé.

– Un moment ! s'écria Malone. Je vous prie, monsieur, de ne pas précipiter les choses. J'attache trop de valeur à votre amitié pour risquer de la perdre si cette perte peut, de quelque façon que ce soit, être évitée. Il est possible que sous votre direction je comprenne mieux ces phénomènes qui m'embarrassent. Si je pouvais m'arranger, accepteriez-vous d'être personnellement présent à l'une de ces démonstrations au cours desquelles vos puissantes facultés d'observation pourraient jeter un rayon de lumière sur les choses qui me déroutent ?

Challenger était très sensible à la flatterie. Il fit la roue comme un paon royal.

– Mon cher Malone, dit-il, si je puis vous aider à expulser ce virus – comment l'appellerons-nous, Microbus spiritualensis – de votre organisme, je me mets à votre disposition. Je serai heureux de consacrer un peu de mon temps à démonter ces erreurs spécieuses dont vous avez été si aisément une victime. Je ne dirai pas que vous êtes complètement dépourvu de cervelle, mais je dirai que votre bonne nature se laisse trop facilement influencer. Je vous avertis que je serai un enquêteur précis et que j'apporterai à cette enquête les méthodes de laboratoire où, comme on veut bien généralement en convenir, je suis passé maître.

– C'est ce que je désire.

– Alors faites naître l'occasion et je ne la manquerai pas. Mais jusque-là, vous comprendrez que j'insiste pour que vos projets avec ma fille ne soient pas poussés plus avant.

Malone hésita.

– Je vous en donne ma promesse pour six mois ! fit-il enfin.

– Et que ferez-vous passé ce laps de temps ?

– Je prendrai ma décision, répondit-il avec diplomatie.

Ainsi se sortit-il honorablement d'une situation qui avait été, à un moment donné, périlleuse.

Il eut la chance, lorsqu'il se trouva sur le palier, de rencontrer Enid, qui revenait d'un shopping matinal. Comme tout Irlandais, il avait la conscience large, il pensa que ces six mois n'étaient pas à quelques minutes près, et il persuada Enid de descendre avec lui dans l'ascenseur. C'était l'un de ces ascenseurs que seuls peuvent diriger leurs utilisateurs ; en l'occurrence, il se coinça entre deux paliers d'une manière à laquelle Malone uniquement pouvait remédier. Malgré plusieurs appels impatients, il demeura coincé un bon quart d'heure. Quand il consentit à fonctionner correctement, quand Enid put enfin regagner son étage, et Malone la rue, les amoureux s'étaient préparés à attendre six mois, et tous deux partageaient l'espoir que cette expérience connaîtrait un dénouement heureux.

CHAPITRE XIV
Challenger rencontre un étrange collègue

Le Pr Challenger n'avait pas l'amitié facile. Si vous vouliez devenir son ami, vous deviez consentir à être aussi son protégé. Il n'admettait pas d'égaux. Mais en tant que patron il était superbe. Avec son air jupitérien, sa colossale condescendance, son sourire amusé, son allure générale d'un dieu qui visitait les mortels, il pouvait se montrer d'une amabilité accablante. Mais en retour il exigeait certaines qualités. La stupidité le dégoûtait. La laideur physique le rebutait. L'indépendance lui faisait horreur. Il avait un faible pour l'homme que le monde entier admirerait mais qui en retour admirerait le super-homme au-dessus de lui : par exemple le Dr Ross Scotton qui, pour cette raison, avait été l'élève favori de Challenger.

Maintenant, il était mourant. Le Dr Atkinson, de Sainte-Marie, qui a déjà joué un rôle mineur dans ce récit, le soignait ; mais ses bulletins de santé affichaient un pessimisme croissant. Le mal était une terrible sclérose généralisée ; Challenger savait qu'Atkinson ne se trompait guère lorsqu'il affirmait que la guérison était une possibilité lointaine et peu vraisemblable. Quelle preuve plus atroce de la nature déraisonnable des choses qu'un jeune savant, ayant déjà publié deux ouvrages de grande valeur comme L'Embryologie du système nerveux sympathique ou La Fausseté de l'indice obsonique, dût bientôt se décomposer en ses éléments chimiques sans laisser derrière lui le moindre résidu personnel ou spirituel ! Le professeur haussait ses épaules massives, secouait sa grosse tête, et acceptait cependant l'inévitable. Aux dernières nouvelles, l'état du Dr Ross Scotton empirait ; finalement, ce fut le silence, un silence de mauvais augure. Challenger se rendit à l'appartement de son jeune ami, dans Gower Street. Cette expérience s'avéra torturante, et il ne récidiva pas. Les crampes musculaires, qui sont les caractéristiques du mal, nouaient des nœuds sur le patient, qui mordait ses lèvres pour étouffer les hurlements qui l'auraient soulagé mais qui auraient été indignes de l'homme qu'il était. Il saisit son mentor par la main comme le nageur qui se noie saisit la première planche venue.

– Est-ce bien réellement comme vous l'avez dit ? N'y a-t-il aucun espoir au-delà des six mois de tourments que m'accorde encore la faculté ? Vous, avec toute votre sagesse et toute votre science, est-il possible que vous n'aperceviez pas une étincelle de vie ou de lumière dans cette nuit éternelle où je vais me décomposer ?

– Faites face, mon garçon, faites face ! dit Challenger. Il vaut mieux regarder les faits en face que de se bercer d'illusions.

Alors les lèvres du malade s'écartèrent pour laisser échapper un hurlement long et sinistre. Challenger se leva et sortit en courant.

Mais voici qu'un épisode surprenant était en cours : il avait commencé par l'apparition de Mlle Delicia Freeman.

Un matin, on frappa à la porte de l'appartement, à Victoria. Austin, toujours aussi austère et taciturne, n'aperçut rien à hauteur de ses yeux lorsqu'il ouvrit. Abaissant son regard, il découvrit une petite demoiselle dont le visage délicat et les yeux brillants comme ceux d'un oiseau étaient levés vers lui.

— Je désire voir le professeur, dit-elle en plongeant une main dans son sac pour en extraire une carte de visite.

— Peut pas vous voir ! répondit Austin.

— Oh ! si, il le peut très bien, insista la petite demoiselle, avec une invincible sérénité.

Aucune rédaction de journal, aucun sanctuaire d'homme d'État, aucune chancellerie politique ne l'aurait retenue du moment qu'elle croyait qu'il y avait une bonne œuvre à faire.

— Peut pas vous voir ! répéta Austin.

— Oh ! mais, il faut que je le voie, figurez-vous ! dit Mlle Freeman. Elle plongea brusquement sous le bras du maître d'hôtel et, avec un instinct infaillible, fonça vers la porte du bureau sacré, frappa, entra. La tête du lion émergea derrière un bureau encombré de papiers. Les yeux du lion lancèrent des éclairs.

— Que signifie cette intrusion ? rugit le lion.

La petite demoiselle était tout à fait paisible. Elle sourit doucement au visage léonin.

— Je suis si heureuse de faire votre connaissance ! dit-elle. Je m'appelle Delicia Freeman.

— Austin ! hurla le professeur.

La figure impassible apparut dans l'entrebâillement de la porte.

— Qu'est-ce que c'est, Austin ? Comment cette personne est-elle entrée ici ?

— Je n'ai pas pu l'en empêcher, gémit Austin. Venez, mademoiselle, en voilà assez !

— Il ne faut surtout pas que vous vous mettiez en colère ! Vraiment, vous auriez tort ! fit la petite demoiselle avec une grande douceur. On m'avait dit que vous étiez un personnage tout à fait terrible, mais à mon avis vous êtes plutôt un chou !

— Qui êtes-vous ? Que me voulez-vous ? Vous rendez-vous compte que je suis l'un des hommes les plus occupés de Londres ?

Mlle Freeman plongea une fois encore dans son sac. Elle péchait toujours quelque chose dans son sac, tantôt un papillon publicitaire sur l'Arménie, tantôt un pamphlet contre la Grèce, tantôt une note sur les missions évangéliques, et parfois un manifeste psychique. Ce jour-là, ce fut une feuille de papier à lettres pliée qu'elle tira.

– De la part du Dr Ross Scotton, dit-elle.

Le feuillet avait été grossièrement gribouillé. Il était presque illisible. Challenger abaissa vers lui son front puissant.

Je vous en prie, mon cher patron et ami, écoutez ce que la porteuse de ce billet a à vous dire. Je sais que vous ne partagez pas ses opinions. Et pourtant je vous l'envoie. Vous m'avez dit qu'il ne me restait plus d'espoir. Or j'ai essayé et il vient. Je sais que cette tentative paraît indigne d'un civilisé, et folle. Mais n'importe quel espoir vaut mieux que pas d'espoir du tout. À ma place, vous auriez agi de même. Voudriez-vous ne pas brandir vos préjugés et vous rendre compte par vous-même ? Le Dr Felkin vient à trois heures ;

J. Ross Scotton.

Challenger lut le papier deux fois et soupira. Le cerveau devait être attaqué par la lésion.

– Il dit que je dois vous écouter. De quoi s'agit-il ? Soyez aussi brève que possible.

– Il s'agit d'un esprit médecin.

Challenger bondit sur son fauteuil.

– Bon Dieu ? cria-t-il. Ne parviendrai-je donc jamais à échapper à ces absurdités ? Ne peut-on pas laisser tranquille ce pauvre diable sur son lit d'agonie sans lui jouer des tours pendables ?

Mlle Delicia battit des mains, ses petits yeux vifs pétillèrent de joie.

– Ce n'est plus son lit d'agonie. Il va mieux.

– Qui dit qu'il va mieux ?

– Le Dr Felkin. Il ne se trompe jamais.

Challenger renifla.

– Y a-t-il longtemps que vous l'avez vu ? interrogea-t-elle.

– Quelques semaines.

– Oh ! vous ne le reconnaîtriez pas ! Il est presque guéri.

– Guéri ! Guéri d'une sclérose généralisée en quelques semaines !

– Allez le voir.

– Vous voulez me pousser à être le complice d'un charlatanisme de l'enfer ! Et, tout de suite après, mon nom serait inscrit parmi les garants de cette canaillerie ? Je connais la musique ! Si j'y vais, je le prendrai probablement par le collet et je le jetterai dans l'escalier !

La visiteuse rit de bon cœur.

– Il dirait avec Aristide : « Frappe, mais écoute-moi ! » D'abord vous commenceriez par l'écouter, j'en suis sûre. Votre élève est un morceau de vous-même.

Il semble tout à fait honteux de se mieux porter grâce à une méthode si peu orthodoxe. C'est moi qui ai appelé le Dr Felkin à son chevet. Il ne voulait pas.

— Ah ! c'est vous qui… ? Vous ne manquez ni d'audace ni d'initiative !

— Je suis prête à prendre n'importe quelle responsabilité, tant que je sais que j'ai raison. J'ai parlé au Dr Atkinson. Il connaît un peu le psychisme. Il le considère avec beaucoup moins de préjugés que la plupart des hommes de science… comme vous ! Il a émis l'opinion que lorsqu'un homme était mourant, tout pouvait être tenté. Alors le Dr Felkin est venu.

— Et dites-moi donc comment ce charlatan traite son patient ?

— C'est ce que le Dr Ross Scotton désire que vous voyiez…

Elle tira des profondeurs de son sac une petite montre qu'elle regarda.

— Dans une heure il sera là-bas. Je dirai à votre ami que vous viendrez. Je suis sûre que vous n'allez pas le désappointer. Oh !…

Elle replongea dans son sac avant d'ajouter :

— Voici une toute récente note d'information sur le problème bessarabien. Problème beaucoup plus sérieux qu'on le croit généralement. Vous aurez juste le temps de la lire avant de venir. Bonsoir, professeur, et au revoir !

Elle s'inclina vers le lion grognant et sortit.

Mais elle avait réussi dans sa mission. Il y avait quelque chose de contraignant dans cet enthousiasme absolument désintéressé, et Challenger n'y résista pas. Peu après le départ de cette petite demoiselle, il se fit conduire chez son élève, clopina dans l'escalier étroit, et sa silhouette massive bloqua la porte de l'humble chambre où gisait son élève favori. Ross Scotton était allongé sur le lit, dans une robe de chambre rouge. Avec un élan de surprise joyeuse, son professeur vit qu'il avait repris des joues, et que dans le regard brillait une flamme de vie et d'espérance.

— Oui, je suis en train de gagner ! s'écria-t-il. Depuis que Felkin a eu sa première consultation avec Atkinson, j'ai senti la force de vivre qui revenait en moi. Oh ! patron, c'est affreux de demeurer éveillé toute la nuit, de sentir ces maudits microbes qui vous grignotent jusqu'aux racines de la vie ! Je pouvais presque les entendre. Et ces crampes qui tordaient mon corps comme un squelette mal articulé ! Mais maintenant, en dehors d'un peu de dyspepsie et d'urticaire dans les paumes des mains, je ne souffre plus. Et cela grâce à ce cher médecin qui m'a aidé.

Il fit un geste de la main comme s'il désignait une personne présente. Challenger se retourna avec irritation : il s'attendait à trouver derrière lui un charlatan satisfait de lui-même. Mais il n'y avait pas de médecin. Une frêle jeune femme qui avait l'air d'une infirmière, calme, discrète, avec un trésor de cheveux noirs, sommeillait dans un coin. Mlle Delicia, parée du sourire de sainte nitouche, se tenait près de la fenêtre.

— Je suis heureux que vous alliez mieux, mon cher garçon ! fit Challenger. Mais ne perdez pas votre raison. Un tel mal a naturellement sa systole et sa diastole.

— Parlez-lui, docteur Felkin. Éclairez-le ! dit le malade.

Le regard de Challenger fit le tour de la corniche et des boiseries. Son élève s'adressait à un médecin dans la pièce, et pourtant, il n'y en avait aucun de visible.

Son aberration avait-elle atteint le point où il croyait que des apparitions flottantes gouvernaient sa cure ?

— En vérité, il a grand besoin d'être éclairé ! fit une voix grave et virile contre son coude.

Il fit un bond. C'était la frêle jeune femme qui lui avait parlé.

— Permettez-moi de vous présenter au Dr Felkin, dit Mlle Delicia, avec un sourire malicieux.

— Qu'est-ce que c'est que cette bouffonnerie ? cria Challenger.

La jeune femme se leva et fouilla un côté de sa robe. Puis elle eut un geste impatient de la main.

— Il fut un temps, mon cher collègue, où une tabatière faisait partie de mon équipement, tout comme ma trousse de phlébotomie. J'ai vécu avant l'époque de Laennec, et nous ne nous munissions pas d'un stéthoscope ; mais nous avions notre petit attirail chirurgical, pas moins. Toutefois la tabatière était un symbole de paix, et j'allais vous offrir d'en user, mais, hélas ! elle a trépassé !

Pendant ce petit discours, Challenger se tenait debout avec un regard fixe et les narines dilatées. Puis il se tourna vers le lit :

— Dois-je comprendre que c'est votre médecin... que vous avez pris conseil de cette personne ?

La jeune fille se dressa très droit.

— Monsieur, je n'irai pas par quatre chemins avec vous. Je perçois très clairement que vous êtes l'un de ceux qui ont plongé si avant dans le savoir matériel que vous n'avez pas eu le temps de vous pencher sur les possibilités de l'esprit.

— Je n'ai certainement pas de temps à consacrer à des absurdités ! dit Challenger.

— Mon cher patron ! cria une voix venant du lit. Je vous supplie de garder en mémoire tout ce que le Dr Felkin a déjà fait pour moi. Vous avez vu comment j'étais il y a un mois, vous voyez comment je suis maintenant. Vous n'offenserez pas mon meilleur ami !

— Je crois, professeur, que vous devez des excuses à notre cher Dr Felkin ! ajouta Mlle Delicia.

— Me voilà dans un asile de fous privé ! ricana Challenger. Puis, cédant à son penchant favori, il arbora l'ironie éléphantesque qui était l'une de ses armes les plus efficaces envers des étudiants récalcitrants.

— Peut-être, jeune dame – à moins que je ne doive dire : très vénérable professeur ? – permettrez-vous à un modeste apprenti mal dégrossi, qui ne possède en fait de science que ce que le monde peut lui offrir, de s'asseoir humblement dans un coin et d'essayer d'apprendre quelque chose d'après vos méthodes et votre enseignement ?

Il avait prononcé ces paroles avec les épaules remontées jusqu'aux oreilles, les paupières occultant les yeux, et les mains ouvertes devant lui, une vraie statue du sarcasme ! Toutefois, le Dr Felkin arpentait la chambre à pas lourds et impatients, et ne se souciait guère de son apparence alarmante.

— D'accord ! fit-elle négligemment. Tout à fait d'accord ! Mettez-vous dans le coin et restez-y. Par-dessus tout, ne parlez plus ! Ce cas exige la plénitude de toutes mes facultés...

Le Dr Felkin se tourna avec un air dominateur vers le malade.

— Bien ! Bien ! Vous revenez... Dans deux mois vous serez de nouveau dans votre amphithéâtre.

— Oh ! c'est impossible ! s'écria Ross Scotton dans un sanglot étouffé.

— Pas du tout impossible. Je vous le garantis. Je ne fais pas de fausses promesses !

— Je réponds d'elle pour cela, dit Mlle Delicia. Cher docteur, dites-nous donc qui vous étiez lorsque vous viviez.

— Tut ! Tut ! Ô femme éternellement femme ! De mon temps, elles bavardaient, et elles bavardent encore. Non ! Nous allons examiner notre jeune ami ici. Le pouls ?... L'irrégularité a disparu. Voilà quelque chose de gagné. La température ?... Parfaitement normale. La pression sanguine ?... Encore plus élevée que je ne le voudrais. La digestion ?... Laisse beaucoup à désirer. Ce que vous appelez, vous modernes, la grève de la faim, ne serait pas mal. Eh bien ! l'état général est acceptable. Maintenant, voyons le centre local du méfait. Baissez votre chemise, monsieur ! Couchez-vous sur le ventre. Parfait !

Elle promena ses doigts avec autant de force que de précision le long de la partie supérieure de la colonne vertébrale, puis elle enfonça ses articulations dans la chair avec une violence subite qui fit gémir le malade.

— Voilà qui est mieux ! Il y a, comme je l'ai expliqué, un léger défaut d'alignement dans les vertèbres cervicales ; ce défaut a, je le sens, l'effet de rétrécir les passages foraminés à travers lesquels émergent les racines nerveuses. Ce qui a provoqué une compression. Comme ces nerfs sont les vrais conducteurs de la force vitale, l'équilibre total en a été bouleversé. Mes yeux sont les mêmes que vos maladroits rayons X, j'aperçois que la position est presque rétablie et que la constriction fatale disparaît...

« J'espère, monsieur, poursuivit-elle en s'adressant à Challenger, que je vous ai rendu intelligible la pathologie de ce cas.

Challenger grogna pour exprimer son hostilité en général et son désaccord particulier sur « ce cas ».

— Je vais dissiper les petites difficultés qui hantent encore votre esprit. Mais en attendant, mon cher enfant, vous allez nettement mieux, et je me réjouis de vos progrès. Vous présenterez mes compliments à mon collègue de cette terre, le Dr Atkinson, et vous lui direz que je ne puis rien suggérer de plus. Le médium est une pauvre petite fille fatiguée ; aussi ne resterai-je pas plus longtemps aujourd'hui.

— Mais vous avez dit que vous nous diriez qui vous étiez !

— Vraiment, il y a peu à dire. J'étais un médecin très banal. Dans ma jeunesse, j'ai pratiqué sous le grand Abernethy, et peut-être me suis-je imprégné de ses méthodes. Quand, jeune encore, je suis passé dans l'au-delà, j'ai continué mes études et j'ai eu l'autorisation, à condition que je découvre un moyen d'expression convenable, de faire ce que je pourrais pour aider l'humanité. Vous comprenez, naturellement, que c'est seulement en servant et en pratiquant l'abnégation que nous avançons dans le monde supérieur. Ceci est mon service, et je ne puis que remercier le destin d'avoir été capable de découvrir dans cette jeune fille un être dont les vibrations correspondent aux miennes si parfaitement que je peux facilement diriger le contrôle de son corps.

– Et où est-elle ? demanda le malade.

– Elle attend à côté de moi, et bientôt elle récupérera son cadre personnel. Quant à vous, monsieur, dit-elle en se tournant vers Challenger, vous êtes un homme de caractère et de savoir, mais vous êtes nettement enlisé dans le matérialisme, ce qui, à votre âge, est une véritable malédiction. Permettez-moi de vous assurer que la profession médicale, qui est la plus haute sur terre étant donné le travail désintéressé de ses membres, a trop concédé au dogmatisme d'hommes comme vous ; elle a négligé à tort l'élément spirituel, qui est beaucoup plus important dans l'homme que toutes vos plantes et tous vos minéraux. Il y a une force vitale, monsieur, et c'est dans le contrôle de cette force vitale que travaillera la médecine de l'avenir. Si vous lui fermez votre intelligence, tant pis ! La confiance du public s'adressera aux savants disposés à adopter tous les moyens de guérir, qu'ils aient une approbation officielle ou non.

Jamais, sûrement, le jeune Ross Scotton ne pourrait oublier cette scène ! Le professeur, le maître, le patron, celui à qui il parlait le souffle coupé, était assis la bouche ouverte, les yeux ahuris, le buste incliné en avant, et en face de lui la jeune femme secouait sa masse de cheveux noirs, agitait un doigt grondeur, parlait comme parle un père à un enfant rebelle. Son pouvoir était si intense que Challenger, l'espace d'un moment, fut contraint d'accepter la situation. Il haletait, il grognait, mais il ne répliqua rien. La jeune fille lui tourna le dos et s'assit sur une chaise.

– Il s'en va, annonça Mlle Delicia.

– Pas encore ! fit le Dr Felkin en souriant. Oui, je dois partir, car j'ai beaucoup à faire. Elle n'est pas mon unique médium d'expression, et je dois être à Édimbourg dans quelques minutes. Mais soyez heureux, jeune homme ! Je pourvoirai mon assistance de deux batteries supplémentaires pour accroître votre vitalité, si votre organisme le supporte... Pour vous, monsieur, dit-elle à Challenger, je vous supplie de vous méfier de l'égotisme cérébral et du repliement de l'intelligence sur soi-même. Conservez ce qui est vieux, mais soyez toujours réceptif à ce qui est neuf, et ne jugez pas comme vous souhaiteriez de le faire : jugez comme Dieu le désire.

Elle poussa un profond soupir et retomba sur sa chaise. Il y eut une minute de silence pendant laquelle elle resta la tête reposant sur sa poitrine. Puis, avec un autre soupir et un frisson, elle ouvrit une paire d'yeux bleus très étonnés.

– Eh bien ! est-il venu ? demanda-t-elle d'une voix très féminine.

– Oui, vraiment ! s'écria le malade. Il a été magnifique. Il m'a dit que dans deux mois j'aurais repris ma place dans l'amphithéâtre.

– Merveilleux ! Rien de spécial pour moi ?

– Juste le message spécial comme avant. Mais il va mettre en route deux nouvelles batteries d'énergie si je peux les supporter.

– Ma parole, ce ne sera plus long, maintenant !

Soudain les yeux de la jeune fille se posèrent sur Challenger, et elle s'arrêta, confuse.

– Voici la nurse Ursule, dit Mlle Delicia. Nurse, permettez-moi de vous présenter au célèbre Pr Challenger.

Challenger avait de grandes manières avec les femmes. Surtout s'il se trouvait en présence d'une fille jeune et jolie.

Il s'avança comme Salomon aurait pu s'avancer vers la reine de Saba, prit sa main et caressa sa chevelure avec une assurance patriarcale.

– Ma chère, vous êtes beaucoup trop jeune et charmante pour de telles tromperies. Finissez-en à jamais. Soyez satisfaite d'être une nurse ensorcelante, et ne prétendez plus exercer les fonctions de médecin. Où avez-vous pris, dites-moi, tout ce jargon au sujet des vertèbres cervicales et des passages foraminés ?

La nurse Ursule regarda tout autour d'elle comme si elle se trouvait subitement entre les pattes d'un gorille.

– Elle ne comprend pas un mot de ce que vous lui dites ! s'exclama le malade. Oh ! patron, faites donc un effort pour voir la réalité ! Je sais quels réajustements cela nécessite. À mon humble manière, j'ai dû les entreprendre moi-même. Mais, croyez-moi, vous verrez toutes choses à travers un prisme et non à travers une glace sans tain, tant que vous ne ferez pas intervenir le facteur spirituel !

Mais Challenger continuait ses gentillesses paternelles ; la fille commença à reculer.

– Allons ! lui dit-il. Qui était l'habile médecin avec qui vous jouiez le rôle d'infirmière ? L'homme qui vous a appris tous ces mots savants ? Vous sentez bien que vous ne parviendrez pas à me tromper ! Vous serez tellement plus contente, ma chère enfant, quand vous aurez tout avoué, et quand nous pourrons rire ensemble de la conférence que vous m'avez infligée !

Une interruption imprévue mit en échec l'exploration par Challenger de la conscience de la jeune fille. Le malade s'était assis sur son séant : une vraie tache rouge contre les blancs oreillers ! Il prit la parole avec une énergie qui indiquait nettement qu'il était sur le chemin de la guérison.

– Professeur Challenger, criait-il, vous êtes en train d'insulter ma meilleure amie ! Sous ce toit au moins, elle sera à l'abri des ricanements d'une science imbue de préjugés. Je vous prie de quitter ma chambre si vous ne vous adressez pas à la nurse Ursule d'une manière plus respectueuse !

Challenger sursauta comme si un taon l'avait piqué ; mais la conciliante Delicia se mit à l'ouvrage :

– Vous allez beaucoup trop vite, cher Dr Ross Scotton ! minauda-t-elle. Le Pr Challenger n'a pas eu le temps de tout comprendre. Vous étiez aussi sceptique que lui, au début. Comment pourriez-vous le blâmer ?

– Oui, c'est vrai ! répondit le jeune docteur. Il me semblait que j'ouvrais ma porte à tout le charlatanisme du monde... En tout cas, les faits demeurent !

– Je ne sais qu'une chose : j'étais aveugle, et à présent je vois, dit Mlle Delicia en citant l'Évangile. Ah ! professeur, vous pouvez lever le sourcil et hausser les épaules, mais nous avons semé cet après-midi dans votre grosse tête un germe qui poussera, qui poussera si long que personne n'en pourra voir la fin !...

Elle plongea dans son sac.

– Voici un petit fascicule : Le Cerveau contre l'Âme. J'espère, cher professeur, que vous le lirez et que vous le ferez lire autour de vous !

CHAPITRE V
Où l'on tend des pièges pour un gros gibier

Malone avait donné sa parole d'honneur qu'il ne parlerait plus d'amour à Enid Challenger. Mais les regards pouvant être éloquents, leurs communications intimes ne s'en trouvèrent pas interrompues pour autant. Sur tous les autres plans, il s'en tint au pacte qu'il avait conclu ; la situation était pourtant délicate. D'autant plus délicate qu'il visitait régulièrement le professeur et que, l'irritation provoquée par leur discussion s'étant évanouie, il était toujours bien accueilli. Malone n'avait qu'un seul objectif : obtenir que le grand homme considérât avec sympathie les problèmes psychiques qui l'intéressaient si fort. Il le poursuivait avec assiduité, mais non sans prudence, car il savait que la couche de lave était mince et qu'une éruption était toujours à craindre. Elle se produisit d'ailleurs une ou deux fois, ce qui obligea Malone à laisser tomber le sujet pendant huit ou quinze jours, jusqu'à ce que le terrain se fût solidifié et refroidi.

Dans ses travaux d'approche, Malone déployait une astuce remarquable. Son truc favori consistait à consulter Challenger sur un problème scientifique quelconque : par exemple sur l'importance zoologique des îles Banda, ou sur les insectes de l'archipel malais ; il le laissait parler jusqu'à ce qu'il en arrivât à expliquer que sur ce point toutes nos connaissances étaient dues à Alfred Russel Wallace.

– Tiens, vraiment ! Wallace, le partisan du spiritisme ? disait Malone d'une voix innocente.

Challenger alors lui jetait un regard furieux et changeait de thème. En d'autres occasions, c'était Lodge que Malone utilisait comme piège.

– Je suppose que vous avez une haute opinion de lui ?

– Le premier cerveau d'Europe ! disait Challenger.

– Il est bien l'autorité suprême sur l'éther, n'est-ce pas ?

– Sans aucun doute !

– Naturellement, moi, je ne le connais qu'à travers ses travaux psychiques...

Challenger se refermait comme une huître. Malone attendait quelques jours, puis posait à brûle-pourpoint cette question :

– Avez-vous déjà rencontré Lombroso ?

– Oui, au congrès de Milan.

– Je viens de lire un livre de lui.

– Un traité de criminologie, je présume ?

– Non. Il s'intitule : Après la mort, quoi ?

– Jamais entendu parler de cela.

– Il discute du problème du psychisme.

– Ah ! Un homme comme Lombroso, avec un esprit aussi pénétrant, a dû vite régler leur compte à ces charlatans !

– Non, ce livre les soutient, au contraire !

– Eh bien ! tous les grands esprits ont leurs faiblesses !

C'est ainsi qu'avec une patience et une ruse infinies Malone distillait ses petites gouttes de raison ; il espérait ronger les préjugés ; mais aucun effet n'était encore visible. Il allait être obligé de se rallier à des mesures plus énergiques. Une démonstration directe ? Mais comment ? quand ? et où ? Malone se décida à consulter là-dessus Algernon Mailey. Un après-midi de printemps, il se retrouva donc dans le salon où il avait boulé pour plaquer aux jambes Silas Linden. Il y rencontra le révérend Charles Mason et Smith, le héros du débat du Queen's Hall, en discussion serrée avec Mailey. Le sujet de cet entretien paraîtra probablement beaucoup plus important à nos descendants que d'autres qui occupent une place immense dans les préoccupations actuelles du public : il ne s'agissait de rien moins que de décider si le mouvement psychique en Grande-Bretagne devait être unitaire ou trinitaire. Smith avait toujours été partisan d'un solution unitaire, de même que tous les vieux chefs du mouvement et les temples spirites organisés. En revanche Charles Mason était un fils loyal de l'Église anglicane, et il se faisait le porte-parole de noms réputés tels que Lodge et Barett parmi les laïques, Wilberforce, Haweis et Chambers dans le clergé, lesquels continuaient d'adhérer aux vieux enseignements tout en admettant le fait de la communication spirituelle. Mailey était neutre, et, tel un arbitre zélé qui dans un match de boxe sépare deux adversaires, il risquait constamment de recevoir un coup. Malone était ravi d'écouter : ayant réalisé une fois pour toutes que l'avenir du monde pouvait dépendre de ce mouvement, chaque phase par laquelle il passait l'intéressait prodigieusement. Quand il était entré, Mason dissertait avec autant de sérieux que de bonne humeur.

– Le public n'est par mûr pour un trop grand bouleversement. Il n'est pas nécessaire. Ajoutons seulement notre savoir vivant et la communication directe avec les saints à la liturgie splendide et aux traditions de l'Église : vous aurez alors une force dirigeante qui revitalisera toute la religion. Vous ne pourrez pas faire s'épanouir le spiritisme sur ses seules racines. Les premiers chrétiens eux-mêmes ont constaté qu'il leur fallait concéder beaucoup aux autres religions.

– C'est exactement ce qui leur a fait le plus grand mal, répliqua Smith. Lorsque l'Église a aliéné sa force et sa pureté originelles, ça été sa fin.

– Elle dure encore, pourtant !

– Mais elle n'a plus jamais été la même, depuis que ce bandit de Constantin a mis la main dessus.

– Allons, allons ! protesta Mailey. Vous ne pouvez tout de même pas traiter de bandit le premier empereur chrétien !

Mais Smith était tout d'une pièce ; il n'acceptait aucun compromis, et il fonçait comme un bouledogue.

– Quel autre nom donneriez-vous à un homme qui a assassiné la moitié de sa propre famille ? demanda-t-il.

– Son tempérament personnel n'est pas en question. Nous parlions de l'organisation de l'Église chrétienne.

– Vous pardonnez à ma franchise, monsieur Mason ?

Le clergyman sourit avec bonté :

– Tant que vous ne niez pas l'existence du Nouveau Testament, je vous pardonne. Si vous deviez me prouver que Notre-Seigneur était un mythe, comme certains Allemands ont essayé de le démontrer, je n'en serais pas le moins du monde affecté tant que je pourrais me consoler dans son enseignement sublime. Il est bien venu de quelque part n'est-ce pas ? Je l'ai donc adopté et je dis : « C'est mon credo. »

– Oh ! sur ce point, nous ne différons pas beaucoup ! fit Smith. Je n'ai pas découvert de meilleur enseignement. Il est bien, par conséquent, que nous ne l'abandonnions pas. Mais nous devons en supprimer les détails superflus. D'où sont-ils venus ? Des compromis avec beaucoup de religions, grâce auxquels notre ami Constantin a obtenu l'uniformité religieuse dans son immense empire. Il a soudé ensemble des pièces et des morceaux de toute origine. Il a pris le rite égyptien : les vêtements, la mitre, la crosse, la tonsure, l'anneau nuptial, tout cela est égyptien. Les fêtes de Pâques sont païennes et se rapportent à l'équinoxe du printemps. La confirmation est mithriaque. Le baptême également, avec cette différence que l'eau a remplacé le sang. Quant au repas du sacrifice…

Mason se boucha les oreilles et l'interrompit :

– Vous nous récitez une vieille conférence ! dit-il en riant. Louez une salle, mais ne la prononcez pas dans une demeure privée. Sérieusement, Smith, cela est en dehors de la question. En admettant que vous ayez raison, je n'en modifierais pas ma position : je considère que nous avons un grand corps de doctrine qui fait du bon travail, qui est vénéré par beaucoup de monde, y compris votre humble serviteur, et que ce serait une erreur et une folie de le jeter au rebut. Là-dessus vous êtes certainement d'accord ?

– Non, je ne suis pas d'accord ! répondit Smith en serrant ses mâchoires. Vous pensez beaucoup trop aux sentiments de vos ouailles bénies. Mais vous devriez penser aussi que sur dix êtres humains, neuf ne sont jamais entrés dans une église. Ils ont été rebutés par ce qu'ils considèrent, y compris votre humble serviteur, comme déraisonnable et bizarre. Comment les gagnerez-vous si vous continuez à leur servir les mêmes choses, même en les pimentant des enseignements du spiritisme ? Au contraire, si vous approchez les athées et les agnostiques et si vous leur dites : « Je suis tout à fait d'accord que tout ceci ne tient pas debout et est souillé d'une longue histoire de violence et de réaction. Mais voici que nous avons quelque chose de pur et de neuf. Venez et examinez-le ! » Par ce moyen, je pourrais les ramener à la foi en Dieu et leur donner toutes les bases religieuses sans faire violence à leur raison en les obligeant à accepter votre théologie !

Mailey tirait sur sa barbe rousse tout en écoutant ces avis contradictoires. Il connaissait les deux hommes ; il savait que peu de choses les séparaient au fond, en dehors des querelles de mots : Smith révérait le Christ comme homme semblable à Dieu, et Mason comme Dieu fait homme ; le résultat en était le même. Mais en même temps il n'ignorait pas que leurs fidèles extrémistes s'opposaient violemment : un compromis était par conséquent impossible.

– Ce que je ne peux pas comprendre, dit Malone, c'est pourquoi vous ne posez pas ces questions à vos amis de l'au-delà ; vous vous conformeriez aux décisions des esprits, et...

– Ce n'est pas si simple que vous le pensez ! répondit Mailey. Après la mort, nous emportons tous nos préjugés terrestres, et nous nous trouvons dans une atmosphère qui les représente plus ou moins. Au début, chacun fait écho à ses vieilles opinions. Puis l'esprit s'élargit, élargit ses vues jusqu'à tendre vers un credo universel qui inclut seulement la fraternité des hommes et la paternité de Dieu. Mais cela prend du temps. J'ai entendu des bigots fanatiques nous parler de l'au-delà.

– Moi aussi, dit Malone. Et dans cette même pièce. Mais les matérialistes ? Eux au moins ne peuvent plus rester matérialistes ?

– Je crois que leur esprit influe sur leur état, et qu'ils sont plongés parfois très longtemps dans l'inertie, obsédés qu'ils sont par l'idée que rien ne peut plus arriver. Puis finalement ils s'éveillent, ils réalisent tout le temps qu'ils ont perdu, et il arrive fréquemment qu'ils prennent la tête du cortège, quand ce sont des hommes d'un beau caractère qui ont été animés par des motifs élevés... quelles que soient les erreurs qu'ils aient commises !

– Oui, ils sont souvent le sel de la terre ! dit avec chaleur le révérend Mason.

– Et ils offrent les meilleures recrues pour notre mouvement, ajouta Smith. Quand ils découvrent par le témoignage de leurs propres sens qu'il existe réellement une force intelligente hors de nous, ils réagissent avec un enthousiasme qui les transforme en missionnaires idéaux. Vous qui avez une religion et qui y ajoutez quelque chose, vous ne pouvez pas imaginer ce que cela signifie pour l'homme qui a au-dedans de lui un vide parfait et qui tout à coup trouve quelque chose qui le comble. Quand je rencontre un pauvre type sérieux qui tâtonne dans l'obscurité, je brûle du désir de lui mettre quelque chose dans la main.

Sur ces entrefaites, Mme Mailey et le thé firent leur apparition. Mais la conversation n'en languit pas pour autant. C'est l'un des traits de ceux qui explorent les possibilités psychiques – sujet si divers et d'un intérêt si prenant – que lorsqu'ils se rencontrent ils entament aussitôt le plus passionnant échange de vues et d'expériences. Malone eut du mal à ramener la discussion autour du point qui était l'objet particulier de sa visite. Pour le conseiller, il n'aurait pu trouver des hommes plus capables que ceux qui étaient réunis ; tous trois d'ailleurs montrèrent un grand souci à ce qu'un géant comme Challenger fût servi au mieux.

Mais où ? L'accord fut vite réalisé : la grande salle du Collège psychique était la plus distinguée, la plus confortable, la mieux fréquentée de Londres. Et quand ? Le plus tôt serait le mieux. N'importe quel spirite, n'importe quel médium se dégagerait pour une telle occasion… Mais quel médium ? Ah ! voilà le hic ! Bien entendu, le cercle Bolsover serait l'idéal : il était privé, gratuit ; mais Bolsover avait le tempérament vif, et on pouvait être sûr que Challenger serait offensant, empoisonnant ! La réunion pourrait se terminer en bagarre, avec un fiasco complet. Il ne fallait pas courir un tel risque. Fallait-il l'emmener à Paris ? Mais qui prendrait la responsabilité de lâcher un tel taureau dans le magasin de porcelaines du Dr Maupuis ?

— Tel que nous le connaissons, il empoignerait probablement le pithécanthrope par la gorge, et il mettrait en péril la vie de tous les assistants ! dit Mailey, Non, ça ne marcherait pas !

— Il est incontestable que Banderby est le médium le plus costaud de l'Angleterre, dit Smith. Mais nous savons quel est son tempérament. Nous ne pourrions pas nous fier à lui.

— Pourquoi pas ? interrogea Malone.

Smith posa un doigt sur ses lèvres.

— Il a pris la route que beaucoup de médiums ont empruntée avant lui.

— Voilà assurément, réfléchit Malone, un argument puissant contre notre cause. Comment une chose peut-elle être bonne si elle aboutit à un tel résultat ?

— Estimez-vous que la poésie est une bonne chose ?

— Bien sûr !

— Et pourtant Poe était un ivrogne, Coleridge s'adonnait aux stupéfiants, Byron était un viveur, et Verlaine un dégénéré. Il faut toujours séparer l'homme de son art. Le génie doit payer une rançon parce que le génie réside dans l'instabilité d'un tempérament. Un grand médium est souvent plus sensible qu'un génie. Beaucoup sont magnifiques dans leur façon de vivre. Certains ne le sont pas. Ils ont des excuses. Ils exercent une profession très fatigante, et ils ont besoin de stimulants. Alors ils perdent tout contrôle. Mais leur pouvoir médiumnique persiste.

— Ceci me rappelle une histoire sur Banderby, dit Mailey. Peut-être ne le connaissez-vous pas, Malone ? Sa silhouette est surprenante : imaginez un petit bonhomme tout rond qui depuis des années n'a pas vu ses doigts de pied. Quand il est ivre, il est encore plus drôle. Voici quelques semaines, je reçus un message urgent aux termes duquel il était dans le bar d'un certain hôtel, et qu'il était parti trop loin pour rentrer chez lui tout seul. Je filai avec un ami pour lui porter secours. Nous le ramenâmes après toutes sortes de mésaventures. Bien. Mais que s'était-il mis dans la tête ? Il voulait tenir une séance. Nous essayâmes de le raisonner, mais le porte-voix était sur la table et éteignit l'électricité. Au même instant, les phénomènes commencèrent. Jamais ils ne furent si extraordinaires. Mais ils furent interrompus par Princeps, son contrôle, qui se saisit du porte-voix et qui se mit à le rouer de coups avec l'instrument : « Canaille ! Ivrogne ! Comment oses-tu ?… » Le porte-voix était tout cabossé. Banderby sortit de la pièce en courant, et nous en profitâmes pour partir.

– Eh bien ! cette fois-là au moins, ce n'est pas le médium qui s'est mis en colère ! observa Mason. Mais avec le Pr Challenger… il vaudrait mieux, évidemment, ne pas courir le risque.

– Et Tom Linden ? proposa Mme Mailey.

Mailey secoua la tête.

– Tom n'a plus jamais été le même depuis son passage en prison. Ces imbéciles ne se contentent pas de persécuter nos plus précieux médiums : ils détruisent leur pouvoir.

– Comment ! Il a perdu son pouvoir ?

– Je n'irai pas jusque-là. Simplement, il n'est plus aussi bon qu'il l'était. Sur chaque chaise il voit un policier déguisé et il est distrait.

Tout de même, il est digne de confiance, mais il ne s'aventure pas. Oui, après tout, nous ferions mieux d'avoir Tom.

– Et comme assistance ?

– Je m'attends à ce que le Pr Challenger désire amener un ou deux de ses amis.

– Ce qui formera un horrible bloc de vibrations. Il nous faut donc avoir quelques sympathisants pour compenser, par exemple Delicia Freeman, moi-même. Viendrez-vous, Mason ?

– Bien sûr !

– Et vous, Smith ?

– Non ! J'ai la surveillance de mon journal, trois services, deux enterrements, un mariage, et cinq réunions la semaine prochaine !

– Il nous faut un ou deux partenaires de plus. Le chiffre huit favorise Linden. En attendant, Malone, il vous reste à obtenir le consentement du grand homme et sa date.

– Ainsi que celle de l'esprit, ajouta sérieusement Mason. Nous avons à consulter nos partenaires.

– Mais oui, padre ! C'est indispensable… Eh bien ! Malone, voilà qui est convenu ; nous n'avons plus qu'à attendre l'événement.

Comme par hasard, un événement tout à fait différent attendait Malone ce soir-là, et il tomba dans l'un de ces gouffres qui s'ouvrent toujours de manière imprévue sous les pas de la vie. Quand il arriva, comme d'habitude, à la Gazette, il fut informé par l'huissier que M. Beaumont désirait le voir. Or le supérieur direct de Malone était le vieil Écossais McArdle, le rédacteur en chef, et il était extrêmement rare que le directeur consentît à descendre des cimes d'où il surveillait les royaumes de ce monde pour montrer qu'il connaissait l'un des modestes ouvriers qui travaillaient sous lui. Ce grand homme, riche, capable, siégeait dans un sanctuaire orné de vieux meubles en chêne et de cuir rouge. Il continua la lettre qu'il avait commencée quand Malone pénétra dans son bureau, et ce n'est qu'au bout de quelques minutes qu'il leva les sourcils et montra des yeux gris, mais perspicaces.

– Ah ! monsieur Malone, bonsoir ! Il y a déjà quelque temps que je désirais vous voir. Voudriez-vous vous asseoir ? C'est au sujet de ces articles sur les affaires psychiques… Vous aviez débuté sur un ton de scepticisme sain, d'humour agréable qui étaient tout à fait acceptables à la fois pour moi et pour les lecteurs. Je regrette cependant d'avoir à remarquer que votre opinion s'est modifiée au fur et à mesure que vous poursuiviez votre enquête ; votre position donne à présent l'impression que vous semblez excuser quelques-unes de ces pratiques. Elle ne correspond pas, ai-je besoin de vous le dire, à la politique de la Gazette, et nous aurions interrompu votre série si nous ne l'avions pas annoncée comme devant être signée d'un enquêteur impartial. Il faut donc que cette série continue, mais le ton doit changer.

– Que souhaiteriez-vous que je fisse, monsieur ?

– Il faut que vous reveniez au côté amusant. C'est cela qu'aime notre public. Distillez de l'humour sur tout. Faites apparaître la vieille tante non mariée, et traduisez de façon amusante ce qu'elle dira. Vous comprenez ce que je veux dire ?

– J'ai peur, monsieur, qu'à mes yeux le spiritisme ne soit plus une plaisanterie. Au contraire, je le prends de plus en plus sérieusement.

Beaumont hocha solennellement la tête.

– Nos abonnés aussi, malheureusement…

Il avait sur son bureau une pile de lettres ; il en prit une.

– Lisez :

J'ai toujours considéré votre journal comme une publication rédigée dans la crainte de Dieu. Je vous rappelle que les pratiques que votre correspondant paraît excuser sont expressément interdites à la fois dans le Lévitique et dans le Deutéronome. Je partagerais votre péché si je continuais à être votre abonné.

– Tartuffe ! murmura Malone.

– Peut-être, mais l'argent d'un tartuffe est aussi bon à prendre que n'importe quel argent. Voici une autre lettre :

Sûrement, à cette époque de la libre pensée et de l'illumination, vous n'allez pas aider un mouvement qui tente de nous ramener à l'idée discréditée d'une intelligence angélique ou diabolique hors de nous-mêmes ? Si vous récidivez, je vous prierai de cesser mon abonnement.

– Il serait amusant, monsieur, d'enfermer ces divers objecteurs dans une pièce, et de les laisser régler cette affaire entre eux !

– Peut-être, monsieur Malone, mais ce que je dois prendre d'abord en considération, c'est le tirage de la Gazette.

– Ne croyez-vous pas, monsieur, que vous sous-estimez l'intelligence de vos lecteurs ? Derrière ces extrémistes, il existe une grande quantité de gens qui ont été impressionnés par les témoignages de personnes hautement honorables. N'est-ce pas notre devoir de nous tenir à la hauteur des faits de vérité sans les tourner en ridicule ?

M. Beaumont haussa les épaules.

– Que les partisans du spiritisme livrent leur propre bataille ! Notre journal n'est pas une feuille de propagande, et nous ne prétendons pas nous faire les directeurs de conscience des lecteurs.

– Je parlais uniquement des faits vérifiables. Regardez comme ils sont tenus systématiquement sous le boisseau ! Quand avez-vous lu, par exemple, un article intelligent sur l'ectoplasme ? Qui pourrait imaginer que cette substance essentielle a été examinée, décrite, et certifiée exacte par des savants, avec d'innombrables photos à l'appui pour étayer leurs dires ?

– Bon, bon ! coupa Beaumont avec un geste d'impatience. J'ai peur d'avoir trop à faire pour discuter de la question. Ce que j'avais à vous dire, c'est que j'ai reçu une lettre de M. Cornélius, lettre me disant que nous devions changer immédiatement notre ligne.

M. Cornélius était le propriétaire de la Gazette ; il l'était devenu, non par mérite personnel, mais parce que son père lui ayant laissé plusieurs millions, il en avait consacré quelques-uns à acheter ce journal. On le voyait rarement dans les bureaux, mais de temps à autre un filet dans le journal informait « ses » lecteurs que son yacht avait fait escale à Menton, qu'il avait été vu aux tables de jeu de Monte-Carlo, ou qu'il était attendu pour la saison dans le Leicestershire. C'était un homme qui n'avait pas plus de cerveau que de caractère, et pas plus de caractère que de cerveau. Cependant il se mêlait occasionnellement aux affaires publiques par quelque manifeste qui était imprimé en première page sous de gros titres et en gras. Il n'était pas dissolu, mais c'était un bon vivant ; sa luxure coutumière le plaçait toujours au bord du scandale et l'y faisait basculer quelquefois. Malone eut le sang qui lui monta à la tête quand il pensa à ce frivole, à cet insecte qui s'interposait entre l'humanité et un message de culture et de consolation qui descendait d'en haut. Seulement voilà ; ces petits doigts d'enfant gâté pouvaient couper la manne divine !

– Telle est ma conclusion, monsieur Malone ! dit Beaumont.

– Elle conclut tout ! dit Malone. Si totalement qu'elle met un terme à ma collaboration avec votre journal. J'ai un contrat avec préavis de six mois. Quand ce délai sera terminé, je partirai.

– Comme vous voudrez ! fit M. Beaumont en reprenant sa lettre.

Malone, toujours prêt à se battre, se rendit dans le bureau de McArdle et lui raconta ce qui venait de se passer. Le vieil Écossais en fut tout troublé.

– Hé ! mon cher, c'est votre sacré sang irlandais ! Un peu de scotch n'est pas mauvais, soit dans le sang, soit au fond d'un verre. Retournez le voir et dites-lui que vous avez réfléchi.

– Ah ! non ! L'idée de ce Cornélius, avec son visage sanguin et son ventre en forme de pot, et... Enfin, vous connaissez bien sa vie privée !... L'idée d'un tel homme dictant aux populations ce qu'elles doivent croire et me demandant de ridiculiser ce qu'il y a de plus sacré sur la terre !

– Mon cher, vous êtes foutu !

– Je veux bien être foutu pour ça. Mais je trouverai un autre emploi !

– Pas si Cornélius s'en mêle. S'il vous fait la réputation d'un chien enragé, il n'y aura pas d'emploi pour vous dans Fleet Street !

– C'est une honte ! s'écria Malone. La façon dont cette affaire a été traitée est la condamnation du journalisme. Et pas seulement en Grande-Bretagne. L'Amérique est pire ! On dirait que dans la presse il n'y a que les âmes les plus basses, les plus matérialistes ! Oh ! il y a aussi de braves types, mais... Mais qui dirige le peuple ? C'est affreux !

McArdle posa une main paternelle sur l'épaule de son rédacteur.

– Allons, allons, mon garçon ! Il nous faut prendre le monde comme nous l'avons trouvé. Nous ne l'avons pas fabriqué, et nous ne sommes pas responsables. Prenez votre temps ! Nous ne sommes pas si pressés ! Calmez-vous, réfléchissez, songez à votre carrière, pensez à cette jeune demoiselle qui est votre fiancée, et puis revenez et prenez part à ce vieux brouet qu'il nous faut tous manger si nous voulons conserver nos places en ce monde !

CHAPITRE XVI
Challenger fait l'expérience de sa vie

Les filets étaient tendus, la fosse creusée, les chasseurs à l'affût. Toute la question était de savoir si le gros gibier consentirait à se laisser mener dans la bonne direction. Pour peu que Challenger apprît que la séance avait pour but de lui administrer les preuves convaincantes de l'existence des esprits, voire de le convertir, il se livrerait à tous les excès de la fureur et de la raillerie. Mais l'adroit Malone, secondé par sa complice Enid, mit en avant l'idée que sa présence constituerait une protection contre la fraude et qu'il serait capable de leur montrer comment et pourquoi ils avaient été abusés. Une fois que cette idée eut fait son chemin dans sa tête, Challenger donna son accord avec une condescendance hautaine : il honorerait de sa présence une séance qui, à l'entendre, conviendrait beaucoup mieux à un sauvage de l'âge néolithique qu'à un représentant de la culture et de la sagesse du monde civilisé.

Enid accompagna son père, qui amena également avec lui un compagnon curieux que personne ne connaissait, un jeune Écossais grand et costaud, avec des taches de son sur la figure, et taciturne au-delà de toute espérance. Il fut impossible de définir l'intérêt qu'il portait aux recherches psychiques ; tout ce qu'on obtint de lui fut qu'il s'appelait Nicholl. Malone et Mailey s'étaient dirigés ensemble vers le lieu du rendez-vous. Ils retrouvèrent, à Holland Parc, Delicia Freeman, le révérend Charles Mason, M. et Mme Ogilvy, M. Bolsover, plus lord Roxton, qui poursuivait avec assiduité le cours de ses études psychiques et qui progressait rapidement. Ils étaient neuf en tout pour constituer une assemblée disparate, aussi peu harmonieuse que possible. Quand ils entrèrent dans la pièce où devait se tenir la séance, Linden était assis sur un fauteuil, sa femme à côté de lui ; il fut présenté à la compagnie collectivement, la majorité était composée par ses amis personnels. Challenger prit l'affaire en main tout de suite, avec l'air de quelqu'un qui ne tolèrera aucune absurdité.

– Est-ce le médium ? demanda-t-il en regardant Linden plutôt défavorablement.

– Oui.

– A-t-il été fouillé ?

– Pas encore.

– Qui le fouillera ?

– Deux hommes de la société ont été choisis.

Challenger renifla.

— Quels hommes ? demanda-t-il, très soupçonneux.

— Voici notre suggestion : vous-même et votre ami M. Nicholl vous le fouillerez. Il y a une chambre à côté.

Le pauvre Linden s'en alla, encadré par ses deux surveillants ; cette escorte et cette fouille lui rappelaient fâcheusement la prison. Auparavant, déjà, il s'était montré nerveux ; de tels procédés et la présence formidable de Challenger portèrent sa nervosité à son comble. Quand il reparut, il hocha la tête tristement à l'intention de Mailey.

— Je serais bien surpris si nous attrapions quelque chose avec cette ambiance. Peut-être serait-il plus sage de reporter la séance à un autre jour.

Mailey alla vers lui et lui tapota l'épaule, tandis que Mme Linden lui prenait la main.

— Tout va bien, Tom ! dit Mailey. Rappelez-vous que vous avez une garde d'honneur composée d'amis qui veilleront à ce qu'il ne vous arrive rien…

Puis Mailey s'adressa à Challenger avec plus de fermeté qu'il n'aurait voulu en mettre dans sa voix :

— Je vous prie de vous souvenir, monsieur, qu'un médium est un instrument aussi délicat que tous ceux dont vous vous servez dans vos laboratoires. Ne le maltraitez pas. Je suppose que vous n'avez rien trouvé sur lui de compromettant ?

— Non, monsieur, je n'ai rien trouvé. Et le résultat en est qu'il nous assure que nous n'aurons rien aujourd'hui.

— Il dit cela parce que vos manières l'ont troublé. Vous devez le traiter avec plus de gentillesse.

L'expression de Challenger ne promettait nul amendement. Ses yeux se posèrent sur Mme Linden.

— Si j'ai bien compris, cette personne est la femme du médium. Elle aussi devrait être fouillée.

— C'est l'évidence même, dit l'Écossais Ogilvy. Ma femme et votre fille vont le faire à côté. Mais je vous prie, professeur, de vous mettre autant que possible en harmonie avec nous, et de vous rappeler que nous sommes aussi intéressés que vous aux résultats possibles, si vous troubliez les conditions, ce serait toute la société qui en pâtirait.

M. Bolsover, l'épicier, se leva avec autant de dignité que s'il présidait aux cérémonies de son temple familial.

— Je propose, dit-il, que le Pr Challenger soit fouillé.

La barbe de Challenger s'agita furieusement.

— Me fouiller ! Qu'entendez-vous par là, monsieur ? Bolsover n'était pas un homme à se laisser intimider.

— Vous êtes ici non comme notre ami, mais comme notre ennemi. Si vous pouviez prouver une fraude, ce serait un triomphe personnel pour vous, n'est-ce pas ? C'est pourquoi moi, du moins, je dis que vous devriez être fouillé.

— Insinuez-vous, monsieur, trompeta Challenger, que je suis capable de tricher ?

— Ma foi, professeur, chacun son tour ! fit Mailey en souriant. Au début, nous nous sommes indignés, tout comme vous. À la longue on s'habitue… J'ai été traité de menteur, de fou, de Dieu sait quoi. Qu'est-ce que ça peut faire ?

— C'est une proposition monstrueuse ! dit Challenger, en dévisageant tous les assistants.

— Eh bien ! monsieur, intervint Ogilvy, qui était un Écossais particulièrement entêté, vous êtes tout à fait libre de vous lever et de nous quitter. Mais si vous restez, monsieur, vous devez vous plier à ce que nous appelons des conditions scientifiques.

Il n'est pas scientifique qu'un homme connu pour sa grande hostilité à notre mouvement s'assoie dans le noir avec nous sans qu'ait été vérifié le contenu de ses poches.

— Allons, allons ! s'écria Malone. Il va sans dire que nous pouvons nous fier à l'honneur du professeur Challenger !

— Très bien ! fit Bolsover. Mais je n'ai pas remarqué que le professeur Challenger se fût fié à l'honneur de M. et Mme Linden.

— Nous avons des motifs sérieux pour être vigilants, dit Ogilvy. Je puis vous assurer qu'il y a des fraudes pratiquées sur des médiums comme il y a des fraudes pratiquées par des médiums. Je pourrais vous citer de nombreux exemples. Non, monsieur, il faut que vous soyez fouillé !

— Ce sera fait en moins d'une minute, dit lord Roxton. Par exemple, ce sera le jeune Malone et moi qui vérifierons.

— D'accord ! Allons-y ! commanda Malone.

C'est ainsi que Challenger, tel un taureau aux yeux rouges et aux naseaux dilatés, fut conduit hors de la pièce. Quelques instants plus tard, tous les préliminaires étant achevés, ils firent le cercle et la séance commença.

Mais déjà les conditions avaient été détruites. Ces enquêteurs méticuleux qui insistent pour que le médium soit attaché et ficelé comme une volaille qu'on va mettre à la broche, ou qui proclament leurs soupçons avant que les lumières ne soient éteintes, ne comprennent pas qu'ils ressemblent à des gens qui mouillent de la poudre et qui attendent quand même qu'elle explose. Ils empêchent tout résultat ; et, quand les résultats sont nuls, ils s'imaginent que c'est leur propre astuce, et non leur manque de compréhension, qui en a été la cause.

D'où il ressort qu'à ces humbles réunions qui se tiennent dans tout le pays dans une ambiance de sympathie et de respect, il se produit des phénomènes qu'un homme de « science » n'a jamais le privilège de voir.

Tous les assistants étaient certes énervés par l'altercation du début, mais que dire de leur centre sensible ! Linden sentait la pièce remplie de remous et d'élans de forces psychiques contradictoires, qui tourbillonnaient dans tous les sens ; il était aussi difficile pour lui de naviguer au milieu d'eux que pour un pilote de naviguer dans les rapides qui précèdent le Niagara.

Il gémit de désespoir. Tout était mêlé, confus. Il commença comme d'habitude par de la clairvoyance, mais les noms bourdonnaient dans ses oreilles sans suite ni ordre. Le nom de John semblait prédominer. Est-ce que John signifiait quelque chose pour quelqu'un ? Un rire caverneux de Challenger fut la seule réponse qu'il obtint. Puis il eut le nom de Chapman. Oui, Mailey avait perdu un ami du nom de Chapman. Mais il y avait longtemps qu'il était mort, et sa présence ici était bien improbable. Il ne put fournir le prénom. Alors Budworth ? Non, personne n'avait d'ami nommé Budworth. Des messages précis survenaient, mais ils ne se rapportaient pas aux assistants. Tout allait de mal en pis, et les espoirs de Malone tombèrent à zéro. Challenger reniflait si bruyamment qu'Ogilvy lui adressa une remontrance.

– Vous aggravez la situation, monsieur, en exhibant vos sentiments ! dit-il. Je vous certifie que, en dix années d'une expérience constante, je n'ai jamais vu un médium aussi égaré, et j'attribue ce résultat uniquement à votre comportement.

– D'accord ! glapit Challenger avec satisfaction.

– J'ai peur que ce ne soit inutile, Tom ! fit Mme Linden. Comment te sens-tu maintenant, mon chéri ? Veux-tu t'arrêter ?

– Non. Je crois que c'est la partie mentale qui ne va pas. Si j'entre en transe, j'irai au-delà. Les phénomènes physiques seront peut-être meilleurs. De toute manière je vais essayer.

Les lumières furent baissées ; il n'y eut plus qu'une faible lueur rouge. Le rideau du cabinet noir fut tiré. À côté, se profilant confusément pour l'assistance, Tom Linden, qui respirait dans sa transe par ronflements successifs, était retombé dans son fauteuil en bois. Sa femme, de l'autre côté du cabinet noir, veillait attentivement.

Mais rien ne se produisit.

Un quart d'heure passa. Puis un autre quart d'heure. La société était patiente, mais Challenger commençait à frétiller sur sa chaise. Tout semblait être devenu froid et mort. Non seulement rien ne se produisait, mais on ne s'attendait plus à ce que quelque chose se produisit.

– Inutile ! cria enfin Mailey.

– Je le crains, approuva Malone.

Le médium s'agita et gémit ; il se réveillait. Challenger bâilla avec ostentation.

– N'est-ce pas du temps perdu ? demanda-t-il.

Mme Linden passait sa main sur le front et sur la tête du médium, qui avait ouvert les yeux.

– Pas de résultats ? interrogea-t-il.

– Inutile, Tom. Il nous faut reporter la séance à un autre jour.

– C'est aussi mon avis, dit Mailey.

– Il a subi une tension terrible, étant donné les conditions contraires, observa Ogilvy en regardant Challenger avec colère.

– Je m'en doute ! fit le professeur avec un sourire de complaisance.

Mais Linden refusa de s'avouer vaincu.

– Les conditions ne sont pas bonnes, dit-il. Les vibrations ne s'accordent pas. Mais je vais essayer à l'intérieur du cabinet noir : l'énergie s'y sera mieux concentrée.

– Bon. C'est la dernière chance, décida Mailey. Aussi bien, pourquoi ne pas la tenter ?

Le fauteuil fut tiré sous la tente, et le médium referma le rideau derrière lui. Ogilvy expliqua que cette méthode permettait de condenser les émanations ectoplasmiques.

– Sans aucun doute, répondit Challenger. Mais par ailleurs, dans l'intérêt de la vérité, je dois signaler que la disparition du médium est infiniment regrettable.

– Pour l'amour de Dieu, ne recommençons pas à nous disputer ! fit Mailey, qui avait perdu un peu de son calme. Obtenons d'abord des résultats, nous les discuterons ensuite.

De nouveau ce fut une attente lourde. Puis de l'intérieur du cabinet s'élevèrent quelques légers gémissements. Les adeptes du spiritisme se dressèrent sur leurs chaises.

– Voilà l'ectoplasme, dit Ogilvy. Son émission est toujours douloureuse.

Il avait à peine fini de parler que les rideaux s'écartèrent violemment, tous les anneaux cliquetèrent. Dans la sombre ouverture se dessinait une vague silhouette blanche. Elle avança lentement, en hésitant, vers le centre de la pièce. Sous la lumière rougeâtre, il était impossible de préciser son contour, c'était une tache blanche qui se déplaçait dans l'obscurité. Avec une réserve qui trahissait de la crainte, elle approcha, pas à pas, jusqu'à venir se placer en face du professeur.

– Allez ! hurla celui-ci d'une voix de stentor.

Il y eut un cri, un hurlement et le fracas d'une chute.

– Je l'ai ! rugit une voix.

– Allumez ! cria quelqu'un.

– Attention ! vous pouvez tuer le médium ! hurla un troisième.

Le cercle était rompu. Challenger se rua vers le commutateur et la lumière jaillit ; elle jaillit avec un tel éclat qu'il fallut quelques secondes aux spectateurs ahuris et éblouis pour voir la scène.

Elle parut déplorable à la majorité de la société. Tom Linden, tout pâle, hébété, fort mal en point, était assis par terre. À cheval sur lui se tenait le jeune Écossais qui l'avait projeté sur le plancher. Mme Linden, agenouillée près de son mari, fusillait du regard son assaillant. Il y eut un moment de silence, qu'interrompit la voix du Pr Challenger.

– Eh bien ! messieurs, je crois qu'il n'y a plus grand-chose à dire, n'est-ce pas ? Voilà votre médium exposé comme il méritait de l'être. Vous pouvez voir maintenant la nature de vos fantômes. Je remercie M. Nicholl qui, je le précise, est le célèbre joueur de football de ce nom, pour la promptitude avec laquelle il a exécuté mes instructions.

— Je l'ai ceinturé, dit le grand jeune homme. Il s'est laissé faire.

— Vous l'avez ceinturé avec beaucoup d'efficacité. Vous avez rendu un véritable service public en m'aidant à démasquer un tricheur effronté. Je n'ai pas besoin de vous dire que des poursuites seront engagées.

Mais Mailey intervint, et avec une telle autorité que Challenger fut obligé de l'écouter.

— Votre erreur est assez naturelle, monsieur. Mais la méthode que vous avez adoptée dans votre ignorance est de celles qui auraient pu être fatales au médium.

— Mon ignorance, vraiment ! Si vous me parlez sur ce ton, je vous avertis que je ne vous considérerai pas comme des dupes, mais comme des complices !

— Un instant, professeur Challenger ! Je voudrais vous poser une question directe, qui exige une réponse directe. Est-ce que la silhouette que nous avons tous vue avant cet épisode était une silhouette blanche ?

— Oui.

— Vous voyez bien que le médium est entièrement habillé de noir. Où est le vêtement blanc ?

— Peu m'importe où il est ! Je me sers uniquement de mon bon sens. Cet homme est démasqué : il jouait les esprits. Dans quel coin ou dans quel trou il a jeté son déguisement, voilà qui n'a aucune importance.

— Au contraire ! C'est une question essentielle. Ce que vous avez vu n'était pas une imposture, mais un phénomène tout à fait réel.

Challenger éclata de rire.

« Oui, monsieur ! reprit Mailey, tout à fait réel ! Vous avez vu une transfiguration, à mi-chemin de la matérialisation. Vous voudrez bien admettre que les guides qui conduisent de telles affaires n'ont rien à craindre de vos doutes ou de vos soupçons. Ils s'accordent pour obtenir certains résultats, et s'ils sont empêchés par les infirmités du cercle de les obtenir d'une façon, ils les obtiennent d'une autre, sans consulter vos préventions ou vos convenances. Ce soir, incapables de composer une forme ectoplasmique étant donné les mauvaises conditions que vous avez créées vous-même, ils ont enveloppé le médium inconscient d'une sorte de couverture ectoplasmique et ils l'ont fait sortir du cabinet noir. Il est aussi peu coupable que vous d'une imposture.

— Devant Dieu je jure, dit Linden, que depuis le moment où je suis entré dans le cabinet jusqu'au moment où je me suis trouvé par terre, je n'ai rien su !

Il s'était remis debout, et il était tellement secoué par une agitation nerveuse qu'il ne pouvait pas garder dans ses mains le verre d'eau que sa femme lui avait apporté.

Challenger haussa les épaules.

– Vos mauvaises raisons, dit-il, approfondissent encore les abîmes de la crédulité humaine. Mon propre devoir est évident, et je l'accomplirai jusqu'au bout. Tout ce que vous pourrez dire sera accueilli, j'en suis sûr, par le tribunal avec la considération qui vous est due.

Le Pr Challenger se retourna, et il se prépara ostensiblement à partir avec la satisfaction de quelqu'un qui aurait mené à bien la tâche pour laquelle il était venu.

– Viens, Enid ! ordonna-t-il.

C'est alors que se produisit un incident si soudain, si imprévu, si dramatique, qu'aucun des assistants ne pourra jamais l'oublier.

À l'interpellation de Challenger, Enid ne répondit pas.

Tout le monde s'était mis debout. Enid seule était restée sur sa chaise. Elle était assise et sa tête reposait sur son épaule. Ses yeux étaient fermés. Ses cheveux s'étaient partiellement dénoués. Quel merveilleux modèle pour un sculpteur !

– Elle s'est endormie, dit Challenger. Réveille-toi Enid ! Je pars.

La jeune fille ne répondit pas. Mailey se pencha vers elle.

– Chut ! Ne la dérangez pas ! Elle est en transe !

Challenger se précipita :

– Qu'est-ce que vous avez fait ? Votre supercherie l'a épouvantée. Elle s'est évanouie !

Mailey lui avait soulevé la paupière.

– Non, ses yeux sont révulsés. Elle est en transe. Votre fille, monsieur, est un médium extraordinaire !

– Un médium ! Vous divaguez ! Réveille-toi, ma fille !

– Au nom du ciel, laissez-la ! Si vous la touchez, vous pourriez le regretter toute votre vie ! Il ne faut jamais interrompre brutalement la transe d'un médium !

Challenger resta immobile, complètement désemparé. Pour une fois il ne savait plus quoi dire. Était-il possible que sa fille fût au bord du précipice mystérieux, et qu'il pût l'y faire sombrer ?

– Qu'est-ce que je dois faire ? demanda-t-il.

– Ne craignez rien, tout ira bien. Asseyez-vous ! Asseyez-vous tous !... Ah ! elle va parler !

La jeune fille avait remué. Elle s'assit toute droite sur sa chaise. Ses lèvres tremblaient. Elle allongea un bras.

– Pour lui ! s'écria-t-elle en désignant Challenger. Il ne faut pas qu'il fasse du mal à mon médium ! C'est un message pour lui !

Chacun retenait sa respiration.

– Qui parle ? demanda Mailey.

– Victor, Victor ! Il ne fera pas de mal à mon médium. J'ai un message pour lui.

– Oui, bien ! Quel message ?

– Sa femme est ici.

– Oui.

– Elle dit qu'elle est venue déjà une fois. Qu'elle est venue par cette jeune fille. C'était après son incinération. Elle a frappé, il l'a entendue frapper, mais il n'a pas compris.

– Est-ce que cela signifie quelque chose pour vous, professeur Challenger ?

Ses grands sourcils étaient serrés au-dessus de ses yeux soupçonneux, interrogateurs ; il regardait comme une bête aux abois tous les visages qui l'entouraient. C'était un truc… un artifice ignoble ! Ils avaient corrompu sa propre fille. Ils étaient passibles de condamnation. Il les poursuivrait, tous ! Non, non, il n'avait pas de question à poser… Il voyait clair dans ce jeu-là. Elle avait été conquise. Il n'aurait jamais cru cela d'elle, mais le fait était là. Elle agissait aussi pour l'amour de Malone. Une femme ferait n'importe quoi pour l'homme qu'elle aimait. Oui, une bonne condamnation ! Loin d'être adouci, il devenait de plus en plus vindicatif. Son visage rouge de fureur n'affichait plus que de la haine.

Une fois encore, le bras de la jeune fille se tendit devant elle.

– Un autre message !

– Pour qui ?

– Pour lui. L'homme qui voulait faire du mal à mon médium. Il ne faut pas qu'il fasse du mal à mon médium. Un homme ici… Deux hommes… Qui veulent lui transmettre un message.

– Bien, Victor. Communiquez-le.

– Le nom du premier homme est…

La tête de la jeune fille se pencha, et son oreille se dressa, comme si elle écoutait.

– Oui, je l'ai, je l'ai ! C'est Al… Al… Aldridge.

– Est-ce que cela signifie quelque chose pour vous ?

Challenger chancela. Une expression de surprise totale passa sur son visage.

– Qui est le deuxième homme ? demanda-t-il.

– Ware. Oui, c'est cela. Ware.

Challenger s'affaissa sur sa chaise. Il promena sa main sur sa figure. Il était pâle. Mortellement pâle. La sueur coulait de son front.

– Les connaissez-vous ?

– J'ai connu deux hommes qui s'appelaient ainsi.

– Ils ont un message pour vous, dit la jeune fille.

Challenger parut se ramasser comme pour encaisser un coup.

– Bien. Quel message ?

– Trop personnel. Parlerai pas. Trop de monde ici.

– Nous attendrons dehors, dit Mailey. Venez, mes amis. Laissons le professeur recevoir son message.

Ils se dirigèrent tous vers la porte. Une nervosité incontrôlable avait l'air de s'être emparée tout à coup de Challenger.

– Malone, restez avec moi ! ordonna-t-il.

La porte se referma, et tous trois restèrent seuls.

– Quel est ce message ?

– C'est à propos d'une poudre.

– Oui, oui.

– Une poudre grise ?

– Oui.

– Voici le message que ces hommes me demandent de transmettre : « Vous ne nous avez pas tués. »

– Demandez-leur... demandez-leur alors... Comment sont-ils morts ?

Sa voix se cassa. Une émotion terrible secouait sa forte charpente.

– Ils sont morts de maladie.

– Quelle maladie ?

– Nie... Nie... Qu'est-ce que c'est ?... Pneumonie.

Challenger se rejeta en arrière en poussant un immense soupir de soulagement.

– Mon Dieu ! s'écria-t-il en s'épongeant le front. Malone, faites rentrer les autres !

Ils avaient attendu sur le palier ; ils accoururent : Challenger s'était levé pour aller à leur rencontre. Ses premiers mots furent pour Tom Linden. Il parla comme un homme dont tout l'orgueil venait d'être réduit en miettes.

– Pour vous, monsieur, je ne m'aventure plus à vous juger. Il vient de se produire une chose tellement étrange, et aussi tellement réelle puisque mes sens entraînés peuvent l'attester, que je vois mal comment je pourrais écarter l'explication qui m'a été donnée quant à votre comportement de tout à l'heure. Je retire toutes les paroles offensantes que j'ai pu prononcer.

Linden avait un caractère foncièrement chrétien. Son pardon fut immédiat et sincère.

– Je ne puis pas douter à présent que ma fille possède un pouvoir étrange qui confirme ce que vous m'aviez dit, monsieur Mailey. Mon scepticisme scientifique était justifié, mais vous m'avez offert aujourd'hui une preuve irréfutable.

– Nous sommes tous passés par là, professeur. Nous doutons et puis, à notre tour, nous subissons le doute des autres.

– Je conçois mal comment ma parole pourrait être mise en doute ! répondit Challenger avec dignité. Je veux seulement dire que j'ai reçu ce soir une information qu'aucune personne en vie sur cette terre n'aurait pu me donner. Ceci est hors de question.

– La jeune demoiselle se remet, interrompit Mme Linden.

Enid s'était redressée ; elle regarda tout autour d'elle avec des yeux étonnés.

– Qu'est-ce qui est arrivé, papa ? Je crois que je me suis endormie.

– Tout va bien, ma chérie. Nous en parlerons plus tard. Rentre avec moi, maintenant. J'ai à réfléchir beaucoup. Peut-être voudrez-vous nous accompagner, Malone, il me semble que je vous dois une explication.

Quand le Pr Challenger eut regagné son appartement, il avertit Austin qu'il ne voulait être dérangé sous aucun prétexte ; il se dirigea vers sa bibliothèque, et il s'assit dans un grand fauteuil ; Malone était à sa gauche, sa fille à sa droite. Il étendit sa grosse patte et la referma sur la petite main d'Enid.

– Ma chérie, commença-t-il après un long silence, je ne peux pas nier le fait que tu possèdes un pouvoir étrange ; cela m'a été démontré ce soir avec une plénitude et une clarté définitives. Puisque tu le possèdes, je ne saurais nier davantage que d'autres le possèdent sans doute, si bien que l'idée générale du pouvoir médiumnique fait maintenant partie de mes conceptions du possible. Je ne débattrai pas cette question, car mes pensées sont encore troublées, et j'aurai besoin de la creuser avec vous, jeune Malone, et avec vos amis, avant de me la préciser davantage. Je me bornerai à dire que mon esprit a reçu un choc et qu'une nouvelle œuvre du savoir semble s'être ouverte devant moi.

– Nous serons vraiment très fiers, dit Malone, si nous pouvons vous aider.

Challenger grimaça un sourire.

– Oui, je suis certain qu'une manchette dans votre journal : « Conversion du Pr Challenger », serait un triomphe ! Je vous avertis que je n'en suis pas encore là.

– Nous ne nous livrerons sûrement pas à une manifestation prématurée, et votre opinion peut demeurer strictement privée.

– Le courage moral ne m'a jamais manqué pour proclamer mes opinions quand je les avais formées ! Mais pour celle-ci il n'est pas temps encore. Ce soir toutefois, j'ai reçu deux messages, et je ne puis leur assigner une origine extracorporelle. Je tiens pour vrai, Enid, que tu étais réellement inconsciente ?

– Je vous affirme, papa, que je n'ai rien su de ce qui est arrivé.

– Parfait. Tu as toujours étais incapable de me mentir. Le premier message est venu de ta mère. Elle m'a assuré que c'était elle qui avait frappé comme je l'avais entendu et comme je vous l'avais dit. Il est évident à présent que tu étais le médium et que tu ne dormais pas, mais que tu étais en transe. C'est incroyable, inconcevable, grotesquement merveilleux... Mais cela me paraît vrai.

– Crookes a employé presque les mêmes mots, dit Malone. Il a écrit que c'était « parfaitement impossible et absolument vrai ».

– Je lui dois des excuses. Mais peut-être dois-je des excuses à beaucoup de monde ?

– Personne n'en exigera, répondit Malone. Les spirites ne se chauffent pas de ce bois-là.

– C'est le deuxième message que je voudrais expliquer... fit le professeur en se tortillant sur son siège. C'est une histoire tout à fait privée... Je n'y ai jamais fait allusion. Personne n'aurait pu la connaître. Puisque vous en avez entendu une partie, autant que vous sachiez le tout.

« J'étais un jeune physicien... Et cette aventure a assombri toute ma vie ; avant ce soir, le nuage ne s'était jamais levé. Que d'autres essaient d'expliquer l'événement par la télépathie, par une action du subconscient, par ce qu'ils voudront ! Mais je ne saurais douter... Il m'est impossible de douter qu'un message me soit venu du monde des morts.

« Il y avait à l'époque une nouvelle drogue dont on discutait ferme. Inutile d'entrer dans des détails que vous seriez incapables d'apprécier à leur juste valeur. Qu'il me suffise de vous dire que cette plante appartenait à une famille qui fournit des poisons mortels comme des médicaments puissants. J'en avais reçu un spécimen, l'un des premiers en Angleterre. Et je souhaitais que mon nom fût associé à l'exploration de ses propriétés. J'en ai donné à deux hommes, Ware et Aldridge. Je leur en ai donné ce que je croyais être une dose sans danger. C'étaient deux malades, comprenez-vous ? Deux malades dans ma salle de garde à l'hôpital. Au matin, tous deux étaient morts.

« Je les avais servis secrètement. Personne ne le savait. Il ne pouvait pas y avoir de scandale, car tous deux étaient de grands malades, et leur décès parut naturel. Mais au fond de mon cœur, j'ai eu peur. Je croyais que je les avais tués. Et cela a toujours été, dans toute ma vie, un arrière-plan très sombre. Ce soir, vous avez entendu qu'ils sont morts de maladie et non pas de la drogue !

– Pauvre papa ! chuchota Enid, en caressant la grosse main aux poils rebelles. Comme vous avez dû souffrir !

Challenger était trop fier pour supporter la pitié, même une pitié venant de sa propre fille. Il retira sa main.

– Je travaillais pour la science ! dit-il. La science doit prendre des risques. Je ne sais pas si je suis blâmable. Et pourtant, pourtant, je me sens le cœur léger ce soir.

CHAPITRE XVII
Les brumes se dissipent

Malone avait perdu son emploi ; dans Fleet Street, le bruit de son indépendance s'était répandu, et ses perspectives étaient sombres. Sa place au journal avait été prise par un jeune juif qui se soûlait, qui avait gagné ses galons en écrivant une série d'articles humoristiques sur les problèmes psychiques, et qui n'avait cessé dans ses papiers de répéter qu'il avait abordé le sujet avec un esprit ouvert et impartial. Il conclut en offrant cinq mille livres si les esprits des morts lui indiquaient les trois premiers chevaux dans le prochain Derby. Auparavant, il avait démontré que l'ectoplasme était en réalité la mousse d'une bouteille de bière brune soigneusement dissimulée par le médium. Ces arguments comptent parmi les pièces rares du musée du journalisme ; ils sont encore dans la mémoire du lecteur.

Mais la voie qui s'était bouchée à une extrémité s'ouvrit à l'autre. Challenger, absorbé par ses rêves audacieux et d'ingénieuses expériences, avait depuis longtemps besoin d'un homme actif, à l'esprit clair, pour gouverner ses intérêts, et pour contrôler les brevets qu'il avait pris un peu partout dans le monde. Il y avait beaucoup d'appareils – fruits de sa vie de labeur – qui lui rapportaient un revenu, mais dont l'exploitation devait être surveillée. Son signal d'alarme automatique pour les navires familiers des eaux profondes, son appareil pour éviter les torpilles, sa méthode nouvelle et économique pour séparer l'azote de l'air, les améliorations sensationnelles qu'il avait apportées à la transmission par radio et son nouveau traitement de la pechblende faisaient de l'argent. Mis en fureur par l'attitude de Cornélius, le professeur confia la gérance de ses intérêts à son futur gendre, il n'eut pas à s'en repentir.

Challenger n'était plus le même homme. Ses collègues et ses proches observaient sa transformation sans en deviner la cause. Il était plus gentil, plus modeste, plus spirituel dans le sens supérieur du mot. Au fond de son âme s'étalait une conviction pénible : lui, champion de la méthode scientifique et de la vérité, il avait été en fait pendant de longues années tout le contraire d'un scientifique dans ses méthodes ; il s'était rendu coupable d'un obstruction formidable, à rencontre du progrès de l'âme humaine dans la jungle de l'inconnu. Cette condamnation de soi suscita le changement de son caractère. Par ailleurs avec l'énergie qui le caractérisait, il s'était plongé dans la magnifique littérature qui traitait de ce sujet neuf. Débarrassé des préjugés qui avaient obscurci son esprit, il lut les témoignages lumineux de Hare, de Morgan, Crookes, Lombroso, Barett, Lodge, et de tant d'autres grands hommes. Alors il s'émerveilla d'avoir pu un instant imaginer qu'un tel concours d'opinions pouvait être fondé sur une erreur. Sa nature violente et impulsive l'entraîna à embrasser la cause du psychisme avec la même véhémence et parfois le même sectarisme qu'il avait déployés à la dénoncer. Le vieux lion montra les dents et rugit à l'adresse de ses associés d'autrefois.

Voici le début de son article remarquable dans le Spectator :

« L'incrédulité obtuse et la déraison opiniâtre des prélats qui ont refusé de regarder dans le télescope de Galilée et d'observer les lunes de Jupiter ont été de loin surpassées, de nos jours, par ces bruyants polémistes qui expriment à la légère des avis définitifs sur les problèmes psychiques qu'ils n'ont eu ni le temps ni le désir d'examiner. »

Et dans la conclusion il déclarait que ses contradicteurs « ne représentaient pas en vérité la pensée du XXe siècle, mais qu'ils pouvaient bien plutôt être considérés comme des fossiles mentaux exhumés de quelque antique horizon du pliocène ». Les critiques horrifiés levèrent les bras, le robuste langage du professeur les embarrassait beaucoup plus que les violences qui accablaient depuis tant d'années les partisans du spiritisme.

Nous pouvons laisser là Challenger. Sa crinière noire vire lentement au gris. Mais son grand cerveau s'affermit encore et devient plus lucide devant les problèmes que l'avenir tient en réserve. Cet avenir n'est plus limité par l'étroit horizon de la mort ; il s'étend au loin parmi les possibilités et les développements infinis d'une survivance de la personnalité, du caractère, de l'œuvre.

Le mariage a eu lieu. Ce fut une cérémonie paisible, mais quel prophète aurait pu prédire les invités que le père d'Enid avait rassemblés dans les salons de Whitehall ? Ils formaient une foule joyeuse, bien soudée par l'opposition du monde, et unie dans un savoir commun. Il y avait le révérend Charles Mason qui avait officié à la cérémonie ; si jamais un saint consacra une union, ce fut bien le cas ce matin-là ! À présent, dans son costume noir, avec ce sourire qui lui découvrait les dents, il faisait le tour de la foule, distribuant à tous la paix et la bonté. Mailey à la barbe rousse, vieux combattant aux cicatrices innombrables, qui aspirait encore à de nouveaux combats, était là avec sa femme. Le Dr Maupuis était venu de Paris ; il essayait de faire comprendre au maître d'hôtel qu'il désirait du café, et on lui présentait des cure-dents, ce qui faisait beaucoup rire lord Roxton. Il y avait aussi le bon Bolsover, qu'avaient accompagné plusieurs membres de son cercle de famille de Hammersmith ; et Tom Linden avec sa femme ; et Smith, le bouledogue du Nord ; et le Dr Atkinson ; et Marvin, le journaliste « psychiste » ; et les deux Ogilvy ; et la petite Mlle Delicia, avec son sac et ses prospectus ; et le Dr Ross Scotton, tout à fait guéri ; et le Dr Felkin, qui l'avait si bien soigné qu'à présent la nurse Ursule pouvait vaquer à tout. Oui, ils étaient tous là, visibles sur notre spectre de couleurs et audibles sur nos quatre octaves sonores. Mais combien d'invités, à l'extérieur de ces limites, ajoutèrent leur présence et leurs vœux ?... Nul ne le sait.

Une dernière scène avant de terminer. Elle se passa dans un salon de l'Impérial Hôtel, à Folkestone. Devant une fenêtre sont assis M. et Mme Edward Malone ; Mme Malone regarde la Manche vers l'est ; le ciel du soir est mécontent, de grands tentacules pourprés, avant-coureurs menaçants de ce qui se cache invisible et inconnu derrière l'horizon, se tordent vers le zénith. Au-dessous, le petit bateau de Dieppe s'essouffle pour rentrer au plus vite. Plus loin, les grands navires demeurent au milieu de la Manche comme s'ils subodoraient un danger. Ce ciel incertain agit sur l'esprit des deux jeunes mariés.

— Dis-moi, Enid, de toutes nos merveilleuses expériences psychiques, laquelle reste la plus vivace dans ta mémoire ?

— C'est curieux que tu me le demandes, Ned ! Justement, j'étais en train d'y réfléchir. Je suppose que c'est par association d'idées avec ce ciel terrible... Je pensais à Miromar, cet étrange bonhomme mystérieux avec ses accents de jugement dernier.

— Moi aussi.

— As-tu de ses nouvelles depuis ?

— Une seule fois. C'était un dimanche matin, dans Hyde Park. Il parlait à un petit groupe d'hommes. Je me suis mêlé aux gens et j'ai écouté. C'était le même avertissement.

— Comment l'ont-ils pris ? Ont-ils ri ?

— Écoute, tu l'as vu et entendu ! Pouvais-tu rire ?

— Non, mais tu ne le prends pas au sérieux, Ned, dis-moi ? Regarde cette vieille terre solide de l'Angleterre. Regarde notre grand hôtel et tous ces gens dehors.

Pense à ces journaux indigestes, à l'ordre bien établi d'un pays civilisé. Crois-tu vraiment qu'il pourrait arriver quelque chose qui détruirait tout cela ?

— Qui sait ! Miromar n'est pas le seul à prophétiser sur le thème.

— Est-ce qu'il appelle cela la fin du monde ?

— Non, une nouvelle naissance du monde. Naîtra alors le vrai monde, le monde conforme aux désirs de Dieu.

— C'est un message épouvantable. Mais qu'est-ce qui ne vas pas ? Pourquoi un jugement aussi terrible serait-il prononcé ?

— Le matérialisme, le formalisme rigide des Églises, l'altération de tous les mouvements de l'esprit, la négation de l'Invisible, le scepticisme méprisant qui accueille cette nouvelle révélation... Telles sont, selon lui, les causes.

— Mais le monde a été sûrement pire auparavant !

— Mais jamais avec autant d'atouts. Jamais avec l'éducation, le savoir, la soi-disant civilisation qui auraient dû mener l'homme sur des plans supérieurs. Regarde comme tout a été dévié vers le mal. Nous avons conquis la science de l'aéronautique : nous nous en servons pour bombarder des villes. Nous avons appris à naviguer sous l'eau : nous en profitons pour massacrer des marins. Nous maîtrisons les produits chimiques : c'est pour en faire des explosifs ou des gaz asphyxiants. Tout va de mal en pis. Actuellement, chaque nation sur la terre recherche secrètement comment elle peut le mieux empoisonner les autres. Est-ce que Dieu a créé la planète pour cette fin, et est-il vraisemblable qu'il tolérera une pareille dégradation ?

— Est-ce que c'est toi ou Miromar qui parle maintenant ?

– Ma foi, j'ai beaucoup médité là-dessus, et toutes mes pensées s'accordent avec ses conclusions. J'ai lu un message spirituel écrit par Charles Mason : « Pour un homme comme pour une nation, le danger commence à partir du moment où l'intelligence se développe au détriment de l'esprit. » N'est-ce pas exactement l'état actuel du monde ?

– Et comment cela arrivera-t-il ?

– Ah ! là, il n'y a que les paroles de Miromar ! Il dit que tous les mauvais philtres se répandront sur la terre : nous aurons la guerre, la famine, la peste, un tremblement de terre, des inondations, des raz de marée... le tout se terminant dans une paix et une gloire indestructibles.

Les grandes banderoles pourprées traversaient tout le ciel. Vers l'ouest s'étendait une lueur rougeâtre, avec des éclats cuivrés menaçants. Enid frissonna.

– Nous avons appris une chose, dit Malone. C'est que deux âmes en qui existe l'amour véritable poursuivent leur éternité sans être séparées à travers toutes les sphères. Pourquoi dès lors toi et moi redouterions-nous la mort ? ou craindrions-nous ce que la vie ou la mort peuvent nous apporter ?

– Pourquoi, en effet ? murmura-t-elle.

APPENDICE

Note au chapitre II : – La clairvoyance dans les temples du spiritisme

Ce phénomène, tel qu'on peut le voir dans les temples du spiritisme, varie grandement en qualité. Il est si incertain que de nombreuses congrégations l'ont complètement abandonné, car il devenait plutôt une cause de scandale que d'édification. En revanche, en diverses occasions – les conditions étant bonnes, l'assistance en sympathie et le médium bien disposé – les résultats ont été surprenants. J'étais présent le jour où M. Tom Tyrell, de Blackburn, ayant été appelé soudainement à Doncaster, ville qu'il ne fréquentait pas, obtint non seulement les descriptions mais même les noms de plusieurs personnes qui furent reconnues par les différents assistants à qui elles étaient désignées. J'ai entendu aussi M. Vout Peters donner quarante descriptions dans une ville étrangère (Liège) où il n'avait jamais mis les pieds, avec un seul échec qui s'expliqua par la suite. De tels résultats dépassent de loin les coïncidences. Leur vraie raison d'être reste à déterminer, quelle qu'elle soit. J'ai eu quelquefois l'impression que la vapeur qui devient visible comme un solide dans l'ectoplasme peut dans son état le plus volatil remplir la salle, et qu'un esprit venant dans elle peut faire acte de présence, de même qu'une étoile filante invisible se fait voir quand elle traverse l'atmosphère de la Terre. Cet exemple n'est évidemment qu'une analogie, mais il suggérera peut-être une ligne de pensée.

Je me rappelle avoir assisté en deux occasions dans Boston (Massachusetts) au spectacle d'un clergyman donnant de la clairvoyance avec plein succès sur les marches de l'autel. Cela me frappa en tant qu'admirable reproduction de ces conditions apostoliques où on enseignait « non seulement par le verbe, mais aussi par le pouvoir ». Tout ceci doit être réintégré dans la religion chrétienne pour que celle-ci soit revitalisée et recouvre son prestige. Ce n'est pas, toutefois, l'œuvre d'un jour. Nous avons moins besoin de foi que de savoir.

Note au chapitre VIII : – Les esprits liés à la terre

Ce chapitre sera peut-être considéré comme sensationnel, mais en fait il ne contient nul incident dont je ne puisse citer la référence. L'incident de Nell Gwynn, mentionné par lord Roxton, me fut relaté par le colonel Cornwallis West, qui me certifia qu'il s'était produit dans l'une de ses maisons de campagne. Des visiteurs avaient rencontré l'apparition dans les couloirs, et ensuite, lorsqu'ils ont vu le portrait de Nell Gwynn suspendu dans le salon, s'étaient écriés : « Voilà la femme que nous avons rencontrée ! »

L'aventure du terrible occupant de la maison désertée a été tirée, avec très peu de modifications, d'une expérience de lord Saint-Audries dans une maison hantée près de Torquay. Ce vaillant soldat a lui-même conté l'anecdote dans le Weekly Dispatch (décembre 1921), et elle a été admirablement reprise par Mme Violet Tweedale dans Phantoms of the Dawn. Quant à la conversation entre le clergyman et l'esprit lié à la terre, le même auteur en a décrit une semblable dans son récit des aventures de lord et lady Wynford au château de Glamis (Ghosts I have seen).

D'où un tel esprit tire-t-il ses ressources d'énergie matérielle ? C'est un problème qui reste à résoudre. Il les tire probablement d'un individu médiumnique du voisinage. Dans le cas intéressant cité dans le récit par le révérend Charles Mason et très attentivement observé par la Société de recherches psychiques à Reykjavik, en Islande, la formidable créature liée à la terre a proclamé d'où elle avait tiré sa vitalité. L'homme, de son vivant, était un pêcheur au caractère rude et violent ; il se suicida. Il s'était attaché au médium, le suivait dans les séances de la société, provoquait des frayeurs et des troubles indescriptibles ; il fut enfin exorcisé par les moyens que j'ai reproduits dans mon récit. Un long compte rendu a été publié dans Proceeding of the American Society of Psychic Research, et aussi dans l'organe du Collège psychique, Psychic Research, de janvier 1925. Signalons que l'Islande est très en avance pour la science psychique, si l'on tient compte de sa population et des possibilités, elle est probablement à la tête de tous les pays du monde ! L'évêque de Reykjavik préside la Société psychique : voilà une leçon pour nos propres prélats, dont l'ignorance de problèmes pareils frise le scandale. Bien que ce sujet traite de la nature de l'âme et de son destin dans l'au-delà, on trouve moins de gens pour l'étudier parmi nos guides spirituels que dans toute autre profession.

Notes aux chapitres IX et X : – Les cercles de sauvetage

Les scènes contenues dans ce chapitre sont tirées de l'expérience personnelle ou de rapports émanant d'expérimentateurs consciencieux et dignes de foi. Parmi ceux-ci, je citerai notamment M. Tozer, de Melbourne, et M. McFarlane, de Southsea ; tous deux ont tenu des cercles méthodiquement voués à ce but : procurer de l'aide aux esprits liés à la terre. Des récits détaillés d'expériences que j'ai personnellement vécues dans ses cercles figurent dans les chapitres IV et VI de mes Wanderings of a Spiritualist[11]. Je puis ajouter que dans mon cercle familial, avec ma femme pour médium, nous avons eu le privilège d'apporter de l'espoir et du savoir à quelques-uns de ces êtres malheureux.

Des comptes rendus complets d'un certain nombre de ces entretiens dramatiques pourront être trouvés dans les cent dernières pages du livre de feu l'amiral Usborne Moore, Glimpses of the New State. Il doit être précisé que l'amiral n'était pas personnellement présent à ces séances, mais qu'elles lui furent racontées par des gens en qui il avait toute confiance et que la confirmation lui en fut donnée par les déclarations manuscrites des assistants. « Le caractère supérieur de M. Leander Fisher, a dit l'amiral, suffit à témoigner de leur authenticité. » Le même compliment peut s'appliquer à M. E. G. Randall, qui a livré à la publicité beaucoup de cas semblables : il est l'un des plus grands avocats de Buffalo, et M. Fisher est professeur de musique dans cette ville.

L'objection naturelle est que, compte tenu de l'honnêteté des enquêteurs, toute l'expérience peut être de quelque façon subjective et n'avoir aucun rapport avec les faits réels. Traitant de cela, l'amiral déclare : « J'ai fait des recherches pour savoir si l'un de ces esprits, amenés pour comprendre qu'ils avaient pénétré dans un nouvel état de conscience, avait été identifié de manière satisfaisante. La réponse est celle-ci : beaucoup ont été repérés, mais, après que plusieurs vérifications ont été faites, on a jugé inutile de poursuivre les enquêtes touchant les parents et les lieux d'habitation sur terre des autres. De semblables recherches exigent beaucoup de temps et de peine ; chaque fois qu'on y a procédé, elles ont toujours abouti au même résultat. » Dans les cas cités, il y a le prototype de la femme du monde qui mourut pendant son sommeil, comme mon récit l'a dépeinte. Dans tous ces exemples, l'esprit qui retournait sur la terre n'avait pas réalisé que sa vie terrestre était terminée.

Le cas du clergyman et du marin du Monmouth a été soulevé en ma présence au cercle de M. Tozer.

Le cas dramatique où l'esprit d'un homme – c'était le cas de plusieurs à l'origine – s'est manifesté au moment même de l'accident qui a provoqué sa mort, et où les noms ont été ensuite vérifiés dans un article de journal, est donné par M. Randall. Un autre exemple, fourni par la même source, fera peut-être réfléchir ceux qui n'ont pas réalisé combien l'évidence est manifeste, et comme il nous est nécessaire de reconsidérer notre opinion sur la mort. C'est dans The Dead have Never Died :

« Je rappelle un incident que je dédie aux matérialistes à l'état pur. J'étais l'un des exécutants testamentaires de mon père ; après sa mort et le partage de ses biens, il me parla de l'au-delà et me dit que j'avais négligé un détail qu'il tenait à me signaler. Je répondis :

– Vous avez toujours eu l'esprit axé sur la thésaurisation. Pourquoi occuper un temps qui est si limité à discuter de votre bien ? Il a été divisé et réparti.

– Oui, m'a-t-il répondu. Je le sais, mais j'ai trop durement travaillé pour amasser de l'argent, et je ne veux pas qu'il soit perdu ; il y a un avoir qui subsiste et que tu n'as pas découvert.

– Eh bien ! fis-je, si c'est exact, donnez-moi les détails. Il m'a dit :

– Quelques années avant ma mort, j'ai prêté une petite somme à Suzanne Stone, qui habitait en Pennsylvanie, et je lui fis signer un billet à ordre au vu duquel, d'après les lois de cet État, j'étais autorisé à réclamer un jugement tout de suite sans procès. J'étais vaguement anxieux à propos de ce prêt : avant que la date ne fût venue à expiration, j'ai pris le billet à ordre et je l'ai expédié au greffier d'Erie, en Pennsylvanie ; il a obtenu aussitôt le jugement, qui s'est traduit par une hypothèque sur sa propriété. Dans mes livres de comptes, il n'y a aucune référence à ce billet ni au jugement. Si tu te rends chez le greffier d'Erie, tu trouveras le jugement enregistré, et je tiens à ce que tu récupères la somme. Il y a encore beaucoup d'autres choses que tu ne connais pas ; en voilà une.

Ce renseignement, venu par un tel canal, me surprit grandement. Je réclamai une copie du jugement ; il avait été enregistré le 21 octobre 1896, et, avec la preuve de la dette, j'obtins du débiteur soixante-dix dollars avec les intérêts. Je me pose une question : quelqu'un avait-il été au courant de la transaction en dehors des signataires du billet à ordre et du greffier à Erie ? Moi, en tout cas, je l'ignorais. Je n'avais aucune raison de soupçonner qu'elle avait existé. La voix de mon père a été en cette occasion parfaitement reconnaissable. Je cite cet exemple à l'intention de ceux qui mesurent tout du point de vue de l'argent. »

Les plus frappantes, toutefois, de ces communications posthumes sont relatées dans Thirty Years Among the Dead par le Dr Wickland, de Los Angeles.

Le Dr Wickland et son héroïque épouse ont fait un travail qui mérite de la part de tous les médecins aliénistes la plus vive attention. S'il poursuit son idée, et tout porte à croire qu'il le fera, non seulement il révolutionnera toutes nos conceptions sur la folie, mais encore il modifiera profondément notre système de criminologie, il montrera que nous avons puni des gens comme criminels alors qu'ils étaient plus dignes de compassion que de réprimandes.

Il a formulé l'avis que de nombreux cas de folie étaient dus à une obsession d'entités non développées et il a trouvé, par une méthode d'investigation qui ne m'apparaît pas clairement, que ces entités étaient excessivement sensibles à de l'électricité statique, quand celle-ci traverse le corps qu'elles ont envahi. Il a basé son traitement sur cette hypothèse, et il a obtenu des résultats remarquables. Le troisième facteur dans son système a été la découverte que ces entités acceptaient plus facilement de se laisser déloger si un corps vacant se trouvait à proximité pour leur offrir un refuge temporaire. Et là s'explique le qualificatif « héroïque » que j'ai accolé au nom de Mme Wickland : cette dame charmante et cultivée s'assied en transe hypnotique à côté du sujet, prête à accueillir l'entité quand elle est chassée de sa victime. Et c'est à travers les lèvres de Mme Wickland que se déterminent l'identité et le caractère des esprits non développés.

Le sujet est attaché sur une chaise électrique ; il faut l'attacher, car beaucoup de fous sont violents ; le courant est mis et passe ; il n'affecte pas le malade, puisqu'il s'agit d'électricité statique, mais il cause de gros soucis à l'esprit parasite, qui court se réfugier bientôt dans la forme inconsciente de Mme Wickland. Alors s'engagent les stupéfiantes conversations qui sont rapportées dans le livre. L'esprit est mis par le docteur sur la sellette, admonesté, instruit, et finalement renvoyé soit sous la garde d'un esprit secourable qui supervise l'interrogatoire, soit à la charge d'un assistant plus solide qui lui fera échec s'il ne se repent pas.

Pour le savant qui n'est pas familiarisé avec les problèmes psychiques, une argumentation semblable paraît insensée, et je ne saurais moi-même certifier que le Dr Wickland a prouvé en fin de compte sa théorie mais j'affirme que nos expériences dans les cercles de sauvetage tournent autour de la même idée générale, et qu'il a effectivement guéri des cas désespérés. De temps à autre une confirmation formelle se produit : ainsi, dans le cas d'un esprit femelle qui se lamentait parce qu'elle n'avait pas assez pris de phénol la semaine précédente, le nom et l'adresse avaient été correctement donnés.

Apparemment, tout le monde n'offre pas un champ libre à cette invasion, seuls sont disposés à l'accueillir les hommes et les femmes qui sont d'une manière ou d'une autre des sensibles psychiques. Quand cette découverte sera pleinement vérifiée, elle sera à la base de la psychologie et de la jurisprudence de l'avenir.

Note au chapitre XII : – Les expériences du Dr Maupuis

Le Dr Maupuis du récit est, comme tout amateur de recherche psychique l'aura deviné, feu le Dr Geley, auquel un travail splendide assure une réputation immortelle. C'était un cerveau de premier ordre, et son courage moral lui permettait de faire face avec tranquillité au cynisme et à la légèreté de ses critiques. Avec un jugement rare, il n'alla jamais au-delà du point où les faits le portaient, mais il ne recula pas d'un pouce du point le plus extrême que justifiaient sa raison et l'évidence.

Grâce à la munificence du M. Jean Meyer[12], il avait été placé à la tête de l'Institut métapsychique, qui était admirablement équipé pour le travail scientifique, et il utilisa à plein cet équipement. Quand un Jean Meyer anglais apparaît, il n'obtient rien contre son argent s'il ne choisit pas un cerveau ouvert au progrès pour diriger sa machine. La grosse dotation faite à la Stanford University de Californie a été pratiquement gaspillée parce que ses dirigeants n'étaient ni des Geley ni des Richet.

L'histoire du pithécanthrope est tirée du Bulletin de l'Institut métapsychique. Une dame bien connue m'a décrit comment ce monstre s'était placé entre elle et sa voisine ; elle avait osé poser sa main sur la peau aux poils hirsutes. Un compte rendu de cette séance a été inséré dans le livre de Geley : L'Ectoplasme et la Clairvoyance. On y voit une photographie représentant un étrange oiseau de proie sur la tête du médium. Il ne saurait évidemment pas être question ici d'imposture.

Ces divers animaux peuvent prendre des formes très bizarres. Dans un manuscrit non publié du colonel Ochorowitz, que j'ai eu le privilège de lire, il y a des descriptions de développements qui sont formidables, mais qui ne présentent aucun signe de parenté avec les créatures que nous connaissons.

Puisque des formes animales de cette nature ont été matérialisées sous le pouvoir médiumnique aussi bien de Kluski que de Guzik, leur formation semble dépendre plutôt de l'un des assistants que du médium, à moins que nous ne puissions les disjoindre entièrement du cercle. Un axiome est très répandu chez les spirites : les visiteurs spirituels d'un cercle représentent en gros la tendance mentale et spirituelle du cercle. Ainsi, en près de quarante années d'expériences, je n'ai jamais entendu un mot obscène ou blasphématoire à une séance, parce que ces séances étaient conduites d'une manière respectueuse et religieuse.

Une question peut donc se poser : les assistants qui viennent pour des buts purement scientifiques et expérimentaux, mais qui ne reconnaissent nullement la signification religieuse qui coiffe tous ces phénomènes, ne suscitent-ils pas les manifestations les moins désirables du pouvoir psychique ? Cependant, le tempérament supérieur d'hommes tels que Richet et Geley permettait d'escompter que la tendance générale serait bonne.

Sans doute avancera-t-on qu'un problème qui implique des possibilités pareilles devrait être laissé de côté. La réponse serait, me semble-t-il, que ces manifestations sont heureusement assez rares, alors qu'au contraire le réconfort qu'apportent les esprits illumine quotidiennement des milliers de vies. Nous n'interromprons pas notre exploration parce que le pays exploré contient quelques créatures néfastes.

Renoncer à l'étude des phénomènes psychiques équivaudrait à les abandonner aux forces mauvaises, tandis que nous nous priverions de ce savoir qui nous aide à les comprendre et à en mesurer toutes les conséquences.

Fin.

******

ANNOTATIONS

[1] Voir la note au chapitre II dans l'appendice.

[2] Dans la première Épître aux Corinthiens, chapitre XIV.

[3] Mot à mot : esprit frappeur.

[4] Hamlet, acte 1, scène V. Hamlet s'adresse au fantôme de son père.

[5] Nell Gwynn (1650-1687), comédienne, maîtresse de Charles II.

[6] Voir Le Monde perdu, première aventure du Pr Challenger.

[7] Voir la note au chapitre VIII dans l'appendice.

[8] Voir la note au chapitre IX dans l'appendice.

[9] Pour les incidents rapportés dans ce chapitre, voir la note au chapitre X dans l'appendice.

[10] Voir la note au chapitre XII dans l'appendice.

[11] Voir le dernier chapitre de Souvenirs et Aventures.

[12] Traducteur et éditeur de The Vital Message, en français en 1925 Message vital. Il publia aussi une déclaration de sir Arthur dans son Compte rendu du Congrès spirite international, qui s'était tenu à Paris du 6 au 13 septembre 1925.

LA MACHINE À DÉSINTÉGRER

Professeur Challenger : Roman 4

Le Pr Challenger était d'une humeur épouvantable. Devant la porte de son bureau, j'avais déjà une main sur la poignée et les pieds sur le tapis-brosse quand j'entendis un monologue qui ressemblait à ceci, les mots étant autant d'explosifs qui détonaient et se répercutaient à travers toute la maison :

— Oui, je vous dis que c'est la deuxième erreur ! La deuxième de la matinée. Est-ce que vous vous imagineriez par hasard qu'un homme de science a le droit d'être dérangé dans un travail capital par l'intrusion continuelle d'un idiot au bout du fil ? Je ne le tolérerai pas ! Passez-moi le directeur… Ah ! c'est vous, le directeur ! Eh bien ! pourquoi ne dirigez-vous pas ? Tout ce que vous êtes capable de faire, c'est de me déranger dans un travail dont l'importance dépasse naturellement les limites de votre intelligence. Passez-moi le directeur général ! Il n'est pas là ? J'aurais dû m'en douter ! Je vous assignerai en justice si pareil fait se reproduit. J'ai bien assigné des coqs qui chantaient ! Oui, et ma plainte a été reçue. Si elle a été reçue pour des coqs qui chantaient, pourquoi pas pour des sonneries détraquées ? L'affaire est claire. Des excuses par écrit ? Très bien. Je les prendrai en considération. Au revoir !

C'est à cet instant précis que je me hasardai à entrer. Hélas ! Il me fit face tout en raccrochant le téléphone : un vrai lion en colère ! Son imposante barbe noire frémissait, l'indignation soulevait son torse puissant… L'arrière-garde de sa fureur me fusilla de deux yeux gris arrogants, dominateurs, invincibles.

— Stupides coquins de l'enfer ! tonna-t-il. Et trop payés par surcroît ! Je les entendais qui riaient pendant que je me plaignais… Tout conspire à me nuire, puisque à présent vous voilà, jeune Malone ! Votre arrivée couronne une matinée désastreuse… Puis-je vous demander si vous venez de votre propre chef, ou si c'est votre feuille de chou qui vous a délégué pour obtenir une interview ? L'ami sera le bienvenu ; mais que le journaliste aille au diable !

J'étais en train de tâter mes poches à la recherche de la lettre de McArdle quand un nouveau grief lui revint subitement en mémoire. Ses énormes mains velues bouleversèrent les papiers qui se trouvaient sur son bureau jusqu'à ce qu'elles tombassent sur une coupure de presse.

— Vous avez eu l'amabilité de faire une allusion à moi dans l'une de vos récentes élucubrations ! fit-il en agitant un index menaçant. Oui, oui ! Dans votre article, assez plat d'ailleurs, sur la découverte dans les schistes de Solenhofen de vestiges de sauriens… vous avez commencé un alinéa par ces mots : « Le Pr Challenger, qui est l'un de nos plus grands savants vivants… »

— Je ne m'en dédis pas, monsieur…

— Pourquoi ces qualifications et ces limitations ? Elles sont odieuses ! Peut-être consentirez-vous à me citer les noms de ces autres savants que vous proclamez mes égaux voire mes supérieurs, qui sait ?

— Je me suis mal exprimé. Bien entendu, j'aurais dû écrire : « Notre plus grand savant vivant… » J'en conviens. J'en conviens d'autant plus que je le crois honnêtement. Un lapsus calami…

— Mon cher jeune ami, n'allez pas croire que je sois exigeant. Mais entouré comme je le suis de collègues querelleurs et déraisonnables, il faut bien que je me taille ma part. L'outrecuidance n'est pas dans ma nature ; toutefois, je dois tenir ferme contre mes contradicteurs... Bon ! Asseyez-vous ! Allons, quel est le but de votre visite ?

Il ne me restait plus qu'à m'aventurer avec circonspection, car je connaissais mon lion : pour un rien, il se serait remis à rugir. J'ouvris la lettre de McArdle.

– Me permettez-vous de vous lire ceci, monsieur ? C'est une lettre de mon rédacteur en chef, McArdle.

– Je me rappelle ce nom... Comme échantillon de sa profession, il y a pire.

– Il vous a voué, au moins, une très haute admiration ! C'est toujours à vous qu'il fait appel quand il a besoin d'un avis éminent dans une enquête. Et aujourd'hui encore...

– Que désire-t-il ?

Sous la flatterie, Challenger se lissait les plumes. Il appuya les coudes sur son bureau ; il noua ses deux mains gorillesques ; il pointa de la barbe ; et il me couva avec bienveillance de ses gros yeux gris à demi occultés par des paupières alourdies. Comme il était énorme en tout, sa bienveillance était encore plus accablante que sa truculence.

– Je vais vous donner connaissance du petit mot que j'ai reçu de lui, monsieur. Voici ce qu'il me dit :

Voudriez-vous aller voir notre très estimé ami, le Pr Challenger, et lui demander son concours pour l'affaire suivante : un Letton, du nom de Théodore Nemor, habitant White Friars Mansions, Hampstead, affirme qu'il a inventé une machine très extraordinaire capable de désintégrer n'importe quel objet placé dans sa sphère d'influence. La matière se dissout et retourne à son état moléculaire et atomique. Un procédé inverse permet de la recomposer dans l'état exact où elle se trouvait avant sa désintégration. Cette affirmation paraît extravagante ; néanmoins il semble qu'elle repose sur une base solide, et que son auteur soit tombé par hasard sur une découverte remarquable.

Je n'ai pas besoin d'insister sur le caractère révolutionnaire d'une semblable invention, non plus que sur son importance extrême en tant qu'arme de guerre. Une force capable de désintégrer un cuirassé ou de réduire une armée – même pour quelque temps seulement – en une collection d'atomes, mettrait le monde à sa merci. Pour des raisons sociales et politiques, il faut aller jusqu'au bout de cette affaire sans perdre un instant. Le Letton est amateur de publicité, car il tient à vendre son invention ; aussi l'approcherez-vous facilement. La carte ci-jointe vous ouvrira sa porte. Ce que je désire, c'est que vous et le Pr Challenger alliez le voir, examiniez son invention, et écriviez pour la Gazette un compte rendu motivé sur la valeur de la découverte. J'espère avoir de vos nouvelles ce soir.

R. McArdle.

« Telles sont mes instructions, professeur ! ajoutai-je en repliant la lettre de mon rédacteur en chef. Je serais très heureux si vous consentiez à m'accompagner ; car comment moi, avec mes modestes capacités, pourrais-je émettre une opinion motivée.

– Exact, Malone ! Exact ! opina le grand homme. Vous n'êtes pas totalement dépourvu d'intelligence naturelle, mais je vous accorde que pour cette affaire vous ne faites pas le poids ! Des imbéciles, au téléphone, ont saccagé ce matin mon travail ; si bien que je ne suis plus à un dérangement près. Je suis obligé de répondre à ce bouffon italien Mazotti, dont les vues sur le développement larvaire des termites tropicaux ont excité mon ironie et mon mépris ; mais je puis attendre jusqu'à ce soir pour démasquer cet imposteur. Je me mets donc à votre disposition.

C'est ainsi qu'un matin d'octobre je me trouvai avec le Pr Challenger dans le métro qui fonçait vers le nord de Londres pour m'entraîner dans l'une des expériences les plus singulières de ma carrière pourtant fertile en événements.

Avant de quitter Enmore Gardens, j'avais pris la précaution de m'assurer par ce téléphone si décrié que notre homme était chez lui, et je l'avais averti de notre visite. Il habitait un appartement confortable à Hampstead et il nous fit attendre pendant une bonne demi-heure dans son salon ; nous l'entendîmes poursuivre une conversation animée avec un groupe de personnes ; aux adieux qui furent échangés dans l'entrée, je compris que c'étaient des Russes. Je les aperçus à travers l'entrebâillement de la porte ; ils me donnèrent l'impression d'individus florissants et intelligents : ils avaient des cols d'astrakan sur leurs manteaux, des hauts-de-forme étincelants ; ils avaient tout à fait cette allure de bourgeois bien nantis que le communiste qui a réussi affecte si facilement. La porte de l'entrée se referma derrière eux, et Théodore Nemor pénétra dans le salon. Je le revois encore tel qu'il se tenait : debout dans un rayon de soleil, frottant ses longues mains minces et nous accueillant d'un large sourire... sans oublier pour cela de bien nous observer avec des yeux jaunes, rusés.

Il était court, épais ; son corps suggérait une difformité, mais il était difficile de la localiser ; on aurait pu dire qu'il ressemblait à un bossu sans bosse. Sa tête évoquait l'idée d'une boulette pas assez cuite : elle en avait la couleur et la consistance humide ; les boutons et les pustules qui la décoraient se détachaient agressivement sur un arrière-plan blafard. Au chat, il avait emprunté ses yeux et sa moustache mince, longue, luisante ; sa bouche lâche bavotait constamment. En dessous des sourcils roux, tout était vulgaire et répugnant ; mais au-dessus le Letton arborait une voûte crânienne comme j'en ai rarement vu : elle était splendide ; elle n'aurait pas déparé Challenger lui-même. À ne regarder que le bas de son visage, on aurait pu prendre Théodore Nemor comme un vil conspirateur en maraude ; mais d'après le haut, il était à situer parmi les plus grands penseurs et philosophes du monde.

– Eh bien ! messieurs, nous dit-il d'une voix de velours qu'altérait à peine un léger accent étranger, si j'ai bien compris le sens de notre petite conversation sur le fil, vous êtes venus pour en savoir davantage sur le désintégrateur Nemor ?

– Parfaitement.

– Puis-je vous demander si vous représentez le gouvernement anglais ?

– Pas du tout. Je suis journaliste à la Gazette, et je suis venu avec le Pr Challenger.

– Un personnage célèbre... Célèbre dans toute l'Europe !

Ses crocs jaunis se découvrirent pour manifester une amabilité obséquieuse.

— J'allais vous dire que le gouvernement britannique a perdu sa chance. Il se rendra compte peut-être plus tard de ce qu'il a perdu d'autre : son empire, par exemple... J'étais résolu à vendre au premier gouvernement qui m'offrirait un prix convenable ; si mon invention est tombée à présent entre des mains que vous jugerez sans doute impures, c'est à vous-mêmes qu'il faut vous en prendre.

— Alors vous avez vendu votre secret ?

— Au prix que j'ai fixé.

— Et vous croyez que l'acheteur en a le monopole ?

— Indiscutablement il l'a !

— Mais d'autres que vous connaissent le secret ?

— Non, monsieur ! répondit le Letton en touchant son large front. Voici le coffre-fort dans lequel le secret est soigneusement enfermé ; ce coffre-là vaut mieux que n'importe quel acier et on ne l'ouvre pas avec une clé Yales. Certains peuvent connaître tel ou tel aspect du problème. Mais personne au monde ne le connaît dans son ensemble, personne sauf moi.

— Vous et les acheteurs !

— Non, monsieur. Je ne suis pas si sot que de céder mon secret avant d'en avoir touché le prix. Une fois qu'ils l'auront payé, c'est moi qu'ils auront acheté, et ils emmèneront ce coffre-fort...

De nouveau il se tapa le front.

« Avec son contenu où ils le désirent. C'est alors que j'accomplirai ma part du marché. Et je l'accomplirai loyalement, impitoyablement. Après quoi l'histoire se fera.

Il recommença à se frotter les mains, et son sourire immuable se tordit dans une sorte de rictus affreux.

— Je vous demande pardon, monsieur ! éclata Challenger, qui n'avait encore rien dit mais dont l'expression reflétait un désaccord fondamental avec Théodore Nemor. Mais nous voudrions, avant de discuter, être bien assurés qu'il y a quelque chose à discuter. Nous n'avons pas oublié un cas récent : un Italien prétendait pouvoir faire exploser des mines à distance ; après enquête, on s'aperçut qu'il s'agissait d'un fieffé coquin doublé d'un imposteur. L'histoire peut se répéter. Comprenez, monsieur, qu'en tant qu'homme de science j'ai à maintenir ma réputation... Réputation que vous avez eu le bon goût de qualifier d'européenne, quoique j'aie de solides raisons de croire qu'elle n'est pas moins établie en Amérique. La prudence est une qualité scientifique, un attribut de la science ; aussi, avant que nous puissions sérieusement examiner vos prétentions, je vous prierais de nous administrer vos preuves.

Les yeux jaunes du Letton dardèrent sur Challenger un regard particulièrement véhément, mais un sourire de bonne humeur s'épanouit sur sa figure.

— Vous faites honneur à votre réputation, professeur ! J'avais toujours entendu dire que vous étiez le dernier à se laisser duper... Je ne demande pas mieux que de procéder à une démonstration qui ne manquera pas de vous convaincre ; mais auparavant je tiens à vous dire quelques mots du principe général.

« Vous comprendrez que l'appareil expérimental que j'ai aménagé ici dans mon laboratoire est un simple modèle ; pourtant, dans son cadre restreint, il fonctionne admirablement. Je n'éprouverais, par exemple, aucune difficulté à vous désintégrer et à vous recomposer, mais ce n'est pas pour un but pareil qu'un grand gouvernement est disposé à payer un prix qui se chiffre par millions. Mon modèle est un jouet scientifique, tout simplement. Ce n'est que lorsqu'on fait appel à la même force sur une plus large échelle que l'on obtient des effets pratiques énormes.

– Pouvons-nous voir ce modèle ?

– Non seulement vous le verrez, Pr Challenger, mais vous bénéficierez sur votre propre personne, si vous avez le courage de la mettre à l'épreuve, de la démonstration la plus concluante qui soit.

Le lion commença à rugir :

– Si... ? Ce « si », monsieur, est insultant au plus haut point !

– Allons, allons ! Je n'avais nullement l'intention de mettre en doute votre courage. Je vous indique uniquement que je vais vous fournir une occasion de l'exercer. Mais d'abord je voudrais vous donner quelques précisions sur les principes qui sont à la base de mon affaire.

« Quand certains cristaux, du sel ou du sucre par exemple, sont placés dans de l'eau, ils se dissolvent et disparaissent. Impossible de savoir qu'ils y ont été mis. Puis, par évaporation ou autrement, vous réduisez l'eau ; alors, de nouveau voilà vos cristaux, visibles une fois de plus, les mêmes qu'auparavant. Pouvez-vous concevoir un processus selon lequel vous, un être organique, pouvez être d'une manière analogue dissous dans le cosmos, puis, par une subtile inversion des conditions, être recomposé dans votre état premier ?

– Votre analogie est fausse ! s'écria Challenger. Même si j'admets l'hypothèse monstrueuse d'une dispersion de nos molécules sous l'effet d'un pouvoir dissociant, pourquoi se rassembleraient-elles exactement selon l'ordre antérieur ?

– Votre objection est normale. Je ne puis vous répondre que ceci : elles se rassemblent effectivement jusqu'au dernier atome pour recomposer votre structure. Il y a un coffrage invisible : chaque brique revient à sa vraie place. Vous pouvez sourire, professeur, mais votre incrédulité et votre sourire feront bientôt place à une émotion tout à fait différente.

Challenger haussa les épaules et déclara :

– Je suis prêt à tenter l'expérience.

– Il y a autre chose que je voudrais vous mettre dans la tête, messieurs, et qui vous aidera peut-être à saisir mon idée. Vous avez entendu parler, aussi bien à propos de la magie d'Orient que de l'occultisme occidental, du phénomène de l'apport, grâce auquel un objet est subitement apporté d'un lieu éloigné et apparaît à un nouvel endroit. Comment expliquer ce phénomène autrement que par le relâchement des molécules de l'objet, leur transport sur une onde de l'éther, et leur rassemblement, chacune exactement à sa place et toutes obéissant ainsi à une loi irrésistible ? Transposez ce raisonnement à propos de ma machine, il me paraît juste.

– Vous ne pouvez pas expliquer une chose incroyable en vous référant à une autre chose incroyable ! répliqua Challenger. Je ne crois pas en vos apports, monsieur Nemor, et je ne crois pas en votre machine. Mon temps est précieux : si nous devons avoir droit à une démonstration, je vous serais obligé d'y procéder sans plus de cérémonies.

– Alors faites-moi le plaisir de me suivre ! conclut l'inventeur.

Il nous fit descendre l'escalier intérieur de son appartement et traverser un petit jardin derrière la maison. Il ouvrit la porte d'un grand appentis, et nous entrâmes.

Imaginez une vaste pièce aux murs blanchis à la chaux ; d'innombrables fils de cuivre tombaient du plafond en guirlandes ; un très gros aimant était posé en équilibre sur un socle. En face de l'aimant, quelque chose qui ressemblait à un prisme en verre : un mètre de long, trente centimètres de diamètre. À droite, une chaise placée sur une plate-forme en zinc ; au-dessus d'elle, suspendu, un capuchon en cuivre poli. De lourds fils étaient attachés au capuchon et à la chaise. Sur le côté, il y avait une sorte de cliquet avec des butées numérotées ; le levier gainé de caoutchouc se trouvait à présent devant la butée zéro.

« Le désintégrateur Nemor ! annonça l'étranger en désignant la machine. Voici le modèle qui est promis à la célébrité, puisqu'il détruira l'équilibre des forces entre les nations. Son possesseur est assuré de régner sur le monde… Maintenant, Pr Challenger, vous m'avez gratifié, si j'ose m'exprimer ainsi, d'un certain manque de courtoisie et d'égards : oserez-vous prendre place sur cette chaise, et me permettre de démontrer sur votre personne les capacités de cette force nouvelle ?

Challenger avait le courage du lion ; le moindre défi le poussait au paroxysme. Il se précipita vers la machine, mais je l'empoignai par le bras et le retins.

– Vous n'irez pas ! lui dis-je. Votre vie représente une valeur trop haute. Ce serait monstrueux ! Quelle garantie de sécurité avez-vous ? L'appareil qui ressemble le plus à celui-là est la chaise électrique que j'ai vue à Sing-Sing.

– Ma garantie de sécurité, répondit Challenger, est que vous êtes témoin, et que cet homme serait certainement inculpé d'homicide par imprudence s'il m'arrivait quelque chose !

– Belle consolation pour le monde de la science ! Vous laisseriez inachevée une œuvre que personne ne pourrait terminer à votre place. Laissez-moi, au moins, y aller le premier ; si l'expérience s'avère sans danger, vous irez ensuite.

Jamais la perspective d'un danger personnel n'aurait ému Challenger ; mais l'idée que son œuvre scientifique pourrait ne pas voir le jour le frappa au cœur. Il hésita. J'en profitai pour m'élancer et m'asseoir sur la chaise. Je vis l'inventeur poser sa main sur le manche, j'entendis un bruit sec ; après quoi, pendant quelques instants, j'éprouvai une sensation de trouble avec un brouillard devant les yeux. Quand le brouillard se fut dissipé, l'inventeur se tenait devant moi, souriant du même sourire odieux ; penché par-dessus son épaule, Challenger n'avait plus une goutte de sang dans les joues.

– Eh bien ! allez-y ! commandai-je.

– C'est fait, répondit Nemor. Vous avez admirablement réagi. Levez-vous ; le Pr Challenger va certainement prendre votre place maintenant.

Jamais je n'avais vu mon vieil ami pareillement bouleversé. Ses nerfs d'acier avaient flanché. Il me saisit par le bras d'une main tremblante.

– Mon Dieu, c'est vrai, Malone ! dit-il. Vous avez été désintégré. Pas de doute ! Pendant quelques secondes il y a eu du brouillard, et puis plus rien, le vide !

– Combien de temps ai-je disparu ?

– Deux ou trois minutes… J'étais, je l'avoue, horrifié ! Je ne pouvais pas supposer que vous alliez revenir… Il a poussé ce levier, en admettant que ce soit un levier, vers une nouvelle butée, et vous avez reparu sur votre chaise : vous aviez l'air un peu ahuri ; à part cela, vous n'aviez pas changé. Ah ! j'ai remercié Dieu quand je vous ai revu !

Il épongea son front moite de sueur avec son gros mouchoir rouge.

– Maintenant, monsieur ? interrogea l'inventeur. À moins que vous n'ayez pas les nerfs solides…

Visiblement, Challenger se raidit et banda ses muscles. Puis, écartant ma main qui voulait le retenir, il s'assit sur la chaise. Le levier fut poussé au chiffre trois. Plus de Challenger !

J'aurais été épouvanté si l'inventeur n'avait témoigné d'un parfait sang-froid.

« Intéressant processus, n'est-ce pas ? observa-t-il négligemment. Quand on réfléchit à la formidable personnalité du professeur, il est stupéfiant de penser qu'il n'est plus à présent qu'un nuage moléculaire suspendu quelque part dans cette pièce. Le voici, bien entendu, tout à fait à ma merci. Si je décidais de le laisser en suspension, rien sur la terre ne pourrait m'en empêcher.

– Je trouverais bientôt un moyen de vous en empêcher !

Le sourire fit place, encore une fois, à l'affreux rictus.

– Vous ne supposez pas, j'espère, qu'une telle idée me soit venue en tête ? Grands dieux ! Pensez à la dissolution permanente du grand Pr Challenger… Évanoui dans l'espace cosmique sans laisser de traces ! Terrible ! Terrible ! Au fait, il n'a pas été aussi courtois qu'il aurait dû l'être. Ne croyez-vous pas qu'une petite leçon… ?

– Non. Je ne crois pas !

– Eh bien ! Nous allons nous livrer toutefois à une démonstration peu banale.

Quelque chose qui vous donnera la matière d'un alinéa passionnant dans votre article. Par exemple, j'ai découvert que le système pileux du corps est sur une vibration tout à fait différente de celle des tissus organiques vivants ; je puis donc l'inclure ou l'exclure dans ma recomposition structurale. Or cela m'intéresserait de voir ce sanglier sans sa soie. Regardez !

Il y eut un bruit sec du levier. Un instant après, Challenger reparaissait sur sa chaise. Mais quel Challenger ! Un vrai lion tondu ! J'avais beau être furieux de la plaisanterie dont il était victime, je ne pus pas me retenir : j'éclatai d'un rire inextinguible !

Sa tête énorme était aussi chauve que celle d'un bébé, son menton aussi lisse que celui d'une jeune fille. Privée de sa glorieuse parure de poils, la partie inférieure du visage n'était que bajoues et jambons. Il ressemblait à un vieux gladiateur, cabossé et ballonné. Ses mâchoires de bouledogue saillaient sur le menton massif.

Peut-être est-ce ce qu'il lut sur nos visages – car je suis sûr que le méchant sourire de mon compagnon avait dû s'élargir devant ce spectacle… Quoi qu'il en fût, la main de Challenger se porta à son crâne, et il se rendit compte de son état. Dans la seconde qui suivit cette découverte, il avait bondi de sa chaise, attrapé l'inventeur par la gorge, et il l'avait projeté à terre. Connaissant la force immense de Challenger, j'étais persuadé qu'il allait le tuer.

– Prenez garde, au nom du ciel ! m'écriai-je. Si vous le tuez, nous ne pourrons jamais remettre les choses en état !

L'argument prévalut. Même dans ses pires moments de folie, Challenger était toujours accessible à la raison. Il se releva, tirant avec lui l'inventeur qui avait cru que sa dernière heure était arrivée.

– Je vous donne cinq minutes ! bégaya-t-il en haletant de fureur. Si dans cinq minutes je n'ai pas recouvré ma condition première, j'extirpe la vie de votre misérable petit corps !

Il n'était guère prudent d'argumenter avec Challenger en fureur. Cet homme aurait fait reculer devant lui les plus braves, et M. Nemor n'avait apparemment rien d'un courageux. Au contraire, les pustules et les boutons qui fleurissaient son visage étaient devenus plus visibles, car la couleur de la peau tout autour avait viré du mastic au ventre de poisson. Il tremblait de tous ses membres ; à peine put-il articuler quelques mots :

– Réellement, professeur ! balbutia-t-il en caressant sa gorge endolorie, la violence n'est pas nécessaire. Il ne s'agissait que d'une plaisanterie… D'une plaisanterie inoffensive… Entre amis… Je voulais vous démontrer tous les pouvoirs de ma machine. Je m'étais imaginé que vous souhaitiez une démonstration complète. Je ne voulais pas vous offenser, je vous en donne ma parole, professeur !

Pour toute réponse, Challenger regrimpa sur la chaise.

– Surveillez-le, Malone ! Ne tolérez aucune privauté, n'est-ce pas ?

– Je veille, monsieur.

– À présent, arrangez-moi ça. Sinon vous en supporterez les conséquences !

Terrorisé, l'inventeur s'approcha de la machine. La puissance de recomposition fut donnée à plein. En une seconde, le vieux lion avait recouvré sa crinière hirsute. Il se frappa affectueusement la barbe et passa les mains sur son crâne pour s'assurer que la restauration était totale. Puis, avec une solennité infinie, il descendit de la chaise.

« Vous avez pris une liberté, monsieur, qui aurait pu entraîner pour votre personne des suites très graves. Je me borne toutefois à prendre note de votre explication, à savoir que vous auriez agi uniquement dans un but démonstratif. Puis-je à présent vous poser quelques questions directes sur ce pouvoir remarquable dont vous revendiquez la découverte ?

– Je vous répondrai sur tous les points qu'il vous plaira, sauf sur la nature de la source du pouvoir. C'est mon secret.

– Et êtes-vous sérieux quand vous nous déclarez que personne au monde ne le connaît en dehors de vous-même ?

– Personne au monde !

– Vous n'avez pas eu d'assistants ?

– Non, monsieur. Je travaille seul.

– Sapristi ! Voilà qui est intéressant... Vous m'avez convaincu de la réalité de ce pouvoir, mais je n'entrevois pas encore ses capacités pratiques.

– Je vous ai indiqué, monsieur, que c'était un modèle. Mais rien ne me serait plus facile que de construire un appareil sur une tout autre échelle. Vous comprenez que l'action se produit verticalement. Certains courants au-dessus de vous, associés à certains autres par-dessous déclenchent des vibrations qui peuvent désintégrer ou recomposer. Mais le processus peut se dérouler sur un plan horizontal. Dans ce cas, l'effet serait le même, et couvrirait un champ proportionnel à la force du courant.

– Donnez-moi un exemple.

– Supposons qu'un pôle soit dans un petit bateau, l'autre dans un deuxième petit bateau : un cuirassé entre les deux se volatiliserait en molécules ! Il en serait de même avec une armée en marche.

– Et vous avez vendu ce monopole à une seule grande puissance européenne ?

– Oui, monsieur. Quand l'argent m'aura été versé, elle bénéficiera d'un pouvoir que n'a jamais eu aucune nation. Même maintenant, vous distinguez mal toutes les possibilités de cette arme placée en des mains compétentes, des mains qui ne trembleront pas. Elles sont incommensurables !...

Un sourire d'exultation méchante passa sur sa figure abominable.

« Imaginez un quartier de Londres où mes machines seraient aménagées. Imaginez l'effet de ce courant porté sans effort à l'échelle convenable...

« Ma foi, ajouta-t-il en éclatant de rire, j'imagine volontiers toute la vallée de la Tamise nettoyée, sans qu'il reste un homme, une femme ou un enfant sur ses millions d'habitants !

Ces paroles me remplirent d'horreur ; mais je détestai plus encore l'air triomphant avec lequel elles furent prononcées. Sur mon compagnon, elles semblèrent produire un tout autre effet : à ma grande surprise, il arbora un sourire badin et tendit sa main à l'inventeur.

– Eh bien ! monsieur Nemor, dit-il, il nous reste à vous féliciter. Sans aucun doute vous avez découvert une remarquable propriété de la nature, et vous êtes parvenu à la domestiquer pour que l'homme l'utilise. Le fait que cette utilisation soit destructive est évidemment déplorable, mais la science ignore des distinctions de ce genre : elle suit le savoir où il la conduit. Laissons de côté le principe fondamental qui est votre secret ; mais vous ne voyez pas d'inconvénient, je suppose, à ce que j'examine la construction de l'appareil ?

– Aucun inconvénient. L'appareil est simplement un corps ; c'est son âme, le principe qui l'anime, que vous n'avez aucun espoir d'appréhender.

– Soit ! Mais le mécanisme me paraît être un modèle de simplicité.

Pendant plusieurs minutes, il tourna autour de l'appareil et en tâta quelques éléments. Puis il hissa sa lourde masse sur la chaise.

– Voudriez-vous partir pour une nouvelle excursion dans le cosmos ? proposa l'inventeur.

– Plus tard, peut-être... Plus tard ! En attendant, il existe, vous le savez d'ailleurs certainement, une déperdition d'électricité. Je sens distinctement un courant faible qui passe à travers moi.

– Impossible. La chaise est parfaitement isolée.

– Je vous certifie que je le sens.

Il descendit de la plate-forme.

L'inventeur se hâta de prendre sa place.

– Moi, je ne sens rien ! dit-il.

– Vous ne sentez pas un chatouillement qui descend le long de votre moelle épinière ?

– Non, monsieur, je ne sens rien.

J'entendis un bruit sec, et le Letton disparut. Je regardai Challenger avec stupéfaction.

– Seigneur ! m'exclamai-je. Auriez-vous touché à la machine, professeur ?

Il m'adressa un sourire à la fois bienveillant et ingénu ; son visage n'exprimait qu'une douce surprise.

– Sapristi ! J'ai peut-être par inadvertance touché au levier, me répondit-il. Des incidents fâcheux sont toujours à craindre avec un modèle aussi primitif. Ce levier aurait dû être protégé.

– Il est au trois : c'est la butée de désintégration.

– C'est bien ce que j'avais remarqué quand il a opéré sur vous.

– Moi, j'étais tellement énervé quand il vous a ramené sur la terre que je n'ai pas vu le chiffre pour la reconstitution. L'avez-vous noté ?

– Peut-être l'ai-je noté, jeune Malone ; mais je n'encombre pas ma tête de petits détails : il y a plusieurs butées, et nous ignorons à quoi elles servent... Peut-être aggraverions-nous la situation si nous expérimentions à tort et à travers, peut-être serait-il préférable de laisser les choses en état ?

– Et vous voudriez…

– Exactement ! Cela vaudrait nettement mieux. L'intéressante personnalité de M. Théodore Nemor s'est diluée dans le cosmos, sa machine est donc sans valeur, et un gouvernement étranger se trouve privé du savoir grâce auquel beaucoup de mal pouvait être commis. Nous n'avons pas perdu notre temps ce matin, jeune Malone ! Votre feuille de chou publiera vraisemblablement une colonne passionnante sur l'inexplicable disparition d'un inventeur letton peu après la visite de son envoyé spécial !… Cette expérience m'a grandement plu ! De tels instants jettent des lueurs sur la routine terne de l'étude. Mais la vie a ses devoirs comme ses plaisirs : aussi vais-je revenir à mon Italien Mazotti et à ses vues obscènes sur le développement larvaire des termites tropicaux.

Je me retournai : j'eus l'impression qu'un léger brouillard gras flottait autour de la chaise.

– Tout de même !… insistai-je.

– Le premier devoir du citoyen respectueux des lois, déclara avec force le Pr Challenger, est d'empêcher le crime. Ai-je fait autre chose ? En voilà assez Malone ! Assez bavardé sur ce thème ! Des affaires plus importantes me réclament !

Fin.

QUAND LA TERRE HURLA

Professeur Challenger : roman 5

Je me rappelais vaguement avoir entendu mon ami Edward Malone, de la Gazette, parler du Pr Challenger, en compagnie duquel il avait vécu quelques aventures assez remarquables. Mais je suis tellement accaparé par mon métier, et ma firme est si submergée de commandes qu'en dehors de ce qui touche à mes intérêts personnels je sais mal ce qui se passe dans le monde. En gros, j'avais gardé de Challenger l'image caricaturale d'un génie sauvage, violent et sectaire.

Je fus grandement surpris de recevoir de lui une lettre d'affaires, rédigée dans les termes suivants :

14 bis, Enmore Gardens,

Kensington.

Monsieur,

J'ai l'occasion de louer les services d'un expert en forages artésiens. Je ne vous dissimulerai pas que mon opinion sur les experts n'est pas très haute : j'ai maintes fois constaté qu'un homme qui, comme moi-même, est doté d'un cerveau bien agencé, dispose d'une largeur de vues plus grande et plus saine qu'un soi-disant spécialiste, lequel se cantonne dans l'exercice d'un savoir particulier. Néanmoins, je suis résolu à vous mettre à l'épreuve. En regardant la liste des autorités en puits artésiens, une certaine bizarrerie – absurdité, allais-je écrire – dans votre nom a retenu mon attention ; j'ai pris des renseignements, et il s'est trouvé que mon jeune ami, M. Edward Malone, vous connaissait. Je vous écris donc pour vous dire que je serais heureux d'avoir un entretien avec vous ; si vous répondez aux conditions requises – et celles que je requiers ne sont pas minces ! – il est possible que je vous confie une affaire extrêmement importante. Je ne puis vous donner plus de précisions sur l'affaire en question, sinon qu'elle est des plus secrètes ; nous en débattrons verbalement. En conséquence, je vous prie de surseoir à tout nouvel engagement, et je compte que vous viendrez me voir à l'adresse ci-dessus vendredi prochain à dix heures et demie. Il y a un décrottoir et un paillasson à la porte ; Mme Challenger est très pointilleuse à ce sujet.

Je demeure, Monsieur, tel que j'étais au début de cette épître.

George Edward Challenger.

Je tendis cette lettre à mon secrétaire, et il informa le professeur que M. Parfait Jones serait heureux de se trouver au rendez-vous. C'était une lettre d'affaires parfaitement civile, mais elle commençait par la phrase : « Nous avons bien reçu votre lettre, non datée… » Ce qui provoqua une deuxième missive du professeur ; son écriture ressemblait à un réseau de fils de fer barbelés.

Monsieur,

Je remarque que vous soulignez à des fins critiques que ma lettre n'était pas datée. Pourrais-je attirer votre attention sur le fait que, par une sorte de compensation d'un impôt monstrueux, notre gouvernement a l'habitude d'apposer une petite indication circulaire ou timbre sur l'extérieur de l'enveloppe, ce qui notifie la date de la mise à la poste ? Si cette indication fait défaut ou si elle est illisible, adressez-vous aux autorités postales compétentes. En tout état de cause, je vous prierais de borner vos observations aux problèmes inhérents à l'affaire sur laquelle je vous consulte, et de mettre un terme à vos commentaires touchant la forme éventuelle de ma correspondance.

Il me parut évident que le professeur était fou. Avant de m'engager plus avant, je me rendis donc chez mon ami Malone, que je connaissais depuis le bon vieux temps où nous jouions ensemble au rugby dans l'équipe de Richmond. Il était aussi Irlandais et aussi gai que jamais ; il s'amusa fort de ma première échauffourée avec Challenger.

– Ce n'est rien du tout, mon vieux ! me dit-il. Quand tu auras été avec lui pendant cinq minutes, tu te sentiras quasi écorché vif. Pour ce qui est de se montrer désagréable, c'est le champion du monde !

– Et pourquoi le monde devrait-il l'endurer ?

– Mais il ne l'endure pas ! Si tu faisais le total des procès en diffamation, des bagarres, et des citations devant le tribunal de simple police…

– Citations pourquoi ?

– Pour coups et blessures. Dieu me pardonne, mais il irait volontiers jusqu'à te jeter du haut de l'escalier si tu manifestais un désaccord avec lui ! C'est l'homme des cavernes en veston.

Je le vois très bien avec un gourdin dans une main et dans l'autre un morceau de silex très tranchant… Il y a des gens qui ne sont pas de leur siècle ; lui n'est pas de son millénaire. Il appartient à la période néolithique, ou par là…

– Et il est professeur !

– Voilà le merveilleux ! C'est le plus grand cerveau d'Europe, et au service de ce cerveau il emploie une force motrice capable de transformer tous ses rêves en réalités. Ses collègues le haïssent comme du poison, ils essaient de le freiner ou de lui mettre des bâtons dans les roues. Lui les ignore ; il fonce sur sa voie à toute vapeur.

Je réfléchis.

– Bien. Une chose au moins est claire : je ne veux rien avoir affaire avec lui. J'annule mon rendez-vous.

– Jamais de la vie. Tu le maintiens, au contraire ; et tu arriveras à l'heure… Que dis-je, à l'heure : à la minute ! Sinon, tu en entendras parler.

– Et pourquoi, s'il te plaît ?

– Écoute-moi. D'abord, ne prends pas trop au pied de la lettre ce que j'ai dit de mon vieux Challenger. Tous ceux qui l'approchent apprennent à l'aimer. C'est un vieil ours qui n'est pas méchant, crois-moi ! Je me rappelle comment il a porté sur son dos un bébé indien qui avait la variole pour le ramener au fleuve après avoir marché dans la brousse pendant cent cinquante kilomètres. Il est formidable en tout, de toutes les manières, comprends-tu ? Si tu es régulier avec lui, il ne te fera aucun mal.

– Je ne courrai pas ce risque.

– Ce serait stupide ! As-tu déjà entendu parler du mystère de Hengist Down… le forage d'un puits sur la côte sud ?

– Il s'agit d'une exploration secrète pour une exploitation de houille, si j'ai bien compris ?

Malone cligna de l'œil.

– Si tu veux ! Vois-tu, je suis dans les confidences du bonhomme ; je ne peux rien dire tant qu'il ne m'en donne pas l'autorisation. Mais je te dirai quand même ceci, qui a paru dans la presse. Un type, Betterton, qui a fait fortune dans le caoutchouc, a légué ses biens à Challenger il y a quelques années, sous la réserve que cet argent serait utilisé dans l'intérêt de la science. La somme est coquette : plusieurs millions de livres. Challenger a alors acheté un domaine dans le Sussex, à Hengist Down. C'était une terre sans valeur, à la lisière nord du pays de la craie ; il en a obtenu une grande étendue, qu'il a entourée de fils de fer et de grillages. Au milieu, il y avait un profond ravin, qu'il commença à faire creuser. Il annonça…

Malone cligna de l'œil encore une fois.

« Il annonça qu'il y avait du pétrole en Angleterre et qu'il entendait le prouver. Il construisit un petit village modèle qu'habita une colonie d'ouvriers bien payés qui ont tous juré de rester bouche cousue. Le ravin est protégé par des fils de fer et des grillages, comme tout le domaine ; sa surveillance est renforcée par des limiers féroces. Plusieurs journalistes ont déjà failli y perdre la vie, et je ne parle pas de leurs fonds de pantalons ! Ces chiens sont bien dressés… Il s'agit d'une entreprise colossale ; c'est la société de sir Thomas Morden qui en est chargée ; mais là encore tout le monde a promis de tenir sa langue. Il est vraisemblable que le moment est venu où un spécialiste de puits artésiens est nécessaire. Alors serais-tu assez idiot pour refuser un travail pareil ? Songe à l'intérêt qu'il représente, à l'expérience que tu acquerras. Et puis, il y aura un gros chèque au bout… Enfin tu te frotteras à l'homme le plus extraordinaire que tu puisses jamais rencontrer !

Les arguments de Malone prévalurent et, vendredi matin, je pris la route d'Enmore Gardens. Je m'attachai si bien à être exact que j'arrivai devant la porte de Challenger vingt minutes trop tôt. J'attendais dans la rue quand je réalisai soudain que la Rolls-Royce arrêtée là, avec sa flèche en argent sur la portière, ne m'était pas inconnue : c'était sûrement la voiture de Jack Devonshire, le jeune associé de la grande société Morden. Je l'avais toujours pris pour le plus courtois des hommes, si bien que je fus profondément troublé lorsque tout à coup il apparut, levant les mains vers le ciel et suppliant avec une grande ferveur :

– Ô Seigneur ! jetez-le au diable ! Oh ! oui, au diable cet homme !

– Qu'est-ce qui ne va pas, Jack ? Vous me paraissez irrité ce matin !

– Hello ! Parfait ! Seriez-vous aussi dans ce job ?

– Il y a des chances.

– Eh bien ! ça vous fera le caractère !

– Plus que vous n'avez l'air de pouvoir le supporter, hein ?

– Oui. Le maître d'hôtel vient de me dire : « Le professeur m'a prié de vous avertir, monsieur, qu'il était occupé à présent à manger un œuf, et que si vous veniez à une heure plus convenable il vous recevrait volontiers. » Voilà ! J'ajoute que je m'étais déplacé pour rentrer dans quarante-deux mille livres qu'il nous doit.

J'eus un sifflement.

– Vous ne pouvez pas rentrer dans votre argent ?

– Oh ! si, pour l'argent, il est parfait. Je rends pleine justice à ce vieux gorille : pour l'argent, il a les mains ouvertes. Mais il paie quand ça lui plaît, comment ça lui plaît, et il se moque du monde. Cela dit, tentez votre chance : vous verrez bien ce qu'il vous arrivera !

Sur ces mots encourageants, il se mit au volant et démarra.

Je surveillai ma montre ; l'heure zéro sonna enfin.

J'ose dire que je suis du genre solide ; j'ai été finaliste de la compétition des poids moyens au Belsize Boxing Club. Mais jamais je ne m'étais présenté à un rendez-vous dans un tel état d'énervement. Il ne s'agissait pas d'une peur physique, car j'avais confiance dans mes moyens pour le cas où ce fou inspiré m'attaquerait. Il s'agissait d'autre chose : la crainte d'un scandale public et l'appréhension de rater une affaire lucrative. Toutefois, les choses étant toujours plus simples quand l'imagination cède le pas à l'action, je refermai brutalement le boîtier de ma montre et sonnai à la porte.

Un vieux maître d'hôtel au visage de bois m'ouvrit. Cet homme arborait une expression, ou une absence d'expression, qui donnait l'impression qu'il était tellement habitué aux secousses de l'existence que rien au monde ne pouvait plus l'étonner.

– Avez-vous rendez-vous, monsieur ?

– Certainement.

Il compulsa une liste qu'il tenait à la main.

– Votre nom, monsieur ?... D'accord, monsieur Parfait Jones... Dix heures trente. Dans l'ordre... Nous devons nous méfier, monsieur Jones, car les journalistes nous ennuient beaucoup. Le professeur, comme vous le savez peut-être, n'approuve pas la presse. Par ici, monsieur. Le Pr Challenger vous reçoit à l'instant.

Je fus donc introduit. Je crois que mon ami Ted Malone a beaucoup mieux décrit le personnage dans son Monde perdu que je ne saurais le faire ; je n'insisterai donc pas. Tout ce dont je pris conscience fut un énorme tronc d'homme derrière un bureau en acajou, une grande barbe noire taillée en bêche, et deux gros yeux gris à demi recouverts par des paupières qui retombaient insolemment. Sa tête massive était inclinée en arrière ; sa barbe pointait de l'avant ; il exhibait par toute sa personne une intolérance arrogante, insupportable. « Que diable me voulez-vous ? » Telle était la question qui se lisait dans son regard. Je posai ma carte sur la table.

– Ah ! oui, dit-il en la prenant et en la repoussant aussitôt comme si elle sentait mauvais. Bien sûr ! Vous êtes l'expert... soi-disant ! M. Jones. M. Parfait Jones. Vous pouvez rendre grâces à votre parrain, M. Jones, car c'est votre prénom qui a d'abord attiré mon attention.

– Je suis ici, professeur Challenger, pour une conversation d'affaires, et non pour discuter de mon prénom ! articulai-je avec toute la dignité dont j'étais capable.

– Mon Dieu, vous me paraissez bien susceptible ! Vos nerfs sont dans un état d'irritation accentuée, monsieur Jones. Il nous faudra marcher à pas feutrés quand nous aurons affaire ensemble, monsieur Jones !... Je vous en prie, asseyez-vous ! Et remettez-vous ! J'ai lu votre petite brochure sur la mise en valeur de la presqu'île du Sinaï. L'avez-vous écrite vous-même ?

– Naturellement, monsieur. Elle est signée de mon nom.

– D'accord ! D'accord ! Mais ça ne veut pas toujours dire grand-chose, n'est-ce pas ? Pourtant j'admets que pour une fois la réalité concorde avec les apparences. Le livre n'est pas exempt de mérites. Sous le style un peu terne percent quelques idées. Même, ici et là, des germes de pensée. Êtes-vous marié ?

– Non, monsieur. Je ne suis pas marié.

– Alors il y a des chances pour que vous gardiez un secret ?

– Si je vous promets de garder un secret, je tiendrai assurément ma parole !

– C'est vous qui le dites. Mon jeune ami Malone...

Il parlait de Ted comme s'il était un bambin de dix ans.

« Malone a bonne opinion de vous. Il m'a dit que je pouvais vous faire confiance. En vérité, cette confiance serait grande ; car je me trouve engagé maintenant dans l'une des plus grandes expériences... je devrais dire : la plus grande expérience de l'histoire du monde ! Je vous demande d'y participer.

– J'en serai très honoré !

– C'est en effet un honneur. Je conviens que je n'aurais pas dû partager mes travaux avec quiconque, mais la nature gigantesque de l'entreprise exige les plus hauts talents techniques. À présent, monsieur Jones, puisque vous m'avez donné votre parole que vous garderez le secret, j'en arrive au point essentiel, qui est celui-ci : le monde sur lequel nous vivons est lui-même un organisme vivant, doté, comme je le crois, d'une circulation, d'une respiration et d'un système nerveux qui lui sont propres.

Sans aucun doute, je me trouvais en face d'un maboul.

« Je remarque, poursuivit-il, que votre cervelle a du mal à assimiler cette idée ; mais elle finira bien par la digérer. Vous découvrirez par exemple à quel point une lande de bruyère ressemble à la partie velue d'un animal géant. La nature procède souvent par analogies. Puis vous considérerez les exhaussements et les tombées séculaires du sol, qui indiquent une lente respiration. Enfin vous noterez les trémoussements et les grattements qui apparaissent à nos perceptions lilliputiennes sous la forme de tremblements de terre et d'autres ébranlements.

– Mais les volcans ? demandai-je.

– Tut, tut ! Ils correspondent aux parties chaudes de notre corps.

Je me mis la cervelle en tire-bouchon pour tenter de trouver une réponse à ces assertions ridicules.

— La température ! m'écriai-je. N'est-il pas vrai qu'elle s'accroît rapidement lorsque l'on descend, et que le centre de la terre est de la chaleur liquide ?

Il balaya de la main cette objection.

— Vous devez probablement savoir, puisque l'enseignement primaire est obligatoire, que la terre est aplatie aux pôles. Ce qui signifie que le pôle est plus près du centre que n'importe quel autre point de la terre, et qu'il devrait donc être affecté par cette chaleur dont vous parlez. Il est notoire, bien sûr, que les conditions aux pôles sont tropicales, n'est-ce pas ?

— Première nouvelle !

— Naturellement. C'est le privilège du penseur original d'émettre des idées neuves, généralement mal accueillies par le vulgaire. Maintenant, monsieur, qu'est-ce que c'est que ça ?

— À première vue, c'est un oursin.

— Exactement ! s'exclama-t-il avec un air de surprise exagérée, comme s'il se trouvait devant un enfant qui aurait résolu contre toute attente un problème difficile. Un oursin !... Un échinoderme banal. La nature se répète dans beaucoup de formes sans regarder à la taille. L'échinoderme est un modèle, un prototype, du monde. Vous constatez qu'il est grossièrement rond, mais aplati aux pôles. Considérons donc le monde comme un gros oursin. Quelles sont vos objections ?

Mon objection principale était que ladite « considération » était trop absurde pour être discutée, mais je me gardai de l'exprimer. Je me ralliai à une affirmation moins définitive.

— Une créature vivante a besoin de se nourrir, dis-je. Où le monde pourrait-il satisfaire son gros ventre ?

— Un bon point ! Un excellent bon point ! lança le professeur d'un ton protecteur. Vous avez l'œil vif pour l'évident, mais vous êtes lent pour réaliser des imbrications plus subtiles... Comment le monde obtient-il sa nourriture ? Retournons-nous vers notre petit camarade l'échinoderme. L'eau qui l'entoure coule à travers les canaux de cette petite bête et lui fournit sa nourriture.

— Alors vous pensez que l'eau ?...

— Non, monsieur. Pas l'eau. L'éther. La terre broute circulairement dans les champs de l'espace ; pendant qu'elle se déplace, l'éther passe continuellement à travers son écorce et pourvoit à sa vitalité. Et il y a une quantité de petits mondes oursins qui font la même chose : Vénus, Mars, etc. Chacun de ces mondes possède son propre champ pour paître.

Cet homme était visiblement fou, mais non moins visiblement il n'y avait pas moyen de lui en faire convenir. Il prit mon silence pour une marque d'acquiescement, et il me sourit avec une bienveillance infinie.

« Nous progressons ! fit-il. La lumière commence à pénétrer. On est un peu ébloui au début, naturellement ; et puis on finit par s'y accoutumer. S'il vous plaît, accordez-moi encore toute votre attention, car j'ai encore deux ou trois observations à présenter au sujet de cette petite bête que je tiens dans ma main... Supposons que sur la coriace écorce extérieure de l'oursin quelques insectes infiniment petits rampent à sa surface ; l'oursin se rendrait-il compte de leur présence ?

– Non, vraisemblablement.

– Vous pouvez par conséquent imaginer facilement que la terre n'a pas la moindre idée de la manière dont elle est utilisée par l'espèce humaine. Elle ne se rend absolument pas compte de cette poussée champignonneuse de végétation et de l'évolution de ces minuscules animalcules qui se sont rassemblés sur elle au cours de ses voyages autour du soleil, tout comme les bernachesCoquillage à cinq valves [Note ELG] étaient récoltés sur les quilles des anciens bateaux. Tel est l'actuel état des faits : je me propose de le modifier.

Je le regardai avec ahurissement.

– Vous vous proposez de le modifier ? répétais-je.

– Je me propose de faire savoir à la terre qu'il existe au moins une personne, George Edward Challenger, qui sollicite son attention... qui, en vérité, insiste pour retenir son attention. C'est le premier avis de ce genre qu'elle a évidemment jamais reçu !

– Et comment, monsieur, vous y prendrez-vous ?

– Ah ! voilà où nous abordons notre affaire ! Vous avez mis le doigt dessus. De nouveau je vous prie de vous intéresser à cette petite bête. Sous sa croûte protectrice, elle est tout nerfs et toute sensibilité. N'est-il pas évident que si un animalcule parasite désirait attirer son attention, il creuserait un trou dans sa coquille afin de stimuler son appareil sensible ?

– C'est l'évidence même !

– Ou bien prenons l'exemple d'une puce ou d'un moustique qui explore la surface d'un corps humain. Nous pouvons très bien ne pas nous rendre compte de sa présence. Mais bientôt, quand l'insecte aura enfoncé sa trompe dans notre peau, qui est notre croûte, notre écorce, notre coquille, nous nous rappellerons sans plaisir que nous ne sommes pas seuls au monde. Mes projets commencent sans doute à s'éclairer pour vous ? La lumière luit dans les ténèbres...

– Grands dieux ! Vous vous proposez de creuser un puits à travers l'écorce terrestre ?

Il ferma les yeux sous l'effet d'un ineffable contentement de soi.

– Vous avez devant vous, dit-il, le premier homme qui aura percé cette corne épidermique. Je peux même parler au passé indéfini et dire : qui l'a percée.

– Vous l'avez percée ?

– Avec l'aide très efficace de Morden & Co. je crois pouvoir affirmer que je l'ai fait. Plusieurs années d'un travail sans interruption, de nuit comme de jour, effectué par des spécialistes qualifiés de la perceuse, du vilebrequin, du concasseur et de l'explosif nous ont enfin amenés au but.

— Vous ne voulez pas dire que vous avez traversé l'écorce ?

— Si vos expressions traduisent de l'émerveillement, je les tolère. Mais si elles traduisent de l'incrédulité...

— Pas du tout, monsieur ! Aucune incrédulité !

— Alors acceptez mes déclarations sans avoir l'air de les mettre en doute ! Nous avons traversé l'écorce. Elle avait une épaisseur de... exactement 13 200,988 mètres. En gros : 13 200 mètres. Au cours de notre percement, nous avons découvert – cela vous intéressera peut-être – des bancs de houille : une fortune ! Ils nous permettront sans doute à la longue d'amortir les frais de toute l'entreprise. Notre difficulté principale a été les sources et jaillissements d'eau dans la craie inférieure et dans les sables de Hastings, mais nous l'avons surmontée. Nous en sommes au dernier stade ; et à ce stade, c'est M. Parfait Jones qui va jouer le rôle du moustique. Votre perforatrice pour puits artésiens prend la place de la trompe de l'insecte. Le cerveau a fait tout son travail. Exit le penseur ! Entre le technicien, le parfait ingénieur, avec sa verge de métal... Ai-je été assez clair ?

— Vous avez parlé de treize kilomètres ! m'écriai-je. Savez-vous, monsieur, que la limite pour le forage d'un puits artésien est approximativement de mille cinq cents mètres ? J'en connais un, en Haute-Silésie, qui a une profondeur de mille huit cent quatre-vingt-dix mètres, mais il est considéré comme une réussite miraculeuse.

— Vous ne m'avez pas compris, monsieur Parfait. De deux choses l'une : ou bien mes explications n'ont pas été claires, ou bien votre intelligence est rétive... Je n'hésite pas ! Je sais parfaitement quelles sont les limites de forage pour les puits artésiens, et il est peu vraisemblable que j'aurais dépensé des millions de livres pour ce tunnel colossal si un forage d'un mètre avait suffi. Tout ce que je vous demande, c'est d'avoir une perforatrice en état, avec une pointe aussi affilée que possible, qui n'ait pas plus de trente mètres de long, et qui soit actionnée électriquement. Un système ordinaire de percussion déclenché par un poids répondra à tous les besoins.

— Pourquoi électriquement ?

— Je suis ici, monsieur Jones, pour donner des ordres et non des raisons. Avant que nous en ayons terminé, il peut arriver... C'est une éventualité !... Que votre vie dépende justement du fait que cette perforatrice sera mue à distance par un moteur électrique. Cet aménagement, j'imagine, est dans vos cordes ?

— Certainement.

— Alors, préparez-le. L'affaire n'en est pas encore au point qu'elle exige votre présence immédiatement, mais c'est immédiatement que vous devez vous préparer... à être prêt. Je n'ai rien d'autre à vous dire.

— Mais il est essentiel, m'insurgeai-je, que vous me renseigniez au moins sur le sol que cette perforatrice doit attaquer. Sable, argile, craie ?... Pour chaque sol, il faut un traitement différent !

— Baptisons-le compote, dit Challenger. Oui, supposons pour l'instant que vous ayez à enfoncer votre pointe dans de la compote... Bon ! Maintenant, monsieur Jones, j'ai quelques affaires d'importance qui requièrent ma liberté d'esprit ; aussi je vous souhaite le bonjour. Vous pouvez établir un contrat en règle, plus un devis, à l'intention de ma direction des travaux.

Je m'inclinai et je me dirigeai vers la porte. Mais au moment de sortir, ma curiosité fut la plus forte. Déjà il était en train d'écrire furieusement avec une plume d'oie qui gémissait sur le papier ; il me regarda, quand je l'interrompis, avec mécontentement.

— Monsieur… ?

— Eh bien ! monsieur, je vous croyais parti ?

— Je désirais seulement vous demander, monsieur, quel peut être le but d'une tentative aussi extraordinaire.

— Allez-vous-en ! Allez-vous-en, monsieur ! s'écria-t-il. Élevez donc votre esprit au-dessus des nécessités mercantiles et utilitaires du commerce ! Secouez vos conceptions mesquines des affaires ! La science exige du savoir. Laissez le savoir nous conduire où il l'entend ; encore faut-il que nous l'ayons ! Savoir une fois pour toutes qui nous sommes, pourquoi nous sommes, où nous sommes, n'est-ce pas là la plus grande des aspirations humaines ? Allez-vous-en, monsieur ! Allez-vous-en !

Il pencha à nouveau sa grosse tête noire au-dessus de ses papiers, et elle se fondit dans sa barbe. La plume d'oie gémit plus âprement que jamais. Alors je quittai cet homme extraordinaire la tête pleine d'un tourbillon de pensées. J'étais maintenant son associé.

Quand je rentrai à mon bureau, Ted Malone m'attendait : un large sourire en disait long sur la joie qu'il espérait tirer de mes confidences.

— Alors ? cria-t-il dès qu'il me vit. Rien de grave ? Pas de bagarre ? Pas de voies de fait ? Tu as dû le manier avec beaucoup de tact ! Qu'est-ce que tu penses de mon vieux bonhomme ?

— Il est l'homme le plus exaspérant, le plus insolant, le plus sectaire, le plus infatué que j'aie jamais rencontré. Mais…

— Voilà ! s'exclama Malone. Tous, nous en sommes arrivés à ces « mais… » Naturellement, il est tout ce que tu as dit, et même un peu plus. Mais on sent que c'est un homme si formidable, qu'il ne saurait être mesuré à notre échelle. Et il nous faut supporter de lui ce que nous ne supporterions jamais d'aucun autre mortel. Est-ce vrai, oui ou non ?

— Ma foi, je ne le connais pas encore suffisamment pour te répondre. Toutefois, j'admets qu'il n'est pas qu'un simple mégalomane brutal. Et si ce qu'il affirme est vrai, c'est certainement un champion de grande classe. Mais est-ce vrai ?

— Bien sûr ! Challenger déballe toujours la marchandise ! Maintenant, où en es-tu exactement ? T'a-t-il parlé de Hengist Down ?

— Oui, en gros.

— Écoute ! Tu peux m'en croire : c'est une affaire colossale ! Colossale dans sa conception. Colossale dans la réalisation ! Il hait les journalistes, mais il me fait confiance parce qu'il sait que je ne publierai rien sans son autorisation. Il a ses plans. J'en connais quelques-uns, sinon tous. C'est un cerveau si profond qu'on n'est jamais sûr d'en avoir touché le fond. De toute manière, j'en sais assez pour t'assurer que Hengist Down constitue un projet pratique, en voie d'achèvement. Je ne puis te donner qu'un conseil : attends les événements, et, entre-temps tiens-toi prêt ! Tu auras bientôt de ses nouvelles, soit par lui soit par moi.

De fait, ce fut Malone qui m'apporta des nouvelles. Quelques semaines plus tard, il arriva de bonne heure à mon bureau pour me transmettre un message.

– Je viens de chez Challenger, me dit-il.

– Tu ressembles au poisson pilote du requin…

– Je suis fier de travailler avec lui ! Réellement, ce type est sensationnel. Il a tout fait marcher au poil… Aujourd'hui, tu entres en scène. Il est à la veille de lever le rideau.

– Mon vieux, je ne le croirai que quand je l'aurai vu ! Mais tout est prêt ; le matériel complet est rassemblé sur un camion. Je suis en mesure de démarrer à n'importe quel moment.

– Tout de suite ! Je te l'ai dépeint comme un type formidable pour l'énergie et la ponctualité : ne me démens pas ! En attendant, descends avec moi par le train : je te donnerai une idée de ce que tu auras à faire.

C'était une adorable matinée de printemps : le 22 mai, pour être précis. Et le voyage que je fis me transporta en un lieu qu'il n'est pas excessif de qualifier d'historique. En route, Malone me remit une note de Challenger, qui contenait ses instructions.

Monsieur,

Dès votre arrivée à Hengist Down, vous vous mettrez à la disposition de M. Barforth, l'ingénieur en chef, qui est en possession de mes plans. Mon jeune ami Malone, porteur de ce pli, sera aussi en rapport avec moi et m'évitera sans doute tout contact personnel. Nous avons procédé à diverses expériences dans le puits, à 13 000 mètres et au-delà ; les phénomènes que nous avons rencontrés confirment pleinement mes vues quant à la nature d'un corps planétaire. Toutefois, j'ai besoin de quelques preuves plus sensationnelles encore pour espérer impressionner l'intelligence léthargique du monde scientifique moderne. Ce sont ces preuves que vous êtes destiné à apporter ; elles témoigneront. Quand vous descendrez par les ascenseurs, vous observerez – je vous présume muni de cette rare faculté qui s'appelle l'observation – que vous traversez successivement des couches de craie secondaires, des gisements houillers, des traces de dévonien et de cambrien, et enfin du granit à travers lequel passe la plus grande partie de notre tunnel. Le fond est maintenant recouvert de toile goudronnée à laquelle je vous prierai de ne pas toucher, car toute approche maladroite du derme de la terre risquerait d'entraîner des effets prématurés. Selon mes instructions, deux grosses poutres ont été posées en travers du puits à six mètres au-dessus du fond, avec un espace entre elles. Cet espace jouera le rôle d'étrier de serrage pour soutenir votre tube artésien. Quinze mètres de pointe suffiront ; six mètres descendront sous les poutres, de telle sorte que son extrémité arrive presque au niveau de la toile goudronnée. Si vous aimez la vie, ne l'enfoncez pas plus loin. Il vous restera neuf mètres qui monteront en l'air dans le puits. Quand vous déclencherez la manœuvre, il faut que douze mètres de votre pointe s'enterrent dans la substance de la terre. Cette substance étant très lisse et douce, je pense que vous n'aurez pas besoin de force motrice, et que le simple jeu du tube, en vertu de son propre poids, permettra de traverser la couche que nous avons mise à jour. Ces instructions suffiraient pour une intelligence ordinaire. Mais je doute fort que vous vous en contentiez. Pour le cas où vous aimeriez avoir d'autres éclaircissements, faites-moi transmettre vos questions par l'intermédiaire de notre jeune ami Malone.

George Edward Challenger.

On imaginera facilement que lorsque nous arrivâmes à la gare de Sorrington, proche de la base septentrionale de South Downs, j'étais dans un état de tension nerveuse considérable. Une voiture rongée par les intempéries nous attendait et nous cahota pendant une dizaine de kilomètres sur des voies secondaires et des chemins qui, malgré l'isolement du pays, abondaient en ornières et en autres symptômes d'une circulation intense autant que lourde. Un camion en pièces détachées gisait dans l'herbe, comme pour indiquer que la route n'était pas goûtée de tout le monde. À un autre endroit, les valves et les pistons d'une pompe hydraulique se profilèrent dans leur rouille au-dessus d'un bouquet d'ajoncs.

– Du travail Challenger ! dit Malone en souriant. On a prétendu que cette machine empiétait de quelques centimètres hors du domaine ; alors il l'a flanquée sur le côté.

– Avec un procès à la suite, sans doute ?

– Un procès ! Mon vieux, nous devrions avoir un tribunal rien que pour nous ! Nous suffirions à occuper un juge toute l'année. Et le gouvernement aussi ! Notre vieux diable ne se soucie de personne. Le roi contre George Challenger, et George Challenger contre le roi, une fameuse valse d'un tribunal à un autre ! Nous voici arrivés. Ça va, Jenkins, vous pouvez nous laisser entrer !

Un énorme gardien, avec une oreille remarquablement en chou-fleur, inspectait la voiture d'un air soupçonneux. Il se détendit et salua quand il reconnut mon camarade.

– Très bien, monsieur Malone. Je croyais que c'était l'American Associated Press !

– Ah ! ils sont encore en chasse, hein ?

– Eux aujourd'hui. Et hier, le Times. Oh ! ils s'activent proprement ! Regardez ça !...

Il montra un point éloigné sur la ligne de l'horizon.

– Vous voyez ce reflet ? C'est le télescope du Chicago Daily News. Oui, ils nous talonnent de près, à présent ! Je les ai vus tous en rang, comme des corbeaux, le long de ces balises-là.

– Pauvre presse ! soupira Malone, quand nous franchîmes le seuil d'une porte formidablement défendue par des fils de fer barbelés. Je suis journaliste moi-même ; je devine ce que pensent les confrères !

À cet instant, nous entendîmes une sorte de bêlement plaintif derrière nous.

– Malone ! Ted Malone !...

Cet appel émanait d'un grassouillet qui venait d'arriver sur une bicyclette à moteur et qui se débattait sous la poigne herculéenne du gardien.

– Voyons, laissez-moi ! criait-il. Bas les pattes ! Malone, dites à votre gorille de me laisser tranquille !

– Laissez-le, Jenkins ! C'est l'un de mes amis, dit Malone. Alors, vieille outre, qu'est-ce qui se passe ? Qu'est-ce que vous venez faire par ici ? Fleet Street est votre chasse gardée : pas les déserts du Sussex !

– Vous savez très bien pourquoi je suis là, répondit notre visiteur. Il faut que j'écrive un papier sur Hengist Down ; je ne peux pas rentrer à Londres sans de la bonne copie !

– Désolé, Roy ! Mais vous n'obtiendrez rien ici. Il vous faudra demeurer de l'autre côté des barbelés. Si vous voulez en savoir davantage, allez voir le Pr Challenger, et demandez-lui un permis de visite.

– J'y suis allé ! dit tristement le journaliste. J'y suis allé ce matin, Ted !

– Alors, qu'est-ce qu'il vous a dit ?

– Il m'a dit qu'il allait me faire passer par la fenêtre.

Malone éclata de rire.

– Et qu'est-ce que vous avez dit, vous ?

– J'ai dit : « Pourquoi pas par la porte ! » Et je me suis défilé par la porte justement, au moment précis où il allait manifester sa préférence pour la fenêtre. Ce n'était pas l'heure de discuter avec lui. Alors je suis venu sur place. Dites, Malone, avec ce taureau assyrien barbu à Londres et ce Thug ici qui m'a déchiré un col tout propre en Celluloïd, vous avez de drôles de fréquentations !

– Écoutez, Roy : je ne peux rien faire pour vous ! Je le ferais si je pouvais. Dans Fleet Street, vous avez la réputation d'un homme qui n'a jamais été battu ; mais cette fois-ci, vous touchez des deux épaules. Rentrez à votre journal. Aussitôt que mon vieux bonhomme m'y autorisera, je vous ferai signe : dans quelques jours.

– Aucune chance de pénétrer ?

– Pas l'ombre d'une chance !

– Avec de l'argent !

– Vous devriez en savoir assez pour ne pas me poser une question semblable !

– On m'a dit qu'il s'agissait d'un raccourci pour aller en Nouvelle-Zélande...

– Le raccourci sera pour l'hôpital si vous pénétrez, Roy. Allons, bonsoir ! Nous avons à travailler maintenant...

« C'était Roy Perkins, le correspondant de guerre, ajouta Malone, quand nous eûmes franchi l'enceinte fortifiée. Nous avons fait pièce à sa réputation, car il est imbattable. Sa petite figure poupine innocente lui permet de passer partout. Jadis nous appartenions à la même équipe... Tenez...

Il désigna un rassemblement de coquets bungalows à toits rouges.

– ...voilà la caserne des hommes. Challenger a réuni un splendide échantillonnage de travailleurs spécialisés qui touchent de gros sursalaires. Il faut qu'ils soient célibataires, qu'ils ne boivent pas d'alcool, et qu'ils soient fidèles à leur serment de discrétion. Jusqu'ici je ne crois pas qu'il y ait eu une faille. Voilà leur terrain de football. Cette maison isolée est leur bibliothèque avec une salle de jeux. Oh ! je vous en donne ma parole, le vieux Challenger est un organisateur ! Voici M. Barforth, l'ingénieur en chef.

Un homme filiforme, mélancolique, long comme un jour sans pain, largement pourvu de rides creusées par l'anxiété, était venu à notre rencontre.

– Je suppose que vous êtes l'ingénieur en puits artésiens, prononça-t-il d'une voix lugubre. On m'avait dit de vous attendre. Je suis heureux que vous soyez là, car je n'ai pas besoin de vous dire que les responsabilités qui m'incombent me portent sur les nerfs. Nous travaillons loin, et je ne sais jamais si c'est un jaillissement d'eau crayeuse, ou un gisement de charbon, ou une giclée de pétrole, ou les flammes de l'enfer qui vont apparaître. Jusqu'à présent, nous avons évité l'enfer ; mais peut-être nous le découvrirez-vous ?

– Fait-il très chaud en bas ?

– Ma foi, il fait chaud ! Pas moyen de dire le contraire. Et pourtant il ne fait peut-être pas si chaud que la pression barométrique et le confinement de l'espace ne le laisseraient supposer. Bien entendu, ne parlons pas de la ventilation : elle est abominable. Nous amenons de l'air, mais des équipes de deux heures sont un maximum ; et avec des gars pleins de bonne volonté ! Le professeur est descendu hier, il a été très satisfait. Joignez-vous à nous pour déjeuner ; après quoi vous verrez par vous-même.

Le repas fut frugal et bousculé. Ensuite l'ingénieur en chef nous fit les honneurs, avec une assiduité amoureuse, du matériel entassé dans le bâtiment des machines, et il n'oublia aucun des tas de ferraille dont l'herbe était jalonnée tout autour. Sur un côté, il y avait une énorme pelle hydraulique démontée, qui avait servi aux premières excavations. Puis une grande machine actionnait une cordelette d'acier à laquelle étaient accrochés des plateaux qui remontaient les débris du fond du puits. Dans la station génératrice, plusieurs turbines d'une grande puissance tournant à cent quarante révolutions par minute gouvernaient des accumulateurs hydrauliques qui développaient une pression de sept cents kilos par pouce carré, conduite par des tuyaux de sept centimètres descendant jusqu'au fond du puits, et actionnant quatre perceuses de roc à couteaux évidés. Attenante à la station génératrice, une centrale électrique fournissait la force nécessaire à une très grosse installation d'éclairage. Ensuite venait une turbine supplémentaire de deux cents CV qui actionnait un ventilateur de trois mètres, lequel expédiait de l'air à travers un tube de trente centimètres jusqu'au bas de l'ouvrage. Toutes ces merveilles me furent montrées avec accompagnement d'explications techniques par leur technicien, lequel commençait à m'assommer comme j'assomme peut-être le lecteur. Une interruption heureuse se produisit, j'entendis un rugissement de roues, et je me réjouis de voir mon trois tonnes roulant et virant sur l'herbe, chargé jusqu'au bord de mes instruments et de sections de tubes, et convoyant mon conducteur de travaux, Peters, ainsi qu'un apprenti au visage barbouillé. Tous deux se mirent immédiatement à l'œuvre, ils commencèrent par décharger mon matériel. Je les abandonnai pour me diriger avec Malone et l'ingénieur vers le puits.

C'était quelque chose d'étonnant, bien plus vaste que tout ce que j'avais imaginé. La haldeEnsemble des déchets extraits résultant de l'extraction du minerai [Note ELG]., qui s'entassait par milliers de tonnes, formait un immense fer à cheval autour de l'ouverture. Dans la concavité de ce fer à cheval s'élevait un véritable hérisson de piliers en acier et de roues d'où étaient actionnés les pompes et les ascenseurs. Ils étaient reliés avec le bâtiment des commandes qui était au centre du fer à cheval. Et puis il y avait la gueule ouverte du puits ; une fosse immense bâillait : son diamètre atteignait dix ou douze mètres ; elle était ceinturée et coiffée de maçonnerie et de ciment. Lorsque je me tordis le cou pour plonger mon regard dans ce gouffre terrifiant dont on m'avait affirmé qu'il avait treize kilomètres de profondeur, mon cerveau chancela sous la pensée de ce que cela représentait. La lumière du soleil éclairait cette gueule en diagonale : je ne distinguais sur quelques centaines de mètres que de la craie blanche, renforcée ici et là par de la maçonnerie lorsque la surface avait paru instable. En regardant de tous mes yeux, j'aperçus au loin, très loin dans l'obscurité, une minuscule tache de lumière, la plus petite tache possible, mais qui se détachait nettement sur le fond noir comme de l'encre.

– Qu'est-ce que c'est que cette lumière ? demandai-je.

Malone se pencha par-dessus le parapet.

– C'est l'une des cages qui remonte, répondit-il. Assez sensationnel, n'est-ce pas ? Elle est à un ou deux kilomètres de nous, et cette petite lueur est une puissante lampe à arc. La cage est rapide ; dans quelques minutes elle sera ici.

Effectivement, la lueur devint de plus en plus grosse, et pour finir elle illumina tout le puits de sa radiation argentée ; je dus même détourner les yeux pour ne pas être ébloui. La cage d'acier s'arrêta devant le palier ; quatre hommes en sortirent et passèrent devant nous.

« Ils sont presque tous à l'intérieur, m'expliqua Malone. Ce n'est pas une plaisanterie de travailler deux heures à une telle profondeur !... Bon, je vois qu'une partie de ton matériel est déchargée. La meilleure chose à faire est de descendre : tu jugeras de la situation par toi-même.

Le bâtiment des machines possédait une annexe où il me conduisit. Au mur étaient suspendus plusieurs costumes amples en tussor extraléger. Je fis comme Malone, je me déshabillai complètement et j'enfilai l'un de ces costumes, plus une paire de sandales à semelle caoutchoutée. Malone, ayant fini avant moi, quitta la pièce. Une minute plus tard, j'entendis un bruit qui ressemblait à celui qu'auraient fait dix chiens furieux en train de se déchirer. Je me précipitai pour découvrir Malone roulant à terre et serrant la gorge de l'apprenti qui devait aider à fixer mon tubage artésien. Il essayait de lui arracher un objet auquel l'autre s'accrochait désespérément. Mais Malone, trop fort pour lui, s'empara de l'objet et le piétina jusqu'à ce qu'il fût réduit en miettes. Ce fut alors que je vis que c'était un appareil photographique. Mon apprenti au visage barbouillé se releva péniblement.

– Le diable vous emporte, Ted Malone ! gémit-il. C'était un nouvel appareil qui valait au moins dix guinées !

– Impossible d'agir autrement, Roy ! Vous aviez pris des photos. Il ne me restait plus qu'une chose à faire !

– Comment avez-vous pu vous débrouiller pour vous trouver mêlé à mon matériel ? interrogeai-je avec une vertueuse indignation.

Le coquin cligna de l'œil et sourit à belles dents :

– Il y a toujours un moyen de se débrouiller ! dit-il. Mais ne vous en prenez pas à votre conducteur de travaux. Il a cru qu'il s'agissait d'une farce, j'ai changé de vêtements avec votre apprenti, et je suis entré.

– Et maintenant vous allez sortir ! dit Malone. Pas la peine de discuter, Roy. Si Challenger était ici, il lâcherait les limiers à vos trousses. Je connais les exigences du métier et je ne serai pas méchant, mais ici je suis un chien de garde : je suis capable de mordre autant que d'aboyer. Allez ! Fichez le camp !

C'est ainsi que fut expulsé notre trop entreprenant visiteur. Le public comprendra enfin la genèse du merveilleux article sur quatre colonnes intitulé : Le Rêve fou d'un savant, avec comme sous-titre : « Droit vers l'Australie », qui parut dans l'Adviser quelques jours plus tard. (Article qui amena Challenger au bord de l'apoplexie, et le directeur du journal à accorder l'entretien le plus désagréable et le plus dangereux de sa vie.) Il s'agissait du récit, un peu trop haut en couleur, des aventures de Roy Perkins, « notre réputé correspondant de guerre », et il contenait des phrases telles que « ce taureau hirsute d'Enmore Gardens », « une enceinte fortifiée gardée par des barbelés, des professionnels du catch, et des limiers assoiffés de sang », et ce passage : « Je fus expulsé de l'entrée du tunnel anglo-australien par deux brutes ; la plus sauvage était l'un de ces maîtres Jacques que je connaissais de vue comme l'un des écumeurs de ma profession ; l'autre, figure sinistre vêtue d'un costume pour les tropiques, posait comme ingénieur en puits artésiens alors qu'il semblait être venu tout droit de Whitechapel. » Nous ayant ainsi étiquetés, le coquin publiait une description précise de l'entrée de la fosse et d'une excavation en zigzag par laquelle les funiculaires creusaient leur chemin sous la terre. Le seul inconvénient pratique de cet article fut qu'il accrut sensiblement le nombre des badauds qui s'asseyaient sur les South Downs pour guetter les événements. Le jour arriva où ils se produisirent : ce jour-là, les badauds auraient bien voulu être ailleurs !

Mon conducteur de travaux et son faux apprenti avaient déchargé le matériel. Mais Malone insista pour que nous n'y touchions pas et que nous descendions sans plus attendre. Nous entrâmes donc dans la cage et, en compagnie de l'ingénieur en chef, nous nous enfonçâmes dans les entrailles de la terre. Il y avait toute une succession d'ascenseurs automatiques, chacun disposant de son propre poste de commande creusé sur le flanc de l'excavation. Ils fonctionnaient avec une grande vitesse.

L'impression, quand on était dedans, s'apparentait davantage à celle que l'on ressent dans un railway vertical que celle que procure le respectable ascenseur anglais.

Comme la cage était à claire-voie et très éclairée, nous avions un excellent aperçu des diverses strates que nous traversions. Je les identifiai toutes. Par endroits, de la maçonnerie avait étayé les flancs ; mais dans son ensemble le puits tenait admirablement tel qu'il avait été creusé. On ne pouvait que s'émerveiller du travail gigantesque et de l'habileté technique de l'entreprise. Sous les gisements houillers, j'observai des couches mêlées qui avaient l'aspect de béton ; puis nous tombâmes dans un granit primitif où les cristaux de quartz étincelaient et scintillaient comme si ces sombres murailles étaient parsemées d'une poussière de diamants. Nous descendions... Nous descendions toujours, plus bas à présent, jusqu'à un niveau jamais atteint par un mortel. Les rocs archaïques prenaient des teintes merveilleusement variées. D'étage en étage, et d'ascenseur en ascenseur, l'air se raréfiait et devenait plus chaud ; nos légers costumes de tussor devinrent intolérables : sur notre peau la sueur coulait en ruisselets jusque dans nos sandales. Enfin, au moment où je pensais que je ne pourrais pas supporter pire, le dernier ascenseur s'arrêta, et nous avançâmes sur une plate-forme circulaire qui avait été taillée dans le roc. Je remarquai que Malone jetait un regard soupçonneux sur les murailles qui nous entouraient. Si je ne l'avais pas connu comme l'un des hommes les plus braves de cette terre, j'aurais dit qu'il avait les nerfs à fleur de peau.

– Drôle de truc ! murmura l'ingénieur en chef en passant une main sur le roc.

Il porta ensuite cette même main devant la lampe : elle brillait d'une sorte d'écume limoneuse. Il ajouta :

– Ici en bas, il y a eu des frémissements, des tremblements. Je ne sais pas à quelle matière nous avons affaire. Le professeur a l'air content. Mais pour moi, c'est tout nouveau.

– Je dois dire que j'ai vu ce mur presque ébranlé, déclara Malone. La dernière fois que j'étais descendu ici, nous avons assujetti ces deux poutres pour votre perforatrice ; quand nous avons taillé dedans pour les étais, il tressaillait à chaque coup. Vue de notre bonne ville solide de Londres, la théorie du vieux bonhomme paraissait absurde ; mais ici, par treize kilomètres de fond, je n'en suis pas si sûr !

– Si vous voyiez ce que recouvre la toile goudronnée, vous en seriez encore moins sûr ! dit l'ingénieur. Tout le roc, dans cette partie inférieure, se coupe comme du fromage ; quand nous l'avons traversé, nous sommes tombés sur une nouvelle formation qui ne ressemblait à rien sur la terre. Et le professeur nous a crié : « Recouvrez ! Recouvrez-moi ça avec la toile goudronnée ! » Alors nous l'avons recouvert, et voilà !

– On ne pourrait pas jeter un coup d'œil ?

Une expression de terreur passa sur le visage lugubre de l'ingénieur.

– Désobéir au professeur, c'est grave ! répondit-il. Il est si malin, aussi, que vous ne savez jamais s'il ne va pas s'apercevoir de quelque chose... Enfin, risquons notre chance et jetons-y un œil !

Il tourna le réflecteur vers le bas : la toile goudronnée brillait sous la lumière. Puis il se pencha et, s'emparant d'une corde qui était attachée à un angle de cette couverture, il découvrit quatre ou cinq mètres carrés de la surface qu'elle dissimulait.

C'était un spectacle à la fois extraordinaire et terrifiant. Le sol consistait en une matière grisâtre, vitrifiée et luisante, qui se soulevait et retombait au rythme d'une palpitation lente. Les battements n'étaient pas directs ; ils donnaient l'impression d'une sorte d'ondulation qui se propageait sur la surface. Cette surface n'était pas entièrement homogène ; au-dessous vues, comme à travers un soupirail, il y avait des taches blanchâtres, des vacuoles qui variaient constamment en forme et en taille. Cloués sur place, nous considérâmes tous les trois ce spectacle extraordinaire.

– On dirait bien de la peau d'animal, hein ? chuchota Malone. Avec son oursin, le vieux bonhomme n'est peut-être pas si loin de la vérité !

– Seigneur, m'exclamai-je. Et il va falloir que je plonge un harpon dans cette bête ?

– Ce privilège te revient, mon fils ! déclara Malone. Et, triste à dire, à moins que je ne me dégonfle, j'aurai le redoutable honneur d'être à côté de toi quand tu t'exécuteras.

– Oui ? Eh bien ! pas moi ! fit l'ingénieur en chef avec décision.

Et il ajouta :

« Si le vieux insiste, je lui rends mon maroquin. Oh ! mon Dieu, regardez ça!

La surface grise se souleva brusquement, montant vers nous comme l'aurait fait une vague observée du haut d'une digue. Puis elle retomba, et ses battements se régularisèrent. Barforth laissa filer la corde et replaça la toile goudronnée : On aurait dit qu'elle savait que nous étions là ! balbutia-t-il.

– Pourquoi y a-t-il eu des remous dans notre direction ? Est-ce que ce ne serait pas un effet de la lumière ? s'enquit Malone.

– Et moi, maintenant, que dois-je faire ? demandai-je.

M. Barforth désigna les deux poutres qui traversaient la fosse juste au-dessous de l'ascenseur. Entre elles il y avait un espace de vingt-cinq centimètres.

– C'est l'idée du vieux bonhomme, dit-il. Je crois que j'aurais pu mieux les arranger, mais autant essayer de discuter avec un buffle furieux ! Il est plus facile et plus sûr de faire exactement ce qu'il veut. Son idée est que vous utilisiez votre pointe de quinze centimètres et que vous la fixiez d'une manière quelconque entre les deux poutres.

– Eh bien ! je ne pense pas qu'il y aura beaucoup de difficultés à cela, répondis-je. Le travail sera fait dans la journée.

Il s'agissait, on le devine, de l'expérience la plus étrange de ma vie. Et pourtant j'avais creusé des puits dans les cinq continents ! Comme le Pr Challenger avait insisté pour que le déclenchement fût mis en route à distance, et comme je commençais à me rendre compte que cette idée n'était pas totalement dénuée de bon sens, il me fallut mettre au point un dispositif de commande électrique : ce fut assez simple puisque la fosse était garnie de fils du haut en bas.

Avec des précautions infinies, mon conducteur de travaux Peters et moi-même descendîmes nos sections de tubes, et nous les empilâmes sur la saillie rocheuse. Puis nous fîmes remonter légèrement le dernier ascenseur pour que nous ayons un peu plus d'espace. Comme nous avions l'intention d'utiliser le système par percussion, car il valait mieux ne pas se fier totalement à la pesanteur, nous suspendîmes notre poids de deux cents kilos à une poulie en dessous de l'ascenseur, et nous adaptâmes nos tubes qui se terminaient en V. Finalement, la corde ordonnant le jeu du poids fut fixée sur un flanc du puits de telle manière qu'une décharge électrique pût la lâcher.

C'était un travail délicat, et que la chaleur tropicale rendait difficile. Nous étions surtout obnubilés par l'impression qu'un faux pas ou la chute d'un outil sur la toile goudronnée provoquerait une catastrophe inconcevable. L'ambiance était dantesque. J'ai vu par intervalles, je l'affirme, un bizarre frémissement passer le long des murailles ; j'ai même senti quelque chose comme une vague pulsation quand j'y ai promené la main. Ni Peters ni moi n'éprouvâmes de regret à annoncer une dernière fois que nous étions prêts à remonter à la surface, et que nous désirions avertir M. Barforth que le Pr Challenger pourrait se livrer à son expérience dès qu'il le voudrait.

Oh ! nous n'eûmes pas longtemps à attendre ! Trois jours après l'achèvement de mon installation, je reçus ma convocation.

C'était un carton d'un format ordinaire : on aurait dit une invitation à une soirée. La rédaction était la suivante :

LE PROFESSEUR G. E. CHALLENGER

Membre de la Société royale

Docteur en médecine

Docteur ès sciences

Ex-président de l'Institut de zoologie, et titulaire de tellement de postes et de décorations honorifiques que cette carte n'y suffirait pas.

sollicite la présente de

Monsieur Jones (célibataire)

à 11 heures 30, mardi 21 juin, pour assister à un remarquable triomphe de l'esprit sur la matière, à Hengist Down, Sussex.

Train spécial à la gare Victoria, 10 heures 5. Les invités paient plein tarif.

Après l'expérience, un lunch sera servi... ou ne sera pas servi, selon les circonstances.

Gare d'arrivée : Sorrington.

R. S. V. P. (et tout de suite, avec le nom en capitales), 14 bis, Enmore Gardens, S. W.

Malone avait reçu la même invitation. Il gloussait de joie en la lisant.

— C'est uniquement pour faire de l'épate qu'il nous l'a envoyée, me dit-il. De toute façon, il faut que nous soyons là, comme disait le bourreau à l'assassin. Mais crois-moi, tout Londres va en parler ! Où qu'il se trouve, le vieux bonhomme se fait toujours éclairer au néon !

Et le grand jour arriva. Personnellement, j'avais cru bien faire en allant passer en bas la nuit précédente pour m'assurer que tout était en ordre. Notre perforatrice était posée. Le poids était ajusté. Les contacts électriques pouvaient être déclenchés facilement. J'étais satisfait : la partie que j'avais assumée dans cette étrange expérience promettait d'être exécutée sans anicroche. Les commandes électriques étaient actionnées à cinq cents mètres environ de l'ouverture de la fosse, afin de réduire au minimum les risques de danger personnel. Quand l'aube se leva sur ce jour historique – un jour idéal de l'été anglais – je remontai à la surface à la fois rassuré et raffermi. Et j'escaladai une dune jusqu'à mi-hauteur, afin d'avoir une vue d'ensemble sur le théâtre de l'action.

Le monde entier semblait s'être déplacé pour se rendre à Hengist Down. Aussi loin que je pouvais voir, les routes étaient noires de gens. Sur les sentiers, les voitures cahotaient et dansaient : elles déchargeaient leurs passagers à la porte de l'enceinte fortifiée. Dans la plupart des cas, là s'arrêtait la progression des curieux. Une escouade puissante de gardiens incorruptibles veillait à l'entrée, et il n'y avait ni promesses, ni offres, ni dons qui pussent les séduire : seuls les porteurs de billets jaunes, affreusement jalousés, obtenaient la permission d'aller plus loin. Les autres rejoignaient la foule immense qui était déjà rassemblée sur le flanc de la colline, et qui s'échelonnait jusqu'à la crête. On aurait dit Epsom le jour du derby. À l'intérieur de l'enceinte fortifiée, certaines zones avaient été entourées de barbelés, et les privilégiés qui y avaient accès étaient parqués dans les enclos qui leur avaient été réservés. Il y en avait un pour les pairs, un pour les députés de la Chambre des communes, un pour les savants célèbres de toutes nationalités – on reconnaissait Le Pellier, de la Sorbonne, et le Dr Driesinger, de l'Académie de Berlin. Un enclos spécial, avec des sacs de terre et un toit en tôle ondulée, avait été réservé à trois membres de la famille royale.

À onze heures et quart, une file de chars à bancs amena de la gare les invités spéciaux, et je pénétrai dans l'enceinte fortifiée pour assister à leur réception. Le Pr Challenger se tenait debout, près de l'emplacement réservé aux gens de qualité. Il resplendissait dans sa redingote et son gilet blanc. Son haut-de-forme étincelait. Il affichait un air de bienveillance excessive, qui pouvait passer pour de l'insolence.

Il était bouffi d'orgueil, de contentement de soi, de l'importance de soi. « Encore une victime du complexe de Jéhovah ! », écrivit un journaliste. Il aidait au besoin à diriger, voire à pousser ses invités vers leurs places. L'élite se trouvant enfin réunie, il se propulsa sur un tertre qui semblait avoir poussé là par hasard, et il regarda l'assistance de l'air du président qui s'attend à être salué par une salve d'applaudissements. Comme l'ovation ne vint pas, il se jeta à corps perdu dans son sujet. Sa voix tonnait jusqu'aux confins du domaine.

– Messieurs ! rugit-il. Cette fois-ci, je n'ai pas besoin de saluer les dames. Si je ne les ai pas invitées à venir ce matin avec nous, ce n'est pas, je vous l'affirme, parce que je n'apprécie pas leur présence. Je puis dire en effet que les relations entre leur sexe et moi ont toujours été excellentes des deux côtés, et même intimes... La raison vraie est que notre expérience comporte un petit élément de danger... pas suffisant toutefois pour justifier cet effroi que je lis sur nombre de visages. Les membres de la presse apprécieront, j'en suis sûr, que je leur aie réservé des places sur la halde qui surplombe le théâtre des opérations. Ils m'ont témoigné un intérêt que j'ai parfois du mal à distinguer de l'impertinence, aujourd'hui, au moins, ils ne pourront pas se plaindre de ne pas être aux premières loges. Si rien ne se produit, ce qui après tout est possible, j'aurai au moins fait de mon mieux pour eux. Si, par contre, quelque chose se produit, ils seront fort bien placés pour voir l'expérience et pour la relater. J'espère qu'en fin de compte ils se montreront dignes de la tâche qui les attend.

« Comme vous le comprendrez aisément, il est quasi impossible pour un homme de science d'expliquer à ce que je pourrais appeler, sans intention péjorative, le vulgaire troupeau, les motifs variés qui le poussent à agir. J'entends diverses interruptions malhonnêtes, et je demanderai au gentleman qui a des lunettes cerclées d'écaille de ne plus agiter son parapluie...

[Une voix : « Votre description de vos invités, monsieur, est des plus déplaisantes ! »]

– Oui, il est possible que ma phrase « le vulgaire troupeau » ait hérissé ce gentleman. Disons plutôt, si vous voulez, que mes auditeurs ne sont pas un troupeau banal. Nous ne nous querellerons pas pour des mots. J'allais dire, avant d'être interrompu par cette remarque inconvenante, que toute l'affaire est traitée en long et en large dans mon ouvrage à venir sur la terre, ouvrage que je peux dépeindre sans fausse modestie comme l'un des livres qui feront époque dans l'histoire du monde...

[Tollé général, et cris : « Passez aux faits ! Pourquoi sommes-nous ici ? Est-ce une plaisanterie ! »]

– J'allais vous donner tous éclaircissements souhaitables, mais si je suis de nouveau interrompu, je serai forcé de faire appel aux moyens propres à maintenir l'ordre et la décence, lesquels font cruellement défaut. La question, donc, est celle-ci : j'ai creusé un tunnel à travers l'écorce de cette terre, et je vais essayer un effet stimulatif sur son enveloppe sensible. Cette opération délicate sera dirigée par deux de mes subordonnés, M. Parfait Jones, qui s'est spécialisé avec un style très personnel dans les puits artésiens, et M. Edward Malone, qui en cette occasion me représente. La substance sensible mise à nu sera piquée... Reste à savoir comment elle réagira. Si vous avez l'obligeance de prendre place, ces deux gentlemen vont descendre dans le puits et procéder aux derniers réglages. Puis je presserai le bouton électrique que vous voyez sur cette table, et l'expérience sera déclenchée.

Tout auditoire, après une harangue de Challenger, avait habituellement l'impression que, comme la terre, son épiderme protecteur avait été percé et que ses nerfs étaient à vif. Cette assemblée ne fit pas exception à la règle : il y eut un murmure nuancé de critique et de dédain quand elle prit place pour attendre. Challenger s'assit seul au sommet du tertre, avec une petite table à côté de lui. Sa barbe et sa crinière noire se soulevaient sous l'excitation. Il avait une allure formidable ! Mais ni Malone ni moi n'eûmes le loisir d'admirer la scène, car nous nous précipitâmes pour accomplir la tâche qui nous était impartie. Vingt minutes plus tard, nous étions au fond du puits, et nous avions retiré la toile goudronnée.

Sous nos yeux, le spectacle était stupéfiant. Par quelle bizarre télépathie cosmique la vieille planète semblait-elle deviner qu'une atteinte à sa liberté allait être commise ? La surface que nous avions découverte ressemblait à une théière en ébullition. De grandes bulles grises montaient et crevaient en crépitant. Les espaces d'air et les vacuoles sous la peau se séparaient puis se refusionnaient ensemble dans une activité fébrile. Les rides et les ondulations qui la traversaient étaient plus fortes, plus rapides. Un sombre fluide pourpre semblait battre dans les anastomoses sinueuses des canaux qui s'étalaient sous la surface. Le souffle de la vie était manifeste !... Une odeur lourde rendait l'air presque irrespirable pour des poumons humains.

Malone poussa un brusque cri :

– Mon Dieu, Jones ! Regarde par là !

Je regardai ; dans la seconde qui suivit, j'avais mis le contact et sauté dans l'ascenseur.

– Viens vite ! lui criai-je. C'est peut-être une course pour la vie !

Ce que nous avions vu était réellement alarmant. Toute la partie inférieure du puits, nous avait-il semblé, s'était mise à participer à cette activité croissante que nous avions observée au fond : par sympathie, les murailles étaient secouées de pulsations et de battements. Mais cette agitation se répercutait sur les trous où reposaient les poutres. La moindre rétraction un peu forte (c'était une question de centimètres) les ferait basculer. Si elles tombaient, la pointe de ma perforatrice s'enfoncerait évidemment dans la terre, tout à fait indépendamment du déclenchement électrique. Avant que cette éventualité se réalisât, il était vital pour Malone et pour moi d'être sortis de la fosse. Se trouver à treize mille mètres de fond sous la terre, avec le risque d'une terrible convulsion à tout instant, était une situation épouvantable. Sauvagement, nous fonçâmes vers la surface.

Pourrons-nous oublier jamais cette remontée cauchemardesque ? Les ascenseurs sifflaient et vrombissaient ; pourtant les minutes nous paraissaient des heures. Chaque fois que nous atteignions une plate-forme, nous sautions dessus, bondissions dans la cage voisine toute prête, actionnions le mécanisme, et volions plus haut. À travers l'acier grillagé, nous apercevions au loin le petit cercle de lumière qui indiquait la gueule du puits. Elle s'élargissait de plus en plus. Et puis elle devint un vrai cercle. Et puis nos yeux ravis distinguèrent la maçonnerie. Nous montions toujours... Enfin, fous de joie et le cœur plein de gratitude, nous nous échappâmes hors de notre prison et nous posâmes nos pieds sur l'herbe souillée du bord du tunnel. Il était temps ! Nous n'avions pas fait trente pas que, du fond des abîmes, mon aiguillon d'acier transperça un ganglion nerveux de notre vieille mère la terre. Instant historique !

Qu'est-ce qui arriva ? Ni Malone ni moi ne fûmes en état de le dire, car nous nous trouvâmes tous deux soulevés par un cyclone, balayés sur l'herbe, tournant et tournant sur nous-mêmes comme deux galets ronds sur de la glace.

Au même moment, nos oreilles s'emplirent du plus horrible hurlement qui n'eût jamais été entendu. Personne, parmi des centaines qui s'essayèrent à décrire ce cri, n'y réussit tout à fait. C'était un mugissement dans lequel la douleur, la colère, la menace, et toute la majesté outragée de la nature se donnaient libre cours et se mêlaient dans un hurlement sinistre. Il dura une bonne minute : imaginez mille sirènes hurlant ensemble. La foule était paralysée. Le hurlement persistait avec fureur et férocité.

L'air calme de l'été l'emporta et le retransmit. Il déferla ses échos le long de la côte. Il fut même entendu par nos voisins français de l'autre côté de la Manche. Aucun son dans l'histoire n'a jamais égalé la plainte de la terre meurtrie.

Hébétés, assourdis, nous eûmes conscience, Malone et moi, du choc et du bruit ; mais c'est par les autres spectateurs que nous apprîmes les détails de cette scène extraordinaire.

Des entrailles de la terre jaillirent d'abord les cages d'ascenseurs. Les autres machines se trouvant près des murailles échappèrent au souffle ; mais les solides planches des cages subirent de plein fouet la violence du courant ascendant. Quand plusieurs boulettes sont successivement introduites dans une sarbacane, elles jaillissent en ordre et séparément. Voilà ce que firent les quatorze cages d'ascenseurs : les unes après les autres, elles surgirent dans les airs, planèrent, décrivirent de glorieuses paraboles ; l'une d'elles tomba dans la mer près de la jetée de Worthing, une autre dans un champ aux environs de Chichester. Des spectateurs nous ont affirmé qu'ils n'avaient jamais rien vu d'aussi extravagant que ces quatorze cages d'ascenseurs voguant sereinement dans le ciel bleu.

Puis vint le geyser, sous la forme d'un énorme jet d'une mélasse grossière qui avait la consistance du goudron, et qui grimpa jusqu'à six cents mètres. Un avion de reconnaissance, qui dessinait des cercles au-dessus de notre théâtre, fut pris de convulsions et dut procéder à un atterrissage forcé, le pilote et la machine étant complètement encrassés. Cette matière horrible, dont l'odeur s'avéra aussi infecte que pénétrante, était peut-être le sang de la planète ?

À moins qu'elle n'eût été, comme l'a suggéré le Pr Driesinger et comme le soutient l'École de Berlin, une sécrétion protectrice, analogue à celle de la mouffette, et dont la nature aurait muni notre mère la terre pour la défendre contre des intrus dans le genre de Challenger. En tout cas, l'offenseur numéro un, assis sur son trône en haut du tertre, s'en tira sans une tache.

En revanche, la presse, qui se trouvait dans la trajectoire de l'explosion, fut si maltraitée qu'aucun journaliste ne se hasarda de plusieurs semaines dans la bonne société. Ce souffle putride fut emporté par la brise vers le sud-ouest ; il descendit sur les pauvres gens qui avaient si longtemps attendu sur les dunes pour voir ce qui arriverait. Il n'y eut pas de décès. Et même aucune maison dans les environs n'eut à être abandonnée ; beaucoup conservèrent par contre un parfum tenace : il s'en trouve encore qui gardent entre leurs murs épais un souvenir plus ou moins vif de ce grand événement.

Puis le puits se combla et se referma. De même que la nature cicatrise lentement une plaie de bas en haut, de même la terre bouche avec une rapidité extrême les déchirures qui peuvent être faites à sa substance vitale. Un fracas épouvantable, interminable, éclata quand les parois du puits se rapprochèrent, le bruit commença par résonner dans les profondeurs, puis monta de plus en plus haut jusqu'à ce qu'un bang assourdissant annonçât que la maçonnerie qui bordait l'ouverture de la fosse s'était écrasée, soulevée, réduite en miettes ; au même moment, une secousse analogue à un petit tremblement de terre projeta la halde dans les airs ; elle retomba sous la forme d'une pyramide de vingt mètres de haut ; toutes sortes de débris s'élevaient ainsi sur l'endroit où la fosse avait été creusée.

Non seulement l'expérience du Pr Challenger se trouvait terminée, mais ses vestiges avaient désormais disparu aux yeux des mortels. Si la Société royale n'avait pas érigé un obélisque à cet endroit, nos descendants seraient sans doute bien incapables de déterminer le lieu exact de cet exploit remarquable.

Ce fut alors le grand final. Pendant les minutes qui suivirent immédiatement tous ces phénomènes, un silence s'était établi dans un calme tendu : les spectateurs rassemblaient leurs esprits, essayaient de réaliser exactement ce qui était arrivé et comment c'était arrivé. Mais tout à coup la puissance de l'exploit, la hardiesse fantastique de sa conception, le génie qui avait présidé à son exécution leur apparurent. D'un seul mouvement incontrôlable, ils se tournèrent vers Challenger. De partout jaillirent des cris d'admiration. Et lui, sur son tertre, contemplait cet océan de visages levés dans sa direction, cette mer de mouchoirs agités en son honneur. Avec le recul, je le revois mieux que je ne le vis sur le moment.

Il se leva de sa chaise, ses yeux étaient mi-clos, le sourire du mérite conscient rayonnait sur ses traits, il avait la main gauche sur la hanche, il enfonça la droite dans le croisement du gilet blanc. Cette image a été immortalisée, car j'entendais les déclics des caméras, on aurait dit des criquets dans un champ. Le soleil de juin l'auréolait de sa lumière dorée. Gravement, il s'inclina devant les quatre points cardinaux, lui, Challenger le supersavant, Challenger l'archi-pionnier, Challenger le premier homme de tous les hommes que notre mère la terre eût été forcée de connaître.

Un dernier mot. Il est notoire que l'effet de cette expérience a été universellement ressenti. Certes, nulle part en dehors du point précis où elle fut piquée, la planète blessée n'émit un hurlement pareil ! Mais par son comportement général elle se révéla une entité. Elle cria son indignation par toutes ses fissures, par tous ses volcans. Hekla gronda, mugit, et les Islandais redoutèrent un cataclysme. Le Vésuve se décapuchonna. L'Etna cracha d'énormes quantités de lave, et un procès de cinq cent mille lires de dommages et intérêts fut intenté contre Challenger devant les tribunaux italiens, car les vignobles en pâtirent.

Même au Mexique et dans l'Amérique centrale la colère plutonienne se manifesta. La Méditerranée orientale retentit des grognements du Stromboli... De toute éternité, l'ambition des hommes est d'obliger le monde entier à parler d'eux.

Mais il appartenait à Challenger, et à lui seul, de faire hurler toute la terre.

*****

Fin des aventures du Professeur Challenger.

ARTHUR CONAN DOYLE

Sir Arthur Conan Doyle était un écrivain britannique renommé, principalement connu pour avoir créé le célèbre détective Sherlock Holmes. Né le 22 mai 1859 à Édimbourg, en Écosse, Arthur Ignatius Conan Doyle était le troisième enfant d'une famille irlandaise-catholique. Son père, Charles Altamont Doyle, était artiste et sa mère, Mary Foley, était issue d'une famille aisée.

Dès son plus jeune âge, Conan Doyle a montré un intérêt marqué pour la littérature et l'écriture. Il a étudié la médecine à l'Université d'Édimbourg et a obtenu son diplôme en 1881. Pendant ses études, il a été fortement influencé par le professeur Joseph Bell, un médecin dont les méthodes de déduction et d'observation minutieuse ont servi de base à la création du personnage emblématique de Sherlock Holmes.

Après avoir obtenu son diplôme de médecin, Conan Doyle a ouvert un cabinet médical à Southsea, en Angleterre. Cependant, il n'a pas réussi à attirer suffisamment de patients et a eu du temps libre pour se consacrer à l'écriture. En 1887, il a publié son premier roman mettant en scène Sherlock Holmes, intitulé "Une étude en rouge". Le personnage de Holmes, avec sa logique implacable et son sens aigu de l'observation, est rapidement devenu populaire auprès des lecteurs.

Conan Doyle a continué à écrire des histoires mettant en vedette Sherlock Holmes, qui ont été publiées dans le magazine Strand à partir de 1891. Les aventures du célèbre détective et de son fidèle compagnon, le Dr John Watson, ont captivé le public et ont fait de Conan Doyle une figure littéraire majeure de son époque. Ses autres œuvres de fiction incluent des romans historiques, des nouvelles de science-fiction et des récits d'aventures.

Cependant, en 1893, Conan Doyle a décidé de tuer son personnage emblématique, pensant que cela lui permettrait de se concentrer sur d'autres travaux. La réaction du public a été si vive et si négative qu'il a finalement été contraint de ressusciter Sherlock Holmes dans une nouvelle série d'histoires.

En dehors de son travail d'écrivain, Conan Doyle s'est également intéressé à des sujets tels que le spiritisme et l'occultisme. Il a été influencé par des rencontres avec des médiums et a participé à des séances de spiritisme, ce qui a suscité à la fois fascination et controverse. Il a écrit plusieurs livres sur le sujet, dont "Le Monde perdu" en 1912, qui raconte l'histoire d'une expédition en Amazonie à la recherche d'animaux préhistoriques.

Au cours de sa vie, Conan Doyle a été anobli en tant que chevalier par le roi Édouard VII pour ses services pendant la guerre des Boers. Il a également été membre actif de la société littéraire Sherlock Holmes et a continué à écrire et à promouvoir les aventures du détective jusqu'à sa mort.

Sir Arthur Conan Doyle est décédé le 7 juillet 1930 à Crowborough, dans le Sussex, en Angleterre. Son héritage littéraire est immense, avec Sherlock Holmes qui reste l'un des personnages les plus célèbres et les plus durables de la littérature policière. Conan Doyle a laissé une marque indélébile sur le genre du roman policier et son travail continue d'influencer les auteurs et les lecteurs du monde entier.

Mentions légales

Code ISBN
9798503013658 Independently published

SOURCES
Ouvrage du domaine public.
https://fr.wikisource.org/wiki/Auteur:Arthur_Conan_Doyle
https://fr.wikipedia.org/wiki/Arthur_Conan_Doyle
https://fr.wikipedia.org/wiki/Professeur_Challenger
https://fr.wikisource.org/wiki/Auteur:Louis_Labat
https://fr.wikisource.org/wiki/Auteur:Jeanne_de_Polignac
https://fr.wikisource.org/wiki/Auteur:Adrien_de_Jassaud

Auteur : Arthur Conan Doyle (1859 – 1930)

Traducteurs :
- Louis Labat (1867 – 1947)
- Jeanne de Polignac (1861-1919)
- Adrien de Jassaud (1881-1937)

Parution des ouvrages :
- Le monde perdu : 1912
- La ceinture empoisonnée : 1913
- Au pays des brumes : 1926
- La machine à désintégrer : 1927
- Quand la terre hurla : 1928

CRÉDIT PHOTO
Illustration du domaine public.

Printed in France by Amazon
Brétigny-sur-Orge, FR